T0277595

UN ASESINO EN LAS PUERTAS

UN
ASESINO
EN LAS
PUERTAS

SABAA TAHIR

Traducción de Raúl Rubiales

 UMBRIEL

Argentina • Chile • Colombia • España
Estados Unidos • México • Perú • Uruguay

Título original: *A Reaper at the Gates*
Editor original: Razorbill, una división de Penguin Young Readers Group
Traducción: Raúl Rubiales

1.ª edición: septiembre 2024

Copyright © 2018 *by* Sabaa Tahir
All Rights Reserved
© de la traducción 2024 *by* Raúl Rubiales
© 2024 *by* Urano World Spain, S.A.U.
Plaza de los Reyes Magos, 8, piso 1.º C y D – 28007 Madrid
www.umbrieleditores.com

ISBN: 978-84-10085-16-9
E-ISBN: 978-84-10159-89-1
Depósito legal: M-16.617-2024

Fotocomposición: Urano World Spain, S.A.U.
Impreso por Romanyà Valls, S.A. – Verdaguer, 1 – 08786 Capellades (Barcelona)

Impreso en España – *Printed in Spain*

Para Renée, que conoce mi corazón.
Para Alexandra, que abraza mis esperanzas.
Y para Ben, que comparte mi sueño.

PRIMERA PARTE

EL REY SIN NOMBRE

I: El Portador de la Noche

A *mas demasiado, mi rey.*

Mi reina solía pronunciar esas palabras a menudo a lo largo de los siglos que pasamos juntos. Al principio, con una sonrisa. Pero en los últimos años con el ceño fruncido. Su mirada se posaba sobre nuestros hijos mientras armaban alboroto por el palacio, sus cuerpos cambiando en cuestión de un parpadeo de las llamas a la carne y a pequeños ciclones de una belleza imposible.

—Temo por ti, *Meherya*. —Le temblaba la voz—. Temo lo que puedas hacer si algún mal acaece sobre aquellos a los que amas.

—Ningún daño os alcanzará. Lo prometo.

Hablé con la pasión y la estupidez de la juventud, aunque por descontado ya no era joven. Ni por aquel entonces. Aquel día, la brisa procedente del río hizo ondear su cabello azul medianoche y la luz del sol se derramó como oro líquido a través de las cortinas transparentes de las ventanas e iluminó el color ocre de nuestros hijos mientras dejaban rastros de quemaduras y risas por el suelo empedrado.

Sus pesares la mantenían cautiva. Alargué las manos en busca de las suyas.

—Destruiré a cualquiera que se atreva a haceros daño —le aseguré.

—*Meherya*, no. —De aquel tiempo a esta parte me he estado preguntando si ella ya temía en lo que yo me convertiría—.

Prométeme que no lo harás nunca. Eres nuestro *Meherya*. Tu corazón está hecho para amar. Para otorgar, no para arrebatar. Por eso eres el rey de los genios. Júralo.

Hice dos promesas ese día: proteger, siempre. Amar, siempre. En menos de un año, las había quebrantado las dos.

* * *

La Estrella cuelga de la pared de la caverna lejos de los ojos humanos. Es un diamante de cuatro aristas, con una desportilladura en la punta. Unas finas estrías en forma de telaraña la recorren: un recordatorio del día en que los académicos la hicieron añicos tras encarcelar a los míos. El metal brilla con impaciencia, potente como la mirada asesina de una bestia en la jungla que acecha a su presa. Esta arma contiene un poder inmenso; el suficiente como para destruir una ciudad ancestral, o un pueblo ancestral. El suficiente como para aprisionar a los genios durante mil años.

El suficiente como para liberarlos.

Como si percibiera el brazalete que llevo puesto en la muñeca, la Estrella traquetea, ansiosa por reencontrarse con su fragmento perdido. Un tirón me sacude el cuerpo cuando levanto el brazalete a modo de ofrenda y se disuelve formando una anguila plateada en el aire para unirse con la Estrella. El hueco se rellena.

Las cuatro puntas de la Estrella resplandecen, iluminando hasta el último recoveco de la caverna de granito moteado, y desencadenando una oleada de silbidos iracundos procedentes de las criaturas que me rodean. Entonces el resplandor se atenúa, dejando solo la blanquecina luz de la luna. Los gules pasan siseando alrededor de mis tobillos.

Maestro. Maestro.

Un poco más allá, el Señor de los Espectros aguarda mis órdenes, junto con los reyes y reinas de los efrits: del viento y el mar, tierra y roca, aire y nieve.

Mientras observan, en silencio y recelosos, agacho la vista hacia el pergamino que tengo en las manos. Es tan discreto como la arena, a diferencia de las palabras que contiene.

Ante mi llamada, el Señor de los Espectros se acerca. Se somete a regañadientes, amedrentado por mi magia, siempre forcejeando por liberarse de mí. Pero todavía lo necesito. Los espectros son retales dispersos de almas perdidas, unidos por brujería antigua e indetectables cuando lo desean. Incluso para los afamados máscaras del Imperio.

Cuando le hago entrega del pergamino, la oigo. La voz de mi reina es un susurro, amable como una vela en una noche fría. *Si lo haces, no habrá vuelta atrás. Cualquier esperanza para ti se perderá*, Meherya. *Reconsidéralo.*

Hago lo que me pide y lo repienso.

Entonces recuerdo que está muerta y desaparecida desde hace un milenio. Su presencia es una ilusión. Su voz es mi debilidad. Le ofrezco el rollo al Señor de los Espectros.

—Cerciórate de que llegue a la Verdugo de Sangre Helene Aquilla —le indico—. Solo a ella.

Hace una reverencia y los efrits dan un paso adelante. Ordeno a los efrits del aire que se marchen; tengo en mente una tarea distinta para ellos. El resto se arrodilla.

—Hace mucho tiempo, les disteis a los académicos el conocimiento que llevó a la destrucción de mi pueblo y del mundo de los seres místicos. —La incomodidad al recordarlo se propaga por entre sus filas—. Os ofrezco la redención. Id con nuestros nuevos aliados en el sur. Ayudadlos a comprender lo que pueden invocar de los lugares sombríos. La Luna Gramínea se elevará dentro de seis meses. Aseguraos de lograrlo mucho antes de eso. Y en cuanto a vosotros —los gules se amontonan a mi alrededor—, saciaos. No me falléis.

Cuando todos se han ido, contemplo la Estrella y pienso en la chica genio que nos traicionó y que ayudó en su creación. Quizá para un humano el brillo del arma le remita a la esperanza.

Yo solo siento odio.

Una cara se proyecta en mi mente. Laia de Serra. Me viene a la memoria el calor de su piel bajo mis manos; cómo sus muñecas se entrelazaban por detrás de mi cuello. La manera como cerró los ojos y el hoyo dorado bajo su cuello. En su compañía me sentía como si estuviera en el umbral de mi antigua casa con los tulipanes recién plantados. Con ella me sentía seguro.

La querías, dice mi reina. *Y le hiciste daño.*

Mi traición a la chica académica no debería importunarme. He engañado a cientos antes que a ella.

Aun así la inquietud se cierne sobre mí. Algo inexplicable ocurrió después de que Laia de Serra me regalara su brazalete. Tras darse cuenta de que el chico al que llamaba Keenan no era nada más que una confección. Como el resto de los humanos, visualizó en mis ojos los momentos más lúgubres de su vida, pero cuando yo me asomé dentro de su alma, algo —alguien— me devolvió la mirada: mi reina, observándome a través de los siglos.

Vi su horror. Su tristeza al notar en qué me había convertido. Vi su dolor por el sufrimiento que habían padecido nuestros hijos y nuestro pueblo a las manos de los académicos.

He pensado en mi reina en cada una de las traiciones. Echo la vista atrás y repaso el transcurso de los últimos mil años, evocando cada ser humano que he encontrado, manipulado y amado hasta que me ha dado por voluntad propia su fragmento de la Estrella con el corazón bañado de amor. Una y otra y otra vez.

Pero nunca la había visto en la mirada de una humana. Nunca había sentido el canto afilado de su decepción tan profundamente.

Una vez más. Solo una vez más.

Mi reina habla. *No sigas adelante. Por favor.*

Aplasto su voz. Aplasto su recuerdo. Creo que no la volveré a oír.

II: Laia

Todo sobre este asalto me da mala espina. Tanto Darin como yo lo sabemos, pero ninguno de los dos tiene intención de decirlo.

Aunque mi hermano no habla demasiado estos días.

Los carros fantasmas a los que estamos siguiendo el rastro finalmente se detienen a las afueras de una aldea marcial. Me levanto de detrás de los setos cubiertos de nieve donde nos hemos puesto a resguardo y asiento hacia Darin. Me agarra de la mano y aprieta. *Ten cuidado.*

Invoco mi invisibilidad, un poder que ha despertado en mi interior hace poco, y al que todavía me estoy acostumbrando. Mi respiración se eleva en volutas blancas, como una serpiente que se contonea al ritmo de una canción desconocida. En cualquier otro rincón del Imperio, la primavera ha propagado su floración, pero tan cerca de Antium, la capital, el invierno todavía nos azota en la cara con sus látigos fríos.

Pasa la medianoche y las pocas lámparas que arden en la aldea chisporrotean con el viento que arrecia. Cuando alcanzo el perímetro de la caravana de prisioneros, ululo en tono grave como un búho nival, un animal bastante común en esta región del Imperio.

Mientras avanzo de puntillas hacia los carros fantasmas, se me eriza la piel. Giro en redondo, alertada por mi instinto. El carro más cercano está vacío y los marciales soldados auxiliares que están de guardia se limitan a encogerse un poco. Nada parece estar fuera de lugar.

Solo son nervios, Laia. Como siempre. Desde nuestra base a las afueras de la Antesala, a unos treinta kilómetros de aquí, Darin y yo hemos planeado y llevado a cabo seis asaltos a caravanas de prisioneros del Imperio. Mi hermano no ha forjado ni una viruta de acero sérrico ni ha respondido a las cartas de Araj, el líder académico que escapó de la prisión de Kauf con nosotros, pero junto con Afya Ara-Nur y sus hombres, hemos ayudado a liberar a más de cuatrocientas personas entre académicos y tribales en los pasados dos meses.

Aun así, eso no nos garantiza que vayamos a tener éxito en esta ocasión. Puesto que esta caravana es distinta.

Más allá del perímetro, unas figuras familiares ataviadas de negro se dirigen hacia el campamento desde los árboles. Son Afya y sus hombres, que responden a mi señal y se preparan para el ataque. Su presencia me infunde valor. La mujer tribal que me ayudó a liberar a Darin de Kauf es la única razón por la que sabemos de la existencia de estos carros fantasmas y la prisionera que transportan.

Noto las ganzúas como cuchillas de hielo en la mano. Hay seis carros formando un semicírculo, con dos carretas de suministros resguardadas entre ellos. La mayoría de los soldados están ocupados con los caballos o las fogatas. La nieve cae en ráfagas, aguijoneándome la cara mientras me dirijo hacia el primer carro y empiezo a ocuparme de la cerradura. El mecanismo interior es un enigma para mis manos heladas y torpes. *Más rápido, Laia.*

El carro está en silencio, como si estuviera vacío. Pero sé que no es así. Al cabo de nada, el sollozo de un niño rasga la quietud y alguien lo hace callar de inmediato. Los prisioneros han aprendido que el silencio es la única vía para evitar el sufrimiento.

—Por los infiernos ardientes, ¿dónde está todo el mundo?

—Se queja una voz cerca de mi oído. Por poco se me caen las

ganzúas. Un legionario pasa por mi lado a grandes pasos y una oleada de pánico me recorre la espalda. No me atrevo ni a respirar. *¿Y si me ve? ¿Y si falla mi invisibilidad?* No sería la primera vez, cuando me han atacado o he estado rodeada por una multitud.

—Despertad al posadero. —El legionario se gira hacia un auxiliar que se apresura hacia él—. Dile que abra un barril y prepare las habitaciones.

—La posada está desierta, señor. La aldea parece desierta.

Los marciales no abandonan las aldeas, ni siquiera en el punto más crudo del invierno. No a menos que haya sido arrasada por una plaga. Pero de ser el caso, Afya lo sabría.

Los motivos que los han impelido a irse no te conciernen, Laia. Abre los cerrojos.

El auxiliar y el legionario parten hacia la posada. Nada más perderlos de vista, inserto las ganzúas en el cerrojo y el metal gruñe, tieso por la escarcha.

¡Vamos! Sin Elias Veturius para que se encargue de la mitad de los cerrojos, tengo que trabajar el doble de rápido. No tengo tiempo para pensar en mi amigo, pero aun así no consigo apaciguar mi preocupación. Su presencia durante los asaltos anteriores ha evitado que nos atraparan. Dijo que estaría aquí.

Por los cielos, ¿qué le puede haber ocurrido a Elias? Nunca me ha fallado. *Al menos no cuando se trata de un asalto.* ¿Acaso Shaeva se ha enterado de que nos ha permitido cruzar a hurtadillas la Antesala para volver a la casita de las Tierras Libres? ¿Lo estará castigando?

No conozco mucho a la Atrapaalmas; es tímida, y creo que no le caigo demasiado bien. Algunos días, cuando Elias emerge de la Antesala para visitarnos a Darin y a mí, presiento que la mujer genio nos observa aunque no percibo nada de rencor. Solo tristeza. Pero únicamente los cielos saben que soy incapaz de ver la malignidad que se oculta en el interior de las personas.

Si se tratara de cualquier otra caravana, cualquier otra prisionera a la que tuviéramos la intención de liberar, no habría puesto en riesgo a Darin, o a los tribales, o a mí misma.

Pero le debemos a Mamie Rila y al resto de los prisioneros de la tribu Saif al menos intentar rescatarlos. La madre tribal de Elias sacrificó su cuerpo, su libertad y su tribu para que yo pudiera salvar a Darin. No puedo fallarle.

Elias no está aquí. Estás sola. ¡Muévete!

El cerrojo por fin se abre y prosigo con el siguiente carro. Entre los árboles, a unos pocos metros de distancia, Afya debe de estar maldiciendo por mi lentitud. Mientras más me demore, más probable será que los marciales nos descubran.

Cuando abro el último cerrojo, canturreo una señal. *Fiu. Fiu. Fiu.* Los dardos surcan el aire a toda velocidad. Los marciales presentes en el perímetro caen en silencio, inconscientes a causa del extraño veneno sureño con el que están embadurnados los dardos. Media docena de tribales se acercan a los soldados y les rebanan el cuello.

Desvío la mirada, aunque oigo igualmente cómo se desgarra la carne y el estertor de una última respiración. Sé que debemos hacerlo. Sin acero sérrico, la gente de Afya no puede enfrentarse a los marciales cara a cara, por temor a que se rompan sus espadas. Pero la matanza se lleva a cabo con una eficiencia que me hiela la sangre. Me pregunto si llegaré a acostumbrarme algún día.

Una pequeña silueta aparece de entre las sombras, con el arma centelleando. Los intrincados tatuajes que la identifican como una zaldara, la líder de su tribu, están ocultos bajo unas mangas largas y oscuras. Le chisto a Afya Ara-Nur para que sepa dónde estoy.

—Te lo has tomado con calma. —Mira alrededor y sus trenzas negras y rojas se bambolean—. Por los diez infiernos, ¿dónde está Elias? ¿También puede desaparecer?

Elias al final le contó a Afya lo de la Antesala, su muerte en la prisión de Kauf, su posterior resurrección y el acuerdo con Shaeva. Ese día, la mujer tribal lo maldijo rotundamente por haber actuado como un necio antes de ir a buscarme. *Olvídate de él, Laia, me dijo. Es una estupidez encapricharse de un muerto que habla con los fantasmas, y me trae al fresco lo atractivo que sea.*

—Elias no ha venido.

Afya masculla algo en *sadhese* y se dirige hacia los carros. Le indica en voz baja a los prisioneros que sigan a sus hombres y no hagan ningún ruido.

Unos gritos y la sonora vibración de un arco nos llegan desde la aldea, a cincuenta metros de mi posición. Dejo a la tribal atrás y echo a correr hacia las casas donde, en un callejón oscuro fuera de la posada, los luchadores de Afya esquivan con habilidad a una media docena de soldados del Imperio, incluyendo al legionario al mando. Las flechas tribales y los dardos pasan zumbando, contrarrestando diestramente las espadas mortíferas de los marciales. Me adentro en la refriega y golpeo con la empuñadura de mi daga la sien de uno de los auxiliares. No debería de haberme molestado. Los soldados caen con celeridad.

Demasiado rápido.

Debe de haber más hombres cerca; refuerzos escondidos. O un máscara acechando, que puede pasar inadvertido.

—Laia. —Me sobresalto al oír mi nombre.

La piel dorada de Darin está oscurecida con barro para ocultar su presencia. Una capucha le cubre el cabello rebelde de color miel que por fin le ha crecido. Por su aspecto nadie diría jamás que ha sobrevivido seis meses en la prisión de Kauf, pero dentro de su mente mi hermano todavía batalla contra sus demonios. Son esos demonios los que no le han permitido fabricar acero sérrico.

Ahora está aquí, me digo con severidad. *Luchando. Ayudando. Las armas llegarán cuando esté preparado.*

—Mamie no está —me informa, girándose cuando le toco el hombro, con la voz rasgada por la falta de uso—. He encontrado a su hijo, Shan. Me ha dicho que los soldados la sacaron del carro cuando la caravana se detuvo para pasar la noche.

—Debe de estar en la aldea. Saca a los prisioneros de aquí. Yo la encontraré.

—La aldea no debería de estar vacía —apunta Darin—. Algo no anda bien. Vete tú. Yo buscaré a Mamie.

—Joder, uno de vosotros tiene que encontrarla. —Afya aparece detrás de nosotros—. Porque yo no lo voy a hacer, y tenemos que ocultar a los prisioneros.

—Si algo va mal puedo usar mi invisibilidad para escapar. Me reuniré contigo en la casa lo antes posible.

Mi hermano arquea las cejas, sopesando mis palabras en su manera silenciosa. Cuando se lo propone, es tan inamovible como las montañas, igual que era nuestra madre.

—Voy a donde tú vayas, hermana. Elias estaría de acuerdo. Sabe...

—Si tan bien te llevas con Elias —mascullo—, entonces dile que la próxima vez que se comprometa a ayudar en un asalto, más le vale mantener su palabra hasta el final.

La boca de Darin se curva en una breve sonrisa torcida. La sonrisa de mamá.

—Laia, sé que estás enfadada con él, pero creo...

—Que los cielos me protejan de los hombres en mi vida y de todas las cosas que creen que saben. Lárgate de aquí. Afya te necesita. Los prisioneros te necesitan. Ve.

Antes de que pueda protestar, salgo disparada hacia la aldea. La constituyen no más de cien casitas con tejados de paja hundidos bajo el peso de la nieve y calles estrechas y poco iluminadas. El viento aúlla por entre los jardines bien cuidados y casi tropiezo con una escoba abandonada en medio de la calle. Advierto que los residentes han abandonado este lugar hace poco y con prisas.

Avanzo con cautela, recelosa de lo que pueda estar merodeando en las sombras. Las historias que se susurran en las tabernas y alrededor de las fogatas tribales me persiguen: espectros que desgarran el pescuezo de los navegantes marinos. Familias académicas encontradas en campamentos chamuscados por completo en las Tierras Libres. Criaturas aladas; unos entes que son unas pequeñas amenazas voladoras y que destruyen carros y atormentan al ganado.

Todo eso, estoy segura, es obra de la infame criatura que se hacía llamar Keenan.

El Portador de la Noche.

Me detengo para asomarme por la ventana delantera de una casita envuelta en sombras. En la lóbrega noche, no puedo ver nada. Mientras me encamino hacia la siguiente casa, mi culpabilidad saca la cabeza a la superficie de las aguas del océano de mi mente, olfateando mi debilidad. *Le diste al Portador de la Noche el brazalete,* sisea. *Caíste víctima de su manipulación. Está un paso más cerca de destruir a los académicos. Cuando encuentre el resto de la Estrella, liberará a los genios. ¿Y entonces qué, Laia?*

Pero al Portador de la Noche podría tardar años en encontrar el siguiente fragmento de la Estrella, razono conmigo misma. Y puede que quede más de uno por hallar. Podría haber decenas.

Veo una luz que parpadea más adelante. Dejo mis pensamientos sobre el Portador de la Noche a un lado y me dirijo hacia una casita situada en el extremo norte de la aldea. Tiene la puerta entornada y una lámpara arde en su interior. La puerta está abierta lo suficiente como para que pueda escabullirme dentro sin tocarla. Cualquiera que esté planeando una emboscada no verá nada.

Cuando entro, mi vista tarda unos segundos en adaptarse. Cuando lo consigo, reprimo un grito. Mamie Rila está atada a una silla; una sombra cadavérica de su antiguo yo. Su piel morena cuelga lacia de su contorno y le han rapado la espesa melena rizada.

Me dispongo a avanzar hacia ella, pero algún instinto primigenio me detiene, gritándome desde lo profundo de mi mente.

Oigo el sonido de una bota detrás de mí. Sobresaltada, me giro, y una de las tablas de madera del suelo cruje bajo mis pies. Atisbo un resplandor delatador de plata líquida; *¡un máscara!* Entonces una mano me tapa la boca y alguien tira de mis brazos para retenerlos a mi espalda.

III: Elias

Aunque me he escaqueado de la Antesala varias veces, nunca me resulta sencillo. Cuando me estoy acercando al límite occidental, un blanco centelleo cercano hace que el estómago se me encoja. Un espíritu. Me muerdo la lengua para no maldecir y me quedo completamente quieto. Si se percata de que estoy merodeando tan lejos de donde se supone que debería estar, todo el maldito Bosque del Ocaso sabrá lo que me traigo entre manos. A los fantasmas, por lo que se ve, les encanta el chismorreo.

La demora me fastidia. Ya voy tarde; Laia me estaba esperando hace más de una hora, y este no es un asalto que vaya a atrasar solo porque yo no me haya presentado.

Ya casi está. Avanzo a grandes pasos por una capa fresca de nieve hacia la linde de la Antesala, que brilla delante de mí. Para los mortales, es invisible, pero tanto Shaeva como yo podemos ver la barrera resplandeciente como si estuviera hecha de piedra. Aunque puedo cruzarla sin problemas, mantiene a los espíritus dentro y a los humanos curiosos fuera. Shaeva se ha pasado meses sermoneándome sobre su importancia.

Se va a enojar conmigo. Esta no es la primera vez que desaparezco cuando se supone que debo estar con ella, entrenándome para ser Atrapaalmas. Aunque es una genio, Shaeva no tiene mucha destreza en lidiar con alumnos que se ausentan. Yo, por otro lado, me pasé catorce años urdiendo planes para escaquearme de los centuriones de Risco Negro. Que me atraparan en Risco Negro conllevaba unos azotes de mi madre, la comandante. De Shaeva normalmente solo recibo una mirada fulminante.

—Quizá yo también debería instaurar los latigazos. —La voz de Shaeva corta el aire como una cimitarra y me llevo un susto de muerte—. Quizás entonces harías acto de presencia cuando se te exige, Elias, en vez de eludir tus responsabilidades para jugar a ser un héroe.

—¡Shaeva! Solo estaba... eh, estás... ¿Estás echando humo? —El vapor se eleva en gruesas volutas por encima de la mujer genio.

—Alguien —sus ojos echan chispas— se olvidó de tender la colada. Me he quedado sin camisas.

Y puesto que es una genio, la alta temperatura sobrenatural de su cuerpo secará su colada limpia... después de una o dos horas de desagradable humedad, de eso no tengo la menor duda. Con razón parece que quiera darme una patada en la cara.

Shaeva me tira del brazo y su sempiterno calor ahuyenta el frío que me ha calado hasta los huesos. Unos segundos después, estamos a kilómetros de la frontera. La cabeza me da vueltas por la magia que emplea para movernos con tanta rapidez a través del Bosque.

Suelto un quejido al ver la arboleda roja brillante de los genios. Odio este lugar. Puede que los genios estén encerrados en los árboles, pero todavía tienen poder dentro de los confines de este reducido espacio, y lo usan para meterse en mi cabeza cada vez que entro.

Shaeva pone los ojos en blanco, como si estuviera tratando con un hermano pequeño particularmente irritante. La Atrapaalmas chasquea los dedos, y cuando retiro el brazo, descubro que no puedo alejarme más de unos pocos pasos. Me ha colocado algún tipo de atadura. Debe de estar perdiendo la paciencia conmigo si finalmente está recurriendo al encarcelamiento.

Intento mantener el temple... y fracaso.

—Esto es un truco sucio.

—Y uno del que te podrías deshacer con facilidad si te quedaras quieto el tiempo suficiente como para que te pudiera enseñar cómo. —Señala con la cabeza hacia la arboleda de los genios, donde los espíritus levitan por entre los árboles—. El fantasma de un niño necesita algo, Elias. Ve. Muéstrame qué has aprendido durante estas últimas semanas.

—No debería estar aquí. —Le propino a la atadura una sacudida tan violenta como inefectiva—. Laia, Darin y Mamie me necesitan.

Shaeva se recuesta contra el tronco de un árbol y levanta la vista hacia los fragmentos de cielo estrellado visibles por entre las ramas desnudas.

—Falta una hora para la medianoche. El ataque debe de haber empezado. Laia estará en peligro. Darin y Afya también. Entra en la arboleda y ayuda a ese fantasma a cruzar al otro lado. Si lo haces, desharé la atadura y podrás irte. De lo contrario tus amigos pueden esperar sentados.

—Estás más cascarrabias de lo habitual —le suelto—. ¿Te has saltado el desayuno?

—Deja de rezongar.

Mascullo una maldición y me protejo mentalmente contra los genios, imaginándome un muro alrededor de la mente que no pueden penetrar con sus susurros malvados. Con cada paso que doy hacia la arboleda, noto cómo me observan. Cómo escuchan.

Un segundo después, una risa retumba en mi cabeza. Es un coro: voces sobrepuestas, burlas sobre burlas. Los genios.

No puedes ayudar a los fantasmas, necio mortal. Y no puedes ayudar a Laia de Serra. Le espera una muerte lenta y dolorosa.

La maldad de los genios perfora las defensas que he erigido con tanto cuidado. Las criaturas examinan mis pensamientos más oscuros, exhibiéndome imágenes que muestran a Laia rota y muerta hasta que soy incapaz de discernir dónde acaba la arboleda de los genios y dónde empiezan sus retorcidas visiones. Cierro los ojos. *No es real.* Los abro y me encuentro a Helene asesinada a los pies del árbol más cercano. Darin yace a su lado. Un poco más allá, Mamie Rila. Shan, mi hermanastro. Me asaltan recuerdos del campo de batalla de la muerte de la primera prueba de hace tanto tiempo... pero esta imagen es peor porque creía haber dejado atrás la violencia y el sufrimiento.

Evoco las lecciones de Shaeva. *En la arboleda, los genios tienen el poder de controlar tu mente. De aprovecharse de tus debilidades.* Intento sacarme a los genios de la cabeza meneándola, pero se aferran, sus susurros me mordisquean. A mi lado, Shaeva se pone tensa.

Saludos, traidora. Pasan a un registro formal cuando hablan con la Atrapaalmas. *Tu perdición se acerca. Podemos olerlo.*

Shaeva aprieta la mandíbula e inmediatamente desearía tener un arma para hacerlos callar. Bastantes preocupaciones tiene ya sin que ellos tengan que provocarla.

Pero la Atrapaalmas se limita a levantar una mano hacia el árbol del genio más cercano. Aunque no puedo ver cómo desata la magia de la Antesala, debe de haberlo hecho, porque los genios se quedan callados.

—Tienes que esforzarte más. —Se gira hacia mí—. Los genios quieren que te obceques en preocupaciones insignificantes.

—Los destinos de Laia, Darin y Mamie no son insignificantes.

—Sus vidas no son nada comparadas con el paso del tiempo —apunta Shaeva—. No estaré aquí para siempre, Elias. Tienes que aprender a hacer que los fantasmas crucen al otro lado con más rapidez. Hay demasiados. —Al ver mi expresión testaruda, suspira—. Dime, ¿qué haces cuando un fantasma se niega a abandonar la Antesala hasta que mueran sus seres queridos?

—Pues… bueno…

Shaeva se exaspera, la expresión en su cara me recuerda al semblante de Helene cuando llegaba tarde a clase.

—¿Y qué me dices de cuando tienes cientos de fantasmas gritando a la vez para que los escuches? —pregunta Shaeva—. ¿Qué haces con un espíritu que hizo cosas terribles en vida pero que no siente ningún remordimiento? ¿Sabes por qué hay tan pocos fantasmas de las tribus? ¿Sabes qué ocurrirá si no los ayudas a cruzar con la suficiente rapidez?

—Ahora que lo mencionas —intervengo, con la curiosidad disparada—, ¿qué pasará si…?

—Si no los ayudas a cruzar, significará que habrás fracasado como Atrapaalmas y el fin del mundo humano como lo conoces. Reza a los cielos para que nunca llegue ese día.

Se sienta dejando caer el peso y hunde la cabeza en las manos. Tras un momento, me deslizo a su lado, con el pecho agitado por su angustia. Esto no es como cuando los centuriones se enfadaban conmigo. Me importaba tres pimientos lo que pensaran, pero quiero hacerlo bien con Shaeva. Nos hemos pasado meses juntos, ella y yo, mayormente llevando a cabo las tareas de Atrapaalmas, pero también debatiendo la historia militar marcial, riñendo de buenas por las tareas domésticas y compartiendo información sobre la caza y el combate. La considero como una hermana más sabia y mucho mayor que yo. No quiero decepcionarla.

—Deja ir el mundo humano, Elias. Hasta que no lo hagas, no podrás aprovecharte de la magia de la Antesala.

—Me deslizo por el aire todo el rato.

Shaeva me ha enseñado el truco de levitar y acelerar por entre los árboles en un abrir y cerrar de ojos, aunque ella es más rápida que yo.

—Deslizarse por el aire es magia física, más sencilla de dominar. —Shaeva suspira—. Cuando hiciste el juramento, la magia de la Antesala entró en tu sangre. Mauth entró en tu sangre.

Mauth. Reprimo un escalofrío. El nombre me sigue resultando extraño en los labios. Ni siquiera sabía que la magia tuviera uno cuando me habló por primera vez a través de Shaeva, hace meses, para exigirme mi juramento como Atrapaalmas.

—Mauth es la fuente de todo el poder del mundo de los seres místicos, Elias. Los genios, los efrits, los gules. Incluso la habilidad de curación de tu amiga Helene. Él es el origen de tu poder como Atrapaalmas.

Él. Como si la magia estuviera viva.

—Él te asistirá cuando ayudes a los fantasmas a cruzar al otro lado, si se lo permites. El verdadero poder de Mauth está aquí —la Atrapaalmas me da unos golpecitos suaves en el corazón y luego en la sien— y aquí. Pero hasta que no forjes un vínculo profundo con la magia que llegue hasta el alma, no podrás ser un auténtico Atrapaalmas.

—Es fácil para ti decirlo. Eres una genio. La magia forma parte de ti. A mí me cuesta dominarla. Me da tirones si me alejo demasiado de los árboles, como si fuera un perro descarriado. Y por los infiernos sangrantes, que no se me pase por la cabeza tocar a Laia…

El dolor al hacerlo es tan lacerante que solo pensarlo hace que arrugue el rostro.

¿Lo ves, traidora, lo estúpido que fue confiarle a este pedazo de carne mortal las almas de los muertos?

Shaeva responde a la intrusión de sus congéneres genios con una oleada de magia proyectada hacia la arboleda tan poderosa que incluso yo puedo notarla.

—Cientos de fantasmas esperan para cruzar, y vienen más cada día que pasa. —Las perlas de sudor caen por la sien de Shaeva, como si estuviera peleando en una batalla que yo no puedo ver—. Me inquieta enormemente. —Habla en voz baja y mira hacia los árboles que tiene detrás—. Temo que el Portador de la Noche esté maquinando contra nosotros, mezquina y sigilosamente, pero no consigo desentrañar su plan, y eso me preocupa.

—Está claro que algo trama contra nosotros. Quiere liberar a los genios atrapados.

—No. Percibo una intención oscura —dice Shaeva—. Si algún daño me acaeciera antes de que tu entrenamiento esté completo... —Respira hondo e intenta tranquilizarse.

—Puedo hacerlo, Shaeva —le aseguro—. Te lo prometo. Pero le dije a Laia que la ayudaría esta noche. Mamie podría estar muerta, o Laia, pero no puedo saberlo porque no estoy allí.

Cielos, ¿cómo se lo puedo explicar? Ha estado apartada de la humanidad durante tanto tiempo que probablemente no sea capaz de comprenderlo. ¿Entiende lo que es el amor? En los días en los que se mofa de mí por hablar en sueños, o me cuenta historias extrañas y graciosas porque sabe que añoro a Laia, parece que sí. Pero ahora...

—Mamie Rila dio su vida a cambio de la mía, y por algún tipo de milagro todavía la conserva. No hagas que tenga que darle la bienvenida aquí. No me obligues a darle la bienvenida a Laia tampoco.

—Quererlas solo te hará daño —tercia Shaeva—. Al final, se desvanecerán, pero tú perdurarás. Cada vez que te despidas de otra parte de tu antigua vida, una parte de ti morirá.

—¿Crees que no soy consciente de ello?

Cada momento robado con Laia es la irritante prueba de ese hecho. Los pocos besos que hemos compartido, detenidos en seco a causa de la disconformidad tiránica de Mauth. Hay un abismo que nos va separando cada vez más a medida que la realidad de mi juramento va calando. Cada vez que la veo parece estar más lejos, como si la observara a través de un catalejo.

—Eres un iluso. —La voz de Shaeva es suave, llena de empatía. Sus ojos oscuros pierden la concentración y siento que la atadura se afloja—. Yo me encargo del fantasma. Ve. Y no seas temerario con tu vida. Los genios adultos son casi imposibles de matar, excepto a manos de otros genios. Cuando te unas a Mauth, tú también te harás resiliente al ataque y el tiempo dejará de afectarte, pero hasta entonces, ten cautela. Si vuelves a morir, no podré traerte de regreso. Y... —golpea el suelo con la punta de la bota, cohibida— me he acostumbrado a tenerte por aquí.

—No moriré. —Le coloco la mano sobre el hombro—. Y te prometo que limpiaré los platos durante todo un mes.

Shaeva resopla incrédula, pero para entonces, ya estoy en movimiento, deslizándome por el aire por entre los árboles con tanta rapidez que puedo notar cómo las ramas me arañan la cara. Media hora más tarde, paso a toda velocidad por el lado de nuestra cabaña y cruzo la frontera de la Antesala hacia el Imperio. Nada más dejar atrás los árboles, me golpea un viento de tormenta y aminoro la velocidad; la magia se debilita a medida que me alejo del Bosque.

Noto un tirón en lo profundo de mi ser que quiere llevarme de vuelta. Es Mauth que exige mi retorno. El estirón es casi doloroso, pero aprieto los dientes y sigo adelante. *El dolor es una elección. Sucumbe a él y fracasa o desafíalo y triunfa.* El entrenamiento de Keris Veturia, marcado a fuego.

Para cuando llego a las afueras de la aldea donde se suponía que debía de encontrarme con Laia, hace rato que ha pasado la medianoche y la luz de la luna se filtra tímidamente por entre las nubes de nieve. *Por favor, que el asalto haya transcurrido sin incidentes. Por favor, que Mamie esté bien.*

Pero nada más entrar en la aldea, sé que algo no va bien. La caravana está vacía, las puertas de los carros crujen bajo la tormenta. Una fina capa de nieve ya se ha asentado sobre los cuerpos de los soldados que custodiaban los carros. No encuentro a ningún máscara entre ellos. Ningún tribal caído. La aldea está sumida en el silencio cuando lo normal es que se hubiera armado un buen alboroto.

Una trampa.

Lo sé de inmediato, con la misma certeza con la que distinguiría la cara de mi madre. ¿Es obra de Keris? ¿Se ha enterado de los asaltos de Laia?

Me subo la capucha, me arrebujo el pañuelo y me pongo de cuclillas para observar los rastros en la nieve. Están difuminados, desdibujados. Pero atisbo una huella de bota que me resulta familiar: la de Laia.

Estos rastros no están aquí por dejadez. Quieren que sepa que Laia ha entrado en la aldea y que no ha salido. Lo que significa que la trampa no la han tendido para ella.

Sino que estaba preparada para mí.

IV: La Verdugo de Sangre

—¡**M**aldita seas!
Sujeto a Laia de Serra con un agarre férreo, pero se me resiste con todas sus fuerzas. Se niega a desactivar su invisibilidad y siento como si estuviera forcejeando con un pez camuflado y enfadado. Me maldigo por no haberla dejado inconsciente nada más echarle la mano encima.

Me propina una asquerosa patada en el tobillo antes de darme un codazo en el estómago. Aflojo la presa y se me escapa de las manos. Me abalanzo hacia el sonido de su bota raspando el suelo, brutalmente satisfecha al oír la exhalación que emiten sus pulmones cuando cae víctima de mi placaje. Finalmente, parpadea y se hace visible, y antes de que pueda volver a usar el truquito de desaparecer, le retuerzo las manos a la espalda, y se las estrecho igual que el cordel que aprieta la carne del banquete de un festejo. Todavía jadeando, la empujo hacia una silla.

Laia desvía la mirada hacia la otra ocupante de la cabaña: Mamie Rila, atada y apenas consciente, y gruñe a través de la mordaza. Patalea como una mula y su bota impacta por debajo de mi rodilla. Hago una mueca de dolor. *No le sueltes un bofetón, Verdugo de Sangre.*

Mientras forcejea, una parte mística de mi mente vibra con la vida que hay en su interior. Se ha curado. Es fuerte. Eso debería fastidiarme.

Pero la magia que usé con Laia nos une; es un vínculo más sólido de lo que me gustaría. Me siento aliviada ante su vigor, como si me hubiesen dicho que mi hermana pequeña Livia goza de buena salud.

Que no será el caso durante mucho más tiempo si este plan no funciona. El miedo me atraviesa como una lanza, seguido por un recuerdo que me apuñala sin compasión. La sala del trono. El Emperador Marcus. El cuello de mi madre: rebanado. El cuello de mi hermana Hannah: rebanado. El cuello de mi padre: rebanado. Todo por mi culpa.

No voy a permitir que Livia muera también. Tengo que llevar a cabo la orden de Marcus y hacer caer a la comandante Keris Veturia. Si no regreso a Antium de esta misión con algo que pueda usar contra ella, Marcus descargará su ira sobre su emperatriz: Livia. No sería la primera vez.

Pero la comandante parece ser inatacable. Los plebeyos y los mercantes la apoyan porque sofocó la revolución académica. Las familias más poderosas del Imperio, las ilustres, les tienen miedo a ella y a la Gens Veturia. Es demasiado astuta como para que se le pueda acercar un asesino, y aunque me encargara de ella yo misma, sus aliados se alzarían en una revuelta.

Lo que significa que primero debo debilitar su estatus entre las Gens. Debo mostrarles que solo es una simple humana.

Y para eso, necesito a Elias Veturius. El hijo que se suponía que había muerto, como lo declaró Keris, pero que está, como he sabido hace poco, vivito y coleando. Presentarlo a él como prueba del fracaso de Keris es el primer paso para convencer a sus aliados de que no es tan fuerte como aparenta.

—Cuanto más te resistas —le advierto a Laia—, más se estrecharán las ataduras.

Le doy un tirón a las cuerdas. Cuando hace una mueca de dolor, siento una incómoda punzada en mi interior. ¿Un efecto colateral por haberla curado?

Te destruirá si no te andas con cuidado. Las palabras del Portador de la Noche sobre mi magia curativa resuenan en mi mente. ¿A esto se refería? ¿Que los vínculos que establezco con las personas a las que he curado son inquebrantables?

No puedo obsesionarme con eso ahora. El capitán Avitas Harper y el capitán Dex Atrius entran en la casita que hemos confiscado. Harper asiente con la cabeza, pero la atención de Dex revolotea hacia Mamie, a quien mira con la mandíbula apretada.

—Dex, es la hora.

No aparta la vista de ella. No me sorprende. Unos meses atrás, cuando estábamos persiguiendo a Elias, Dex interrogó a Mamie y a otros miembros de la tribu Saif siguiendo mis órdenes. La culpa lo ha asolado desde entonces.

—¡Atrius! —grito. Dex levanta la cabeza de golpe—. Ve a tu posición.

Menea la cabeza y desaparece. Harper espera pacientemente mis órdenes, impertérrito a las maldiciones amortiguadas de Laia y los quejidos de dolor de Mamie.

—Comprueba el perímetro —le indico—. Asegúrate de que ninguno de los lugareños haya vuelto por aquí.

No me he pasado semanas preparando esta emboscada para que un plebeyo fisgón la estropee.

Mientras Laia de Serra mira cómo Harper sale por la puerta, saco un puñal y me recorto las uñas. La ropa oscura que lleva puesta la chica le queda ceñida y resalta cada una de sus irritantes curvas, haciendo que sea muy consciente de cada uno de los huesos que sobresalen de manera extraña de mi cuerpo. Le he arrebatado la mochila, junto con una daga muy desgastada que reconozco con un sobresalto. Es de Elias. Su abuelo Quin se la regaló por su decimosexto cumpleaños.

Y Elias, por lo que se ve, se la dio a Laia.

La chica masculla algo tras la mordaza mientras su mirada pasa de mí a Mamie. Su actitud desafiante me recuerda a Hannah. Me pregunto durante un instante si, en otra vida, esa académica y yo podríamos haber sido amigas.

—Si me prometes que no vas a gritar —le digo— te quitaré la mordaza.

Se queda pensativa un instante antes de asentir. Nada más liberarla de la venda empieza a bramar.

—¿¡Qué le habéis hecho!? —Su silla golpetea cuando intenta encararse hacia Mamie Rila, que ahora está inconsciente—. Necesita un médico. Qué tipo de monstruo…

El chasquido que retumba por la casita cuando le doy un bofetón para que se calle me sorprende incluso a mí. Igual que las náuseas que casi hacen que me doble por la mitad. *Pero ¿qué demonios?* Me agarro a la mesa para estabilizarme y me yergo antes de que Laia pueda reparar en ello.

Endereza el mentón antes de levantar la cabeza. La sangre mana de su nariz. La sorpresa empaña esos ojos gatunos dorados, seguida por una saludable dosis de miedo. *Ya era hora.*

—Vigila ese tono. —Mantengo la voz llana y grave—. O te vuelvo a poner la mordaza.

—¿Qué quieres de mí?

—Solo tu compañía.

Entrecierra los ojos y al fin repara en las esposas que hay atadas a una silla en la esquina.

—Trabajo sola —me informa—. Haz conmigo lo que quieras.

—No eres más que una mosquita muerta. —Retomo mi manicura, reprimiendo una sonrisa al ver lo mucho que mis palabras la irritan—. Como mucho, un mosquito. No te atrevas a decirme lo que tengo que hacer. La única razón por la que el Imperio no te ha aplastado es porque yo no lo he permitido.

Por supuesto eso es mentira. Ha asaltado seis caravanas en dos meses, liberando a cientos de prisioneros como resultado. Solo los cielos saben cuánto tiempo más habría continuado si no hubiese recibido la nota.

Me llegó hace dos semanas. No reconocí la letra, y la persona que la entregó —persona o criatura— evitó que la detectara una maldita guarnición entera de máscaras.

LOS ASALTOS. ES LA CHICA.

No he permitido que las noticias de los ataques se propaga-sen. Ya tenemos bastantes problemas con las tribus, que están furiosas por la presencia de las tropas marciales desplegadas en su desierto. En el oeste, los bárbaros karkaun han conquistado los clanes de los hombres salvajes y ahora atosigan nuestros puestos fronterizos cerca de Tiborum, al tiempo que un hechi-cero karkaun, que se hace llamar Grímarr, ha congregado a sus clanes y acechan en el sur, con incursiones en nuestras ciudades portuarias.

Marcus hace nada que ha afianzado la lealtad de las Gens ilustres. Si les llega la noticia de que una rebelde académica ronda por la campiña desatando el caos, se inquietarán. Si des-cubren que además se trata de la misma chica que Marcus su-puestamente debía matar en la cuarta prueba, olerán la sangre en el agua.

Otro golpe de Estado a mano de los ilustres es lo último que necesito. Más ahora que el destino de Livia está atado al de Marcus.

Cuando me llegó la nota, establecer una conexión entre Laia y los asaltos resultó bastante sencillo. Los informes de la prisión de Kauf coincidían con los de los ataques. *Una chica que aparece un instante y desaparece al siguiente. Una académica regre-sada de entre los muertos, que desata su venganza sobre el Imperio.*

Aunque no se trataba de un fantasma, sino de una chica. Una chica y un cómplice excepcionalmente talentoso.

Nos miramos la una a la otra. Laia de Serra es todo pasión. Sentimiento. Todo lo que piensa lo lleva escrito en el rostro. Me pregunto si entiende lo que es el deber.

—Si soy una mosquita —me dice—, entonces ¿por qué...? —La comprensión modifica su semblante—. No estás aquí por mí. Pero si me estás usando como cebo...

—Entonces funcionará a la perfección. Conozco bien a mi presa, Laia de Serra. Estará aquí en menos de quince minutos.

Si estoy equivocada... —Giro el puñal con las puntas de los dedos. Laia empalidece.

—Murió. —Parece creerse su propia mentira—. En la prisión de Kauf. No va a venir.

—Uy, vendrá. —Cielos, la odio cuando lo digo. Vendrá en su busca. Por ella siempre lo hará. Del mismo modo que nunca lo hará por mí.

Aparto el pensamiento. *Debilidad, Verdugo.* Me arrodillo delante de ella, con el cuchillo en la mano, y resigo con él la marca en forma de *K* que le dejó la comandante. La cicatriz tiene ya un tiempo. Puede que ella la vea como una imperfección en comparación con su piel brillante, pero la hace parecer más fuerte. Resiliente. Y la odio por eso también.

Pero no por mucho tiempo más, puesto que no puedo permitir que Laia de Serra se vaya de rositas. No cuando llevar su cabeza a Marcus podría ganarme su favor... y con ello asegurar que mi hermana pequeña siga con vida.

Pienso brevemente en la cocinera y su interés por Laia. La antigua esclava de la comandante se pondrá furiosa cuando se entere de que la chica está muerta, aunque la anciana hace meses que desapareció. Quizás ella también haya fallecido.

Laia debe de ver las intenciones asesinas en mis ojos, porque su rostro adopta un tono ceniciento y se achica en el asiento. Las náuseas vuelven a arremeter contra mí. Veo un destello blanco y me apoyo en el reposabrazos de madera de su silla con el cuchillo apuntando hacia delante, sobre la piel de su corazón...

—Ya basta, Helene.

Su voz es tan desgarradora como uno de los latigazos de la comandante. Ha entrado por la puerta de atrás, como sospechaba que haría. *Helene.* Cómo no, ha usado mi nombre.

Pienso en mi padre. *Eres la única que retiene las tinieblas.* Pienso en Livia, que se cubre los moratones del cuello con una capa tras otra de maquillaje para que la corte no piense que es débil. Me giro.

—Elias Veturius. —Se me hiela la sangre al ver que, a pesar de haber sido yo la que ha preparado la emboscada, se las ha ingeniado para sorprenderme. Pues en vez de venir solo, Elias ha hecho prisionero a Dex, atándole los brazos y sosteniendo un cuchillo contra su cuello. La cara enmascarada de Dex está paralizada en un rictus de rabia. *Dex, maldito idiota.* Lo fulmino con la mirada en una reprimenda silenciosa. Me pregunto si habrá intentado resistirse siquiera.

—Mata a Dex si te place —le indico—. Si ha sido lo bastante inepto como para que lo atrapasen, no lo echaré de menos.

La luz de la antorcha se refleja un instante en la cara de Elias. Mira a Mamie —a su cuerpo roto y su figura caída— y entorna los ojos llenos de furia. Se me seca la garganta al contemplar su profunda emoción mientras devuelve la atención hacia mí. Veo cientos de pensamientos escritos en su mandíbula apretada, en sus hombros, en la manera como sostiene el arma. Conozco su lenguaje; lo he hablado desde que tenía seis años. *Mantente firme, Verdugo.*

—Dex es tu aliado —me dice—. Por lo que sé, andas escasa de ellos últimamente. Creo que lo echarías mucho de menos. Libera a Laia.

Me acuerdo de la tercera prueba. De cómo él acabó con la vida de Demetrius. Con la de Leander. Elias ha cambiado. Lo envuelve la oscuridad, una que no estaba ahí antes.

A ti y a mí, amigo mío.

Levanto a Laia de la silla, la estrello contra la pared y le coloco el cuchillo en el cuello. Esta vez, estoy preparada para la oleada de náuseas, y aprieto los dientes cuando me sobrevienen.

—La diferencia entre nosotros, Veturius, es que a mí no me importa si mi aliado muere. Suelta las armas. Verás unas esposas en la esquina. Póntelas. Siéntate. Cállate. Si lo haces, Mamie vivirá y te prometo que no daré caza a tu banda de criminales asaltadores de caravanas ni a los prisioneros que liberaron. Niégate, y los perseguiré y los mataré yo misma.

—Creía… Creía que eras una persona decente —susurra Laia—. No una persona buena, pero… —baja la vista hacia mi cuchillo y luego hacia Mamie—, no esto.

Eso es porque eres una necia. Elias titubea y clavo un poco más el cuchillo.

La puerta se abre detrás de mí. Harper, con las dagas desenvainadas, entra acompañado de una oleada de frío. Elias lo ignora, toda su atención está puesta en mí.

—Suelta también a Laia y acepto tu trato —me ofrece.

—Elias —jadea Laia—. No… la Antesala… —le chisto y se queda callada. No tengo tiempo para esto. Mientras más me demore, más oportunidades tendrá Elias para pensar en una manera de escapar. Me he asegurado de que supiera que Laia había entrado en la aldea y debería de haber previsto que atraparía a Dex. *Verdugo idiota. Lo has subestimado.*

Laia intenta hablar, pero le hinco el cuchillo en el cuello, sacándole sangre a propósito. Tiembla y sus respiraciones son superficiales. La cabeza me martillea. El dolor aviva mi rabia y la parte de mí engendrada al ver la sangre de mis padres asesinados vocifera, con las uñas al descubierto.

—Conozco su canción, Veturius —le advierto. Dex y Avitas no entenderán el significado, pero Elias sí—. Puedo estar aquí toda la noche. Todo el día. El tiempo que haga falta. Puedo hacerle daño.

Y curarla. No lo digo, pero él ve mis intenciones despiadadas. *Y volverle a hacer daño, y curarla. Hasta que pierdas la cabeza presenciándolo.*

—Helene. —La rabia de Elias desaparece, reemplazada por la sorpresa. La decepción. Pero no tiene ningún derecho a sentirse decepcionado por mí—. No nos matarás.

No suena muy seguro. *Solías conocerme,* pienso. *Pero ya no. Ni siquiera me reconozco a mí misma.*

—Hay cosas peores que la muerte —le digo—. ¿Deberíamos aprenderlas juntos?

Su ira aumenta. *Ándate con cuidado, Verdugo de Sangre.* El máscara todavía vive en el interior de Elias Veturius, debajo de lo que sea en lo que se ha convertido. Puedo presionarlo, pero solo hasta cierto punto.

—Liberaré a Mamie. —Le ofrezco la zanahoria antes de blandir el palo—. Como gesto de buena voluntad. Avitas la dejará en algún lugar donde tus amigos tribales la puedan encontrar.

Solo cuando Elias mira a Harper recuerdo que no sabe que Avitas es su hermanastro. Sopeso si puedo usar esa información contra él, pero decido morderme la lengua. Ese secreto es de Harper, no mío. Asiento en su dirección y mi segundo al mando se lleva a Mamie de la cabaña.

—Suelta a Laia también —dice Elias—. Y haré lo que me pides.

—Se viene con nosotros. Conozco tus trucos, Veturius. No funcionarán. No puedes salir victorioso de esta si quieres que ella viva. Suelta tus armas y ponte las esposas. No te lo pediré otra vez.

Elias empuja a Dex, cortando sus ataduras a la vez, y luego le propina un puñetazo que hace que se caiga de rodillas. Dex no contraataca. *¡Estúpido!*

—Esto es por interrogar a mi familia. No te creas que no lo sabía.

—Trae los caballos —le bramo a Dex.

Se levanta, solemne y con la espalda erguida, como si la sangre no le estuviera manchando la armadura. Una vez que ha salido de la casita, Elias baja sus cimitarras.

—Suelta a Laia. No me amordaces. Y mantendrás las distancias, Verdugo de Sangre.

No debería dolerme que se dirigiera a mí por mi título. Después de todo, ya no soy Helene Aquilla.

Pero cuando lo vi por última vez, yo todavía era Helene. Hace unos minutos, cuando me ha visto, ha pronunciado mi nombre.

Suelto a Laia, que aspira grandes bocanadas de aire, y con ello el color va retornando a su cara. Tengo la mano húmeda;

un chorrito de sangre de su cuello. Una gotita, de hecho. Nada comparado con los torrentes que manaron de mi madre, mi hermana y mi padre cuando murieron.

Eres la única que retiene las tinieblas.

Repito las palabras en mi mente. Me recuerdo por qué estoy aquí y le prendo fuego a cualquier reminiscencia de remordimiento que pudiera quedar en mí.

V: Laia

—Échale un ojo a Veturius —le ordena la Verdugo de Sangre a Avitas Harper cuando regresa sin Mamie—. Asegúrate de que esas esposas estén bien atadas.

La Verdugo me arrastra por el suelo de la cabaña, todo lo lejos que puede de Elias. Que estemos los tres juntos en la misma habitación es una situación de lo más extraña y muy probablemente sea algún tipo de augurio, pero esa sensación se evapora cuando la Verdugo aprieta más el cuchillo contra mi piel.

Por los infiernos, tenemos que salir de aquí. Preferiría no tener que esperar así y comprobar si la Verdugo tiene la intención real de cumplir su promesa de torturarme. A estas alturas, Afya y Darin deben de estar locos de preocupación.

Dex se asoma por la puerta trasera.

—Los caballos se han ido, Verdugo.

Furibunda, la Verdugo de Sangre mira a Elias, que se encoge de hombros.

—No creerías que los iba a dejar ahí tranquilos, ¿verdad?

—Ve a por otros —le ordena la Verdugo a Dex—. Y trae un carro fantasma. Harper, ¿cuánto rato necesitas para asegurarte de que esas malditas cadenas estén intactas?

A modo de experimento compruebo mis cadenas, pero la Verdugo me ve y me retuerce los brazos salvajemente.

Elias está despatarrado en la silla con una comodidad impostada, observando a su antigua amiga. El aburrimiento que finge en su expresión no me engaña. Su piel bronceada empalidece a cada segundo que pasa, hasta que parece estar enfermo. La Antesala lo reclama, y los tirones se hacen más insistentes. No es la primera vez que lo presencio. Lo va a pasar mal si se mantiene alejado demasiado tiempo.

—Me estás usando para llegar a mi madre —dice Elias—. Lo verá venir a kilómetros de distancia.

—No me obligues a repensarme lo de la mordaza. —La Verdugo se ruboriza por debajo de su máscara—. Harper, ve con Dex. Quiero ese carro ya.

—¿Qué crees que está haciendo Keris Veturia en este preciso instante? —pregunta Elias en lo que Harper desaparece.

— Ya ni siquiera vives en el Imperio. —La Verdugo de Sangre me agarra con más fuerza—. Así que cierra el pico.

—No me hace falta vivir en el Imperio para saber cómo razona la comandante. La quieres ver muerta, ¿verdad? Eso debe saberlo. Lo que significa que también sabe que si la matas, te arriesgas a que estalle una guerra civil contra sus aliados. Así que mientras estás aquí perdiendo el tiempo conmigo, ella está en la capital maquinando vete a saber qué.

La Verdugo frunce el ceño. Lleva toda la vida prestando atención a los consejos que él le sugiere y viceversa. *¿Y si tiene razón?* Prácticamente puedo oír cómo piensa eso. Elias cruza una mirada conmigo; está buscando una apertura igual que yo.

—Busca a mi abuelo —le propone Elias—. Si quieres acabar con ella, necesitas comprender cómo piensa. Quin conoce a Keris mejor que cualquier otra persona que siga viva.

—Quin ha abandonado el Imperio —replica la Verdugo.

—Si mi abuelo ha abandonado el Imperio, entonces los gatos vuelan. Donde sea que esté Keris, mi abuelo no andará lejos, esperando a que ella cometa un error. No es tan estúpido como para alojarse en una de sus haciendas. Y no estará solo. Todavía le quedan muchos hombres que le son leales...

—No importa. —La Verdugo de Sangre desestima el consejo de Elias con un movimiento de la mano—. Keris y esa criatura que va con ella...

El estómago se me encoge. *El Portador de la Noche. Se refiere al Portador de la Noche.*

—Traman algo —termina la Verdugo—. Tengo que destruirla antes de que acabe con el Imperio. Me pasé semanas buscando a Quin Veturius. No me queda tiempo para volver a hacerlo.

Elias se remueve en el asiento... se está preparando para hacer su movimiento. La Verdugo me agarra con menos fuerza y aprieto las manos, las doblo, tiro, hago todo lo que puedo para retorcerme y liberarme de las ataduras sin delatarme. Mis palmas húmedas engrasan la cuerda, pero no es suficiente.

—Quieres destruirla. —Las esposas de Elias tintinean. Algo destella cerca de sus manos. ¿Ganzúas? ¿Cómo diablos ha conseguido que Avitas no las viera?—. Recuerda que ella hará cosas que tú no estás dispuesta a hacer. Encontrará tus debilidades y se aprovechará de ellas. Es lo que se le da mejor.

Cuando Elias mueve el brazo, la Verdugo gira la cabeza de golpe hacia él con los ojos entornados. Justo en ese instante entra Harper.

—El carro está listo, Verdugo.

—Llévatela. —Me empuja hacia Avitas—. Apúntale con un cuchillo en el cuello.

Harper tira de mí hacia sí y no opongo resistencia al notar el contacto de su arma. Si tan solo pudiera distraer a la Verdugo y a Avitas un segundo, el tiempo suficiente para que Elias pueda atacar...

Uso un truco que Elias me enseñó cuando viajábamos juntos. Le propino una patada a Avitas en la carne suave entre el pie y la pierna y luego dejo caer todo mi peso de golpe hacia el suelo.

Avitas maldice, la Verdugo se gira y Elias sale disparado de su asiento, libre de las esposas. Se abalanza en busca de sus espadas en un abrir y cerrar de ojos. Un cuchillo surca el aire por encima de mi cabeza y Harper se agacha, arrastrándome con él. La Verdugo de Sangre grita, pero Elias se le echa encima, aprovechándose de su corpulencia para derribarla. La sujeta contra el suelo con un cuchillo en la garganta, pero algo brilla en la muñeca de ella. Tiene una daga. Cielos, lo va a apuñalar.

—¡Elias! —grito para advertirlo cuando de repente su cuerpo se queda rígido.

Un estertor brota de su garganta. El cuchillo le cae de la mano y en un segundo la Verdugo se escurre de debajo de él, con los labios curvados en una mueca de desdén.

—Laia. —Los ojos de Elias comunican su rabia. Su impotencia. De repente la oscuridad envuelve la habitación. Veo un cabello negro largo que ondea y un destello de piel morena. Unos ojos sin fondo me clavan la mirada. Shaeva.

Entonces ella y Elias desaparecen. El suelo traquetea bajo nuestros pies y el viento arrecia y suena, durante un segundo, como el ululato de los fantasmas.

La Verdugo de Sangre da un salto hacia donde estaba Elias. No encuentra nada, y un instante después, su mano se cierra alrededor de mi cuello y su cuchillo me apunta al corazón. Me devuelve al asiento de un empujón.

—¿Quién demonios era esa mujer?—pregunta en un susurro.

La puerta se abre de par en par y entra Dex enarbolando la cimitarra. Antes de que el capitán pueda abrir la boca, la Verdugo ya le está vociferando.

—¡Registra la aldea! ¡Veturius ha desaparecido como si fuera un maldito espectro!

—No está en la aldea —le aseguro—. Se lo ha llevado ella.

—¿Quién se lo ha llevado?

No puedo hablar, el cuchillo está demasiado cerca y soy incapaz de mover ni un músculo.

—¡Dímelo!

—Afloja el cuchillo, Verdugo —intercede Avitas. El máscara de cabello oscuro escanea la habitación a conciencia, como si Elias pudiera reaparecer en cualquier momento—, y quizá lo haga.

La Verdugo de Sangre retira el cuchillo no más de medio milímetro. Su mano mantiene el pulso, pero su cara bajo la máscara está sonrojada.

—Habla o muere.

Mis palabras se tropiezan las unas con las otras cuando intento explicarle, tan vagamente como soy capaz, quién es Shaeva y en qué se ha convertido Elias. Cuando se lo estoy explicando, me doy cuenta de lo disparatado que suena. La Verdugo de Sangre se queda callada, pero la incredulidad está escrita en cada línea de su cuerpo.

Cuando termino, se levanta, sujetando débilmente el cuchillo y con la mirada perdida en la noche. Solo faltan unas pocas horas para el alba.

—¿Puedes hacer que Elias vuelva? —pregunta en voz baja.

Niego con la cabeza y se arrodilla frente a mí. Su rostro está repentinamente sereno y su cuerpo relajado. Cuando la miro a los ojos, los suyos se muestran distantes, como si sus pensamientos se hubieran desplazado a algún otro lugar.

—Si el Emperador descubriera que estás viva, te querría interrogar él mismo —me dice—. A menos que seas muy estúpida, estarás de acuerdo conmigo en que la muerte será lo más conveniente. Haré que sea rápido.

Ay, cielos. Puedo mover los pies, pero sigo maniatada. Podría escurrir la mano derecha y liberarla si tirara con la suficiente fuerza...

Avitas envaina su cimitarra y se inclina detrás de mí. Noto el roce de su piel caliente con mis muñecas y anticipo que me va a apretar las ligaduras de nuevo.

Pero no lo hace.

En vez de eso, la cuerda que me ata las muñecas cae al suelo. Harper me dice una única palabra a media voz, tan susurrada que me cuestiono si la he oído en realidad.

—Vete.

No me puedo mover. Cruzo la vista con la Verdugo de Sangre, con la cabeza alta. *Miraré a la muerte a los ojos.* La aflicción le arruga los rasgos plateados. De repente parece ser mayor de los veinte años que tiene y se muestra implacable como una espada bien afilada. La han pulido hasta despojarla de cualquier tipo de debilidad. Ha visto demasiada sangre. Demasiada muerte.

Recuerdo cuando Elias me contó lo que Marcus le había hecho a la familia de la Verdugo. Él lo supo de boca del fantasma de Hannah Aquilla, que lo estuvo acosando durante meses antes de por fin cruzar al otro lado.

A medida que escuchaba lo que había ocurrido, me iba sintiendo cada vez más mareada. Me acordé de una mañana oscura unos cuantos años antes. Me había despertado al despuntar el día, asustada por los sollozos graves y ahogados que retumbaban por la casa. Creí que el abuelo había traído a casa algún animal. Alguna criatura herida que moría lentamente y en agonía.

Pero cuando entré en el salón, allí estaba la abuela, meciéndose adelante y atrás, y el abuelo pidiéndole frenéticamente que dejara de plañir, puesto que nadie podía oírla lamentando la muerte de su hija, mi madre. Nadie podía saberlo. El Imperio anhelaba destruir todo lo que la Leona había sido, todo lo que representaba. Eso significaba a todas y cada una de las personas que tuvieran algún tipo de conexión con ella.

Todos fuimos al mercado ese día a vender las mermeladas de la abuela: el abuelo, Darin, la abuela y yo. Ella no derramó ni una lágrima. Solo la oía en medio de la noche, sus lamentos ahogados me desgarraban el alma más de lo que lo habría hecho cualquier grito.

A la Verdugo de Sangre también le habían negado el derecho a lamentar la muerte de su familia en público. ¿Cómo lo iba a hacer? Es la segunda al mando del Imperio y condenaron a su familia porque fracasó en el cumplimiento de las órdenes del Emperador.

—Lo siento —susurro mientras ella levanta la daga. Alargo la mano con un movimiento seco, no para detener su arma, sino para acariciarle la otra mano. Se queda paralizada de la sorpresa. La piel de su palma está fría y callosa. Pasa menos de un segundo, pero su asombro se transforma en ira.

La rabia más cruel proviene del dolor más profundo, solía decir la abuela. *Habla, Laia.*

—A mis padres también los asesinaron —le digo—. Y a mi hermana. En Kauf. Yo era más pequeña y no lo vi. Nunca pude llorar su pérdida. No me lo permitieron. Y nadie habló nunca más del asunto, pero pienso en ellos cada día. Lo siento mucho por ti y por lo que has perdido. De corazón.

Durante un instante, tengo ante mí a la chica que me curó. A la chica que permitió que Elias y yo escapáramos de Risco Negro. La chica que me contó cómo infiltrarme en la prisión de Kauf.

Y antes de que esa chica se esfume —como sé que va a ocurrir— activo mi poder y desaparezco. Salgo de un salto de la silla y paso como una exhalación por el lado de Avitas hacia la puerta. No he dado ni dos pasos cuando la Verdugo empieza a gritar, y al tercero su daga corta el aire detrás de mí seguida de su cimitarra.

Demasiado tarde. Para cuando la espada cae al suelo, ya he cruzado la puerta abierta y he dejado atrás a Dex, completamente ajeno a lo que está ocurriendo, y corro tan rápido como me lo permiten las piernas hasta fusionarme con las demás sombras de la noche.

VI: Elias

Shaeva me sumerge en una oscuridad tan profunda que hace que me pregunte si estoy en uno de los infiernos. Me sujeta firmemente, aunque no puedo verla. No nos estamos deslizando por el aire. La sensación es como si no nos estuviéramos desplazando en absoluto, pero aun así noto cómo su cuerpo emite la característica vibración de la magia, y cuando esta me alcanza, me quema la piel como si me hubiesen prendido fuego.

Mi visión se va haciendo más nítida gradualmente hasta que me doy cuenta de que estoy sobrevolando un océano. El cielo sobre mi cabeza se extiende salpicado de gruesas nubes de un amarillo cetrino. Percibo a Shaeva a mi lado, pero soy incapaz de apartar la vista del agua que hay debajo, que bulle con formas enormes que provocan ondas en la superficie. El mal emana de ellas, una vileza que se filtra hasta los recovecos más profundos de mi alma. El terror me embarga de una manera que no he experimentado en toda mi vida, ni siquiera cuando era un niño en Risco Negro.

Entonces el miedo remite y se ve reemplazado por el peso de una mirada arcaica. Una voz me habla en la mente:

La noche se cierne sobre ti, Elias Veturius. Ten cuidado.

La voz habla tan flojo que debo agudizar el oído para comprender cada sílaba, pero antes de que pueda encontrarles el sentido a sus palabras, el océano desaparece, la oscuridad vuelve y la voz y las imágenes se desvanecen de mi memoria.

* * *

Las vigas de madera nudosa sobre mi cabeza y la almohada de plumas bajo ella me revelan al instante dónde estoy cuando me despierto. En la cabaña de Shaeva... en mi casa. Un tronco chisporrotea en el fuego y el aroma de las especias del *korma* impregna el aire. Durante un buen rato me relajo en mi catre, sintiéndome a salvo en la paz de quien se sabe resguardado y cálido bajo su propio techo.

¡Laia! Cuando recuerdo lo que ha ocurrido, me incorporo demasiado rápido y me sobreviene un dolor de cabeza atroz. *Por los infiernos sangrantes.*

Tengo que volver a la aldea... con Laia. Me arrastro hasta ponerme en pie, localizo mis cimitarras guardadas de cualquier modo debajo de mi cama y me tambaleo hasta la puerta de la casita. Fuera, el viento glacial sacude todo el claro, removiendo los montones de nieve y convirtiéndolos en pequeños tornados salvajes que me llegan hasta la cintura. Los fantasmas ululan y se agrupan al verme, su angustia es palpable.

—Hola, pequeñín. —Uno de los espíritus levita hasta mí, tan descolorido que apenas puedo discernir los rasgos de su rostro—. ¿Has visto a mi amorcito?

Sé quién es. La llamamos Voluta. Es uno de los primeros fantasmas que conocí aquí. Mi voz cuando hablo sale en un gruñido ronco.

—Lo... siento...

—Elias. —Shaeva aparece en la linde del claro con un cesto de hierbas de invierno colgado de la muñeca. Voluta, siempre tímida, se aleja—. No deberías estar fuera de la cama.

—¿Qué me está pasando? —le exijo saber a la Atrapaalmas—. ¿Qué ha ocurrido?

—Has estado inconsciente durante un día. —Shaeva hace caso omiso a mi evidente cólera—. Nos teletransporté aquí en vez de deslizarnos por el aire. Es más rápido, pero más perjudicial para tu cuerpo mortal.

—Laia… Mamie…

—Ya basta, Elias. —Shaeva se sienta a los pies de un tejo negro, colocándose entre las raíces que sobresalen, y respira hondo. El árbol casi parece curvarse a su alrededor, acomodándose a su cuerpo. Toma un puñado de hierbas de la cesta y les quita las hojas de los tallos con violencia—. Casi haces que te maten. ¿No es suficiente?

—No deberías haberme sacado de allí de esa manera. —No puedo contener la rabia y ella me mira con ojos que echan chispas, con su propia ira en aumento—. No me habría pasado nada. Tengo que volver a esa aldea.

—¡Maldito imbécil! —Deja a un lado el cesto—. La Verdugo de Sangre tenía una daga oculta en el guantelete. Estaba a un centímetro de tus órganos vitales. Mauth intentó traerte de vuelta, pero tú no le hiciste caso. Si no hubiese acudido, ahora mismo le estaría gritando a tu fantasma. —Su furia se refleja en su entrecejo fruncido—. Te permití que fueras a ayudar a tus amigos a pesar de mis dudas y lo desaprovechaste.

—No puedes pretender que permanezca en la Antesala y no tenga nunca ningún contacto humano —replico—. Me volveré loco. Y Laia… me preocupo por ella, Shaeva. No puedo quedarme aquí…

—Ay, Elias. —Se levanta y me toma las manos. Aunque tengo la piel entumecida por el frío, no me resulta cómodo su calor. Ella suspira, y su voz está cargada de remordimiento—. ¿Crees que yo nunca he amado? Lo hice. Una vez. Él era precioso. Brillante. Ese amor me cegó de mis deberes, por más sagrados que fueran. El mundo sufrió a causa de mi amor. Todavía sufre.

Suelta el aire entrecortadamente y a nuestro alrededor los gemidos de los fantasmas se intensifican, como si respondieran a su desasosiego.

—Entiendo tu dolor. De verdad. Pero para nosotros, Elias, el deber debe imperar por encima de todo lo demás: el deseo, la tristeza, la soledad. El amor no puede vivir aquí. Escogiste a la Antesala, y la Antesala te escogió a ti. Ahora debes consagrarte a ella por completo, en cuerpo y alma.

En cuerpo y alma. Un escalofrío me recorre la espalda cuando recuerdo algo que Cain me dijo hace mucho tiempo; que un día tendría la oportunidad de obtener la libertad. *La libertad verdadera, de cuerpo y alma.* Me pregunto si lo vaticinó. ¿Me guio hacia el camino a la libertad a sabiendas de que un día me la arrebatarían? ¿Ha sido siempre este mi destino?

—Necesito algo de tiempo. Un día —le propongo. Si voy a tener que estar encadenado a este lugar para el resto de la eternidad, entonces al menos les debo a Laia y a Mamie una despedida; aunque no tengo ni idea de qué les voy a decir.

Shaeva se queda callada unos instantes.

—Te daré unas pocas horas —accede al final—. Después de eso, no habrá más distracciones. Tienes mucho que aprender, Elias. Y no sé cuánto tiempo me queda para poder enseñarte. En el momento en el que tomaste el juramento para convertirte en Atrapaalmas, mis poderes empezaron a desaparecer.

—Lo sé. —Le doy un empujoncito con la bota, sonriendo en un intento de despejar la tensión que hay entre nosotros—. Me lo recuerdas cada vez que no tienes ganas de lavar los platos. —Imito su voz serena—. *Elias, mis poderes desaparecen... así que asegúrate de barrer los escalones de la entrada, y traer leña, y...*

Suelta una carcajada.

—Como si supieras barr... barrer...

Su sonrisa se esfuma. Unas líneas de agitación se forman alrededor de su boca y sus manos se abren y cierran, como si estuviera desesperada por agarrar unas armas que no posee.

La nieve a nuestro alrededor ralentiza sus torbellinos. El viento amaina, como si algo lo hubiese intimidado, y luego cesa por completo. Las sombras entre los árboles se hacen más profundas, tan negras que parecen portales hacia otro mundo.

—¿Shaeva? ¿Qué diablos está pasando?

La Atrapaalmas se estremece, desgarrada por el pavor.

—Entra en la cabaña, Elias.

—Sea lo que fuere, nos enfrentaremos a ello jun...

Me hinca los dedos en los hombros.

—Hay tantas cosas que todavía no sabes, y si fracasas, el mundo también fracasará. Esto no es más que el inicio. Recuerda: duerme en la casita. No te pueden hacer daño allí. Y busca a las tribus, Elias. Han sido mis aliados desde hace mucho tiempo. Pregunta por las historias de los muer... —Su voz se ahoga mientras arquea la espalda.

—¡Por los infiernos sangrantes! Shaeva...

—¡*La luna se posa sobre el Arquero y la Doncella Escudera!* —Su voz cambia, se multiplica. Es la voz de una niña y la de una anciana sobrepuestas a la suya, como si todas las versiones que Shaeva fue y hubiese podido ser estuvieran hablando a la vez.

—*El ejecutor se ha alzado. La traidora corre libre. ¡Temed! La Muerte se acerca, envuelta en llamas en su despertar, y todo este mundo estará envuelto en ardor. Y así es como se ajusticiará el gran error.*

Arroja los brazos al cielo, hacia las constelaciones ocultas detrás de las gruesas nubes de nieve.

—Shaeva. —La zarandeo por los hombros con insistencia. *¡Llévala dentro!* La casita siempre la tranquiliza. Es su único refugio en este lugar abandonado de la mano de los cielos. Pero cuando intento auparla, ella me empuja—. Shaeva, no seas tan cabezota...

—Recuerda todo lo que digo antes del final —susurra—. Por eso ha venido. Eso es lo que quiere de mí. Júralo.

—Lo... Lo juro...

Levanta las manos hacia mi cara. Por primera vez, tiene los dedos fríos.

—Pronto te darás cuenta del precio de tu juramento, hermano. Espero que no me lo tengas demasiado en cuenta.

Cae de rodillas, tumbando el cesto de hierbas. Las hojas verdes y amarillas se desparraman, dejando una mancha brillante de color que resulta incongruente contra la nieve cenicienta. El claro está en silencio. Incluso los fantasmas se han callado.

Esto no puede ser bueno. Los fantasmas siempre están más concentrados alrededor de la cabaña, pero los espíritus se han ido. Todos ellos.

Al oeste del Bosque, donde hace unos momentos las sombras eran solo sombras, algo se revuelve. La oscuridad se mueve, retorciéndose como si estuviera agonizando, hasta que se contorsiona y forma una figura encapuchada envuelta en ropas de noche pura. Por debajo de la capucha, dos pequeños soles me observan.

Es la primera vez que lo veo. Solo he oído su descripción, pero lo reconozco. Por los infiernos ardientes y sangrantes, vaya si lo reconozco.

Es el Portador de la Noche.

VII: La Verdugo de Sangre

Una hilera de cabezas decapitadas nos da la bienvenida a Dex, a Avitas y a mí cuando pasamos por debajo de las puertas con tachones de hierro de Antium. La mayoría son de académicos, pero también veo a algún marcial. En las calles se alzan ringleras de aguanieve sucia y un espeso manto de nubes cubre la ciudad, depositando más nieve.

Espoleo al caballo para dejar atrás la espeluznante exhibición y Harper me sigue, pero Dex se queda mirando las cabezas, con las manos apretando las riendas. Su silencio es perturbador. El interrogatorio de la tribu Saif todavía lo atormenta.

—Vete a los barracones, Dex —le ordeno—. Quiero los informes sobre todas las misiones activas encima de mi escritorio antes de la medianoche. —Mi atención se desvía hacia dos mujeres que holgazanean fuera de un puesto de guardia cercano: son cortesanas—. Y ve a distraerte después. Abstrae la mente del asalto.

—No frecuento los burdeles —dice Dex en voz grave tras seguir mi mirada hacia las mujeres—. Y aunque lo hiciera, no es tan fácil para mí, Verdugo. Y lo sabes.

Le dedico a Avitas Harper una mirada. *Lárgate.* Cuando ya no puede oírnos me giro hacia Dex.

—Madame Heera está en la plaza Mandias. La Casa del Olvido. Heera es discreta y trata bien a sus chicas… y chicos.

—Ante la indecisión de Dex, pierdo la paciencia—. Estás permitiendo que la culpa te consuma, y ya nos ha pasado factura en la aldea —le recrimino.

Ese asalto tenía como objetivo hacernos con algo que pudiéramos usar contra Keris. Hemos fracasado y Marcus no estará satisfecho. Y será mi hermana la que sufrirá su frustración.

—Cuando estoy baja de ánimos —continúo—, visito a Heera. Me ayuda. No me importa si vas o no, pero deja de actuar como un pusilánime y un inútil. No me queda paciencia para eso.

Dex se marcha y Harper acerca su caballo.

—¿Acudes con frecuencia a Heera? —Hay algo más que mera curiosidad en su voz.

—¿Has vuelto a leer nuestros labios?

—Solo los tuyos, Verdugo. —Los ojos de Harper descienden hacia mi boca tan sutilmente que el gesto por poco me pasa desapercibido—. Disculpa mi pregunta. Supuse que tenías voluntarios para saciar tus... necesidades. El anterior segundo al mando del Verdugo a veces procuraba cortesanas para él, si necesitas que yo...

Las mejillas se me sonrojan ante la imagen que aparece en mi mente.

—Deja de hablar, Harper —le ordeno—. Mientras estés detrás de mí.

Galopamos hacia el palacio; el brillo perlado que desprende no es más que una desvergonzada mascarada que oculta la opresión que reside dentro. Las puertas exteriores bullen a esta hora: los cortesanos ilustres y los parásitos mercantes compiten por acceder a la sala del trono para hacerse con el favor del Emperador.

—Un ataque en Marinn tendría éxito en...

— ... la flota ya ha iniciado el combate...

— ... Veturia los aplastará...

Contengo un suspiro ante las maquinaciones sin fin de los *paters*. Sus intrigas le servían a mi padre como distracción.

Cuando me ven, se quedan callados y me produce un absoluto placer su incomodidad.

Harper y yo avanzamos por entre los cortesanos con rapidez. Los hombres, ataviados con largas capas forradas de piel, dan un paso atrás para evitar la nieve que salpica mi montura. Las mujeres, que centellean en sus ropas elegantes de la corte, me observan discretamente. Nadie me mira a los ojos.

Malditos cerdos. Ninguno de ellos me dedicó ni una sola palabra para darme el pésame por mi familia después de que Marcus la ejecutara. Ni siquiera en privado.

Mi madre, mi padre y mi hermana murieron como traidores y no puedo cambiar eso. Marcus quería que sintiera vergüenza, pero no se ha salido con la suya. Mi padre dio su vida intentando salvar el Imperio, y algún día eso saldrá a la luz. Pero por el momento es como si mi familia no hubiera existido nunca. Como si sus vidas no hubieran sido más que meras alucinaciones.

Las únicas personas que se han atrevido a mentar a mis padres son Livia, una vieja bruja académica de la que hace semanas que no sé nada, y una chica académica cuya cabeza debería estar en un saco colgando de mi cintura en este preciso instante.

Oigo el murmullo de voces de la sala del trono mucho antes de ver sus puertas dobles. Cuando entro, me saluda cada soldado con el que me cruzo. A estas alturas han aprendido qué les ocurre a los que no lo hacen.

Marcus está sentado con la espalda bien recta en su trono, con sus enormes manos recogidas en puños sobre los reposabrazos y su rostro enmascarado inexpresivo. Su capa de color rojo sangre se extiende por el suelo y se refleja con un brillo radiante en su armadura hecha de plata y cobre. Las armas que tiene al lado están afiladísimas, para la desazón de los ancianos *paters* ilustres, que parecen unos perritos falderos al lado de su Emperador.

La comandante no está aquí, pero Livia sí, con el rostro tan impasible como el de un máscara, sentada en su propio trono al lado de Marcus. Odio que se vea obligada a estar presente, pero aun así una oleada de alivio me recorre todo el cuerpo; al menos está viva. Está exuberante con un vestido color lavanda recargado de bordados de oro.

Mi hermana tiene la espalda erguida y la cara empolvada para ocultar el moratón de su mejilla. Sus doncellas —unas primas de Marcus de ojos cetrinos— se congregan a unos metros. Son plebeyas, traídas desde su aldea por orden de mi hermana como un gesto de buena voluntad hacia Marcus y su familia. Y sospecho que, al igual que a mí, la corte les parece insufrible.

Marcus desvía su atención hacia mí, a pesar del embajador marino que tiene delante y cuya aflicción es más que evidente. Mientras me acerco, los hombros del Emperador se crispan.

—No necesitas advertirme, joder —masculla.

El embajador frunce el ceño, y me doy cuenta de que Marcus no le está respondiendo a él. Está hablando consigo mismo. Ante la confusión del marino, el Emperador le hace señas para que se acerque.

—Dile a tu senil rey que no tiene de qué preocuparse —le dice Marcus—. El Imperio no tiene ningún interés en ir a la guerra contra Marinn. Si necesita una muestra de nuestra buena voluntad, que me provea una lista de sus enemigos. Le mandaré sus cabezas como regalo. —El embajador se retira con el rostro exangüe, tras lo cual Marcus me hace gestos para que avance.

No saludo a Livia. Prefiero dejar que la corte piense que no tenemos una relación estrecha. Ya tiene suficiente con lo que lidiar sin que la mitad de estos buitres intente tomar ventaja del parentesco que compartimos.

—Emperador. —Me arrodillo y agacho la cabeza. Aunque hace meses que lo hago, no me resulta más fácil. A mi lado, Harper me imita.

—Despejad la sala —vocifera Marcus. Cuando los ilustres no se mueven con la suficiente rapidez, lanza una daga al que tiene más cerca.

Los guardias escoltan a los ilustres hacia la salida, pero ninguno de ellos es capaz de retirarse lo suficientemente rápido. Marcus sonríe con la escena y su risa grave desentona con el miedo que se extiende por la sala.

Livia se levanta y se recoge los pliegues del vestido con gracia. *Apresúrate, hermana,* pienso para mis adentros. *Sal de aquí.* Pero antes de que pueda bajar de su trono, Marcus la retiene por la muñeca.

—Tú quédate.

La obliga a sentarse de nuevo. Cruzo la mirada con la de mi hermana durante un instante infinitesimal. No percibo miedo, solo cautela. Avitas da un paso atrás, como un testigo silencioso.

Marcus saca un rollo de pergamino de su armadura y me lo lanza. El blasón centellea en el aire mientras vuela hacia mi mano y reconozco la *K* con las espadas cruzadas en el fondo. El sello de la comandante.

—Adelante —me anima—, léelo. A su lado, Livia observa con ademán receloso, aunque ha aprendido a que no se refleje en su expresión.

Mi señor Emperador:

El hechicero karkaun Grímarr ha intensificado los ataques en Navium. Necesitamos más hombres. Los paters *de Navium están de acuerdo; encontrará sus sellos estampados abajo. Media legión debería ser suficiente. El deber primero, hasta la muerte.*

General Keris Veturia.

—Tiene a una legión entera allí abajo —apunto—. Debería de ser capaz de aplacar una insignificante rebelión bárbara con cinco mil hombres.

—Y aun así… —Marcus saca otro pergamino de dentro de su armadura, y otro, y me los lanza todos—. De parte de los *paters* Equitius, Tatius, Argus, Modius, Vissellius… la lista sigue —me informa—. Todos solicitan ayuda. Sus representantes aquí en Antium me han estado atosigando desde que llegó el mensaje de Keris. Trescientos civiles han muerto y esos perros bárbaros tienen una flota que se está acercando al puerto. Quienquiera que sea ese tal Grímarr, está intentando hacerse con la puta ciudad.

—Pero sin duda Keris puede…

—¡Trama algo, zorra estúpida! —El grito de Marcus retumba por la sala, y con un par de pasos su cara se planta a centímetros de la mía. Harper se tensa detrás de mí y Livia se medio levanta del trono. Hago con la cabeza un gesto negativo prácticamente imperceptible. *Puedo arreglármelas con él, hermanita.*

Marcus me clava los dedos en el cráneo.

—A ver si te entra en esta cabeza dura. Si te hubieses encargado de ella como te ordené, esto no estaría ocurriendo. *Que te calles, joder.*

Se da la vuelta, pero Livia no ha pronunciado palabra. El Emperador tiene la mirada fija en el espacio que lo separa de mi hermana, y me viene a la mente, con inquietud, la sospecha que alguna vez me ha comentado Livia de que Marcus ve al fantasma de su hermano gemelo, Zak, asesinado hace meses durante las pruebas.

Antes de que pueda darle más vueltas, Marcus se me acerca tanto que mi máscara se arruga. Tiene los ojos tan desorbitados que parece que le vayan a salir disparados de la cara.

—No me pidió un asesinato, mi señor. —Me aparto con cuidado muy lentamente—. Me pidió su destrucción, y eso lleva tiempo.

—Te pedí —contiene la rabia, aunque su repentina calma es más espeluznante que su ira— que fueras competente. Has tenido tres meses. Los gusanos podrían estar ya reptando por los agujeros de los ojos de su calavera a estas alturas. En vez de eso, ostenta una posición más poderosa que nunca, mientras que el Imperio se va debilitando. Así que dime, Verdugo de Sangre, ¿qué vas a hacer con ella?

—Traigo información. —Insuflo mi voz y mi cuerpo con toda la convicción de la que soy capaz. No tengo dudas. Acabaré con ella—. Bastará para destruirla.

—¿Qué información?

No le puedo contar lo que Elias me desveló sobre Quin. No bastará con eso, y aunque nos pudiera resultar útil, Marcus se limitaría a seguirme cuestionando. Si se entera de que tenía a Laia y a Elias al alcance de la mano y los perdí, partirá a mi hermana en dos.

—Las paredes tienen oídos, mi señor —le digo—, aunque no todos son amigables.

Marcus se me queda mirando pensativo. De golpe se gira, tira de mi hermana hacia arriba para ponerla en pie y la empuja hacia el lateral de su trono al tiempo que le retuerce el brazo a la espalda.

Mi hermana muestra la sumisión de una mujer que se ha acostumbrado rápidamente a la violencia y que hará lo que sea necesario para sobrevivir a ella. Aprieto las manos alrededor de mis armas y Livvy me mira a los ojos. Su terror —no por ella, sino por mí— hace que controle mi temperamento. *Recuerda que cuanta más ira muestres, más la hará sufrir.*

Mientras me fuerzo a escuchar mi parte más lógica, me odio por ello. Me odio por no amputar esas manos que le han hecho daño, por no cercenar esa lengua con la que le ha dedicado palabras repugnantes. Odio no poder arrojarle una espada para que lo pueda hacer ella misma.

Marcus ladea la cabeza.

—Tu hermana tiene mucha destreza con el oud —me dice—. Ha entretenido a varios de mis invitados, incluso los ha encandilado con la belleza de sus dotes musicales. Pero estoy seguro de que es capaz de encontrar otras maneras de distraerlos. —Se inclina hacia el oído de Livia y la mirada de ella se pierde en algún lugar lejano y aprieta los labios—. ¿Sabes cantar, mi amor? Estoy seguro de que tienes una voz preciosa. —Lenta y deliberadamente, tira hacia atrás de uno de los dedos de mi hermana. Más, y más, y más… Es una situación que no se puede tolerar. Doy un paso adelante y noto una mano que me aferra el brazo como unas tenazas.

—Solo lo empeorarás —musita Avitas en mi oído.

El dedo de Livia cruje. Ella jadea pero no emite ningún otro sonido.

—Eso —dice Marcus— es por tu fracaso.

Agarra otro de los dedos de Livia y lo dobla hacia atrás con tanto cuidado que sé que está disfrutando con cada segundo de tortura. El sudor perla la frente de Livia y tiene el rostro blanco como la cal.

Cuando finalmente su dedo se rompe, gimotea y se muerde el labio.

—Mi valiente pajarito. —Marcus le sonríe, y me entran ganas de rebanarle el gaznate—. Ya sabes que me gusta más cuando gritas. —Cuando se vuelve a girar hacia mí, su sonrisa se ha desvanecido—. Y esto es un recordatorio de lo que sucederá si me vuelves a fallar.

Marcus arroja a mi hermana hacia su trono. Su cabeza se estrella contra la piedra dura. Se estremece y se sujeta la mano contra el pecho, y aunque logra lucir su semblante compuesto casi de inmediato, entreveo el odio que siente por Marcus en su expresión durante un ínfimo instante.

—Irás a Navium, Verdugo —ordena Marcus—. Descubrirás qué está planeando esa zorra de Risco Negro. La destruirás, pedazo a pedazo. Y lo harás rápidamente. Quiero su cabeza sobre una pica antes de la Luna Gramínea, y quiero al Imperio suplicando que acabemos con ella. Cinco meses. Es tiempo de sobra incluso para ti, ¿no crees? Me pondrás al corriente mediante los tambores cada tres días. Y —desvía la mirada hacia

Livia—, si no estoy satisfecho con tu progreso, seguiré rompiendo los huesos de tu hermana pequeña hasta que no sea más que un saco de piel abultado.

VIII: *Laia*

C orro durante horas, ocultándome de un número exasperan-
te de patrullas marciales, con la invisibilidad activada hasta
que me palpitan las sienes y me tiemblan las piernas por el frío y
el cansancio. En mi mente no paran de rondar pensamientos a
causa de la preocupación por Elias, Darin y Afya. Aunque estén a
salvo, ¿qué vamos a hacer ahora que el Imperio está al corriente
de los asaltos? Los marciales atestarán la campiña de soldados.
No podemos continuar. El riesgo es demasiado elevado.

*No importa. Ahora enfócate en llegar a la base y reza a los cielos
para que Darin esté allí también.*

Cuando llega la medianoche un día después del asalto, localizo al fin el roble desnudo y alto que protege nuestra tienda,
con las ramas meciéndose al viento. Los caballos relinchan y
una figura familiar se pasea por debajo del árbol. *¡Darin!* Casi
sollozo de puro alivio. He agotado todas mis fuerzas y me doy
cuenta de que soy incapaz de gritar su nombre. Me limito a
desactivar la invisibilidad.

Cuando lo hago, la oscuridad se apodera de mi visión. Veo
una habitación en la penumbra y una figura encorvada. Un instante después, la imagen desaparece y trastabillo hasta la base.
Darin me ve y echa a correr para envolverme en sus brazos.
Afya sale como una exhalación de la tienda de piel redonda que
mi hermano y yo usamos como refugio, con una expresión que es
mezcla de enfado y alivio.

—¡Eres idiota de remate, chica!

—Laia, ¿qué ha pasado?

—¿Encontrasteis a Mamie? ¿Están bien los prisioneros? ¿Elias...?

Afya sostiene una mano en alto.

—Mamie está con un curandero de la tribu Nur —dice la zaldara—. Mi gente llevará a los prisioneros hasta las tierras tribales. Quería unirme a ellos, pero...

Le echa una mirada a Darin y lo comprendo al instante. No quería dejarlo solo. No sabía si yo iba a volver siquiera. Les explico sucintamente lo ocurrido en la emboscada de la Verdugo de Sangre y la desaparición de Elias.

—¿Habéis visto a Elias? —*Por favor que esté bien*—. ¿Ha salido del Bosque?

Afya se estremece mientras mira por encima del hombro hacia el imponente muro que forman los árboles y que delimita la frontera occidental de la Antesala. Darin solo niega con la cabeza.

Dirijo la vista con el ceño fruncido hacia los árboles, pensando que ojalá tuviera un poder que me permitiera abrirme paso por el bosque a llamaradas hasta la cabaña de la genio. *¿Por qué te lo llevaste, Shaeva? ¿Por qué lo atormentas así?*

—Pasa dentro. —Darin tira de mí hacia la tienda y me cubre los hombros con una manta de lana que ha sacado de su saco de dormir—. O tendrás un resfriado terrible.

Afya retira la piel que cubre el agujero en el techo de la tienda y remueve las cenizas de la pequeña hoguera donde cocinamos hasta que su tez morena se ilumina con un tono broncíneo. Unos minutos después, que se me hacen eternos, engullo el estofado de patatas y calabaza que ha preparado Darin. Está recocido y aderezado con tanto pimentón que no me ahogo de milagro; Darin siempre fue un inepto para la cocina.

—Nuestros días como asaltantes han llegado a su fin —constata Afya—. Pero si deseáis seguir combatiendo contra el

Imperio, entonces venid conmigo. Uníos a la tribu Nur. —La mujer tribal hace una pausa, pensativa—. Para siempre.

Mi hermano y yo intercambiamos una mirada. Los tribales solo aceptan nuevos miembros en la familia mediante el matrimonio o con la adopción de niños. Que te inviten a unirte a una tribu no es un asunto baladí, y menos si quien te lo sugiere es la mismísima zaldara.

Alargo la mano en busca de la de Afya, boquiabierta por su generosidad, pero ella desestima el gesto con un movimiento de la suya.

—De todos modos ya sois prácticamente familia —continúa Afya—. Y ya me conoces, chica. Quiero algo a cambio. —Se gira hacia mi hermano—. Muchos murieron para salvarte, Darin de Serra. Ha llegado el momento de que empieces a forjar acero sérrico. Puedo conseguirte los materiales. Solo los cielos saben que las tribus necesitarán toda la ayuda que podamos proporcionarles.

Mi hermano cierra el puño como hace siempre que lo atosiga el fantasma del dolor de sus dedos cercenados. Su rostro palidece y aprieta los labios. Sus demonios internos se despiertan.

Deseo con desesperación que Darin hable, que acepte la proposición de Afya. Puede que sea la única oportunidad que tengamos para seguir combatiendo contra el Imperio. Pero cuando me giro hacia él, ya está saliendo de la tienda tras musitar algo sobre necesitar airearse.

—¿Qué novedades tienes de tus espías? —intervengo rápidamente con la esperanza de desviar la atención de Afya de mi hermano—. ¿Los marciales no han retirado las tropas?

—Ha partido otra legión hacia el desierto tribal desde el Desfiladero de Atella —me informa Afya—. Han arrestado a cientos de personas alrededor de Nur bajo cargos falsos: trapicheo y transporte de mercancía de contrabando y solo los cielos saben qué más. Según cuentan los rumores, tienen planeado enviar a los prisioneros a las ciudades del Imperio para que los vendan como esclavos.

—Las tribus están protegidas. El tratado con el Emperador Taius ha estado vigente durante cinco siglos.

—Al Emperador Marcus le importa un pimiento el tratado. —Afya frunce el ceño—. Y eso no es lo peor. En Sadh, un legionario mató a la kehanni de la tribu Alli.

No puedo evitar quedarme boquiabierta. Las kehannis son las encargadas de velar por la historia y las leyendas tribales y son las segundas en rango, por debajo solo de los zaldars. Matar a una es una declaración de guerra.

—La tribu Alli atacó la guarnición marcial más cercana como represalia. Es lo que quería el Imperio. El máscara al mando los aplastó como un martillo salido de los infiernos, y ahora todos los miembros de la tribu Alli o bien están muertos o están en prisión. La tribu Siyyad y la tribu Fozi han jurado vengarse. Sus zaldars ordenaron atacar aldeas del Imperio; casi cien marciales muertos en el último recuento, y no todos eran soldados.

Me dedica una mirada cargada de significado. Si las tribus arremeten contra marciales inocentes: niños, civiles, ancianos… el Imperio devolverá el golpe con el doble de furia.

—Nos están provocando. —Afya levanta la vista al cielo para evaluar el tiempo—. Debilitándonos. Necesitamos ese acero, Laia. Medita mi oferta. —Se pone la capa para irse y se detiene en la cortina de la entrada a la tienda—. Pero apresúrate. Algo inusual impregna el aire. Puedo notarlo en los huesos. Los marciales no son los únicos a los que debemos temer.

El aviso de Afya me atormenta toda la noche. Poco antes del alba, pierdo la esperanza de poder dormir y salgo de la tienda donde mi hermano hace guardia.

Los fantasmas de la Antesala están inquietos y sin lugar a duda enfadados por nuestra presencia. Sus lamentos angustiosos se unen al aullido del viento del norte, formando un coro gélido que me pone los pelos de punta. Me arrebujo la manta y me siento al lado de mi hermano.

Nos quedamos en silencio, observando cómo las copas de los árboles de la Antesala se iluminan y pasan del negro al azul a medida que el cielo clarea en el este. Tras un rato, Darin habla.

—Quieres saber por qué no voy a fabricar las armas.

—No tienes por qué contármelo si no quieres.

Mi hermano aprieta los puños y los abre, un hábito que tiene desde que era pequeño. Tiene amputados los dedos medio y anular de la mano izquierda, su dominante.

—Los materiales son bastante fáciles de conseguir —me indica. Los lamentos de los fantasmas se intensifican y levanta la voz.

—Es la fabricación lo complicado. La mezcla de los metales, el calor de la llama, cómo se dobla el acero, cuándo se enfría el filo, la manera como se pule la hoja. Me acuerdo de casi todo, pero… —Entrecierra los ojos, como si intentara captar algo fuera del alcance de la vista—. Me he olvidado de mucho. Allí en la prisión de Kauf, en las celdas de la muerte, desaparecido durante semanas. Ya no me acuerdo de la cara de papá, ni de la abuela. —Apenas puedo oírlo por encima de los fantasmas—. ¿Y si tu amiga Izzi murió para nada? ¿Y si la familia de Afya murió para nada? ¿Y si Elias hizo un juramento para toda la eternidad como Atrapaalmas para nada? ¿Y si fabrico ese acero y se rompe?

Le podría decir que eso no ocurriría jamás, pero Darin siempre sabe cuándo estoy mintiendo. Le agarro la mano izquierda. Callosa. Fuerte.

—Solo hay una manera de que podamos descubrirlo, Darin, pero no lo haremos hasta que…

Me interrumpe un grito particularmente estridente proveniente del Bosque. Las copas de los árboles se remueven y la tierra gruñe. Atisbamos por entre los troncos destellos blancos cerca de nosotros y sus chillidos aumentan.

—¿Qué les ha dado? —Darin hace una mueca por el sonido. Normalmente no nos resulta complicado ignorar a los fantasmas, pero ahora mismo, incluso yo quiero taparme las orejas con las manos.

Entonces me doy cuenta de que los gritos de los fantasmas no son una algarabía incongruente. Hay palabras enterradas debajo de su dolor. Concretamente, una palabra.

Laia. Laia. Laia.

Mi hermano también la oye. Alarga la mano hacia su cimitarra aunque me habla con voz tranquila, como solía hacer antes de Kauf:

—Recuerda lo que dijo Elias. No puedes confiar en ellos. Braman para inquietarnos.

—Escúchalos —susurro—. Escucha, Darin.

Es culpa tuya, Laia. Los fantasmas se amontonan contra la barrera invisible de la Antesala y sus formas se combinan las unas con las otras hasta convertirse en una niebla espesa asfixiante. *Está cerca.*

—¿Quién? —Avanzo hacia los árboles, ignorando las protestas de mi hermano. No he entrado nunca en el Bosque sin la compañía de Elias. No sé si podré—. ¿Habláis de Elias? ¿Está bien?

La Muerte se acerca. Por tu culpa.

Un sudor frío hace que la daga me resbale por la palma de la mano.

—¡Decídmelo! —grito.

Mis pies me llevan lo suficientemente cerca de la línea de árboles como para que pueda ver el sendero que toma Elias cuando quiere encontrarse con nosotros. Nunca he estado en la cabaña de Elias y Shaeva, pero me ha contado que está al final de este camino, a no más de cinco kilómetros dentro del Bosque. Decidimos instalar nuestra base aquí por este motivo; es la vía más rápida para que Elias nos pueda alcanzar.

—Esto no está bien —le digo a Darin—. Ha ocurrido algo…

—No es más que los fantasmas actuando como fantasmas, Laia —arguye Darin—. Quieren atraerte hacia ellos y hacer que pierdas la cabeza.

—Pero ni tú ni yo hemos enloquecido nunca por los fantasmas, ¿no?

Ante esa afirmación, mi hermano se queda callado. Ninguno de los dos sabemos por qué la Antesala no nos afecta del mismo modo que a los demás. No es como a los tribales o a los marciales, a quienes les pone los pelos de punta y evitan el lugar a toda costa.

—¿Alguna vez has visto a tantos espíritus tan cerca de la frontera, Darin? —Los fantasmas parecen multiplicarse a cada segundo que pasa—. No puede ser solo para atormentarme. Algo le ha ocurrido a Elias. Algo va mal. —Noto un tirón que no puedo explicar, una compulsión por adentrarme al Bosque del Ocaso.

Vuelvo corriendo a la tienda y recojo mis cosas.

—No tienes por qué venir conmigo.

Darin ya está agarrando su mochila.

—Donde vayas tú, voy yo —me dice tajante—. Pero se trata de un bosque inmenso, podría estar en cualquier lugar ahí dentro.

—No está lejos. —Ese extraño instinto tira de mí, como si tuviera un anzuelo clavado en el estómago—. Estoy segura de ello.

Cuando llegamos a los árboles, me espero encontrar algún tipo de resistencia, pero solo me topo con fantasmas amontonados que forman un muro tan denso que apenas puedo ver a través de ellos.

Está aquí. Ha venido. Por tu culpa. Por lo que hiciste.

Me obligo a ignorar a los espíritus y cruzar hacia el estrecho camino. Tras avanzar un rato, el número de fantasmas disminuye. Cuando echo la vista atrás, un miedo indiscutible recorre los rasgos de los espíritus.

Darin y yo intercambiamos una mirada.

Por los cielos, ¿a qué le puede tener miedo un fantasma?

Con cada paso me cuesta más respirar. No es mi primera vez en la Antesala. Cuando Darin y yo empezamos los asaltos a las caravanas hace unos meses, la cruzamos deslizándonos por el aire con Elias desde Marinn. El Bosque nunca se ha mostrado acogedor con nosotros, pero tampoco así de opresivo.

El miedo me azota y me muevo con más celeridad. Los árboles son más pequeños aquí, y a través de las áreas desnudas aparece un claro en el que despunta el tejado gris inclinado de una casita.

Darin me agarra del brazo, se lleva un dedo a los labios y tira de mí hacia el suelo. Nos acercamos lenta y sigilosamente, con mucho cuidado. Delante de nosotros, una mujer está suplicando. Otra voz maldice en un barítono que me resulta familiar. Suspiro aliviada. *Elias.*

El sosiego me dura poco. La voz de la mujer se acalla. Los árboles se estremecen con violencia y un borrón de cabello negro y piel morena aparece ante mi vista. Shaeva. Me hinca los dedos en el hombro y tira de mí hasta ponerme en pie.

—Tus respuestas se hallan en Adisa. —Pongo una mueca de dolor e intento zafarme, pero me agarra con la fuerza de una genio—. Con el Abejero. Pero ten cuidado, pues lo envuelve una capa de mentiras y sombras, como a ti. Encuéntralo bajo tu propio riesgo, niña, pues mucho será lo que perderás, aunque nos salves a todos…

Algo tira de su cuerpo de vuelta al claro, como si la arrastrara una mano invisible. El corazón me va desbocado. *Ay, no. Cielos, no…*

—Laia de Serra. —Reconocería ese siseo ofídico en cualquier lugar. Es como el mar despertándose y la tierra estremeciéndose sobre sí misma—. Siempre metiendo las narices donde no te llaman.

Darin me grita que me detenga, pero salgo al claro con paso decidido. La rabia se ha sobrepuesto a la precaución. La forma con armadura de Elias está anclada contra un árbol y cada uno de sus músculos forcejea contra unas ataduras invisibles. Se retuerce como un animal atrapado con los puños apretados mientras su cuerpo entero se inclina hacia el claro.

Shaeva está postrada, su cabello negro roza el suelo y su piel tiene un tono demacrado. Su rostro no presenta ninguna arruga, pero la devastación que irradia su cuerpo parece ser ancestral.

El Portador de la Noche, cubierto de oscuridad, se erige delante de ella. La espada con forma de hoz brilla como si estuviera hecha de diamantes en su mano formada por sombras. La sostiene con los dedos relajados, pero su cuerpo se tensa. Tiene intención de usarla.

Un grito emerge de mi garganta. Tengo que hacer algo. Tengo que detenerlo. Pero de pronto no me puedo mover. La magia que tiene atrapado a Elias también nos ha alcanzado a Darin y a mí.

—Portador de la Noche —susurra Shaeva—. Perdona mi error. Era joven, y yo...

Su voz se va apagando hasta desvanecerse. El Portador de la Noche, callado, roza con los dedos la frente de Shaeva como si fuera un padre que le estuviera dando su bendición.

Entonces le atraviesa el corazón con la espada.

El cuerpo de Shaeva se agarrota, su brazos giran velozmente y su cuerpo da un respingo como si quisiera acercarse a la hoja y abre la boca. Espero oír un chillido, un grito. En vez de eso, suelta una retahíla de palabras:

> *Queda un fragmento ancestral, y ¡temed a la Muerte en el Umbral!*
> *Los gorriones se ahogarán, y nadie lo advertirá.*
> *Los recuerdos del pasado arderán, y nadie lo detendrá.*
> *La mano de los Muertos se alzará, y nadie sobrevivirá.*
> *El Niño se bañará en sangre, y aun así subsistirá.*
> *La Perla se agrietará, el frío entrará.*
> *La Matarife se romperá, y nadie la sostendrá.*
> *La Fantasma caerá, su carne se marchitará.*

Cuando la Luna Gramínea ilumine el cielo, el Rey habrá encontrado su hado.

Cuando la Luna Gramínea ilumine el cielo, los olvidados habrán hallado a su amo.

Shaeva baja el mentón. Sus pestañas aletean como las alas de una mariposa y de la espada incrustada en su pecho gotea una sangre tan roja como la mía. Su rostro se relaja.

Entonces su cuerpo estalla en llamas, un fulgor de fuego cegador que chisporrotea hasta convertirse en cenizas en tan solo unos segundos.

—¡No! —grita Elias, a quien le caen regueros de lágrimas por ambos lados de la cara.

No enojes al Portador de la Noche, Elias, quiero gritar. *No hagas que te mate.*

Una nube de cenizas da vueltas alrededor del Portador de la Noche; es todo cuanto queda de Shaeva. Levanta la vista por primera vez hacia Elias, ladea la cabeza y avanza hacia él empuñando la hoz, que gotea.

Vagamente, recuerdo que Elias me contó algo que había aprendido de la Atrapaalmas: que la Estrella protege a aquellos que la han tocado. El Portador de la Noche no puede matar a Elias, pero puede hacerle daño, y por los cielos que no voy a permitir que lastimen a nadie más que me importe.

Me lanzo hacia delante... y salgo rebotada hacia atrás. El Portador de la Noche me ignora, sabedor de su poder. *No le harás daño a Elias. No lo permitiré.* Una oscuridad salvaje surge en mi interior y toma el control de mi cuerpo. No es la primera vez que la siento. La primera fue hace meses, cuando peleé contra el Portador de la Noche fuera de la prisión de Kauf. Un aullido animal estalla de mis labios. Esta vez, cuando empujo hacia delante, consigo avanzar. Darin está a medio paso detrás de mí y el Portador de la Noche hace un gesto seco con la muñeca. Mi hermano se queda paralizado, pero la magia del genio no tiene ningún efecto sobre mí. Me planto de un salto entre el Portador de la Noche y Elias, con la daga en ristre.

—No te atrevas a tocarlo —le advierto.

Los ojos solares del Portador de la Noche refulgen cuando primero me mira a mí y luego a Elias, comprendiendo lo que hay entre nosotros. Pienso en cómo me traicionó. *¡Monstruo!* ¿Estará cerca de poder liberar a los genios? La profecía que Shaeva ha recitado hace unos instantes ha dado respuesta a esa pregunta: falta un fragmento de la Estrella. ¿Sabe el Portador de la Noche dónde se encuentra? ¿Qué ha ganado con la muerte de Shaeva?

Pero mientras me observa, recuerdo el amor que se agitaba en su interior, junto con el odio. Recuerdo la guerra despiadada que se libraba entre esos dos sentimientos y la estela de desolación resultante.

El Portador de la Noche mueve el hombro como si estuviera inquieto. ¿Puede leer mis pensamientos? Dirige su atención por encima de mi hombro hacia Elias.

—Elias Veturius. —El genio se inclina por encima de mí y yo me reclino hacia atrás, arrimándome al pecho de Elias, atrapada entre los dos: el corazón desbocado de mi amigo y su desesperación por la muerte de Shaeva, y la espeluznante ira del Portador de la Noche, alimentada por un milenio de crueldad y sufrimiento.

El genio ni siquiera se digna a mirarme antes de hablar.

—Tenía un sabor muy dulce, chico —lo provoca—. Como el rocío y un alba despejada.

Detrás de mí, Elias se queda quieto y respira hondo. Su mirada se cruza con los fieros ojos del Portador de la Noche y su rostro empalidece de la conmoción por lo que ve en ellos. Entonces gruñe, un sonido que parece brotar de la mismísima tierra. Las sombras se retuercen como enredaderas de tinta por debajo de su piel. Cada músculo de sus hombros, de su pecho y de sus brazos forcejea hasta que se libera de las ataduras invisibles. Levanta las manos y una onda sísmica explota de su cuerpo, haciendo que me caiga de espaldas.

El Portador de la Noche se mece antes de volver a ponerse recto.

—Ah —se sorprende—. Con que el cachorro sabe morder. Mucho mejor. —No puedo verle la cara bajo la capucha, pero oigo la sonrisa en su voz. Se eleva al mismo tiempo que el viento inunda el claro—. Me aburre mucho cuando tengo que aniquilar a un enemigo débil.

Desvía su atención hacia el este, hacia algo más allá de lo que alcanzan a ver mis ojos. Sus susurros bisbisean en el aire, como si se estuviera comunicando con alguien. Entonces el viento tira de él e igual que hizo en el bosque de las afueras de Kauf, desaparece. Pero esta vez, en lugar de silencio para marcar su partida, los fantasmas que habían huido hacia los confines de la Antesala llegan en masa al claro y se arremolinan a mi alrededor.

¡Tú, Laia, esto es por tu culpa!

Shaeva está muerta…

Elias está condenado…

El genio está a un paso de la victoria…

Por mi culpa.

Son demasiados. La verdad que yace en sus palabras es como una red de metal que me atrapa. Intento eludirla, pero soy incapaz, ya que los espíritus no mienten.

Queda un fragmento. El Portador de la Noche solo tiene que encontrar un fragmento más de la Estrella antes de que pueda liberar a sus congéneres. Le falta poco. Tan poco que ya no puedo mirar hacia otro lado. Tan poco como para que deba hacer algo al respecto.

Los fantasmas forman un tornado a mi alrededor, tan enfadados que temo que me arranquen la piel, pero Elias pasa por en medio de ellos y me ayuda a ponerme en pie.

Darin se planta a mi lado y recoge la mochila del lugar donde ha caído, fulminando con la mirada a los fantasmas

74

mientras estos se dispersan de nuevo por entre los árboles, apenas contenidos.

Aunque no he tenido tiempo de pronunciar las palabras, mi hermano asiente. Ha oído lo que ha dicho Shaeva. Sabe lo que debemos hacer.

—Nos vamos a Adisa. —Le digo de todos modos—. Para detenerlo. Para acabar con esto.

IX: Elias

Todo el peso de la carga de la Antesala desciende sobre mi espalda como una roca. El Bosque forma parte de mí, y puedo sentir sus fronteras, sus fantasmas, sus árboles. Es como si me hubieran grabado un mapa vivo en la mente de toda el área que cubre.

La ausencia de Shaeva es lo que más me pesa de esa carga. Desvío la mirada hacia el cesto volcado de hierbas que ya no podrá añadir al *korma*, que jamás se podrá comer en la casa en la que nunca volverá a poner un pie.

—Elias… los fantasmas… —Laia se acerca. Los espíritus que normalmente están apenados se han transformado en sombras violentas. Necesito la magia de Mauth para silenciarlos. Necesito unirme a él, como Shaeva había querido.

Pero cuando intento alcanzar a Mauth con mi voluntad, solo entreveo un rastro de la magia antes de que desaparezca.

—¿Elias? —A pesar de los fantasmas que chillan, Laia me toma de la mano, con los labios formando una mueca preocupada—. Siento mucho lo de Shaeva. ¿De verdad está…?

Asiento. Se ha ido.

—Ha ocurrido todo tan rápido. —De alguna manera, me reconforta el hecho de que haya alguien que esté tan aturdido como yo—. ¿Estás… estarás…? —Niega con la cabeza—. Claro que no estás bien… cielos, ¿quién podría estarlo?

Un quejido de Darin atrae nuestra atención. Los fantasmas lo circundan, dando vueltas a toda velocidad y susurrándole vete a saber qué. *Por los infiernos sangrantes.* Tengo que sacar a Laia y a Darin de aquí.

—Si quieres llegar a Adisa —le digo a Laia—, el camino más rápido es cruzando el Bosque. Os demoraríais meses si tenéis que bordearlo.

—Está bien. —Laia se queda callada y frunce el ceño—. Pero, Elias...

Si pronunciamos una sola palabra más sobre Shaeva, creo que algo dentro de mí se romperá. Ella estaba aquí, y ahora se ha ido, y nada puede cambiar eso. Siempre sentiré que la permanencia de su muerte es algún tipo de traición por su parte, pero enfurecerme por ello cuando mis amigos están en peligro sería una negligencia por la mía. Debo moverme. Debo asegurarme de que Shaeva no ha muerto en balde.

Laia sigue hablando cuando agarro a Darin de la mano y empiezo a deslizarme por el aire. Se queda callada mientras vamos dejando atrás el Bosque. Me aprieta la mano, y sé que entiende mi silencio.

No puedo desplazarme con la rapidez de Shaeva, pero llegamos a uno de los puentes sobre el río Ocaso en tan solo quince minutos, y unos segundos después ya lo hemos cruzado. Doblo hacia el noreste, y mientras nos movemos por entre los árboles, Laia me observa desde detrás del mechón que le cae por encima del ojo. Quiero hablar con ella. *Que le zurzan al Portador de la Noche,* quiero decirle. *Me da igual lo que nos haya dicho. Solo me importa que tú estés bien.*

—Llegaremos pronto... —empiezo a decir antes de que hable otra voz, un coro lleno de odio que reconozco al instante.

Fracasarás, usurpador.

Los genios. Pero su arboleda está a kilómetros de distancia. ¿Cómo pueden proyectar sus voces tan lejos?

Desecho. Tu mundo caerá. Nuestro rey ya se ha interpuesto en tu camino. Esto es solo el inicio.

—¡Id al cuerno! —mascullo. Pienso en los susurros que he oído justo antes de que desapareciera el Portador de la Noche. Sin duda alguna, le estaba dando instrucciones a estos fieros monstruos. Los genios se ríen.

Nuestra raza es poderosa, mortal. No puedes reemplazar a un genio. No puedes pretender llegar a ser Atrapaalmas.

Los ignoro, con la esperanza de que cierren el pico. ¿También le hacían esto a Shaeva? ¿Siempre le vociferaban en la cabeza y ella nunca se tomó la molestia de contármelo?

El pecho se me encoge cuando pienso en la Atrapaalmas y en tantos otros. Tristas. Demetrius. Leander. La Verdugo de Sangre. Mi abuelo. ¿Todos los que se acercan a mí están destinados a sufrir?

Darin tirita, apretando los dientes contra la arremetida de los fantasmas. Laia tiene la tez grisácea, aunque sigue andando sin proferir queja alguna.

Al final, se desvanecerán, pero tú perdurarás. El amor no puede vivir aquí.

Noto la pequeña y fría mano de Laia envuelta en la mía. Su pulso palpita contra mis dedos, un insignificante recordatorio de su mortalidad. Aunque sobreviva hasta llegar a ser anciana, sus años no son nada en comparación con la vida de un Atrapaalmas. Ella morirá y yo perduraré, dejando atrás mi humanidad cada vez más a medida que pase el tiempo.

—Allí. —Laia señala hacia un punto más adelante. El Bosque es menos espeso, y a través de los árboles vislumbro la casita donde Darin se recuperó de las heridas de Kauf, hace ya meses.

Cuando llegamos a la línea de árboles, suelto a los hermanos. Darin me agarra y tira de mí hacia sí en un abrazo brusco.

—No sé cómo darte las gracias… —empieza a decir, pero lo detengo.

—Mantente con vida —lo corto—. Eso me basta como agradecimiento. Ya tendré suficientes problemas aquí sin que tenga que venir a incordiarme tu fantasma. —Darin me dedica una sonrisa fugaz antes de mirar a su hermana y darnos espacio sabiamente al partir solo hacia la casa.

Laia se retuerce las manos, sin mirarme. Se le ha deshecho el pelo de la trenza como siempre y le cae en gruesos rizos rebeldes. Alargo la mano hacia uno, incapaz de refrenarme.

—Tengo… algo para ti. —Rebusco en mi bolsillo y saco una pieza de madera. No está terminada y falta pulir la talla—. A veces llevas la mano a donde tenías tu antiguo brazalete. —De repente me siento ridículo. ¿Para qué iba a regalarle esta cosa tan espantosa? Parece que la haya hecho un niño de seis años—. No está acabado, pero… eh… pensé…

—Es perfecto. —Sus dedos rozan los míos cuando se lo doy. Ese tacto. *Diez infiernos*. Calmo mi respiración y aplasto el deseo que me palpita en las venas. Se coloca el brazalete, y verla en esa postura tan familiar, con una mano posada sobre él, hace que sienta que todo está en su sitio—. Gracias.

—Vigila tus espaldas en Adisa. —Prefiero pasar a los aspectos prácticos; es más fácil hablar de ellos que del sentimiento que tengo en el pecho, que es como si me hubiesen extraído el corazón y le hubiesen prendido fuego—. Los marinos te reconocerán, y si saben lo que Darin es capaz de hacer…

Veo cómo una sonrisa aflora en sus labios y me doy cuenta de que, como un tonto, le estoy diciendo cosas que ya sabe.

—Creía que tendríamos más tiempo —dice ella—. Creía que encontraríamos una manera de que pudieras salir. Que Shaeva te liberaría del juramento o…

Su expresión es idéntica a como me siento yo: roto. Tengo que dejarla ir. *Pelea contra el Portador de la Noche*, debería decirle. *Gana. Encuentra la felicidad. Recuérdame.* ¿Para qué iba a volver aquí? Su futuro reside en el mundo de los vivos.

Dilo, Elias, grita mi lógica. *Facilita las cosas para los dos. No seas patético.*

Laia, deberías…

—No quiero dejarte ir. No todavía. —Me resigue la mandíbula con una mano liviana y sus dedos se quedan unos segundos sobre mi boca. Me quiere. Puedo verlo, notarlo, y hace que la desee con más desesperación—. No tan pronto.

—Yo tampoco. —La envuelvo en mis brazos, deleitándome con el calor de su cuerpo contra el mío, la curva de su cadera bajo mi mano. Apoya la cabeza debajo de mi mentón y me impregno de su aroma.

Mauth tira de mí, violenta y abruptamente. En contra de mi voluntad, me tambaleo de vuelta al Bosque.

No. No. Malditos fantasmas. Maldito Mauth. Maldita Antesala.

Le agarro la mano y tiro de ella hacia mí, y como si lo estuviera esperando, cierra los ojos y se pone de puntillas. Sus manos se enredan en mi pelo, atrayéndome decididamente hacia ella. Sus labios son suaves y carnosos, y cuando aprieta cada curva de su cuerpo contra el mío, por poco pierdo los sentidos. No escucho otra cosa que no sea Laia, no veo nada que no sea Laia, no siento nada que no sea Laia.

En mi mente me visualizo tumbándola en el suelo del Bosque y pasándome horas explorando cada centímetro de su cuerpo. Durante un instante, puedo ver lo que podríamos haber tenido: Laia con sus libros y sus pacientes, y yo en una escuela que enseñara algo más aparte de la muerte y el deber. Un pequeñajo de ojos dorados y piel morena brillante. Las canas en el cabello de Laia llegado el día, y la manera como sus ojos se tornarán apacibles y profundos y se harán más sabios.

—Eres cruel, Elias —me susurra a escasos milímetros de la boca—. Por darle a una chica todo lo que desea solo para arrebatárselo.

—Este no es nuestro fin, Laia de Serra. —No puedo renunciar a todo lo que podríamos tener. No me importa el despreciable juramento que hice—. ¿Me oyes? Este no es nuestro fin.

—Nunca has dicho mentiras. —Se lleva las manos a la cara para cortar las lágrimas que caen de sus ojos—. No empieces a decirlas ahora.

Camina con la espalda erguida cuando se aleja, y cuando llega a la casita, Darin, que la espera fuera, se levanta. Le pasa por el lado y él la sigue.

La observo hasta que no es más que una sombra en el horizonte. *Date la vuelta*, pienso. *Solo una vez. Date la vuelta.*

No lo hace. Y quizá sea mejor así.

X: La Verdugo de Sangre

Me paso el resto del día en los barracones de la Guardia Negra, revisando los informes de mis espías. La mayoría son rutinarios: el traslado de un prisionero que podría garantizar la lealtad de una casa mercante y una investigación sobre la muerte de dos *paters* ilustres.

Le presto más atención a los informes procedentes de Tiborum. Con la llegada de la primavera, se espera que los clanes karkauns salgan en tropel de las montañas para saquear y rapiñar.

Pero, según mis fuentes, los karkauns no han hecho ningún movimiento. Quizá su líder, ese tal Grímarr, desplegó demasiadas fuerzas en el ataque a Navium. O quizá sea que Tiborum goza de una inusitada suerte.

O tal vez esos cretinos de rostros azules están tramando algo.

Solicito informes de todas las guarniciones del norte. Para cuando suena la campana de la medianoche, estoy exhausta y solo he podido revisar la mitad del papeleo de mi escritorio. Pero me detengo igualmente, renunciando a comer a pesar de los rugidos que produce mi estómago, y me pongo las botas y la capa. El sueño no me va a visitar. No cuando el crujido de los huesos de Livia todavía atruena en mi cabeza. No cuando me estoy preguntando qué tipo de emboscada tendrá la comandante esperándome en Navium.

El pasillo fuera de mis aposentos está silencioso y oscuro. La mayoría de los miembros de la Guardia Negra debería estar durmiendo, pero hay siempre al menos media docena de hombres patrullando. No quiero que me sigan; sospecho que la comandante habrá infiltrado espías entre mis hombres. Me dirijo a la armería, donde un pasaje oculto lleva directamente al corazón de la ciudad.

—Verdugo. —El susurro es liviano, pero doy un respingo igual, maldiciendo los ojos verdes que aparecen ante mi vista al otro lado del pasillo y que brillan como los de un gato.

—Avitas —siseo—. ¿Qué haces merodeando por aquí?

—No vayas por el túnel de la armería —me advierte—. El *pater* Sissellius tiene a un hombre vigilando esa ruta. Haré que se encarguen de él, pero no me ha dado tiempo esta noche.

—¿Me estás espiando?

—Eres predecible, Verdugo. Cada vez que Marcus le hace daño, te das un paseo. El capitán Dex me ha recordado que va en contra de las regulaciones que la Verdugo vaya sin escolta, así que aquí estoy.

Sé que Harper simplemente está llevando a cabo sus deberes. He estado actuando de manera irresponsable, deambulando por la ciudad sin ningún tipo de protección. Aun así, me siento enojada. Harper ignora mi descontento con serenidad y señala con la cabeza hacia el armario de la ropa. Debe de haber otro pasaje secreto ahí.

Una vez que estamos dentro del estrecho espacio, mi armadura tintinea contra la suya y pongo una mueca, deseando que nadie nos oiga. Solo los cielos saben lo que dirían si nos encontraran en este armario oscuro así de apretados.

Me ruborizo al pensarlo. Que los cielos bendigan mi máscara.

—¿Dónde diablos está la entrada?

—Está justo…

Pasa la mano alrededor de mi cuerpo y la levanta, rebuscando por entre los uniformes. Me echo hacia atrás y entreveo su suave piel morena por encima del cuello de la camisa en forma de «V». Su aroma es sutil —apenas perceptible— pero cálido, como de canela y cedro. Aspiro más profundamente, levantando la vista al mismo tiempo.

Para encontrármelo observándome con las cejas arqueadas.

—Tienes un olor... que no es del todo desagradable —le suelto fríamente—. Solo me estaba fijando en ello.

—Por supuesto, Verdugo. —Su boca se curva ligeramente. ¿No será eso una sonrisa?

—¿Vamos? —Como si notara mi enfado, Harper presiona y abre una sección del armario detrás de mí y la cruza rápidamente. No volvemos a hablar mientras nos encaminamos por los pasajes secretos de los barracones de la Guardia Negra y salimos a la fría noche de primavera.

Harper se queda atrás cuando llegamos a pie de calle y pronto me olvido de que está cerca. Con la capucha calada, avanzo sigilosamente por la zona más baja de Antium, a través del abarrotado sector académico, y dejo atrás posadas y bares bulliciosos, barracas y distritos atestados de plebeyos. Los guardias apostados en las puertas no me ven cuando cruzo hacia el segundo nivel de la ciudad; un ejercicio que hago para que mis habilidades no se oxiden.

Me sorprendo jugueteando con el anillo de mi padre mientras camino, el anillo de la Gens Aquilla. A veces, cuando lo miro, todavía veo la sangre que lo embadurnaba, la sangre que me salpicó la cara y la armadura cuando Marcus le rebanó el cuello a mi padre.

No pienses en eso. Le doy vueltas, intentando hallar consuelo en su presencia. *Dame la sabiduría de todos los Aquilla*, pienso de repente. *Ayúdame a derrotar a mis enemigos.*

Pronto llego a mi destino, un parque arbolado enfrente del Templo de los Registros. A esta hora, esperaba que el edificio estuviera a oscuras, pero una decena de lámparas están encendidas y los archivistas siguen inmersos en el trabajo. La alta estructura con pilares es espectacular por su tamaño y simplicidad, aunque lo que me reconforta es lo que guarda en su interior: registros de linajes, nacimientos, defunciones, comunicados, tratados, acuerdos de comercio y leyes.

Si el Emperador es el corazón del Imperio y la gente es su alma, entonces el Templo de los Registros es su memoria. Por más desalentada que me sienta, venir aquí me recuerda todo lo que los marciales han erigido en el transcurso de los quinientos años desde que se fundó el Imperio.

—Todos los imperios caen, Verdugo de Sangre.

Cuando Cain sale de las sombras, dirijo la mano a mi espada. He pensado muchas veces en lo que haría si volvía a ver al augur. Siempre me visualicé comportándome con serenidad. Silenciosa. Me mantendría distante de él. No le mostraría nada de mi mente.

Mis intenciones se esfuman al tener su maldito rostro delante. La voracidad con la que quiero romperle el frágil cuello me deja atónita; no sabía que podía albergar tanto odio en mi interior. Las súplicas de Hanna me llenan los oídos: *Helly, lo siento...* Y las palabras calmadas de mi madre mientras se arrodillaba para morir. *Fuerza, mi niña.* El anillo de mi padre se me clava en la palma de la mano.

Pero mientras estoy desenvainando la espada, mi brazo se queda inmóvil... y cae, obligado a quedarse al lado de mi cuerpo por la fuerza del augur. La falta de control me encoleriza y me perturba.

—Menuda ira —murmura él.

—Destruiste mi vida. Los podrías haber salvado. Tú... monstruo.

—¿Y qué me dices de ti, Verdugo de Sangre? ¿No eres tú un monstruo? —Cain lleva la capucha bajada, pero aun así puedo entrever el brillo inquisitivo de su mirada.

—Tú eres diferente —escupo—. Eres como ellos. Como la comandante, o Marcus, o el Portador de la Noche...

—Ah, pero el Portador de la Noche no es ningún monstruo, niña, aunque pueda hacer cosas monstruosas. Está hendido por la pena y por ende encerrado en una batalla que cree justificada para enmendar un severo error. Más o menos como tú. Creo que sois más similares de lo que crees. Podrías aprender muchas cosas del Portador de la Noche, si se dignara a enseñarte.

—No quiero tener nada que ver con ninguno de vosotros —digo entre dientes—. Eres un monstruo, aunque…

—¿Y acaso eres tú el parangón de la perfección? —Cain ladea la cabeza, con un aspecto genuinamente curioso—. Vives, respiras, comes y duermes sobre las espaldas de aquellos que son menos afortunados. Tu existencia entera se debe a la opresión que ejerces sobre aquellos a los que consideras inferiores. Pero ¿por qué tú, Verdugo de Sangre? ¿Por qué el destino vio adecuado elegirte a ti como opresora en vez de oprimida? ¿Cuál es el significado de tu vida?

—El Imperio. —No debería responder. Debería ignorarlo. Pero una vida entera de veneración no se cambia así como así—. Ese es el significado de mi vida.

—Puede ser. —Cain se encoge de hombros, un gesto inusitadamente humano—. En realidad, mi cometido aquí no es discutir temas filosóficos contigo. He venido con un mensaje.

Saca un sobre de debajo de la túnica. Al ver el sello —un pájaro con las alas abiertas sobre una ciudad brillante— se lo arrebato de las manos. *Livia.*

Ven a verme, hermana. Te necesito.

Tuya siempre,
Livia.

—¿Cuándo lo mandó? —Echo un vistazo rápido al mensaje—. ¿Y por qué lo ha enviado contigo? Podría haber…

—Me lo pidió, y yo accedí. Habrían seguido a cualquier otra persona, y eso no se habría alineado con mis intereses. O los de ella. —Cain me toca la frente enmascarada con delicadeza—. Me despido de ti por ahora, Verdugo de Sangre. Te veré una vez más, antes de tu final.

Da un paso atrás y se desvanece. Harper aparece de entre las sombras con la mandíbula apretada. Por lo que veo, le gustan los augures tan poco como a mí.

—Puedes hacer que no puedan entrar en tu mente —me dice—. Y tampoco el Portador de la Noche. Te puedo enseñar cómo, si lo deseas.

—Está bien —respondo, mientras ya me estoy encaminando hacia el palacio—. Durante el viaje a Navium.

Pronto llegamos al balcón de los aposentos de Livvy, y no veo ni a un solo soldado. Avitas está posicionado debajo, y me estoy apuntando una nota mental para echarle una bronca a Faris, que capitanea la guardia personal de Livvy, cuando algo cambia en el aire. No estoy sola.

—Vengo en son de paz, Verdugo. —Faris Candelan sale de la puerta arqueada que lleva a los aposentos de Livvy con las manos levantadas y su corto pelo rubio alborotado—. Te está esperando.

—Le tendrías que haber dicho que era una estupidez citarme aquí, joder.

—No le digo a la emperatriz lo que tiene que hacer —tercia Faris—. Solo intento asegurarme de que nadie le haga daño y que actúe como le plazca. —Algo en la manera como lo dice hace que se me erice el vello de la nuca y en dos pasos tengo una daga apuntándole al cuello.

—Cuidado con ella, Faris —le advierto—. Coqueteas como si te fuera la vida en ello, pero si Marcus sospecha que le es desleal la matará, y los *paters* ilustres opinarán que tenía todo el derecho a hacerlo.

—No te preocupes por mí —dice Faris—. Hay una encantadora chica mercante esperándome en el barrio de las tejedoras. Las caderas más espectaculares que haya visto jamás. Estaría allí ahora —me fulmina con la mirada hasta que lo suelto—, pero alguien tenía que estar de guardia.

—Tenéis que ser dos. ¿Quién te hace de refuerzo?

Una figura se adelanta hacia la luz desde las sombras al lado de la puerta. Una nariz rota por tres puntos distintos, piel muy oscura y unos ojos azules que siempre brillan, incluso bajo la máscara plateada.

—¿Rallius? Por los diez infiernos, ¿eres tú?

Silvio Rallius me saluda antes de deslumbrarme con esa sonrisa que había hecho que más de un par de piernas flojearan en las fiestas ilustres que tuvieron lugar por toda Serra durante casi toda mi adolescencia; incluyendo mis propias rodillas, antes de haber visto más mundo. Elias y yo lo venerábamos como si fuera un héroe, aunque solo es dos años mayor que nosotros. Era uno de los pocos estudiantes de los cursos superiores que no actuaba como un monstruo con los alumnos más jóvenes.

—Verdugo de Sangre —saluda—. Mi cimitarra es tuya.

—Unas palabras tan bonitas como esa sonrisa. —No se la devuelvo, y se da cuenta entonces de que tiene delante a la Verdugo de Sangre y no a una cadete joven de Risco Negro—. Asegúrate de que sean verdaderas. Protégela, o tu vida estará en juego.

Los dejo atrás a los dos y entro en la habitación de Livvy. Mientras los ojos se me acostumbran a la oscuridad, los tablones de madera del suelo cerca de un tapiz crujen. Oigo cómo se mueve la tela al tiempo que empiezo a distinguir los contornos de la habitación. La cama de Livia está vacía; en su mesita de noche descansa una taza de té sin tocar; de cedro, por el aroma que desprende.

Livia asoma la cabeza por detrás del tapiz y me hace gestos para que me acerque. Apenas puedo discernirla, lo que significa que cualquier espía al otro lado de la pared tampoco puede verla.

—Deberías haberte tomado el té. —Me fijo en su maltrecha mano—. Debe de doler.

Se oye el frufrú de su ropa y un apagado sonido metálico. El aire estancado y el olor a piedra húmeda me llenan la nariz.

Un pasillo se alarga frente a nosotras. Entramos y Livia cierra la puerta para que podamos hablar al fin.

—Una emperatriz que soporta el dolor con entereza es una emperatriz que se gana el respeto —me dice—. Mis doncellas han extendido el rumor de que he menospreciado el té. Que sobrellevo el dolor sin miedo. Pero duele como mil demonios.

En el instante en el que pronuncia esas palabras, una compulsión familiar tira de mí: la necesidad de curarla, de cantarle para aliviar su dolor.

—Puedo... Puedo ayudarte. —Por los cielos sangrantes, ¿cómo se lo puedo explicar?—. Puedo...

—No tenemos tiempo, hermana —susurra—. Ven. Este pasaje conecta mi habitación con la suya. Ya lo he usado antes, pero tenemos que estar calladas. No puede sorprendernos aquí.

Avanzamos de puntillas por el pasillo hacia una pequeña brecha de luz. El murmullo empieza cuando estamos a medio camino. La luz es un agujero espía, lo bastante grande como para que se cuele el sonido pero demasiado pequeño como para poder ver con claridad a través de él. Entreveo a Marcus, despojado de la armadura, caminando arriba y abajo por su cavernosa alcoba.

—Tienes que dejar de hacer eso cuando estoy en la sala del trono. —Se hinca los dedos en el pelo—. ¿Quieres que tu muerte solo haya servido para que acaben por alejarme del trono por enajenado?

Silencio. Entonces:

—¡No la voy a tocar, joder! No es culpa mía que su hermana se muera de ganas de que lo haga...

Casi me atraganto y Livvy me agarra con firmeza.

—Tenía mis motivos —me susurra.

—Haré lo que deba para conservar este Imperio —ruge Marcus, y por primera vez veo... algo. Una sombra pálida, como una cara reflejada en un espejo bajo el agua. Unos segundos después, desaparece y meneo la cabeza. Habrá sido algún efecto de la luz, quizá—. Si eso significa romper algunos dedos para mantener a tu querida Verdugo de Sangre bajo control, que así sea. Yo quería romperle el brazo…

—Por los diez infiernos —le digo a Livia con un jadeo—. Está desvariando. Se ha vuelto loco.

—Cree que lo que ve es real. —Livia niega con la cabeza—. Quizá lo sea. No importa. No puede permanecer en el trono. En el mejor de los casos, está siguiendo las órdenes de un fantasma. En el peor, son alucinaciones.

—Tenemos que estar a su favor —le digo—. Los augures lo nombraron Emperador; si lo deponen o lo matan, nos arriesgamos a que estalle una guerra civil. O que la comandante se precipite sobre la ciudad y se autoproclame Emperatriz.

—¿Tú crees? —Livvy me agarra la mano con la suya sana y la coloca sobre su estómago. No habla. No hace falta.

—Ay. Tú… por eso tú y él… Vaya… —Risco Negro me preparó para muchas cosas, pero no para que mi hermana se quedara embarazada del hombre que degolló a nuestros padres y a nuestra hermana.

—Esta es nuestra respuesta, Verdugo.

—Su heredero —digo con un hilo de voz.

—La regencia.

Por los cielos sangrantes. Si Marcus desapareciera después de que haya nacido el niño, Livia y la Gens Aquilla gobernarían el Imperio hasta que el heredero fuera mayor de edad. Podríamos entrenar al chico para que fuera un soberano justo y noble. Las Gens ilustres lo aceptarían porque el heredero descendería de una familia de alta cuna. Los plebeyos lo aceptarían porque es el hijo de Marcus y por ende los representa a ellos también. Pero…

—¿Cómo sabes que es un niño?

Posa sus ojos —mis ojos, los de nuestra madre— en los míos, y no he visto nunca a una persona tan segura de algo en mi vida.

—Es un niño, Verdugo de Sangre —me confirma—. Debes confiar en mí. Ya se mueve. Para cuando llegue la Luna Gramínea, si todo va bien, estará aquí.

Me estremezco. Otra vez la Luna Gramínea.

—Cuando la comandante se entere, irá a por ti. Tengo que…

—Matarla. —Livia me quita las palabras de la boca—. Antes de que lo descubra.

Cuando le pregunto a Livia si Marcus sabe lo del embarazo, niega con la cabeza.

—Lo he confirmado justo hoy, y quería decírtelo a ti antes.

—Díselo, Livvy. —Olvido su título—. Quiere un heredero, Quizá no volverá a… —Hago un gesto hacia su mano—. Pero a nadie más. Ocúltalo lo mejor que puedas…

Coloca un dedo sobre mis labios. El balbuceo de Marcus ha cesado.

—Ve, Verdugo de Sangre —musita Livvy.

¡Madre! ¡Padre! ¡Hannah! De repente no puedo respirar. No se llevará a Livvy también. Moriré antes de permitir que eso ocurra.

—Me enfrentaré a él…

Mi hermana me hinca los dedos en el hombro. El dolor hace que me centre.

—Te enfrentarás a él. —Me empuja hacia su habitación—. Morirá porque no es rival para tu ira. Y en el frenesí por reemplazarlo, nuestros enemigos conseguirán matarnos a las dos porque se lo habremos puesto fácil. Debemos vivir. Por él. —Se toca la barriga—. Por papá, mamá y Hannah. Por el Imperio. Vete.

Me saca del pasillo de un empujón, justo cuando la luz baña el pasadizo. Cruzo su habitación corriendo y dejo atrás a Faris y a Rallius para brincar por el balcón y asirme a la cuerda que cuelga debajo, maldiciéndome mientras Marcus grita, mientras le propina el primer golpe, mientras el crujido de otro de los huesos de mi hermana retumba en mis oídos.

SEGUNDA PARTE

AVERNO

XI: *Laia*

CUATRO SEMANAS DESPUÉS

Darin y yo avanzamos a trompicones por el mar de refugiados académicos en el camino polvoriento plagado de baches que va hacia Adisa; dos cuerpos cansados y rostros mugrientos más entre los cientos que buscan asilo en la brillante capital de Marinn.

El silencio pende sobre los refugiados como una niebla mientras marchan trabajosamente. A la mayoría de estos académicos los rechazaron en otros ciudades marinas. Todos han presenciado cómo perdían sus casas, cómo mataban o torturaban a su familia y amigos o los violaban y encarcelaban.

Los marciales blanden sus armas de guerra con una pérfida eficiencia. Quieren romper a los académicos. Y si no le paro los pies al Portador de la Noche, si no encuentro a ese tal «Abejero» en Adisa, lograrán su objetivo.

La profecía de Shaeva me persigue. Darin y yo hablamos de ella obsesivamente, intentando encontrarle el sentido a cada línea. Partes de ella, como los gorriones o la Matarife, desentierran recuerdos antiguos, retales de pensamientos que no consigo acabar de hilvanar.

—Ya lo descifraremos. —Con una sola mirada Darin interpreta las arrugas de mi frente—. Tenemos problemas más acuciantes.

Nuestra sombra. El hombre apareció hace tres días, siguiendo nuestro rastro después de salir de una pequeña aldea. O al menos ahí es donde nos dimos cuenta de su presencia por primera vez. Desde entonces, ha permanecido lo suficientemente lejos como para que no podamos verlo con claridad, pero lo bastante cerca como para que tenga constantemente el cuchillo fusionado a la palma de mi mano. Cada vez que activo mi invisibilidad con la esperanza de poder acercarme a él, se esfuma.

—Sigue aquí. —Darin se arriesga y echa la vista atrás—. Acechando como un maldito espectro.

Los ojeras que luce mi hermano en el rostro hacen que sus iris parezcan casi negros. Sus pómulos se marcan prominentes, igual que cuando lo rescaté de Kauf. Desde que apareció esa sombra, Darin ha dormido poco. Pero incluso antes de eso, lo hostigaban las pesadillas en las que aparecían Kauf y el alcaide. A veces desearía poder devolverle la vida al alcaide, solo para tener la oportunidad de matarlo yo misma. Es curioso cómo los monstruos pueden alargar sus garras más allá de la tumba, tan pujantes en la muerte como eran en vida.

—Nos perderá la pista cuando lleguemos a las puertas de la ciudad. —Intento sonar convincente—. Y pasaremos sin llamar la atención cuando entremos. Buscaremos una posada barata donde quedarnos y en la que nadie nos mire dos veces. Y entonces podremos empezar a preguntar por el Abejero —añado.

Haciendo ver que me estoy ajustando la capucha, desvío la mirada un instante hacia la sombra. Está cerca ahora, y bajo la bufanda que le oculta el rostro, sus labios rojos se curvan en una sonrisa. Un arma resplandece en su mano.

Vuelvo a girarme. Vamos bajando poco a poco por las estribaciones y los muros embellecidos con oro de Adisa se alzan en la distancia; una maravilla de granito blanco que brilla con tonos naranjas bajo el cielo que va dando paso a la noche, salpicado de matices rojizos. Resiguiendo el muro oriental, una masa de tiendas grises se extiende a lo largo de casi dos kilómetros: el campamento de refugiados académicos. En la bahía al norte, las banquisas flotan en grandes trozos y su olor marino contrasta con la suciedad y la mugre del camino.

Las nubes cuelgan bajas en el horizonte y un viento estival sopla del sur, esparciéndolas. Cuando se abre el cielo, un grito ahogado de sorpresa se propaga prácticamente por entre todos los viajeros. Pues en el centro de Adisa, una aguja de piedra y cristal se eleva hacia las alturas, punzando el firmamento. Se retuerce como el cuerno de alguna criatura mitológica, en un equilibrio inverosímil y de un blanco centelleante. Solo había oído descripciones, pero ninguna le hacía justicia. La Gran Biblioteca de Adisa.

Un recuerdo desagradable me viene a la mente. Un pelo rojo, unos ojos marrones y una boca que mentía una y otra y otra vez. Keenan —El Portador de la Noche—, diciéndome que él también quería ver la Gran Biblioteca.

Tenía un sabor muy dulce, chico. Como el rocío y un alba despejada. Se me eriza la piel solo de pensar en las palabras nauseabundas que soltó en la Antesala.

—Mira. —Señalo con la cabeza hacia la muchedumbre congregada fuera de las puertas de la ciudad, que empuja para entrar antes de que se cierren cuando caiga la noche.

—Podemos despistarlo allí. Sobre todo si desaparezco.

Cuando estamos más cerca de la ciudad, me agacho delante de Darin como si me estuviera atando los cordones de las botas. Entonces activo mi invisibilidad.

—Estoy justo a tu lado —susurro cuando me pongo en pie. Darin asiente y empezamos a avanzar serpenteando por entre la muchedumbre, ayudándonos de sus codazos para abrirnos paso. Cuanto más cerca estamos de la puerta, más lento procedemos. Al fin, cuando el sol empieza a hundirse por el oeste, nos encontramos enfrente de la descomunal entrada de madera, tallada con motivos de ballenas y anguilas, pulpos y sirenas. Detrás de ella, una calle adoquinada asciende zigzagueando y se pierde en un laberinto de edificios pintados con colores brillantes cuyas lámparas titilan en las ventanas. Pienso en mi madre, que vino a Adisa cuando solo era unos pocos meses mayor que yo. ¿Tenía la ciudad el mismo aspecto? ¿Sintió el mismo asombro que yo?

—¿Su garante, señor?

Una de las decenas de guardias marinos presentes fija su atención en Darin, y a pesar de la multitud agitada, habla serenamente y con educación. Darin menea la cabeza confundido.

—¿Mi garante?

—¿Con quién se va a hospedar en la ciudad? ¿Qué familia o gremio?

—Nos alojamos en una pensión —responde Darin—. Podemos pagar...

—El oro se puede robar. Necesito nombres: la posada en la que planean conseguir habitaciones y su garante, alguien que pueda responder por ustedes. Una vez que nos faciliten los nombres, aguardarán en una zona de espera mientras su información es verificada, tras lo cual se les dará permiso para acceder a Adisa.

Darin parece indeciso. No conocemos a nadie en Adisa. Desde que dejamos atrás a Elias, hemos intentado varias veces ponernos en contacto con Araj, el líder esquirita que escapó de Kauf junto con nosotros, pero no hemos obtenido ningún tipo de respuesta.

Darin asiente ante la explicación del soldado, como si tuviéramos pensado algún tipo de plan alternativo.

—¿Y si no tengo un garante?

—Encontrarán la entrada al campo de refugiados académicos al este de aquí. —El soldado, que hasta este momento ha mantenido su atención en la muchedumbre insistente detrás de nosotros, al fin mira a Darin. El hombre entorna los ojos.

—Dígame...

—Hora de irse —le siseo a mi hermano, y él balbucea algo al marino antes de fundirse rápidamente con la multitud de nuevo.

—No me puede haber reconocido la cara —dice Darin—. Es la primera vez que lo veo.

—Quizá todos los académicos le parezcan iguales —repongo, aunque me parece una explicación bastante inverosímil. Nos giramos más de una vez para ver si el soldado nos sigue. Freno la marcha solo cuando lo veo en la puerta, hablando con otro grupo de académicos. Parece ser que la sombra también nos ha perdido el rastro y nos dirigimos al este, para unirnos a una de las decenas de largas hileras que desembocan en el campo de refugiados.

La abuela me había contado historias sobre lo que mi madre hizo cuando lideró la Resistencia en la zona norte, aquí en Adisa, hace más de veinticinco años. El rey marino Irmand colaboró con ella para proteger a los académicos. Para proporcionarles trabajo, casa y un lugar permanente en la sociedad marina.

Está claro que la situación se ha deteriorado mucho desde entonces.

Ya desde fuera de los límites del campo se hace patente la intensa pesadumbre que se vive dentro. Hay grupos de niños que deambulan por entre las tiendas más adelante, la mayoría demasiado jóvenes como para que estén sin un adulto cerca. Algunos perros se escabullen por las calzadas embarradas, olfateando ocasionalmente las alcantarillas destapadas.

¿Por qué somos siempre nosotros? Toda esta gente —tantos niños— perseguidos, abusados y atormentados. Familias robadas, vidas destrozadas. Han hecho un viaje tan largo para que los vuelvan a rechazar, obligados a permanecer fuera de los muros de la ciudad para dormir en tiendas endebles, a luchar por irrisorios restos de comida, a morir de hambre y frío y a seguir sufriendo.

Y se supone que debemos estar agradecidos. Estar contentos. Muchos lo están… lo sé. Felices de estar a salvo. De estar vivos. Pero no es suficiente… al menos no para mí.

A medida que nos vamos acercando a la entrada, podemos apreciar mejor los detalles del campo. Retazos de pergamino blanco se agitan colgados de las paredes de tela. Fuerzo la vista, pero hasta que no estamos acercándonos al final de la cola no consigo ver lo que hay escrito en ellos.

POR DECRETO PERSONAL
DEL REY IRMAND DE MARINN

SE BUSCA:
LAIA Y DARIN DE SERRA

POR: INCITACIÓN A LA REBELIÓN, AGITACIÓN,
Y CONSPIRAR CONTRA LA CORONA.
RECOMPENSA: 10 000 MARCOS.

Se parecen a los carteles que tenía la comandante en su despacho de Risco Negro. O como los de Nur, cuando la Verdugo de Sangre nos estaba persiguiendo a Elias y a mí y ofrecía una recompensa descomunal.

—Por los cielos —susurro—. ¿Qué le hemos podido hacer al rey Irmand para ofenderlo tanto? ¿Crees que los marciales pueden estar detrás de esto?

—¡Pero si ni siquiera saben que estamos aquí!

—Tienen espías, como todos los demás —replico—. Echa la vista atrás, como si vieras a alguien a quien reconocieras, y luego camina…

Una agitación al final de la fila se propaga hacia nosotros mientras un pelotón de soldados marinos marcha hacia el campo desde Adisa. Darin se encorva, ocultando el rostro en la capucha. Se elevan gritos por delante de nosotros y una chispa resplandece de repente, seguida rápidamente por una columna de humo negro. Fuego. Los gritos se tornan velozmente en aullidos de ira y de miedo.

Mi mente se detiene. Mis pensamientos van a Serra, a la noche en la que los soldados se llevaron a Darin. Los golpes en nuestra puerta y el plateado de la cara del máscara. La sangre

de la abuela y del abuelo en el suelo y Darin gritándome: *¡Laia!*
¡Corre!

Las voces a mi alrededor se elevan impregnadas de terror. Los académicos del campo huyen. Los grupos de niños se apiñan, haciéndose pequeños, con la esperanza de pasar desapercibidos. Soldados marinos vestidos de azul y dorado serpentean por las tiendas, derribándolas como si estuvieran buscando algo.

No algo… a alguien.

Los académicos a nuestro alrededor se dispersan y salen corriendo en todas direcciones, embargados por un miedo que nos han inculcado en lo más profundo de nuestro ser. *¡Siempre nosotros!* Nuestra dignidad despedazada, nuestras familias aniquiladas, nuestros hijos arrancados de los brazos de sus padres. Nuestra sangre manchando el suelo. ¿Qué pecado ha sido tan grave que los académicos debamos pagar, en cada generación, con lo único que nos queda: nuestras vidas?

Darin, calmado hace solo unos segundos, está inmóvil a mi lado, con el mismo terror grabado en el rostro que siento yo dentro. Le agarro la mano. No puedo venirme abajo ahora… No cuando me necesita para mantenernos a flote.

—Vamos. —Tiro de él, pero hay soldados devolviendo al campo a aquellos que han intentado huir. Localizo un espacio oscuro cerca, entre dos tiendas—. Rápido, Darin…

Una voz grita detrás de nosotros.

—¡No están aquí! —Una mujer académica que no es más que piel y huesos intenta zafarse de un soldado marino—. Te lo he dicho…

—Sabemos que les estáis dando cobijo. —La marina que habla es solo unos centímetros más alta que yo, con la armadura con escamas plateadas ceñida sobre los poderosos músculos de sus hombros. Su rostro moreno de facciones angulosas carece de la crueldad de un máscara, pero es casi igual de intimidante. Arranca un cartel del lateral de una de las tiendas donde estaba colgado—. Entregad a Laia y a Darin de Serra y os dejaremos en paz. Si no, arrasaremos este campo y esparciremos a sus refugiados a los cuatro vientos. Somos generosos, de eso no cabe duda. Pero no oséis pensar que somos tan estúpidos.

A unos metros de la soldado, están llevando a decenas de niños académicos hacia una jaula improvisada. Una nube de ascuas estalla hacia el cielo cuando detrás de ellos dos tiendas más saltan por los aires envueltas en llamas. Me estremezco ante la manera como el fuego ruge y fanfarronea, como si estuviera celebrando los gritos que le arranca a la gente.

—Es la profecía —susurra Darin—. ¿Te acuerdas? *Los gorriones se ahogarán, y nadie lo advertirá*. Los académicos deben de ser los gorriones, Laia. Siempre han llamado a los marinos el pueblo del agua. Son la inundación.

—No podemos permitir que ocurra. —Me obligo a decir estas palabras—. Sufren por nuestra culpa. Esta es la única casa que tienen y nosotros se la estamos arrebatando.

Darin comprende de inmediato mis intenciones. Niega con la cabeza mientras da un paso atrás con movimientos erráticos y llenos de temor.

—No —protesta—. No podemos. ¿Cómo se supone que vamos a encontrar al Abejero si estamos en la cárcel? ¿O muertos? ¿Cómo vamos a...? —Se le ahoga la voz y niega con la cabeza una y otra vez.

—Sé que nos encerrarán. —Le coloco las manos sobre los hombros y lo zarandeo. Tengo que abrir una brecha en el terror que siente. Necesito que crea en mí—. Pero juro por los cielos que conseguiré que salgamos. No podemos permitir que el campo arda, Darin. Está mal. Los marinos nos quieren a nosotros, y estamos justo aquí.

Alguien profiere un alarido detrás de nosotros. Un hombre académico le clava las uñas a una guardia marina, aullando mientras esta le arrebata a una niña de los brazos.

—No le hagas daño —suplica—. Por favor... Por favor...

Darin observa la escena con el cuerpo tembloroso.

—Tienes… Tienes razón. —Forcejea por pronunciar las palabras, y me siento aliviada y orgullosa, aunque se me cae el alma a los pies y me entran náuseas con solo imaginarme que arrastran a mi hermano de nuevo a prisión—. No voy a permitir que nadie más muera por mí. Y mucho menos tú. Me entregaré. Estarás a salvo…

—Ni en broma —lo corto—. Nunca más. Adónde tú vayas, yo voy.

Desactivo mi invisibilidad y el vértigo casi hace que pierda el equilibrio. La visión se me oscurece y acto seguido veo una habitación fría y húmeda en la que hay una mujer de cabello claro. No le puedo distinguir el rostro. *¿Quién es ella?*

Cuando vuelvo a ver con nitidez, solo han transcurrido unos pocos segundos. Sacudo la cabeza para deshacerme de las extrañas imágenes y abandono la protección de las tiendas.

El instinto de la soldado marina es excelente. Pues aunque estamos tranquilamente a diez metros de distancia, nada más dar un paso a la luz, su cabeza se gira hacia nosotros. El penacho y los agujeros inclinados de la visera de su casco le dan el aspecto de un halcón enfadado, aunque empuña su cimitarra con la mano relajada mientras observa cómo nos acercamos.

—Laia y Darin de Serra. —No se la ve sorprendida, y veo claro que se esperaba encontrarnos aquí, que sabía que habíamos llegado a Adisa—. Quedáis arrestados por conspiración y por la comisión de crímenes contra el reinado de Marinn. Vendréis conmigo.

XII: Elias

Aunque el sol todavía no se ha puesto, no se oye ni un alma en el campamento tribal cuando me acerco. Las fogatas para cocinar están apagadas, los caballos resguardados debajo de un toldo de lona y los carros pintados de rojo y amarillo cerrados a cal y canto para protegerlos de la tardía lluvia de primavera. Una luz débil parpadea dentro.

Me muevo lentamente, aunque no por cautela. Mauth tira de mí, y necesito emplear toda mi fuerza para ignorar su llamada.

A unos cien metros al oeste de la caravana, el Mar Crepuscular rompe sus olas contra la orilla rocosa y su rugido casi ahoga los gritos lastimeros de las gaviotas de plumaje blanco que lo sobrevuelan. Mis instintos de máscara están tan afilados como siempre y presiento la llegada de la kehanni de la tribu Nasur mucho antes de que aparezca ante mi vista, en compañía de seis tribales que la escoltan.

—Elias Veturius. —Las rastas plateadas de la kehanni le llegan hasta la cintura y puedo distinguir con claridad los intrincados tatuajes que luce la cuentacuentos en su piel marrón oscuro—. Llegas tarde.

—Lo lamento, kehanni. —Ni me entretengo en idear una excusa. Las kehannis son tan habilidosas para captar las mentiras como para contar historias—. Te suplico que aceptes mis disculpas.

—Bah. —Resopla—. Si me suplicaste que me reuniera contigo. No sé por qué accedí. Los marciales se llevaron al hijo de mi hermano hace una semana, después de saquear nuestros graneros. Mi respeto hacia Mamie Rila es lo único que me refrena de abrirte en canal como a un cerdo, muchacho.

Me gustaría ver cómo lo intentas.

—¿Has oído alguna noticia de Mamie?

—Está bien escondida y recuperándose de los horrores a los que la sometieron los de tu clase. Si crees que te voy a decir dónde se encuentra, eres más iluso de lo que sospechaba. Ven.

Señala con la cabeza hacia la caravana y la sigo. Entiendo su furia. La guerra que mantienen los marciales con las tribus se manifiesta en los carros chamuscados que salpican la campiña y en todos los aullidos de lamento que se elevan de los enclaves tribales cuando las familias lloran por aquellos a los que se han llevado.

La kehanni camina con paso decidido, y mientras la sigo los tirones de Mauth se intensifican: una sacudida física que hace que quiera salir corriendo de vuelta a la Antesala, a tres leguas de distancia. Me invade la sensación de que algo no está en su sitio, como si me hubiera olvidado de algo importante. Pero no sé decir si se trata de mi propio instinto que entra en acción o si es Mauth que me está manipulando la mente. Más de una vez en las últimas semanas, he notado que alguien —o algo— merodeaba por los límites de la Antesala. Entraba y luego huía, como si estuviera analizando qué reacción ofrece la barrera. Cada vez que lo he percibido, me he deslizado por el aire hasta la frontera, pero nunca he encontrado nada.

Al menos la lluvia ha silenciado a los genios. Esos malhumorados cretinos la odian. Pero los fantasmas están trastornados, forzados a permanecer en la Antesala más tiempo del que deberían porque no soy capaz de ayudarlos a cruzar al otro lado lo bastante rápido. La advertencia de Shaeva me persigue.

Si no los ayudas a cruzar, significará que habrás fracasado como Atrapaalmas y el fin del mundo humano como lo conoces.

Mauth vuelve a tirar de mí, pero me obligo a ignorarlo. La kehanni y yo zigzagueamos alrededor de los carros de la caravana hasta que llegamos a uno apartado del resto, envuelto con una tela negra que contrasta enormemente con las elaboradas decoraciones de los demás carros.

Es el hogar de un faquir, la persona tribal que prepara los cuerpos para su entierro.

Me seco la lluvia de la cara mientras la kehanni llama a la puerta de madera trasera.

—Con todo el respeto —la interrumpo—, pero necesito hablar contigo...

—Yo me manejo con las historias de los vivos. La faquira se encarga de las historias de los muertos.

La puerta trasera del carro se abre casi de inmediato para revelar a una chica de unos dieciséis años. Al verme, abre mucho los ojos y tira del halo de rizos castaños rojizos que le rodea la cabeza y se muerde el labio. Las pecas destacan en su piel, que es de un tono más claro que el de Mamie pero más oscuro que el mío. Unos tatuajes de color azul oscuro le suben por los brazos con unas formas que me recuerdan a unas calaveras.

Algo en la inseguridad de su postura me hace pensar en Laia, y una punzada de nostalgia me atraviesa. Me doy cuenta de que me he quedado paralizado en la puerta y la kehanni me empuja hacia el interior del carro, que está iluminado vivamente por lámparas tribales de todos los colores. Un estante colocado a lo largo de la parte trasera está lleno de tarros con fluidos y en el aire planea un ligero olor a algo astringente.

—Te presento a Aubarit, nuestra nueva faquira —dice la kehanni desde la puerta una vez que estoy dentro—. Está... aprendiendo. —La kehanni curva los labios ligeramente. Con razón ha accedido a echarme una mano. Se está limitando a endosarme a una chica que muy probablemente no me resulte de ninguna ayuda—. Ella se encargará de ti.

La puerta se cierra con un golpe, dejándonos a Aubarit y a mí mirándonos durante un momento incómodo.

—Eres joven —suelto mientras me siento—. Nuestro faquir Saif era más viejo que las montañas.

—No temas, *bhai*. —Aubarit usa el término honorífico para *hermano*, y su voz temblorosa refleja su preocupación. Me siento culpable al instante por haber aludido a su edad—. Me han enseñado los caminos de los Misterios. Vienes del Bosque, Elias Veturius. Del dominio de *Bani al-Mauth*. ¿Te envía ella para que nos ayudes?

¿Acaba de decir Mauth?

—¿Cómo conoces ese nombre? ¿Mauth? ¿Te refieres a Shaeva?

—*Astagha!* —Aubarit pronuncia la palabra contra el mal de ojo—. ¡No usamos su nombre, *bhai*! *Bani al-Mauth* es sagrada. La Elegida de la Muerte. La Atrapaalmas. La Guardiana del Umbral. El secreto sagrado de su existencia solo lo conocen los faquires y sus aprendices. No te la habría ni nombrado, solo habría dicho que vienes del *Jaga al-Mauth*.

Lugar de Mauth.

—Shaev... digo, *Bani al-Mauth*. —De repente me cuesta articular palabras—. Está... muerta. Soy su sustituto. Me estaba entrenando cuando...

Aubarit se arroja al suelo con tanta rapidez que creo que le ha dado un ataque al corazón.

—*Banu al-Mauth*, perdonadme. —Reparo en la alteración en el título para designar a un hombre en vez de a una mujer, y entonces me doy cuenta de que no le ha dado ningún tipo de ataque, sino que está postrada—. No lo sabía.

—No hace falta que hagas esto. —Tiro de ella para ponerla en pie, avergonzado por su admiración—. Estoy teniendo problemas para que los fantasmas crucen —le confieso—. Necesito usar la magia que yace en el corazón de la Antesala, pero no sé cómo. Los fantasmas se acumulan. Cada día hay más.

Aubarit empalidece y sus nudillos se ponen blancos cuando junta las manos y las aprieta.

—Eso… eso no puede ser, *Banu al-Mauth*. Debe hacer que crucen. De lo contrario…

—¿Qué ocurrirá? —Me inclino hacia delante—. Has hablado de Misterios… ¿Cómo los aprendiste? ¿Están escritos en algún lugar? ¿En pergaminos? ¿En libros?

La faquira se da unos toquecitos en la cabeza.

—Dejar por escrito los Misterios significaría despojarlos de su poder. Solo los faquires y las faquiras los aprenden, pues nuestro cometido es acompañar a los muertos cuando abandonan el mundo de los vivos. Los lavamos y comulgamos con sus espíritus para que puedan moverse sin impedimentos a través del *Jaga al-Mauth* y crucen al otro lado. Quien tiene el papel de Atrapaalmas no puede verlos; ni ella, ni tú, estáis destinados a ser capaces de ello.

¿Sabes por qué hay tan pocos fantasmas de las tribus? Habían sido las palabras de Shaeva.

—¿En esos Misterios se hace alguna referencia a la magia de la Antesala?

—No, *Banu al-Mauth* —responde Aubarit—. Aunque… —Baja el tono de voz y toma el cariz de un canto memorizado de hace mucho tiempo—. *Si procuras la verdad en los árboles, el Bosque te mostrará sus recuerdos más pícaros.*

—¿Unos recuerdos? —frunzo el ceño… Shaeva no me dijo nada de esto—. Los árboles han visto muchas cosas, de eso no cabe duda, pero la magia que poseo no me permite hablar con ellos.

Aubarit niega con la cabeza.

—Los Misterios rara vez hay que interpretarlos de forma literal. El *Bosque* podría hacer referencia a los árboles… o podría aludir a algo completamente distinto.

Unos árboles que hablan metafóricamente no me van a ayudar.

—¿Qué hay de *Bani al-Mauth*? —le pregunto—. ¿La conociste? ¿Alguna vez te habló de la magia o de cómo la usaba?

—La vi una vez, cuando mi abuelo me escogió para que fuera su aprendiz. Ella me otorgó su bendición. Creía... creía que le había enviado para que nos ayudara.

—¿Ayudaros? —pregunto, tajante—. ¿Con los marciales?

—No, con... —Se traga el resto de las palabras—. No os inmiscuyáis en tales nimiedades, *Banu al-Mauth*. Su obligación es encargarse de los espíritus, y para ello debe alejarse del mundo y no perder el tiempo ayudando a desconocidos.

—Dime qué está pasando —le exijo—. Yo decidiré si me concierne o no.

Aubarit se retuerce las manos mientras lo medita, pero cuando me la quedo mirando expectante, habla con voz grave.

—Nuestros faquires y faquiras están muriendo. A algunos los mataron en ataques marciales, pero otros... —Niega con la cabeza—. A mi abuelo lo hallaron en un estanque de pocos metros de profundidad. Tenía los pulmones llenos de agua... pero él sabía nadar.

—Puede que haya tenido un ataque al corazón.

—Era fuerte como un toro y todavía no había alcanzado la sexta década. Y esto no es todo, *Banu al-Mauth*. Me costó alcanzar su espíritu. Debe comprender que he estado entrenándome para ser faquira desde que di mis primeros pasos. Nunca había tenido que bregar para comulgar con un difunto. Esa vez, era como si algo me estuviera bloqueando. Cuando lo conseguí, el fantasma de mi abuelo estaba profundamente afligido y ni siquiera quiso hablar conmigo. Algo está mal. No he tenido noticias de los demás faquires... todo el mundo está demasiado preocupado con los marciales. Pero esto... esto es más importante. Y no sé qué hacer.

Un tirón brusco por poco me pone en pie. Noto la impaciencia que hay en el otro cabo. Quizá Mauth no quiera que oiga esta información. Quizá la magia quiere que siga en la ignorancia.

—Comparte la siguiente orden con todos vuestros faquires —le exijo—. Sus carros ya no deben estar separados del resto de la caravana, por orden de *Banu al-Mauth*, quien ha expresado su preocupación por su bienestar. Y diles que pinten sus carros para que sean iguales a los del resto de la tribu. Así será más difícil para que vuestros enemigos os encuentren…

Me quedo callado de golpe. El tirón que siento en el centro de mi ser es lo bastante fuerte como para que sienta náuseas, pero persevero, porque nadie más va a ayudar a Aubarit o a los faquires.

—Pregunta a los demás faquires si también les está costando comulgar con los espíritus e investiga si ha ocurrido alguna vez anteriormente.

—Los demás faquires no me hacen caso.

—Tus poderes son recientes. —Tengo que irme, pero no puedo dejarla aquí, dudando de sí misma, dudando de su valía—. Pero eso no significa que no los tengas. Piensa en la manera como tu kehanni exhibe su fuerza, como si fuera su propia piel. Así es como debes comportarte. Por tu propia gente.

Mauth me vuelve a atraer hacia él, con tanto énfasis que me levanto en contra de mi voluntad.

—Tengo que volver a la Antesala. Si me necesitas, ven a la linde del Bosque. Sabré que estás allí. Pero no intentes entrar.

Unos segundos después, me vuelve a caer encima la intensa lluvia. Un relámpago resquebraja el cielo sobre la Antesala y noto el lugar donde cae dentro de mi dominio: al norte, en las inmediaciones de la cabaña, y más concretamente al lado del río. Reconocer la localización con tanta exactitud me resulta tan sencillo como si fuera una habilidad innata, como saber que me han hecho un corte o me han mordido.

Mientras me deslizo por el aire hacia casa, reflexiono sobre las palabras que me ha dicho Aubarit. Shaeva nunca me contó que los faquires tenían una conexión tan profunda con su trabajo. Nunca mencionó que esos tribales sabían de su existencia y mucho menos que habían establecido toda una mitología alrededor de su ser. De los faquires sé lo mismo que la mayoría de los tribales: que se encargan de los muertos y que debemos venerarlos, aunque en su caso lo hagamos con algo más de temor que cuando reverenciamos a un zaldar o una kehanni.

Tal vez, si para variar hubiese prestado atención, me habría dado cuenta de la conexión. Las tribus siempre se han mostrado profundamente recelosas con el Bosque. Afya odia estar cerca de él y la tribu Saif nunca se acercó a menos de cincuenta leguas de ese lugar cuando yo era niño.

Cuando me acerco a la Antesala, la llamada de Mauth, que a esta distancia debería de haber menguado, se hace más fuerte. ¿Solo quiere que vuelva? ¿Quiere algo más?

Al fin la frontera aparece delante de mí, y nada más cruzarla, me acribillan los aullidos de los fantasmas. Su furia ha alcanzado el punto álgido y se ha transformado en algo violento y enloquecido. Por los diez infiernos, ¿cómo se han podido encolerizar tanto en la hora que he estado fuera?

Se amontonan en la frontera con una determinación decidida y extraña. Primero creo que se están congregando alrededor de algo cerca de la barrera. ¿Un animal muerto? ¿Un cadáver?

Pero cuando me abro paso a empujones por entre ellos, estremeciéndome por los escalofríos que me recorren el cuerpo, me doy cuenta de que no se están reuniendo alrededor de nada que haya cerca de la barrera. Están empujando la barrera en sí.

Están intentando escapar.

XIII: La Verdugo de Sangre

E l cielo del sur está manchado de un humo negro cuando la embarcación por fin empieza a acercarse a Navium. La lluvia que nos ha dejado empapados durante las últimas dos semanas se mantiene al acecho en el horizonte, mofándose de nosotros y negándose a darnos un respiro. La ciudad portuaria más importante del Imperio está en llamas, y mi gente arde con ella.

Avitas se coloca a mi lado en la ancha proa mientras Dex le vocifera órdenes al capitán para que vaya más rápido. Nos llega un retumbo desde la distancia: los tambores de Navium que emiten órdenes codificadas con un frenesí que solo se oye durante un ataque.

Harper tiene el rostro plateado contraído y los labios apretados en lo que casi parece una mueca. Se ha pasado horas durante el camino enseñándome a bloquear mi mente contra los intrusos, lo que ha significado una gran cantidad de tiempo mirándonos cara a cara. He llegado a conocerlo bien. Sea lo que fuere lo que me está a punto de comunicar, se trata de malas noticias.

—Grímarr y sus fuerzas atacaron al despuntar el sol hace tres semanas —me informa—. Nuestros espías dicen que los karkauns han padecido una hambruna en el sur. Miles de muertos. Han estado haciendo incursiones en la costa sur durante meses, pero teníamos información desactualizada sobre la flota que habían congregado. Se presentaron con más de trescientos barcos y atacaron el puerto comercial primero. De los doscientos cincuenta barcos mercantes que había en el puerto, mandaron a pique a doscientos cuarenta y tres.

Eso es un gran golpe para las Gens mercantes, un hecho que tardarán en olvidar.

—¿Contramedidas?

—El almirante Lenidas desplegó la flota en dos ocasiones. La primera vez, hundimos tres navíos bárbaros antes de que un chubasco nos obligara a volver a puerto. La segunda, Grímarr lideró la ofensiva y nos obligó a retroceder.

—¿Grímarr consiguió que el almirante Lenidas ordenara la retirada?

Quienquiera que sea este maldito karkaun, no es ningún inepto. Lenidas ha comandado la flota del Imperio durante los últimos treinta años. Él se encargó del diseño del puerto militar de Navium, la Isla: una torre de vigilancia con un enorme cuerpo de agua que la rodea y un puerto circular y protegido detrás que alberga hombres, barcos y provisiones. Hace décadas que batalla contra los bárbaros desde la Isla.

—Según los informes, Grímarr contrarrestó todas las estrategias que Lenidas le interpuso. Después de eso, los karkauns obstruyeron el puerto. La ciudad está bajo asedio y el número de víctimas asciende a más de mil en el distrito del suroeste. Ahí es donde Grímarr está golpeando con más fuerza.

Ese distrito está habitado casi en su totalidad por plebeyos: estibadores, navegantes, pescadores, toneleros, herreros y sus familias.

—Keris Veturia está pergeñando un plan para repeler el siguiente ataque de los bárbaros.

—Keris no debería estar maquinando nada sin Lenidas presente para moderar —me quejo—. ¿Dónde está él?

—Después de su segundo fracaso, ella lo ejecutó —dice Avitas, y por la pausa que sigue, sé que está tan turbado por las noticias como yo—. Por completa negligencia en sus deberes. Hace dos días.

—Ese anciano vivía y respiraba por el deber. —Me siento anestesiada. Lenidas me entrenó personalmente durante seis meses cuando era una quinto, justo antes de que me dieran mi máscara. Era uno de los pocos *paters* del sur en los que confiaba mi padre—. Ha peleado contra los karkauns durante cerca de cincuenta años. Sabía más de ellos que cualquier otra persona viva.

—Oficialmente, la comandante opinaba que había perdido demasiados hombres en los ataques y pasó por alto demasiadas de sus advertencias.

—Y extraoficialmente ella quería tomar el control. —Así se pudra en los infiernos—. ¿Por qué lo han permitido los *paters* ilustres? No es una deidad. Le podrían haber parado los pies.

—Ya sabes cómo era Lenidas, Verdugo —responde Avitas—. No aceptaba sobornos y no permitía que los *paters* le dijeran lo que tenía que hacer. Trataba tanto a los ilustres como a los mercantes e incluso a los plebeyos por igual. Según su versión, el almirante dejó que el puerto comercial ardiera.

—Y ahora Keris está al mando de Navium.

—Nos ha convocado —dice Avitas—. Nos han informado de que una escolta nos llevará ante ella. Está en la Isla.

Maldita arpía. Ya está intentando arrebatarme el control antes incluso de que haya entrado en la ciudad. Tenía pensado ir a la Isla primero de todos modos, pero si lo hago ahora, parecerá que le estoy suplicando, buscando la aprobación de mis superiores.

—Por mí como si convoca a una banda de efrits.

Un alboroto en la dársena me llama la atención. Los relinchos agitados de unos caballos cortan el aire y localizo la armadura negra y roja de un soldado de la Guardia Negra. El hombre maldice mientras intenta aferrar las riendas de las bestias, pero estas corcovean y tiran para alejarse de él.

Entonces, con la misma rapidez con la que han entrado en pánico, las bestias se calman y agachan las cabezas mansas como si estuvieran bajo el efecto de una droga. Todos los hombres presentes en la dársena dan un paso atrás.

Una figura vestida de negro aparece a la vista.

—Por los infiernos sangrantes —murmura Avitas detrás de mí.

Los ojos brillantes e inquietantes del Portador de la Noche se fijan en mí, aunque su presencia no me extraña. Ya me esperaba que Keris mantendría cerca a ese monstruoso genio. La comandante sabe que tengo intención de matarla. Como también sabe que si puede usar a su mascota sobrenatural para que se meta en mi cabeza, no lo lograré jamás.

Evoco las horas que he pasado con Avitas aprendiendo a proteger mi mente. Horas escuchando su voz calmada que me indica que me imagine mis pensamientos más íntimos como si fueran gemas encerradas en un cofre, ocultas en un barco hundido en el fondo del mar olvidado. Harper no sabe nada del embarazo de Livia. No se lo he dicho a nadie, pero tiene claro que para que haya un futuro para el Imperio debemos destruir a la comandante. Ha sido un instructor riguroso.

Pero Avitas no pudo comprobar mis habilidades. Solo les pido a los cielos que mi preparación sea suficiente. Si Keris descubre que Livvy está encinta, en unos pocos días ya habrá enviado asesinos para que acaben con ella.

Cuando atracamos, mis pensamientos se dispersan. *Concéntrate, Verdugo. Está en juego la vida de Livvy. Está en juego el futuro del Imperio.*

Pongo un pie sobre la rampa de desembarco y no miro a los ojos del Portador de la Noche. Ya cometí ese error una vez, hace meses, cuando coincidí con él en Serra. Ahora sé que sus ojos me mostraron el futuro. Vi las muertes de mi familia ese día, aunque en aquel instante no lo comprendiera y diera por hecho que mi miedo me había jugado una mala pasada.

—Bienvenida, Verdugo de Sangre.

No puedo reprimir un escalofrío por la manera como la voz del Portador de la Noche araña mis oídos. Me hace un gesto para que me acerque a él. *Soy la* mater *de la Gens Aquilla. Soy una máscara. Soy miembro de la Guardia Negra. Soy la Verdugo de Sangre, la mano derecha del Emperador de los marciales.* Le ordeno a mi cuerpo que se quede inmóvil mientras lo miro con desdén con todo el poder que me otorga mi rango.

Mi cuerpo me traiciona.

Los sonidos de la dársena del río se desvanecen. No se oye el agua rompiendo contra los cascos de las embarcaciones, ni a los estibadores que se gritan los unos a los otros, ni el crujido de los mástiles, ni los chirridos de velas ni el rugido del mar. El silencio que envuelve al genio es completo, una aura que nada puede penetrar. Todo se disipa mientras acorto la distancia que nos separa.

Mantén el control, verdugo. No permitas que se filtre nada de tu mente.

—Vaya —dice el Portador de la Noche con voz queda cuando me planto delante de él—. Mi enhorabuena, Verdugo de Sangre. Veo que vas a ser tía.

XIV: Laia

La cárcel marina es austera, fría y pavorosamente silenciosa. Camino con paso nervioso por mi lóbrega celda y apoyo una mano en la pared de piedra. Es tan gruesa que podría gritar y gritar y Darin, alojado al otro lado del pasillo, jamás me oiría.

Debe de estar perdiendo la cabeza. Me lo imagino apretando y aflojando los puños, raspando con las botas el suelo y preguntándose cuándo escaparemos. Si es que escapamos. Este sitio puede que no sea Kauf, pero sigue siendo una prisión y los demonios de mi hermano no le van a permitir olvidar esa realidad.

Lo que significa que debo mantener la cabeza fría por los dos y hallar la manera de salir de aquí.

La noche transcurre lentamente, despunta el alba, y no es hasta el anochecer que el cerrojo de la puerta emite un sonido metálico y tres figuras iluminadas por una lámpara entran en mi celda. Reconozco a una de ellas como la capitana que nos arrestó y a una segunda como una de sus soldados. Pero es la tercera mujer, alta y bien cubierta con una capa, la que capta toda mi atención.

Porque está rodeada de gules.

Se arremolinan como cuervos hambrientos a sus pies, siseando y retorciéndose. Advierto al instante que no puede verlos.

—Trae al hermano, capitana Eleiba. —La voz de la mujer es ronca y musical. Podría ser una kehanni con esas cuerdas vocales. Parece tener aproximadamente la edad de Afya o quizás un poco más, con la piel de un moreno suave y un cabello largo y espeso que lleva recogido en un moño. Tiene un porte regio y unos andares gráciles, como si estuviera sosteniendo un libro sobre la cabeza.

—Siéntate, niña —me ordena, y aunque su voz es bastante amable, una malicia subyacente hace que se me erice el vello de la nuca. ¿Acaso están los gules ejerciendo algún tipo de influencia sobre ella? No sabía que pudieran tener ese poder.

Se alimentan de la pena, la tristeza y el hedor a sangre. Spiro Teluman me dijo esas palabras hace mucho tiempo. ¿Qué aflicción acongoja a esta mujer?

Darin aparece y frena el paso cuando entra, con los ojos desorbitados. También se ha percatado de los gules. Cuando se sienta a mi lado en mi catre, alargo la mano para agarrar la suya y le doy un apretón. *No nos pueden retener. No se lo permitiré.*

La mujer se me queda mirando durante un buen rato antes de sonreír.

—Tú —me dice—, no te pareces en nada a la Leona. Pero tú y ella —desvía la vista hacia Darin— sois como dos gotas de agua. Fue muy lista al manteneros ocultos. Supongo que por eso seguís con vida.

Los gules suben culebreando por la capa de la mujer y le susurran al oído. Sus labios se curvan en una mueca de desdén.

—Pero bueno, según cuenta mi padre, a Mirra siempre le encantó guardar secretitos. Me pregunto si os pareceréis a ella en algún otro aspecto. Buscando siempre pelea en vez de reconciliación, derribar en vez de construir...

—Ni se te ocurra mentar a mi madre. —La cara se me enciende—. ¿Cómo te atreves...?

—Os dirigiréis a la princesa del trono Nikla de Marinn como *princesa* o *Su Majestad* —nos indica Eleiba—. Y hablaréis con el respeto que merece alguien de su posición.

¿Esta mujer que está infestada de gules que le están trastornando la mente será un día la gobernante de Marinn? Quiero ahuyentar a las criaturas místicas que la rodean, pero no puedo lograrlo sin evitar que parezca que la estoy atacando. Los marinos son menos escépticos que los académicos en cuanto a la veracidad de las historias mitológicas, pero algo me dice que aun así no me creerá si le digo lo que veo.

—No te preocupes, Eleiba. —Nikla resopla—. Debería de haber sabido que tendría la misma falta de modales que la Leona. Venga, chica, hablemos del motivo que te trae por aquí.

—Por favor. —Hablo entre dientes, a sabiendas de que mi vida está en manos de Nikla—. Mi hermano y yo estamos aquí para…

—Fabricar armas de acero sérrico —termina Nikla—. Y proveérselo a los refugiados académicos que inundan la ciudad. Instigar una revuelta y desafiar a los marinos a pesar de todo lo que hemos hecho por tu gente desde que el Imperio los subyugó hace cientos de años.

Me deja tan estupefacta que apenas puedo articular palabra.

—No —balbuceo—. No, princesa, no es eso. No estamos aquí para fabricar armas, estamos…

¿Le hablo del Portador de la Noche? ¿De Shaeva? Pienso en las historias que tienen que ver con seres místicos violentos que se susurran por los caminos, historias que he estado oyendo durante meses. Los gules puede que le digan que estoy mintiendo, pero debo advertirla.

—Se acerca una amenaza, princesa. Una amenaza inusitada. Sin duda alguna le habrán llegado historias de barcos marinos que naufragan en mares calmados y de niños que desaparecen en medio de la noche.

Al lado de Nikla, Eleiba se pone rígida y sus ojos de dirigen hacia los míos, con una mirada cargada de reconocimiento. *¡Lo sabe!* Pero Nikla sostiene una mano en alto. Los gules emiten una repugnante risita con las rendijas rojas que tienen por ojos clavadas en mí.

—Enviaste a tus aliados como avanzadilla para que extendieran esas mentiras por entre la población académica —dice—. Unos cuentos en los que aparecen monstruos de leyenda. Sí, tus amiguitos llevaron a cabo a la perfección la tarea que les encomendaste.

Araj. Los esquiritas. Suspiro. Elias me avisó de que el líder esquirita le contaría mis proezas a todo aquel con el que se cruzara. No había pensado demasiado en ello.

—Difundieron las noticias de tus hazañas entre los académicos recién llegados, una población oprimida a la que se la puede manipular con facilidad. Y entonces llegaste con tu hermano, con el legado de tu madre y la promesa de traer acero sérrico, protección y seguridad. Todos los insurgentes cuentan la misma historia, chica. Solo cambia un poco el relato.

—No queremos problemas. —Mi agitación se intensifica, pero revivo en mi mente la vez que mi abuelo ayudó en el parto de unos gemelos y yo entré en pánico. Era mi primer parto, y con unas pocas palabras, su serenidad me apaciguó hasta que las manos dejaron de temblarme—. Solo queremos…

—No me trates con condescendencia. Mi gente lo ha dado todo por la tuya. —Nikla se pasea por la pequeña celda y los gules la siguen como una manada de perros leales—. Los hemos aceptado en nuestra ciudad y los hemos integrado en el entramado de la cultura marina. Pero nuestra generosidad tiene sus propios límites. Aquí en Marinn no somos unos sádicos, a diferencia de los marciales, pero tampoco aceptamos de buena gana a los agitadores. Tenéis que ser conscientes de que si no cooperáis conmigo, le ordenaré a la capitana Eleiba que os embarque en el siguiente navío que se dirija a las tierras tribales… como hicimos con vuestros amigos.

Por los infiernos, no. Así que eso es lo que les ocurrió a Araj, a Tas y al resto de los esquiritas. Cielos, espero que estén bien.

—Las tierras tribales están plagadas de marciales. —Intento controlar mi temperamento, pero cuanto más habla esta mujer, más quiero gritar—. Si nos envías allí, nos matarán o nos esclavizarán.

—En efecto.

Nikla ladea la cabeza, y la luz de la lámpara hace que sus ojos se vean tan rojos como los de los gules. ¿Ha sido el Portador de la Noche el que los ha enviado? ¿Es ella otra de sus aliadas humanas, como la comandante o el alcaide?

—Tengo una proposición que hacerte, Darin de Serra —continúa Nikla—. Si te queda algo de sentido común, verás que es más que justa. Deseas fabricar acero sérrico. Muy bien. Fabrícalo... para el ejército marino. Te proporcionaremos todo lo que necesites, así como alojamiento para ti y para tu hermana...

—No. —Darin tiene la vista clavada en el suelo y niega con la cabeza—. No lo haré.

No lo haré, me fijo. A diferencia de *no soy incapaz de hacerlo.* Una chispa de esperanza prende en mi interior. ¿Puede ser que a pesar de todo lo ocurrido mi hermano sepa cómo fabricar el acero? ¿Se ha podido librar de lo que lo bloqueaba en el trayecto desde el Bosque del Ocaso hasta Adisa, que le haya permitido recordar lo que le había enseñado Spiro?

—Piénsatelo...

—No lo haré. —Darin se levanta, inclinándose hacia Nikla y sobrepasándola por un palmo. Eleiba se coloca delante de la princesa, pero Darin habla con calma con las palmas extendidas a los lados del cuerpo—. No voy a causarle daño a otro grupo de personas solo para que los míos puedan vivir a su merced.

—Por favor, dejadnos marchar. —Ahuyento a los gules y se esparcen unos segundos antes de solidificarse alrededor de Nikla de nuevo—. No queremos haceros ningún daño y debéis de tener asuntos más apremiantes de los que preocuparos que dos académicos que no quieren meterse en líos. El Imperio se ha vuelto en contra de las tribus y puede que haga lo mismo con Marinn.

—Los marciales tienen un acuerdo con Marinn.

—También lo tenían con las tribus —repongo—. Y aun con esas han capturado o matado a cientos en el desierto tribal. El nuevo Emperador… no lo conocéis, princesa. Es… diferente. No es alguien con quien se pueda cooperar. Es…

—No discutas de cuestiones políticas conmigo, chiquilla.
—No es consciente del gul que se aferra al lado de su cara con la boca rasgada en una sonrisa odiosa. Verlo me provoca arcadas—. Yo ya era alguien importante a quien se debía tener en cuenta en la corte de mi padre mucho antes de que tú nacieras. —Se gira hacia Darin—. Mi proposición sigue en pie. Fabrica armas para mi ejército, o jugáosla en las tierras tribales. Tenéis hasta mañana al alba para decidir.

* * *

Ni a Darin ni a mí se nos pasa por la cabeza plantearnos la propuesta de Nikla. Sé que no hay ninguna opción de que él acepte. Los gules la tienen sometida, lo que muy probablemente signifique que el Portador de la Noche se está inmiscuyendo en la política marina. Lo último que necesitan los académicos es que otro pueblo nos trate con prepotencia solo porque no disponemos de las armas para presentar una batalla justa.

—Has dicho que *no lo harías.* —Lo he estado meditando largo y tendido antes de sacar a colación el comentario de Darin que parecía carecer de importancia. Mi hermano da vueltas por la celda, ansioso como un caballo enjaulado—. Cuando Nikla te pidió que fabricaras las armas, no dijiste *soy incapaz de hacerlo.* Dijiste *no lo haré.*

—Ha sido un lapsus. —Darin se detiene de espaldas a mí, y aunque me fastidie admitirlo, sé que está mintiendo. ¿Lo presiono o lo dejo pasar?

Lo has estado dejando pasar, Laia. Dejarlo pasar significa que Izzi murió para nada. Significa que a Elias lo encarcelaron para nada. Significa que el primo de Afya murió para nada.

Intento una táctica distinta.

—¿Crees que Spiro...?

—¿Podemos no hablar de Spiro, armas o forja? —Darin se sienta a mi lado con los hombros hundidos, como si las paredes de la celda lo estuvieran empequeñeciendo. Aprieta y afloja los puños—. ¿Cómo diantres vamos a salir de aquí?

—Una pregunta excelente —dice una voz floja desde la puerta. Doy un brinco... Hace unos segundos, la puerta estaba cerrada con llave—. Una a la que yo tal vez tenga la respuesta, si me hacéis el favor de escucharla.

Un hombre académico joven y de piel oscura está recostado contra el marco de la puerta, a plena vista de los guardias. Solo que, me doy cuenta, no hay ningún guardia que pueda verlo. Han desaparecido.

El hombre es atractivo, con un cabello negro recogido y el cuerpo delgaducho de un espadachín. Tiene los brazos tatuados, aunque en la oscuridad no puedo discernir los símbolos. Lanza al aire una y otra vez una llave como si se tratara de una pelota. Tiene un aire de indiferencia que me enerva. El brillo de sus ojos y su sonrisa ladina me resultan inmediatamente familiares.

—Te conozco. —Doy un paso atrás, deseando tener mi daga conmigo—. Eres nuestra sombra.

El hombre se inclina en una reverencia burlona y desconfío de él de inmediato. Darin se encrespa.

—Soy Musa de Adisa —se presenta el hombre—. Hijo de Ziad y Azmath de Adisa. Nieto de Mehr y Saira de Adisa. Y también soy el único amigo que tenéis en esta ciudad.

—Acabas de decir que tienes una solución para nuestro problema.

Confiar en este hombre sería una estupidez, pero Darin y yo tenemos que salir de aquí cuanto antes. Toda la verborrea que nos ha dedicado Nikla sobre meternos en un barco me ha parecido que era una chorrada. No va a permitir que se marche un hombre que conoce el secreto del acero sérrico así como si nada.

—Os sacaré a los dos de aquí… por un precio.

Cómo no.

—¿Qué precio?

—Tú —mira a Darin— fabricarás armas para los académicos. Y tú —desvía la vista hacia mí— me ayudarás a restablecer la Resistencia académica en el norte.

En el largo silencio que se extiende después de su proclamación me entran ganas de reír. Si nuestras circunstancias fueran menos funestas, lo habría hecho.

—No, gracias. Ya he tenido bastante con la maldita Resistencia… y con aquellos que la respaldan.

—Me esperaba esa reacción de tu parte —dice Musa—. Después de la manera como Mazen y Keenan te traicionaron.

Esboza una sonrisa desagradable mientras aprieto los puños, y me lo quedo mirando boquiabierta. *¿Cómo lo sabe?*

—Mis disculpas. Keenan no. El Portador de la Noche. En cualquier caso, tu desconfianza es comprensible, pero tienes que detener al señor de los genios, ¿no? Lo que significa que debes salir de aquí.

Darin y yo lo miramos embobados. Yo soy la primera en recuperar la voz.

—¿Cómo sabes lo de…?

—Observo. Escucho. —Musa da unos golpecitos con el pie y mira hacia el pasillo. Sus hombros se tensan. Unas voces llegan amortiguadas desde detrás de la puerta de la celda, apresuradas y autoritarias—. Decidid —nos apremia—. Casi no nos queda tiempo.

—No. —Darin habla por los dos y yo frunzo el ceño. No es su manera habitual de actuar—. Deberías irte, a menos que desees que te encierren aquí con nosotros.

—Me habían advertido de tu testarudez. —Musa suspira—. Presta atención a la lógica, al menos. Aunque hallarais la manera de salir de aquí, ¿cómo vais a encontrar al Abejero con los marinos dándoos caza? ¿Sobre todo cuando no quiere que nadie lo encuentre?

—¿Cómo sabes…? —Detengo mi pregunta a la mitad. Ya me lo ha dicho. Observa. Escucha—. Conoces al Abejero.

—Os juro que os llevaré con él. —Musa se hace un corte en la mano, la sangre gotea sobre el suelo y enarco las cejas. Una promesa de sangre no es cuestión baladí—. Después de sacaros de aquí, si aceptáis mis términos. Pero tenemos que ponernos en marcha. Ya.

—Darin. —Agarro a mi hermano del brazo y lo arrastro hacia una esquina de la celda—. Si puede llevarnos hasta el Abejero, nos ahorraremos semanas de búsqueda.

—No confío en él —tercia Darin—. Ya sabes que quiero salir de aquí tanto como tú. Incluso más. Pero no voy a hacer una promesa que no puedo cumplir, y tampoco deberías hacerlo tú. ¿Por qué quiere que lo ayudes con la Resistencia? ¿Qué provecho saca él? ¿Por qué no lo hace él solo?

—Yo tampoco confío en él, pero nos está ofreciendo una vía de escape.

Pienso en mi hermano. Pienso en la mentira de antes. Y aunque no quiero hacerle daño, sé que si queremos salir algún día de aquí, debo aceptar la oferta.

—Disculpadme —interviene Musa—, pero de verdad tenemos que…

—Cierra el pico —le suelto antes de volver a centrar mi atención en Darin—. Me mentiste con lo de las armas. No —levanto una mano ante su protesta—, no estoy enfadada. Pero no creo que comprendas lo que estamos haciendo. Estás eligiendo no fabricar esas armas. Es una decisión egoísta. Nuestra gente te necesita, Darin. Y eso debería importarte más que tus propios deseos o tu dolor. Ya has visto lo que les está ocurriendo ahí fuera a los académicos —insisto—. No va a parar.

Aunque lograra derrotar al Portador de la Noche, siempre seremos inferiores a menos que nos podamos defender. Necesitamos ese acero sérrico.

—Laia, quiero hacerlo, de verdad…

—Entonces inténtalo —lo aliento—. Es lo único que te pido. Inténtalo. Por Izzi. Por Afya, que ha perdido media docena de miembros de su tribu intentando ayudarnos. Por —la voz se me rompe—, por Elias. Por la vida a la que renunció por ti.

Los ojos azules de Darin se abren de sorpresa y dolor. Sus demonios se alzan, demandando su atención. Pero en algún lugar debajo de todo ese miedo, sigue siendo el hijo de la Leona, y esta vez, el coraje silencioso que ha tenido toda la vida gana la batalla.

—Donde vayas, hermana —me dice—, yo iré. Lo intentaré.

En unos pocos segundos, Musa, que ha estado escuchando a hurtadillas desvergonzadamente, nos hace un gesto para que salgamos al pasillo. En cuanto Darin pone un pie fuera, agarra a Musa del cuello y lo estampa contra la pared. Oigo un sonido como el de un animal que gorjea, pero se acalla cuando Musa hace un extraño movimiento seco con la mano. *¿Un gul?*

—Si le haces daño a mi hermana —le advierte Darin en voz baja—, si la traicionas, te aprovechas de su confianza o le ocasionas el más mínimo daño, juro por los cielos que te mataré.

Musa vocaliza una respuesta asfixiada, y cuando Darin lo está soltando, unas llaves tintinean en la puerta al final del pasillo. Unos segundos después, se abre de golpe y entra Eleiba enarbolando la cimitarra.

—¡Musa! —vocifera—. Maldita sea, debería de haberlo sabido. Quedas arrestado.

—Muy bien, ya lo has conseguido. —Musa se frota el cuello donde Darin lo ha agarrado y sus facciones delicadas desprenden una leve irritación—. Ya podríamos andar lejos si no fuera por tu bravuconería de hermano mayor.

Dicho eso, susurra algo y Eleiba da un paso atrás, maldiciendo, como si algo que no podemos ver la hubiese atacado.

Musa pasa la vista de Darin a mí con las cejas arqueadas.

—¿Alguna amenaza más? ¿Algún asunto con el que queráis perder el tiempo? ¿Nada? Bien. Entonces salgamos de aquí de una maldita vez.

* * *

Está a punto de despuntar el alba cuando Musa, Darin y yo emergemos en una sastrería dentro de Adisa. La cabeza me da vueltas tras el recorrido por extraños túneles interconectados, pasajes y callejones por los que nos ha llevado Musa para traernos hasta aquí. Pero estamos fuera. Somos libres.

—Nada mal de tiempo —observa Musa—. Si nos apresuramos, podemos llegar a una casa segura antes de…

—Espera. —Lo agarro del hombro—. No vamos a ir a ninguna parte contigo. —A mi lado, Darin asiente con vehemencia—. No hasta que nos digas quién eres. ¿Cómo es que la capitana Eleiba te conoce? Y por los cielos, ¿qué es lo que la atacó? Oí un ruido. Parecía un gul, y puesto que la princesa Nikla está rodeada de ellos, entenderás el motivo de mi preocupación.

Musa se libera con facilidad de mi agarre y se alisa la camisa, que me fijo que es de demasiada buena confección como para que la lleve un académico.

—No siempre fue así, ella. Nik… la princesa, quiero decir. Pero eso no importa ahora. El alba no tardará en llegar. De verdad que no tenemos tiempo…

—Deja de poner excusas —salto, irritada—. Y empieza a explicarte.

Musa suelta un quejido frustrado.

—Si respondo a una pregunta —dice—, ¿dejarás de ser tan insufrible y me permitirás que os lleve a una casa segura?

Lo medito, mirando a Darin, que me ofrece un encogimiento de hombros evasivo. Ahora que Musa nos ha sacado, solo necesito obtener de él algo de información. Cuando la consiga, puedo hacerme invisible y dejarlo inconsciente, y entonces Darin y yo podremos esfumarnos.

—Muy bien —acepto—. ¿Quién es el Abejero y cómo podemos encontrarlo?

—Ay, Laia de Serra. —Sus dientes blancos relucen como los de un caballo presumido. Extiende el brazo y bajo el cielo que empieza a clarear, al fin puedo observar de cerca sus tatuajes. Tiene decenas, pequeños y grandes, todos agrupados alrededor de una colmena.

Son abejas.

—Soy yo, por supuesto —dice Musa—. No me digas que no lo habías sospechado.

XV: *Elias*

Durante días me dedico a persuadir, amenazar y atraer a los fantasmas para alejarlos de la barrera de los confines del Bosque. Solo los cielos saben qué ocurriría si se escaparan. A cada hora que pasa parece que se vuelven más frenéticos, hasta que apenas puedo oír mi propia voz por encima de sus malditos llantos.

Dos semanas después de la visita a Aubarit, y sin la menor idea de cómo puedo hacer para que los fantasmas crucen al otro lado más de prisa o de qué manera puedo ayudar a la faquira, me retiro a la casita de Shaeva para pasar la noche, inmensamente agradecido por disponer de ella, mi único refugio. Los fantasmas se aferran a mí cuando entro, salvajes como un tifón de la Isla Sur.

Jamás debería de haber hecho…

Mi marido, ¿está aquí? Dímelo…

¿Has visto a mi amorcito…?

Normalmente me siento culpable cuando les cierro la puerta en las narices, pero hoy no es el caso. Estoy demasiado cansado, demasiado enfadado por mi fracaso, demasiado hastiado por el alivio que siento ante el repentino y completo silencio que hay dentro de la casa de Shaeva.

Duerme en la casita. No te pueden hacer daño allí.

De algún modo, Shaeva usó alguna magia en la cabaña para aislarla de los fantasmas y los genios. Ese pequeño hechizo no murió con ella. Sabía que yo necesitaría un lugar donde pudiera poner en orden mis pensamientos y le estoy agradecido por ello. Pero mi calma no dura demasiado. Después de limpiar y cocinar una comida insignificante que si la hubiese visto Shaeva se habría burlado de mí, no consigo dormirme. Me paseo dando círculos con la culpabilidad atenazándome las entrañas. Las botas de la Atrapaalmas todavía descansan debajo de su cama. Las flechas que estaba emplumando yacen sin tocar sobre su mesa de trabajo. Esas pequeñas muestras de su vida solían brindarme algo de consuelo, sobre todo en los primeros días posteriores a su muerte. Igual que con la casita, me recordaban que ella me veía capaz de convertirme en Atrapaalmas.

Pero esta noche su recuerdo me persigue. *¿Por qué no me hiciste caso, Elias? ¿Por qué no aprendiste?* Cielos, estaría tan decepcionada.

Le doy un puntapié a la puerta; una decisión estúpida, ya que el dolor me aguijonea el pie. Me pregunto si mi vida entera estará formada por una secuencia de instantes en los que me doy cuenta de que soy idiota mucho después de que pueda hacer algo útil para remediarlo. ¿Alguna vez sentiré que sé lo que estoy haciendo? ¿O seré un anciano, tambaleándome por ahí, desconcertado por la última estupidez que haya cometido?

No seas patético. De manera insólita, la voz estricta de Keris Veturia me viene a la mente. *Sabes cuál es la pregunta: ¿cómo haces para que los fantasmas crucen más rápido? Ahora encuentra la respuesta. Piensa.*

Sopeso las palabras de Aubarit. *Debe encargarse de los espíritus, y para ello debe alejarse del mundo.* Es una variación del consejo de Shaeva. Pero ya me he desconectado del mundo. Me despedí de Laia y de Darin. He mantenido alejados a todos los que se han acercado al Bosque. Robo a escondidas mis provisiones de las aldeas en vez de comprarlas a otro humano, como desearía hacer.

El Bosque te mostrará sus recuerdos más pícaros. ¿Se refería a los Misterios o a Mauth? ¿O esconde algo más esa afirmación? *El* Bosque *podría hacer referencia a los árboles… o podría aludir a algo completamente distinto*, había dicho Aubarit. ¿A los fantasmas, quizá? Pero no se pasan el tiempo suficiente en la Antesala como para que sepan nada.

Aunque, ahora que lo pienso, no todos los espíritus cruzan de inmediato.

Voluta. Me coloco mis cimitarras —más por costumbre que porque vaya a necesitarlas— y salgo. Justo antes de entrar en la casita he oído su voz, pero ahora no está aquí.

Maldita sea, Elias, piensa. Voluta solía evitar a Shaeva. Cuando la fantasma pronuncia alguna palabra, va dirigida a mí, y siempre tiene que ver con su *amorcito*. Y, a diferencia de los demás espíritus, le gusta el agua. A menudo merodea cerca de un manantial al sur de la cabaña.

El camino está muy desgastado. Cuando me mudé a la casita, Shaeva no se lo pensó dos veces antes de asignarme todas las tareas que tuvieran que ver con ir a por agua. *¿De qué te sirven los músculos si no puedes transportar cosas para los demás?*, había bromeado.

Vislumbro un destello blanco cuando estoy llegando y no tardo en encontrar a Voluta en el borde del manantial, maravillándose con su reflejo.

Gira la cabeza hacia mí y levita hacia atrás; no está de humor para hablar, pero no me puedo permitir que huya.

—¿Estás buscando a tu amorcito, verdad?

Voluta se detiene y aparece delante de mí tan de repente que me inclino hacia atrás sobre los talones.

—¿Sabes dónde está? —Su fina voz muestra una dolorosa felicidad y la culpabilidad me encoge el estómago.

—Mmm, no exactamente —respondo—. Pero quizá podrías ayudarme. Y yo devolverte el favor.

Voluta ladea la cabeza, meditando.

—Estoy intentando saber más sobre la magia de la Antesala —le digo antes de que vuelva a desaparecer—. Sobre Mauth. Hace mucho tiempo que estás aquí. ¿Sabes algo sobre el Bosque y sus… recuerdos?

—¿Dónde está mi amorcito?

Maldigo. Debería haber sabido que un fantasma, y uno que se niega a cruzar al otro lado, no podría ayudarme.

—Lo siento —me disculpo—. Buscaré a tu amorcito.

Vuelvo a la casita. Quizá necesito dormir. Quizá me venga una idea mejor por la mañana o podría regresar con Aubarit y ver si recuerda algo más. O encontrar a otra faquira…

—Los recuerdos están en el dolor.

Giro sobre los talones con tanto brío que es un milagro que mi cabeza no salga disparada.

—¿Qué? ¿Qué acabas de decir?

—Los recuerdos están en el dolor. —Voluta va dando vueltas a mi alrededor y yo voy girando al mismo compás. No voy a perderla de vista—. Los recuerdos están donde radica el dolor más profundo, la ira más abismal.

—Por los diez infiernos, ¿qué quieres decir con *el dolor más profundo*?

—Un dolor como el mío. Los recuerdos están en el dolor, pequeñín. En su dolor. Arden con él, pues ellos han vivido con su presencia mucho más tiempo que yo.

Su dolor.

—¿Los genios? —El corazón se me encoge—. Estás hablando de los genios.

Pero Voluta desaparece en la lejanía mientras va llamando a su amorcito. Intento alcanzarla, pero no puedo seguirle el ritmo. Otros fantasmas, atraídos por mi voz, se arremolinan a mi alrededor, inundándome con su sufrimiento. Me alejo de ellos deslizándome por el aire, aunque sé que está mal ignorar su miseria. Al final, me encontrarán de nuevo y me veré obligado a intentar que crucen al otro lado simplemente para no perder la cordura a causa de su insistencia. Pero antes de hacerlo, tengo que solucionar esto. Cuanto más espere, más fantasmas se acumularán.

¡Piensa rápido, Elias! ¿Podrían ayudarme los genios? Han estado encarcelados aquí durante mil años, pero hubo una época

en la que vagaban libres y poseían la magia más poderosa que había en la faz de la Tierra. Son seres místicos. Nacidos de la magia como los efrits, los espectros y los gules. Ahora que se me ha metido esa idea en la cabeza, me aferro a ella como un perro a un hueso. Los genios deben de tener un conocimiento más profundo de la magia.

Y tengo que idear una manera de que lo compartan conmigo.

XVI: La Verdugo de Sangre

—Los *paters* de Navium quieren saludarte —dice el Portador de la Noche en lo que dejamos atrás la dársena.

Apenas lo oigo. Sabe que Livia está embarazada. Compartirá esta información con la comandante. Lo más probable es que mi hermana se tenga que enfrentar a asaltantes y asesinos dentro de unos pocos días y yo no estaré allí para protegerla.

Harper se rezaga y le habla con urgencia al soldado de la Guardia Negra que nos ha traído los caballos. Ahora que sabe lo del embarazo enviará órdenes a Faris y a Rallius para que tripliquen la guardia de Livia.

—¿Los *paters* están en la Isla? —le pregunto al Portador de la Noche.

—Así es, Verdugo.

Lo único que puedo hacer ahora es poner mi fe en la escolta de Livia. Mi problema más acuciante es la comandante. Ya me ha tomado la delantera enviándome al genio para mermar mis defensas. Quiere que esté débil.

Pero no le voy a dar esa satisfacción. ¿Quiere que vaya a la Isla por orden suya? Muy bien. Tengo que tomar el control de este barco zozobrante de todos modos. Si los *paters* están cerca, tanto mejor. Pueden ser testigos del momento en el que le arrebate el poder a Keris.

Mientras cabalgamos por las calles, se evidencia la completa devastación en cada edificio derruido y calle chamuscada que ha traído consigo el ataque de los karkauns.

El suelo se estremece y el inconfundible silbido de una piedra lanzada desde una balista corta el aire. A medida que nos vamos acercando a la Isla, el Portador de la Noche se ve obligado a cambiar de ruta, guiándonos por las inmediaciones del asediado distrito suroeste de Navium.

Los gritos y chillidos se oyen por doquier, elevándose por encima del rugido del fuego. Me coloco un pañuelo en la cara para amortiguar los olores de la carne chamuscada y las piedras.

Un grupo de plebeyos nos pasa por el lado corriendo a toda prisa. La mayoría no cargan más que a sus hijos y la ropa que llevan puesta. Me llama la atención una mujer con la capucha bajada. Su rostro y su cuerpo quedan ocultos con la capa y tiene las manos manchadas de un color dorado oscuro. Ese tono es tan inusual que arreo a mi caballo para verla mejor.

Una brigada contra incendios nos avanza al galope, vertiendo cubos de agua a diestro y siniestro. Cuando se marchan, la mujer ha desaparecido. Los soldados escoltan a las familias lejos del caos que se expande a toda velocidad. Los gritos de auxilio parecen provenir de todos lados. Una niña con un reguero de sangre que le baja por la cara espera sola en medio de un callejón, desorientada, callada y sin ningún adulto a la vista. No debe de tener más de cuatro años y, sin pensármelo dos veces, dirijo mi caballo hacia ella.

—¡Verdugo, no! —Avitas reaparece y me bloquea el paso con su montura—. Alguno de los hombres se encargará de ella. Tenemos que llegar a la Isla.

Me obligo a redirigir el rumbo, ignorando el impulso que tira de mí para que vaya hacia la niña y la cure. Es tan intenso que tengo que agarrarme al borrén delantero de mi silla, entrelazando los dedos para evitar que desmonte.

El Portador de la Noche me observa desde su montura, un semental de color gris perla. No percibo ningún tipo de malicia, solo curiosidad.

—No eres como ella —afirma—. La comandante no es una mujer del pueblo.

—Creía que apreciarías eso de ella, ya que tú tampoco lo eres.

—No soy un hombre de tu pueblo —replica el Portador de la Noche—, pero me maravilla Keris. Los humanos juráis lealtad con mucha facilidad a cambio de una brizna de esperanza.

—¿Y crees que somos unos ilusos por ello? —Niego con la cabeza—. La esperanza es más fuerte que el miedo. Es más fuerte que el odio.

—Precisamente, Verdugo de Sangre. Keris podría usarla a su favor. Pero no lo hace. Es un sinsentido.

No es un aliado muy de fiar, pienso para mis adentros, *o está muy insatisfecho si la critica tan abiertamente.*

—No soy su aliado, Verdugo de Sangre. —El Portador de la Noche ladea la cabeza y noto su asombro—. Soy su maestro.

Media hora después, el doble puerto en forma de llave de Navium aparece a la vista. Han diezmado el muelle comercial rectangular, que se abre al mar. El canal está repleto de mástiles carbonizados y velas empapadas y desgarradas. Las enormes cadenas oxidadas que lo protegen brillan con musgo y percebes, pero al menos no están rotas. ¿Por qué demonios no estaban levantadas cuando Grímarr atacó? ¿Dónde estaban los guardias de las torres de vigilancia? ¿Por qué no fuimos capaces de detener el asalto?

En el extremo norte, el puerto comercial se abre hacia un atracadero interno formado por dos anillos. La Isla es el anillo central, conectado por tierra con un puente. Una torre almenada domina la Isla y desde lo alto se puede controlar todo el largo de la costa hasta una distancia de kilómetros. El anillo exterior del puerto es una dársena cubierta circular con cientos de gradas para la flota marcial. Su magnitud es sobrecogedora.

Dex maldice cuando nos acercamos.

—Los barcos están atracados, Verdugo —observa—. Estamos dejando que nos aniquilen.

Aunque el informe de Harper ya me lo decía, no me lo he podido creer hasta que no he visto los barcos por mí misma, balanceándose calmadamente en sus atracaderos. Mis manos se aprietan en puños mientras pienso en la destrucción que acabo de presenciar.

Cuando al fin llegamos al puente que conduce a la Isla, me detengo en seco. Colgando de una cuerda por delante de la muralla está el almirante Lenidas con un voluminoso cuervo posado sobre su cuerpo retorcido. Me muerdo el labio para evitar una arcada. Sus miembros rotos y la piel marcada por los latigazos delatan una muerte lenta y dolorosa.

Subo los escalones hacia la torre de vigilancia de dos en dos. Dex y Harper se apresuran para seguirme el ritmo y este último se aclara la garganta justo antes de que entremos en la sala de comando.

—Verdugo. —Me habla a un palmo de la cara y su angustia es evidente—. Lo tiene todo orquestado —me avisa—. Puedo sentirlo. No desempeñes el papel que tiene pensado para ti.

¿Se cree que no lo sé? Asiento brevemente y entro en la torre. Los hombres Veturius que la custodian me saludan de inmediato. La comandante vocea órdenes a los mensajeros para que las transmitan a las torres de los tambores, ignorándome por completo. Los altos mandos de Navium, junto con una decena de sus *paters,* están reunidos alrededor de un mapa en una mesa gigantesca. Se giran hacia mí al unísono.

—Sobrino. —Reconozco a Janus Atrius, el tío de Dex y *pater* de la Gens Atria. Asiente sucintamente hacia su sobrino a modo de saludo antes de saludarme a mí. No puedo leer su expresión, pero mira de reojo a Keris antes de hablar, un gesto deliberado para que yo me dé cuenta, creo—. Verdugo, ¿le han puesto al corriente de la situación?

—La mitad del distrito suroeste está en llamas —respondo—. Esa es toda la información que necesito. ¿Por qué no estamos contraatacando? Faltan muchas horas para que se ponga el sol. Debemos aprovechar la luz que nos queda.

Janus y unos pocos de los demás *paters* musitan a favor. Pero el resto hace un gesto negativo con la cabeza y algunos elevan la voz en disputa. El almirante Argus y el vicealmirante Vissellius intercambian una mirada de indignación que no me pasa inadvertida. No voy a encontrar un aliado en ninguno de los dos.

—Verdugo de Sangre. —La comandante ha despachado a todos los mensajeros y su voz fría acalla la sala. A pesar del odio que bulle en mi interior por su tono condescendiente, admiro la manera como blande su poder. Aunque los hombres presentes en esta habitación son señores de sus propias Gens, ninguno de ellos se atreverá a desafiarla—. Hace días que esperamos tu llegada. Estoy… Estamos —echa un vistazo a los *paters* y los oficiales de la armada— aguardando tus órdenes.

Esta mujer me entrenó para despojar mi rostro de cualquier tipo de expresión, pero me resulta difícil no mostrar mi sorpresa. Como Verdugo de Sangre, soy una oficial superior y el Emperador me ha enviado para que dirija la defensa de Navium, pero no me esperaba que la comandante se rindiera con tanta facilidad. Lo último que podía prever es que se diera por vencida.

Harper me dedica una mirada de advertencia. *No desempeñes el papel que tiene pensado para ti.*

—Keris. —Oculto mi recelo—. ¿Por qué no tenemos ninguna embarcación en el agua?

—El tiempo es traicionero, Verdugo. Durante las últimas semanas las tormentas se han desplazado con rapidez. —Se dirige hacia las altas ventanas que dan a la cara sur. Desde aquí puedo ver toda la costa, junto con los distantes mástiles de la masiva flota karkaun—. Ese banco de nubes —lo señala con la cabeza— lleva ahí tres días. La última vez que sacamos la flota, el tiempo era similar.

—Lenidas conocía el clima del mar mejor que nadie.

—Lenidas ignoró las órdenes de una oficial superior por el mero hecho de que ella estuviera versada en comandar un ejército en vez de una armada —interviene el almirante Argus, que dirige una de las Gens mercantes más poderosas y su rabia por la pérdida de sus barcos es evidente—. La general Veturia le ordenó que no desplegara la flota y él hizo caso omiso. Todos los presentes —barre con la vista la sala entera— secundamos la ejecución de Lenidas.

—No todos —contradice Janus Atrius entre dientes.

—Lenidas no es el asunto más importante ahora mismo —rebato. El anciano está muerto, y aunque no se merecía morir con tal deshonra, esta no es una batalla que pueda ganar—. Keris, ¿has visitado el distrito suroeste desde que empezó el ataque?

Argus da un paso adelante y se planta delante de mí como un sapo achaparrado y beligerante.

—La comandante ha…

A mi lado, Dex desenvaina su cimitarra hasta la mitad.

—Interrúmpeme una vez más, Argus, y le ordenaré al capitán Atrius que me haga un collar con tus entrañas —lo amenazo.

Los *paters* se quedan callados, y dejo que mi advertencia les cale antes de volver a hablar.

—*Paters* —me dirijo a ellos—, no desplegaré la flota sin vuestra aprobación. Pero tened en cuenta nuestras pérdidas. Más de mil han muerto ya y decenas fallecen a cada hora que pasa. He visto a niños con los miembros cercenados y mujeres atrapadas debajo de los escombros muriendo lentamente. Grímarr el karkaun es un enemigo despiadado. ¿Vamos a permitir que tome nuestra ciudad?

—La mayor parte de la ciudad está a salvo —replica Vissellius—. Solo el distrito suroeste es el que ha…

—Solo porque no son mercantes o ilustres no significa que sus vidas valgan menos. Tenemos que hacer algo.

Keris sostiene una mano en alto para silenciar a sus aliados.

—Las balistas de las torres de vigilancia…

—Están demasiado alejadas de los barcos como para causar un daño real —la corto—. Por los cielos, ¿cuál era tu plan? ¿Esperar aquí sentados y dejar que nos destruyeran?

—Nuestro plan era hacerles creer que podían atacar la ciudad —responde la comandante—. Cuando cometieran el error de desembarcar las tropas en tierra, los aniquilaríamos. Lanzaríamos un ataque a sus barcos —señala un lugar en el mapa— desde una ensenada cercana, donde habríamos desplazado la flota por la noche. Detendríamos a la infantería de los karkauns y de paso capturaríamos sus barcos, que reemplazarían a aquellos que los mercantes perdieron en el ataque al puerto.

O sea que el maldito tiempo no tiene nada que ver en todo esto. Quiere los barcos bárbaros. Los quiere para poder meterse en el bolsillo a los *paters* de Navium. Le viene de perlas asegurarse su apoyo para cuando intente derrocar a Marcus de nuevo.

—¿Y cuándo tenías planeado hacer todo esto, exactamente?

—Contemplábamos tres semanas más de asedio. Hemos cortado su línea de suministros. Grímarr y sus hombres se quedarán sin comida en algún momento.

—Cuando hayan arrasado el distrito suroeste se dirigirán hacia el sureste. Estás dispuesta a permitir que decenas de barrios, miles de casas, estén bajo asedio durante casi un mes. Hay más de cien mil personas que viven…

—Estamos evacuando las zonas al sur de la ciudad, Verdugo.

—No lo suficientemente rápido. —Medito unos instantes. Debemos proteger Navium, por supuesto, pero algo me dice que hay una trampa. Harper da toquecitos con el pulgar sobre la empuñadura de su cimitarra. Él también lo percibe.

Y aun así no puedo permitir que Grímarr asesine a mi gente a voluntad.

—Almirante Argus, ¿cuánto tiempo nos llevaría preparar la flota?

—Podríamos levar anclas para la segunda campana, pero el tiempo…

—Entablaremos combate con los karkauns en el mar —afirmo, y aunque no les he pedido permiso a los *paters*, no tengo tiempo para ello. No cuando cada minuto trae consigo más muertes marciales—. Y lo haremos ahora.

—Estoy con usted, Verdugo. —Janus Atrius da un paso al frente, igual que media docena de *paters* y oficiales. La mayoría, sin embargo, se muestran claramente en contra.

—Ten en cuenta —dice Keris— que la flota es nuestra única defensa, Verdugo. Si arrecia una tormenta…

—Tanto tú como yo sabemos que esto no tiene nada que ver con el tiempo —la corto, tajante.

Le echo una mirada a Dex, que asiente, y a Harper, que tiene los ojos fijos en la comandante. Su expresión es inescrutable. *No desempeñes el papel que tiene pensado para ti.*

Al final, habré caído en su juego, pero tendré que fraguar una manera de escaparme de la trampa que me haya tendido, sea la que fuere. Estas son las vidas de mi gente, y pase lo que pase, no puedo abandonarlos a su suerte.

—Almirante Argus. —Mi tono no admite ningún tipo de oposición, y aunque sus ojos emanan rebeldía, una mirada mía basta para apaciguarla—. Que zarpe la flota.

* * *

Tras una hora, los hombres están reunidos y empieza el laborioso proceso de bajar las cadenas de protección. Después de dos horas, la flota navega desde el puerto militar circular hacia el puerto comercial. Cuando han pasado tres, nuestros hombres están enzarzados en una batalla contra los karkauns.

Pero cuando han transcurrido cuatro horas, el cielo, encapotado de nubes de lluvia, transmuta de un gris amenazador a un extraño morado oscuro, y sé de inmediato que estamos en problemas. Los relámpagos resquebrajan el cielo por encima del agua y caen uno tras otro sobre los mástiles. Las llamas se elevan en altas columnas como estallidos de luz delatadores y distantes que revelan que se está decantando la balanza, aunque no a nuestro favor.

La tormenta llega de repente, cerniéndose sobre Navium desde el sur como si la espoleara un viento iracundo. Para cuando nos alcanza, es demasiado tarde como para que la flota dé media vuelta.

—El almirante Argus ha navegado estas aguas durante más de dos décadas —dice Dex con voz queda mientras la tormenta gana fuerza—. Puede que sea un perro faldero de Keris, pero conseguirá que la flota regrese a casa. Estoy seguro de que no tiene ningún deseo de morir.

Debería de haber ido con ellos, pero la comandante, Harper y Dex protestaron. Debe de ser el único asunto en el que los tres han estado de acuerdo alguna vez.

Busco con la mirada a Keris, que está hablando en voz baja con uno de los mensajeros de las torres de los tambores.

—Todavía no hay ningún informe, Verdugo. Las torres de los tambores no pueden oír nada aparte de la tormenta. Debemos esperar.

El mensajero se marcha y durante un momento nos quedamos las dos solas.

—¿Quién es ese tal Grímarr? —le pregunto—. ¿Cómo es que no sabemos nada de él?

—Es un brujo sacerdote que venera a los muertos. Cree que es su misión espiritual convertir a todos aquellos que no han visto la luz. Eso incluye a los marciales.

—Y lo hace matándonos.

—Eso parece —dice Keris en voz baja—. Es un hombre relativamente joven, unos diez años mayor que tú. Su padre comerciaba con pieles, así que Grímarr pudo viajar por todo el Imperio cuando era joven. Sin duda para analizar nuestras costumbres. Volvió con los suyos hace una década, justo cuando los asoló la hambruna. Los clanes se morían de hambre, estaban débiles y fácilmente maleables. —La comandante se encoge de hombros—. Así que los moldeó.

Me sorprende que conozca tantos detalles y debe de verlo en mi cara.

—¿Cuál es la primera regla de la guerra, Verdugo de Sangre?

Conoce a tu enemigo. Ni siquiera tengo que decirlo.

Miro afuera, hacia la tormenta, y me estremezco. La tempestad parece obra de un ser místico. De algo salvaje. Pensar en lo que ocurrirá si nuestra flota sucumbe hace que se me revuelva el estómago. Hemos enviado prácticamente todas las embarcaciones, dejando en la retaguardia solo una docena de barcos. La noche se acerca y todavía no hay noticias.

No podemos perder la flota. Somos el Imperio. Los marciales. Los hombres de Argus están entrenados para esto. Han superado tormentas mucho peores.

Intento hilar todos los retales de esperanza que consigo encontrar en los recovecos de mi mente. Pero los minutos pasan y los centelleos distantes de la batalla continúan sin cesar. Y los destellos que están más cerca de Navium —los que pertenecen a nuestra flota— van menguando poco a poco.

—Deberíamos levantar las cadenas de protección, Verdugo —sentencia finalmente la comandante. Los *paters* muestran su aprobación con una decena de *síes* irados.

—Nuestra flota sigue ahí fuera.

—Si la flota sobrevive, lo sabremos por la mañana y podremos bajar las cadenas. Pero si no es el caso, nos servirán para evitar que los karkauns penetren en el corazón de Navium.

Asiento y se da la orden. La noche se hace eterna. ¿Es la tormenta la que arrastra las burlas de los brujos karkauns? ¿O se trata solo del viento? *La esperanza es más fuerte que el miedo. Es más fuerte que el odio.* Le dije esas palabras al Portador de la Noche, y en lo que la noche se sumerge en una oscuridad impenetrable, me aferro a ellas. No importa lo que traiga el alba, no pienso perder la esperanza.

Al poco el cielo empieza a clarear. Las nubes se reducen y disipan. La ciudad despierta limpia y destellante con los tejados rojos y grises brillando bajo la débil luz del sol. El mar es una pátina lisa como un cristal.

Está vacío a excepción de la masa de barcos karkauns que se mecen bien alejados de la costa.

La flota marcial ha desaparecido.

Imposible.

—No hiciste caso. —El *pater* que habla es el cabeza de la Gens Serica, una familia pudiente de mercantes de seda que lleva mucho tiempo establecida en el sur. Mi padre lo consideraba su amigo. El hombre está pálido y le tiemblan las manos. Sus palabras no contienen veneno, porque está demasiado conmocionado para ello—. Y la flota... la ciudad...

—No será porque no te lo advertí, Verdugo de Sangre. —Cuando Keris habla se me eriza el vello de la nuca. Su mirada es fría, pero un deje de triunfo se asoma en sus ojos desde algún lugar enterrado en lo profundo de su ser. *¿¡Qué demonios!?*

Acabamos de perder toda la maldita flota. Miles de hombres. Ni siquiera la comandante podría regocijarse de la muerte de su propia gente.

A no ser que ese fuera su plan desde el principio.

Que, ahora que lo analizo con detenimiento, tiene mucho sentido que así fuera. Ha minado mi autoridad, desmoronado mi reputación y se ha asegurado de que los *paters* acudan a ella para pedirle consejo, todo en un solo golpe. Y ha usado la maldita flota como moneda de cambio. El plan es repugnante, malvado, y por eso ni siquiera me pasó por la mente que pudiera hacer algo así, pero no debería de haberla subestimado.

Conoce a tu enemigo.

Por los cielos sangrantes. Tendría que haber sabido que nunca me cedería el poder tan fácilmente.

Aun así, es imposible que ella pudiera saber que se acercaba una tormenta. Ninguno de nosotros podría, al menos no con el cielo tan despejado y la amenaza del banco de nubes tan distante.

De repente —y demasiado tarde como para que sirva de algo— me viene a la mente el Portador de la Noche. Se esfumó tras llevarnos hasta la Isla. No había vuelto a pensar en él. Pero ¿y sus poderes? ¿Puede crear tormentas? ¿Le haría ese favor a la comandante?

Y de ser así, ¿se lo habría pedido ella? Podría haber puesto de manifiesto mi incompetencia de mil maneras distintas, pero perder toda la flota me parece excesivo. Aunque lograra quitarme de en medio, ¿cómo defenderá Navium sin armada?

No, está ocurriendo algo más. Algo más está en juego. Pero ¿qué es?

Miro a Dex, que niega con la cabeza, abatido. Soy incapaz de mirar a Harper.

—Iré a la playa para ver si se puede salvar algo del naufragio —dice la comandante—. Si me das tu permiso, Verdugo.

—Ve.

Los *paters* desfilan de la habitación, sin duda alguna para transmitir la noticia al resto de sus Gens. Keris los sigue. Se detiene en la puerta y se da la vuelta. Vuelve a ser la comandante y yo la estudiante ignorante. Sus ojos rezuman júbilo... y sed de sangre. Exactamente lo opuesto a lo que debería ser, si tenemos en cuenta nuestras pérdidas.

Keris sonríe; es la sonrisa de superioridad de una asesina que afila sus cuchillas para matar.

—Bienvenida a Navium, Verdugo de Sangre.

XVII: Laia

E s noche cerrada cuando llegamos a la casa segura de Musa: una forja que ha ocupado ilegalmente situada en el astillero central de Adisa, justo al lado del campo de refugiados académicos. A esta hora, el lugar está vacío y sus calles silenciosas ensombrecidas siniestramente por los esqueletos de las embarcaciones a medio construir.

Musa ni siquiera mira por encima del hombro antes de abrir la puerta trasera de la forja. Pero yo estoy inquieta, incapaz de liberarme de la sensación de que alguien, o algo, nos está observando.

Al cabo de unas pocas horas, ese sentimiento desaparece y en el patio resuenan los gritos de los porteadores, los golpes de los martillos y el crujido de protesta de la madera cuando la doblan y la afianzan en su nuevo sitio con clavos. Desde mi habitación, en el piso superior de la forja, me asomo hacia el patio donde una mujer académica de pelo ceniciento aviva un fuego que ya está rugiendo. La cacofonía que envuelve este sitio es perfecta para la fabricación clandestina de armas y Musa le aseguró a Darin que le proporcionaría cualquier material que necesitara. Lo que significa que mi hermano debe forjar las armas. No le quedan excusas.

Yo, por otro lado, puede que encuentre una vía de escape para no cumplir con mi parte del acuerdo con el que Musa se mostró tan insistente. *Me ayudarás a restablecer la*

Resistencia académica del norte. ¿Por qué no lo ha hecho ya? Cuenta con los recursos necesarios y debe de haber cientos de académicos que se unirían a la causa… sobre todo después del genocidio perpetrado por el Imperio.

Algo más se está cociendo; algo que no me ha contado.

Después de un muy necesario baño, me dirijo hacia el piso de abajo. Me he puesto un vestido de lana de color rojo oscuro y unas suaves botas nuevas que me van ligeramente grandes. El repiqueo del acero sobre el acero retumba por el patio, y dos mujeres se ríen por encima del barullo. Aunque el patio alberga la forja, el edificio en el que estamos dispone de los toques personales de una casa: alfombras gruesas, una mesa decorada con un tapete y alegres lámparas tribales. Al pie de las escaleras un pasillo largo y ancho conduce al salón principal. La puerta está entornada y de ella sale la voz de Musa.

— … sabe mucho y te puede ayudar —dice él—. ¿Cuándo puedes empezar?

Se prolonga el silencio.

—Ahora. Pero tardaré un poco en ajustar la fórmula. Hay muchas cosas que he olvidado. —Hace semanas que la voz de Darin no suena tan firme. El descanso y un baño le deben de haber sentado bien.

—Entonces te presentaré a los herreros de aquí. Fabrican cazuelas, sartenes, herraduras… los suficientes artículos cotidianos como para que podamos justificar la cantidad de minerales y carbón que necesitaremos.

Alguien se aclara la garganta ruidosamente detrás de mí. Me doy cuenta de que los sonidos de la forja se han detenido y me giro para toparme con la mujer académica de pelo plateado y piel morena del patio. Lleva puesto un mandil de cuero con marcas de hollín y tiene un rostro ancho y bonito. A su lado, una mujer joven, que innegablemente es su hija, me observa con unos ojos verde oscuro que centellean con curiosidad.

—Laia de Serra —me dice la mujer mayor—. Soy la forjadora Zella, y ella es mi hija, Taure. Es un honor conocer a la heredera de la Leona. —Zella me envuelve las manos con las suyas—. No te creas las mentiras que los marinos propagan sobre tu madre, niña. Se sienten amenazados por ti. Quieren hacerte daño.

—¿Qué mentiras?

—Hemos oído todo lo que hiciste en el Imperio —interviene Taure casi jadeando, y la admiración que desprende su voz me alarma.

—En gran parte fue pura suerte. Has… Has mencionado a mi madre…

—Nada de suerte. —Musa sale del salón a paso lento con Darin pegado a él—. Está claro que Laia tiene el coraje de su madre y el don para la estrategia de su padre. Zella, muéstrale a Darin dónde va a fabricar las armas y consíguele lo que necesite. Laia, ven conmigo, por favor. La comida espera.

Las dos forjadoras se marchan con mi hermano, no sin que antes Taure me dedique una última mirada reverencial por encima del hombro, y me muevo nerviosa cuando Musa me hace un gesto para que entre en el salón.

—Por los cielos, ¿qué historias les has contado sobre mí? —mascullo entre dientes.

—No les he dicho nada. —Llena un plato con fruta, pan y mantequilla y lo desliza hacia mí—. Tu reputación te precede. El hecho de que te sacrificaras noblemente por el bien del campo de refugiados también ayudó.

Un hormigueo de advertencia me recorre la piel al ver la expresión petulante de su cara. ¿Por qué, exactamente, podría estar tan satisfecho por ello?

—¿Tenías planeado que nos capturaran a Darin y a mí?

—Tenía que poneros a prueba de alguna manera y tenía claro que podía sacaros de la prisión. Me aseguré de que la capitana Eleiba estuviera al corriente de que llegaríais a la ciudad. Anónimamente, por supuesto. Sabía que si de verdad eres la líder que esperaba, no permitirías jamás que tu gente sufriera mientras tú te escondías. De no ser el caso, te habría sacado a rastras de tu escondrijo y te habría entregado yo mismo.

Lo miro con los ojos entornados.

—¿Qué quieres decir con «líder»?

—Solo es una palabra, Laia. No te va a morder. En cualquier caso, estaba en lo cierto…

—¡Cómo te atreves a permitir que esas pobres personas sufran! Perdieron sus casas, sus pertenencias. ¡Los marinos hicieron trizas el campo!

—Tranquilízate. —Musa pone los ojos en blanco—. No murió nadie. Los marinos son demasiado civilizados como para emplear esas tácticas. La capitana Eleiba y yo puede que tengamos nuestras… diferencias. Pero es una mujer de honor. Ya ha reemplazado las tiendas. A estas alturas, sin duda ya sabrá que fui yo quien desveló vuestra localización. Y debe de estar que se sube por las paredes, pero puedo encargarme de ella más tarde. Lo primero que tenemos que…

—¿Tenemos?

—Lo primero —Musa carraspea intencionadamente— que tienes que hacer es comer. Estás irritable. No me gusta hablar con personas irritables.

¿Cómo se puede tomar todo esto tan a la ligera? Doy un paso hacia él con las manos apretadas en puños, perdiendo los estribos.

Casi al instante, una fuerza me empuja hacia atrás. Parece como si fueran cientos de pequeñas manos. Intento liberarme, pero las manitas me sujetan con fuerza. Desaparezco por instinto y consigo hacerme invisible unos segundos, pero para mi sorpresa, Musa me agarra del brazo, inafectado por mi magia, y mi poder se desactiva.

—Tengo mi propia magia, Laia de Serra —me dice, con la expresión despojada de cualquier rastro de alegría—. La tuya no me afecta. Sé lo que dijo Shaeva… lo hablaste con tu hermano de camino aquí. *Tus respuestas se hallan en Adisa. Con el Abejero. Pero ten cuidado, pues lo envuelve una capa de mentiras y sombras, como a ti.* La magia es mi mentira, Laia, como lo es para ti. Puedo ser tu aliado o tu enemigo. Pero sea como fuere, esperaré que cumplas tu promesa de ayudarme a hacer resurgir la Resistencia.

Me libera y me revuelvo, alisándome el vestido, intentando no mostrar lo mucho que su revelación me ha trastornado.

—Parece que todo esto no es más que un juego para ti —susurro—. No tengo tiempo para ayudarte con la Resistencia. Tengo que pararle los pies al Portador de la Noche. Shaeva me dijo que buscara al Abejero, y aquí estás. Pero creía…

—¿Creías que sería un anciano sabio preparado para decirte exactamente lo que debes hacer para detener al genio? La vida rara vez es tan sencilla, Laia. Pero te aseguro que para mí esto no es ningún juego. Se trata de la supervivencia de nuestra gente. Si cooperamos, podrás salir victoriosa de tu misión de derrocar al Portador de la Noche al tiempo que ayudas a los académicos. Por ejemplo, si contamos con la ayuda del rey de Marinn…

Resoplo.

—¿Te refieres al rey que le ha puesto precio a mi cabeza? —pregunto—. El que ordenó que metieran a hombres, mujeres y niños que han presenciado un genocidio en campos fuera de la ciudad en vez de tratarlos como seres humanos? ¿Ese rey? —Aparto mi plato, frustrada, con la comida sin terminar—. ¿Cómo puedes ayudarme? ¿Por qué me envió Shaeva en tu busca?

—Porque puedo conseguirte lo que necesitas. —Musa inclina su silla hacia atrás—. Es mi especialidad. Así que dime, ¿qué necesitas?

—Necesito… —*Poder leer la mente. Tener unos poderes como los de las criaturas místicas que vayan más allá de desaparecer. Necesito ser una máscara.*

»Necesito tener vigilado al Portador de la Noche y a sus aliados—le pido. Según la profecía, solo precisa un fragmento para completar la Estrella. Tengo que saber si lo ha encontrado o si le falta poco. Necesito saber si está… intimando con alguien. Ganándose su confianza. Su… su amor. Pero… —Pronunciar las palabras en voz alta hace que me sienta desamparada—. ¿Cómo se supone que puedo conseguir eso?

—Sé de buena tinta que ahora está en Navium y ha estado allí desde el mes pasado.

—¿Cómo lo…?

—No me obligues a repetirme, Laia de Serra. ¿Qué quieres que haga?

—Vigilar. —Siento un alivio tan inmenso que ni siquiera me irrita la arrogancia de Musa—. Escuchar. ¿Cuánto podrías tardar en conseguirme información sobre el genio?

Musa se frota el mentón.

—Vamos a ver. Tardé una semana en descubrir que habías liberado a Elias de las mazmorras de Risco Negro. Seis días para enterarme de que habías iniciado una revuelta en Nur. Cinco para saber lo que te susurró Elias Veturius al oído la noche que te abandonó en el desierto tribal para dirigirse a la prisión de Kauf. Dos para informarme de que el alcaide…

—Espera —protesto con voz ahogada. Siento que la temperatura de la habitación ha subido de repente. He intentado no pensar en Elias, pero aparece en mi subconsciente, como un fantasma que está siempre en mi mente pero fuera de mi alcance—. Espera un momento. Vayamos por partes. ¿Qué me susurró Elias al oído la noche que me abandonó para irse a Kauf?

—Algo bueno. —Musa desvía la mirada con aire pensativo—. Muy dramático. Puede que yo lo use con alguna chica afortunada algún día.

Por los cielos, este tipo es insufrible.

—¿Sabes si Elias se encuentra bien? —Doy golpecitos con los dedos sobre la mesa pulida, intentando mantener bajo control mi impaciencia—. ¿Sabes si…?

—Mis espías no entran en el Bosque del Ocaso —contesta Musa—. Les da demasiado miedo. Olvídate de ese formidable marcial. Puedo conseguirte la información que precisas.

—También necesito saber cómo detener al Portador de la Noche. Cómo combatirlo. Y ese tipo de cosas solo las puedo encontrar en los libros. ¿Puedes colarme en la Gran Biblioteca? Tiene que haber algo allí sobre la historia de las genios, sobre cómo consiguieron derrotarlos los académicos.

—Uy. —Musa corta un trozo de manzana y se lo mete en la boca, luego niega con la cabeza—. Eso podría llevarme algo de tiempo. Tengo el acceso vetado. Te sugeriría que te infiltraras en la biblioteca, pero el rey Irmand ha contratado a unas jadunas para repeler a cualquier criatura mística que tenga intención de hacer precisamente eso.

Jaduna. Me da un escalofrío. La abuela me contaba historias sobre esos exaltados manipuladores de magia que según los rumores viven en las tierras ponzoñosas al oeste del Imperio. Preferiría no descubrir si esos cuentos decían la verdad.

Musa asiente.

—Eso es —me dice—. Olisquean la magia como los tiburones la sangre. Créeme, no querrás cruzarte en su camino.

—Pero…

—No te preocupes. Pensaremos en otra cosa. Y mientras tanto puedes empezar a rumiar cómo lo vas a hacer con tu parte del trato.

—Escucha. —Intento infundir racionalidad a mi voz. Dudo que Musa esté dispuesto a escuchar mi razonamiento más de una vez—. Debes saber que no tengo ni idea de cómo…

—No te vas a escapar de esto —me corta—. Deja de intentarlo. No espero que reclutes a cien combatientes antes de mañana. O de la semana que viene. Ni siquiera dentro de un mes. Primero tienes que convertirte en alguien a quien valga la pena escuchar, alguien a quien la gente quiera seguir. Para que eso ocurra, los académicos que se encuentran en Adisa y en los campos tienen que saber quién eres y qué has hecho. Y eso significa que de momento lo único que necesito es una historia.

—¿Una historia?

—Sí. Tu historia. Prepárate una taza de té, Laia. Creo que vamos a estar aquí un buen rato.

* * *

Paso los días con Darin, hinchando fuelles y alimentando el horno con paladas de carbón, intentando asegurarme de que la lluvia de chispas que estalla con cada golpe de su martillo no haga arder la forja hasta los cimientos. Entrenamos por el patio para poner a prueba sus espadas, la mayoría de las cuales se quiebran. Pero no pierde los ánimos, y cada día que pasa en la forja se hace más fuerte, más como su antiguo yo. Es como si levantar el martillo le hubiese recordado el hombre que era antes de Kauf, y el hombre que quiere ser ahora.

Yo, mientras tanto, no tengo ningún plan en mente más allá de esperar.

—Nada de merodear por los alrededores de la forja. —Nos ha advertido Musa una decena de veces—. Los jadunas de los que te hablé informan directamente al rey. Si te ven, te volverán a arrastrar a la prisión y no me apetece demasiado tener que rescatarte otra vez.

Si Musa tiene información para mí, no la comparte. Tampoco tenemos nuevas del mundo exterior. Con cada día que pasa, mi desconfianza aumenta. ¿Realmente me quiere ayudar este hombre académico? ¿O sus promesas no son más que una artimaña para conseguir que Darin fabrique las armas?

Una semana pasa volando. Y otra. La Luna Gramínea se alzará dentro de tan solo ocho semanas, y yo me paso el tiempo probando espadas que siguen quebrándose. Una mañana, cuando Musa ha salido, me cuelo en sus aposentos con la esperanza de encontrar algo, lo que sea, sobre su pasado, la Resistencia o su red de información. Pero lo único que descubro es que tiene debilidad por las almendras garrapiñadas, que encuentro guardadas en cajones, bajo la cama y, lo más extraño, dentro de un par de botas viejas.

La mayoría de las tardes Musa me presenta a otros académicos que conoce y en quienes confía. Algunos son refugiados, como yo, pero muchos son académicos adisanos. Cada vez que hay una cara nueva tengo que volver a narrar mi historia. Y cada vez Musa se niega a explicarme su plan para revivir la Resistencia.

¿En qué estabas pensando, Shaeva? ¿Por qué me enviaste en busca de este hombre?

Las noticias llegan al fin en forma de un rollo de pergamino que aparece en la mano de Musa un día en mitad de la comida. Darin y Zella están enfrascados en una conversación, Taure me está contando la historia de una chica de la que se ha quedado prendada en los campos y yo estoy fulminando con la mirada a Musa, que está plácidamente atiborrándose como si el destino del mundo no dependiera de su habilidad de conseguirme información.

Mi mirada fija en él es el único motivo por el que veo aparecer el rollo de pergamino. En un primer instante no tiene nada en las manos y un segundo después lo está desenrollando.

—El Portador de la Noche —empieza a decir— está en Navium con la comandante, los *paters* de la ciudad y la Verdugo de Sangre y sus hombres. No se ha movido de ahí en semanas. Por lo que se ve, hay algunas rencillas internas entre la comandante y la Verdugo de Sangre...

Suelto un quejido.

—Eso no me ayuda en nada. Necesito saber con quién se está viendo. Con quién habla...

—Según parece, se ha pasado la mayor parte del tiempo en sus aposentos, recuperándose después de haber hundido la flota marcial —continúa Musa—. Debe de consumir mucha energía asesinar unas cuantas miles de almas y enviar sus barcos a pique.

—No es suficiente. Debe de estar haciendo algo más aparte de pasarse el día en sus aposentos. ¿Hay alguna criatura mística a su alrededor? ¿Se están volviendo más fuertes? ¿Cómo les está yendo a las tribus?

Pero Musa no tiene más información para mí. Al menos por ahora.

Lo que significa que tengo que encargarme de ello personalmente. Tengo que salir a la ciudad. Haya jadunas o no, al menos necesito saber qué está ocurriendo en los demás territorios del Imperio. Tras la cena, mientras Darin, Taure y Zella hablan sobre los diferentes tipos de arcilla usados para enfriar una hoja, bostezo y me excuso. Musa hace rato que se ha retirado y me detengo delante de la puerta de su habitación. Los ronquidos resuenan en su interior. Unos instantes después, activo mi invisibilidad y me abro camino hacia el oeste, en dirección a los mercados centrales de Adisa.

Aunque solo estuve en el campo de refugiados un breve instante, la diferencia entre este y la ciudad marina es abismal. El campo estaba formado por tiendas sucias y barro. Las calles adoquinadas de Adisa están flanqueadas por casas azul celeste y lila, más vivaces de noche que durante el día. El campo estaba repleto de académicos jóvenes de clavículas protuberantes y barrigas hinchadas. Aquí no veo a ningún niño hambriento.

¿Qué tipo de rey permitiría esto? ¿No hay espacio en esta inmensa ciudad en el que puedan caber las almas académicas que se congelan fuera de sus puertas?

Quizá no sea cosa del rey. Quizá sea obra de su hija infestada por los gules. Las criaturas también revolotean por el mercado, una plaga inquieta que acecha en la periferia de las multitudes.

En el centro de la ciudad, marinos vestidos con colores vivos regatean, bromean y comercian. Las cometas de seda navegan el cielo como si fueran barcos sobre mi cabeza y me detengo para comerme con los ojos unos navíos hechos de arcilla con libros pintados en el casco. Una adivina ankanesa procedente de las lejanas tierras del sur profetiza con voz ronca el futuro, y una jaduna con los ojos pintados con kohl la observa y las monedas doradas que luce en la frente centellean bajo la luz. Acordándome de la advertencia de Musa, me alejo de la mujer.

A mi alrededor, los marinos transitan las calles con una seguridad que temo que yo no poseeré nunca. La libertad de este lugar, su comodidad… siento que nada de ello es para mí o para mi gente. Todo esto les pertenece a otras personas, a aquellas que no residen en la encrucijada entre la incertidumbre y la desesperación. Le pertenece a un pueblo que está tan acostumbrado a vivir en libertad que no se puede ni imaginar un mundo en el que no disfrute de ella.

—¿Qué esperabas? Las tribus no se van a quedar de brazos cruzados y poner la otra mejilla como los académicos. No van a permitir que esclavicen a los suyos.

Dos cocineros marinos hablan a gritos por encima del ruido que hacen unas pastas al freírse, y me acerco.

—Entiendo su rabia —dice uno de ellos—, pero atacar a aldeanos inocentes…

Alguien me empuja y a duras penas consigo mantener mi invisibilidad. La muchedumbre aquí es demasiado espesa, así que me alejo de ellos y no me detengo hasta que localizo a un grupo de niños reunido alrededor de una puerta.

— … achicharró todo Risco Negro y mató a un máscara…

Unos pocos son académicos adisanos, de mejillas rechonchas y ropas delicadas. Otros son marinos. Todos se apiñan alrededor de carteles de «se busca» en los que aparezco yo, Darin y, para mi sorpresa, Musa.

— … oí que le apuñaló la cara al alcaide de Kauf…

— … creo que nos salvará de los espectros…

Lo único que necesito es una historia, había dicho Musa. Se me hace extraño oírla ahora, tan alterada que es un relato completamente distinto.

— … el Tío Musa dice que tiene poderes mágicos, como la Leona…

— … mi papá dice que el Tío Musa es un mentiroso. Dice que la Leona era una estúpida y una asesina…

— … mi mamá dice que la Leona mataba a niños…

El corazón se me encoge. Sé que sus palabras no deberían afectarme. Solo son niños, pero aun así me dan ganas de mostrarme igualmente. *Era divertida y lista,* quiero decirles. *Era capaz de dispararle a un gorrión posado en una rama a una distancia de cien pasos. Lo único que siempre quiso fue la libertad para todos nosotros… para vosotros. Solo quería una vida mejor.*

Aparece otro niño en el callejón.

—¡Kehanni! ¡Kehanni! —grita.

Los niños salen disparados hacia una plazoleta cercana donde una voz grave se eleva, tiembla y desciende: una kehanni hilvanando un cuento. Los sigo y acabo en un patio abarrotado con un público que aguanta la respiración colectivamente.

La kehanni tiene el pelo plateado y un rostro que ha visto un millar de cuentos. Lleva puesto un vestido recargado de bordados que le llega hasta las pantorrillas sobre unos pantalones anchos y adornados con espejitos que reflejan la luz de las lámparas. Su voz es gutural, y aunque debería seguir mi camino, localizo un sitio vacío al lado de una pared y me quedo a escuchar.

—Los gules rodearon al niño, atraídos por su tristeza. —Habla en serrano con un acento muy marcado—. Y aunque deseaba ayudar a su hermana enferma, las criaturas místicas le susurraron palabras envenenadas en los oídos, hasta que retorcieron su corazón como las raíces de un viejo árbol genio.

Mientras la kehanni va cantando la historia, me doy cuenta de que hay una verdad subyacente en su cuento; algún tipo de información veraz. ¿Acaso no he presenciado exactamente lo que acaba de describir en la princesa Nikla?

Me doy cuenta de que las narraciones de las kehannis contienen tanta historia como cualquier libro de la Gran Biblioteca. Tal vez incluso más, pues los antiguos relatos carecen del escepticismo que podría ocluir la verdad. Cuantas más vueltas le doy, más me animo. Elias descubrió cómo destruir a los efrits mediante una canción que Mamie Rila le cantaba. ¿Y si los cuentos me pudieran ayudar a entender al Portador de la Noche? ¿Y si me pudieran desvelar cómo detenerlo? La emoción hace que me separe de la pared y me dirija hacia la kehanni. Al fin tengo la oportunidad de aprender algo útil sobre los genios.

Laia…

La voz me hace cosquillas en la oreja, doy un salto y como resultado atropello al hombre que tengo al lado, que grita y mira alrededor en busca de qué es lo que le ha golpeado.

Tan rápido como puedo, serpenteo por entre el público que sigue embelesado y salgo de la plazoleta. Algo me está observando. Lo noto. Y sea lo que fuere, no quiero que arme un alboroto entre los que están escuchando a la kehanni.

Me abro paso a empellones por el mercado abarrotado, mirando por encima del hombro constantemente. Fragmentos de sombra negros revolotean justo en la periferia de mi visión. ¿Gules? ¿O algo peor? Acelero el paso, salgo del mercado y me adentro en una calle lateral silenciosa. Vuelvo a echar la vista atrás.

Los recuerdos del pasado arderán, y nadie lo detendrá.

Reconozco el susurro, la manera en que rechina como unas zarpas oxidadas por mi mente. *¡El Portador de la Noche!* Estoy demasiado asustada como para gritar. Lo único que puedo hacer es quedarme aquí, desvalida.

Giro sobre mis talones, intentando identificarlo entre las sombras.

—Muéstrate. —Mi voz es poco más que un bisbiseo—. Muéstrate, monstruo.

¿Te atreves a juzgarme, Laia de Serra? ¿Cómo osas, cuando desconoces la oscuridad que habita en tu propio corazón?

—No te tengo miedo.

Las palabras son mentira, y suelta una carcajada en respuesta. Pestañeo —un instante de oscuridad, nada en absoluto— y cuando abro los ojos, noto que estoy sola de nuevo. El Portador de la Noche se ha ido.

Para cuando regreso a la forja, me tiembla el cuerpo entero. El sitio está a oscuras, todos están ya en la cama. Pero no desactivo mi invisibilidad hasta que estoy sola en mi habitación.

Nada más hacerlo, mi visión se oscurece. Me encuentro en una sala —más bien en una celda, cuando presto atención—. Solo puedo distinguir a una mujer en la oscuridad. Está cantando.

Una estrella llegó
A mi hogar
Y todo iluminó con su gloria.

La canción flota a mi alrededor, aunque las palabras me llegan amortiguadas. Un sonido extraño trunca la melodía, como si fuera la rama de un árbol que se rompe. Cuando abro los ojos, la visión ha desaparecido, al igual que el canto. La casa está en silencio, aparte de los murmullos que emite Darin en sueños en la habitación contigua.

Por los cielos, ¿qué era eso?

¿Me está afectando la magia? ¿O se trata del Portador de la Noche? Si es cosa suya… ¿estará jugando con mi mente? Me levanto de golpe, pasando la vista alrededor de la habitación oscura. Noto el brazalete de Elias caliente en la mano. Me imagino su voz. *Las sombras no son más que sombras, Laia. El Portador de la Noche no puede hacerte daño.*

Pero sí puede. Ya lo ha hecho. Lo volverá a hacer.

Me retiro a la cama, negándome a quitarme el brazalete e intentando mantener el calmante barítono de Elias en mi mente. Pero no dejo de ver el rostro del Portador de la Noche. Oigo su voz y el sueño me elude.

XVIII: *Elias*

Los genios saben que me acerco. Cuando llego a su arboleda, me perturba la calma expectante que me da la bienvenida. La anticipación. Es extraño cómo el silencio puede hablar más alto y claro que un grito. Sí, saben que estoy aquí. Y saben que quiero algo.

Saludos, mortal. Se me pone la piel de gallina al oír la voz coral de los genios. *¿Vienes a suplicar perdón por tu existencia?*

—He venido a pedir ayuda.

La risa de los genios me acuchilla los oídos.

—No tengo ninguna intención de importunaros. —Aunque me fastidie, la humildad puede irme bien. Está claro que no puedo afrontar esto con descaro—. Sé que sufrís. Sé que lo que os hicieron hace mucho tiempo es el núcleo de vuestro sufrimiento. A mí también me han encarcelado.

¿Crees que los horrores de tu endeble prisión humana se pueden llegar a comparar con nuestro tormento?

Cielos, ¿por qué habré dicho esto? Seré estúpido.

—Es solo que… no le deseo un dolor así a nadie.

Nos quedamos en silencio un buen rato. Y luego:

Eres como ella.

—¿Como Shaeva? —pregunto—. La magia se unía a ella, pero no quiere hacerlo conmigo…

Como tu madre. Keris. Los genios perciben mi consternación y se ríen. *¿No opinas lo mismo? Quizá no la conoces tan bien como crees. O quizá, mortal, no te conoces a ti mismo.*

—No soy un asesino desalmado…

La magia de Atrapaalmas nunca será tuya. Estás demasiado atado a aquellos a los que amas. Demasiado expuesto al dolor. Tu raza es débil. Ni siquiera Keris Veturia fue capaz de liberarse de sus ataduras mortales.

—Lo único a lo que está atada mi madre es al poder.

Pese a su prisión arbórea, los genios actúan engreídamente. *Cuánto desconoces, chico. La historia de tu madre vive en tu sangre. En su pasado. En sus recuerdos. Está allí. Te lo podemos mostrar.*

Su voz sedosa me devuelve a un momento del pasado en el que un calavera intentó convencerme cuando tenía catorce años de que fuera a su habitación para que pudiera mostrarme una nueva espada que le había regalado su padre.

Desearías conocerla mejor. En el fondo de tu corazón, dicen los genios. *No nos mientas, Elias Veturius, pues cuando te hallas en nuestra arboleda, tus subterfugios son en balde. Podemos verlo todo.*

Algo áspero serpentea por mis tobillos. Unas enredaderas emergen de la tierra como unas gigantes serpientes recubiertas de corteza. Se retuercen por mis piernas y me dejan inmovilizado en el sitio. Intento desenvainar mis cimitarras, pero las enredaderas amarran las armas a mi espalda y se enrollan alrededor de mis hombros, apretándome con fuerza.

—Deteneos. Det…

Los genios se abren paso en mi mente, indagando, revolviendo y examinando, iluminando con su fuego unos lugares a los que nunca debería de haber llegado la luz.

Intento sacarlos, pero no sirve de nada. Estoy atrapado en mi propia cabeza, en mis recuerdos. Me veo a mí mismo de bebé, levantando la vista hacia la cara plateada de una mujer cuyo largo cabello rubio está oscurecido por el sudor. Las manos de la comandante están empapadas de sangre y tiene el rostro encendido. Le tiembla el cuerpo, pero cuando me toca la cara, sus dedos son amables.

—Te pareces a él —susurra. No parece enfadada, aunque siempre pensé que lo estaría. En su lugar, se la ve perpleja, casi desconcertada.

Luego veo mi yo de cuando tenía cuatro años, deambulando por el campamento Saif con una gruesa chaqueta abotonada hasta la barbilla para protegerme de la fría noche invernal.

Mientras que los demás niños tribales se han apiñado alrededor de Mamie Rila para oír un cuento espeluznante sobre el Rey Sin Nombre, observo cómo el joven Elias camina hacia el desierto pedregoso que se extiende más allá del círculo de carros. La galaxia aparece como una nube blanquecina que cruza el cielo ónice y la noche es lo bastante clara como para que pueda ver mi camino. Desde el oeste, un retumbo rítmico se acerca. Un caballo se materializa en un cerro cercano.

Una mujer desmonta. Su armadura brillante centellea bajo unas pesadas ropas tribales. Una docena de espadas resplandecen en su pecho y espalda. El viento levanta el polvo de la tierra dura y seca a su alrededor. Bajo la brillante luz de las estrellas, su cabello rubio es del mismo tono plateado que su rostro.

Eso no ocurrió, pienso abruptamente. *No lo recuerdo. Me abandonó. Nunca regresó.*

Keris Veturia se arrodilla sobre una pierna pero permanece a unos metros de mí, como si no quisiera asustarme. Parece tan joven que apenas la reconozco.

—¿Cómo te llamas? —Al fin, distingo algo de ella: esa voz dura, tan fría e inexpresiva como la tierra bajo nuestros pies.

—Ilyaas.

—Ilyass. —La comandante pronuncia mi nombre arrastrando las sílabas, como si estuviera buscando su significado—. Vuelve a la caravana, Ilyaas. Criaturas oscuras merodean por el desierto de noche.

No oigo mi respuesta, porque ahora estoy en una habitación amueblada austeramente con nada más que un catre, un escritorio y una amplia chimenea. Las ventanas en forma de arco y las paredes gruesas, junto con el aroma a sal, revelan que estoy en Navium. El verano ha llegado prematuramente al sur, y una brisa pesada y cálida fluye por la ventana. A pesar de eso, un fuego arde en el hogar.

Keris es mayor; mayor de lo que era cuando la vi por última vez hace meses, justo antes de que me envenenara. Levanta su camisa interior y examina lo que parece ser un moratón, aunque es difícil saberlo, ya que tiene la piel recubierta de plata. Recuerdo entonces que le robó a la Verdugo de Sangre su camisa de metal vivo, hace mucho tiempo. Se ha fusionado con su cuerpo tanto como su máscara en la cara.

Su tatuaje SIEMPRE VICTO se ve claramente bajo el plateado de la camisa, solo que ahora dice SIEMPRE VICTORI.

Mientras palpa el moratón reparo en un objeto extraño en la habitación, de lo más inusual comparado con la simplicidad del resto de la estancia. Es una vulgar figurita de barro de una madre que sostiene a un niño. La comandante la ignora deliberadamente.

Se baja la camisa y se coloca la armadura. Mientras se examina en el espejo deslustrado, su mirada se desvía hacia la figura. La observa en el reflejo, cautelosa, como si pudiera cobrar vida. Entonces gira sobre los talones, la agarra y la arroja al fuego de la chimenea, casi con indiferencia. Llama a alguien al otro lado de la puerta cerrada. Unos segundos después, entra un esclavo.

La comandante señala con la cabeza hacia la figurita rodeada de llamas.

—Tú te la has encontrado aquí —afirma—. ¿Se lo has comentado a alguien? —Ante la negación del hombre, la comandante asiente y le hace señas para que se acerque.

No lo hagas, quiero decirle. *Huye.*

Las manos de mi madre se convierten en un borrón y le rompe el cuello. Me pregunto si el hombre ha llegado a sentir algo.

—Pues dejemos que siga así —le dice a su cuerpo inerte—, ¿te parece?

Pestañeo y estoy de vuelta en la arboleda de los genios. Ninguna enredadera me retiene en el suelo del Bosque y el alba pinta los árboles de tonos rojos y naranjas. Han pasado horas.

Los genios todavía corretean por mi mente. Contraataco, sacándolos a empujones, e intento sumergirme en su conciencia. Su sorpresa es evidente, y bajan la guardia durante un instante. Noto su rabia, su conmoción, un dolor profundo compartido y un pánico que reprimen con celeridad. Algo oculto.

Entonces me expulsan.

—Estáis escondiendo algo —digo entre jadeos—. Vosotros…

Vigila tus fronteras, Elias Veturius, rugen los genios. *Mira lo que hemos fraguado.*

Un ataque. Lo siento con tanta claridad como si fuera un asalto sobre mi propio cuerpo. Pero no es una invasión que proceda de fuera del Bosque. Viene de dentro.

Ve y contempla el horror de los fantasmas que se liberan de la Antesala. Observa cómo asolan a tu gente. No puedes cambiarlo. No puedes detenerlo.

Suelto un improperio al oír que me dirigen las mismas palabras que me dedicó el augur hace tanto tiempo. Me deslizo por el aire hasta la frontera sur a una velocidad que podría rivalizar con la de Shaeva. Cuando llego, miles de fantasmas se arremolinan en el mismo sitio, empujando contra la barrera con una violencia obstinada, casi salvaje, causada por el deseo de escapar.

Intento conectar con Mauth, con la magia, pero lo mismo sería estar agarrando el aire. Los fantasmas se apartan mientras avanzo en su dirección y sus aullidos de decepción resuenan hasta en mis huesos.

La barrera parece intacta, pero algunos espíritus podrían haber escapado. Paso las manos por encima de la pared ambarina brillante, intentando hallar cualquier tipo de defecto.

En la distancia, el rojo y el azul de los carros de la tribu Nasur brillan bajo la luz de la mañana y el humo de las fogatas para cocinar se disipa en el cielo tormentoso. Reconozco los carros pintados de verde y dorado dispuestos en círculo no muy lejos de la costa del Mar Crepuscular. La tribu Nur —la tribu de Afya— se ha unido a la de Aubarit.

¿Qué hace Afya aquí? Con los marciales en una actitud tan beligerante las tribus no deberían congregarse en un mismo lugar. Afya es lo bastante audaz como para saber eso.

—*Banu al-Mauth?*

Aubarit aparece por una pendiente justo enfrente.

—Faquira. —Salgo del Bosque con el pulso aún desbocado por mi estado de alerta, aunque no percibo nada fuera de lo común—. Ahora no es precisamente un buen...

—¡El maldito Elias Veturius! —reconozco a la mujer bajita que adelanta a Aubarit por el fuego que desprenden sus ojos, puesto que en todos los demás aspectos resulta irreconocible. Tiene el rostro arrugado y el pañuelo que oculta sus trenzas, que habitualmente están impecables, no basta para enmascarar su estado desaliñado. Unas sombras moradas se extienden bajo sus ojos y me llega un olor pungente a sudor—. ¿Qué demonios está pasando?

—¡Zaldara! —Aubarit parece estar escandalizada—. Te dirigirás a él como *Banu*...

—¡No lo llames así! Su nombre es Elias Veturius. Es un hombre estúpido, como tantos otros, y sospecho que es el motivo por el que los fantasmas de la tribu Nur están atascados...

—Afya, tranquilízate —le pido—. Por los diez infiernos, ¿qué...? —Se me ahoga la voz cuando Mauth tira violentamente de mí, casi arrojándome al suelo. Siento la urgencia detrás de sus llamadas y me giro en redondo. Flotando con la brisa a tan solo unos metros de distancia se materializa una cara.

Está contorsionada, enfadada, y se mueve con rapidez hacia los campamentos tribales. Otro la sigue, atraída por las caravanas distantes como los buitres a la carroña.

Algunos de los fantasmas han escapado. Consiguieron salir antes de que llegara.

Quizá solo anden sin rumbo, lamentándose y añorando la vida. No tienen cuerpo. No pueden hacer daño.

Apenas he tenido tiempo de formar ese pensamiento cuando, inesperadamente, una escalofriante bandada de pájaros alza el vuelo de los árboles cerca de las caravanas, graznando alarmados.

—Elias… —empieza a decir Afya, pero levanto la mano. Durante un instante, nos envuelve el silencio.

Y luego, empiezan los gritos.

XIX: La Verdugo de Sangre

Verdugo de Sangre:

El verano está en pleno apogeo en Antium y se hace cada vez más difícil resguardarse del calor. El Emperador se llena de júbilo con el cambio de estaciones, aunque las preocupaciones de la corona lo perturban.

Las tormentas estacionales son tan malas como el calor y eso afecta a todo el mundo en la corte. Ofrezco ayuda donde puedo, pero es complicado.

Cada día me muestro agradecida a los plebeyos. Su apoyo tanto a mí como al Emperador es todo un consuelo en estos tiempos aciagos.

Leal hasta el final,
Emperatriz Livia Aquilla Farrar

A lguien ha abierto la carta de Livia mucho antes de que me llegara. Los intentos de mi hermana de codificar sus pensamientos, aunque audaces, resultan inútiles. La comandante ya debe de saber que su gestación está bien avanzada. El Portador de la Noche se lo debe de haber dicho.

En cuanto al resto de la carta, Keris también lo habrá descifrado: que Livia no puede ocultar el embarazo durante mucho tiempo más, que el Emperador se vuelve cada vez más inestable, que mi hermana consigue capear el temporal y que el apoyo de los plebeyos es lo único que le permite a Marcus permanecer en el trono.

Que debo derrotar a la comandante pronto si quiero que tanto Livia como su hijo sobrevivan.

Leo la carta mientras me paseo por la playa sur de Navium, que está llena de escombros del naufragio de la flota. Velas hechas jirones, mástiles cubiertos de algas, fragmentos de madera envejecida. Todo son muestras de mi fracaso en la protección de la ciudad.

Cuando me arrodillo para pasar las manos por una sección de un casco alisado por el agua del océano, Dex aparece detrás de mí.

—El *pater* Taius no va a verte, Verdugo.

—¿Qué excusa tiene esta vez?

—Está de visita a una tía enferma. —Dex suspira. Tiene un aspecto igual de cansado como me siento yo—. Ha estado manteniendo conversaciones con el *pater* Equitius.

Cómo no. El *pater* de la Gens Equitia me dio justo la misma excusa hace dos días. Y aunque sospechaba que Taius podría hacer como todos los otros *paters* y evitarme, conservaba una pizca de esperanza.

—No queda ningún *pater* al que acudir —dice Dex mientras dejamos a nuestras espaldas la playa y nos dirigimos a los barracones de la Guardia Negra—. Argus y Visselius están muertos y sus herederos te culpan a ti. El resto está demasiado furibundo por la pérdida de la flota. La contienda le arrebató la vida a una cuarta parte de la Gens de Taius.

—Aquí hay algo más aparte de la flota. Si solo fuera eso, me sermonearían, me exigirían que me postrara y suplicara perdón. —Al fin y al cabo, no dejan de ser *paters* marciales. Les encanta tratar con paternalismo a las mujeres tanto como adoran su dinero—. O bien le tienen miedo a la comandante o ella les está ofreciendo algo que yo no puedo darles… algo a lo que no se pueden negar.

—¿Dinero? —propone Dex—. ¿Más barcos?

—No tiene barcos. Aunque consiguiéramos por milagro hacernos con la flota de Grímarr, solo tendríamos suficientes embarcaciones como para reemplazar la armada. Y la comandante es rica, pero no tanto como para poder comprar a todos esos *paters*.

Aquí hay gato encerrado, pero ¿cómo diablos voy a descubrir de qué se trata si ninguno de los *paters* está dispuesto a hablar conmigo?

Mientras deshacemos el camino hacia la ciudad, aparece a la vista el distrito suroeste, que se sigue chamuscando con llamas que se elevan al cielo. Grímarr ha atacado dos veces más desde que llegué hace dos semanas. Sin una flota, no nos ha quedado más remedio que apretarnos los machos y rezar porque los fuegos de sus proyectiles no se extiendan.

En ambos ataques, los *paters* y Keris me excluyeron de la toma de decisiones, con Keris ignorando sutil y silenciosamente mis órdenes *por el bien común*. Solo cuento con el apoyo de Janus Atrius y su voz solitaria no puede hacer frente a la unidad que conforman los aliados de Keris.

Tengo ganas de rebanar cabezas, pero Keris está buscando una excusa para acabar conmigo, ya sea encarcelándome o matándome. Si empiezo a matar a los *paters*, se la daré en bandeja de plata.

No, tengo que ser más astuta. Espoleo a mi caballo. No puedo hacer nada con los ataques de Grímarr, pero sí puedo debilitar a Keris… si consigo información sobre ella.

—Dispondremos de un día o dos de tranquilidad en lo que Grímarr maquina el siguiente movimiento de los karkauns —le digo a Dex—. Hay algunos informes de los *paters* sobre mi escritorio. Todos sus secretitos sucios. Empieza a preocuparlos con discreción. Mira si puedes lograr que hablen.

Dex se marcha y cuando vuelvo a los barracones me encuentro a Avitas que me está esperando con los hombros tensos en una clara muestra de recriminación.

—No deberías viajar por la ciudad sola, Verdugo —me amonesta Avitas—. La regulación establece…

—No puedo haceros perder el tiempo a Dex o a ti escoltándome a todos lados —lo corto—. ¿Las has encontrado?

Asiente y me hace un gesto hacia mis aposentos.

—Hay al menos doscientas haciendas en las montañas que circundan la ciudad.

Desenrolla un mapa sobre mi escritorio en el que aparecen marcadas todas las casas. Casi todas ellas están afiliadas a las Gens aliadas con Keris y tres están abandonadas.

Medito sobre lo que me dijo Elias del paradero de Quin. *Donde sea que esté Keris, mi abuelo no andará lejos, esperando a que ella cometa un error. No es tan estúpido como para alojarse en una de sus haciendas. Y no estará solo.*

Una de las casas abandonadas está construida en el fondo de un valle, sin una fuente de agua al alcance y bosque alrededor para que sus soldados se escondan. La otra es demasiado pequeña como para albergar a más de una docena de hombres.

Pero la tercera…

—Esta. —La señalo con el dedo—. Situada sobre un monte. Defendible. Con un riachuelo cerca y facilidad para cavar túneles en caso de necesitar una huida rápida. Y mira —apunto al otro lado de las montañas—, los pueblos están lo suficientemente lejanos como para que pueda enviar hombres allí en busca de provisiones sin atraer demasiado la atención.

Partimos de inmediato con dos miembros de la Guardia Negra que nos siguen para asegurarnos de que nos encarguemos de cualquier espía. Al mediodía, estamos en las profundidades de las montañas al este de Navium.

—Verdugo —me llama Harper cuando hemos salido de la ciudad—. Deberías saber que la comandante tuvo un visitante nocturno.

—¿El Portador de la Noche?

Avitas hace un gesto negativo con la cabeza.

—Han entrado en tres ocasiones en sus aposentos de la Isla durante el transcurso de las últimas dos semanas. La primera vez, mi espía me informó que habían dejado una ventana abierta. En la segunda, colocaron un artículo sobre la cama de Keris. Una figura.

—¿Una figura?

—Una madre que sostiene a un niño. La comandante la destruyó y mató al esclavo que la encontró. Durante la tercera visita, dejaron otra figura. Mi contacto consiguió sacarla de entre las cenizas del fuego.

Rebusca en una alforja y me muestra una tosca figurita de arcilla amarilla, con un lado ennegrecido. Representa a una mujer hecha burdamente, con la cabeza agachada. Tiene la mano extendida hacia abajo en un gesto lastimero y extraño en dirección a un niño que también alarga la suya. No se tocan, aunque están colocados sobre la misma base.

Las figuras tienen huecos hechos con el pulgar por ojos y bolitas que hacen de nariz. Tienen la boca abierta y parece como si estuvieran gritando. Le devuelvo la figurita a Avitas, perturbada.

—Nadie ha visto al intruso. —Avitas guarda el objeto—. Aparte de lo que vio mi espía, la comandante ha mantenido las incursiones bien encubiertas.

Hay mucha gente que podría entrar en los aposentos de la comandante sin que la detectaran, pero ¿como para que ella no atrapara a ese alguien la segunda vez que entró? Eso indica un nivel de habilidad que solo puede poseer una persona que conozco. Una mujer a la que hace meses que no veo. La cocinera.

Cavilo sobre ello mientras ascendemos por las montañas, pero no tiene ningún sentido. Si la cocinera puede infiltrarse en la habitación de la comandante, ¿por qué no acaba con ella? ¿Para qué le deja esas estatuas tan peculiares?

Unas horas más tarde, después de transitar por caminos de montaña zigzagueantes, llegamos a los pies de un bosque extenso y milenario. Navium centellea al oeste; un cúmulo de luces y fuegos que todavía arden, con la serpiente negra del río Rei que la atraviesa sinuosamente.

Dejamos a los caballos al lado de un arroyo y desenvaino una daga mientras nos acercamos a la línea de árboles. Si Quin está ahí fuera, no se va a tomar a buenas que la Verdugo de Sangre del Emperador Marcus le haga una visita de improviso.

Harper se desabrocha el arco y nos internamos con cautela en el bosque. Se oye a los grillos cantar y a las ranas croar; los sonidos salvajes del verano en el campo. Y aunque está oscuro, la luz de la luna me permite distinguir lo suficiente de mi alrededor como para ver que nadie ha pisado este bosque desde hace meses, incluso años, quizá.

Con cada paso, mis esperanzas van menguando. Debo enviarle un informe a Marcus mañana. Por los infiernos sangrantes, ¿qué le voy a decir, si Quin no está aquí?

Harper maldice de repente de manera inesperada y oigo un sonido sibilante. Viene seguido de un gruñido amortiguado. Un conjunto de hachas cae oscilando de los árboles.

Harper apenas tiene tiempo de agacharse y nunca me ha dado tanta felicidad ver cómo por poco decapitan a un aliado.

Nos pasamos las siguientes dos horas esquivando con cuidado trampas ocultas, cada una más intrincada y bien escondida que la anterior.

—Maldito lunático. —Harper corta la cuerda de una trampa que deja caer una red llena de esquirlas de cristal afiladas como cuchillas—. Ni siquiera intenta atrapar a los intrusos. Solo los quiere muertos.

—No es ningún lunático. —Bajo la voz. La luna se alza alta en el cielo. Es pasada la medianoche—. Solo es minucioso. —Un cristal brilla por entre los árboles: una ventana en la distancia.

Algo en el aire cambia y los animales nocturnos callan. Sé, con la misma seguridad que conozco mi propio nombre, que Harper y yo ya no estamos solos en este bosque.

—Acabemos con esto. —Enfundo mi espada, rezándoles a los cielos por no estarle hablando a un grupo de asaltantes de caminos o a algún ermitaño loco.

Se extiende un silencio que me ayuda a acabarme de convencer de que no me estoy equivocando.

Entonces se oye cómo se arrastran unas botas detrás de nosotros. De hecho, a todo nuestro alrededor. A lo lejos, una poderosa figura de cara plateada emerge de detrás de un árbol, con el espeso cabello blanco semioculto bajo una capucha. Su aspecto no ha cambiado ni un ápice y es el mismo de hace unos meses, cuando lo saqué a hurtadillas de Serra.

Dos decenas de hombres nos bordean con los uniformes impecables y exhiben los colores de la Gens Veturia con orgullo. Cuando doy un paso al frente, yerguen la espalda y me saludan al unísono.

—Verdugo de Sangre. —Quin Veturius es el último en saludar—. Ya era hora, joder.

* * *

Quin le ordena a Harper que se quede con sus hombres, entonces me guía por la destartalada casa construida en la montaña y hacia el interior de una serie de cavernas. Con razón Keris no ha sido capaz de encontrar al anciano. Estos túneles se extienden tanto que se tardaría meses en explorarlos todos.

—Hace semanas que te espero —me dice Quin mientras caminamos—. ¿Por qué no has matado a Keris aún?

—No es una mujer fácil de matar, general —replico—. Sobre todo cuando Marcus no se puede permitir que parezca un asesinato.

Avanzamos ascendiendo hasta que salimos a un pequeño altiplano cerrado por paredes pero con el techo abierto al cielo. Alberga un jardín escondido, que desprende la belleza salvaje de un lugar bien conservado antaño pero al que han descuidado durante demasiado tiempo.

—Tengo algo para ti. —Saco la máscara de Elias de mi bolsillo—. Elias me la dio antes de irse de Risco Negro. Pensé que querrías tenerla.

La mano de Quin sobrevuela la máscara antes de agarrarla.

—Era una pesadilla conseguir que ese chico la mantuviera puesta —me dice—. Creía que la iba a perder algún día.

El anciano le da la vuelta a la máscara en la mano, y el metal ondea como el agua.

—Acaban formando parte de nosotros, como sabes. No es hasta que nos fusionamos con ellas que nos convertimos en nuestra versión más verdadera. Mi padre solía decir que después de la unión, la máscara te identificaba como soldado y que sin ella te arrancaban una parte del alma que no se podría recuperar jamás.

—¿Y tú qué dices, general?

—Somos lo que volcamos en la máscara. Elias le ofreció poca cosa, y así lo que obtuvo a cambio fue escaso. —Espero que me pregunte sobre su nieto, pero se limita a meterse la máscara en el bolsillo—. Cuéntame detalles de tu enemigo, Verdugo de Sangre.

Mientras le relato el ataque a Navium, la pérdida de la flota e incluso la presencia de la figurita, Quin permanece en silencio. Nos acercamos a un estanque del jardín, rodeado de piedras partidas coloreadas.

—Trama algo, general. Necesito tu ayuda para descubrir qué puede estar elucubrando. Para descubrir su manera de pensar.

—Keris aprendió a caminar aquí, antes de que las trasladara a ella y a su madre a Serra. —Señala con la cabeza hacia un caminito apenas visible que lleva a un cenador del que cuelga abundante hiedra—. Tenía nueve meses. Una criaturita enana. Cielos, Karinna estaba tan orgullosa. Quería a esa niña con locura.

Enarca las cejas al ver mi expresión.

—¿Creías que mi esposa era el monstruo de quien aprendió Keris? Al contrario. Karinna no permitía que nadie le tocara ni un pelo. Teníamos decenas de esclavas, pero mi esposa insistía en hacerlo todo ella misma: darle de comer, cambiarla, jugar con ella. Su adoración era mutua.

La imagen de una Keris bebé de cabello dorado se aleja tanto de lo que es ahora que soy incapaz de proyectarla en mi mente. Me contengo de hacerle las múltiples preguntas que me rondan por la cabeza. Quin habla con vacilación, casi titubeando, y me pregunto si es la primera vez que comparte esto con alguien.

—No estuve presente para ellas al principio —continúa—. Ya era lugarteniente cuando Karinna y yo nos casamos. Los karkauns estaban acometiendo en el oeste y el Emperador me necesitaba.

Su tono no es… triste, pero sí casi melancólico.

—Y entonces Karinna murió. El Emperador no me concedió ningún permiso, así que ocurrió un año antes de que regresara a casa. Para entonces Keris había dejado de hablar. Me pasé un mes con ella y luego de vuelta al campo de batalla. Cuando la seleccionaron para Risco Negro, estaba seguro de que moriría antes de acabar la primera semana. Era blanda. Se parecía mucho a su madre.

—Pero no murió —intervengo. Intento no dar toquecitos con el pie de impaciencia. Me pregunto cuándo irá al grano.

—Es una Veturia —aduce Quin—. Cuesta matarnos. Solo los cielos saben con lo que tuvo que lidiar en Risco Negro. No tuvo tu suerte con las amistades, chica. Sus compañeros hicieron de su vida un infierno. Intenté entrenarla, igual que hice con Elias, pero no quería saber nada de mí. Risco Negro la pervirtió. Justo después de graduarse, se alió con el Portador de la Noche. Él es lo más cercano que tiene a un amigo.

—No es su amigo. Es su maestro —musito, recordando las palabras del genio—. ¿Y sabes algo del padre de Elias?

—Quienquiera que fuese, le importaba. —Hemos dejado atrás el estanque. Más allá del borde del altiplano, los montes bajos se extienden ondulantes hasta allanarse y convertirse en el desierto tribal, que se tiñe de tonos azulados por la cercanía del alba—. Se enervó cuando eligieron a Elias, preocupada por si perdía su puesto. Nunca le había visto expresar una emoción como esa antes, ni después. Dijo que había dejado que el niño viviera porque así lo habría querido su padre.

¿Entonces Keris amaba a Arius Harper? Su expediente era escaso, pero la comandante siempre mostró un odio tan profundo por Elias que había dado por hecho que su padre había obligado a su madre.

—¿Conocías a Arius Harper, general?

—Era un plebeyo. —Quin me dedica una mirada curiosa, desconcertado por el cambio repentino de tema—. Un centurión de combate de Risco Negro al que reprendían repetidamente por mostrar clemencia a los alumnos... incluso amabilidad.

—¿Cómo murió?

—Fue asesinado por un grupo de máscaras el día después de que se graduaran. Eran los compañeros calavera de Keris. Fue una muerte vil, más de una docena lo apalearon hasta la muerte. Todos ilustres. Sus padres lo encubrieron tan bien que ni siquiera yo me enteré en el momento que ocurrió.

¿Por qué iba un grupo de máscaras a asesinar a un centurión? ¿Lo sabía Keris? ¿Les pidió ella que lo hicieran? Pero Quin ha dicho que no tenía aliados en Risco Negro... que los demás estudiantes la atormentaban. Y si no fue orden suya que mataran a Arius... Si de verdad lo quería... ¿Entonces por qué odia tanto a Elias?

—¿Crees que Arius Harper es el padre? —pregunta Quin sumando dos más dos—. Así que el capitán Harper es...

—El hermanastro de Elias. —Maldigo para mis adentros—. Pero nada de eso importa. Su pasado, su historia... nada de eso explica qué hace la comandante en Navium. Hizo que perdiéramos la flota solo para arrebatarme el poder. ¿Por qué?

—Mi nieto siempre me dijo que eras muy lista, chica. —Quin me mira con el entrecejo fruncido—. ¿Se equivocaba? No te limites a ver sus acciones. Mírala a ella. ¿Qué es lo que quiere?

¿Por qué? Investiga en su pasado, en su historia. ¿Cómo le ha alterado la mente? Dices que el Portador de la Noche es su maestro. ¿Qué quiere él? ¿Lo que quiere ella lo conseguirá de él? ¿Qué puede estar haciendo por los *paters* como para que hayan accedido a que ese cerdo de Grímarr pueda desatar el caos en las zonas pobres de la ciudad? Utiliza esa cabecita que tienes. Si piensas que a mi hija le importa el destino que sufra una ciudad portuaria situada lejos del asiento del poder, estás completamente equivocada.

—Pero le han ordenado que...

—A Keris no le importan las órdenes. Solo le importa una cosa: el poder. Tú amas al Imperio, Verdugo de Sangre. Así que crees que Keris también le debe lealtad solo porque la entrenaron para que fuera una máscara. No es así. Solo es leal a sí misma. Compréndelo y quizá puedas superarla. Fracasa, y se preparará tus entrañas para cenar antes de que acabe la semana.

XX: Laia

Nada más el cielo empieza a clarear, me enfundo el vestido y bajo las escaleras. Si me muevo lo suficientemente rápido, quizá todavía llegue a alcanzar la caravana tribal que vi anoche… y también a la kehanni.

Pero Zella me está esperando en la puerta, con gesto incómodo.

—Musa pidió que te quedaras aquí —me dice—. Por tu propia seguridad, Laia. La princesa Nikla ha ordenado a los jaduna que patrullen la ciudad para encontrarte. Por lo que se ve, una de ellas oyó el rumor de que estabas aquí anoche. —Se retuerce las manos—. Dice que no uses tu magia, ya que atraerás a las jaduna hasta aquí y conseguirás que acabemos todos en prisión. Son sus palabras —añade de inmediato—, no las mías.

—¿Qué sabes de él, Zella? —le pregunto con cautela, antes de que se vaya—. ¿Qué está haciendo ahí fuera? ¿Por qué no ha restaurado la Resistencia él mismo?

—Yo solo soy una forjadora, Laia. Y una antigua amiga de su familia. Si tienes preguntas, tendrás que hacérselas a él.

Maldigo y salgo al patio, donde ayudo a Darin mientras pule un montón de cimitarras con un conjunto de piedras grises lisas.

—Lo oí, Darin —le digo después de narrarle mi encontronazo con el Portador de la Noche—. Regodeándose justo a mi lado. Entonces desapareció, lo que significa que podría estar en cualquier lugar. Puede que incluso ya haya conseguido el último fragmento de la Estrella.

No hay nada que quiera más que aplacar la inseguridad que crece en mi interior. Aplastarla y simplemente creer que puedo detener al genio. El miedo ya no me gobierna como lo hacía hace tiempo. Pero hay días en los que me acosa con la ira de un enamorado al que le han dado calabazas.

Mi hermano desliza una de las cimitarras por encima de las piedras.

—Si el Portador de la Noche hubiese conseguido el último fragmento de la Estrella, lo sabríamos. Lo sobreestimas demasiado, Laia, y sin embargo tú no te valoras lo suficiente. Te teme. Teme lo que puedes aprender. Lo que podrías hacer con ese conocimiento.

—No debería temerme.

—Ya te digo yo que sí.

Darin pasa un trapo por la hoja de la cimitarra que acaba de pulir y me la muestra antes de compararla con la primera espada de acero sérrico que fabricó, la que llevé conmigo por todo el Imperio después de que me la diera Spiro Teluman.

—No tiene ningún sentido que me tenga miedo —repongo—. Le regalé el brazalete. Permití que matara a Shaeva. Por los infiernos, ¿por qué debería tenerme miedo?

Levanto la voz, y al otro lado del patio Taure y Zella intercambian una mirada antes de ahuecar el ala.

—Porque puedes detenerlo, y lo sabe. —Darin se estrecha la abrazadera que ha confeccionado para su mano izquierda. La usa para compensar los dos dedos que le faltan, para sujetar los martillos, y casi nunca lo veo sin ella puesta. Esta vez, se aprieta la empuñadura de la cimitarra en vez del martillo—. ¿Por qué otro motivo iba a matar a Shaeva o aliarse con la comandante? ¿Para qué provocaría tal descontrol en la Antesala? ¿Para qué sembraría el caos con tanto afán si no tiene miedo de fracasar? Y… —Darin sigue con su reprimenda—: ¿por qué otro motivo aparecería en el preciso instante en el que te das cuenta de que tal vez puedas obtener respuestas de una kehanni?

No me había parado a pensar en ese hecho, y hace que todavía tenga más ganas de hablar con la mujer tribal. Por los cielos, ¿cuándo va a volver Musa?

—Spiro me mataría si viera lo poco artístico que me ha quedado. —Darin hace un gesto con la cabeza hacia mi espada—. Pero si de verdad son de acero sérrico, al menos podremos estar contentos por eso. Vamos. Quizás esta sea la tanda que no se rompa.

Las chispas saltan mientras la cimitarra de Darin y la mía entrechocan. La última horneada de espadas que pusimos a prueba no se rompió hasta bien avanzado el combate, así que me preparo para una competición ardua. Tras unos pocos minutos, la áspera sencillez de la espada me ha levantado ampollas en las palmas. Es tan distinta de las delicadas dagas que me dio Elias. Pero se mantiene de una pieza.

Zella y Taure salen de la casa, observando con una expectación creciente cuando, incluso después de pasar a la ofensiva, las espadas permanecen enteras.

Darin me acomete y dejo que mi fiereza se desate, infundiendo cada estocada de frustración. Al final, mi hermano pide una pausa, incapaz de reprimir una sonrisa. Me quita la espada de las manos.

—No tiene corazón. —La levanta y sus ojos brillan como no lo han hecho en meses—. No tiene alma. Pero lo tendrá. A por las siguientes.

Zella y Taure se unen a nosotros mientras entrenamos por el patio, y una tras otra, comprobamos que las espadas no se quiebran. No me doy cuenta de la llegada de Musa hasta que sale de la casa para aplaudir alegremente.

—Maravilloso —exclama—. Tenía fe ciega en ti…

Agarro a Musa del brazo y lo arrastro hacia la puerta delantera, ignorando sus maldiciones de protesta.

—Tengo que ver a una kehanni y hace horas que espero tu regreso.

—Las tribus se han marchado de Adisa para pelear contra los marciales en el desierto —dice Musa—. No se van a contener. —Con un escalofrío, recuerdo las palabras de Afya sobre los ataques a los civiles marciales.

—Bueno, no pueden estar muy lejos de la ciudad —repongo—. Vi a una kehanni contando historias cerca del mercado central de Adisa. Cabello plateado y carros morados y blancos.

—La tribu Sulud —confirma Musa—. Conozco a la kehanni de la que hablas. No te va a decir lo que quieres saber sin más, Laia. Querrá un pago a cambio.

—Bien, pues le pagaremos. Lo que quiera…

—No es tan sencillo. —Musa se zafa de mi agarre—. No es una vendedora ambulante de baratijas. Cuenta las historias bajo sus propios términos. Los regalos que se suelen dar para esos intercambios son artículos a los que no tenemos acceso: rollos de tela de seda, cofres llenos de oro o provisiones de comida.

Lo examino de arriba abajo, desde las botas con cierres de plata y las suaves calzas de cuero hasta la camisa hecha de fino algodón hilado.

—No me digas que no eres rico. Taure me dijo que tu padre solía recolectar la mitad de la miel de Marinn.

—Tengo algo de ropa. Un poco de oro. Pero los marinos se apoderaron de mi riqueza, mis propiedades, mis colmenas y mi herencia cuando… —Niega con la cabeza—. No importa, se lo quedaron, y ahora mis recursos son limitados.

Zella y Taure se miran al oír eso, y me hago una nota mental para ir a buscarlas luego. Necesito respuestas sobre el pasado de Musa y está claro que él no va a soltar prenda. Mi hermano todavía tiene aferrada una de las nuevas cimitarras. La luz del sol se refleja en la hoja y me ilumina la cara.

—Sé qué puedo ofrecerle —le digo—. Algo que quiere. Algo que no va a poder rechazar.

Musa sigue mi mirada hacia la espada de acero sérrico. Espero que me diga que los académicos tienen más necesidad de poseer esas armas o que no disponemos de suficientes. En vez de eso, arquea las cejas.

—Ya sabes lo que las tribus están haciendo en el sur. No muestran clemencia alguna con ningún marcial... sea soldado o civil.

Me ruborizo.

—¿Tienes información para mí sobre el Portador de la Noche? —Musa, por descontado, hace un gesto negativo con la cabeza—. Entonces esta es la mejor baza que tenemos para descubrir algo... si Darin está dispuesto a separarse de las espadas, claro.

Darin exhala un suspiro resignado.

—Tienes que detener al Portador de la Noche. Necesitas información para conseguirlo. Estoy seguro de que la mujer aceptará las espadas, pero, Laia...

Me cruzo de brazos, esperando sus críticas.

—Mamá participaba en intercambios como este. Intercambios que quizá no quería hacer. Lo hizo por el bien de su gente. Por eso era la Leona. Por eso fue capaz de liderar a la Resistencia. Pero al final, las cosas se fueron acumulando. Aquello le pasó factura. Nos pasó factura.

—Mamá hizo lo que debía hacer. Lo hizo por nosotros, Darin, aunque no lo pareciera. Cielos, ojalá fuera la mitad de valiente y fuerte que ella. Yo no soy... esto no es fácil. No quiero que sufran personas inocentes, pero necesito obtener algo sobre el Portador de la Noche. Creo que mamá estaría de acuerdo.

—Tú eres... —Algo cruza el rostro de Darin. Dolor, tal vez, o rabia. Emociones que intenta mantener enterradas tan profundamente como lo haría un máscara—. Tú tienes tu propia fuerza —acaba por decir—. No tiene por qué ser la misma que la de la Leona.

—Bueno, esta vez sí.

Me planto en mi decisión, porque de lo contrario tendré que volver a elucubrar qué diantres le puedo llevar a la kehanni cuando lo que debería estar haciendo es alcanzarla lo antes posible. A mi lado, Musa niega con la cabeza, y me giro hacia él con la sangre hirviendo.

—Querías que fuera una líder de la Resistencia —le espeto—. Pues aquí tienes una lección que aprendí del último combatiente que conocí. Para liderar, tienes que llevar a cabo cosas horribles. Nos vamos dentro de una hora. Ven conmigo o quédate. No me importa.

No le doy tiempo a Musa para que me pueda responder y me marcho. Noto su sorpresa y la de Darin. Siento su decepción. Y desearía que no me afectara tanto.

XXI: Elias

Los gritos que arrastra el viento desde el campamento tribal son distintivamente humanos y se hacen más estridentes por momentos. Echo a correr hacia ellos con Aubarit y Afya a la zaga y esta última exigiéndome que le explique qué está ocurriendo.

—Ponte a cubierto —corto por lo sano la diatriba de la zaldara—. Luego daré respuesta a tus preguntas… por ahora escóndete.

Decenas de personas huyen despavoridas de la caravana de Nur, y desenvaino mis cimitarras cuando me estoy acercando. Los gritos más cercanos provienen de un carro de color verde claro recubierto de espejos. Lo conozco bien. Pertenece al hermano pequeño de Afya, Gibran.

La parte trasera del carro se abre de golpe y el atractivo joven tribal emerge de él. Agarra a un hombre de dentro del carro y lo arroja como si fuera una muñeca de trapo.

—¡Tío Tash! —Afya ahoga un grito y pasa por mi lado a la carrera en dirección a su hermano—. ¡Gib, no!

Su hermano se gira para mirarla, y la mujer tribal retrocede lentamente con el rostro paralizado en una mueca de terror. Gibran tiene los ojos completamente blancos. Está poseído. El fantasma que ha escapado ha tomado el control de su cuerpo.

Porque no conseguí que cruzaran lo bastante rápido. Porque hay demasiados, y no tienen ningún lugar al que ir que no sea de vuelta al mundo de los vivos.

Gibran se abalanza sobre Afya. Aunque los separa una distancia de diez metros, la alcanza de un solo salto y la levanta por el cuello. La pequeña mujer patalea mientras su cara se torna morada. Antes de que pueda llegar hasta él, Gibran la arroja a ella también.

Mis instintos de máscara entran en acción y me agacho preparado para la ofensiva. Si puedo dejar inconsciente al tribal, quizás algo en los Misterios de Aubarit pueda desvelarme cómo exorcizar al fantasma.

Pero un tribal poseído por un espíritu no es un enemigo común. La manera como ha lanzado a Afya me deja claro que el espíritu dentro de él tiene una fuerza física que supera con creces la de Gibran.

Se me eriza la piel. Me ha visto. Me oculto detrás de uno de los carros. Sabe que voy a por él, pero no tengo por qué ponérselo fácil.

En la distancia, un grupo de hombres y mujeres reúnen a los niños y huyen en dirección al río, con Aubarit gritándoles para que se muevan más rápido. Examino la ribera en busca de Afya, pero no hay ni rastro de ella.

Cuando vuelvo mi atención a Gibran, ha desaparecido. *Serás idiota, Elias. Nunca le des la espalda a tu enemigo.* Enfundo las cimitarras… no quiero hacerle daño.

Demasiado tarde. Oigo un silbido en el aire. *¡Te ataca!* Gibran se encarama a mi espalda y mis rodillas ceden bajo su peso antinatural. Su brazo, delgado pero musculado tras meses de batallar contra los marciales, me rodea el cuello y posee la fuerza de cinco hombres. Farfulla cerca de mi oreja con una voz que es un gruñido místico.

—Lo arrasaron, *lo quemaron, polvo de barba de maíz y sangre y harina…*

Sé que puedo morir como Atrapaalmas, pero por los cielos que no voy a morir en manos de un tribal poseído por un fantasma que me arrebata la vida asfixiándome mientras me balbucea cosas sin sentido al oído.

Hinco las uñas en el brazo de Gibran, frustrado por su fuerza. De repente, un sordo golpe metálico reverbera y su agarre se afloja. Jadeando y llevándome una mano al cuello, me aparto de él y atisbo a Afya que sostiene una sartén de hierro colado. Se aparta de Gibran, que, aunque se ha debilitado momentáneamente, vuelve a ponerse en pie.

—¡Corre! —le vocifero a Afya y le salto a Gibran a la espalda—. ¡Hacia el río! ¡Corre!

Se da la vuelta en lo que Gibran cae. Es imposible retenerlo. Le propino un puñetazo en la cabeza. Y dos. Y tres. Cielos, voy a tener que matarlo si quiero sacarle el fantasma. *No puedo matarlo. Es solo un chico. No se merece esto.*

—¡Maldito seas! —grito, con una voz que es parte rugido parte lloriqueo. Gibran hace reír a Afya como nadie. Ama con todo su corazón; a su familia, a sus amigos y a sus numerosas amantes. Y es joven, demasiado joven para una muerte tan horrible—. Sal de él! —voceo—. ¡Sal! Sal... —Tras mi quinto golpe, Gibran por fin pierde la conciencia. El fantasma brota de él, alicaído, como si estuviera extenuado, y desaparece. De vuelta a la Antesala, espero.

—¡Gib! —Afya regresa de donde se ha resguardado y suelta la sartén—. ¿Lo ha matado? ¿Qué diablos ha ocurrido? ¿De dónde ha salido esa cosa?

—Se escapó de la Antesala. —Si Gibran muere, seré yo el causante de su deceso por fracasar en mis deberes como Atrapaalmas. *No te mueras, Gibran. Por favor, no te mueras*—. ¿Hay más?

Afya niega con la cabeza, pero no me quedaré tranquilo hasta que revise el campamento entero yo mismo. Estoy seguro de haber visto a más de un fantasma escaparse.

—¿Cómo han podido escapar? —pregunta Afya—. ¿Qué ha pasado?

—He fracasado.

Miro a mi amiga a los ojos. Me obligo a hacerlo, porque es la verdad y merece saberlo. Creo que se enfadará, pero solo me coloca una mano sobre el hombro y lo aprieta.

—Tengo que asegurarme de que no haya más. —Le aparto la mano. Su comprensión es un regalo que no merezco—. Que se queden todos cerca del río, dentro si pueden. Los fantasmas odian el agua.

—Ayúdame a levantarlo —me pide Afya, y cuando le paso el brazo de Gibran por encima de los hombros se lo lleva a rastras. Pero solo ha avanzado una decena de pasos cuando se queda petrificada. Su cuerpo se tensa entero, como la cuerda de un arco, y luego se relaja como la masa de pan húmeda. Gibran cae al suelo y ella olfatea el aire profundamente como si fuera un lobo. Se gira hacia mí, con los ojos blancos como la nieve.

No.

Afya se me echa encima a una velocidad imposible. El contraste entre la familiaridad de su cara y la forma y la violencia de sus acciones hace que un escalofrío me recorra la espalda. Sostiene la sartén con la mano, y sé que si me golpea con ella, voy a tener un dolor de cabeza de campeonato, por más Atrapaalmas que sea. Intenta atacarme torpemente y la agarro por la muñeca, apretando con la fuerza suficiente como para que una mujer normal soltara la sartén.

Pero ella se limita a gruñirme, un sonido gutural que me hiela la sangre.

Piensa, Elias, piensa. Batallar no puede ser la única cosa que aprendieras en Risco Negro.

Una niña pequeña, oculta hasta el momento, pasa como una exhalación por nuestro lado intentando escapar. Como un animal que percibe una presa más débil, Afya se libera de mí y va tras ella. La chiquilla pone todo el brío posible en sus cortas piernas, pero no es lo suficientemente rápida. Cuando Afya se abalanza sobre ella, el cuello de la niña cruje, y la cosa que ha poseído a mi amiga gruñe triunfante. Yo aúllo encolerizado.

En las profundidades del Bosque, los genios se ríen. Los ignoro y recurro al máscara que vive en mi interior, sin permitirme distracciones.

Ningún humano podría oír a los genios, pero el espíritu de dentro de Afya se detiene y ladea la cabeza, prestando atención. Uso su distracción para lanzarle un cuchillo directamente a la cara. El mango le golpea de lleno en la frente. Pone los ojos en blanco y cae como un saco al suelo. Durante un instante, aparto de mi mente mi preocupación por Afya y paso por encima de su cuerpo inerte, escaneando la zona en busca de más fantasmas.

Y de repente, siento una chispa de poder mágico en mi interior. La poca magia que recibí cuando hice el juramento como Atrapaalmas responde a algo más poderoso. Unos hilos finos de oscuridad salen formando bucles de la Antesala hacia mí. *¡Mauth!*

Durante unos segundos la magia de Mauth me hincha. El fantasma que se desprende de Afya no es rival para este poder y envuelvo al espíritu con él para atarlo y devolverlo a la Antesala. Localizo al último fantasma a unos cien metros, enmascarado en el cuerpo de una mujer joven que está atacando a su propia familia. Lanzo la magia como si fuera el cayado de un pastor y capturo al fantasma. Aúlla de rabia, pero tiro de él y consigo extirparlo del cuerpo de la chica y lo mando de un empujón de vuelta al Bosque.

Cielos, qué poder… la facilidad con la que lo uso. Es como si hubiera nacido para ello. Quiero celebrarlo, estoy muy feliz. Por fin la magia ha venido a mí.

Afya suelta un gemido y me agacho a su lado. Un buen chichón ya se está formando en su cabeza, pero no está herida de gravedad, no como Gibran. Alargo los manos hacia ella con la intención de llevarla en brazos hasta los miembros de su tribu, pero en el instante en que lo hago, el poder que me ha envuelto se disipa.

—¿Qué…? ¡No…! —Intento aferrarme a él, pero se marcha de mi cuerpo y los bucles oscuros se retiran hacia el Bosque. Me siento extrañamente desolado, como si me hubieran abandonado mis propias fuerzas. La única reminiscencia de la magia es un tirón de Mauth; esa oscura insistencia que siempre está presente cuando salgo de la Antesala.

—*Banu al-Mauth?*

Aubarit aparece detrás de mí y se lleva una mano a la boca cuando ve a Afya. La zaldara… su hermano…

—Lo siento, faquira —me disculpo—. Es culpa mía que los fantasmas hayan escapado.

Otro tirón en el estómago de parte de Mauth. Este me detiene en seco. Lo percibo distinto a los anteriores. Ya no es impaciente sino… urgente.

Las carcajadas de los genios retumban en mis oídos y el sonido tiene un cariz vengativo y ardiente. *¿No hueles nada, Elias Veturius? ¿Humo, tal vez?*

¿Qué están maquinando? Los genios no pueden escapar de su aprisionamiento en la arboleda… de eso al menos estoy seguro. La magia de la Estrella los mantiene retenidos allí, y el único poder del que disponen es su voz. Se puede hacer caso omiso a las voces.

Y las voces se pueden usar. Vuelve a casa, Elias. Mira lo que te aguarda.

Casa. *Casa.*

La cabaña de Shaeva. Mi refugio. Mi seguridad. *Duerme en la casita. No te pueden hacer daño allí.*

Salgo disparado hacia los árboles sin darle una explicación a Aubarit. Nada más cruzar la barrera percibo intrusos, muchos, lejos al norte. Es la misma presencia que he estado notando durante semanas merodeando en las lindes del Bosque. Durante el breve espacio de tiempo que están en mi dominio, los percibo con la visión de mi mente. Más grandes que los gules o los entes alados, pero más pequeños que los espectros. *Efrits.*

Los genios deben de haberlos avisado, puesto que huyen despavoridos de la Antesala. Aunque me deslice por el aire, están demasiado lejos; jamás los alcanzaré.

Mucho antes de llegar al claro, ya soy consciente de ello. Antes de poder oler el humo, veo cómo se extinguen las llamas, antes de pasar por el lugar donde murió Shaeva y donde me nombraron Atrapaalmas, presencio la realidad.

Aun así, no me la creo hasta que las ascuas refulgentes de la cabaña de Shaeva arden bajo mis botas. Los efrits no solo le han prendido fuego; también han roto las vigas y arrasado el jardín. La han destruido… junto con la magia con la que estaba construida. Mi refugio —mi casa— ha desaparecido, y nunca la recuperaré.

Y en todo ese rato, los genios no han dejado de desternillarse.

XXII: *La Verdugo de Sangre*

G rímarr y sus hombres atacan la noche siguiente justo antes de que se ponga el sol, justo después de que Avitas y yo hayamos vuelto a Navium. Tras haber destruido casi en su totalidad el distrito suroeste, ahora su objetivo es el sureste. El bombardeo es repentino y despiadado, y para cuando el sol se ha ocultado por completo, el distrito arde como si fuera una pira funeraria. Los tambores resuenan por todas las esquinas de la ciudad, dando la orden de evacuación. Las balistas de las torres de vigilancia rasgan el aire y la comandante tiene preparadas a las tropas desplegadas en las playas por si tuviera lugar una invasión por tierra, pero más allá de eso, no contraatacamos a los karkauns.

Doy por hecho que la comandante me habrá restringido el acceso a la Isla y habrá dispuesto una falange de guardias a su alrededor. Solo con pensarlo me hierve la sangre. *Podrías enfrentarte a ella. Podrías reclutar a toda la Guardia Negra y dejar un reguero de cadáveres sangrientos.*

Pero incluso los cielos saben que si Grímarr se hace con la ciudad, Navium va a necesitar hasta el último soldado que haya disponible.

Me dirijo hacia el distrito sureste acompañada de Harper, Dex, Janus Atrius y un puñado de otros miembros de la Guardia Negra a mis espaldas. Los gritos y chillidos de hombres y mujeres atraen mi atención a lo que se extiende delante de mí:

una completa devastación. Los altos edificios se han visto reducidos a escombros y ceniza y los aterrorizados plebeyos intentan desesperadamente escapar del distrito. Muchos están heridos, y aunque hay algunos soldados dando órdenes de evacuación, nadie parece saber dónde diablos se supone que tienen que ir los plebeyos.

La esperanza es más fuerte que el miedo. Es más fuerte que el odio. Las palabras suenan en mi cabeza. Luego les sigue la voz de Livia: *Cada día me muestro agradecida a los plebeyos. Su apoyo tanto a mí como al Emperador es todo un consuelo en estos tiempos aciagos.*

Y las de Quin. *Solo le importa una cosa: el poder. ¿Cómo puedo arrebatárselo?*

Empiezo a fraguar un plan en la mente.

—Dex, abre los barracones de la Guardia Negra y comunica la noticia a todos los plebeyos de que pueden guarecerse allí. La Gens Aquilla tiene una mansión al norte. Está a media hora a pie, como mucho. Ordénale al cuidador de la casa que despeje los pisos inferiores y proporcione comida, bebida y un lugar donde dormir. La usaremos como enfermería.

—La Gens Atria cuenta con una hacienda cerca de la mansión Aquilla. —Dex mira a su tío, que asiente.

—Daré la orden de que la abran —dice Janus.

—Llévate a los hombres. —Hago un gesto hacia los soldados de la Guardia Negra—. Haz llamar a médicos para que acudan a ambas mansiones. Busca suministros médicos en los distritos periféricos y asegúrate de que todo el mundo, sea doctor o paciente, sepa que está allí por orden de la Verdugo de Sangre.

Después de que Dex y Janus se hayan ido con los hombres, me giro hacia Harper.

—Consígueme información sobre los bienes de cada uno de los *paters* que estaba en la Isla el día que llegamos —le ordeno—. Hasta el último barco. Hasta el último retal de encaje, gota de ron o lo que diantres sea con que comercien. Quiero saber de dónde sacan el dinero esos *paters*. Y quiero ojos en las casas del almirante Argus y el vicealmirante Vissellius. Vieron a la esposa de Argus en el establecimiento de la modista gastándose una cantidad obscena de dinero hace dos noches. Quiero saber por qué no estaba pasando el luto con el resto de la familia.

Aunque Dex se ha marchado de inmediato hacia su caballo, Harper apenas se ha movido, incómodo en su silla. ¿Qué demonios le pasa?

—¿Estás sordo o qué? Ve.

—Debes estar acompañada por un guardia en todo momento, Verdugo de Sangre —responde Avitas—. No porque no seas capaz, sino porque la Verdugo de Sangre debe mostrar su fuerza. La fuerza reside en el número.

—Hay fuerza en la victoria —rebato—. Para ganar, necesito hombres en los que pueda confiar que vayan a seguir mis órdenes. —Avitas aprieta la mandíbula, le da la vuelta a su caballo y se aleja.

Para cuando llega la medianoche, el bombardeo remite. Los barracones de la Guardia Negra están llenos de aquellas personas que han conseguir escapar del distrito sureste, y la mansión Aquilla y la mansión Atria están atestadas de heridos.

Mientras camino por entre los convalecientes de la mansión Aquilla, mi cuerpo se ve atraído hacia aquellos que sufren más. La necesidad de curar es abrumadora. Decenas de canciones me llenan la mente ante la visión de tanto sufrimiento.

—Son plebeyos. —Dex, que ya ha regresado, niega con la cabeza—. Todos.

—Verdugo de Sangre. —Un hombre con bata blanca aparece y su rostro de rasgos afilados empalidece al verme—. Soy el lugarteniente Silvius. Siéntese, por favor…

—Estoy bien de pie. —Mi voz gélida hace que el hombre yerga la espalda—. Dime qué requieres, lugarteniente.

—Medicinas, té, vendas, alcohol —tercia Silvius—. Y más manos.

—Dex —lo llamo—, ayuda al lugarteniente. Yo lidiaré con ellos. —Señalo con la cabeza hacia la multitud enojada que se reúne fuera de la enfermería.

Cuando salgo, la muchedumbre se queda callada; su respeto por la Verdugo de Sangre está arraigado a tanta profundidad que incluso inmersos en el sufrimiento mantienen la boca cerrada… Todos menos una mujer, que se abre paso a empellones hasta que la tengo a unos centímetros de la cara.

—Mi pequeño está ahí dentro —musita—. No sé si está vivo, si le han hecho daño o…

—Estamos atendiendo a vuestras familias —le aseguro—. Pero debéis dejar que los médicos hagan su trabajo.

—¿Por qué no estamos contraatacando? —Un soldado auxiliar se adelanta cojeando con el uniforme desgarrado y la frente empapada de sangre—. Toda mi familia ha… —Menea la cabeza—. ¿Por qué no peleamos?

—No lo sé, pero detendremos a los bárbaros. No van a poner ni un solo pie en las playas de Navium. Lo prometo, por mi sangre y mis huesos. —La actitud de la multitud cambia… se han quitado un peso de encima.

Mientras el gentío se disipa, noto la llamada de mis poderes curativos de nuevo. *La esperanza es más fuerte que el miedo.* ¿Y si pudiera ofrecerle a esta gente una esperanza mucho mayor?

Con un vistazo rápido compruebo que el lugarteniente Silvius está enfrascado en una conversación con Dex. Me escabullo por el patio trasero hasta el ala infantil. La enfermera me saluda con un asentimiento pero me deja en paz.

Mientras que tiene la atención puesta en algún otro lugar, cruzo la habitación y me acuclillo al lado de un niño de cabello oscuro. Sus pestañas se curvan como no lo harán nunca las mías y sus rechonchos mofletes están cubiertos de ceniza. Agarro su fría mano con la mía y busco su canción.

Velas como pájaros en el mar, la risa de su padre, en busca de delfines bajo las aguas...

Es puro, un rayo de sol que cae sobre un océano brillante. No tarareo su canción en voz alta. En vez de eso, la canto en mi cabeza, como hice hace tanto tiempo para la cocinera. Un compás, dos, tres, hasta que empiezo a debilitarme. Con cada niño, hago lo justo para aliviar su dolor y alejarlos del borde del abismo.

El cuerpo se me cansa, pero quedan decenas de heridos. Uno a uno, les canto a conciencia, hasta que apenas puedo andar. Tengo que irme. Necesito reposo.

Pero entonces un gimoteo rompe el silencio: un niño pequeño al fondo de la enfermería, moreno y de ojos grises. La herida abierta que tiene en el pecho traspasa su vendaje. Acorto trastabillando los pocos metros que me separan de su cama. Está despierto.

—Tengo miedo —susurra.

—Pronto te dejará de doler.

—No, tengo miedo de ellos.

Tardo unos segundos en comprenderlo.

—¿De los karkauns?

—Volverán. Nos matarán.

Miro alrededor. Una bandeja de madera está colocada cerca, lo bastante gruesa como para demostrar que tengo razón.

—Mira, chico, si abro la mano e intento romper esta madera —le doy un manotazo a la bandeja—, no ocurre nada. Pero si aprieto el puño... —Atravieso la madera de un puñetazo con facilidad, sobresaltando a la enfermera—. Somos marciales, niño. Somos el puño. Nuestros enemigos son la madera. Y los destruiremos.

Después de encontrar su canción y de que caiga en un duermevela, me dirijo hacia la puerta. Cuando salgo al patio me quedo boquiabierta al ver que solo faltan una o dos horas para que despunte el día. La enfermería está mucho más tranquila ahora. Al otro lado del patio, Dex habla con Silvius, el médico, con la cabeza agachada en un gesto vergonzoso. Me viene a la cabeza el comentario de Harper de que la fuerza reside en el número, y preocupada por si me vence el cansancio, estoy tentada de llamar a mi amigo.

Pero me detengo. Hay un aura que envuelve a Dex y a Silvius que me hace sonreír, es la primera vez en todo el día que siento algo que no sea ira o extenuación.

Me dirijo hacia la puerta del patio sin Dex. Los barracones están lo bastante cerca.

Noto los sentidos apagados mientras camino y las piernas cada vez me flojean más. Un pelotón de soldados está de patrulla cerca, me saludan cuando paso por su lado, y apenas soy capaz de reconocerlos. Ojalá le hubiese pedido a Dex que me acompañara. Espero que los cielos no permitan que haya un asalto karkaun. Ahora mismo, no me podría defender ni del ataque de una mosca.

Estoy tan cansada que la parte de mí que se encolerizó y gritó por mi propia incompetencia al lidiar con los ataques de Grímarr se ha quedado callada. Podré dormir esta noche. Quizás incluso sueñe.

Oigo un paso detrás de mí.

¿Dex? No. La calle está vacía. Entorno los ojos, intentando ver en la oscuridad. Una bota que raspa el suelo delante de mí; alguien que intenta pasar desapercibido.

Agudizo los sentidos. No me pasé una década y media en Risco Negro solo para que ahora me aborde algún idiota a unos pocos bloques de mis propios barracones.

Desenvaino la cimitarra y pongo mi voz de Verdugo.

—Sería una estupidez que lo intentaras —le advierto—. Pero si insistes, haz el favor de entretenerme.

Cuando el primer dardo sale zumbando por el aire desde la oscuridad, lo esquivo por instinto. Me pasé cientos de horas eludiendo proyectiles durante el primer año en la academia. Un cuchillo sigue al dardo.

—¡Muéstrate! —vocifero.

Una sombra se mueve hacia mi derecha y le arrojo un cuchillo. La figura se arrodilla al suelo con un sonido sordo a unos metros de mí mientras se cubre el cuello.

Me acerco a él, con la intención de bajarle la capucha. *Sucio traidor cobarde…*

Pero mis piernas no siguen mis órdenes. El dolor estalla en mi costado, repentino y candente. Bajo la vista. Hay sangre por todos lados.

¿De la enfermería? No. Es mi propia sangre.

Camina, Verdugo. Muévete. Sal de aquí.

Pero no puedo. No me queda ni una brizna de fuerza. Caigo de rodillas, incapaz de hacer otra cosa que observar cómo la vida se drena de mi cuerpo.

XXIII: Laia

Cuando Musa y yo partimos de Adisa, el sol arde en lo alto, apartando con su calor la niebla de la mañana que se ha desplazado hacia el mar. Pero no pasamos los muros de la ciudad hasta la tarde, ya que los guardias registran con cuidado a todos aquellos que salen, igual que a todo aquel que quiere entrar.

El disfraz de Musa —el de un anciano acompañado de un burro moteado— es espeluznantemente efectivo, y los guardias no le dedican una segunda mirada. Aun así, espera hasta que sea completamente de noche antes de quitarse la capa estampada de cuadritos y la peluca andrajosa. En un bosquecillo saca las cimitarras de acero sérrico de debajo de un montón de palos en la grupa del burro y lo despacha con una palmada en los cuartos traseros.

—Mis fuentes me han informado de que la tribu Sulud partió anoche, lo que significa que encontraremos su campamento en alguna de las aldeas costeras hacia el sur —me dice Musa.

Asiento a modo de respuesta y miro por encima del hombro. La sombras de la noche se hinchan y se contraen. Aunque el verano está en pleno apogeo, me estremezco y me muevo con rapidez a través del terreno pantanoso cubierto de hierba.

—¿Vas a dejar de echar la vista atrás? —pregunta Musa, inmune como siempre a mi magia—. Me estás poniendo nervioso.

—Ojalá pudiéramos ir más rápido. Me siento extraña. Como si hubiera algo ahí detrás. El Portador de la Noche desapareció con tanta rapidez anoche que me pregunto si estaba realmente en Adisa. Pero desde entonces he sido incapaz de sacudirme de encima la sensación de que algo me observa.

—Tengo unas monturas ocultas al final del camino. Cuando lleguemos a ellas, nos podremos mover con más rapidez. —Musa se ríe al ver mi aparente impaciencia—. ¿Qué ocurre, no quieres pasar el rato de cháchara conmigo? —pregunta—. Eso me duele.

—Solo quiero llegar hasta la kehanni —musito, aunque no es el único motivo por el que me fastidia la demora.

Musa me mira pensativo y yo alargo mis pasos. No cree que ofrecer las armas a las tribus sea una buena idea, aunque pueda obtener a cambio información sobre el Portador de la Noche. No cuando esas armas pueden acabar usándose para matar a civiles marciales inocentes en el sur.

Pero no me frena, aunque podría hacerlo con facilidad con esa inquietante magia que usa, sino que me acompaña, mostrando su aversión sin ningún tipo de tapujo.

Su decepción me carcome. Esa es parte de mis razones para no dirigirle la palabra. No quiero sus reproches. Pero en mi silencio se oculta algo más.

Hablar con él significaría conocerlo mejor. Comprenderlo. Podría ser que se llegara a forjar una amistad. Sé lo que es viajar con alguien, compartir el pan y las risas y hacernos íntimos.

Y aunque quizá sea una estupidez, eso me asusta. Porque también sé el dolor que conlleva perder a amigos. Familia. *Mamá. Papá. Lis. La abuela. El abuelo. Izzi. Elias.* He perdido a demasiados. He padecido demasiado.

Desactivo mi invisibilidad.

—Dudo que vayas a responder a alguna de mis preguntas. Qué más da… el hecho es que sí quiero hablar contigo, solo que…

Me sobreviene un mareo. Reconozco la sensación. *No, no ahora, no cuando tengo que llegar hasta la kehanni.* Aunque grito de frustración en mi interior, no puedo detener la visión: la habitación oscura y húmeda, la forma de una mujer. Tiene el cabello iluminado pero el rostro oculto en las sombras. Y esa voz otra vez, tan familiar.

Una estrella llegó
A mi morada
Y todo iluminó con su gloria.
Su risa como
Una canción dorada
Gorriones bajo nimbos cuentan su historia.

Quiero acercarme. Quiero verle la cara. Conozco esa voz… la he oído antes. Rebusco en mis recuerdos. *¿Quién es ella?* Suena un leve estallido. La canción se detiene.

—¡Eh! —me despierto con un manotazo de Musa en la cara y lo empujo.

—¿Qué demonios haces, Musa?

—Tú eres la que se ha desplomado como una actriz dramática que se desmaya en un teatro —me dice, enfurruñado—. Llevo una hora intentando despertarte. ¿Te ocurre esto cada vez que usas tu invisibilidad? Porque es bastante inconveniente.

—Solo las últimas veces. —Me pongo en pie. Me duele la cabeza, pero no sé decir si es de la caída o del bofetón de Musa—. No solía ocurrirme —le aseguro—. Y los desmayos me están durando más.

—Cuanto más usas la magia, más exige de ti. Al menos, eso es lo que yo he podido comprobar. —Musa me ofrece su cantimplora y me apresura a seguir el camino. Esta vez, es él quien mira por encima del hombro.

—¿Qué pasa? ¿Has visto algo ahí atrás?

—Es de noche. He oído historias sobre asaltantes de caminos que actúan lejos de la ciudad. Será mejor que lleguemos a los caballos. Te estabas quejando de que nunca respondo a tus preguntas. Adelante, intentaré no decepcionarte.

Sé que me está distrayendo, pero se me ha disparado la curiosidad. No he hablado con nadie sobre mi magia. Quería compartirlo con Darin, pero preferí no agobiarlo con nada más. La única que me podría comprender es la Verdugo de Sangre, con sus poderes curativos. Arrugo la frente al imaginarme manteniendo una conversación con ella sobre esto.

—¿Qué exige de ti tu magia?

Musa se queda callado durante un buen rato mientras caminamos y la noche se asienta a nuestro alrededor. Las estrellas son una mancha plateada de luz sobre nuestras cabezas e iluminan el camino casi tan bien como la luna llena.

—Es magia de manipulación, de hablar, de doblegar a las criaturas inferiores a mi voluntad. Ese es el motivo de que se me dieran tan bien las abejas de mi padre. Pero cuando la uso demasiado, me convierte en la peor versión de mí mismo. En un tirano.

—Esas criaturas a las que puedes manipular, ¿incluyen a los gules?

—No mancillaría mi mente comunicándome con esos pequeños salvajes.

Un gorjeo se eleva de algún lugar cerca de los pies de Musa y atisbo un destello iridiscente, como la luz de una antorcha en el agua. Desaparece y Musa levanta las manos, que juraría que tenía vacías hace solo un segundo. Ahora sostiene un rollo de pergamino.

—Para ti —me dice.

Le quito el rollo de las manos y lo leo con ansia antes de bajar el brazo disgustada.

—Esto no me cuenta nada.

—Te cuenta que han herido a la Verdugo de Sangre. —Baja la vista hacia el pergamino—. Y que los *paters* se han vuelto en su contra. Es un milagro que haya sobrevivido. Interesante. Me pregunto…

—No me importa la maldita Verdugo de Sangre o la política marcial —siseo—. Necesito saber con quién está pasando el tiempo el Portador de la Noche.

—Suenas como una examante.

Musa enarca las cejas, y me doy cuenta de que debe de saber mi historia con Keenan. Lo que pasó entre nosotros. La vergüenza me invade. Ahora desearía no haberme sincerado con él.

—Ay, Laia-*aapan*. —Utiliza el honorífico marino para *hermana pequeña* y me da un empujoncito con el brazo—. Todos hemos cometido errores en el amor. Yo sobre todo.

Amor. Suspiro. El amor es una alegría acompañada de miseria y una euforia que acaba en desesperación. Es un fuego que me hace señas para que me aproxime y luego me quema cuando estoy cerca. Odio el amor. Lo anhelo. Y hace que pierda la cabeza.

En cualquier caso, no es algo que quiera hablar con nadie, y mucho menos con Musa.

—Alguno de los *paters* —cambio de tema—, ¿ha pasado más tiempo con el Portador de la Noche?

Se oye otro arrullo suave.

—Mi amiguito aquí me dice que lo descubrirá.

Vislumbro un destello, unas alas iridiscentes, y me estremezco al comprender lo que es.

—Musa —susurro—, ¿eso es un ente? —Los entes alados son criaturas místicas, como los espectros, pero más pequeñas, más rápidas y arteras. Las historias cuentan que son unos embaucadores que disfrutan con atraer a los humanos a su muerte.

—Mis pequeños espías. Rápidos como el viento. Les pirran las almendras garrapiñadas; algo que debió de quedar claro cuando inspeccionaste mi habitación. —Me mira con la ceja arqueada y me ruborizo, avergonzada—. Y en realidad son unas criaturas muy simpáticas, cuando las conoces.

—¿Los entes son amables? —Levanto las cejas.

—Yo no haría enojar a uno, no. Pero son muy leales. Al menos más que la mayoría de los humanos.

Y de manera extraña, es ese comentario, que me dedica casi a la defensiva, lo que finalmente me hace sospechar un poco menos de Musa. No confío en él… al menos no todavía. Pero descubro que me cae bien. No me había dado cuenta de lo mucho que echaba de menos hablar con alguien. Con Darin tengo la sensación de que debo andar con pies de plomo, incluso en la más simple de las conversaciones.

—¿Y qué pasa con mi parte del trato? —pregunto—. Estás contando mi historia y haciéndome pasar por algún tipo de… heroína.

—De líder, en realidad.

Sabía que un trato con él no se iba a limitar a reclutar combatientes para la Resistencia.

—¿Quieres que lidere la Resistencia?

—Si te lo hubiese dicho en la celda de la prisión habrías rechazado mi oferta.

—Porque no tengo ninguna intención de liderar a nadie. Mira lo que le pasó a mi madre. A Mazen. —La calma que irradia Musa solo sirve para que me suba por las paredes—. ¿Por qué no lo haces tú mismo? ¿Por qué tengo que ser yo?

—Soy un académico de Adisa —responde Musa—. Mi familia ha vivido aquí durante más de doscientos años. Los refugiados no necesitan que yo hable por ellos. Necesitan a alguien que entienda su dolor y que pueda abogar por sus intereses ante el rey Irmand.

Lo miro alarmada.

—¿A esto te referías cuando dijiste que querías cooperar con el rey? ¿Has olvidado que quiere encarcelarnos a Darin, a mí… y a ti?

—Eso es cosa de Nikla. —Musa desestima mis protestas encogiendo los hombros—. Dudo que le haya dicho a su padre que os tenía a Darin y a ti en sus garras. El hombre está mayor. Y enfermo. La princesa se ha aprovechado de su debilidad para expulsar a los académicos de Adisa hacia los campos, para despojar a los académicos adisanos de sus tierras y de sus títulos. Pero todavía no gobierna. Mientras el rey siga con vida, nos queda la esperanza de que escuche la voz de la razón. Más si viene de la hija de la Leona, a quien consideraba una amiga.

Me examina la expresión en la oscuridad y ríe.

—No tienes por qué estar tan preocupada. No vas a ir a las bravas. Tendremos solo una oportunidad de exponer nuestro caso al rey. El futuro de nuestra gente depende de lo exitosos que seamos. Necesitamos el apoyo tanto de los refugiados como de los académicos de Adisa antes de ese momento. Por eso te he presentado a tantos amigos míos. Si nos secundan los suficientes académicos, el rey Irmand tendrá que escucharnos.

Pero reunir a tanta gente requiere tiempo… un tiempo que no tenemos. La culpa me atraviesa. Musa se ha pasado semanas preparando el terreno, pero en cuanto sepa cómo detener al Portador de la Noche, tendré que partir de Adisa. ¿Y en qué situación lo dejaré a él?

Vivo y preparado para presentar pelea, me digo con firmeza, *en vez de muerto en un apocalipsis propiciado por los genios.*

Poco después de llegar al sitio donde están los caballos, una tormenta de verano se acerca desde el océano y nos empapa en cuestión de minutos. Todavía recelosa, insisto en que cabalguemos durante la noche.

Los entes alados de Musa nos informan de la localización de la tribu Sulud y finalmente nos detenemos a las afueras de una aldea costera justo cuando los arrastreros zarpan hacia el mar. Los campos empapados que circundan la aldea están repletos de granjeros que cosechan los cultivos de verano. Los carros de la tribu Sulud están dispuestos cerca del muelle, a tiro de piedra de la única posada de la aldea, donde Musa nos reserva habitaciones.

Espero que la kehanni sepa algo sobre el Portador de la Noche. La manera como se acerca la Luna Gramínea, dentro de tan solo siete semanas, se cierne sobre mí como el hacha de un verdugo. *Por favor.* Les pido mi deseo a las estrellas con la esperanza de que el universo me esté escuchando. *Por favor, que descubra algo que me sea útil.*

Musa insiste en que nos limpiemos: *No nos va a dejar entrar en su carro si olemos a caballo y sudor.* Para cuando salimos de la posada un grupo de tribales nos está esperando. Saludan a Musa como a un antiguo amigo y a mí con una formalidad educada. Nos guían sin ningún tipo de algarabía hacia el carro más grande, pintado con peces morados y flores amarillas, garzas blancas y ríos cristalinos. Unos colgantes de plata deslustrada caen de la parte trasera del carro y cuando la puerta se abre de par en par tintinean con alegría.

La kehanni lleva puesta una simple túnica en lugar de las ropas elegantes de la otra noche, pero su porte no es menos noble. Los brazaletes de sus muñecas repiquetean, ocultando los extensos y desgastados tatuajes de sus brazos.

—Musa de Adisa —lo saluda—. ¿Todavía metiéndote en líos de los que no puedes salir?

—Eso siempre, kehanni.

—Ah. —Lo mira con sagacidad—. Así que al fin te has hecho a la idea de cómo es ella en realidad. —Un dolor del pasado cruza la mirada de Musa, y sé que no están hablando de mí.

—Todavía albergo esperanzas.

—No la esperes más, chico. A veces perdemos a aquellos a los que queremos, con la misma fatalidad con la que la Muerte los reclama. Lo único que nos queda es llorar por el desvío que tomó su camino. Si intentas seguir su rastro, tú también caerás en la oscuridad.

Musa abre la boca como para responder pero la kehanni se gira hacia mí.

—Traes preguntas, Laia de Serra. ¿Traes también algún tipo de pago?

—Tengo armas de acero sérrico —respondo—. Seis espadas, acabadas de forjar.

La kehanni inspira por la nariz y hace llamar a uno de sus paisanos. Musa me mira de reojo, y aunque no dice nada, me estrujo las manos, nerviosa. Pienso en lo que me dijo Darin. *Tú tienes tu propia fuerza. No tiene por qué ser la misma que la de la Leona.*

—Espera. —Coloco las manos sobre las armas justo cuando la kehanni se las está pasando al hombre tribal—. Por favor, usadlas para defenderos. Usadlas para pelear contra los soldados. Pero no... no contra aquellos que son inocentes. Por favor.

El tribal le dedica una mirada interrogativa a la kehanni. Ella le murmura algo en *sadhese* y el hombre se retira.

—Laia de Serra, ¿te atreves a decirle a una mujer tribal cómo debe defenderse?

—No. —Entrelazo los dedos—. Pido que estas espadas, que son un regalo, no se usen para derramar la sangre de personas inocentes.

—Mmm —medita la kehanni. Entonces se dirige a la parte delantera del carro y me ofrece un pequeño cuenco de madera lleno de sal. Suelto un suspiro de alivio y me pongo una pizca en la lengua, una costumbre que me enseñó Afya. Ahora estamos bajo la protección de la tribu. Nadie que pertenezca a ella puede hacernos daño.

—Acepto tu regalo, Laia de Serra. ¿Cómo puedo ayudarte?

—Te oí hilvanando los antiguos cuentos en Adisa. ¿Me podrías contar algo de los genios? ¿Tienen alguna debilidad? Hay alguna manera de... —*Matarlos*, casi se me escapa, pero la palabra me resulta demasiado desalmada— ¿hacerles daño?

—Durante la guerra entre las criaturas místicas y los académicos, tus ancestros asesinaban a los genios con acero, sal y lluvia de verano recién caída de los cielos. Pero esa no es la respuesta que buscas, Laia de Serra. Te conozco. Sé que no persigues destruir a los genios. Tu anhelo es la destrucción del Portador de la Noche. Y él es algo completamente distinto.

—¿Se puede conseguir? ¿Se lo puede matar?

La kehanni se reclina sobre un montón de cojines mullidos y lo sopesa. El sonido que hacen sus dedos al reseguir la madera laqueada del carro se parece al de un reloj de arena.

—Es el primero de su especie —dice—. La lluvia se torna vapor sobre su piel y el acero deviene metal fundido. En cuanto a la sal, simplemente se echaría a reír si alguien la usara contra él, pues se ha habituado a sus efectos. No, no se puede matar al Portador de la Noche. Al menos no lo puede lograr un humano. Pero es posible detenerlo.

—¿Cómo?

La lluvia golpea el techo de madera del carro y de repente me acuerdo de los tambores del Imperio, la manera como su tamborileo me retumbaba hasta los huesos, dejándome agitada.

—Vuelve esta noche —me indica la kehanni—. Cuando la luna esté en lo alto. Y te lo diré.

Musa suspira.

—Kehanni, con el debido respeto…

—Esta noche.

Niego con la cabeza.

—Pero…

—Nuestras historias no son huesos que abandonemos en el camino para cualquier animal famélico que se cruce con ellos. —La kehanni levanta la voz y yo me encojo—. Nuestras historias tienen un propósito. Tienen alma. Nuestras historias respiran, Laia de Serra. Los cuentos que narramos tienen poder, por supuesto, pero las que no se cuentan son igualmente poderosas, si no más. Te cantaré esa historia; una historia que hace mucho que dejó de contarse. La historia de un nombre y su significado. De cómo el nombre importa más que cualquier otra palabra que exista. Pero debo prepararme, pues esos relatos son dragones que hay que atraer de las profundidades de un pozo que se asoma a un abismo oscuro. ¿Se puede invocar a un dragón? No. Solo se lo puede invitar y esperar que emerja. Así que… Esta noche.

La kehanni se niega a añadir nada más y al poco Musa y yo nos retiramos a la posada, exhaustos. Él desaparece dentro de su habitación tras despedirse con un movimiento de la mano desanimado.

La mujer tribal ha dicho que se puede detener al Portador de la Noche. ¿Me dirá cómo? Las expectativas hacen que me recorra un escalofrío. ¿Qué tipo de historia cantará esta noche?

Una historia que hace mucho que dejó de contarse. La historia de un nombre y su significado. Abro la puerta de mi habitación, todavía dándole vueltas. Pero me quedo paralizada en el umbral.

Porque hay alguien dentro.

XXIV: Elias

Sin la casita para resguardarme, mi mente queda a la merced de los genios. Y aunque intento mantenerme despierto, a fin de cuentas, soy humano.

Desde que me convertí en Atrapaalmas no he soñado. Me percato de ello ahora, cuando abro los ojos y me encuentro en un callejón oscuro y vacío. Una bandera ondea al viento, negra con unos martillos cruzados. Se trata del sello de Marcus. La brisa estival arrastra el sabor de la sal, revestido de algo amargo. Sangre. Humo. Piedra quemada.

El aire transporta unos susurros y reconozco las voces sibilantes de los genios. ¿Se trata de una de sus ilusiones, o es real?

Un sollozo rompe el silencio. Una figura encapuchada está tumbada en el suelo detrás de mí. La observo unos instantes antes de dirigirme hacia ella. Avanzo con cautela cuando veo una mano pálida que emerge de debajo de la capa, aferrada a la empuñadura de una espada, pero cuando veo el rostro que oculta la capucha toda mi precaución desaparece.

Es la Verdugo de Sangre. La sangre cubre su cuerpo encorvado y empapa los adoquines a su alrededor de manera cruel e inexorable.

—Lo siento… —susurra la Verdugo de Sangre cuando me ve—, por lo que le hice a Mamie. El Imperio… —Tose y me agacho a su lado para colocarle una mano sobre el hombro. Su cuerpo desprende calor. Está vivo.

—¿Quién te ha hecho esto?

Una parte de mí sabe que lo que veo no es más que un sueño, pero le hago caso omiso y me concentro simplemente en estar en él, en vivirlo como si fuera real. La Verdugo tiene la cara demacrada y blanca y castañea los dientes aunque la noche es cálida y serena. Cuando le resigo los brazos con las manos intentando encontrar su herida, ella se estremece y levanta su capa para mostrarme un tajo en el estómago. Tiene mal aspecto.

Muy malo.

Es un sueño. Solo es un sueño. Con todo, el miedo se apodera de mí. Estaba enfadado con ella la última vez que la vi, pero contemplarla en este estado transfiere mi rabia hacia quienquiera que le haya hecho esto. Mi mente organiza el plan de acción. *¿Dónde está la enfermería más cercana? Llévala allí. No... los barracones. ¿Qué barracones?*

Pero no puedo hacer nada de eso, puesto que se trata de un sueño.

—¿Estás aquí para darme la bienvenida a... cómo lo llamó... la Antesala?

—No estás muerta —le digo—. Y no te vas a morir. ¿Me oyes?

Un recuerdo vívido me asalta: la primera prueba, Marcus atacándola, el cuerpo demasiado liviano de la Verdugo arrimado al mío mientras cargo con él para bajar de la montaña.

—Vas a vivir. Vas a encontrar a quien sea que te haya hecho esto. Se lo vas a hacer pagar. Levántate. Ve a un lugar seguro.

Me empiezo a impacientar. Debo decirle estas palabras. Siento su verdad en lo más profundo de mi ser. Sus pupilas se dilatan; su cuerpo se yergue.

—Eres la Verdugo de Sangre del Imperio —le digo—. Y tu destino es sobrevivir. Levántate.

Cuando su mirada se cruza con la mía, sus ojos están empañados. Me quedo sin aliento al ver que son muy reales: la forma, las emociones y el color, como el corazón violáceo de un mar tranquilo. La manera como su expresión cambia bajo la máscara, la rigidez de su mandíbula cuando aprieta los dientes.

Pero entonces se desvanece, igual que la ciudad. Me envuelve el silencio. La oscuridad. Cuando abro los ojos de nuevo, espero encontrarme en la Antesala. Pero ahora estoy en una habitación que veo por primera vez. El suelo pulido de madera está limpio y repleto de cojines con espejitos. El aire está impregnado de una sutil fragancia familiar y mi corazón se acelera; mi cuerpo reconoce el aroma antes que mi mente.

La puerta se abre y entra Laia. Su cabello oscuro se ha deshecho de su trenza y se muerde la mejilla como hace siempre que está sumida en sus pensamientos. El brillo tenue de una antorcha se cuela desde un pasillo detrás de ella, iluminándole el rostro de un suave tono marrón cobrizo. Unas ojeras moradas se extienden bajo sus ojos.

Un trueno restalla en el océano distante y los crujidos de los barcos de pesca suenan como una extraña contramelodía a ese rugido.

Avanzo un paso hacia ella, con un anhelo que proviene del centro de mi alma para que esto sea real. Quiero que pronuncie mi nombre. Quiero hundir las manos en la sombra fría de su cabello y encontrar consuelo en su mirada.

Se queda paralizada cuando me ve, con la boca abierta.

—Estás… estás aquí. ¿Cómo…?

—Es un sueño —le digo—. Estoy en la Antesala. Me quedé dormido.

—¿Un sueño? —Niega con la cabeza—. No, Elias. Eres real. Justo hace nada estaba abajo hablando con Musa…

Por los infiernos sangrantes, ¿quién es ese Musa?

—¿Estás celoso? —Se ríe, e inmediatamente quiero oír cómo lo hace otra vez—. Ahora sé que esto no es un sueño. Un Elias onírico sabría que nunca debería sentirse celoso por nada.

—No estoy… —Me detengo a meditarlo un instante—. No importa. Estoy celoso. Al menos dime que es un viejo. O un gruñón. ¿O quizás un poco estúpido?

—Es joven. Y atractivo. Y listo.

Resoplo.

—Probablemente sea un negado en la ca... —Laia me suelta un manotazo en el brazo—. En la caza —me corrijo de inmediato—. Iba a decir «caza».

—No está a tu altura. —Laia menea la cabeza—. Debo de estar más cansada de lo que creía, pero... pero juraría que estaba despierta. Me siento despierta. ¿Te has deslizado por el aire hasta aquí? Pero ¿cómo lo has podido hacer, si estabas durmiendo?

—Ojalá no fuera un sueño —contesto—. De veras. Pero tiene que serlo, de otro modo no podría...

Alargo la mano y durante un instante la dejo por encima de la suya. Se la agarro, por fin no temo que los fantasmas interfieran, y ella me la aprieta. Su palma encaja a la perfección en la mía y levanto su mano y le rozo los dedos con los labios.

—No podría hacer esto —digo en voz baja—. Los fantasmas... la Antesala... no me lo permitirían.

—Entonces dime, Elias onírico —murmura—. ¿Qué me dijiste? La noche que me abandonaste en el desierto tribal. La noche que me dejaste la nota. ¿Qué me dijiste?

—Te dije...

Sacudo la cabeza. Mamie Rila solía decir que los sueños son los pedazos de nosotros mismos a los que no somos capaces de enfrentarnos durante el día y que nos vienen a visitar por la noche. Si no hubiese dejado atrás a Laia... Si Keenan no hubiese tenido nunca la oportunidad de traicionarla... Si no me hubiese atrapado el alcaide... Si no hubiese hecho nunca el juramento de permanecer en la Antesala...

Entonces no estaría atrapado allí. Para toda la eternidad.

Esta versión onírica de Laia me cuestiona porque yo me cuestiono a mí mismo. Una parte de mí sabe que debería prestarles atención a esas preguntas. Que son una debilidad que debería aplastar.

Pero la mayor parte de mi ser quiere regocijarse del hecho de que estoy viendo a Laia y no estaba seguro de que eso podría volver a ocurrir.

—Te echo de menos. —Se aparta un rizo y no puedo quitar los ojos de la piel de su muñeca, que desaparece bajo una manga abullonada, o el hoyo de su cuello, o la forma de sus piernas, largas y perfectamente curvadas bajo unos pantalones de montar. *Es un sueño, Elias*, me recuerdo con severidad, intentando ignorar las ganas locas que tengo de sentir esas piernas rodeándome el cuerpo. *Pues claro que sus piernas son increíbles y perfectas, y qué no daría para que pudiéramos...*

Cuando me coloca la mano en la cara, saboreo las espirales de las puntas de sus dedos y los cantos finos de sus uñas. Bajo la vista hacia sus ojos, dorados, infinitos y llenos del deseo que yo también siento. No quiero que esto desaparezca. No quiero despertarme con el aullido de los fantasmas y las maquinaciones de los genios.

Le deshago la trenza. Ella me toma la otra mano y la coloca sobre su cintura, y yo le resigo la curva con un tacto suave que hace que cierre los ojos.

—¿Por qué tiene que ser así? —inquiere—. ¿Por qué tenemos que estar separados? Echo de menos lo que deberíamos haber sido, Elias. ¿Es posible?

Su mano baja hacia mi pecho, sobre los restos raídos de mi camisa, desgajada durante la batalla con los fantasmas.

—Por los cielos, ¿qué te ha pasado? —Me examina con la preocupación de una sanadora—. ¿Y por qué hueles a humo?

Otro examen de conciencia. Sus preguntas son mi propio subconsciente, que me hace responsable de mis errores.

—Los efrits quemaron la casa de Shaeva. Mi casa. Parte de un truco de los genios para atormentarme.

—No. —Empalidece—. ¿Por qué? ¿Ha sido el Portador de la Noche?

—Podría ser. Él debe de haber enviado a los efrits, y los genios de la arboleda les informaron de cuándo podrían entrar en el Bosque de manera segura. —Niego con la cabeza—. No soy nada comparado con Shaeva, Laia. No soy capaz de hacer que los fantasmas crucen al otro lado lo suficientemente rápido. Se escaparon tres e hicieron cosas horribles. No puedo controlar a los genios. Y no puedo detener el sufrimiento de los fantasmas.

—Es culpa mía. —Laia se encoge—. Si no hubiese confiado en él… si no le hubiese dado el brazalete… no habría ido tras ella. Shaeva no habría muerto.

Esas palabras son tan típicas de Laia que me la quedo mirando, perplejo. Al fin y al cabo, esto es un sueño, ¿no? Y la Verdugo de Sangre… ojalá eso también lo fuera.

Espero que Laia pronuncie algo de mi propio pensamiento, pero en vez de eso, continúa reprendiéndose.

—Me pregunto cada día por qué no fui capaz de ver a través de su engaño…

—No. —Le seco las lágrimas de sus pestañas negras—. No te culpes. —Mi voz sale grave, áspera… ¿Por qué me he olvidado de usarla?—. Por favor, no lo hagas…

Laia levanta la cara y mi deseo por ella se acumula hasta derramarse de repente. No puedo evitar atraer su cuerpo al mío. Ella jadea suavemente y se levanta. Sus labios con los míos desprenden urgencia. No sabe cuándo me podrá volver a besar. La misma necesidad frenética me recorre las venas.

Mi mente me grita que esto es demasiado real. Pero ningún fantasma nos importuna. Yo la quiero. Ella me quiere. Y nos hemos deseado durante demasiado tiempo.

Se aparta del beso y estoy seguro de que me voy a despertar, de que este tiempo con ella, regalo de los cielos y desprovisto de fantasmas que nos lo reprochen o de Mauth que tire de mí, está a punto de terminar. Pero solo me quita los restos de mi camisa antes de reseguirme la piel con las uñas y suspirar de placer, de deseo o de ambas cosas.

No puedo soportar que sus labios estén lejos de los míos, así que vuelvo a agachar la cabeza, pero a medio camino me distraigo con su hombro. Empiezo a besarlo, luego le mordisqueo el cuello. Una parte primigenia de mí se siente profundamente satisfecha por el gemido que consigo arrancar de sus labios, por la manera como su cuerpo se relaja con el mío.

A medida que se acelera su respiración, más entrecortada con cada beso que le dejo en el cuello, noto cómo su pierna rodea la mía —*sí*— y bajo las manos para levantarla. La cama está demasiado lejos, pero hay una pared, y cuando la sujeto contra ella, me pasa la mano por la espalda, mientras murmura:

—Sí, Elias, sí. —Hasta que estoy temblando de ansia.

—No sabes la de cosas —le susurro al oído— que quiero hacerte…

—Dímelas. —Su lengua me acaricia la oreja, y me olvido de respirar—. Muéstramelas.

Cuando me rodea la cintura con las piernas, cuando noto su calor contra el mío, me deshago, y la echo en la cama de espaldas y me coloco encima de ella. Dibuja círculos en mi pecho y luego dirige la mano más abajo… abajo. Maldigo en *sadhese* y le agarro la muñeca.

—Yo primero —le digo, trazando el contorno de su estómago, y, animado por sus suspiros, bajo la mano un poco más, moviéndola al compás de su cuerpo hasta que arquea la espalda con los brazos temblando alrededor de mi nuca. Cuando los dos empezamos a liberarnos de la ropa, nuestras miradas se cruzan.

Me sonríe. Es una sonrisa dulce, insegura, esperanzada y perpleja. La conozco. Pienso en ella a todas horas.

Pero no es una sonrisa que pudiera recrear un sueño. Y este sentimiento que tengo dentro… mi deseo. El de ella. También son emociones que un sueño no podría simular nunca.

¿Puede que esto sea real? ¿Habré llegado hasta aquí deslizándome por el aire de algún modo?

¿A quién diantres le importa? Estás aquí ahora.

Pero escucho algo, susurros, los mismos que oí cuando estaba con la Verdugo de Sangre. Los genios.

La agitación me recorre la espalda como una llama. Esto no es un sueño. Laia está aquí, en esta posada. Yo estoy aquí. Y si yo estoy aquí, entonces es el resultado de alguna artimaña de los genios. Por los infiernos sangrantes, ¿cómo han podido desplazarme? ¿Cómo han sabido dónde estaba Laia? ¿Y por qué me han traído aquí?

Aparto las manos para sentarme y ella expresa su decepción con un gruñido.

—Tienes razón —le digo—. Estoy… estoy aquí. Esto es real. Pero no debería serlo.

—Elias. —Vuelve a reír—. Tiene que ser un sueño, o no podríamos hacer esto. Pero es el mejor de los sueños. —Vuelve a alargar la mano hacia mí y tira hacia su cuerpo—. Eres exactamente como tú. Bien, ¿por dónde íbamos…?

Se detiene y es como si el mundo se hubiese quedado congelado. Nada se mueve, ni siquiera las sombras. Un instante después, el mundo se descongela y Laia se estremece, como si el frío le recorriera las venas.

O la mente. Porque cuando me mira, ya no es Laia. Tiene los ojos completamente blancos y me separo de ella de un salto cuando me empuja con una fuerza sobrenatural. *¿Un fantasma?*, grita mi mente. *Cielos, ¿está poseída?*

—¡Regresa! —Su voz ha cambiado por completo, y la reconozco como la misma que me habló a través de Shaeva cuando hice el juramento para convertirme en Atrapaalmas. La misma que se dirigió a mí en ese extraño lugar entre dos mundos cuando Shaeva me sacó a rastras del asalto. La voz de Mauth.

El cuerpo entero de Laia cambia, transformándose en una sombra con los rasgos borrosos y el cuerpo informe.

—¿Dónde está ella? —exijo saber—. ¿Qué le has hecho?

—Regresa. Los genios te están engañando. Usan tus debilidades en tu contra. Regresa.

Mauth —en la forma ensombrecida de Laia— me lanza un puñetazo, como si estuviera intentando que vuelva a la Antesala a base de golpes. El ataque me echa hacia atrás.

—Detén esto. —Levanto las manos—. ¿Quién me ha traído aquí? ¿Has sido tú? ¿Han sido los genios?

—Pues claro que han sido los genios, necio —responde Mauth. No me voy a permitir pensar en él como Laia, no importa la forma que adopte—. Se apropian del poder que tú no usas. Se hacen más fuertes. Te distraen con las tentaciones del mundo humano. Cuanto más sientes, más fracasas. Cuanto más fracasas, más fuertes se hacen.

—¿Cómo... cómo es que puedes hablarme? —pregunto—. ¿La estás poseyendo? ¿Le estás haciendo daño?

—Su destino no es de tu incumbencia. —Mauth me empuja, pero afianzo los pies—. Su vida no te concierne.

—Si le haces daño...

—No recordará esto... nada de esto —me asegura Mauth—. Regresa. Ríndete a mí. Olvida tu pasado. Olvida tu humanidad. Debes hacerlo. ¿No lo ves? ¿No lo entiendes?

—¡No puedo! Forma parte de mí. Pero necesito la magia...

—La magia te permitirá ayudar a los fantasmas a cruzar al otro lado con un simple pensamiento. Te permitirá controlar a los genios. Pero debes dejar atrás a tu antiguo yo. Ya no eres Elias Veturius. Eres el Atrapaalmas. Eres mío. Sé lo que anhela tu corazón, pero no puede ser.

Intento desesperadamente apartar esos deseos de mi mente. Qué estúpido soy. Qué iluso. Una casa, una cama, un jardín, risas y un futuro.

—Olvida tus sueños. —La ira de Mauth va en aumento—. Olvida tu corazón. Solo existe el juramento que hiciste de servirme. El amor no puede vivir aquí. Busca a los genios. Descubre sus secretos. Entonces lo entenderás.

—Jamás lo entenderé —replico—. Nunca dejaré ir lo que tanto me ha costado conseguir.

—Debes hacerlo, Elias. Si no, todo estará perdido.

Mauth abandona el cuerpo de Laia en un remolino, un completo ciclón de sombras cenicientas, y ella se desploma en el suelo. Doy un paso hacia ella antes de que Mauth tire de mí hacia la oscuridad. Unos segundos, minutos u horas después, me doy de bruces contra el suelo chamuscado delante de la cabaña de Shaeva. Cae una cortina de lluvia de verano que me empapa en un visto y no visto.

Por los cielos ardientes y sangrantes, era real. Estaba con Laia en Marinn y ella ni siquiera se va a acordar. Estaba con la Verdugo de Sangre en Navium. ¿Habrá sobrevivido a esa herida? Debería haberla ayudado. Debería haberla llevado a los barracones.

Solo pensar en ellas hace que Mauth se enfurezca. Me doblo en dos, bufando por el fuego que azota todo mi cuerpo.

Busca a los genios. Descubre sus secretos. La orden de Mauth me da vueltas por la cabeza. Pero ya fui en busca de la ayuda de los genios y lo aprovecharon para poseerme y que así pudieran escapar los espíritus.

Las palabras de la comandante surgen en mi mente. *Está el éxito. Y está el fracaso. La tierra que los separa es para aquellos demasiado débiles como para vivir.*

Necesito conseguir esa magia. Y para lograrlo, Mauth, al menos, piensa que necesito a los genios. Pero esta vez no me voy a acercar a esas criaturas como Elias Veturius. Ni siquiera acudiré como Atrapaalmas.

Me presentaré como el máscara Veturius, un marcial que infunde temor y soldado del Imperio. Me presentaré ante ellos como el hijo distante y asesino de la perra de Risco Negro, como el monstruo que mató a sus amigos y acabó con los enemigos del Imperio cuando era un niño y que observó estoicamente cómo azotaban a los estudiantes de primer año hasta la muerte.

Esta vez, no les voy a pedir ayuda a los genios.

Se la voy a exigir.

XXV: La Verdugo de Sangre

*E*res la Verdugo de Sangre del Imperio. Y tu destino es sobrevivir.* ¿Quién ha dicho esas palabras? Intento rebuscar en mis recuerdos. Alguien estaba aquí, en esta calle oscura conmigo. Un amigo…

Pero cuando abro los ojos y me pongo de rodillas, estoy sola, con el recuerdo de esas palabras como única compañía.

Me tiemblan las piernas cuando intento levantarme, y por más empeño que ponga en respirar, no consigo inhalar nada de aire. *Porque estás perdiendo toda la sangre, Verdugo.*

Rasgo mi capa y ato el retal alrededor de mi estómago, soltando un gruñido cuando me asalta un dolor lacerante. Ahora sería el momento en el que necesitaría que una maldita patrulla pasara cerca, pero está claro que la comandante, que es sin duda quien ha planeado este golpe, se habrá asegurado de que no haya ninguna en las inmediaciones.

Pero puede haber más asesinos. Tengo que ponerme en pie y volver a los barracones de la Guardia Negra.

¿Por qué?, musita una voz. *La oscuridad te espera con los brazos abiertos. Tu familia te espera.*

Mamá. Papá. Tengo que recordar algo de ellos. Aprieto los puños y noto algo frío y redondo. Bajo la vista: un anillo. Un pájaro con las alas extendidas.

Eres la única que retiene la oscuridad. La imagen se proyecta en mi mente. Me llevo una mano a los ojos y mi máscara ondea.

El frío metal me proporciona fuerza como nada más puede hacerlo y me saca de mi estupor.

Mi padre me dijo esas palabras. *¡Livia! ¡El bebé! ¡La regencia!* Mi familia vive. El Imperio vive. Y debo protegerlos a ambos.

Avanzo a rastras, con los dientes apretados, rabiosa por los regueros de lágrimas que surcan mis mejillas sin control por el sorprendente dolor de mi herida. *Descomponlo.* ¿Cuántos pasos hasta llegar a los barracones? Como mucho hay quinientos metros desde aquí. Quinientos pasos a lo sumo. Quinientos pasos no son nada.

¿Y qué pasará cuando llegues? ¿Y si te ve alguien? ¿Permitirás que tus hombres te vean en este estado? ¿Y si alguien te localiza mientras avanzas? Es muy probable que el asesino no esté solo.

Entonces pelearé contra sus cómplices también. Y sobreviviré. Porque de lo contrario todo estará perdido.

Bajo la vista hacia el anillo de mi padre y me obligo a seguir adelante, sacando fuerzas de él. Soy una máscara. Soy una Aquilla. Soy la Verdugo de Sangre. El dolor no es nada.

Alcanzo la pared de una casa cercana y me apoyo en ella para ponerme en pie. Las viviendas están a oscuras a esta hora de la noche y aunque podría encontrar ayuda en alguna de ellas, también podría haber enemigos. La comandante es muy meticulosa con sus procedimientos. Si ha enviado a un asesino, entonces habrá sobornado a la calle entera donde debía matarme, para asegurarse de que nadie me socorriera.

Muévete, Verdugo. Consigo llegar al final de la calle antes de que empiece a notar una sensación extraña en las piernas. Frío. Freno la marcha, con la esperanza de recuperar el aliento. Y entonces, de repente, ya no soy capaz de moverme. Estoy de rodillas. Por los infiernos sangrantes. Conozco esta sensación. Esta debilidad. Esta indefensión. La he sentido con anterioridad, después de que Marcus me apuñalara durante la primera prueba.

Elias me salvó en aquella ocasión. Porque él era, y es, mi amigo. ¿Cómo lo podría ver de otro modo después de todo por lo que hemos pasado juntos? Si de algo me arrepiento ahora, justo antes del fin, es de haberle dado caza. De haberle hecho daño a su familia. De haberle hecho daño a él.

¿Lo veré ahora, en la Antesala? ¿Me dará la bienvenida? Menuda estupidez que esté atado a ese lugar… Menudo sinsentido, cuando este mundo necesita su luz.

—Te merecías algo mejor —susurro.

—¡Verdugo! —El sonido de unas botas hace que enseñe los dientes y blanda mi daga. Pero reconozco el cabello negro y la piel dorada, y aunque estoy aturdida, no me sorprende del todo, porque él es mi mejor amigo, después de todo, y no permitiría jamás que muriera así.

—Has… has venido…

—Verdugo, escúchame, no te duermas. Quédate aquí conmigo. —Pero no, no es Elias. Esta voz no acarrea el calor profundo y sosegado del verano. Es fría y afilada… lo contrario completamente. Es puro invierno. Como yo. Luego oigo otra voz que también me resulta familiar. Dex.

—Hay un médico en la casa Aquilla…

—Id a buscarlo —ordena la voz fría—. Ayudadme primero con su armadura… será más fácil transportarla. Cuidado con su estómago.

Ahora reconozco la primera voz. Avitas Harper. El raro y callado Harper. Pensativo, vigilante y lleno de un vacío que me atrae.

Mueve las manos con rapidez para desatar mi armadura y reprimo un gemido cuando se suelta. El rostro sombrío y atractivo de Dex, concentrado bajo la luz tenue, se ilumina. Es un buen soldado. Un amigo de verdad. Pero siempre está atormentado. Siempre solo. Escondiéndose.

—No es justo —le susurro—. Deberías de poder amar a quien quisieras. Cómo te trataría el Imperio de saberlo, no es…

El rostro de Dex empalidece y le echa una mirada rápida a Avitas.

—Ahorra tus fuerzas, Verdugo —me pide. Entonces se marcha y un brazo musculado me rodea la cintura. Harper pasa mi mano alrededor de sus hombros y damos un paso, luego otro, pero doy trompicones. He perdido demasiada sangre.

—Llévame en volandas, idiota —digo con voz ahogada. Un instante después no noto el suelo y suspiro.

—Te vas a poner bien, Hel… Verdugo. —La voz de Harper se rompe. ¿Será una emoción? ¿Miedo?

—No permitas que nadie me vea —musito—. Esto… esto es… denigrante.

Un estallido de carcajadas.

—Solo tú podrías pensar en eso mientras tus intestinos se derraman por el pavimento. Aguanta, Verdugo de Sangre. Los barracones están cerca.

Se dirige hacia la entrada principal y niego con la cabeza vehementemente.

—Llévame por la puerta trasera. Los plebeyos a los que estamos acogiendo no me pueden ver así…

—No nos queda otra. El camino más rápido hacia la enfermería es por la puerta de delante…

—¡No! —Golpeo y empujo a Harper en el pecho. Hace poco más que sacudirse—. ¡No me pueden ver así! Ya sabes lo que hará ella. Lo usará en mi contra. Los *paters* ya me consideran débil.

—Capitán Avitas Harper. —Harper se queda petrificado al oír la voz, grave, antigua y que no tolera ninguna protesta—. Tráela por aquí.

—Ni se te ocurra acercarte. —Harper retrocede dos pasos, pero el Portador de la Noche sostiene las manos en alto.

—Podría mataros a los dos con un solo pensamiento, niño —dice en voz baja—. Si quieres que viva, tráela.

Harper vacila un instante y entonces lo sigue. Quiero protestar, pero mi boca es incapaz de formar palabras. Su cuerpo está tenso como un alambre estirado y el corazón le va desbocado como la corriente de un río. Pero su rostro enmascarado muestra serenidad. Una parte de mí se relaja. Se me oscurece la visión. *Ah, dormir al fin…*

—Quédate conmigo, Verdugo —dice Harper sin miramientos, y suelto un quejido a modo de protesta—. Mantén los ojos abiertos. No tienes que hablar. Lo único que tienes que hacer es permanecer despierta.

Me obligo a centrarme en los remolinos que forma la ropa del Portador de la Noche. Susurra algo, pero no consigo discernir las palabras. Una pared de ladrillos que se ha materializado delante de nosotros desaparece. *¡Es magia!* Unos segundos después, los barracones aparecen a la vista. Los guardias apostados fuera levantan la vista con las manos en sus cimitarras, pero el Portador de la Noche vuelve a hablar y se dan la vuelta como si no nos hubieran visto.

—Bájala, capitán. —Entramos en mis aposentos y el Portador de la Noche hace un gesto hacia mi cama—. Y luego márchate.

Harper me coloca en la cama con cuidado. Aun así, hago una mueca cuando otra oleada de dolor me recorre de arriba abajo al forzar la zona de la herida. Cuando se aleja, me siento helada.

—No me iré de su lado. —Yergue la espalda y mira al Portador de la Noche a la cara sin pestañear.

El genio se queda pensativo un momento.

—Muy bien. Quítate de en medio.

Se sienta en la cama a mi lado. Me retira la camisa y atisbo su mano por debajo de la manga de su túnica. Es sombría y retorcida, con un brillo escalofriante por debajo de la oscuridad que me recuerda a unas brasas candentes. Me viene a la memoria la primera vez que lo vi, hace mucho tiempo, en Serra. Recuerdo cómo cantó —solo una nota— y los moratones de mi cara se curaron.

—¿Por qué me estás ayudando?

—No puedo ayudarte —responde el Portador de la Noche—. Sin embargo, puedes ayudarte a ti misma.

—No puedo… no me puedo curar yo sola.

—Tu poder curativo te permite recuperarte a una velocidad más rápida que la de cualquier humano normal. —En la distancia, reparo en que Avitas está oyendo toda la conversación. Quizá debería haberle pedido que abandonara la habitación, pero estoy demasiado débil como para que me importe—. De otra manera, ¿cómo ibas a seguir con vida, niña, después de haber perdido tanta sangre? Analiza la herida y encuentra tu canción. Hazlo. Ya.

Las palabras no son una petición, sino una orden.

Tarareo desentonadamente, luchando contra el dolor e intentando encontrar mi canción. Cierro los ojos; vuelvo a ser la chica que consolaba a Hannah cuando venía a mi cama por la noche, aterrorizada por los monstruos. Mamá solía encontrarnos abrazadas y nos cantaba para que nos durmiéramos. A veces, en las noches oscuras de Risco Negro, pensar en su canción me traía paz. Pero cuando la canto ahora no ocurre nada.

¿Y por qué debería? Mi canción no puede versar sobre la paz. Tiene que ser sobre el fracaso y el dolor. Sobre campos de batalla y sangre, muerte y poder. No es la canción de Helene Aquilla. Es la de la Verdugo de Sangre. Y soy incapaz de encontrarla. No consigo interpretarla.

Pues hasta aquí hemos llegado. Acuchillada en la calle como una civil borracha que no sabe distinguir una espada de una botella.

El Portador de la Noche canta dos notas. *Furia*, pienso. *Amor*. Un mundo inhóspito y frío reside en esa corta canción: mi mundo. Yo.

Le canto las dos notas de vuelta. Las dos notas se convierten en cuatro, cuatro en catorce. *Furia por mis enemigos*, pienso. *Amor por mi gente*. Esta es mi canción.

Pero duele, por los infiernos sangrantes, duele. El Portador de la Noche me agarra la mano.

—Vierte el dolor en mí, niña —me dice—. Aléjalo de ti.

Sus palabras desencadenan un torrente. Aunque le transfiero todo el peso de mi herida, ni se inmuta. No se mueve ni un milímetro, su figura encapuchada como una estatua mientras lo acepta. Mi piel se vuelve a unir y cicatrizar y me quema acompañada de un dolor que me hace gritar.

Una espada sisea mientras abandona su funda.

—¿Qué demonios le has hecho?

El Portador de la Noche se gira hacia Avitas y hace un gesto con la mano. De inmediato, Harper suelta la cimitarra como si se hubiese quemado.

—Mira. —El genio se aparta, señalando con la cabeza hacia mi herida, de la que solo queda una cicatriz en forma de estrella. Supura algo de sangre, pero no me matará.

La palabrota que suelta Harper entre dientes me deja claro que pronto tendré que darle muchas explicaciones. Pero puedo preocuparme por eso más tarde. Mi cuerpo está extenuado, pero cuando el Portador de la Noche me libera, me obligo a incorporarme.

—Espera —susurro—. ¿Le contarás lo que ha ocurrido? —Él sabe a quién me refiero.

—¿Por qué debería contárselo? ¿Para que intente matarte de nuevo? No soy su sirviente, Verdugo de Sangre. Ella me sirve a mí. Te atacó infringiendo mis órdenes. No tolero la insurrección, así que le he boicoteado los planes.

—No lo entiendo. ¿Por qué me has ayudado? ¿Qué quieres de mí?

—No te estoy ayudando, Verdugo de Sangre. —Se levanta y se ajusta la ropa—. Me estoy ayudando a mí mismo.

* * *

Cuando me despierto, ha caído la noche y las vigas se estremecen con la reverberación de los proyectiles de las catapultas. Los bárbaros deben de haber retomado el bombardeo sobre Navium.

Estoy sola en mi habitación, aunque mi armadura cuelga, limpia, de la pared. Una maldición se me escapa de los labios cuando me levanto. La herida ha pasado de ser mortal a irritantemente dolorosa. *Deja de quejarte. Ponte la armadura.* Cojeo hasta la pared con las articulaciones tan agarrotadas como las de una anciana en pleno invierno. Espero que tras unos minutos andando mi cuerpo entre en calor lo suficiente como para que al menos pueda montar.

—¿Tan pronto te marchas a que te maten otra vez? —La familiar voz ronca me toma tan desprevenida que al principio creo que me la estoy imaginando—. Tu madre estaría horrorizada.

La cocinera está encaramada a la ventana, como siempre, y aunque lleva la capucha bajada, aunque ya he visto sus cicatrices, la violencia de su rostro mutilado es lo suficiente estremecedora como para que tenga que desviar la mirada. Lleva la capa rasgada y su mata de pelo blanco parece el nido de un pájaro. Las manchas amarillas en sus dedos revelan al instante quién ha estado dejando figuritas de arcilla en los aposentos de la comandante.

—He oído que te apuñalaron. —La cocinera salta hacia mi habitación—. Así que pensé que me pasaría por aquí a darte una regañina por permitir que te ocurran esas cosas—. Niega con la cabeza—. Eres una necia. Deberías saber ya que es una mala idea caminar sola por la noche cuando anda cerca esa perra de Risco Negro.

—¿Y dejar que la mates tú? —Suelto un bufido—. No se puede decir que te haya funcionado demasiado bien, ¿verdad? Lo único que has hecho es dejar unas cuantas figuritas perturbadoras en su habitación.

La cocinera sonríe. Un gesto de lo más espeluznante.

—No estoy intentando matarla. —No añade nada más. Su mirada baja hacia mi estómago—. No me has dado las gracias por acabar con los demás asesinos que iban a por ti. O por decirle a Harper que dejara de revisar informes para que pudiera arrastrar tu carcasa hasta un lugar seguro.

—Gracias —le digo.

—Supongo que ya sabes que ese cretino de ojos brillantes quiere algo de ti.

No pierdo el tiempo preguntándole cómo sabe que el Portador de la Noche me ha curado.

—No confío en él —le aseguro—. No soy tan estúpida.

—¿Entonces por qué dejaste que te ayudara? Está planeando una guerra, ¿lo sabías? Y muy probablemente tenga algún papel preparado para ti en ella. Solo que todavía no sabes cuál es.

—Una guerra. —Me levanto—. ¿La guerra contra los karkauns?

La cocinera sisea, agarra una vela de encima de una mesa cerca de la puerta y me la lanza a la cabeza.

—¡No esa guerra, estúpida! La guerra. La que se ha estado cociendo desde el día en que los idiotas de mi gente decidieron que sería una fantástica idea atacar y destruir a los genios. De eso va todo esto, chica. Eso es lo que persigue la comandante. No es solo a los karkauns a los que quiere derrotar.

—Explícate. ¿Qué estás…?

—Sal de aquí —me corta—. Aléjate de la comandante. Está obcecada con derrocarte, y se acabará saliendo con la suya. Ve con tu hermana. Mantenla a salvo. Mantén vigilado a ese Emperador tuyo. Y cuando la guerra al fin llegue, estate preparada.

—Primero debo acabar con la comandante. Esta guerra de la que hablas… —Se oye un paso en el pasillo al otro lado de la puerta. La cocinera sube a la ventana de un salto y con una mano se aferra al marco. Me doy cuenta de algo raro en su mano. Tiene la piel suave; no joven como la mía, pero tampoco la de una abuela de cabello blanco.

Me clava esos ojos azul oscuro.

—¿Quieres acabar con la perra de Risco Negro? ¿Quieres destruirla? Primero deberás convertirte en ella. Y no tienes lo que hay que tener, chica.

XXVI: Laia

Me siento obnubilada y confundida cuando me pongo las botas. He dormido todo el día... He tenido unos sueños de lo más extraños. Maravillosos, pero aun así...

—¡Laia! —La voz de Musa me llega como un suave bisbiseo al otro lado de la puerta—. Por los infiernos sangrantes, ¿estás bien? ¡Laia!

La puerta se abre de golpe antes de que pueda pronunciar palabra y Musa avanza dos pasos y me agarra de los hombros, como si se estuviera asegurando de que soy real.

—Recoge tus cosas. —Comprueba las ventanas y mira debajo de la cama—. Tenemos que salir pitando de aquí.

—¿Qué ha ocurrido? —pregunto. Me viene de inmediato el Portador de la Noche al pensamiento. O sus secuaces—. ¿Es él... está aquí...?

—Espectros. —El rostro de Musa ha empalidecido hasta adquirir el color de una cimitarra sin pulir—. Han atacado a la tribu Sulud y puede que nosotros seamos el siguiente objetivo.

Ay, no. No.

—La kehanni...

—No sé si está viva. Y no nos podemos arriesgar a descubrirlo. Vamos.

Bajamos de dos en dos los escalones de la parte trasera de la posada y salimos a los establos tan silenciosamente como podemos. Es lo bastante tarde como para que la mayoría de la gente de la aldea esté en la cama y despertar a alguien solo nos acarreará preguntas y demora.

—Los espectros los han matado a todos sigilosamente —me dice Musa—. No me habría enterado de que algo andaba mal si los entes alados no me hubiesen despertado.

Me detengo un momento mientras le coloco la silla a mi caballo.

—Deberíamos comprobar si hay algún superviviente.

Musa se sube a su montura de un salto.

—Si nos acercamos a ese campamento, solo los cielos saben lo que podemos encontrar.

—Ya me he enfrentado a los espíritus antes. —Acabo de preparar mi caballo—. Había casi cincuenta tribales en ese campamento, Musa. Si solo uno de ellos sigue con vida…

Musa niega con la cabeza.

—La mayoría se fue antes. Solo quedaron atrás unos cuantos carros con la kehanni, para vigilarla hasta que estuviera preparada para marcharse. Y se rezagó por…

—Por nuestra culpa —termino la frase—. Y por eso debemos asegurarnos de que ni ella ni ninguno de los suyos necesite ayuda.

Se queja, frustrado, pero me sigue mientras dejo atrás los establos y me dirijo hacia el campamento. Anticipo que estará en silencio, pero la llovizna que cae persistente resuena en los techos de los carros y nos dificulta oír incluso nuestros propios pasos.

El primer cuerpo está despatarrado en la entrada del campamento. Su aspecto es grotesco, roto en múltiples direcciones. Se me forma un nudo en la garganta. Reconozco al hombre; era uno de los tribales que nos dio la bienvenida. Tres miembros más de su familia yacen a unos metros de él. Sé al instante que también están muertos.

Pero no vemos a la kehanni. Una sutil piada cerca del oído de Musa me dice que los entes alados también han notado su ausencia. Musa señala con la cabeza hacia el carro de la kehanni. Cuando me dispongo a avanzar hacia allí, Musa me coloca un brazo delante.

—*Aapan*. —Sus rasgos contraídos van a juego con la corazonada que siento—. Quizá debería ir yo primero. Por si acaso.

—Vi el interior de la prisión de Kauf, Musa. —Lo esquivo y avanzo—. No puede ser peor que eso.

La puerta trasera se abre sin emitir sonido alguno y me encuentro a la kehanni aovillada contra la pared del fondo. Parece mucho más pequeña que hace solo unas horas; una anciana a quien le han arrebatado su última historia. Los espectros no le han infligido ningún corte. De hecho, no veo ni una sola herida abierta, pero los extraños ángulos de sus miembros delatan cómo murió exactamente. Me tapo la boca con la mano para contener las arcadas. Cielos, debe de haber sufrido mucho.

Emite un gemido y Musa y yo damos un bote.

—Ay, por los infiernos sangrantes. —Me sitúo a su lado en un par de pasos—. Musa, acércate a los caballos. Mira en la alforja derecha...

—No. —Los ojos hundidos de la kehanni brillan con una luz débil y mortecina—. Escucha.

Musa y yo nos quedamos callados. Apenas la podemos oír por encima de la lluvia.

—Busca la palabra de los augures —musita—. La profecía. La Gran Biblioteca...

—¿Los augures? —No lo entiendo—. ¿Qué tienen que ver los augures con el Portador de la Noche? ¿Son sus aliados?

—Más o menos —susurra la kehanni—. Más o menos.

Sus párpados se cierran. Se ha ido. Desde la puerta del carro nos llega un arrullo alarmado y estridente.

—Vamos —me apresura Musa—. Los espectros están regresando. Saben que estamos aquí.

Con el pánico de los entes alados espoleándonos, avanzamos a toda velocidad bajo la lluvia a un galope que cubre a los caballos de una pátina de sudor. *Lo siento, lo siento.* Pienso en esas palabras una y otra vez, pero no sé para quién son. ¿Para mi caballo, por hacerlo sufrir? ¿Para la kehanni, por haberle hecho una pregunta que la condujo a la muerte? ¿Para los tribales, que murieron intentando protegerla?

—Las profecías de los augures —dice Musa cuando al fin frenamos los caballos para descansar—. El único lugar en el que los encontraremos es en la Gran Biblioteca. Estaba… nos lo estaba intentando decir. Pero es imposible entrar.

—Nada es imposible. —Las palabras de Elias regresan a mi mente—. Entraremos. Debemos hacerlo. Pero primero tenemos que conseguir volver.

Una vez más, cabalgamos durante la noche, pero en esta ocasión no tengo que pedirle a Musa que vaya rápido. Me paso la mitad del camino mirando por encima del hombro y la otra mitad maquinando maneras de colarme en la Gran Biblioteca. El cielo está despejado, pero los caminos siguen siendo traicioneros a causa del barro. Los entes permanecen a nuestro alrededor, sus alas destellan de vez en cuando en la oscuridad, y su presencia nos ofrece un extraño consuelo.

Cuando los muros de Adisa se alzan en el horizonte en medio de la noche, me entran ganas de sollozar de alivio. Hasta que el brillo borroso de las llamas se materializa.

—El campo de refugiados. —Musa espolea a su caballo—. Están quemando las tiendas.

—¿Qué diablos ha pasado?

Pero Musa no tiene respuesta. El campo se encuentra sumido en tal caos cuando llegamos que los marinos que están evacuando frenéticamente a los académicos no reparan en los nuevos dos rostros en medio de los cientos que corren a través de los estrechos accesos llenos de ceniza. Musa desaparece para hablar con uno de los soldados antes de volver conmigo.

—No creo que sea obra de los marinos —grita Musa por encima del rugido de las llamas—. Si no, ¿por qué estarían ayudando? ¿Y cómo se ha podido extender el fuego tan de prisa? Uno de los soldados con los que he hablado me ha dicho que les llegó el aviso hace solo una hora.

Nos sumergimos en las calles henchidas de humo. Rasgamos tiendas y sacamos a aquellos que están durmiendo y que no se han percatado de la situación y apremiamos a los niños para que se vayan a las afueras del campo. Hacemos lo que podemos, con la angustia frenética de quienes saben que nada será suficiente. A nuestro alrededor se elevan los gritos de las personas que se han quedado atrapadas. De las que no encuentran a los miembros de su familia. De aquellas que los han encontrado heridos o muertos.

Siempre nos toca a nosotros. Me arden los ojos por el humo y tengo el rostro empapado de sudor. *Siempre a mi gente.*

Musa y yo vamos y venimos una y otra vez, transportando a los académicos que no pueden andar por sí mismos y llevando a un sitio seguro a todos los refugiados que podemos. Un soldado marino nos trae agua para que se la demos a los supervivientes. Me quedo de piedra cuando levanta la vista. Es la capitana Eleiba. Tiene los ojos rojos y le tiemblan las manos. Cruza la mirada con la mía, pero se limita a negar con la cabeza y vuelve a sus tareas.

Te pondrás bien. Ya ha pasado. Estarás bien. Les dedico palabras absurdas a aquellos que presentan quemaduras y que tosen sangre por todo el humo que han inhalado. *Claro que encontraremos a tu madre. A tu hija. A tu nieto. A tu hermana.* Mentiras. Muchas mentiras. Me odio a mí misma por decirlas. Pero la verdad es todavía más cruel.

Todavía quedan cientos atrapados en el campo cuando algo extraño me llama la atención a través del humo y la neblina. Un brillo rojizo se eleva desde la ciudad de Adisa. Tengo la garganta reseca, quemada de inhalar tanto humo, pero de repente se me seca del todo. ¿Se ha propagado el fuego del campo? Pero no… no puede ser. Es imposible que haya superado los imponentes muros de la ciudad.

Me alejo del campo de refugiados con la intención de obtener una mejor vista desde fuera. El pavor se extiende lentamente a través de mi cuerpo. Es el mismo sentimiento que tengo cuando algo terrible ha ocurrido y me despierto habiéndolo olvidado para acordarme unos segundos después.

Los gritos se elevan por todo mi alrededor, como espíritus malvados a los que han dejado libres. No soy la única que se ha percatado del brillo que desprende Adisa.

—Musa. —El hombre académico se mueve a trompicones de vuelta al campo, desesperado por salvar a tantos como pueda—. Mira…

Lo agarro y le giro el cuerpo para que se encare hacia la ciudad. Un viento caliente procedente del océano aparta la columna de humo del campo durante unos segundos. Es entonces cuando lo vemos.

Decir que el fuego es descomunal sería como definir a la comandante como antipática. Es inmenso, un infierno que transforma el cielo en una pesadilla escabrosa. La gruesa nube de humo está iluminada por las llamas, de una altura inusitada, como si se elevara desde las profundidades de la tierra hasta los cielos.

—Laia —dice Musa con un hilo de voz—. Es… Es…

Pero no tiene que decirlo. Lo he sabido tan pronto como he visto la altura de las llamas. Ningún otro edificio de Adisa es tan alto.

La Gran Biblioteca. La Gran Biblioteca está en llamas.

XXVII: *Elias*

Durante dos semanas, sopeso distintas maneras para son-sacarles la verdad a los genios. Las tiendas de una aldea cercana me proveen la mayoría de las cosas que necesito. El resto depende del tiempo, que por fin coopera cuando una temprana tormenta de verano llega de repente desde el este y empapa la totalidad de la Antesala.

No me molesta la lluvia. Lleno doce cubos de su agua y para cuando los transporto hasta la arboleda de los genios el diluvio ha atenuado el brillo impío de los árboles a un tono ocre rojizo.

Una vez que estoy delante del hogar de los genios, sonrío, esperando que empiecen a atormentarme. *Venga, malditos de-monios. Observadme. Escuchad mis pensamientos. Retorceos por lo que está por venir.*

Cuando dejo atrás la primera línea de árboles, sus copas se entrecruzan. Todo está en silencio, pero el aire se hace más denso, más pesado, como si estuviera caminando por el agua portando una armadura marcial completa. Me cuesta horrores trajinar el saco de sal que llevo escondido, pero cuando dibujo unos anillos alrededor de los árboles con ella los genios se re-mueven, emitiendo gruñidos graves desde dentro de sus pri-siones.

Saco un hacha —con el filo de acero acabado de pulir— y doy algunos tajos en el aire para probarla. Entonces la hundo en el cubo lleno de agua de lluvia y la hiendo quince centímetros en el árbol de los genios que tengo más cerca. El chillido desgarrado que se eleva de la arboleda me pone los pelos de punta a la par que me resulta terriblemente satisfactorio.

—Me estáis ocultando secretos y quiero saberlos—les digo—. Contádmelos y me detendré.

Estúpido. Si talas los árboles saldremos libres en masa.

—Mentira. —Adopto mi voz de máscara, como si estuviera interrogando a un prisionero—. Si vuestra libertad fuera tan sencilla, les habríais pedido a vuestros amigos efrits que os liberaran hace mucho tiempo.

Vuelvo a hundir el hacha en el agua de lluvia y, llevado por la inspiración, tomo un puñado de sal y la froto por el filo. Cuando doy el segundo hachazo, los genios gritan tanto que los fantasmas que estaban husmeando se alejan despavoridos. Cuando levanto el hacha por tercera vez, los genios hablan.

Detente. Por favor. Acércate.

—Si me estáis engañando...

Si quieres nuestros secretos, debes extraerlos. Acércate.

Me adentro en la arboleda con el hacha bien aferrada en la mano. El barro hace que me patinen las botas.

Más cerca.

Cada paso es más dificultoso que el anterior, pero me arrastro hacia delante hasta que soy incapaz de moverme.

¿Cómo se siente al estar atrapado, Atrapaalmas?

De pronto no puedo hablar, ni ver ni sentir nada aparte del incesante latido de mi corazón. Peleo contra la oscuridad, contra el silencio. Me arrojo contra las paredes de esta prisión como una polilla encerrada en un tarro. Llevado por el pánico, intento contactar con Mauth, pero la magia no responde.

¿Cómo se siente al estar encadenado?

—¿Qué demonios me estáis haciendo? —pregunto en voz ronca.

Mira, Elias Veturius. Querías nuestros secretos. Los tienes delante.

Me libero de su agarre de repente. La frondosidad del bosque decrece enfrente de mí a medida que la tierra se curva y asciende. Trastabillo hacia delante y me encuentro mirando hacia abajo de una colina que acaba en un valle poco profundo enclavado en un meandro del caudaloso río Ocaso.

Y en ese valle hay decenas… no, cientos de estructuras de piedra. Es una ciudad que no he visto nunca. Una ciudad que Shaeva jamás me mencionó. Una ciudad que nunca me ha revelado su existencia en el extraño mapa interno que tengo de la Antesala. Parece ser un lugar vacío, como siento en mi mente.

—¿Qué es este sitio? —inquiero.

Un pájaro vuela hacia el valle atravesando la cortina de lluvia con alguna pequeña criatura que se retuerce atrapada en las garras. Las copas de los árboles se mecen con el viento, ondeando como un mar enfurecido.

Casa. Por primera vez, los genios hablan sin rencor. *Es casa.*

Mauth me empuja hacia delante, y me abro camino por entre la alta hierba húmeda de verano hacia la ciudad, con la daga preparada.

No se parece a ninguna ciudad que haya visto antes; las calles se organizan curvadas en semicírculos concéntricos alrededor de un edificio que se erige en la orilla del río Ocaso. Las calles, los edificios… Todo está construido con la misma extraña piedra negra. El color es tan puro que alargo la mano más de una vez para tocarla, fascinado por su intensidad.

No tardo en envainar la daga. He estado en los suficientes cementerios como para saber qué se siente en ellos. No hay ni un alma en este lugar. Ni siquiera siento la presencia de fantasmas.

Aunque quiero explorar cada una de las calles, me veo atraído por el enorme edificio de la orilla. Es más grande que el palacio del Emperador en Antium y cien veces más bello.

Los bloques de piedra se asientan los unos sobre los otros con una simetría tan perfecta que sé que no los talló ningún humano.

No veo columnas, ni cúpulas, ni molduras decorativas. Las estructuras que se pueden encontrar en el Imperio, en Marinn o en los desiertos tribales reflejan a su gente. Esas ciudades ríen, lloran, gritan y chillan. Pero esta ciudad es una sola nota, la nota más pura que se ha cantado nunca, sostenida hasta que mi corazón se quiere romper por el sonido.

Unos escalones bajos suben al edificio principal. Al tocarlas, las dos puertas descomunales en lo alto de las escaleras se abren con tanta facilidad como si hubieran engrasado las bisagras esta misma mañana. Dentro, decenas de antorchas de fuego azul prenden con un chisporroteo.

Entonces me doy cuenta de que las paredes, que parecían estar erigidas con una piedra negra azabache, están hechas de otro material completamente distinto. Reflejan las llamas como el agua refleja la luz solar, envolviendo toda la habitación en un suave azul zafiro. Aunque las enormes ventanas están abiertas para que puedan entrar los elementos, el rayo de la tormenta que cae fuera queda amortiguado a un leve murmullo.

No consigo descifrar qué es este lugar. Su tamaño me lleva a creer que se usaba para reuniones. Aun así solo hay un banco bajo en el centro de la habitación.

Mauth tira de mí hacia arriba de unas escaleras, cruzo una serie de antecámaras y entro en otra habitación con una ventana inmensa. Dentro me embriaga el aroma del río y la lluvia. Las antorchas pintan esta habitación de blanco.

Levanto la mano y toco la pared. Cuando lo hago, cobra vida y se llena de imágenes borrosas. Aparto la mano de golpe y se desvanecen.

Con cautela, la vuelvo a tocar. Al principio no consigo encontrarles el significado a los dibujos. Unos animales que juegan. Unas hojas que bailotean con el viento. Los agujeros de los árboles se transforman en caras amables. Esas imágenes me recuerdan a Mamie Rila; a cómo entona la voz cuando canta un cuento. Entonces es cuando lo comprendo: son historias para niños. En este lugar vivían niños. Pero no niños humanos.

Casa, han dicho los genios. Niños genios.

Voy avanzando, habitación a habitación, hasta la parte más alta del edificio, para detenerme en una rotonda elevada desde la que se ven la ciudad y el río.

Cuando toco las paredes, las imágenes reaparecen. Esta vez, sin embargo, son de la ciudad. Retales de seda naranja, amarilla y verde aletean en las ventanas. Unas flores que parecen joyas se derraman de sus tiestos. El canturreo y el tarareo de las voces me hablan de una época feliz.

Gente vestida con ropa negra humeante camina por la ciudad. Una mujer tiene la piel oscura y el cabello muy rizado, como el de Dex. Otra es de piel clara y cabello liso, como la Verdugo de Sangre. Algunos son delgados como juncos, otros más robustos, como era Mamie antes de que el Imperio le echara las manos encima. Cada uno, a su manera, pasea con la gracia que únicamente le había visto a Shaeva.

Pero no caminan solos. Todos están rodeados de fantasmas.

Atisbo a un hombre de cabello castaño rojizo y un rostro tan atractivo que ni siquiera me puedo sentir irritado al verlo. Está rodeado de fantasmas de niños y desprende amor por cada molécula de su ser mientras habla con ellos.

No puedo oír lo que dice, pero puedo comprender la intención. Les ofrece amor a los fantasmas. Nada de juicio, ni ira ni preguntas. Uno a uno, los espíritus planean hasta el río con facilidad. En paz.

¿Entonces es este el secreto de lo que hizo Shaeva? ¿Solo les tengo que ofrecer a los espíritus un poco de amor y cruzarán? No puede ser. Resulta antitético a todo lo que me dijo sobre reprimir mis emociones.

Los fantasmas de aquí están calmados, incluso mucho más serenos de lo que estaban cuando Shaeva seguía con vida. No percibo el dolor agitado que emana la Antesala que conozco yo. También hay muchos menos. Forman pequeños grupos que siguen obedientemente a las figuras ataviadas de negro.

En vez de un Atrapaalmas solitario, hay decenas. No, cientos.

Otras figuras salen de los edificios, con forma humana pero hechas de oscuras llamas negras y rojas, gloriosas y libres. Por aquí y por allá veo a niños que cambian de forma humana a fuego y viceversa con la rapidez del aleteo de un colibrí.

Cuando pasan los Atrapaalmas y sus fantasmas, los genios se apartan e inclinan la cabeza. Los niños observan desde lejos, boquiabiertos. Susurran, y su lenguaje corporal me recuerda a cómo actúan los niños marciales cuando pasa un máscara. Miedo. Asombro. Envidia.

Y con todo, los Atrapaalmas no están aislados. Hablan los unos con los otros. Una mujer sonríe cuando un niño de llamas se acerca corriendo hacia ella y se transforma en un cuerpo humano justo antes de que la genio lo levante en brazos. Tienen familia. Compañeros. Niños.

Una imagen de Laia y yo en una casa, compartiendo la vida, se proyecta en mi mente. ¿Podría ser posible?

La ciudad ondea. Algún tipo de escalofrío, un presagio que se manifiesta con el estremecimiento del aire. Los genios se giran hacia el borde del valle, donde ondea una hilera de banderas verdes con una pluma morada y un libro abierto: el sello del Imperio Académico, antes de su caída.

Las imágenes se suceden con rapidez. Un joven rey humano llega con su séquito. El genio del cabello castaño le da la bienvenida junto a una mujer genio de piel morena y dos niños de llamas que curiosean detrás de ellos. El genio porta una corona con incomodidad, como si no estuviera acostumbrado a ella.

Al fin lo reconozco. El pelo es distinto, igual que la constitución, pero algo en sus ademanes me resulta familiar. Es el

Rey Sin Nombre. El Portador de la Noche.

Flanqueando al rey y a su reina hay dos guardaespaldas genios formados de llamas, armados con hoces hechas de diamante negro. A pesar de que su físico no es humano, reconozco el que está al lado de los niños. Shaeva. Observa al rey visitante académico con fascinación. Él se da cuenta.

Las imágenes aceleran. El rey académico adula, luego persuade y al final exige los secretos de los genios. El Portador de la Noche lo rechaza, pero el rey académico se niega a rendirse.

Shaeva se encuentra con él en sus aposentos de invitado. Con el paso de las semanas, se hace su amigo. Ríe con ella. La escucha y conspira mientras ella se enamora perdidamente de él.

Un mal presentimiento va creciendo, espeso como el barro. El Portador de la Noche patrulla las calles de su propia ciudad cuando todo el mundo está durmiendo, percibiendo una amenaza. Cuando su esposa le habla, sonríe. Cuando sus hijos juegan con él, sonríe. Sus temores quedan apaciguados. El suyo no hace más que crecer.

Shaeva se encuentra con el rey académico en un claro fuera de la ciudad. Sus modales me recuerdan a alguien, pero la información vacila en los rincones de mi mente antes de escabullirse. Shaeva y el académico discuten. Él calma su ira. Hace promesas. Incluso a una distancia temporal de mil años, sé que las quebrantará.

Tres lunas se elevan y se ponen. Entonces los académicos atacan, desgarrando el Bosque del Ocaso mediante el acero y el fuego.

Los genios los repelen con facilidad, pero desconcertados; no lo entienden. Saben que los humanos anhelan su poder. *Pero ¿por qué, si somos los que mantenemos el equilibrio? ¿Por qué, cuando nos hacemos cargo de los espíritus de vuestros muertos y los ayudamos a cruzar para que no os persigan a vosotros?*

Los fantasmas llenan la ciudad. Pero los genios deben combatir, así que no hay suficientes Atrapaalmas para atender a los espíritus. Forzados a esperar y sufrir, sus aullidos son como una profética y siniestra música lúgubre. El rey de los genios se reúne con los señores efrits mientras los académicos intensifican el ataque. Envían a sus hijos de llamas lejos con otros cientos, gritando despedidas llorosas a sus padres.

Las imágenes siguen a los niños hacia el Bosque.

Ay, no. No. Quiero retirar la mano de la pared y detener las visiones. El peligro acecha a los pequeños. El crujido de una rama, una sombra que se escurre por entre los árboles. Y todo ese tiempo estos niños con llamas hasta la cintura se apresuran por el Bosque. No sospechan nada, iluminando los troncos, las hojas y la hierba con su brillo; como algún tipo de magia mística que aporta belleza a todo lo que tocan. Sus susurros suenan como campanas y se mueven como alegres y atrevidas fogatas pequeñas en una noche gélida.

Un silencio repentino cae sobre ellos. *¡Vais directos a una emboscada! ¡Protegedlos, idiotas!* Quiero gritarles a los guardias. Los humanos salen en tropel de detrás de los árboles, armados con espadas que brillan con agua de lluvia de verano.

Los niños de llamas se apiñan, aterrorizados. Cuando se juntan, su fuego arde más brillante.

Y entonces sus llamas se extinguen.

No quiero ver nada más. Conozco la historia. Shaeva le dio al rey académico la Estrella. Él y su aquelarre de usuarios de magia encerraron a los genios.

¿Lo ves ahora, Elias Veturius?

—Os destruimos —respondo.

Os destruisteis vosotros mismos. Durante mil años habéis tenido solo una Atrapaalmas. Shaeva, al menos, era una genio. Su magia era innata. Aun así, los fantasmas se acumulaban… ya viste cómo se tenía que esforzar. Pero tú no tienes magia. ¿Cómo va a poder un mortal sin talento hacer aquello que fue incapaz de lograr un genio? Los fantasmas empujan la barrera como el agua de lluvia empuja una presa. Y nunca podrás hacer cruzar a los fantasmas lo bastante rápido como para evitar que la presa reviente. Fracasarás.

Por primera vez, los genios no usan ningún truco. No les hace falta. La verdad que contienen sus palabras ya es lo suficientemente aterradora.

XXVIII: La Verdugo de Sangre

Es negra noche en Navium cuando me despierto de un sobresalto.

—La playa.

No me doy cuenta de que he pronunciado las palabras en voz alta hasta que oigo el crujido de una armadura. Avitas, que está vigilando en una silla al lado de la puerta, se despierta con un estremecimiento y la mano empuñando la cimitarra.

—Menuda guardia haces tú. —Resoplo—. Estabas dormido como un tronco.

—Mis disculpas, Verdugo —me dice tirante—. No tengo excusa…

Pongo los ojos en blanco.

—Es broma. —Dejo colgando las piernas por el lateral de la cama y miro a mi alrededor en busca de mis pantalones. Avitas se ruboriza y aparta la vista hacia la pared, tamborileando con los dedos sobre la empuñadura de su daga.

—No me digas que no has visto a una soldado desnuda antes, capitán.

El silencio se extiende un buen rato y luego se oye una risa, grave y ronca. Me hace sentir… extraña. Como si estuviera a punto de contarme un secreto. Como si me fuera a inclinar hacia él para oírlo.

—No una como tú, Verdugo de Sangre.

Ahora noto la piel caliente y abro la boca intentando pensar en una réplica. Pero nada. Cielos, menos mal que estoy algo apartada y no me puede ver, roja como un tomate y con la boca abierta como un pez. *Déjate de tonterías, Verdugo.* Me ato los pantalones, me pongo una túnica, agarro mi armadura y aparto de mí la vergüenza. En Risco Negro, vi a Dex, a Faris, a Elias —a todos mis amigos— desnudarse por completo y ni siquiera pestañeé. No me voy a humillar permitiendo que me suban los colores por esto.

—Tengo que ir a la playa. —Me enfundo mis brazales y pongo una mueca cuando mi estómago me da una punzada de dolor—. Tengo que ver si… —No quiero decirlo ni pensarlo, por si acaso resulta ser una desilusión por completo.

—¿Te importaría explicarme eso antes? —Harper señala con la cabeza hacia mi estómago. *Es verdad.* Vio cómo me curaba sola. Oyó lo que dijo el Portador de la Noche.

—Prefiero no hacerlo.

—Silvius… el médico… vino para ver cómo estabas por orden de Dex. No lo dejé entrar. Le dije que Dex había exagerado la gravedad de la herida. Y mencionó que un grupo de niños de la enfermería de la mansión Aquilla había experimentado una mejora milagrosa en un espacio de tiempo muy reducido. —Harper se queda un rato callado, y cuando no digo nada, suspira exasperado—. Soy tu segundo, Verdugo, pero no conozco tus secretos. Y por ende no puedo protegerte cuando los demás intentan desentrañarlos.

—No necesito protección.

—Eres la segunda al mando del Imperio —dice—. Si no necesitaras protección, significaría que nadie te ve como una amenaza. Necesitar protección no es una debilidad, pero negarte a confiar en tus aliados sí.

La voz de Harper rara vez se eleva por encima del familiar tono estable de un máscara. Ahora restalla como un látigo, y lo miro llena de sorpresa.

Cierra el pico y lárgate. No tengo tiempo para esto, estoy a punto de soltarte, pero me refreno en el último segundo porque tiene razón.

—Será mejor que te sientes —le digo.

Cuando termino de contarle lo de la magia —el efrit, cuando curé a Elias y luego a Laia y todo lo que vino posteriormente— parece quedarse pensativo. Espero que me haga preguntas, que quiera profundizar, que me exija más.

—Nadie lo sabrá —acaba por decir—. Hasta que estés preparada. Bien… habías mencionado la playa.

Me deja atónita que aparte el tema a un lado con tanta rapidez. Pero también lo agradezco.

—Me contaron una historia cuando era pequeña. Sobre el Portador de la Noche… un genio cuyo pueblo fue aprisionado por los académicos. Que ha vivido durante mil años alimentado por el deseo de vengarse de ellos.

—¿Y esto es relevante porque…?

—¿Y si se aproxima una guerra? No la guerra contra los karkauns, sino una de más alcance.

No soy capaz de describir lo que sentí cuando la cocinera me habló de ello. Un escalofrío que me recorrió la piel. Sus palabras caían con el peso de la verdad. Recuerdo lo que Quin dijo sobre el Portador de la Noche. *¿Qué quiere él? ¿Lo que quiere ella lo conseguirá de él? ¿Qué puede estar haciendo por los* paters *como para que hayan accedido a que ese cerdo de Grímarr pueda desatar el caos en las zonas pobres de la ciudad?*

—Ya oíste al Portador de la Noche. La comandante no es su aliada ni su compatriota. Es su sirviente. Si desea una guerra con los académicos, entonces ella es la que lo ayudará a llevarla a cabo. Ya ha destruido a los académicos que habitaban en el Imperio. Ahora va en busca de aquellos que han logrado escapar.

—A Marinn. —Harper hace un gesto negativo con la cabeza—. Necesitaría una flota para enfrentarse a los marinos. Su armada no tiene parangón.

—Así es. —Maldigo entre dientes mientras me pongo la armadura y Avitas se planta a mi lado en cuestión de segundos para abrocharla con dedos cuidadosos—. Aunque me pregunto… Keris no ayudaría al Portador de la Noche porque le sea leal. Ya oíste a Quin. Solo es leal a sí misma. Entonces, ¿qué le está ofreciendo a cambio?

—El Imperio —contesta Harper—. El trono. Aunque de ser ese el caso, ¿por qué te salvó la vida?

Niego con la cabeza. Lo desconozco.

—Tengo que ir a la playa —repito—. Te lo explicaré después. Consígueme esos informes sobre los *paters* y sus propiedades. Diles a los plebeyos que disponen de enfermerías y refugios. Instala alguno más… busca la ayuda de nuestros aliados. No me importa si debes requisar casas. Asegúrate de que la bandera de la Verdugo y la bandera del Emperador ondeen en los lugares donde se ofrece cobijo. Si estoy en lo cierto, vamos a necesitar todo su apoyo pronto.

Agarro una capa oscura, me cubro el pelo bajo un pañuelo y salgo por la puerta, con todos mis sentidos en alerta. Noto la atracción de los plebeyos que yacen heridos en el patio de los barracones de la Guardia Negra, pero me obligo a ignorarla. Esta noche, debo emplear otro tipo de magia.

Aunque uso los túneles para llegar a la ciudad, al final asciendo hacia las calles de Navium. La comandante ha desplegado a las patrullas por doquier, alertas por si los karkauns intentan penetrar en la ciudad. Aunque la playa está a solo tres kilómetros de los barracones de la Guardia Negra, tardo casi tres horas en llegar. E incluso entonces, vuelvo sobre mis pasos dos veces para asegurarme de que nadie me ha seguido.

Cuando me acerco a la playa, localizo a los guardias de inmediato. La mayoría deambulan por los riscos escarpados y bajos que se alargan por toda la ancha extensión de arena. Pero algunos patrullan por la orilla.

Aparentemente, los soldados están aquí para cerciorarse de que Grímarr no desembarque a sus hombres en la costa sin que nadie dé el aviso. Pero si ese fuera el único motivo, no habría tantos hombres. No, hay otra razón para que estén aquí.

La comandante no se la va a jugar. Debe de saber que me he recuperado.

Me deslizo por la sombra de una casa y me apresuro hacia un cobertizo no mucho más alto que yo. Una vez acomodada, compruebo mi pañuelo, unto mi máscara con el barro de un tarro que he traído conmigo y echo a correr hacia la esquina de una tienda de artículos de pesca que está más cerca de la orilla.

Voy acortando la distancia hasta la playa hasta que al fin estoy lo bastante cerca como para darme cuenta de que no hay manera de que pueda bajar hasta ella sin que nadie me descubra. No sin refuerzos, al menos. *Por los cielos sangrantes y ardientes.*

De repente deseo que Elias estuviera aquí. Las tareas imposibles con ínfimas posibilidades de éxito son su especialidad. No sé cómo siempre conseguía concluirlas con éxito, por más arduas que fueran; y normalmente con un comentario descarado como guinda. Era tanto inspirador como irritante.

Pero Elias no está aquí. Y no me puedo arriesgar a que me apresen. Frustrada, vuelvo sobre mis pasos… momento en el que una sombra aparece detrás de mí. Mi cimitarra está a medio desenfundar cuando una mano se cierra sobre mi boca. La muerdo y le propino un codazo a mi atacante, que sisea de dolor pero que, como yo, se mantiene callado, no vaya a ser que los hombres de la comandante nos oigan. *Cedro. Canela.*

—¿Harper? —bisbiseo.

—Por los infiernos sangrantes, Verdugo —dice sin aliento—. Tienes unos codos afilados.

—Serás idiota. —Cielos, ojalá no tuviera que susurrar. Ojalá pudiera arremeter contra él con toda la fuerza de mi rabia—. ¿Qué diablos haces aquí? Te di órdenes…

—Le pasé a Dex tus órdenes. —Al menos Harper parece pedir disculpas con la mirada, pero eso no hace que se ablande mi temperamento—. Este es un trabajo para dos máscaras, Verdugo. ¿Te parece si nos ponemos a ello antes de que nos descubran?

Maldito sea, es molesto de narices. Sobre todo porque tiene razón. Otra vez. Le doy un segundo codazo a sabiendas de que es un gesto pueril, pero me deleito con su gemido de dolor.

—Ve a distraer a esos estúpidos. —Señalo con la cabeza hacia el grupo de guardias más cercano—. Y hazlo bien. Si estás aquí, al menos intenta no cagarla.

Desaparece, y no ha transcurrido ni una hora que ya me estoy alejando a toda prisa de la playa, habiendo visto lo que quería comprobar. Harper se reúne conmigo en el lugar que habíamos acordado de antemano, un poco hecho polvo después de haber engañado a los soldados y haberles hecho creer que había aparecido un grupo de ataque karkaun en las inmediaciones.

—¿Y bien? —me pregunta.

Niego con la cabeza. No sé si estar emocionada o aterrorizada.

—Consígueme un caballo —le ordeno—. Hay una cala que tengo que inspeccionar. Y encuentra la manera de ponerte en contacto con Quin—. Vuelvo la vista hacia la playa, todavía llena de los restos de los barcos destruidos—. Si la situación es tan mala como creo, vamos a necesitar toda la ayuda que podamos conseguir.

* * *

Más de una semana después de que casi muriera en las calles de Navium y un mes tras mi llegada a la ciudad, Grímarr lanza su asalto final. Ocurre a medianoche. Las velas karkauns se hinchan peligrosamente cerca de la orilla y los tambores de la torre de vigilancia este transmiten las peores noticias: Grímarr se está preparando para lanzar al agua pequeñas embarcaciones para transportar a sus fuerzas de tierra hasta Navium. Está harto de esperar. Harto de que Keris corte sus líneas de abastecimiento. Harto de que los obliguen a morirse de hambre. Quiere la ciudad.

Las catapultas de Navium son un borrón de fuego y piedra; una defensa insignificante contra los cientos de barcos que disparan proyectiles encendidos hacia la ciudad. Desde la Isla, la comandante da órdenes a los 2 500 hombres que aguardan en las ruinas del distrito sureste, donde se espera que tomen tierra los karkauns. La mayoría son auxiliares, según me cuenta Dex. Plebeyos. Buenos hombres, muchos de los cuales morirán si mi plan no funciona.

Dex me encuentra en el patio de los barracones de la Guardia Negra, donde la agitación de los plebeyos que se han resguardado aquí crece por momentos. Muchos tienen familiares que se enfrentarán a las hordas de Grímarr hoy. Todos se han visto obligados a abandonar sus casas. Con cada minuto que pasa, la probabilidad de que quede algo de sus propiedades disminuye.

—Estamos listos, Verdugo —me indica Dex.

A mi orden, dos docenas de hombres —hombres que no han hecho otra cosa que seguir mis instrucciones— morirán. Mensajeros, guardias de la torre de los tambores y los mismos tamborileros. Si queremos derrotar a Grímarr, primero tendremos que acabar con la comandante; y eso significa cortar sus líneas de comunicación. No nos la podemos jugar. En cuanto haya silenciado los tambores, dispondremos de unos minutos, con suerte, para iniciar la operación. Todo debe salir según lo planeado.

¿Quieres destruirla? Primero deberás convertirte en ella.

Le doy a Dex la orden y se esfuma con un grupo de veinte hombres tras él. Unos instantes después, Avitas llega con un rollo de pergamino. Lo sostengo en alto. La marca de Keris Veturia, una *K*, es claramente visible para los plebeyos que están cerca de mí. La noticia se extiende con rapidez. Keris Veturia, comandante de la ciudad, la mujer que ha permitido que ardieran los sectores plebeyos de Navium, les ha enviado a la Verdugo de Sangre y a la Guardia Negra un mensaje.

Pronuncio una agradecimiento silencioso para la cocinera, dondequiera que esté. Me consiguió este sello, poniéndose en riesgo en el proceso, y me lo entregó con una lacónica advertencia: *No sé qué tienes planeado, pero más te vale que sea algo bueno. Porque cuando te devuelva el golpe, será duro, en el lugar donde menos te lo esperes, en el lugar donde te será más doloroso.*

Abro la misiva —en la que no hay nada escrito—, finjo que la leo, la arrugo y la lanzo al fuego más cercano, como si estuviera enfurecida.

Los plebeyos observan con el resentimiento a punto de estallar. *Ya casi estamos. Casi.* Son como la madera seca lista para arder en llamas. Me he pasado una semana preparándolos, alimentándolos con historias de la comandante dándose banquetes con los *paters* de Navium mientras los plebeyos se mueren de hambre. A partir de ahí, los rumores corren como la pólvora: Keris Veturia quiere los barcos karkauns para crear su propia flota comercial. Los *paters* permitirán que el despiadado brujo Grímarr saquee el distrito sureste si los distritos ilustres y mercantes quedan a salvo. Todo mentiras, pero cada una contiene la suficiente verdad como para que sea plausible... e incite a la cólera.

—No voy a permitirlo. —Hablo en voz lo bastante alta como para que me oiga toda la habitación. Mi furia no es más que una actuación, pero rápidamente la avivo hasta que es real. Lo único que tengo que hacer es recordar los crímenes de Keris: permitió que se perdieran miles de vidas con el único propósito de echarles mano a esos barcos para la guerra del Portador de la Noche. Persuadió a un puñado de *paters* sin carácter para que antepusieran su avaricia al bienestar de su gente. Ella es una traidora, y este es el primer paso para derrocarla.

—Verdugo. —Avitas da un paso atrás, interpretando su parte con una pericia impresionante—. Las órdenes son las órdenes.

—Esta vez no —me opongo—. No puede quedarse sentada en esa torre... una torre que le robó al más habilidoso almirante que ha conocido esta ciudad jamás… y esperar que no le plantemos cara.

—No disponemos de hombres…

—Si vais a retar a Keris Veturia —levanta la voz un miembro aliado de la Guardia Negra plantado en medio de la muchedumbre y vestido con ropa de plebeyo—, entonces yo iré con vosotros. Tengo mis propios asuntos pendientes con ella.

—Y yo. —Dos hombres más se ponen en pie, ambos aliados de la Gens Aquilla y la Gens Atria. Miro al resto de los plebeyos. *Vamos. Vamos.*

—Y yo. —La mujer que habla no es una de los míos, y cuando se levanta, con las manos sosteniendo una porra, no está sola. Una mujer más joven detrás de ella, que parece ser su hermana, se levanta también. Luego un hombre detrás de ambas.

—¡Y yo! —Más se unen, incitados por aquellos que los rodean, hasta que todos están de pie. Es una réplica de la revuelta que planeó Mamie Rila, solo que esta vez los revolucionarios están en mi bando.

Cuando me giro para marcharme, me doy cuenta de que Avitas ha desaparecido. Traerá a los soldados auxiliares que se han adherido a nuestra causa, así como a los plebeyos de los demás refugios que hemos abierto.

Llenamos las calles, en dirección a la Isla, y cuando Harper se reúne conmigo con los suyos, me sigue una turba a las espaldas. Avitas marcha a mi lado, con una antorcha en una mano y la cimitarra en la otra. Por primera vez su rostro expresa rabia en vez de calma. Harper es plebeyo, pero como todos los máscaras, mantiene sus emociones controladas. No se me ha pasado por la cabeza ni una vez preguntarle cómo se sentía por lo que estaba ocurriendo en los distritos plebeyos.

—Ojos al frente, Verdugo. —Me mira, y me irrita ver que parece saber lo que estoy pensando—. Sea lo que fuere por lo que te estás sintiendo culpable, podrás lidiar con ello más tarde.

Cuando al fin alcanzamos el puente que lleva a la Isla, los guardias de la ciudad, alertados por nuestra llegada, cierran filas. Cuando estoy marchando hacia ellos, un auxiliar vocifera por entre la multitud, justo a tiempo.

—¡Los karkauns han atacado la torre de los tambores! —anuncia sin aliento al capitán de la guardia de la ciudad, que también es plebeyo—. Han matado a los tamborileros y a los guardias. No hay manera de que la comandante se comunique con los hombres.

—La ciudad caerá si no te apartas —le digo al capitán de la guardia—. Déjame pasar y serás recordado como un héroe. O empéñate en defenderla y muere como un cobarde.

—No hay ninguna necesidad de ponernos tan dramáticos, Verdugo de Sangre.

Al otro lado del puente, las grandes puertas de madera que conducen a la torre de la Isla están abiertas. La comandante emerge, seguida por una docena de *paters*. Su voz fría tiembla; un ligero estremecimiento causado por la rabia. Detrás de ella, los *paters* asimilan las cimitarras, antorchas y caras furiosas que se muestran delante de ellos. En silencio, los guardias se apartan a un lado y cruzamos el puente.

—Verdugo —me llama la comandante—. No comprendes el delicado proceder de…

—¡Nos estamos muriendo aquí fuera! —grita una voz enfadada—. Mientras que vosotros festejáis con aves asadas y fruta fresca en una torre que no os pertenece.

Oculto una sonrisa de satisfacción. Uno de los *paters* ordenó que le entregaran un cargamento de fruta en la Isla hace tres días. Me aseguré de que la noticia de ese reparto llegara a los plebeyos.

—¡General Veturia! —Un mensajero llega del distrito sureste, y esta vez no es uno de los míos—. Los karkauns han desembarcado. El brujo Grímarr lidera la carga, y sus hombres están invadiendo el distrito. Hay… hay informes de que han construido piras. Un grupo de marciales a los que atraparon y

252

que se negaron a jurarle lealtad a Grímarr... los arrojaron a la pira. Nuestras tropas necesitan órdenes, señora.

Keris vacila. Es solo un momento. Un instante de debilidad. *¿Quieres destruirla? Primero deberás convertirte en ella.*

—Voy a tomar el mando de esta operación militar. —La aparto de mi camino, la dejo atrás junto a los *paters* y le hago un gesto a Avitas y a los sodados auxiliares que se han adelantado al frente de la muchedumbre para que me sigan—. Quedas relevada del cargo, Keris Veturia. Te invito a que observes, al igual que a los *paters*. —*Que esto funcione. Por favor.*

Subo la escalera de caracol con Avitas y los auxiliares tras de mí. Cuando llegamos a la zona de comandancia de la Isla, Avitas enciende una antorcha de fuego azul y seguimos ascendiendo hasta el tejado. Todas nuestras esperanzas recaen en esa antorcha. Me parece demasiado pequeña ahora, insignificante en la oscura inmensidad nocturna.

La agita tres veces. Esperamos.

Y esperamos.

Por los cielos sangrantes. No podemos haber conseguido cuadrar el momento justo de cada parte de este plan solo para que ahora se vaya todo al traste.

—¡Verdugo! —Harper señala hacia el mar oriental, de donde emerge un bosque de mástiles de detrás de una lengua curvada de tierra.

La flota marcial.

Los gritos ahogados de sorpresa se extienden por entre los plebeyos que me he asegurado de que nos siguieran hasta lo alto de la torre. Todos y cada uno de los *paters* parecen estar mareados o aterrorizados.

En cuanto a la comandante, en todos los años que hace que la conozco, nunca la he visto descolocada o ni siquiera ligeramente sorprendida. Ahora, su rostro y sus nudillos se ponen tan blancos que podría ser tranquilamente un cadáver.

—La flota no se hundió aquella noche —le digo con voz amenazante—. Se alejó por el mar. Y mandaste a tu maestro genio a que sacara de las profundidades restos de antiguos naufragios para esparcirlos por la orilla y que así nuestra gente creyera que la armada marcial se había ido a pique por culpa mía. Fui a la playa, Keris, esquivé a todos tus perros guardianes. Los mástiles, las velas, todos los detritos que en teoría había arrastrado la marea… eran de barcos que debían de llevar décadas bajo el agua.

—¿Y para qué iba a ocultar la flota? Es absurdo.

—Porque necesitas esos barcos para la guerra del Portador de la Noche contra Marinn y los académicos —le suelto—. Así que pensaste en esperar a los karkauns. Dejar que murieran unos cuantos miles de plebeyos. Permitir que ese cretino de Grímarr atacara por tierra. Diezmar sus fuerzas y robar sus barcos. Te harías con una flota el doble de grande que la de los marinos en un pispás.

—El almirante Argus y el vicealmirante Vissellius no seguirán jamás tus órdenes.

—¿Entonces admites que están vivos? —Por poco me echo a reír—. Me preguntaba por qué sus Gens lloraban su pérdida mientras que sus esposas no parecían estar para nada tristes.

La torre de los tambores de Navium empieza de repente a emitir órdenes. Son mis propios tamborileros que mandan mensajes en lugar de aquellos que Dex y sus hombres han matado. Un pelotón de mensajeros aparece en la base de la torre de vigilancia; estaban esperando a mi señal. Les transmito mis órdenes para los hombres desplegados en el distrito suroeste, quienes en estos momentos deben de estar inmersos en una batalla campal con los invasores karkauns.

Reparo en que la comandante se dirige hacia las escaleras. Casi de inmediato, la flanquean mis hombres, que detienen su retirada. Quiero que lo observe. Quiero que presencie cómo se desenmaraña su plan.

Avitas me ofrece una última antorcha, y la llevo conmigo primero hasta la parte sur de la torre, cerca del mar, y luego al norte, hacia el muelle militar.

El estridente sonido metálico que hacen las cadenas al caer es perceptible incluso desde aquí arriba. Desde el muelle militar emerge la última parte de la flota: las dos docenas de embarcaciones que no hemos enviado.

Ninguno de los cientos de plebeyos que presencian la escena abajo, desde el puente, podría confundir las banderas que ondean en los mástiles: dos espadas cruzadas por delante de un campo negro. La bandera original de la Gens Veturia, antes de que Keris le añadiera su asquerosa *K*.

Tampoco podrían confundir la figura orgullosa de pelo blanco que se alza al timón de la embarcación que lidera la marcha.

—El almirante Argus y el vicealmirante Vissellius están muertos —le informo a Keris—. La flota responde ahora al almirante Quin Veturius. Hombres de la casa Veturia, auténticos hombres Veturia, tripulan la flota junto con voluntarios de la Gens Atria.

Reconozco el momento en el que Keris Veturia comprende lo que he hecho. El momento en el que se da cuenta de que su padre, quien creía que estaba escondido, ha llegado. El momento en el que se percata de que la he derrotado. El sudor le perla la frente y aprieta y afloja los puños. Lleva el cuello de su uniforme abierto, desabotonado por la agitación. Atisbo su tatuaje: SIE...

Cuando ve que la estoy mirando, aprieta los labios y tira del cuello.

—No tenía por qué ser así, Verdugo de Sangre. —La voz de la comandante es suave, como siempre que está en su momento más peligroso—. Recuérdalo, antes del final. Si te hubieras limitado a quitarte de en medio, podrías haber salvado a muchos. Pero ahora... —Se encoge de hombros—. Ahora voy a tener que recurrir a medidas más drásticas.

Un escalofrío me recorre los hombros, pero me obligo a liberarme de él y me giro hacia los miembros de la Guardia Negra, todos pertenecientes a Gens aliadas.

—Llevadla a la celda de interrogación. —No veo cómo la arrastran, ya que me giro hacia los *paters*.

—¿Qué os ofreció? —inquiero—. ¿Un mercado para vuestros productos? ¿Para tus armas, *pater* Tatius? ¿Y para tu grano, *pater* Modius? ¿Para tus caballos, *pater* Equitius, y para tu madera, *pater* Lignius? La guerra crea una oportunidad única para estafadores cobardes y avariciosos, ¿no creéis?

—Verdugo. —Avitas traduce el mensaje de los tambores—. Grímarr repliega sus fuerzas. Ha visto el ataque en los barcos. Vuelve para defender la flota.

—No servirá de nada. —Me dirijo solo a los *paters*—. Los mares del sur se teñirán de rojo con la sangre de los karkauns esta noche —aseguro—. Y cuando los habitantes de Navium cuenten esta historia, pronunciarán vuestros nombres del mismo modo que el de los karkauns: con asco y desprecio. A menos que juréis vuestra fidelidad al Emperador Marcus Farrar y vuestra lealtad a mí en su lugar. A menos que os subáis tanto vosotros como vuestros hombres a esos barcos —señalo con la cabeza hacia las embarcaciones que emergen del muelle militar— y peleéis personalmente contra el enemigo.

No se alarga demasiado. Dex se queda en la Isla para supervisar la batalla y llevar a los plebeyos a un lugar seguro. Avitas y yo tomamos el último barco que zarpa tras mi insistencia. Se me calienta la sangre, hambrienta por la batalla, ansiando obtener mi venganza con esos cretinos bárbaros, de devolverles el golpe tras semanas de bombardeos. Encontraré a Grímarr. Le haré sufrir.

—Verdugo—. Avitas, que había desaparecido bajo la cubierta, vuelve acarreando un brillante martillo de guerra.

—Lo encontré en la mansión Aquilla —me dice—, cuando estaba revisando las provisiones. Mira.

El metal negro luce grabadas cuatro palabras que conozco bien. *Leal hasta el final.*

El martillo me encaja en la mano como si hubiese nacido para empuñarlo, ni muy pesado ni muy liviano. Una parte de la cabeza tiene un gancho afilado que me servirá para matar con rapidez, y la otra un contundente acabado, perfecto para aplastar cabezas.

Antes de que termine la noche, he usado ambas. Cuando el cielo al fin empieza a clarear, solo quedan una docena de barcos bárbaros a flote y se retiran rápidamente hacia el sur, con Quin Veturius a la zaga. Aunque le he dado caza, el brujo sacerdote me ha esquivado. Solo lo he vislumbrado, alto, pálido y mortífero. Sigue con vida… pero no por mucho tiempo, creo.

Los gritos de los hombres de nuestra flota me llenan de una alegría feroz. Hemos ganado. *Hemos ganado.* Los karkauns se han ido. Quin destruirá a los que se han rezagado. Los plebeyos me han apoyado y la comandante está encarcelada. Todo el alcance de su traición se revelará pronto.

Vuelvo a los barracones de la Guardia Negra con la armadura ensangrentada y el martillo de guerra colgado a través de mi espalda. Los plebeyos de dentro me abren paso y se elevan gritos de júbilo al verme junto a Harper y a mis hombres.

—¡Verdugo de Sangre! ¡Verdugo de sangre!

Los cánticos me impulsan por las escaleras hasta mis aposentos, donde me espera una misiva sellada con el blasón del Emperador Marcus. Ya sé qué hay dentro: un indulto para Quin Veturius, su restitución como *pater* de su Gens y una nueva posición para él como almirante de la flota de Navium. Lo solicité hace días, mediante un mensaje secreto de los tambores. Marcus, después de que Livia insistiera mucho, accedió.

—¡Verdugo de Sangre! ¡Verdugo de Sangre!

Alguien llama a mi puerta y Avitas la abre para encontrarse con Dex, que tiene el rostro ceniciento. Me quedo petrificada al ver su expresión.

—Verdugo —me dice con voz ahogada—. Acaba de llegar un mensaje por los tambores desde Antium. Se requiere que abandones todos los asuntos pendientes y regreses de inmediato a la capital. La emperatriz… tu hermana… la han envenenado.

XXIX: Laia

Los recuerdos del pasado arderán, y nadie lo detendrá.
El Portador de la noche me dijo lo que estaba por venir. Es como si me hubiese gritado lo que tenía planeado a la cara, y fui demasiado estúpida como para darme cuenta.

—No… Laia… ¡Basta! —Apenas oigo la voz por encima del rugido de las llamas en el campo de refugiados.

Me abro paso a empellones por la multitud de marinos atónitos y académicos hacia la ciudad. Todavía puedo llegar a la biblioteca. Todavía podría encontrar el libro de los augures. Solo arden las plantas superiores, quizá las inferiores hayan corrido mejor suerte…

—¿Qué diantres estás haciendo? —Musa me gira en redondo y veo su cara manchada de cenizas y lágrimas—. Los marinos han abandonado el campo de refugiados. Se dirigen hacia la biblioteca para intentar salvarla. ¡Los académicos necesitan ayuda, Laia!

—¡Ve a por Darin! —le grito—. Y a por Zella y Taure. Tengo que ir a la biblioteca, Musa.

—*Aapan*, todavía quedan académicos que…

—¿Cuándo lo vas a entender? La Resistencia no importa. Lo único que importa es detenerlo. Porque si no lo hago, liberará a los genios y entonces morirá todo el mundo… incluyendo a aquellos a los que hemos salvado.

Su respuesta se pierde en el pánico que nos circunda. Me giro y echo a correr, activando mi invisibilidad y atajando por la muchedumbre de marinos que se aglomeran en la puerta principal. Cientos de los residentes de Adisa atestan las calles, muchos de los cuales observan cómo arde la biblioteca, boquiabiertos, y otros con la esperanza de poder ayudar. Carros de la brigada antifuegos resuenan por las calles y los soldados desenrollan largas mangueras que parecen serpientes para bombear el agua del mar.

Paso como una exhalación por su lado, agradeciendo a los cielos por poseer mi invisibilidad. Para cuando llego a los pies de la biblioteca, salen por las puertas de entrada ríos de bibliotecarios vestidos con túnicas azules, cargando libros, rollos de pergamino y artefactos y empujando carros llenos de tomos de un valor incalculable. Muchos intentan regresar dentro, pero las llamaradas se extienden y sus paisanos los retienen.

Pero nadie puede detenerme a mí, y me escurro por el cuello de botella que forman los marinos que intentan escapar por las puertas principales. Las plantas inferiores de la biblioteca se encuentran en un estado de caos controlado. Un hombre marino está de pie sobre un escritorio y vocea órdenes a un pequeño ejército formado por hombres y mujeres. Le obedecen con la misma rapidez y eficiencia que si fuera un máscara que los amenazara con unos azotes.

Levanto la vista. Incluso la planta baja de este lugar es gigantesca, como un laberinto con una decena de pasillos que se bifurcan en todas direcciones. ¿Qué posibilidades hay de que el libro sobre las profecías de los augures esté en esta planta?

¡Piensa, Laia! Se les ha confiado a los marinos el conocimiento del mundo desde hace décadas porque son cuidadosos y organizados. Lo que significa que debe de haber un mapa por aquí, en algún lugar. Lo encuentro grabado en una placa sobre la pared detrás del bibliotecario jefe. La biblioteca tiene más de veinte plantas y tantas categorías distintas para los libros que la cabeza me da vueltas. Pero justo cuando empiezo a desesperarme, localizo *Historia marcial* — *Planta 3.*

Las escaleras están más despejadas que la planta baja; los bibliotecarios no son tan estúpidos como para subir a los pisos superiores. Cuando llego a la segunda planta, el humo llena el hueco de la escalera y las llamas crepitan en la distancia. Pero el camino está libre de obstáculos, y no es hasta que alcanzo el tercer piso que comprendo la magnitud del incendio.

Esta planta está medio devorada por el fuego, pero a pesar del espesor del humo y la voracidad de las llamas, los estantes a mi derecha están intactos. Me levanto la camisa para cubrirme la cara y los ojos empañados, me apresuro hacia ellos y agarro un libro de la estantería más cercana. *La mentira de la adivinación ankanesa.* Me desplazo hacia el siguiente estante, que contiene mil libros sobre las Tierras del Sur, y luego al próximo, que versa en su totalidad sobre las tribus. *Historia académica. Conquista académica. Marciales lacertianos.*

Me estoy acercando. Pero lo mismo hace el fuego. Cuando miro por encima del hombro, ya no puedo ver las escaleras. Las llamas se mueven con más celeridad de lo que deberían y unas caras se retuercen dentro de ellas. *¡Efrits de viento!* Utilizan su poder para avivar las llamas y que ardan con más brío y más rapidez para que se extiendan. Me agacho. Aunque soy invisible, no sé si pueden ver a través de la magia, como hacen los gules. Si me descubren, estoy acabada.

El dorado apagado de otro libro me llama la atención por su título: *Siempre victorioso: la vida y las conquistas del general Quin Veturius.*

El abuelo de Elias. Levanto la vista y apenas puedo divisar la placa: *Historia marcial.* Examino los títulos con avidez. Todo lo que hay en esta estantería parece ser sobre generales y emperadores, y suelto un gruñido de frustración. ¡Ojalá Musa y yo hubiésemos vuelto a la ciudad antes! Tan solo una hora habría marcado la diferencia por completo. O unos escasos minutos.

—¡Eh, tú!

Una mujer con vestido rojo y unos tatuajes de color escarlata que le serpentean por los brazos aparece detrás de mí. Las monedas plateadas y doradas que le decoran el cabello marrón y que luce también en la frente brillan con un tono anaranjado. Está claro que mi invisibilidad no tiene efecto en ella, porque sus ojos claros y maquillados con kohl están fijos en mí. Una jaduna.

—Eres Laia de Serra. —Sus ojos se abren por la sorpresa cuando me examina más de cerca y doy un paso atrás. Debe de haber visto mi cara en los carteles que la princesa Nikla ha colgado por todo Adisa.

—Sal de aquí, chica. Rápido… todavía puedes usar las escaleras.

—Tengo que encontrar un libro sobre los augures, sobre sus profecías…

—No estarás viva para leerlo si te quedas. —Me agarra del brazo y su tacto me enfría la piel al instante. *¡Magia!* Me doy cuenta entonces de que la envuelve un aire fresco y libre de humo. El fuego no parece afectarle, a pesar de que yo apenas puedo respirar.

—Por favor. —Jadeo en busca de aire y me agacho a ras de suelo cuando el humo se hace más espeso—. Ayúdame. Necesito esas profecías. El Portador de la Noche…

La jaduna no parece estar escuchándome. Tira de mí con fuerza hacia las escaleras, pero clavo los talones.

—¡Basta! —Intento que me suelte el brazo de una sacudida—. El Portador de la Noche quiere liberar a los genios.

Balbuceo, desesperada por su ayuda. Pero ella sigue en su empeño, empleando su magia y arrastrándome hasta un lugar seguro con una fuerza inexorable.

—Nosotras las jadunas no mantenemos ninguna disputa con los genios —me dice—. O con el *Meherya*. Sus planes no nos incumben.

—¡Todo el mundo cree que nadie le concierne hasta que los monstruos están llamando a su puerta! —Parece apenarse por mi grito, pero no me importa—. ¡Hasta que quemen vuestras casas, destruyan vuestras vidas y maten a vuestras familias!

—La Gran Biblioteca es mi responsabilidad, y eso significa llevarte a ti, y a cualquier persona que esté en peligro, fuera.

—¿Y quién diantres crees que es el culpable de haber hecho arder este sitio? ¿No es esa tu responsabilidad?

Mientras pronuncio las palabras, el humo se aparta y algo blanco viene volando hacia nosotras con una determinación que me sugiere que detrás hay una conciencia maligna. *¡Efrit!*

—¡Cuidado!

Me abalanzo sobre la jaduna que cae de espaldas, sintiendo escalofríos cuando el efrit de viento pasa tan cerca que la piel de la nuca me arde. La jaduna sale de debajo de mí rodando y le sigue la pista al efrit con una furia fría. Aprieta los puños, se levanta y sale disparada hacia la criatura como un cometa, con la túnica tornándose blanca como el hielo cuando atraviesa las llamas y desaparece. De inmediato, vuelvo mi atención hacia la estantería, pero no consigo verla a través del humo. Respirando con esfuerzo, me pongo a cuatro patas y me arrastro hacia delante.

Laia. ¿El susurro es en mi cabeza? ¿O es real? Alguien con una túnica negra se arrodilla delante de mí, observándome con ojos brillantes. No es el Portador de la Noche real. Si lo fuera, no sería capaz de mantener mi invisibilidad. Es algún tipo de proyección, o gules con algún truco de los suyos. Pero eso no hace que disminuya mi repulsión… o mi miedo.

Morirás aquí, ahogada por el humo, dice el Portador de la Noche. *Muerta como tu familia. Muerta sin motivo, más allá de tu propia estupidez. Te advertí…*

—¡Laia!

La imagen del Portador de la Noche se disipa. La voz que me llama me es familiar… y real. Darin. ¿Qué diablos hace aquí? Al instante giro sobre mi cuerpo, revolviéndome hacia la voz que me llama por segunda vez. Lo encuentro en la cima de las escaleras, la mitad de las cuales está siendo engullida por las llamas. *¡Maldito idiota!*

No me atrevo a desactivar mi invisibilidad por miedo a desmayarme de nuevo, pero cuando estoy cerca de él lo llamo y lo agarro del brazo.

—¡Estoy aquí! ¡Darin, lárgate! ¡Tengo que encontrar algo!

Pero mi hermano me aferra como una tenaza y me arrastra escaleras abajo.

—¡Los dos nos tenemos que ir! —grita—. ¡La segunda planta ya es pasto de las llamas!

—Pero tengo que...

—¡Tienes que vivir si quieres detenerlo! —Los ojos de Darin centellean. Utiliza toda su fuerza y la tercera planta ya no es más que un muro de fuego detrás de mí.

Bajamos los escalones de dos en dos, esquivando fragmentos flameantes de mampostería y un infierno de ascuas ardientes. Pongo una mueca cuando caen sobre los brazos desnudos de mi hermano, pero él las ignora, tirando de mí hacia abajo, y abajo, y abajo. Una viga enorme gruñe y Darin tiene el tiempo justo de empujarnos fuera de en medio cuando aterriza en las escaleras con un sonido estruendoso. Nos vemos obligados a volver algunos escalones atrás e inhalo una bocanada entera de humo. El pecho me arde de dolor y me doblo en dos, incapaz de dejar de toser.

—Pasa tu brazo por mis hombros, Laia —me pide Darin—. ¡No puedo verte!

Cielos, no puedo respirar... no puedo pensar. *No desactives la invisibilidad. Puede que Darin no pueda llevarte a cuestas y salir de aquí. No. La. Desactives.*

Llegamos a la segunda planta y las llamas se han apoderado de las escaleras. Por los infiernos sangrantes. Soy una necia. No debería haber venido aquí. Así Darin no me habría seguido. Ahora moriremos los dos. Mamá estaría tan avergonzada de mí, tan enfadada por mi temeridad. *Lo siento, mamá. Lo siento, papá. Ay, cielos, lo siento mucho.* Así fue como murió Elias. Al menos lo volveré a ver en la Antesala. Al menos tendré la oportunidad de despedirme.

Darin ve algo que yo no: una manera de cruzar. Me arrastra hacia delante y grito. El calor que noto en las piernas es demasiado intenso.

Y entonces pasamos por lo peor de las llamas. Mi hermano me carga ahora, levantándome por la cintura mientras mis pies rozan el suelo. Salimos a trompicones por las quemadas puertas principales hacia la noche. Todo está borroso. Entreveo una imagen de andamios, cubos, bombas de agua y gente, mucha gente.

La oscuridad me envuelve, y cuando vuelvo a abrir los ojos, estoy apoyada contra la pared de una callejuela con Darin agachado delante de mí, cubierto de ceniza, quemaduras, y sollozando aliviado.

—¡Eres muy estúpida, Laia! —Me empuja. Debo ser visible de nuevo, porque me abraza, me vuelve a empujar, me abraza por segunda vez—. Eres la única persona que tengo. ¡La única que me queda! ¿Se te ha llegado a pasar por la cabeza antes de entrar en un edificio en llamas?

—Lo siento. —Mi voz es rasposa y apenas audible—. Pensé... esperaba que... —Cielos, el libro. No he encontrado el libro. Cuando el fracaso me golpea con toda su contundencia, me siento mareada—. ¿Qué ha pasado con... con la biblioteca?

—No es más que un montón de cenizas, chica. —Darin y yo nos giramos a la vez cuando una figura emerge de la oscuridad. El precioso vestido rojo de la jaduna está chamuscado, pero todavía exuda un frío físico, como si el invierno revistiera su piel. Me clava los ojos maquillados de kohl—. Los efrits han hecho muy bien su trabajo.

Darin se pone en pie lentamente mientras va alargando la mano hacia su cimitarra. Yo me levanto trastabillando y me reclino contra la pared cuando un mareo hace que el mundo se tambalee. Sin duda alguna la jaduna nos arrestará. Y no hay manera de que podamos despistarla. Lo que significa que, no sé cómo, voy a tener que reunir las fuerzas para combatir contra ella.

La jaduna no se acerca. Se limita a observarme durante unos segundos.

—Me has salvado la vida —me dice—. El efrit me habría matado. Te debo una.

—Por favor, no nos arrestes —le pido—. Déjanos marchar… eso será suficiente para quedar en paz.

Me espero que replique, pero sigue mirándome con esos ojos inescrutables.

—Eres muy joven como para estar tan adentrada en las sombras. —Resopla—. Eres como él… como tu amigo. Al que llaman Musa. Lo he visto en la ciudad, susurrando esas historias, usando el influjo de su voz para crear una leyenda. Tanto tú como él… contaminados por la oscuridad. Debes acudir a mi casa, en Kotama, al este. Mi gente puede ayudarte.

Niego con la cabeza.

—No puedo viajar al este. No mientras el Portador de la Noche siga siendo una amenaza.

La mujer menea la cabeza, desconcertada.

—¿El *Meherya*?

—Has dicho antes esa palabra, pero no sé qué significa.

—Es su nombre, Laia de Serra. Su primer nombre verdadero. Define todo lo que ha hecho y todo lo que hará. Su fuerza yace en su nombre, y su debilidad. Pero —se encoge de hombros— eso es magia antigua. Hace mucho tiempo que se pronostica la venganza del Portador de la Noche. Sería inteligente por tu parte marcharte de aquí, Laia de Serra, e ir a Kotama…

—Me importa un pimiento Kotama. —Pierdo los estribos, olvidándome de que estoy hablando con una mujer que muy probablemente me podría matar de doce maneras distintas con un giro de la mano—. Tengo que pararle los pies.

—¿Por qué? —Niega con la cabeza—. Si lo detienes, ¿no sabes lo que pasará a continuación? Las consecuencias, la devastación…

—En todo caso no tengo idea de cómo puedo enfrentarme a él ahora.

El viento se levanta y los gritos se elevan al otro lado de la calle; hay peligro de que el fuego se propague hacia la ciudad. La jaduna frunce el ceño y mira por encima del hombro antes de chasquear los dedos. Algo pequeño y rectangular aparece en sus manos.

—Quizás esto sea de ayuda.

Me lo lanza. Es un libro grueso y pesado con unas letras plateadas estampadas en relieve en el lateral. *Historia de los videntes y profetas en el Imperio marcial*, por Fifius Antonius Tullius.

—Eso es pago suficiente para mi deuda —me dice la jaduna—. Ten presente mi oferta. Si vienes a Kotama, pregunta por D'arju. Es la mejor profesora en el Valle Lagrimal. Te ayudará a controlar la oscuridad, para que no supere tu intelección.

La jaduna desaparece. Abro el libro y me topo con una imagen dorada de un hombre con una túnica negra. Tiene el rostro oculto, pero sus manos están despojadas de cualquier rastro de color y sus ojos rojos miran por debajo de su capucha ensombrecida. Un augur.

Darin y yo intercambiamos una mirada y salimos a toda prisa de ese lugar antes de que la jaduna cambie de parecer.

* * *

Dos horas después, mi hermano y yo cruzamos a toda velocidad las calles de Adisa. Espero por los cielos que Musa esté de vuelta en la forja, porque no tengo tiempo para perseguirlo por el campo de refugiados. Ahora no. No después de lo que acabo de leer.

Para mi alivio, la forja está alumbrada cuando entro como una exhalación y Musa está sentado en el comedor mientras Zella le cura una quemadura en el brazo. Abre la boca pero no le doy tiempo para que hable.

—La Verdugo sobrevivió a un intento de asesinato —le digo—. ¿Sabes cómo? ¿Cuándo ocurrió? ¿Cuáles fueron las circunstancias?

—Al menos, siéntate…

—¡Tengo que saberlo ya, Musa!

Farfulla algo y desaparece en su habitación. Lo oigo revolviendo algo y luego regresa con un montón de pergaminos enrollados. Agarro uno, pero me da un manotazo.

—Estos están codificados. —Pasan unos minutos eternos en los que lee un mensaje tras otro—. Ah… aquí está. La apuñaló uno de los lacayos de Keris. Uno de sus hombres la llevó hasta los barracones. Alguien vio al Portador de la Noche saliendo de sus aposentos, y dos noches después ya estaba de vuelta dando órdenes.

Abro el libro sobre los augures en una página que he marcado.

—Lee —le pido.

—*La sangre del padre y la sangre del hijo son heraldos de la oscuridad* —lee Musa—. *El Rey iluminará el camino de la Matarife, y cuando la Matarife se doblegue ante el amor más profundo de todos, la noche se acercará. Únicamente la presencia del Fantasma podrá impedir la masacre. Si la heredera de la Leona reivindica el orgullo de la Matarife, este se desvanecerá, y la sangre de siete generaciones pasará por la tierra antes de que el Rey se alce vengativo de nuevo.* Malditos augures, esto no tiene ningún sentido.

—Lo tiene si sabes que el verdugo es un tipo de pájaro conocido por empalar a sus presas en tallos espinosos antes de consumirlas. Lo leí en un libro. La gente lo llama «pájaro carnicero». De ahí viene el nombre de *Verdugo de Sangre*.

—Esta profecía no se puede referir a ella —replica Musa—. ¿Qué hay de la otra? *La Matarife se romperá, y nadie la sostendrá.*

—Quizás esa parte no haya tenido lugar todavía —propone Darin—. Estamos buscando un fragmento de la Estrella, ¿verdad? ¿Alguno de esos informes dice algo de que la Verdugo de Sangre lleve puesta alguna joya? ¿O de algún arma que siempre lleve consigo?

—Tiene… —Musa revisa los rollos otra vez antes de ladear la cabeza para escuchar. Uno de sus entes alados pía bajito—.

¿Un anillo? Sí… tiene el anillo de Verdugo de Sangre, que recibió el otoño del año pasado, cuando asumió el cargo. Y tiene el anillo de la Gens Aquilla.

—¿Cuándo consiguió ese anillo? —inquiero.

—Me importa una… —Ladea la cabeza otra vez—. Su padre se lo dio. Antes de morir. El día que murió.

La sangre del padre. Debió de salpicar el anillo antes de morir. Y está claro que sería su orgullo porque es el símbolo de su familia.

—¿Y el Portador de la noche ha estado en Navium todo este tiempo? —pregunto.

Sé la respuesta antes de que Musa asienta.

—¿Lo ves ahora, Musa? —Le doy vueltas al brazalete que me dio Elias alrededor de mi brazo—. El Portador de la Noche se ha quedado en Navium porque su objetivo ha estado allí todo este tiempo. Nunca ha tenido motivos para irse. Ella lo tiene… La Verdugo de Sangre tiene el último fragmento de la Estrella.

XXX: Elias

B *anu al-Mauth.* Mientras deambulo por la ciudad de los genios, una voz me llama, penetrando distantemente, como un sedal lanzado en un océano infinito. Pero sé quién es. Aubarit Ara-Nasur. La faquira. Le dije que si me necesitaba podía venir a la linde del Bosque y llamarme.

Pero no puedo ir con ella. No después de todo lo que he descubierto. Al fin comprendo el motivo por el que Mauth les prohíbe su humanidad a sus Atrapaalmas. La humanidad conlleva emociones. Y las emociones significan inestabilidad. El único propósito de la existencia de Mauth es hacer de puente entre el mundo de los vivos y el de los muertos. La inestabilidad lo pone en riesgo.

Saberlo me da una extraña sensación de paz. No sé cómo voy a poder liberarme de mi humanidad. Tampoco sé si puedo, pero al menos ahora conozco el motivo de por qué debería hacerlo.

Mauth se revuelve. La magia se eleva desde la tierra en forma de niebla oscura y forma un tallo borroso. Conecto con ella. La magia es limitada, como si Mauth no confiara en mí lo suficiente como para proporcionarme más.

Abandono la ciudad de los genios y me veo cara a cara de inmediato con una nube de fantasmas tan espesa que apenas puedo ver a través de ella.

—*Banu al-Mauth*. Ayúdanos.

La súplica que tiñe la voz de Aubarit se puede oír incluso en la distancia. Parece estar aterrorizada. *Lo siento, Aubarit. Lo siento, pero no puedo.*

—Pequeñín. —Doy un respingo al ver al fantasma que se acaba de materializar delante de mí. Voluta. Da círculos muy agitada.

»Debes venir —susurra—. Tu gente se desvanece. Tu familia. Te necesitan del mismo modo que mi amorcito me necesitaba a mí. Ve con ellos. Ve.

—¿Mi… familia? —En mi mente aparece la comandante, los marciales.

—Tu familia verdadera. Los cantantes del desierto —especifica Voluta—. Padecen un gran dolor. Sufren.

No puedo ir con ellos, no ahora. Debo ayudar a los fantasmas a cruzar o seguirán acumulándose, los genios seguirán robando magia y me tendré que enfrentar a un problema todavía mayor que el que ya tengo.

—*Banu al-Mauth*. Ayúdanos. Por favor.

Pero las tribus están en peligro, al menos debo intentar ver por qué. Quizás alguna pequeña acción por mi parte pueda ayudarlas, y así podría volver al Bosque pronto y continuar con mi deber.

Intento no prestar atención a la manera como el suelo cruje detrás de mí o cómo los fantasmas gritan y los árboles gimen. Cuando alcanzo la frontera sur, apuntalo la barrera con mi magia física para asegurarme de que ningún fantasma me siga y me dirijo hacia el brillo distante de los carros tribales.

Una vez que he salido de la Antesala, oigo un retumbo familiar: tambores marciales. La guarnición más cercana está a kilómetros de distancia, pero el eco es siniestro, incluso desde aquí. Aunque los redobles están demasiado lejos como para que pueda interpretarlos, una vida entera de entrenamiento marcial me permite saber que sea lo que fuere lo que esté ocurriendo, no es algo bueno. Y que tiene que ver con las tribus.

Cuando llego al campamento, este ha aumentado desmesuradamente. Donde antes había la presencia solo de la tribu Nasur y la tribu Saif, ahora hay más de mil carros. Parece que sea una *majilees*, una reunión de las tribus, convocada solo en las circunstancias más funestas.

Lo que sitúa a miles y miles de tribales en un único lugar. Si yo fuera un general marcial intentando sofocar cualquier indicio de insurgencia y con la voluntad de hacer esclavos, este sería el lugar perfecto para ello.

Los niños se desperdigan cuando me acerco y se ocultan debajo de las carretas. El hedor es horrible, de un dulzón pegajoso, y localizo las carcasas de dos caballos a los que han dejado que se pudrieran al sol, con una nube de moscas zumbando por encima.

¿Los marciales ya han atacado? No puede ser, si hubiesen pasado por aquí se habrían llevado a los niños como esclavos.

Al norte diviso un círculo de carros tan familiar que se me encoge el corazón. La tribu Saif. Mi familia.

Me acerco a los carros lentamente, receloso de lo que me pueda encontrar. Cuando estoy a solo unos pasos, una forma extraña se materializa delante de mí. No es un humano, eso lo reconozco de inmediato. Pero tampoco es lo bastante transparente como para que sea un fantasma. Parece ser algo entremedias. En un primer instante, no lo reconozco. Al cabo de unos segundos, sus facciones deformadas se hacen terriblemente familiares. Es el tío Akbi, el cabeza de la tribu Saif y hermano mayor de Mamie Rila. El tío me montó en mi primer poni cuando tenía tres años. La primera vez que volví a la tribu Saif, cuando era un quinto, sollozó y me abrazó como si fuera su propio hijo.

La aparición se acerca a mí arrastrando los pies y desenfundo la espada. No es un espíritu. ¿Qué diablos es?

Elias Veturius, el estrafalario medio fantasma de mi tío sisea en *sadhese. Ella nunca te quiso. ¿Para qué iba a querer a una cosa sollozante de ojos claros? Solo te acogió porque le temía al mal de ojo*

que pudieran echarle. Y no nos has traído más que maldad y sufri-
miento, muerte y ruina…

Retrocedo. Cuando era niño, temía que el tío Akbi pensara esas cosas. Pero nunca las dijo.

Ven… ven a ver lo que tu fracaso ha ocasionado. La aparición se desliza hacia el campamento Saif, donde seis tribales yacen en unos catres puestos en fila. Parecen estar todos muertos.

Incluyendo al tío Akbi.

—No… Ay, no… —Me apresuro hacia él. ¿Dónde diantres está el resto de la tribu Saif? ¿Dónde está Mamie? ¿Cómo ha ocurrido esto?

—*Banu al-Mauth!* —Aubarit aparece a mi lado y estalla en lágrimas al verme—. He visitado el Bosque una decena de veces. Debes ayudarnos —solloza—. Las tribus han perdido la cabeza. Hay demasiados…

—¿Qué demonios ha ocurrido?

—Hace quince días, justo después de que te fueras, llegó otra tribu. No paraban de venir, una tras otra. Algunas habían perdido a sus faquires, y todas estaban teniendo problemas para despedir a sus muertos… el mismo forcejeo que experimenté con mi abuelo. Y entonces, hace dos días…

Menea la cabeza. *Justo cuando yo desaparecí en el Bosque.*

Los fantasmas de los muertos se dejaron de mover del todo. Sus cuerpos no mueren, y su *ruh*, su espíritu, no los abandona. Incluso aquellos con heridas mortales permanecen en el limbo. Son… son monstruosos. —La faquira se estremece—. Atormentan a sus familias. Están incitando a los suyos a que se suiciden. Tu… tu tío fue uno de ellos. Pero puedes ver lo que ha ocurrido. Aquellos que intentan quitarse la vida tampoco mueren.

Una figura delgada sale de uno de los carros y se lanza a mis brazos. No la habría reconocido de no haber oído su voz, cansada pero todavía prominente, todavía llena de historias.

—¿Mamie? —Se ha consumido hasta quedar en los huesos. Me entran ganas de maldecir y montar en cólera al ver la fragilidad evidente en lo que una vez fueron sus fuertes brazos y la escualidez de la que fue su preciosa cara redondeada. Parece estar tan sorprendida de verme como yo a ella.

—Aubarit Ara-Nasur me dijo que moras en el Bosque, entre los espíritus —me dice—, pero no... no me lo podía creer.

—Mamie. —La tradición exige que llore al tío Akbi con ella. Que comparta su dolor. Pero no hay tiempo para esas cosas. Me envuelve la mano con las suyas. Nunca las había notado tan frías—. Tienes que dispersar a las tribus. Es peligroso que estén todas en un mismo lugar. ¿Oyes los tambores?

Por la mirada desconcertada de su rostro, me doy cuenta de que ella, y probablemente el resto del campamento, no han reparado en la frenética actividad marcial.

Lo que significa que el Imperio está planeando algo en este preciso instante. Y las tribus no tienen ni idea.

—Aubarit —la llamo—. Tengo que encontrar a Afya...

—Estoy aquí, *Banu al-Mauth.* —La formalidad de Afya me escuece. La mujer tribal se acerca a mí arrastrando los pies con los hombros hundidos. Quiero preguntarle cómo se encuentra Gibran, pero hay una parte de mí que teme saber la verdad—. La noticia de tu llegada se extiende con rapidez.

—Despliega exploradores en todos los puntos que no estén cercanos al Bosque —le ordeno—. Creo que los marciales vienen de camino. Y creo que van a golpear despiadadamente. Tenéis que estar preparados.

Afya niega con la cabeza, y su antiguo y desafiante yo hace acto de presencia.

—¿Cómo vamos a estar preparados cuando nuestros muertos no se mueren y nos persiguen sus espíritus?

—Nos preocuparemos por eso cuando sepamos a qué nos enfrentamos —intervengo rápidamente, aunque no tengo ni idea de cuál puede ser la respuesta—. Quizá me equivoque y los marciales estén solo llevando a cabo ejercicios de entrenamiento.

Pero no estoy equivocado, y Afya lo sabe. Procede con rapidez; sus hombres tribales la rodean y ella empieza a dar órdenes. Gibran no está entre ellos.

Examino las tribus... hay demasiadas. Y aun así...

—Aubarit, Mamie, ¿podéis conseguir que al menos algunas de las tribus se dirijan al sur para esparcirse?

—No se irán, Elias. Tu tío convocó una *majilees*. Pero antes de que pudiéramos celebrarla, tres jefes tribales de las otras tribus enloquecieron a causa de los espíritus. Dos se tiraron al mar, y tu tío... —Los ojos de Mamie se empañan—. Todo el mundo tiene demasiado miedo como para irse. Creen que la fuerza reside en el número.

—Debes hacer algo, *Banu al-Mauth* —musita Aubarit—. Las *ruh* de nuestra propia gente nos están destruyendo. Si los marciales vienen, solo tendrán que rodearnos. Ya estamos derrotados.

Le aprieto la mano.

—Todavía no, Aubarit. Todavía no.

Esto es obra del maldito Portador de la Noche. Está sembrando todavía más caos aniquilando a las tribus. Aniquilando a mis amigos. Aniquilando a la tribu Saif, mi familia. Lo sé con la misma certeza con la que sé mi nombre. Me giro hacia el Bosque y llamo a Mauth.

Entonces me detengo. Intentar conectar con la magia para salvar la vida de la gente a la que amo es exactamente lo que Mauth no desea que haga. *Para nosotros, Elias, el deber debe reinar por encima de todo lo demás. El amor no puede vivir aquí.* Debo restringir mis emociones. El tiempo que he pasado en la ciudad de los genios me lo ha enseñado. Pero no sé cómo.

Lo que sí que sé, por el contrario, es ser un máscara. Frío. Asesino. Insensible.

—*Banu*... —empieza a decir Aubarit.

—Silencio. —Es mi voz, pero afilada y fría. La reconozco. Es el máscara que llevo dentro, el máscara que creía que no tendría que ser nunca más.

—¡Elias! —Mamie se ofende por mi falta de modales. Ella no me enseñó a comportarme así. Pero giro la cara hacia ella, la cara del hijo de Keris Veturia, y da un paso atrás antes de erguirse con aplomo. A pesar de todo lo que está ocurriendo, sigue siendo una kehanni, y no va a tolerar ningún tipo de insolencia, y mucho menos de uno de sus hijos.

Pero Aubarit, quizá percibiendo la tormenta de pensamientos que se arremolinan en mi mente, coloca suavemente la mano sobre la muñeca de Mamie, tranquilizándola.

El deber primero, hasta la muerte. El lema de Risco Negro, que regresa a mí ahora para fustigarme. *El deber primero.*

Dirijo el pensamiento a Mauth de nuevo, pero esta vez, lo medito. Tengo que detener a los fantasmas para que las tribus puedan hacerlos cruzar. Para que pueda volver al Bosque a seguir con mi obligación.

Deseo con todas mis fuerzas que la magia me responda. Que se comunique conmigo. Que me guíe. Que me diga lo que debería hacer.

Un niño suelta un alarido cerca, un sonido que me rompe el corazón. Debería ir con él. Debería comprobar qué pasa. En vez de eso, lo ignoro. Finjo que soy Shaeva, frío y sin emociones, encargándome de mi deber porque esa es mi única preocupación. Finjo que soy un máscara.

A lo lejos, en el Bosque, noto cómo se eleva la magia.

El amor no puede vivir aquí. Repito las palabras en mi cabeza. Mientras lo hago, la magia sale del Bosque enroscándose, acercándose lentamente hacia el máscara que reside en mí mientras sigue recelosa del hombre. Empleo la paciencia que la comandante nos inculcó en el entrenamiento de Risco Negro. Observo, espero, calmado como un asesino que acecha a su objetivo.

Cuando al fin la magia penetra dentro de mí, la absorbo. Aubarit pone los ojos como platos, pues debe de percibir el repentino influjo de poder.

La paradoja de la magia me despedaza. La necesito para salvar a la gente que me importa pero no me pueden importar si quiero usar la magia.

El amor no puede vivir aquí.

De sopetón, la magia me llena la vista, y aquello que estaba oculto se hace visible. Unas sombras oscuras se agrupan por todos lados como si fueran unos tumores malignos en un cuerpo torturado. Gules. Les doy una patada a los que tengo cerca y se desperdigan pero regresan casi al instante. Se congregan cerca de las tiendas donde Aubarit y los demás faquires han reunido a aquellos tribales que muestran signos de enajenamiento.

El alivio me invade, pues la solución es tan simple que me enfado por no haber visto a los gules antes.

—Necesitáis sal —les digo a Aubarit y a Mamie—. Los que están afectados por este mal están rodeados de gules, que se aferran a sus espíritus. Poned sal alrededor de aquellos que deberían estar muertos. Los gules la odian. Si dispersáis a esas pérfidas criaturas, los afligidos fenecerán y deberíais ser capaces de comulgar con sus espíritus de nuevo.

Aubarit y Mamie se marchan de inmediato para ir en busca de sal y contarles a las demás tribus cómo remediar la situación. Cuando espolvorean la sal alrededor de los afligidos, los siseos y gritos de los frustrados gules llenan el aire, aunque soy el único que puede oírlos. Camino con la faquira por el campamento. La magia todavía me acompaña, asegurándose de que los gules no estén esperando a que me vaya para regresar a hurtadillas.

Me preparo para volver a la Antesala cuando un grito distante me detiene en seco. Afya para su caballo a mi lado.

—Los marciales han reunido a una legión —me dice—. Casi cinco mil hombres. Se dirigen hacia aquí. Y vienen con rapidez.

Por los infiernos sangrantes. Nada más pensarlo, mi preocupación por las tribus aumenta, y la magia de Mauth abandona mi cuerpo. Me siento vacío sin él. Débil.

—¿Cuándo llegarán los marciales, Afya? —*Dime que están a unos días de camino.* Quizá, si lo deseo, se hará realidad. *Dime que todavía están equipando a sus tropas, pasando revista a las armas, preparándose para el asalto.*

A Afya le tiembla la voz cuando responde.

—Al alba.

TERCERA PARTE

ANTIUM

XXXI: La Verdugo de Sangre

A vitas Harper y yo no nos paramos a comer. No nos paramos para dormir. Bebemos de nuestras cantimploras mientras cabalgamos, deteniéndonos solo para cambiar de caballo en la posta de mensajería.

Puedo curar a mi hermana. Sé que puedo. Si consigo llegar hasta ella.

Tras tres jornadas de viaje, alcanzamos Serra, y es allí donde al fin freno y Avitas me obliga a desmontar, a lo que soy incapaz de resistirme a causa de la fatiga y el hambre.

—¡Suéltame!

—Comerás. —Harper está igual de encolerizado, sus ojos verde claro brillan mientras me arrastra hacia la puerta de los barracones de la Guardia Negra—. Descansarás. O no habrá ninguna esperanza para tu hermana, ni para el Imperio.

—Un refrigerio —cedo—. Y dos horas de sueño.

—Dos comidas —rebate—. Y cuatro horas de sueño. No se hable más.

—Tú no tienes hermanos —le espeto—. Al menos no uno que sepa quién eres. Y aunque los tuvieras, tú no tuviste que ver cómo tu familia… No eres el motivo por el que ellos…

Me arden los ojos. *No me consueles,* le grito a Harper en mis adentros. *Ni se te ocurra.*

Harper se me queda mirando unos segundos antes de darse la vuelta y pedirle bruscamente al guardia de servicio que consiga comida y una habitación lista. Cuando vuelve, me he recompuesto.

—¿Prefieres dormir aquí en los barracones o en tu antigua casa? —pregunta Harper.

—Mi hermana es mi casa —respondo—. Hasta que no esté con ella, me importa un comino dónde duerma.

En algún punto me quedo dormida medio desplomada en una silla. Cuando me despierto en mitad de la noche, azotada por las pesadillas, me encuentro en mis aposentos con una manta echada encima.

—Harper... —Se levanta de entre las sombras, vacilando unos instantes a los pies de mi catre antes de arrodillarse al lado de mi cabeza. Tiene el pelo alborotado y el rostro plateado expuesto. Me coloca una mano cálida sobre el hombro y me empuja de vuelta hacia la almohada. Por primera vez, veo sus ojos transparentes, llenos de preocupación, cansancio y algo más que no consigo acabar de reconocer. Espero que levante la mano, pero la deja quieta.

—Duerme, Verdugo. Solo un poco más.

* * *

Diez días después de salir de Serra, llegamos a Antium cubiertos de sudor y suciedad del camino y con los caballos jadeando y echando espuma por la boca.

—Todavía sigue con vida. —Faris se reúne con Avitas y conmigo en la descomunal puerta levadiza de hierro de Antium. Le habrán avisado de que veníamos los guardias de la ciudad.

—Tu deber era protegerla. —Lo agarro del cuello, mi furia otorgándome fuerza. Los guardias de la puerta dan un paso atrás y un grupo de esclavos académicos que argamasan una pared cercana se dispersan—. Tu deber era mantenerla a salvo.

—Castígame si lo deseas —dice Faris con la voz ahogada—. Me lo merezco. Pero ve con ella antes.

Lo aparto de mí de un empujón.

—¿Cómo ocurrió?

—Veneno —responde—. De acción lenta. Solo los cielos saben de dónde lo sacó ese monstruo.

Keris. Esto ha sido obra suya. Tiene que haber sido ella. Gracias a los malditos cielos que siga encarcelada en Navium.

—Normalmente esperamos seis horas entre que los catadores prueban su comida y Livia se la come —continúa Faris—. Siempre hemos estado presentes Rallius o yo para supervisar a los *praegustators* personalmente. Pero esta vez, pasaron más de siete horas antes de que sus catadores cayeran fulminados. La comida estuvo en su cuerpo solo una hora, y pudimos purgarla lo suficiente como para que no muriera en el acto, pero...

—¿El bebé?

—Vivo, según la comadrona.

El palacio está en calma. Al menos Faris ha conseguido que la noticia del envenenamiento de la Emperatriz quedase de puertas para adentro. Esperaba que Marcus estuviera cerca, pero está en la corte, escuchando a sus peticionarios, y no se espera que vuelva a los aposentos reales hasta al cabo de unas horas. Una indulgencia nimia, aunque lo agradezco.

Faris se detiene delante de la puerta de Livia.

—No tiene el aspecto que recuerdas, Verdugo.

Cuando entro en la habitación de mi hermana, apenas reparo en sus doncellas, cuyos semblantes expresan una aflicción genuina. Hace que las odie un poco menos que exhiban tal angustia cuando mi hermana se debate entre la vida y la muerte.

—Fuera —les ordeno—. Todo el mundo. Ya. Y ni se os pase por la cabeza decir una palabra de esto a nadie.

Desfilan de la habitación en hilera rápidamente aunque a regañadientes, echando la vista atrás hacia mi hermana con expresión triste. A Livia siempre le fue fácil entablar nuevas amistades por la manera respetuosa con la que trata a todo el mundo.

Cuando las mujeres se han marchado, me giro hacia Harper.

—Protege la puerta con tu vida —le ordeno—. Nadie entra. No me importa si se trata del Emperador. Encuentra la manera de mantenerlo alejado.

Avitas me hace un saludo y cierra la puerta detrás de mí.

La habitación de Livia está recargada de sombras, y yace tan quieta como un cadáver en la cama con el rostro macilento. No veo ninguna herida, pero puedo advertir el veneno que serpentea por las venas de su cuerpo, un enemigo despiadado carcomiendo sus entrañas. Su respiración es superficial, y su color, grisáceo. Que haya sobrevivido todo este tiempo en un estado tan débil es un maldito milagro.

—No es un milagro, Verdugo de Sangre. —Una sombra emerge del lado de la cama, cubierta en negro y con unos ojos como soles.

—¿Qué estás haciendo aquí? —Ese detestable genio debía saber lo que la comandante se traía entre manos. Quizás incluso le proporcionó el veneno.

—Exhibes tus pensamientos con el mismo descaro que tus armas —dice el Portador de la Noche—. La comandante no es tan transparente. Desconocía sus planes, pero he sido capaz de mantener a tu hermana en estasis hasta que llegaras. Ahora te toca a ti curarla.

—Dime por qué me estás ayudando —le exijo saber, furiosa por tener que hablar con él, por no poder empezar a ayudar a Livvy de inmediato—. Sin mentiras. Cuéntame la verdad. Eres el aliado de Keris. Lo has sido durante años. Esto es obra suya. ¿A qué estás jugando?

Durante un buen rato, creo que va a negarme que sea un agente doble. O que se va a enfadar y me va a despedazar.

Cuando habla al fin, lo hace con mucho cuidado.

—Tienes algo que deseo, Verdugo. Algo de cuyo valor todavía no te has dado cuenta. Pero para que pueda usarlo, me debe ser dado en un acto de amor. Un acto de confianza.

—¿Estás intentando ganarte mi amor y mi confianza? Jamás los obtendrás.

—Tu amor, no —especifica—. Jamás lo esperaría. Pero tu confianza, sí. Quiero tu confianza. Y me la concederás. Debes hacerlo. Pronto tendrás que enfrentarte a una prueba, niña. Todo lo que aprecias arderá. No tendrás ningún amigo ese día. Ningún aliado. Ningún compañero de armas. Ese día, tu confianza en mí será tu única baza. Pero no te puedo obligar a que confíes en mí. —Da un paso atrás para dejarme la vía libre hacia Livia.

Mirando de soslayo al genio, la examino con más detenimiento. Escucho su corazón. Noto su latido, su cuerpo y su sangre en mi mente. El Portador de la Noche no me ha mentido sobre ella. Este veneno no es uno al que un humano pueda sobrevivir sin ayuda.

—Estás malgastando un tiempo precioso, Verdugo de Sangre —me advierte el genio—. Canta. Yo le mantendré el cuerpo con vida hasta que sea capaz de hacerlo por sí misma.

Si hubiese querido hacerme daño, daño de verdad, la habría dejado morir. Ya me habría matado.

La canción de Livia discurre por mis labios con facilidad. La conozco desde que era un bebé. La tuve en brazos, la mecí, la quise. Canto sobre su fuerza. Canto sobre la dulzura y el sentido del humor que sé que todavía viven dentro de ella, a pesar de los horrores a los que ha tenido que hacer frente. Siento que su cuerpo se fortalece y su sangre se regenera.

Pero cuando estoy poniendo a sitio todas las piezas, algo no está bien. Me desplazo de su corazón hasta su barriga. Mi percepción se estremece.

El bebé.

Él —pues mi hermana tiene razón, es un niño— está dormido. Pero hay algo que me preocupa. Su latido, que el instinto me dice que debería sonar como el aleteo alegre de un pájaro, es demasiado lento. Su mente a medio desarrollar está demasiado inactiva. Se aleja de nosotros.

Cielos, ¿cuál es la canción del niño? No lo conozco. No sé nada de él más allá de que es parte de Marcus y parte de Livia y que es nuestra única opción para conseguir un Imperio unido.

—¿Qué futuro quieres que tenga? —pregunta el Portador de la Noche. Al oír su voz me sobresalto. Estaba tan concentrada en la curación que me había olvidado de que estaba aquí—. ¿Quieres que sea un guerrero? ¿Un líder? ¿Un diplomático? Su *ruh*, su espíritu, está dentro, pero todavía no se ha acabado de formar. Si deseas que viva, entonces debes darle forma con lo que tiene: su sangre, su familia. Pero debes saber que, al hacer eso, estarás atada a él y a su propósito para siempre. No serás capaz de liberarte de ello.

—Es mi familia —susurro—. Mi sobrino. Jamás querría liberarme de él.

Tarareo, buscando su canción. ¿Quiero que sea como yo? ¿Como Elias? Está claro que no como Marcus.

Quiero que sea un Aquilla. Y quiero que sea un marcial. Así que le canto con las notas de mi hermana Livia: su amabilidad y su risa. Le canto la convicción y la prudencia de mi padre. La consideración e inteligencia de mi madre. Le canto el fuego de Hannah.

De su padre le canto solo una cosa: su fuerza y su habilidad para el combate. Solo una palabra rápida, afilada, contundente y clara; cómo habría sido Marcus si el mundo no lo hubiese echado a perder. Si no se hubiese permitido caer en la desgracia.

Pero falta algo. Lo siento. Este niño un día será Emperador. Necesita algo que se enraíce muy profundamente, algo que lo sustente cuando no le quede nada más: el amor de su gente.

La idea aparece en mi cabeza como si hubiese brotado de la nada. Así que le canto mi propio amor, el amor que aprendí en las calles de Navium, al pelear por mi gente, cuando ellos han peleado por mí. El amor que aprendí en la enfermería, curando a niños y diciéndoles que no tuvieran miedo.

Su corazón empieza a latir con brío de nuevo y su cuerpo se fortalece. Siento que le da a mi hermana una patada tremenda y me retiro aliviada.

—Bien hecho, Verdugo. —El Portador de la Noche se levanta—. Ahora dormirá, y tú deberías hacerlo también, si no deseas que el poder curativo cause estragos en tus fuerzas. Aléjate de cualquier persona herida, si puedes. Tu poder te atraerá a ellas. Te exigirá que lo escuches, que lo uses, que te deleites con él. Debes resistirte, a menos que quieras acabar contigo misma.

Dicho eso, se desvanece, y vuelvo la vista a Livvy que duerme plácidamente y en cuyo rostro ha vuelto el color. Alargo una mano vacilante hacia su barriga, atraída por la vida que hay en su interior. Dejo la mano encima durante un buen rato y los ojos se me empañan cuando noto otra patada.

Estoy a punto de hablarle al niño cuando las cortinas al lado de la cama se remueven. De inmediato llevo la mano en busca del martillo de guerra colgado a la espalda. La corriente proviene del pasillo que une la habitación de Marcus con la de Livvy. El estómago me da un vuelco. Ni siquiera se me ha pasado por la cabeza inspeccionar esa entrada. *¡Verdugo, maldita idiota!*

Un instante después, el Emperador Marcus sale de detrás del tapiz colgado, sonriendo.

Quizá no me haya visto curando a Livia. Quizá no lo sepa. Solo han sido unos minutos. No ha podido estar observando todo este rato. El Portador de la Noche lo habría visto o percibido.

Pero entonces me acuerdo de que Marcus aprendió a bloquear a los augures de su mente gracias al Portador de la Noche. Quizá haya desarrollado una manera de mantener al genio alejado, también.

—Me has estado guardando secretitos, Verdugo —me dice Marcus y sus palabras fulminan cualquier esperanza que tuviera de mantener mi magia oculta—. Ya sabes que no me gustan los secretos.

XXXII: *Laia*

Tenía que ser la Verdugo de Sangre. No podía ser algún mensajero debilucho o un mozo de cuadra zoquete... alguien a quien pudiera pisparle el anillo.

—¿Cómo diantres se supone que se lo voy a quitar? —Doy vueltas con paso nervioso por el patio de la forja. Es noche cerrada y Taure y Zella han vuelto al campo de refugiados a ayudar ya que los marinos han abandonado a los académicos a la intemperie.

—Aunque me hiciera invisible —prosigo—, lo llevaría en el dedo. Es una máscara, por los cielos. Y si el Portador de la Noche está cerca de ella, no sé si mi invisibilidad funcionará. Tardaría dos meses en llegar a Navium, pero la Luna Gramínea será dentro de siete semanas.

—No está en Navium —dice Musa—. Se ha marchado a Antium. Podemos enviar a alguien que ya esté en la ciudad para que se lo arrebate. Dispongo de muchos contactos.

—O tus entes alados —sugiere Darin—. ¿Y si ellos...?

Una piada chirriante nos quita esa idea de la cabeza.

—No van a tocar ningún fragmento de la Estrella —traduce Musa después de escuchar un instante—. Le tienen demasiado miedo al Portador de la Noche.

—En cualquier caso, vuélvelo a leer. —Señalo con la cabeza hacia el libro que tiene delante—. *Únicamente la presencia del Fantasma podrá impedir la masacre. Si la heredera de la Leona reivindicara el orgullo de la Matarife, este se desvanecerá.* Yo soy la heredera de mi madre, Musa. Tú mismo me elegiste. Y soy el Fantasma. ¿Conoces a alguien más que pueda desaparecer?

—Si eres el Fantasma —dice Musa—, ¿qué tiene que ver lo de la caída... o que se marchite tu carne? ¿O recuerdo mal la profecía de Shaeva?

No la he olvidado.

El Fantasma caerá, su carne se marchitará.

—No importa. ¿Quieres poner en riesgo el destino del mundo intentando descubrirlo?

—Quizá lo que no quiero poner en riesgo es a ti, *aapan* —tercia Musa—. El campo de refugiados es un desastre. Tenemos a casi diez mil sin casa y otros mil heridos. Te necesitamos para que les des voz a los académicos. Te necesitamos para que seas nuestra cimitarra y nuestro escudo. Y te necesitaremos todavía más si el Portador de la Noche se sale con la suya. No me servirás de mucho si consigues que te maten.

—Ya sabías que este era el trato cuando lo hiciste —le digo—. Tú me ayudas a encontrar el último fragmento de la Estrella y acabar con el Portador de la Noche y cuando regreso me ofrezco como líder de la Resistencia en el norte. Además, si todo sale según el plan, el Portador de la Noche no alcanzará su meta.

—Aun así los marciales atacarán. Quizá no ahora, pero en algún momento lo harán. La comandante ya ha intentado hacerse con la flota marcial así como con la de los karkauns. Fracasó, pero es bien sabido que quería esos barcos para atacar a los marinos. Las Tierras Libres tienen que prepararse para la guerra. Y los académicos necesitan una voz potente que hable en su nombre cuando el día llegue.

—De nada va a servir si estamos todos muertos.

—Mírate. —Musa niega con la cabeza—. Con un pie al otro lado de la puerta, como si fueras a salir disparada hacia Antium en este mismo instante.

—La Luna Gramínea tendrá lugar dentro de poco más de seis semanas, Musa. No me queda tiempo.

—¿Qué propones? —pregunta Darin—. Laia tiene razón… no tenemos tiempo.

—La gente del Imperio conoce tu rostro. El Portador de la Noche puede leerte la mente y tu invisibilidad deja de funcionar en su presencia. Necesitas a gente que te ayude en Antium —contesta Musa—. Gente que conozca la ciudad y a los marciales. Por supuesto, yo te lo puedo proporcionar. Dejamos que ellos ideen un plan para que te puedas acercar a la Verdugo. De esta manera, no te lo podrán extraer de la mente.

—¿Y no se lo pueden sonsacar a ellos?

—Mi gente… bueno, persona, está entrenada para no dejar pasar a los intrusos. Tiene una mente de acero infranqueable y es silenciosa y lista como un espectro. Sin embargo…

—Nada de *sin embargo* —intervengo alarmada—. Sea lo que fuere que quieras que haga, lo haré a la vuelta.

—Apenas te he pedido que hicieras nada por mí, Laia.

—Y algo me dice que estás a punto de pedir la compensación —murmura Darin.

—Así es. —Musa se levanta del asiento al lado de una de las forjas con una mueca—. Ven conmigo. Te lo explicaré por el camino. Aunque… —me mira de arriba abajo con mala cara— tienes que pasar por el baño antes.

Una sospecha repentina se forma en mi mente.

—¿A dónde vamos?

—Al palacio. A hablar con el rey.

* * *

Cuatro horas más tarde, estoy sentada en una silla tapizada en una salita del palacio al lado de Musa, esperando para una audiencia con un hombre al que no deseo ver.

—Esto es una pésima idea —le susurro a Musa—. No tenemos ningún tipo de apoyo de los refugiados ni de los académicos adisanos, ni tampoco combatientes de la Resistencia a nuestras espaldas…

—Te vas a marchar a Antium para darle caza a un genio —replica Musa—. Necesito que hables con el rey antes de que mueras.

—Que conociera a mi madre no es garantía de que me vaya a escuchar. Tú has vivido aquí toda la vida. Tienes más opciones de persuadirlo para que ayude a los académicos. Está claro que te conoce; de lo contrario jamás habría accedido a esta audiencia.

—Ha accedido a reunirse con nosotros porque cree que va a ver a la renombrada hija de su antigua amiga. Ahora recuerda, debes convencerlo de que los académicos necesitan ayuda y de que los marciales suponen una amenaza —me dice Musa—. No hay ninguna necesidad de mentar al Portador de la Noche. Solo…

—Ya lo he captado. —*Puesto que me lo has dicho diez veces,* guardo para mis adentros.

Agarro el cuello de mi vestido, que me queda lo suficientemente bajo como para que se vea la *K* que la comandante me dejó marcada, y tiro de él hacia arriba por enésima vez. El vestido que me ha encontrado Musa está compuesto por un corpiño estrecho que se ensancha a partir de la cintura, de seda color azul turquesa intercalada con capas de gasa verde mar. El cuello y los dobladillos lucen motivos florales bordados, espejitos y esmeraldas minúsculas. La tela se oscurece a un tono azul marino hacia el borde, que roza ligeramente los zapatos beis que Taure me ha dado. Me he recogido el pelo en una trenza enrollada en un moño alto y me he frotado la piel tan meticulosamente que la tengo en carne viva.

Cuando veo mi reflejo en el espejo de una pared de la salita, desvío la mirada, pensando en Elias y deseando que me pudiera ver de esta guisa. Deseando que estuviera aquí a mi lado en el lugar de Musa, vestido con su ropa más elegante, y que fuéramos a entrar a un baile o a una fiesta.

—Deja de removerte, *aapan.* —Musa me saca de mi ensoñación—. Vas a arrugar el vestido.

Él lleva puesta una camisa blanca impoluta debajo de una chaqueta azul larga entallada con botones dorados. Su pelo, que normalmente lleva recogido atrás, cae por encima de sus hombros en ondas gruesas y oscuras bajo la capucha. Aunque tiene el rostro oculto, más de una cabeza se ha girado mientras caminábamos con la capitana Eleiba por los pasillos de palacio. Unas cuantas veces, los cortesanos incluso han hecho ademán de acercarse a nosotros antes de que Eleiba los alejara con una mirada.

—No puedo hacerlo, Musa. —La preocupación hace que me ponga de pie y camine por la salita—. Dijiste que tendríamos una única oportunidad de convencer al rey para que nos ayudara. Que el futuro de nuestra gente depende de esto. Yo no soy como mi madre. No soy la persona adecuada...

Unas botas repiquetean en el suelo detrás de la puerta y la puerta a la sala de audiencias se abre. La capitana Eleiba aguarda.

—Buena suerte. —Musa da un paso atrás. Me doy cuenta de que no tiene intención de venir conmigo.

—¡Ya estás arrastrando el culo hasta aquí, Musa!

—Laia de Serra —anuncia Eleiba con una voz atronadora—, hija de Mirra y Jahan de Serra. —Le dedica a Musa una mirada fría—. Y Musa de Adisa, príncipe consorte de Su Majestad real, Nikla de Adisa.

Solo después de haberme quedado boquiabierta unos cuantos segundos me doy cuenta de lo tonta que debo parecer. Musa hace un gesto negativo con la cabeza.

—No soy bienvenido aquí, Eleiba...

—Pues no haber venido —le espeta la capitana—. El rey aguarda.

Musa se mantiene a unos pasos por detrás de mí, así que ni siquiera puedo fulminarlo con la mirada como es debido. Entro en la sala de audiencias y me siento abrumada al instante por la cúpula con joyas incrustadas que se eleva sobre mi cabeza, el suelo taraceado con madreperla y ébano y las columnas de cuarzo rosa que brillan reflejando la luz de la estancia. De repente me siento como una campesina.

Un anciano que supongo que es el rey Irmand espera en la zona norte de la sala con una mujer mucho más joven y de rostro conocido a su lado. La princesa Nikla. Los tronos en los que están sentados están hechos con madera flotante desgastada, ornamentada con tallas de peces, delfines, ballenas y cangrejos.

En la habitación solo están presentes sus majestades y los guardias. Eleiba se coloca detrás del rey, y muestra su evidente nerviosismo con el dedo que no deja de dar toquecitos contra su muslo.

El rey tiene la apariencia desmejorada de alguien que fue un hombre robusto pero que ha envejecido precipitadamente. Nikla se muestra como una figura poderosa al lado de su frágil padre, aunque no tiene nada que ver con la mujer de ropa sencilla que vi en la celda de la prisión. El vestido que lleva puesto está recargado de bordados, similar al mío, y sobre su cabello oscuro ostenta un tocado turquesa que da la impresión de ser una ola que se rompe en la orilla.

Cuando veo la ira que desprende su rostro, mis pasos vacilan, y busco cualquier salida que pueda haber en la sala del trono. Ojalá hubiese traído un arma conmigo.

Pero la princesa solo me mira con desdén. Para mi alivio, no está rodeada de gules, aunque algunos acechan en las sombras de la sala.

—Ah, mi caprichoso yerno ha regresado. —La voz profunda del anciano se contrapone a su apariencia frágil—. He echado de menos tus ocurrencias, chico.

—Y yo las suyas, Majestad. —La voz de Musa es sincera. Evita mirar a Eleiba a conciencia.

—Laia de Serra. —La princesa de la corona ignora a su marido... ¡*Marido!*—. Bienvenida a Adisa. Hace tiempo que esperamos conocerte.

Hace tiempo que esperas matarme, querrás decir. Arpía. La irritación debe de ser aparente en mi rostro, porque Musa me dedica una mirada de advertimiento antes de inclinarse en una reverencia. Lo imito a regañadientes. Las líneas alrededor de la boca de Nikla se tensan.

Ay, cielos. ¿Cómo le voy a hablar a un rey? No soy nadie. ¿Cómo lo voy a convencer?

El rey hace un gesto para que nos levantemos.

—Conocí a tus padres, Laia de Serra —dice—. Tienes la belleza de tu padre. Era un tipo guapo como un genio. Aunque no había fuego en su interior. Al menos no como el que poseía la Leona. —Irmand me mira con interés—. Bien, hija de Mirra, ¿tienes una petición? En honor a tu difunta madre, que fue amiga mía y una aliada durante muchos años, la escucharé.

La princesa Nikla apenas es capaz de reprimir una mueca al oír las palabras *amiga* y *aliada* y sus oscuros ojos chispean. Noto cómo mi ira crece al pensar en las cosas que dijo sobre mi madre. Cuando recuerdo lo que los niños de la ciudad decían sobre la Leona. Nikla me clava la mirada, en una manifiesta declaración de desafío. Detrás de ella, algo oscuro y furtivo revolotea alrededor de una de las columnas de cuarzo rosa; un gul.

Un recordatorio de la oscuridad a la que nos enfrentamos, uno que hace que cuadre los hombros y le devuelva la mirada al rey. Soy alguien. Soy Laia de Serra, y en este instante, soy la única voz de la que dispone mi pueblo.

—Los académicos padecen sin necesidad, Su Majestad, y puede ponerle solución.

Le cuento lo del incendio en el campo de refugiados. Todo lo que han perdido los académicos. Lo pongo al corriente sobre la guerra que le ha declarado el Imperio a mi gente, el genocidio de la comandante, los horrores de Kauf. Y entonces, pese a la advertencia de Musa, le hablo del Portador de la Noche. Me siento como una kehanni en este momento, y debo conseguir que me crean.

No me atrevo a mirar a Musa hasta que acabo la narración. Tiene los puños apretados, con los nudillos blancos y la mirada fija en Nikla. Mientras contaba la historia, tenía la atención puesta en el rey. No me he dado cuenta de que los gules han emergido de las sombras y se han congregado alrededor de la princesa. No he reparado en cómo se han acoplado a ella como sanguijuelas.

Musa parece estar observando cómo torturan lentamente a un ser querido; que a fin de cuentas es el caso.

—Ayude a los académicos, su gracia —insisto—. Padecen cuando no hay necesidad. Y prepare a sus ejércitos. Venga o no el Portador de la Noche —le insisto al rey—, debe...

—¿Debo? —El anciano arquea las cejas—. ¿Debo?

—Así es —le suelto—. Si quiere que su pueblo sobreviva, debe prepararse para la guerra.

Nikla se levanta y da un paso hacia mí con la mano en su arma, antes de poder controlarse.

—No la escuches, padre. Ella es insignificante. Solo una chiquilla cuentacuentos.

—No me menosprecies. —Me adelanto y todo deja de importarme: la mano de Eleiba en su arma, los guardias que se tensan y la súplica murmurada de Musa para que me calme—. Soy la hija de la Leona. Destruí Risco Negro. Le salvé la vida a Elias Veturius. Sobreviví a la comandante Keris Veturia. Sobreviví a la traiciones de la Resistencia y del Portador de la Noche. Crucé el Imperio y me infiltré en la prisión de Kauf. Rescaté a mi hermano y a otros cientos de académicos. No soy insignificante. —Desvío mi atención hacia el rey—. Si no os preparáis para la guerra, su gracia, y el Portador de la Noche libera a los genios, todos caeremos.

—¿Y cómo se supone que debemos hacer eso, Laia de Serra, sin acero sérrico? —pregunta la princesa Nikla—. Sabemos que tu hermano sigue con vida. No cabe duda de que Musa lo tiene bien oculto, martilleando armas para tu Resistencia.

—Darin de Serra está dispuesto a fabricar armas para los marinos —interviene Musa sin vacilar y me pregunto cuándo se lo ha comentado a Darin—. Y a enseñarles a los forjadores marinos la técnica. Si se les da la misma cantidad de armamento a los académicos y se le enseña al mismo número de forjadores académicos. Y si se les proporciona a los académicos que han perdido sus casas alojamiento temporal en la ciudad y empleo.

—Mentiras —sisea Nikla—. Padre, pretenden engañarte. Solo quieren armar a su Resistencia.

Por más que me gustaría replicarle, hago un esfuerzo por ignorar a Nikla. Es al rey a quien tengo que convencer.

—Su Majestad, es una buena oferta. No conseguirá nada mejor. Está claro que los marciales no lo van a ayudar, ¿y de qué otro modo podría conseguir acero sérrico?

El rey me observa con atención ahora, y la chispa de diversión que había en sus ojos ha desaparecido.

—Eres intrépida, Laia de Serra, por decirle a un rey lo que tiene que hacer.

—No soy intrépida. Solo estoy desesperada y harta de ver a mi gente sufrir.

—Oigo verdad en tus palabras, chica. Aun así… —El rey mira a su hija. El tiempo que los gules se han mantenido alejados de ella ha tenido un aspecto regio, incluso precioso. Pero ahora parece enfadada y despiadada, con los labios carentes de color y las pupilas excesivamente brillantes.

El anciano niega con la cabeza.

—Quizá lo que digas sea verdad, pero si nos armamos con acero sérrico, preparamos nuestra flota y afianzamos nuestras defensas, los marciales podrían declarar la guerra bajo el pretexto de que estamos planeando un ataque.

—Los marciales están en un estado permanente de alarma —le digo—. No pueden atacar solo porque hagáis lo mismo.

Oigo su edad en el suspiro que profiere.

—Ay, niña —se queja—. ¿Te haces una idea del equilibrio precario al que nos hemos visto expuestos en los pasados quinientos años con el Imperio ladrando en nuestras fronteras? ¿Sabes lo difícil que ha sido mantener ese equilibrio con los académicos entrando a raudales en nuestro país? Estoy mayor. Moriré pronto. ¿Qué le voy a legar a mi hija? Decenas de miles de refugiados. La Gran Biblioteca derruida. Un pueblo dividido: la mitad deseando ayudar a los académicos, la otra mitad cansado de quinientos años de hacerlo. ¿Y se supone que tengo que reunir a mis ejércitos? ¿Bajo la promesa de una chica que dice haber estado ayudando a fabricar armamento ilegal?

—Al menos ayude a los académicos del campo de refugiados —le pido—. Están…

—Reemplazaremos sus tiendas. A su debido tiempo. Es todo cuanto podemos hacer.

—Padre —interviene Nikla—. Solicito la custodia de esta chica y de su hermano, que está claro que merodea por la ciudad.

—No —responde el rey Irmand, y aunque sus palabras llevan el peso de la autoridad de su cargo, me doy cuenta con un escalofrío de que sus manos, llenas de manchas, temblorosas y rígidas, delatan su edad avanzada. Dentro de poco su hija será reina—. Si los mantenemos aquí, hija, les daremos a los marciales motivos para cuestionar nuestro compromiso con la paz. Son fugitivos en el Imperio, ¿no es así?

—Señor. Por favor, escuche. Era amigo de mi madre… confiaba en ella. Por favor, en su lugar, confíe en mí ahora.

—Ha sido un honor conocer a la hija de Mirra. Teníamos nuestras diferencias, tu madre y yo, y me han llegado rumores despreciables de ella a lo largo de los años. Pero su corazón era verdadero. De eso estoy seguro. En honor a nuestra amistad, os concedo a ti y a tu hermano dos días para abandonar la ciudad. La capitana Eleiba supervisará vuestros preparativos y vuestra marcha. Musa —el rey menea la cabeza—, no vuelvas aquí jamás.

El rey alarga una mano hacia la capitana de la guardia de la ciudad. Ella se la aferra de inmediato, haciéndole de apoyo mientras se levanta.

—Asegúrate de que Laia de Serra y su hermano encuentren el camino hasta los muelles, capitana. Yo tengo un reino al que dirigir.

XXXIII: La Verdugo de Sangre

No puedo celebrar el hecho de haber salvado a Livia y así haber frustrado los planes de la comandante. Marcus ahora sabe lo que soy capaz de hacer, y aunque no ha dicho demasiado después de sorprenderme con las manos en la masa, solo es cuestión de tiempo que lo use en mi contra.

Pero peor que eso es el hecho de que, transcurridos unos días desde mi llegada a Antium, me informan de que Keris se las ha apañado para procurarse la libertad.

—Los *paters* ilustres descubrieron un vacío legal. —Marcus se pasea nervioso por su despacho privado, con las botas que crujen sobre los fragmentos desperdigados de una mesa que ha destruido en un arrebato de ira—. Según la ley, no se permite el encarcelamiento del cabeza de una Gens ilustre durante más de una semana sin la aprobación de dos tercios del resto de las demás Gens ilustres.

—Pero ella no es la *mater* de la Gens Veturia.

—Lo era cuando la metiste en prisión —arguye Marcus—. Por lo que se ve, eso es lo que importa.

—Permitió que murieran miles de personas en Navium.

—Por los cielos, qué estúpida eres. —Marcus exhala un resoplido exasperado—. Navium está a mil leguas de aquí. Los ilustres y mercantes de allí no pueden hacer nada para ayudarnos. Ni siquiera han sido capaces de mantenerla encerrada.

Sus aliados en Antium ya están esparciendo alguna historia ridícula según la cual lo de Navium no fue culpa suya. Lo que daría por poderles rebanar la cabeza a todos. —Ladea la cabeza y musita—: Corta una y aparecerán diez más en su lugar, lo sé, lo sé…

Por los cielos sangrantes. Está volviendo a hablar con el fantasma de su hermano. Espero a que pare, pero cuando continúa, me alejo con la esperanza de que no se dé cuenta y cierro la puerta con cuidado tras de mí. Harper me espera fuera, inquieto por los murmullos que proceden del despacho.

—Keris estará aquí dentro de poco más de dos semanas —le informo cuando salimos a la luz del sol de mediodía—. Y mucho más peligrosa por la rabia que habrá acumulado durante el tiempo que ha pasado dentro de una jaula. —Vuelvo la vista hacia el palacio—. Marcus se pasa cada vez más rato hablando con el fantasma de su hermano, Harper. Nada más poner un pie aquí, Keris intentará aprovecharse de ello. Mándale un mensaje a Dex. —Mi amigo se quedó en Navium para supervisar la reconstrucción de las zonas destrozadas de la ciudad—. Dile que la tenga vigilada. Y también que lo necesito de vuelta aquí lo antes posible.

Una hora después Harper me encuentra dando vueltas por mi despacho y nos ponemos a trabajar.

—Los plebeyos recelan de Keris después de lo ocurrido en Navium —le digo—. Ahora tenemos que acabar con la confianza que le tienen los ilustres.

—Tenemos que atacar a su persona —propone Avitas—. La mayoría de los *paters* ilustres son unos clasistas. Ninguno de sus aliados sabe que el padre de Elias era plebeyo. Haz que esa información se sepa.

—No será suficiente. Fue hace años, y hace mucho que Elias nos abandonó. Pero… —me quedo pensativa—. ¿Qué hay de ella que no sepamos? ¿Cuáles son sus secretos? Ese tatuaje que tiene… ¿alguna vez te contó algo sobre él cuando trabajabais juntos?

Harper hace un gesto negativo con la cabeza.

—Lo único que sé es que la primera vez que alguien se lo vio fue hace dos décadas, un año aproximadamente después de abandonar a Elias en el desierto tribal. Estaba destinada en Delphinium por aquel entonces.

—Lo vi en Navium. Solo una parte. Las letras SIE. La tinta era distinta. No se hizo las tres letras a la vez. ¿Puede que sean unas iniciales?

—No es eso. —Los ojos de Avitas chispean—. Es el lema de su Gens: Siempre Victorioso.

Por supuesto.

—Revisa los registros de defunciones de Delphinium —le ordeno—. No hay muchos tatuadores en el Imperio. Comprueba si alguno de los que vivían cerca de Delphinium murió sobre esas fechas. Se tuvo que desnudar para que le hicieran ese tatuaje, y ella nunca dejaría con vida a quien la hubiera visto.

El sonido de alguien que llama a la puerta me saca de mis elucubraciones. Un cabo plebeyo rubio entra y saluda sin perder tiempo.

—Cabo Favrus, señora, aquí para entregar los informes de las guarniciones. —Ante mi rostro inexpresivo, continúa—: Solicitó informes de todas las guarniciones del norte el mes pasado, señora.

Ahora me acuerdo. Los karkauns alrededor de Tiborum estaban demasiado tranquilos y quería saber si se traían algo entre manos.

—Espera fuera.

—Yo me encargo del informe —se ofrece Avitas—. Tienes a una hilera de hombres esperando para darte información mucho más importante sobre los enemigos y aliados de Marcus, y dejarte ver por el patio para hacer algo de entrenamiento no sería mala idea. Llévate el martillo de guerra. Recuérdales quién eres.

Por poco no le digo que estoy demasiado cansada, pero me viene a la memoria algo que un día le dijo Quin Veturius a

Elias: *Cuando estás débil, mira hacia el campo de batalla. En el combate, encontrarás tu vigor. En el combate, encontrarás tu fuerza.*

—Podré soportar la información y un poco de entrenamiento —le concedo—. Eres el único en el que confío para desentrañar este asunto, Harper…, y rápido. Cuando Keris llegue, todo será mucho más difícil.

Avitas se marcha y unos segundos después Favrus parlotea sobre los karkauns.

—Se han retirado a las montañas en su mayoría, Verdugo. Ha habido alguna escaramuza ocasional, pero nada fuera de lo común. Tiborum ha informado solo de unas pocas incursiones en las afueras de la ciudad.

—Detalles. —Lo estoy escuchando a medias mientras reviso una decena de cosas que también necesitan mi atención.

Pero no responde. Levanto la vista justo a tiempo de atisbar una breve mirada de inquietud antes de que empiece a describir las escaramuzas de la manera más parca posible: cuántos murieron, cuántos atacaron.

—Cabo Favrus. —Estoy acostumbrada a descripciones más elaboradas—. ¿Puedes decirme qué maniobras de defensa resultaron satisfactorias y cuáles fallaron? ¿O de qué clanes eran los karkauns?

—No creía que fuera importante, Verdugo. Los comandantes de la guarnición me dijeron que las escaramuzas no eran trascendentales.

—Todo lo que tiene que ver con nuestro enemigo es importante. —Odio tener que comportarme como un centurión con él, pero es un máscara y miembro de la Guardia Negra. Debería saber estas cosas—. Lo que desconocemos de los karkauns podría ser nuestra perdición. Todos creíamos que estaban agachados alrededor de los fuegos, practicando ritos profanos con sus brujos, cuando de hecho la hambruna y las guerras contra el sur los empujaron a construir una enorme flota que usaron para causar estragos en nuestro puerto más importante.

Favrus palidece y asiente enérgicamente.

—Por supuesto, Verdugo. Conseguiré los detalles sobre esas escaramuzas de inmediato.

Está claro que se quiere ir, pero mi instinto me advierte de algo. Algo extraño está en marcha, y he sido una máscara demasiado tiempo como para ignorar la sensación inquietante que me aprieta la garganta.

Mientras me quedo mirando al cabo, permanece quieto por completo y el sudor le baja por el lado de la cara. Interesante, puesto que en mi despacho no hace un calor excesivo.

—Puedes marcharte. —Lo despido con un gesto, haciendo ver que no me he dado cuenta de su nerviosismo. Lo medito mientras me dirijo hacia el patio de entrenamiento. Cuando llego, los hombres de la Guardia Negra me abren paso, todavía recelosos de mí. Empuño mi martillo de guerra y solicito un voluntario con quien combatir. Uno de los hombres, un máscara ilustre de la Gens Rallia que ya estaba aquí mucho antes de que llegara yo, acepta y aparto el asunto de Favrus en un rincón de la mente. Quizás una buena pelea o un par harán que se aflojen algunas respuestas.

Ha pasado mucho tiempo desde la última vez que entrené. Me había olvidado de la manera como mi mente se despeja cuando lo único que tengo delante de mí es un oponente. Me había olvidado de lo bien que me sienta pelear contra aquellos que saben cómo hacerlo. Los máscaras, entrenados a conciencia, están unidos por la experiencia compartida de haber sobrevivido a Risco Negro. Supero al ilustre con rapidez, satisfecha cuando los hombres responden a mi victoria con vítores. Al cabo de una hora, más hombres se congregan para observar las peleas, y después de dos, no me queda ningún contrincante.

Pero tampoco tengo respuesta para la incógnita del cabo Favrus. Todavía lo estoy rumiando cuando un soldado llamado Alistar cruza el patio. Es uno de los amigos de Harper, un plebeyo que ha servido aquí en Antium durante más de doce años. Un buen hombre; se puede confiar en él, según dice Dex.

—Alistar. —El capitán trota hasta mí, curioso. Nunca lo he llamado antes—. ¿Conoces al cabo Favrus?

—Por supuesto, Verdugo de Sangre. Es nuevo en la Guardia Negra. Lo transfirieron desde Serra. Tranquilo. Bastante introvertido.

—Síguelo —le ordeno—. Quiero saberlo todo sobre él. No pases ningún detalle por alto. Pon especial atención a sus comunicaciones con las guarniciones del norte. Ha mencionado las escaramuzas con los karkauns, pero… —Sacudo la cabeza, inquieta—. Hay algo que no me está contando.

Tras despachar a Alistar, busco en el historial del antiguo Verdugo de Sangre el archivo sobre el cabo Favrus. Estoy pensando que parece ser el soldado más aburrido que haya sido aceptado jamás en la Guardia Negra cuando la puerta se abre de golpe y entra Silvio Rallius, con su piel oscura pálida.

—Verdugo de Sangre, señora —se dirige a mí—. Por favor… tiene que venir al palacio. El Emperador… ha tenido algún tipo de ataque en la sala del trono… empezó a gritarle a alguien a quien nadie más podía ver. Y entonces se marchó hacia los aposentos de la Emperatriz.

¡Livia! Estoy que me subo por las paredes para cuando llego a la habitación de mi hermana, donde Faris camina nervioso por delante de la puerta con pasos contundentes por la ira.

—Está dentro. —Dice a media voz—. Verdugo, no está en sus cabales… él…

—Traición, lugarteniente Candelan —le espeto. Cielos, ¿no sabe el precio que se paga por decir esas cosas? Hay otros guardias aquí que le comunicarían esas palabras a los enemigos de Marcus. Hay esclavos académicos que puede que estén compinchados con la comandante. ¿Y en qué lugar dejaría eso a Livia?—. Todos los Emperadores a veces… son temperamentales. No sabes lo que es portar el peso de la corona. No lo entenderías jamás. —Lo que digo es una sandez, pero la Verdugo del Emperador tiene que estar siempre de su lado.

Al menos hasta que lo mate.

El dolor de Livia me golpea como un puñetazo en el estómago cuando entro en la habitación. Soy muy consciente de su estado: su sufrimiento, su angustia. Y por debajo de todo eso, el latido estable y rápido de su hijo, dichosamente ajeno al monstruo que está sentado a unos centímetros de su madre.

Mi hermana tiene el rostro blanco como la cal y un brazo extendido por delante de la barriga. Marcus está espatarrado en una silla al lado de la suya, resiguiendo con la mano el otro brazo de ella como lo haría un enamorado.

Pero advierto al instante que el brazo de Livvy no está bien. El ángulo no es el correcto. Porque Marcus se lo ha roto.

El Emperador levanta sus ojos amarillos hacia mí.

—Cúrala, Verdugo de Sangre —me pide—. Me gustaría ver cómo lo haces.

No pierdo ni un instante en pensar en lo mucho que odio a este hombre. Me limito simplemente a cantar la canción de Livia con premura, incapaz de soportar su dolor durante más tiempo. Sus huesos se sueldan y vuelven a colocarse en su sitio, firmes de nuevo.

—Qué interesante —dice Marcus con voz queda—. ¿Funciona en tu propio cuerpo? —pregunta—. Por ejemplo, si te exigiera que me dieras tu martillo de guerra y te hiciera añicos las rodillas ahora mismo, ¿serías capaz de curarlas?

—No —miento descaradamente, aunque en mi fuero interno me contraigo con repulsión—. No funciona conmigo.

Ladea la cabeza.

—Pero si destrozara sus rodillas, ¿se las podrías curar? ¿Con tu canción?

Me lo quedo mirando horrorizada.

—Responde a la pregunta, Verdugo. O le romperé el otro brazo.

—Sí —confieso—. Sí, podría curarla. Pero es la madre de tu hijo…

—Es una zorra ilustre que me vendiste a cambio de tu miserable vida —me corta Marcus—. Solo sirve para engendrar a mi heredero. Tan pronto como haya nacido, la arrojaré… la…

Es tan inesperada la manera como su cara empalidece que me deja atónita. Medio ruge, medio grita, mientras curva los dedos como si fueran garras. Miro a la puerta, esperando que Rallius y Faris entren al oír el sonido de dolor de su Emperador.

Pero no hacen acto de presencia. Probablemente porque tienen la esperanza de que sea yo la que lo está causando.

—¡Ya basta! —Me agarra la mano, aplastándome los dedos y se la lleva a la cabeza sin miramientos—. ¡Cura esto!

—No… yo no…

—Cúralo, o te juro por los cielos que llegado el momento le abriré el vientre de un tajo para sacar a mi hijo mientras sigue viva. —Me agarra la mano izquierda y la estampa al otro lado de su cabeza, hincándome los dedos en las muñecas hasta que inhalo entre dientes por el dolor—. Cúrame.

—Siéntate. —Nunca había tenido tantas ganas de matar a alguien. Me pregunto, de repente, si mi poder curativo se podrá usar para destruir. ¿Podré hacerle polvo los huesos con una canción? ¿Detener su corazón?

Cielos, no tengo la menor idea de cómo lidiar con un hombre trastocado. ¿Cómo se curan las alucinaciones? ¿Es eso lo único que lo aflige? ¿O sufre de algo más profundo? ¿Está en su corazón? ¿En su mente?

Lo único que puedo hacer es intentar hallar su canción. Primero exploro su corazón, pero es fuerte, firme y saludable, un corazón que va a latir durante mucho tiempo. Rodeo su mente y al fin entro en ella. Parece que me esté adentrando en un pantano ponzoñoso. Oscuridad. Dolor. Rabia. Y un vacío profundo y perpetuo. Me recuerda a la cocinera, solo que esta oscuridad es distinta. En ella hay más dolor, mientras que lo que moraba dentro de ella no desprendía nada en absoluto.

Intento calmar los fragmentos de su mente que rabian, pero no sirve de nada. Vislumbro algo vagamente familiar: una silueta borrosa —ojos amarillos, piel morena, cabello oscuro y una expresión triste—. *Podría llegar tan lejos si tan solo hiciera lo que le pido. ¿Zacharius?*

Las palabras cuelgan susurradas en el aire, pero no estoy segura de quién las ha pronunciado. Cielos, ¿en qué me he metido? *Ayúdame,* grito en mi mente, aunque a quién, lo desconozco. A mi padre, tal vez. A mi madre. *No sé qué hacer.*

—Basta.

La palabra es una orden, no una solicitud, e incluso Marcus se gira al oírla, ya que procede de una voz a la que nadie puede ignorar, ni siquiera el gobernante supremo del Imperio marcial.

El Portador de la Noche se alza en el centro de la habitación. Las ventanas no están abiertas. Tampoco la puerta. Por la expresión aterrorizada de Livia, sé que ella también está asustada por la aparición repentina del genio.

—No puede curarte, Emperador —dice el Portador de la Noche con su voz grave e inquietante—. No sufres aflicción alguna. El fantasma de tu hermano es real. Hasta que no te sometas a su voluntad, no te dejará en paz.

—Tú... —Por primera vez en lo que parecen años, el semblante de Marcus irradia algo que no es malicia ni odio. Parece turbado—. Tú lo sabías. Zak me dijo que vio el futuro en tus ojos. Mírame... mírame... y dime cómo será mi final.

—No muestro el final. Muestro el momento más oscuro que depara tu futuro. Tu hermano vio el suyo. Pronto te enfrentarás al tuyo, Emperador. Deja en paz a la Verdugo. Deja en paz a tu Emperatriz. Encárgate de tu Imperio para que la muerte de tu hermano no haya sido en vano.

Marcus se aleja trastabillando del Portador de la Noche en dirección a la puerta. Me dirige una mirada cargada con el suficiente odio como para hacerme saber que no ha terminado todavía conmigo, y sale a trompicones.

Giro sobre mis talones para encararme al Portador de la Noche, todavía temblando por lo que he visto en la mente de Marcus. Tengo la misma pregunta de antes en los labios: ¿a qué estas jugando? Pero no hace falta que la diga en voz alta.

—No juego a nada, Verdugo de Sangre —dice el genio—. Todo lo contrario. Ya lo verás.

XXXIV: Elias

Nos quedan doce horas antes de la llegada de los marciales. Doce horas para preparar a unos cuantos miles de tribales que están en una condición física muy deficiente como para presentar batalla. Doce horas para poder llevar a los niños y a los heridos a un lugar seguro.

Si hubiese algún sitio al que huir, les pediría a las tribus que salieran de aquí cuanto antes. Pero el mar se extiende al este y el Bosque al norte. Los marciales se acercan desde el sur y el oeste.

Mauth tira de mí, y cada estirón se hace más doloroso a medida que pasa el tiempo. Sé que debo volver al Bosque, pero si no hago algo, masacrarán a miles de tribales. La Antesala se llenará con más fantasmas. ¿Y en qué posición me dejará a mí eso?

Por descontado las tribus planean plantar cara y pelear. Los zaldars que todavía están en sus cabales están preparando ya las armaduras, los caballos y las armas. Pero no será suficiente. Aunque sobrepasamos en número a los marciales, sus habilidades para el combate son superiores. Las emboscadas cuando es noche cerrada con dardos envenenados son una cosa, pero otra muy distinta es enfrentarse a un ejército a campo abierto cuando tus hombres no han dormido ni comido como es debido desde hace días.

—*Banu al-Mauth.* —No ha pasado ni una hora y la voz de Afya ya es más fuerte que antes—. La sal funciona. Todavía nos quedan bastantes muertos a los que atender, pero las *ruh* se han liberado. Los espíritus ya no persiguen a sus familias.

—Pero ahora tenemos a demasiados muertos. —Mamie aparece detrás de Afya, pálida y exhausta—. Y se les debe organizar el ritual de sepelio.

—He hablado con los demás zaldars —dice Afya—. Podemos reunir una fuerza de mil caballos...

—No hace falta que lo hagáis —la interrumpo—. Yo me encargaré de ello.

La zaldara me mira escéptica.

—¿Usando... tu magia?

—No exactamente. —Rumio. Tengo casi todo lo que necesito, pero hay algo que me pondrá las cosas mucho más fáciles con la tarea que debo hacer—. Afya, ¿tienes alguno de esos dardos que usabas en los asaltos?

Mamie y Afya intercambian una mirada y mi madre se acerca a mí lo suficiente como para que nadie más pueda oírla. Me agarra las manos.

—¿Qué estás planeando, hijo mío?

Quizá debería decírselo. Sé que intentará quitármelo de la cabeza, la conozco bien. Me quiere, y ese amor la ciega.

Me aparto de ella, incapaz de mirarla a los ojos.

—No quieras saberlo.

Cuando me estoy alejando del campamento, Mauth me llama con la suficiente fuerza como para que crea que va a tirar de mí hasta el Bosque como hizo cuando los genios me llevaron con Laia.

Pero esta es la única manera.

La primera vez que maté a alguien tenía once años. La cara de mi enemigo me persiguió durante días después de haber acabado con él. Y oía su voz. Y luego maté otra vez. Y otra. Y otra. Dejé de ver sus caras demasiado pronto. Dejé de preguntarme cuáles serían sus nombres, o a quiénes dejaban atrás. Mataba porque así me lo ordenaban, y cuando me liberé de Risco Negro, mataba porque debía, para mantenerme con vida.

Un día, supe exactamente cuántas vidas había segado. Aunque ya no me acuerdo. En algún punto del camino, una parte de mí aprendió a que no le importara. Y esa es la parte a la que debo recurrir ahora.

Nada más tomar la decisión de hacerlo, la conexión que mantengo con Mauth se apaga. No me ofrece la magia, pero puedo continuar mi viaje sin dolor.

El ejército marcial se detiene para acampar a lo largo de la cima de un altiplano bajo. Sus tiendas son como una mancha negra en contraposición a los tonos claros del desierto. Sus fogatas parecen estrellas en la noche cálida. Me lleva media hora de observación paciente para descubrir dónde está el comandante del campamento y otros quince minutos para planear mi entrada. Y salida. Mi rostro es conocido, pero la mayoría de esos soldados creen que estoy muerto. No se esperarán verme, y ahí radica mi ventaja.

Las sombras se extienden profusamente por entre las tiendas y dejo que me oculten mientras avanzo por la periferia del campamento. La tienda del comandante está situada en el centro, pero los soldados la han levantado apresuradamente, pues en vez de dejar una área despejada a su alrededor, hay otras carpas apostadas cerca. El acceso no va a resultar sencillo, pero imposible tampoco.

Me acerco a la tienda con los dardos preparados mientras una gran parte de mi ser me grita que no lo haga.

Conocerás la victoria, o conocerás la muerte. Oigo a la comandante que me susurra al oído, como un antiguo recuerdo. *No hay otra opción.* Siempre es así antes de que mate a alguien. Incluso cuando les daba caza a los máscaras para que Laia pudiera liberar a los prisioneros de los carros fantasma tenía que esforzarme. Incluso entonces me pasaba factura. Mis enemigos morirán, y se llevarán una parte de mí con ellos.

El campo de batalla es mi templo.

Me aproximo a la tienda y localizo un pliegue en la tela que nadie de los que está dentro pueda ver. Con mucho cuidado, abro una hendidura. Cinco máscaras, entre los que se incluye el comandante, están sentados a una mesa, comiendo y discutiendo sobre la batalla que se avecina.

Aunque no se estarán esperando mi llegada, siguen siendo máscaras. Tendré que moverme con rapidez antes de que puedan dar la voz de alarma. Lo que significa que primero tendré que encargarme de ellos con los dardos que me ha dado Afya.

La punta de mi espada es mi sacerdote.

Debo hacerlo. Debo aniquilar al líder de este ejército. Solo así les podré proporcionar a las tribus una oportunidad para que puedan huir. Estos máscaras matarían a mi gente, a mi familia. Los convertirían en esclavos, los apalizarían y los destruirían.

La danza de la muerte es mi plegaria.

Pero aun a sabiendas de lo que harían los máscaras, no deseo matar. No deseo pertenecer a este mundo de sangre, violencia y venganza. No deseo ser un máscara.

El golpe de gracia es mi liberación.

Mis deseos no importan. Estos hombres deben morir. Debo proteger a las tribus. Y para ello debo dejar atrás mi humanidad. Entro en la tienda.

Y desato al máscara que mora dentro de mí.

XXXV: La Verdugo de Sangre

Una semana después de que Marcus hiriera a Livvy, Harper al fin sale del Templo de los Registros, donde se ha pasado cada instante que ha estado despierto desde que le asigné la misión.

—Los archivistas de los registros estaban preparando un golpe. Los certificados de linaje, los historiales de nacimientos y los árboles genealógicos estaban esparcidos por todo el lugar. Los esclavos académicos estaban intentando limpiarlo, pero no pueden leer, así que estaba todo mezclado.

Coloca un fajo de certificados de defunción sobre mi escritorio antes de desplomarse en una silla delante de mí.

—Tenías razón. En los últimos veinte años, diez tatuadores han muerto en extrañas circunstancias dentro y alrededor de las ciudades en las que estaba destinada la comandante. Uno de ellos hace poco, no muy lejos de Antium. Los demás vivían en muchos otros lugares, desde las tierras tribales hasta Delphinium. Y he encontrado algo más.

Me pasa una lista de nombres. Hay trece, todos ilustres y de Gens que gozan de buena reputación. Reconozco a dos; los encontraron muertos hace poco en Antium. Recuerdo haber leído sobre el caso hace semanas, el día que Marcus me ordenó que viajara a Navium. Otro nombre también me llama la atención.

—Daemon Cassius —leo—. ¿De qué me suena este nombre?

—Lo asesinaron el año pasado en Serra los combatientes de la Resistencia académica. Ocurrió algunas semanas antes de la muerte de un tatuador serrano. Cada uno de estos ilustres fue asesinado poco después de que mataran a los tatuadores locales. Diferentes ciudades. Diferentes métodos. Todos en los últimos veinte años. Todos máscaras.

—Ahora me acuerdo. Cassius estaba en casa cuando lo asesinaron. Su esposa lo encontró en una habitación cerrada. Elias y yo estábamos en medio de las pruebas cuando ocurrió. Me pregunté cómo diantres un grupo de rebeldes académicos había conseguido matar a un máscara.

—Titus Rufius —lee Harper—. Muerto en un accidente de caza a la edad de treinta y un años, nueve años atrás. Iustin Sergius, envenenado a los veinticinco, según dicen por un esclavo académico que confesó el crimen hace dieciséis años. Caius Sissellius tenía treinta y ocho. Se ahogó en los terrenos de su propia familia, en un río en el que se había estado bañando desde antes de aprender a caminar. De eso hace tres años.

—Avitas, mira sus edades. —Examino los nombres atentamente—. Y eran máscaras. Lo que significa que cada uno de estos hombres se graduó con ella. Los conocía.

—Todos murieron antes de tiempo, muchos de manera antinatural. Pero ¿por qué? ¿Por qué los mató?

—Le entorpecieron el camino de algún modo —digo—. Siempre ha sido ambiciosa. Quizá les asignaron destinaciones que ella quería, o le frustraron algún plan sin saberlo, o... oh... ¡Oh!

Recuerdo lo que Quin me dijo sobre Arius Harper: *Fue asesinado por un grupo de máscaras el día después de que se graduaran. Eran los compañeros calavera de Keris. Fue una muerte vil, más de una docena lo apalearon hasta la muerte. Todos ilustres.*

—No fue porque le frustraran nada. —Le cuento lo que me dijo Quin—. Fue por venganza. Apalearon a Arius Harper hasta la muerte. —Levanto la vista de los pergaminos. Me pregunto si su padre también tenía los ojos verdes—. Tu padre.

Avitas se queda callado un buen rato.

—No… no sabía cómo había muerto.

Por los infiernos sangrantes.

—Lo siento —me disculpo de inmediato—. Creía… Ay, cielos, Avitas.

—No importa. —Parece que de pronto la ventana de mi despacho le despierta mucho interés—. Ya hace mucho que se fue. ¿Qué importancia tiene si mataron a mi padre? La comandante no es una persona sentimentaloide.

Me sorprende lo rápido con lo que zanja el tema, y pienso en disculparme otra vez o decirle que entenderé que prefiera que las circunstancias de la muerte de su padre no se hagan públicas. Pero me doy cuenta de que lo que necesita es que pase a otros asuntos. Que sea la Verdugo de Sangre. Que lo deje estar.

—No se trata de sentimentalismos —replico abruptamente, aunque tengo mis dudas. Al fin y al cabo la comandante acogió a Avitas bajo su ala; en la medida que una persona como ella fue capaz—. Es poder. Ella lo quería. Ellos lo mataron. Le arrebataron el poder. Asesinándolos, lo está recuperando.

—¿Cómo usamos esto en su contra?

—Les llevamos esta información a los *paters* —respondo—. Sabrán lo del tatuaje, los tatuadores muertos, Arius Harper, los ilustres asesinados… todo.

—Necesitamos pruebas.

—Las tenemos. —Señalo con la cabeza hacia los certificados de defunción—. Para cualquiera que se digne a verlas. Si podemos hacer llegar estos certificados a las manos de un puñado de *paters* de confianza, el resto no necesitará verlos. Piensa en cómo gestionó la situación en Navium. No importó que mintiera. Lo que le permitió salirse con la suya fue que la gente la creyó.

—Deberíamos empezar por el *pater* Sissellius y el pater Rufius —propone Harper—. Son sus aliados más cercanos. Los demás *paters* confían en ellos.

Durante tres días, Harper y yo diseminamos los rumores. Y entonces, cuando estoy en la corte escuchando cómo Marcus discute con un enviado de las tribus...

—¡...ilustres de su mismo año! ¡Por un plebeyo! ¿Te lo puedes creer...?

—Pero no hay pruebas...

—No las suficientes como para encarcelarla, pero Sissellius vio los certificados de defunción. La conexión es más que obvia. Ya sabes lo que odia ese hombre los chismorreos sin sentido. Además, lleva la prueba en el cuerpo, ese vil tatuaje...

Al cabo de unos días percibo un cambio en el aire. Noto que los *paters* se distancian de Keris. Algunos incluso se muestran abiertamente opuestos a ella. Cuando regrese a Antium, se va a encontrar con una ciudad que la rechaza mucho más de lo que se espera.

* * *

El capitán Alistar me manda un mensaje para hacerme saber que tiene información nueva el mismo día que Dex vuelve a Antium, y los hago llamar a los dos para que se reúnan conmigo en el patio de entrenamiento.

—Keris llegará aquí esta semana. —Dex acaba de volver del viaje, salpicado de barro y exhausto, y aun así pelea conmigo, manteniendo el casco bajado para que no le puedan leer los labios. Es casi imposible oírlo por encima del chasquido de las armas y los gruñidos de los hombres que entrenan.

—Sabe que has propagado la verdad que hay detrás de su tatuaje y los asesinatos. Envió a dos sicarios; los despaché antes de que pudieran llegar aquí, pero solo los cielos saben de qué será capaz cuando regrese. Más te vale que empieces a cocinarte tu propia comida. Y cultivar tu propio grano.

—¿Ha cabalgado directamente hasta Antium?

—Se detuvo en el Nido —contesta Dex—. La seguí dentro, pero sus hombres por poco me atrapan. Decidí que era mejor volver aquí. Me pondré en contacto con mis espías… —La mirada de Dex se desvía hacia un punto por encima de mi hombro y frunce el ceño.

En la entrada de los barracones, en la otra punta del campo de entrenamiento, hay un grupito de miembros de la Guardia Negra. Al principio creo que ha estallado una pelea. Me apresuro hacia ellos con el martillo aferrado en la mano.

Uno de los hombres grita:

—¡Ve a buscar al médico, joder!

—No serviría de nada, es veneno de serpiente karka…

Están apiñados alrededor de un compañero que se sacude mientras vomita una bilis negra en el suelo. Lo reconozco al instante: capitán Alistar.

—Por los infiernos sangrantes. —Me agacho a su lado—. Id a por el médico de los barracones. ¡Ya!

Pero aunque ya lo estuvieran atendiendo sería demasiado tarde. La bilis negra y las manchas rojas alrededor de la nariz y las orejas de Alistar son una sentencia de muerte. Es verdad que se trata de veneno de serpiente karka. Está acabado.

Harper se abre paso entre los hombres y se arrodilla a mi lado.

—Verdugo, ¿qué…?

—Nada… —Alistar me agarra de la túnica con una mano y me acerca a él. Su voz es poco más que un gorjeo mortecino—. Nada… ningún ataque… nada… Verdugo… no están en ningún lado…

El agarre se afloja y se desploma en el suelo, muerto.

Por los cielos ardientes.

—Seguid con lo vuestro —les indico a los hombres—. Venga. —Los hombres se dispersan, excepto Dex y Harper, que miran hacia abajo aterrorizados al soldado muerto.

Me inclino hacia su cuerpo y arranco un montón de papeles de la mano agarrotada de Alistar. Espero que sea información sobre el cabo Favrus, pero en vez de eso me encuentro con unos informes sobre las guarniciones erigidas en el norte, redactados directamente de mano de los comandantes de cada una.

—Los karkauns han desaparecido. —Harper, leyendo por encima de mi hombro, suena tan pasmado como me siento yo—. Ni un ataque cerca de Tiborum. Nada en las tierras del norte desde hace meses. El cabo Favrus mintió. Los karkauns están tranquilos.

—Los karkauns nunca están tranquilos —rebato—. En esta época el año pasado estaban conquistando los clanes de los hombres salvajes. Los detuvimos en Tiborum. Los detuvimos en Navium. Perdieron la flota. Hay una maldita hambruna en sus territorios del sur y un sacerdote brujo que enardece la furia justificada que sienten sus devotos. Deberían estar hostigando todas las aldeas que se extienden de aquí hasta el mar.

—Mira esto, Verdugo. —Harper ha registrado el cuerpo de Alistar y saca otro rollo de pergamino—. Debe de haberlo encontrado entre las cosas de Favrus —indica Harper—. Está en código.

—Descífralo —lo apresuro. Algo está mal... muy mal—. Encuentra a Favrus. La muerte de Alistar no puede ser una coincidencia. El cabo debe de estar involucrado. Envía mensajes a las guarniciones del noroeste. Que desplieguen exploradores para comprobar los clanes karkauns más cercanos. Que descubran dónde están y qué están haciendo. Quiero respuestas antes de que caiga la noche, Harper. Si esos cretinos están planeando un asalto en Tiborum, la ciudad podría caer. Puede que ya sea demasiado tarde. Dex...

Mi antiguo amigo suspira, a sabiendas ya de que está a punto de pisar los caminos de nuevo.

—Dirígete al norte —le pido—. Comprueba los pasos alrededor de la cordillera de Nevennes. Puede que se estén dirigiendo a atacar Delphinium. No tendrán los suficientes hombres como para salir victoriosos, pero eso no significa que no sean lo bastante estúpidos como para intentarlo.

—Enviaré un mensaje con los tambores tan pronto como sepa algo, Verdugo.

Antes de que se apague el último rayo de sol, tenemos información incluso de la guarnición más alejada del flanco oeste. Los karkauns han abandonado por completo sus campos en esa zona. Sus cuevas están vacías, sus animales de pasto no están y los pocos cultivos y jardines que tienen están inactivos. No pueden estar planeando un ataque en Tiborum.

Lo que significa que se están congregando en algún otro lugar. Pero ¿dónde? ¿Y con qué fin?

XXXVI: Laia

Musa no me ofrece ningún tipo de explicación mientras salimos del palacio y la única señal de su frustración es el rápido repiqueteo de sus pasos.

—Discúlpeme. —Le pincho con un dedo entre las costillas mientras serpentea por unas calles que no conozco—. Su Majestad…

—Ahora no —masculla entre dientes. Por más ganas que tenga de coserlo a preguntas, tenemos un problema más acuciante, que es cómo demonios nos vamos a liberar de la capitana Eleiba. La marina habló un momento con el rey antes de escoltarnos fuera de la sala del trono y no se ha separado a más de un paso de distancia de nosotros desde entonces. Cuando Musa entra en un barrio donde las casas se amontonan, me preparo para activar mi invisibilidad, anticipando un ataque sobre nuestra carabina. Pero en vez de eso se queda quieto en un callejón.

—¿Y bien? —pregunta.

Eleiba se aclara la garganta y se gira hacia mí.

—Su Real Majestad el rey Irmand te agradece el advertimiento, Laia, y desea asegurarte que no se toma a la ligera la intromisión de las criaturas místicas en sus dominios. Acepta la oferta de armamento de Darin de Serra y promete proveer cobijo a los académicos en la ciudad hasta que se puedan procurar unos alojamientos más permanentes. Y desea que te quedes con esto. —Eleiba coloca en mi mano un anillo decorado con un sello con el grabado de un tridente—. Muéstraselo a cualquier marino y estará obligado por el honor a ayudarte.

Musa sonríe.

—Sabía que conseguirías convencerlo.

—Pero la princesa heredera, ella...

—El rey Irmand ha sido el soberano de Marinn durante sesenta años —me informa Eleiba—. La princesa Nikla... no siempre fue como ahora. El rey no tiene ninguna otra heredera, y no quiere desautorizarla discrepando con ella abiertamente. Pero sabe qué es lo mejor para su pueblo.

Solo soy capaz de asentir.

—Buena suerte, Laia de Serra —se despide Eleiba en voz baja—. Quizá nos volveremos a ver.

—Prepara a tu ciudad. —Lo digo antes de que pierda el coraje. Eleiba arquea las cejas, y me apresuro a continuar, sintiéndome como una idiota por darle consejo a una mujer que me saca veinte años y que es mucho más sabia que yo—. Eres la capitana de la guardia. Tienes poder. Por favor haz todo lo que puedas. Y si tienes amigos en cualquier otro lugar de las Tierras Libres que puedan hacer lo mismo, díselo.

Cuando hace rato que se ha ido, Musa responde a la pregunta que no he pronunciado.

—Nikla y yo nos fugamos para casarnos hace diez años —me confiesa—. Solo éramos un poco mayores que tú, pero mucho más estúpidos. Tenía un hermano mayor que se suponía que iba a ser el rey. Pero murió, a ella la nombraron princesa heredera y nos distanciamos.

Hago una mueca por la naturaleza superficial de su relato; una década de historia en cuatro frases.

—No te lo mencioné porque no valía la pena. Hemos estado separados desde hace años. Se quedó con mis tierras, mis títulos, mi fortuna...

—Tu corazón.

La risa estruendosa de Musa retumba en las piedras duras de los edificios que nos flanquean.

—Eso también —admite—. Deberías cambiarte y recoger tus cosas. Despídete de Darin. Me reuniré contigo en la puerta este con provisiones e información sobre mi contacto.

Debe de prever que estoy a punto de ofrecerle unas palabras de consuelo, puesto que se funde en la oscuridad de inmediato. Media hora después, me he recogido el pelo en una trenza y he dejado el vestido que me prestó Musa en su habitación en la forja. Darin está sentado en compañía de Taure y Zella en el patio, avivando una fogata mientras las dos mujeres protegen los filos de una espada con arcilla.

Levanta la vista cuando aparezco y, al ver mi mochila llena, se excusa.

—Estaré listo en una hora —me dice después de explicarle cómo ha ido la audiencia con el rey—. Será mejor que le digas a Musa que prepare dos caballos.

—Los académicos te necesitan, Darin. Y ahora los marinos también.

Darin cuadra los hombros.

—Accedí a fabricar armas para los marinos antes de saber que te ibas a ir tan pronto. Pueden esperar. No me quedaré atrás.

—Tienes que hacerlo. Debo intentar detener al Portador de la Noche. Pero si fracaso, nuestra gente necesita poder luchar. ¿De qué va a servir todo lo que has sufrido… que hemos sufrido… si ni siquiera les proporcionamos la oportunidad de poder pelear?

—Donde tú vayas, yo voy —dice Darin en voz baja—. Esa es la promesa que nos hicimos.

—¿Vale esa promesa más que el futuro de nuestro pueblo?

—Te pareces a mamá.

—Lo dices como si fuera algo malo.

—Es algo malo. Antepuso a la Resistencia y a su gente por delante de todo lo demás: de su marido, de sus hijos, incluso de sí misma. Si supieras…

Se me eriza el vello de la nuca.

—¿Si supiera qué?

Suspira.

—Nada.

—No. No vengas otra vez con esas. Mamá no era perfecta. Y oí… rumores cuando estuve en la ciudad. Pero no era como la pinta la princesa Nikla. No era un monstruo.

Darin arroja su mandil sobre un yunque y empieza a echar herramientas en un saco, empecinado en no hablar sobre mamá.

—Vas a necesitar que alguien te proteja las espaldas, Laia. Afya no estará allí para hacerlo ni tampoco Elias. ¿Quién mejor que tu hermano?

—Ya oíste a Musa. Tiene a alguien que me va a ayudar.

—¿Sabes quién es? ¿Te ha dado algún nombre? ¿Cómo puedes saber si puedes confiar en esa persona?

—No lo sé, pero me fío de Musa.

—¿Por qué? Apenas lo conoces, igual que apenas conocías a Keenan… ah, no, quería decir el Portador de la Noche. Como apenas conocías a Mazen…

—Me equivoqué con ellos. —Noto cómo me hierve la sangre pero me controlo; está enfadado porque tiene miedo, y conozco demasiado bien ese sentimiento—. Pero no creo que sea lo mismo con Musa. Es frustrante y me pone de los nervios, pero ha actuado en todo momento de manera humilde. Y tanto él como yo podemos usar la magia, Darin. No hay nadie más con quien pueda hablar de eso.

—Podrías hablar conmigo.

—Después de Kauf a duras penas podía hablarte sobre algo tan anodino como el desayuno, así que mucho menos sobre la magia. —Odio esta situación. Odio discutir con él y una parte de mí quiere ceder. Dejar que venga conmigo. Me sentiré menos sola y tendré menos miedo.

Tu miedo no tiene importancia, Laia, ni tu soledad. La supervivencia de los académicos es lo que importa.

—Si algo me ocurriera —continúo—, ¿quién hablaría por los académicos? ¿Quién conoce los verdaderos planes del Portador de la Noche? ¿Quién se asegurará de que los marinos se preparen, sin importar las consecuencias?

—¡Por los infiernos sangrantes, Laia, ya basta! —Darin nunca levanta la voz, y me sorprende lo suficiente como para que vacile—. Voy a ir contigo. Y se acabó.

Suspiro, porque tenía la esperanza de no tener que llegar a esto, pero aun así lo sospechaba. Mi hermano, tozudo como una mula. Ahora sé por qué Elias me dejó una nota todos esos meses atrás cuando desapareció, en vez de despedirse. No es porque no le importara. Es porque le importaba demasiado.

—Desapareceré —le aseguro—. Y no serás capaz de seguirme.

Darin me fulmina con una mirada indignada e incrédula.

—No serás capaz.

—Lo haré si con ello me aseguro de que no me sigas.

—¿De verdad esperas que me quede de brazos cruzados y vea cómo te marchas, a sabiendas de que la única familia que me queda pone su vida en riesgo otra vez?

—¡Serás hipócrita! ¿Y qué hacías tú durante todo esos meses reuniéndote a hurtadillas con Spiro? Si alguien puede entender esta situación, Darin, eres tú. —La rabia toma el control y las palabras se me escapan como un veneno de la boca. *No lo digas, Laia. No lo hagas.* Pero sigo. No puedo frenarme—. Vinieron a casa por tu culpa. La abuela y el abuelo murieron por tu culpa. Fui a Risco Negro por ti. Obtuve esto —tiro del cuello de la camisa hacia abajo para revelar la *K* de la comandante— por ti. Y me crucé la mitad de este maldito mundo, perdí a una de las pocas amigas verdaderas que he tenido y tuve que presenciar cómo encadenaban al hombre al que amo a un inframundo infernal por ti. Así que no me digas nada sobre ponerme en riesgo. No te atrevas.

No sabía cuántas cosas tenía guardadas dentro hasta que he empezado a gritarlas. Y ahora la rabia me sale a borbotones por la garganta, desgarrándome.

—Tú te quedas aquí —le espeto—. Fabricas armas. Y nos das la oportunidad de pelear. Se lo debes a la abuela y al abuelo, a Izzi, a Elias y a mí. ¡No te creas que lo olvidaré nunca!

Darin se queda boquiabierto, y salgo de la habitación de un par de zancadas, cerrando de un portazo la forja tras de mí. La rabia me aleja del astillero hacia la ciudad, y cuando estoy a medio camino de la puerta oeste, Musa aparece a mi lado.

—Una pelea espectacular. —Corre para seguirme el paso, sigiloso como un espectro—. ¿No crees que deberías disculparte antes de irte? Has sido un poco dura.

—¿Hay alguna conversación en la que no metas las narices?

—Yo qué quieres que le haga si a los entes les encanta un chismorreo. —Se encoge de hombros—. Aunque ha sido gratificante oír cómo al fin admitías tus sentimientos por Elias en voz alta. Nunca hablas de él, ya sabes.

Me suben los colores.

—Elias no tiene nada que ver contigo.

—Siempre y cuando no te desvíe de mantener tu parte del pacto, *aapan* —dice Musa—, no habrá problema. Te llevaré hasta tu caballo. Hay mapas y provisiones en las alforjas. Te he dejado marcada una ruta directa al oeste, a través de las montañas. Debería conducirte al Bosque del Ocaso en poco más de tres semanas. Mi contacto se reunirá contigo al otro lado y te llevará a Antium.

Llegamos a la puerta oeste justo cuando un campanario cercano toca la medianoche. A tono con la última campanada se oye un siseo suave. Una daga que se desenvaina. Cuando llevo la mano a mi propia arma, algo pasa zumbando por el lado de mi oreja.

Se oye una piada irada cerca de mí y unas manos pequeñas me empujan. Me agacho, arrastrando conmigo a Musa y una flecha pasa por encima de nuestras cabezas. Otra flecha sale disparada de la oscuridad, pero también yerra en su objetivo y cae en mitad del aire, cortesía de los entes de Musa.

—¡Nikla! —vocifera Musa—. ¡Muéstrate!

Las sombras se mueven y la princesa heredera sale de las sombras. Nos fulmina con la mirada de manera amenazante, con el rostro apenas visible debajo de los gules que revolotean a su alrededor.

—Debería de haber sabido que esa traidora de Eleiba te dejaría marchar —musita—. Se lo haré pagar caro.

Se acercan más pasos: los soldados de Nikla que nos circundan a Musa y a mí. Con lentitud, Musa se coloca entre Nikla y yo.

—Escucha a la razón, por favor. Ambos sabemos...

—¡No te atrevas a hablarme! —le grita la princesa a Musa, y los gules cacarean felices por su dolor—. Tuviste tu oportunidad.

—Cuando me abalance sobre ella —susurra Musa en una voz que apenas puedo oír—, corre.

Todavía estoy procesando lo que me acaba de decir cuando me pasa por el lado y se dirige directamente a por Nikla. Al instante, los guardaespaldas de armadura plateada salen de las sombras y atacan a Musa con una rapidez que los convierte en poco más que un borrón.

No puedo permitir que los hombres de Nikla se lo lleven. Solo los cielos saben lo que le harían. Pero si le hago daño a cualquiera de estos marinos, puede que el rey Irmand se vuelva en nuestra contra. Le doy la vuelta a mi daga para apuntar con la empuñadura, pero una mano me agarra y tira de mí hacia atrás.

—Vete, hermanita —me dice Darin con un cayado en las manos. Taure, Zea y un grupo de académicos del campo de refugiados le cubren las espaldas—. Nos aseguraremos de que no muera nadie. Márchate. Sálvanos.

—Musa... y tú... si te arrestan...

—Estaremos bien —me asegura Darin—. Tenías razón. Tenemos que estar listos. Pero no tenemos ninguna oportunidad si no te vas. Cabalga rápido, Laia. Detenlo. Estaré contigo, aquí. —Me da unos golpecitos en el corazón—. Ahora, vete.

Y como aquel día hace tanto tiempo en Serra, con la voz de mi hermano retumbando en los oídos, salgo corriendo.

* * *

Durante los tres primeros días de camino, rara vez me detengo, ya que tengo la impresión de que en cualquier momento pueden aparecer Nikla y sus hombres. Todos los posibles resultados plagan mi mente, una secuencia en constante cambio de pesadillas: los marinos vencen a Darin, Musa, Zella y Taure. El rey envía a su soldados para que me lleven de vuelta a rastras. Dejan que los académicos se mueran de hambre, o peor, los expulsan de Adisa y vuelven a ser refugiados.

Pero cuatro mañanas tras mi partida, me despierta antes de que despunte el alba un leve gorjeo en el oído. Asocio tanto ese sonido con Musa que espero verlo delante cuando abro los ojos. En vez de eso, tengo un pergamino enrollado sobre el pecho con solo dos palabras escritas en él.

A salvo.

Después de eso, dejo de mirar por encima del hombro y fijo la mirada al frente. Fieles a la palabra de Eleiba, siempre que paro en una posta de mensajería y enseño el anillo del rey, recibo una montura descansada y provisiones, sin mediar pregunta alguna. La ayuda no podría llegar en mejor momento, pues la desesperación me atenaza. Cada día se acerca más la Luna Gramínea… y con ella la victoria del Portador de la Noche. Cada día hay más probabilidades de que halle la manera de engañar a la Verdugo de Sangre para que le dé el anillo que usará para liberar a sus iracundos congéneres.

Mientras cabalgo, disecciono el resto de la profecía de Shaeva. El verso sobre la Matarife me preocupa, aunque no tanto como *La mano de los Muertos se alzará, y nadie sobrevivirá.*

Los muertos son el dominio de Elias. Si se alzan, ¿significa que se escaparán de la Antesala? ¿Qué ocurrirá si logran salir? ¿Y qué pasa con el final de la profecía? No tiene demasiado sentido… menos la parte de *La Fantasma caerá, su carne se marchitará*. El significado que tienen esas palabras es preocupantemente claro: voy a morir.

Pero claro, solo porque sea una profecía no significa que esté escrita en piedra.

Me cruzo con varios viajeros, pero el sello del rey presente en mi silla y en mi capa mantiene las preguntas a raya, y no invito a la conversación. Después de una semana cruzando las montañas y diez días serpenteando por agradables campos de cultivo ondulantes, el Bosque del Ocaso aparece en el horizonte, una línea azul aterciopelada bajo unas nubes lanudas. Tan lejos de las ciudades importantes no hay postas de mensajería, y las granjas y las aldeas distan mucho las unas de las otras. Pero no me siento sola… me acompaña una sensación de anticipación.

Pronto volveré a ver a Elias.

Recuerdo lo que se me escapó en la discusión con Darin: *el hombre al que amo*.

Creía que amaba a Keenan, pero ese amor había nacido de la desesperación y la soledad, de la necesidad de encontrarme con alguien como yo, con mis mismas dificultades.

Lo que siento por Elias es distinto, es una llama que mantengo cerca del corazón cuando siento que mis fuerzas flaquean. A veces, cuando estoy viajando en mitad de la noche, me imagino un futuro con él. Pero no me atrevo a dibujarlo con demasiados detalles. ¿Cómo podría, cuando nunca podrá ser realidad?

Me pregunto qué habrá sido de él en el lapso de estos meses que hemos estado separados. ¿Habrá cambiado? ¿Estará comiendo bien? ¿Se estará cuidando? Cielos, espero que no se haya dejado barba. Odiaba su barba.

El Bosque pasa de una franja distante y borrosa a una pared de troncos nudosos que conozco bien. Incluso bajo el sol de justicia del mediodía de verano la Antesala me parece ominosa.

Dejo a mi caballo pastando y cuando me acerco a la línea de árboles el viento se levanta y el tupido dosel del Bosque se mece. Las hojas me cantan con un susurro, con un sonido amable.

—¿Elias? —El silencio es insólito; no hay fantasmas que aúllen o griten. Tengo los nervios a flor de piel. ¿Y si Elias no puede hacer que los fantasmas crucen? ¿Y si le ha ocurrido algo?

La quietud del Bosque me hace pensar en un depredador al acecho al amparo de la hierba alta, observando a su inconsciente presa. Pero cuando el sol empieza a hundirse en el oeste, una oscuridad familiar crece en mi interior y me atrae hacia los árboles. Sentí esta misma sensación con el Portador de la Noche, hace mucho tiempo, cuando buscaba sonsacarle algunas respuestas. La sentí de nuevo cuando murió Shaeva, cuando pensé que el genio le haría daño a Elias.

No percibo maldad en esta oscuridad. Siento que es parte de mí.

Doy un paso entre los primeros árboles, tensa, con la espada en la mano. No ocurre nada. El Bosque está tranquilo y los pájaros siguen cantando y los animalillos todavía se mueven por la maleza. No se acerca ningún fantasma. Me adentro un poco más, permitiéndole a la oscuridad que tire de mí.

Cuando he avanzado bastante por el Bosque, las sombras se espesan. Una voz me llama.

No… no una voz. Muchas, que hablan como si fueran una sola.

Bienvenida a la Antesala, Laia de Serra, ronronean las voces. *Bienvenida a nuestra morada, y a nuestra prisión. Acércate, ¿quieres?*

XXXVII: *Elias*

L os máscaras no se percatan de los dardos hasta que mi primera víctima cae de bruces sobre su arroz. Están satisfechos consigo mismos; sus exploradores les han dicho que los tribales serán una conquista sencilla, así que no han apostado guardias, demasiado confiados en sus habilidades.

Aunque es una actitud formidable, en este caso es lo menos adecuado para ellos.

El primer máscara que me localiza desvía los dos dardos que le lanzo de la nada y se abalanza sobre mí, con unas espadas que han aparecido en sus manos como por arte de magia.

Pero una oscuridad se remueve en mi interior: una magia propia. Aunque estoy lejos de la Antesala, poseo la suficiente magia física como para deslizarme por el aire hasta situarme detrás de él y poder clavarle un dardo. Dos de los máscaras saltan hacia mí, con las armas en ristre, mientras que un tercero —el comandante— corre hacia la puerta para dar la voz de alarma.

Me deslizo por el aire, me coloco delante de él y utilizo el momento infinitesimal de sorpresa para atravesarle el cuello con una espada. *No pienses, solo muévete, Elias.* La sangre me encharca por completo las manos, y hace extremadamente difícil que no me mortifique por la violencia de mis acciones, pero los otros máscaras se acercan, y el cuerpo de este hombre se convierte en un escudo de lo más útil, sacudiéndose cuando las espadas de sus camaradas rebotan contra su armadura. Lo empujo hacia uno de los máscaras que quedan y me encaro a otro, agachándome cuando me lanza un puñetazo y esquivando por los pelos su rodilla cuando intenta romperme la mandíbula con ella.

Tiene una abertura en la armadura justo por encima de la muñeca. La agarro y le clavo el último de los dardos de Afya antes de que me arrastre con él al suelo. Unos segundos después, sacan a rastras su cuerpo inerte de encima de mí y el último máscara me agarra del cuello.

Eres mortal. Shaeva me recordó ese hecho antes de que el Portador de la Noche la asesinara. Si muero aquí, la Antesala se quedará sin guardián. Ese pensamiento me da la fuerza necesaria para asestarle un rodillazo al máscara en la entrepierna y zafarme de él. Saco su cuchillo de la funda y lo apuñalo en el pecho una, dos, tres veces antes de deslizar la hoja por su garganta.

La tienda, que hace segundos estaba sumida en un torbellino de actividad, de repente se queda en silencio, aparte del resuello jadeante de mi respiración. Fuera, las voces de los soldados se elevan y callan entre risas y quejas; es el escándalo del campamento que enmascara el alboroto que ha ocasionado mi ataque.

Alguien del campamento marcial descubrirá pronto a los máscaras muertos, así que me voy sigilosamente por el mismo sitio por el que he venido. Me dirijo a las afueras del campamento, donde robo un caballo. Para cuando suena la primera alarma, ya estoy bien lejos y dirigiéndome al oeste, hacia la torre de tambores más cercana.

Me encargo en un santiamén de los legionarios que hacen guardia en la puerta. A uno de ellos le disparo una flecha en el pecho cuando está a medias de quejarse por algo, y el otro solo se da cuenta de lo que está ocurriendo cuando le asoma la punta de una cimitarra por el cuello. Matarlos me parece más sencillo ahora, y no es hasta que he subido la mitad de las escaleras y casi he llegado a los dormitorios que una parte de mí grita: *No merecían la muerte. No te habían hecho nada.*

El último hombre con el que me encuentro en la torre es el jefe tamborilero, que está sentado en lo alto del edificio al lado de un tambor tan ancho como su altura y tiene el oído atento a otra torre de tambores en el norte. Transcribe todo lo que oye en largos rollos de pergamino, tan enfrascado en su trabajo que ni siquiera oye mi llegada. Pero ya me he cansado de ir con sigilo. Y necesito que esté asustado. Así que simplemente aparezco en el umbral como un espectáculo de pesadilla cubierto en crúor seco con las espadas desenvainadas salpicadas de sangre.

—Levántate —le digo calmadamente—. Acércate al tambor.

—Pero… qué… —Mira por el borde de la cima de la torre hacia la puerta de abajo, hacia el puesto de guardia.

—Están muertos. —Me señalo con la mano ensangrentada— Por si no te habías dado cuenta. Muévete.

Recoge las baquetas, aunque el miedo hace que se le caigan dos veces.

—Quiero que toques algo para mí. —Me acerco a él y levanto una de mis cimitarras de Teluman—. Y si cambias el mensaje, ni que sea un poco, lo sabré.

—Si comunico un mensaje falso, mi comandante me… me matará.

—¿Tu comandante es un máscara alto de piel pálida con una barba rubia y una cicatriz que le recorre del mentón al cuello? —Ante el asentimiento del tamborilero, lo tranquilizo—. Está muerto. Y, si no transmites este mensaje falso, te vaciaré las entrañas y te lanzaré de la torre. Tú verás.

El mensaje le ordena a la legión que se prepara para atacar a las tribus que regrese a una guarnición a sesenta kilómetros de aquí y exige que la orden se lleve a cabo de inmediato. Cuando el retumbo del tambor se apaga, lo mato. Debía de saber que iba a ocurrir. Pero aun así, no puedo mirarlo a los ojos cuando siego su vida.

Mi armadura da asco, y no puedo soportar el hedor, así que me libero de ella, robo algunas prendas del almacén de la torre y pongo rumbo a la Antesala. Cuanto más me acerco a ella más aliviado me siento. Las tribus deberían disponer de varias horas antes de que los marciales se den cuenta de que el mensaje que han recibido es falso. Mi familia huirá del Imperio. Y al menos sé que tengo que hacer que los fantasmas crucen. Para empezar a restaurar el equilibrio. Ya sería hora, joder.

La primera pista que me dice que algo va mal —extremadamente mal— se hace visible cuando me acerco a la barrera del límite. Debería ser alta, dorada y resplandeciente de poder. Pero en vez de eso aparece débil, casi moteada. Pienso en arreglarlo, pero nada más pasar la línea de los árboles, el dolor de los fantasmas me abofetea. Es una descarga de recuerdos y confusión. Me obligo a recordarme cómo me he sentido cuando he matado a todos esos marciales en vez del motivo que me ha llevado a hacerlo. La manera como me ha mortificado. Aparto de mi mente a las tribus, a Mamie y a Aubarit. Mauth se eleva ahora, vacilante. Llamo al fantasma más cercano, que levita por delante de mí.

—Bienvenido a la Antesala, el reino de los fantasmas —lo saludo—. Soy el Atrapaalmas, y estoy aquí para ayudarte a cruzar al otro lado.

—¿Estoy muerto? —susurra el espíritu—. Creía que esto era un sueño…

La magia me proporciona una percepción sobre los fantasmas que no tenía antes, un conocimiento sobre sus vidas y necesidades. Tras unos segundos, comprendo que este fantasma necesita perdón. ¿Pero cómo se lo ofrezco? ¿Cómo lo hacía Shaeva, y tan rápido, con un simple pensamiento?

El enigma hace que me detenga, y en ese preciso instante, el aullido de los fantasmas cesa. De repente soy consciente de algo extraño: un cambio en el Bosque. Siento la tierra distinta. Es distinta.

Tras consultar el mapa mental, me doy cuenta del motivo. Alguien está aquí, alguien fuera de lugar.

Y quien sea ha hallado el camino hasta la arboleda de los genios.

XXXVIII: La Verdugo de Sangre

E stoy encorvada sobre mi escritorio, sumida en mis pensamientos, cuando noto una mano sobre el hombro; una
mano que por poco cerceno con la espada que empuño en
menos de un segundo, hasta que reconozco los ojos verde
mar de Harper.

—No vuelvas a hacer eso —le recrimino—, a menos que
quieras perder una extremidad. —El revoltijo de papeles sobre
mi escritorio hacen patentes los días que me he pasado leyendo
detenidamente y con un punto de obsesión los informes de Alistar. Me levanto y la cabeza me da vueltas. Puede que me haya
saltado una comida... o tres—. ¿Qué hora es?

—La tercera campana antes del alba, Verdugo. Perdona
que te moleste, Dex acaba de enviar un mensaje.

—Ya era hora. —Han pasado casi cuatro días desde la última vez que recibimos noticias y me empezaba a preguntar si a
mi amigo le había ocurrido alguna desgracia.

Acerco a la luz de la lámpara el fragmento de pergamino
que sostiene Harper. Entonces es cuando me doy cuenta de
que va sin camisa y desaliñado, cada músculo de su cuerpo
tenso. Tiene los labios apretados, y la calma que normalmente
emana su ser está ausente.

—¿Qué diablos ocurre?

—Léelo.

Una fuerza de casi cincuenta mil hombres karkauns se congrega en el Collado Umbrío. Preparad a las legiones. Avanzan hacia Antium.

—Hay algo más, Verdugo —añade Avitas—. He intentado descodificar la carta que encontramos en la ropa de Alistar, pero usó tinta desvanecedora. Lo único que quedaba para cuando la pude examinar era la firma.

Ella.

—Keris Veturia. —Avitas asiente y me dan ganas de chillar—. Esa perra traidora. Debe de haberse estado reuniendo con los karkauns cuando pasó por el Nido. ¿Dónde diablos está el cabo Favrus?

—Lo encontré muerto en sus aposentos. Ninguna herida visible. Veneno.

Keris mandó a uno de sus asesinos para que se encargara de él, igual que hizo que alguien asesinara al capitán Alistar. Sabiendo lo mucho que anhela convertirse en Emperatriz, sus intenciones ahora están claras: no quería que descubriéramos el avance de Grímarr. Quería que el Emperador Marcus y yo quedáramos como unos idiotas, unos idiotas peligrosos e incompetentes. ¿Qué ocurre si un brujo sediento de sangre pone a Antium bajo asedio? Ella sabe que con refuerzos podemos destruir a los karkauns, aunque repeler una fuerza de cincuenta mil hombres nos pasará factura. Peor aún, se aprovechará del caos generado por el asedio para destruir a Marcus, a Livia y a mí. Derrotará a los karkauns, la vitorearán como a una heroína y conseguirá lo que siempre ha deseado, lo que sin ninguna duda le ha prometido el Portador de la Noche: el trono.

Y no tengo manera de demostrar nada de ello. Aunque no me queda ningún tipo de duda de que esa es su intención.

No tenía por qué ser así, Verdugo de Sangre. Recuérdalo, antes del final.

—Tenemos que decírselo al Emperador.

Y de algún modo tengo que convencerlo de que lleve a Livia fuera de la ciudad. Si el ejército de Grímarr está viniendo hacia aquí, no hay ningún lugar más peligroso para ella. Antium se sumirá en el caos. Y Keris prospera en él.

Estamos armados y encerrados en la sala de guerra del Emperador Marcus en menos de una hora. Los mensajeros corretean por la ciudad para reclutar a los generales del Imperio, muchos de los cuales también son *paters* de sus Gens. Traen una docena de mapas, cada uno representa secciones distintas de los terrenos del norte.

—¿Cómo no lo hemos sabido antes? —pregunta el general Crispin Rufius, el cabeza de la Gens Rufia, mientras da vueltas por la habitación, malicioso como un buitre. Marcus arrojó al hermano de Crispin de la Roca Cardium hace meses. No espero su ayuda—. Los informes llegan cada día de esas guarniciones. Si ha ocurrido algo fuera de lo habitual, al menos lo deberían de haber visto una docena de personas.

Marcus ladea la cabeza, como si escuchara algo que el resto de nosotros no pudiera oír. Los *paters* intercambian una mirada, e intentan no maldecir. Ahora no es el momento de que nuestro Emperador empiece a parlotear con su hermano muerto. Musita algo y luego asiente. Pero cuando habla al fin, parece estar completamente calmado.

—Se han manipulado los informes —constata Marcus—. Por obra de alguien que valora sus propios intereses por encima de los del Imperio, sin duda.

La implicación es obvia, y aunque no tengo ningún indicio de que Rufius esté involucrado de ningún modo en la modificación de los informes, el resto de los hombres de la sala lo miran con suspicacia. Le suben los colores.

—Solo digo que es algo muy inusual.

—Ya está hecho. —Hablo con una mano sobre mi cimitarra para que recuerde que fui yo la que atrajo a su hermano y a los *paters* de otras Gens aliadas a la Villa Aquilla, les tendió una trampa, e hizo que los llevaran a punta de cimitarra a la Roca Cardium para morir—. Ahora cosechamos las consecuencias. Quien sea que haya planeado esto quiere que el Imperio se debilite. Nada socava tanto como las peleas internas. Puedes seguir hablando del motivo por el que no sabíamos nada del ataque karkaun, o puedes ayudarnos a detener a esos cretinos.

La habitación se queda en silencio y Marcus, tomando ventaja del momento, señala con el dedo sobre Collado Umbrío, al norte de Antium.

—Grímarr tiene a sus hombres reunidos justo al norte de este paso —dice—. Desde allí, es un viaje de cuatro días al galope hasta Antium en caballos veloces, dos semanas para un ejército.

Discutimos durante horas. Antium tiene seis legiones —treinta mil hombres— que la protegen. Un general quiere enviar una legión para detener a Grímarr antes de que llegue a la capital. El capitán de la guardia de la ciudad, mi primo Baristus Aquillus, se presenta voluntario para liderar una fuerza más pequeña. Camino arriba y abajo, irritada. Cada minuto sin tomar una decisión es otro minuto que la comandante se acerca más a Antium, otro minuto que las vidas de mi hermana y de mi sobrino están en peligro tanto por Keris como por los karkauns.

Cuando los *paters* presionan a Marcus, anticipo que su volatilidad hará acto de presencia. Espero que reconozca la voz que oye. Pero por una vez, parece ser su antiguo yo, como si la amenaza de la guerra hubiera traído de vuelta al astuto rival que nos atormentaba a Elias y a mí durante los años de Risco Negro.

Al amanecer, los generales se han marchado con nuevas órdenes: armar a las legiones y prepararlas para el combate y apuntalar las defensas de Antium. Los tambores resuenan sin descanso, solicitando ayuda a los gobernadores de Silas y Estium. Mientras tanto, Marcus convoca a los soldados de la reserva, aunque no se tendría que haber molestado. Los ciudadanos de Antium son marciales hasta la médula. Grímarr y sus hombres arrasaron nuestro puerto. Cuando reciben el aviso sobre otro ataque, cientos de hombres y mujeres jóvenes llegan a los barracones de toda la ciudad para presentarse voluntarios y alistarse, hambrientos de venganza.

—Mi señor. —Aparto al Emperador a un lado después de que los demás se hayan marchado. Ojalá hubiese un momento mejor, pero el humor de Marcus puede cambiar en cualquier instante. Y ahora mismo, parece estar en uno de sus momentos más cuerdos—. Tenemos pendiente el asunto de su esposa y su heredero.

Marcus deja todo el cuerpo agarrotado. Está escuchando a la voz que le habla, al fantasma de Zak. Mando una plegaria silenciosa al espíritu para que haga que nuestro Emperador entre en razón.

—¿Qué pasa con ellos? —pregunta.

—Si hay un asedio, este será el último lugar en el que quiera que se encuentren. Falta menos de un mes para la Luna Gramínea. Livia saldrá de cuentas por entonces. Le sugiero que la lleve a un lugar seguro, idealmente a Silas o a Estium.

—No.

—No solo está la amenaza del asedio —insisto—. Keris llegará aquí en cuestión de días. Ya ha intentado acabar con la vida de la Emperatriz una vez. Está enfadada. Lo intentará de nuevo. Debemos impedirlo antes de que ocurra. Si desconoce el paradero de Livvy y de su heredero, entonces no podrá hacerles daño.

—Si envío a mi esposa y a mi hijo nonato fuera de Antium, la gente pensará que les temo a esos cretinos portadores de pieles y rostros de añil. —No levanta la vista del mapa que tiene delante, pero todos los músculos de su cuerpo están en tensión. Su temperamento pende de un hilo—. El niño tiene que nacer en Antium, en el palacio del Emperador, con testigos, para que no se pueda cuestionar su linaje.

—Podríamos hacerlo en secreto —le propongo, con la desesperación tiñendo mi voz. Debo asegurar la regencia. No debo permitir que más mal caiga sobre mi hermana pequeña. Ya he fallado lo bastante en ese aspecto—. Nadie tiene por qué saber que se ha ido. La ciudad se estará preparando para la guerra. Los *paters* no se darán cuenta.

—Te muestras muy interesada de golpe y porrazo en la supervivencia de mi dinastía.

—Livia es la única hermana que me queda con vida. No quiero que muera. En cuanto a su dinastía, soy su Verdugo de Sangre. No voy a insultar a su inteligencia proclamando sentirme atraída por su gracia, mi señor. Vos sois... complicado. Pero mi destino y el de mi hermana están atados al suyo, y si su linaje fracasa, ambas moriremos. Por favor, lleve a Livia y al niño a un lugar seguro. —Respiro hondo—. Creo que es lo que él querría.

No pronuncio el nombre de Zacharias. Mencionarlo puede ser una idea brillante o una imperdonablemente estúpida. Marcus al fin levanta la vista del mapa. Aprieta los dientes y cierra los puños. Me preparo para el golpe...

Pero sisea por entre los dientes, como si de repente estuviera sufriendo.

—Envíala con mi familia —accede—. Mis padres están en Silas. Nadie debe saberlo, sobre todo que no se entere esa perra de Risco Negro. Si algo le ocurre a mi heredero por culpa de esto, Verdugo, será tu cabeza la que decore una pica. Cuando se haya ido, quiero que vuelvas aquí. Tú y yo tenemos algo que hacer.

* * *

Las nubes se extienden amenazantes en el horizonte, gruesas y bajas. Huelo la tormenta que se avecina. Livvy tiene que ponerse en camino antes de que descargue.

Faris ha desplegado hombres a lo largo de toda la calle, y solo se les ha informado de que la Emperatriz se marcha para visitar a una tía enferma en las afueras de la ciudad. El carruaje volverá con otra mujer vestida como Livvy al caer la noche.

—Rallius y yo solos nos podemos hacer cargo, Verdugo. —Faris mira con recelo a la Guardia Negra que espera al final del camino: una decena de curtidos guerreros elegidos a dedo.

—Vas a viajar con la única hermana que me queda y el heredero del Imperio. Podría mandar a una legión entera contigo y no sería suficiente.

—Esto es absurdo —se queja Livia cuando la ayudo a subir al carruaje. Las primeras gotas empiezan a caer—. La ciudad resistirá. Tú la harás resistir.

—Los karkauns se acercan, sí —le digo—, pero Keris también. Casi te perdemos una vez porque no tuve la suficiente cautela con ella. El único motivo por el que sigues con vida...

—Lo sé. —Mi hermana me habla con voz amable. No me ha preguntado nada sobre la curación... sobre por qué no la había curado nunca antes. Quizá sepa que no deseo hablar de ello.

—No me iré. —Livia se aferra a mi mano—. No te dejaré aquí.

Pienso en mi padre. En su testarudez. Soy la *mater* de la Gens Aquilla, y es el futuro de las Gens, el futuro de mi gente, el que debo proteger.

—Irás. —Retiro los dedos de su mano. Un trueno retumba, más cerca de lo que me imaginaba—. Te mantendrás escondida. Y lo harás con la misma gracia con la que has hecho todo lo demás, Emperatriz Livia Aquilla Farrar. Leal hasta el final. Dilo.

Mi hermana se muerde el labio, sus ojos claros echan chispas. Pero entonces asiente, como sabía que haría.

—Leal hasta el final —repite.

Para cuando se desata la tormenta sobre Antium, Livia está bien lejos de la capital. Pero mi alivio es efímero. *Tú y yo tenemos algo que hacer.* Pasará tiempo antes de que olvide los abusos a los que Marcus ha sometido a mi hermana. Me viene al pensamiento lo ocurrido hace un año durante las pruebas. Las pesadillas que me fustigaban en las que Marcus era el Emperador y yo le bailaba el agua. ¿Qué tendrá planeado para mí ahora?

XXXIX: Laia

Se me hiela la sangre cuando oigo a los genios y sus extrañas voces sobrepuestas. Van cargadas de astucia y rabia. Pero debajo de ellas fluye un río de pena casi imperceptible, como con el Portador de la Noche.

—¿Dónde está Elias? —Sé que no me van a decir nada de provecho, pero pregunto de todos modos, con la esperanza de que alguna repuesta sea mejor que el silencio.

Te lo diremos, arrullan. *Pero tienes que venir con nosotros.*

—No soy tan estúpida. —Coloco la mano sobre mi daga, aunque hacerlo no sirva para ningún propósito práctico—. Conozco a vuestro rey, ¿os acordáis? Sois tan escurridizos como él.

Ningún truco, Laia, hija de Mirra. A diferencia de ti, nosotros no le tememos a la verdad, pues es la verdad la que debe liberarnos de nuestra prisión. Y la verdad te liberará de la tuya. Ven con nosotros.

Elias no ha confiado nunca en los genios. Yo tampoco debería hacerlo… lo sé. Pero Elias no está aquí. Ni los fantasmas. Algo va muy mal, si no él no se habría ido. Tengo que cruzar el Bosque. No hay otro camino hacia Antium, hacia la Verdugo de Sangre, hacia el último fragmento de la Estrella.

Quedarme aquí quieta dándole vueltas no me va a traer nada bueno. Me dirijo al oeste, siguiendo la brújula de mi mente, moviéndome todo lo de prisa que puedo mientras todavía hay luz. Quizás Elias se haya ido por poco tiempo. Quizá vuelva.

O tal vez no sepa que estoy aquí. Tal vez le haya ocurrido algo.

O, susurran los genios, *no le importas. Tiene cosas más relevantes por las que preocuparse que tú.* No lo dicen con malicia. Simplemente constatan un hecho, que hace que sea mucho más hiriente.

Nuestro rey te lo mostró, ¿no es así? Lo viste en sus ojos: Elias alejándose. Elias escogiendo al deber y no a ti. No te ayudará, Laia. Pero nosotros sí podemos. Si nos lo permites, te mostraremos la verdad.

—¿Por qué me ibais a ayudar? Ya sabéis por qué estoy aquí. Sabéis lo que estoy intentando hacer.

La verdad nos liberará de nuestra prisión, repiten los genios. *Como también te liberará de la tuya. Déjanos ayudarte.*

—Alejaos de mí —les ordeno. Los genios se quedan callados. ¿Me atrevo a pensar que me van a dejar en paz? El viento me empuja por detrás, me alborota el pelo y tira de mi ropa. Doy un salto y me giro, buscando a mis enemigos en las sombras. No es más que viento.

Pero a medida que se extiende la noche, flaqueo. Y cuando ya no soy capaz de dar ni un paso más, no me queda otra que detenerme. El ancho tronco de un árbol me sirve como protección, y me agacho contra él con la daga en la mano. El Bosque está extrañamente tranquilo, y tan pronto como mi cuerpo hace contacto con la tierra y con el árbol, me siento más sosegada, como si estuviera en un lugar conocido. No es la familiaridad de un camino que haya seguido muchas veces. Es distinto. Más antigua. La siento en mis propias venas.

Cuando es noche cerrada, el cansancio me reclama y me quedo dormida. Entonces llegan los sueños. Me encuentro sobrevolando la Antesala por encima de las copas de los árboles, furiosa pero a la vez aterrorizada. *Mi gente. Están encarcelando a mi gente.* Lo único que sé es que debo acudir en su ayuda. Tengo que alcanzarlos. Si tan solo pudiera…

Me despierto con la sensación abrumadora de que algo anda mal. Los árboles que me rodean no son en los que me he quedado dormida. Estos son tan anchos como las avenidas de Adisa, y emiten un escalofriante brillo rojo, como si un fuego prendiera en su interior.

—Bienvenida a nuestra prisión, Laia de Serra.

El Portador de la Noche se materializa de entre las sombras, hablando casi con dulzura. Roza con sus manos que emiten un brillo extraño los troncos de los árboles mientras los avanza. Le susurran una palabra, una que no consigo comprender, pero los silencia con su tacto.

—¿Tú... tú me has traído aquí?

—Mis congéneres te han traído. Puedes estar agradecida de que te hayan dejado intacta. Anhelaban despedazarte.

—Si pudieras matarme ya lo habrías hecho —replico—. La Estrella me protege.

—Sin duda, mi amor.

Doy un paso atrás.

—No me llames así. Tú no sabes lo que es el amor.

Estaba de espaldas a mí, pero ahora se gira y me inmoviliza con esa mirada escalofriante y brillante.

—Ah, pero sí que lo sé. —Su amargura ancestral corta el aire—. Nací para el amor. Era mi vocación, mi propósito. Ahora es mi maldición. Conozco el amor mejor que cualquier otra criatura viva. Y está claro que mucho más que una chica que le cede su corazón al primero que pasa.

—Dime dónde está Elias.

—Siempre con prisas, Laia. Igual que tu madre. Siéntate con los de mi raza un rato. No disfrutan de la presencia de demasiados visitantes.

—No sabes nada de mi madre ni de mi padre. Dime dónde está Elias.

Se me revuelve el estómago cuando el Portador de la Noche vuelve a hablar. Siento su voz demasiado cerca, como si estuviera forzando una intimidad a la que yo no he accedido.

—¿Qué harás si no te digo dónde está Elias? ¿Marcharte?

—Eso es exactamente lo que haré —contesto, pero mi voz es más débil de lo que me gustaría. Noto las piernas extrañas. Entumecidas. Cielos, me siento mareada. Me inclino hacia delante, y cuando mis manos tocan el suelo, una descarga me recorre el cuerpo. La palabra que me viene a la mente es una que me sorprende. *Casa.*

—La Antesala te canta. Te conoce, Laia de Serra.

—¿Por... Por qué?

El Portador de la Noche estalla en carcajadas y los genios de la arboleda lo imitan hasta que tengo la sensación de que las risas provienen de todos lados.

—Es la fuente de toda la magia del mundo. Estamos conectados los unos a los otros a través de ella.

Hay alguna mentira subyacente en sus palabras. Puedo sentirlo. Aunque también hay verdad, y soy incapaz de diseccionar la fina línea que separa la una de la otra.

—Díselo, amor. —La palabra suena obscena en su boca—. ¿Has estado teniendo visiones después de usar tu magia?

La sangre me abandona el rostro. La mujer. La celda.

—¿Fuiste tú el que envió esas visiones? Y tú... tú me has estado espiando.

—Encontrarás la libertad en la verdad. Permíteme que te libere, Laia de Serra.

—No necesito tu verdad. —Quiero que salga de mi cabeza, pero es tan sinuoso y escurridizo como una anguila. Junto a sus congéneres, me retuerce la mente, apretando cada vez más. ¿Por qué me he permitido caer dormida? ¿Cómo he podido consentir que los genios se apoderaran de mí? *¡Levántate, Laia! ¡Huye!*

—No puedes huir de la verdad, Laia. Mereces conocerla, niña. Durante demasiado tiempo te la han ocultado. ¿Por dónde empiezo? Quizá por el mismo sitio por el que has empezado tú: con tu madre.

—¡No!

El aire delante de mí ondea, y no sé si la visión es real o solo está en mi cabeza. Tengo a mi madre en frente, con la barriga protuberante, embarazada. *De mí*, me doy cuenta. Camina con paso nervioso arriba y abajo fuera de una casita mientras papá le habla. Las montañas cargadas de vegetación de Marinn se elevan en la distancia.

—Tenemos que volver, Jahan —dice ella—. Tan pronto como el bebé nazca…

—¿Y llevarlo o llevarla con nosotros? —Mi padre hunde la mano en el cabello rizado y espeso que yo he heredado. Una risa suena detrás de él: Darin, de mejillas rollizas y dichosamente ajeno a todo, está sentado con Lis que tiene siete años. Se me cae el alma a los pies al ver a mi hermana. Hacía mucho tiempo que no le veía la cara. A diferencia de Darin, lo observa todo con ojos cautelosos, alternando la mirada entre mamá y papá. Es una niña cuya felicidad se mide según cómo tengan el día sus padres. A veces brilla el sol, pero lo más frecuente es que azote un vendaval.

—No podemos exponerlos a ese peligro, Mirra…

Oscuridad. Me llega el aroma antes que la luz. Vergeles de albaricoques y arena caliente. Estoy en Serra. Mi madre aparece de nuevo, esta vez vestida de cuero con un arco y un carcaj colgados en la espalda. Lleva el cabello claro recogido en un moño y su mirada es feroz cuando llama a una desgastada puerta que conozco bien. Mi padre está arrodillado detrás de ella, sosteniéndome a mí contra un hombro y a Darin en el otro. Tengo cuatro años. Darin, seis. Papá nos besa una y otra vez y nos susurra cosas, aunque no puedo oír las palabras.

Cuando la puerta se abre, aparece la abuela con los brazos en jarras, tan enfadada que quiero llorar. *No estés enfadada*, quiero decirle. *La echarás de menos más tarde. Te arrepentirás de tu ira. Desearás haberla acogido con los brazos abiertos.* La abuela nos dirige una mirada a papá, a Darin y a mí. Da un paso hacia nosotros.

Oscuridad. Y luego un lugar siniestro que me resulta familiar. Una habitación fría y húmeda. Dentro hay una mujer de cabello claro, una mujer que al fin reconozco: mi madre. Y la habitación no es una estancia cualquiera, es la celda de una prisión.

—La verdad te liberará de las ilusiones, Laia de Serra —me susurra el Portador de la Noche—. Te liberará de la carga que supone tener esperanza.

—No la quiero. —La imagen de mi madre no desaparece—. No quiero ser libre. Solo dime dónde está Elias —le suplico. Soy una prisionera en mi propia mente—. Déjame ir.

El Portador de la Noche se queda callado. La luz de una antorcha se mece en la distancia y la puerta de la celda de mi madre se abre. Los moratones de mi madre, sus heridas, su pelo rapado y su demacración se iluminan de repente.

—¿Estás preparada para cooperar? —El invierno que desprende esa voz es inconfundible.

—Jamás cooperaré contigo. —Mi madre escupe a los pies de Keris Veturia.

La comandante es más joven pero igual de monstruosa. Un chillido agudo me apuñala los oídos. El grito de una niña. Sé de quién proviene. Cielos, lo sé. Lis. Mi hermana.

Me retuerzo y me desgañito para intentar no oírla. No puedo presenciar esto. No puedo oírlo. Pero el Portador de la Noche y los suyos me retienen con un agarre férreo.

—No tiene tu fuerza —le dice Keris a mi madre—. Ni tampoco tu marido. Se vino abajo. Suplicó que lo matara. Suplicó que te matara a ti. No tiene lealtad. Me lo contó todo.

—No... él nunca lo haría...

Keris se adentra en la celda.

—Qué poco sabemos de las personas hasta que vemos cómo se desmoronan. Hasta que las despojamos de todo y las dejamos en su versión más pequeña y débil. Aprendí esa lección hace mucho, Mirra de Serra. Así que te la enseñaré. Te dejaré expuesta, y ni siquiera tendré que tocarte para conseguirlo.

Otro grito, este más grave… la voz de un hombre.

—Preguntan por ti —dice la comandante—. Los sorprende que los dejes sufrir. De una manera u otra, Mirra, me darás los nombres de tus partidarios en Serra. —Hay una alegría impía en los ojos de Keris—. Haré que tu familia derrame sangre hasta que me lo digas.

Cuando se aleja, mi madre le ruge y se lanza contra la puerta de la celda. Las sombras se mueven por el suelo. Pasa un día, y otro. Todo ese tiempo, mi madre escucha los sonidos de Lis y papá sufriendo. Yo escucho. Cada vez enloquece más. Intenta fugarse. Intenta engañar a los guardias. Intenta asesinarlos. Todo en vano.

La puerta de la celda se abre y los guardias de Kauf arrastran a mi padre dentro. A duras penas lo reconozco. Está inconsciente cuando lo arrojan a una esquina. Lis es la siguiente, y no puedo mirar lo que Keris le ha hecho. Era solo una niña, solo tenía doce años. *Cielos, mamá, ¿cómo lo soportaste? ¿Cómo no perdiste la cabeza por completo?*

Mi hermana tiembla y se aovilla en el rincón. Su silencio, su boca entreabierta, el vacío de sus ojos azules… me perseguirán hasta el día de mi muerte.

Mamá sostiene a Lis entre los brazos. Lis no reacciona. Sus cuerpos se mecen a la vez mientras mamá se balancea adelante y atrás.

Una estrella llegó
A mi hogar
Y todo iluminó con su gloria.

Lis cierra los ojos. Mi madre se enrosca a su alrededor y lleva las manos hacia la cara de Lis para acariciarla. No hay lágrimas en los ojos de mi madre. Están completamente vacíos.

Su risa como
Una canción dorada
Gorriones bajo nimbos cuentan su historia.

Mi madre coloca una mano sobre la cabeza de Lis, ahora rapada, y la otra en el mentón.

Y cuando duerme
Es como el sol
Se desvanece, se torna fría.

Suena un crujido, más suave que en mis visiones. Es un ruido liviano, como cuando se rompe el ala de un pajarito. Lis se escurre hacia el suelo sin vida, con el cuello roto por obra de mi madre.

Creo que grito. Creo que ese sonido, ese chillido, soy yo. ¿En este mundo? ¿En algún otro? No puedo salir. No puedo escapar de este sitio. No puedo huir de lo que veo.

—¿Mirra? —susurra mi padre—. Lis… ¿Dónde está…?

—Está durmiendo, mi amor. —La voz de mi madre es calmada, distante. Gatea hasta mi padre y le coloca la cabeza en el regazo—. Está durmiendo.

—Lo… lo he intentado, pero no sé cuánto tiempo más…

—No temas, mi amor. Ninguno de los dos sufrirá más.

Cuando rompe el cuello de mi padre, el crujido es más sonoro. El silencio que lo sucede me cala hasta los huesos. Es la muerte de la esperanza, repentina e inesperada.

Con todo, la Leona no llora.

La comandante entra y mira los dos cuerpos.

—Eres fuerte, Mirra —le reconoce, y hay algo parecido a la admiración en sus ojos claros—. Más fuerte de lo que era mi madre. Habría permitido que tu hija viviera, sabes.

Mi madre levanta la vista de golpe. La desesperación cubre cada centímetro de su cuerpo.

—A eso no se le podría llamar «vida» —susurra.

—Puede ser —dice Keris—, pero ¿puedes estar segura?

La imagen vuelve a cambiar. La comandante sostiene unas ascuas ardientes con una mano enguantada mientras se acerca a mi madre, que está atada a una mesa.

En algún rincón de mi mente, despierta un recuerdo. *¿Alguna vez te han atado a una mesa mientras las brasas ardían en tu cuello?* La cocinera me dijo esas palabras hace mucho tiempo, en una cocina de Risco Negro. ¿Por qué me las dijo?

El tiempo se acelera. El cabello de mi madre pasa de rubio a un blanco níveo. La comandante le abre cicatrices en la cara —horribles, que la desfiguran— hasta que deja de ser la cara de mi madre, deja de ser el rostro de la Leona y pasa a ser la cara de…

¿Alguna vez te han hecho surcos en la piel con un cuchillo desafilado mientras un máscara te echa agua con sal en las heridas?

No. No me lo creo. La cocinera debió de experimentar el mismo tormento que mi madre. Quizás era la manera particular de la comandante de conseguir que los combatientes rebeldes hablaran. La cocinera es una anciana, y mi madre no sería… todavía sería relativamente joven.

Pero la cocinera nunca actuó como una anciana, ¿verdad? Era fuerte. Las cicatrices son las mismas. El pelo.

Y sus ojos. Nunca miré de cerca a la cocinera a los ojos, pero ahora me acuerdo de ellos: profundos y de un azul oscuro… más apagados por las sombras que acechan detrás de ellos.

Pero no puede ser. No.

—Es verdad, Laia —dice el Portador de la Noche y se me estremece hasta el alma, pues sé que no dice mentiras—. Tu madre está viva. La conoces. Y ahora, eres libre.

XL: Elias

¿Cómo ha podido llegar alguien hasta la arboleda de los genios sin que yo me enterase? La barrera de los confines del Bosque debería de haber mantenido a los forasteros fuera. Pero me doy cuenta de que alguien se puede infiltrar si se trata de una persona delgada y débil. Los fantasmas empiezan a empujar en un punto en el este y freno la marcha. ¿Refuerzo la barrera? ¿Hago cruzar a los fantasmas? Es la primera vez que los veo así de agitados, con una intensidad casi salvaje.

Pero si hay un humano en la arboleda, solo los cielos saben lo que debe de estar sufriendo a manos de los genios.

Pongo rumbo hacia el intruso y Mauth tira de mí, su peso como un yunque encadenado a mis piernas. Delante de mí, los fantasmas intentan bloquearme el paso con una nube espesa que no me permite ver a través de ella.

La tenemos, Elias. Los genios hablan y los fantasmas cesan sus ululatos. El repentino silencio me pone los pelos de punta. Es como si todo el Bosque estuviera escuchando.

La tenemos, Elias, y le hemos despedazado la mente.

—¿A quién? —Me alejo de los fantasmas arrastrando los pies, ignorando sus llantos y los tirones de Mauth—. ¿A quién tenéis?

Ven y lo verás, usurpador.

¿Han logrado de algún modo capturar a Mamie? ¿A Afya? El pavor crece en mi interior como una mala hierba, acelero el paso mientras me deslizo por el aire. Sus maquinaciones ya han conseguido el sufrimiento de la tribu de Aubarit. Que a Afya y a Gibran los poseyeran los fantasmas. Que Mamie perdiera a su hermano y que murieran cientos de tribales. La Verdugo de Sangre está demasiado lejos como para que le puedan hacer daño. De todas las personas a las que siento aprecio, solo la Verdugo y otra más se han escapado de su depredación.

Pero no es posible que tengan a Laia. Está en Adisa, intentando hallar la manera de detener al Portador de la Noche. *Más rápido, Elias, más rápido.* Forcejeo contra la atracción de Mauth, avanzando rápidamente por la masa de fantasmas que cada vez están más frenéticos hasta que llego a la arboleda de los genios.

Al principio, tiene el mismo aspecto de siempre. Entonces la veo, hecha un ovillo en el suelo. Reconozco la capa gris remendada. Se la di hace mucho tiempo, una noche en la que no me imaginaba lo mucho que un día ella iba a significar para mí.

En los árboles del norte, una sombra acecha. *¡El Portador de la Noche!* Doy un salto en su dirección, pero desaparece con tanta celeridad que si no hubiera sido por su risa arrastrada por el viento habría pensado que me lo había imaginado.

Llego al lado de Laia en dos zancadas, casi incapaz de creer que sea real. El suelo tiembla con una violencia que no he visto nunca. Mauth está enfadado. Pero no me importa. ¿Qué diablos le han hecho los genios?

—Laia —la llamo, pero cuando la miro a la cara, sus ojos dorados están desenfocados y la boca entreabierta—. ¿Laia? —Acerco su cara a la mía—. Escúchame. Sea lo que fuere que te haya dicho el Portador de la Noche, de lo que te estén intentando convencer los de su raza, no es más que un truco. Una mentira…

No mentimos. Le hemos contado la verdad, y la verdad la ha liberado. No volverá a albergar esperanza.

Tengo que sacar su mente de las garras de esos seres.

¿Cómo lo harás, usurpador, si no puedes recurrir a la magia?

—¡Ya me estáis contando qué demonios le habéis hecho, joder!

Como desees. Unos segundos después, mi cuerpo se enraíza en la arboleda como el de Laia, y los genios me muestran el motivo por el que ha acudido a la Antesala. Debe ir a Antium, a buscar a la Verdugo de Sangre, el anillo. Debe pararle los pies al Portador de la Noche.

Pero olvida su misión cuando un fuego ruge en su mente, dejándola desorientada, deambulando en una prisión, obligada a presenciar lo que le pasó a su familia una y otra vez.

Te mostraremos su historia para que puedas sufrir con ella, Elias, me dicen los genios. *Grita tu rabia, ¿quieres? Grita tu inutilidad. Es un sonido muy dulce.*

Mis cimitarras no servirán de nada contra esto. Las amenazas no harán nada. Los genios están en su cabeza.

Un poderoso tirón de Mauth casi me pone de rodillas, tan violento que jadeo de dolor. Algo está ocurriendo en la Antesala. Puedo sentirlo. Algo le está pasando a la frontera.

Abandónala entonces, Elias. Ve a atender tu deber.

—¡No la abandonaré!

No te queda otra... no si quieres que sobreviva el mundo de los vivos.

—¡No lo haré! —Mi voz está desgarrada por la rabia y el fracaso—. No voy a permitir que la atormentéis hasta la muerte, aunque deteneros signifique que mi cuerpo se despedace. El mundo entero puede arder, que no la voy a abandonar a su sufrimiento.

Todas las cosas tienen un precio, Elias Veturius. El precio por salvarla te perseguirá durante el resto de tus días. ¿Lo pagarás?

—Dejadla ir. Por favor. Siento... Siento mucho vuestro dolor, vuestra aflicción. Pero ella no tiene nada que ver. No es culpa suya. Mauth, ayúdame.

¿Por qué estoy suplicando? ¿Por qué, si sé que no va a servir de nada? Solo me puede ayudar actuar como un ser desalmado. Solo abandonando mi humanidad. Abandonando a Laia.

Pero no puedo hacerlo. No puedo fingir que no la amo.

—Vuelve conmigo, Laia. —Su cuerpo pesa en mis brazos. Tiene el cabello revuelto y se lo aparto de la cara—. Olvídalos a ellos y a sus mentiras. Es lo único que son. Vuelve.

Sí, Elias, ronronean los genios. *Vierte tu amor en ella. Vierte tu corazón en ella.*

Ojalá cerraran el maldito pico.

—Regresa al mundo. Es más importante tu regreso que el lugar donde te hayan llevado, el recuerdo en el que te hayan encerrado. Tu gente te necesita. Tu hermano te necesita. Yo te necesito.

Mientras hablo es como si pudiera ver dentro de sus pensamientos. Puedo ver a los genios aferrándose a su mente. Son unos seres extraños y deformados de llamas sin humo que no se parecen en nada a las criaturas preciosas y gráciles que vi en la ciudad. Laia intenta pelear contra ellos, pero cada vez está más débil.

—Eres fuerte, Laia, y te necesitamos aquí. —Noto su mejilla fría como el hielo—. Todavía tienes mucho por hacer.

Laia tiene los ojos vidriosos y me estremezco. La sostengo contra mí. La llamo. Pero ella envejecerá y morirá, mientras que yo seguiré existiendo. Ella es un pestañeo y yo soy toda la eternidad.

Pero puedo aceptarlo. Puedo sobrevivir durante muchos años sin ella si sé que al menos tuvo una oportunidad de vivir. Renunciaría a mi tiempo con ella, lo haría, si tan solo se despertara.

Por favor. Por favor, regresa.

Su cuerpo sufre un espasmo, y durante unos segundos de infarto, pienso que está muerta.

Entonces enfoca los ojos y me mira asombrada. *Gracias a los cielos sangrantes.*

—Se han ido, Laia. Pero tenemos que sacarte de aquí.

Su mente estará frágil después de lo que le han hecho vivir los genios. Cualquier otro embate de los fantasmas o los genios sería una tortura.

—No puedo… no puedo andar. Podrías…

—Aférrate a mi cuello —le pido, y me deslizo por el aire dejando atrás la arboleda con Laia sujetada firmemente contra mi cuerpo. Mauth tira de mí fútilmente, y el suelo de la Antesala se sacude y resquebraja. Me dirijo a la frontera, que está bajo una presión inmensa. La tensión que sufre hace que me cubra de sudor. Tengo que sacar a Laia de aquí para que pueda reunir a los fantasmas… alejarlos de la linde de la Antesala antes de que puedan escaparse.

—Elias —susurra Laia—, ¿eres… eres real? ¿O también eres un truco?

—No. —Apoyo la frente sobre la suya—. No, mi amor. Soy real. Eres real.

—¿Qué le pasa a este lugar? —Se estremece—. Está muy lleno, como si estuviera a punto de estallar. Puedo sentirlo.

—Solo son fantasmas —respondo—. Nada de lo que no pueda encargarme.

Espero. Extensas áreas de campos verdes llanos aparecen por delante de los árboles: el Imperio.

La barrera parece estar incluso más débil ahora que cuando la he cruzado antes. Muchos de los fantasmas me han seguido y hacen presión contra la barrera brillante emitiendo gritos de entusiasmo cuando notan su debilidad.

Me alejo una buena distancia de la línea de árboles y bajo a Laia. Los árboles se mecen detrás de mí en una danza frenética. Debo volver. Aunque solo por esta vez, me permito mirarla. La maraña que forma su pelo, sus botas desgastadas, los pequeños cortes en la cara que se ha hecho en el Bosque, la manera como sus manos empuñan la daga que le di.

—Los genios —susurra—. Me… me dijeron la verdad. Pero la verdad es… —Niega con la cabeza.

—La verdad es horrible —acabo yo—. La verdad de nuestros padres lo es todavía más. Pero nosotros no somos ellos, Laia.

—Está por ahí, Elias —dice, y sé que está hablando de su madre. De la cocinera—. En algún lugar. No puedo... no... —Vuelve a perderse en el recuerdo, y aunque el Bosque está furioso detrás de mí, no me habrá servido de nada sacar a Laia de allí si cae nuevamente en las zarpas de los genios. La agarro de los hombros y le acaricio la cara. La obligo a mirarme.

—Perdónala si puedes. Recuerda que el destino nunca es como creemos que será. Tu madre... mi madre... jamás podremos entender sus tormentos. Sus pesadumbres. Puede que suframos las consecuencias de sus errores y pecados, pero no deberíamos alojarlas en nuestros corazones. No lo merecemos.

—¿Nuestras vidas siempre serán un caos, Elias? Algún día podremos vivir con normalidad? —Su mirada se despeja cuando me mira a los ojos, y durante un momento se libera de lo que vio en el Bosque—. Alguna vez podremos dar un paseo bajo la luz de la luna, o pasar una tarde cocinando mermelada o haciendo el...

Amor. Mi cuerpo prende solo de pensarlo.

—Soñé contigo —susurra—. Estábamos juntos...

—No fue un sueño. —La acerco a mí. Me devasta que no se acuerde. Ojalá no fuera así. Desearía que pudiese aferrarse a ese día como lo hago yo—. Yo estaba allí, y tú estabas allí. Y fue un rato maravilloso. No siempre será así. —Lo digo como si lo creyera de verdad. Pero algo en el fondo de mi corazón ha cambiado. Me siento diferente. Más frío. El cambio es lo bastante sustancial como para que hable con más obstinación, con la esperanza de que pronunciando en alto cómo quiero sentirme, conseguiré que así suceda—. Encontraremos la manera, Laia. De algún modo. Pero si yo... si cambio... si te parezco distinto, recuerda que te quiero. No importa lo que me ocurra. Dime que lo recordarás, por favor...

—Tus ojos… —Levanta la vista hacia mí y me quedo sin aliento al ver la intensidad de su mirada—. Son… son más oscuros. Como los de Shaeva.

—No puedo quedarme. Lo siento. Tengo que regresar. Tengo que ayudar a los fantasmas. Pero te volveré a ver. Lo prometo. De prisa… ve a Antium.

—Espera. —Se levanta todavía con piernas temblorosas—. No te vayas. Por favor. No me dejes aquí.

—Eres fuerte —le digo—. Eres Laia de Serra. No eres la Leona. Su legado, sus pecados, no te pertenecen, del mismo modo que el legado de Keris tampoco me pertenece a mí.

—¿Qué dijiste? —pregunta—. La noche antes de irte hace meses, cuando te dirigiste hacia Kauf. Estaba durmiendo en el carro con Izzi. ¿Qué me dijiste?

—Te dije que eres…

Pero Mauth ha perdido la paciencia. Me impulsa hacia atrás de regreso a la Antesala, de vuelta a su lado con una fuerza que me hace traquetear los huesos.

Te encontraré, Laia. Hallaré la manera. Este no es nuestro final. Lo grito en mi mente. Pero nada más entrar en la Antesala, el pensamiento desaparece de mi conciencia. La barrera se está doblando… rompiendo. Acudo a reforzarla, pero no soy más que un tapón contra una presa que se rompe.

Todas las cosas tienen un precio, Elias Veturius. Los genios vuelven a hablar, con una verdad inexorable en su voz. *Te lo advertimos.*

Un rugido surca la Antesala, un desgarro que parece provenir de las entrañas de la tierra. Los fantasmas gritan. Su empeño aumenta a medida que se arrojan contra la barrera. Tengo que detenerlos. Están muy cerca de conseguirlo. Escaparán.

Demasiado tarde, usurpador. Demasiado tarde.

Un aullido colectivo se eleva y los fantasmas de la Antesala, las almas torturadas que son mi deber por juramento, atraviesan la barrera y salen en tropel hacia el mundo de los vivos. Sus chillidos son como la muerte en vida arrastrada por el viento.

XLI: La Verdugo de Sangre

—No voy a ir a visitar a los augures —le aseguro a Marcus. Recuerdo demasiado bien lo que me dijo Cain hace tan solo unas semanas. *Te veré una vez más, antes de tu final*—. No lo entiendes, ellos…

—Muestra un poco de agallas, Verdugo, joder. —Marcus me agarra del brazo y empieza a sacarme a rastras de la sala del trono—. Esos cretinos espeluznantes le dan miedo a todo el mundo. Tenemos una invasión que repeler y ellos pueden ver el futuro. Te vienes conmigo a su cueva nauseabunda. A menos que quieras descubrir si de verdad puedes curar las rodillas destrozadas de tu hermana.

—Maldito seas…

Me suelta un bofetón y pone una mueca mientras se agarra la cabeza. Me limpio la sangre de la boca y miro a mi alrededor mientras él musita para sí mismo. La sala del trono está vacía, pero todavía hay guardias cerca.

—Contrólate ya —le siseo—. Solo nos falta que Keris se entere de esto.

Marcus respira hondo y me lanza una mirada asesina.

—Cállate. —La suavidad del gruñido con la que pronuncia la palabra no la hace menos amenazadora—. Y muévete.

Los peregrinos que normalmente atestan el sendero que sube por el monte Videnns se han esfumado, pues se ha emitido la orden de que todo el mundo vuelva a la ciudad con el fin de prepararla para la llegada de Grímarr. El camino que sube hasta la cueva de los augures está desierto a excepción de Marcus, yo, y la decena de máscaras que conforman la guardia personal de Marcus. Durante todo el trayecto intento reprimir mi ira. No debo actuar cegada por ella. Por más que los odie, son los hombres santos del Imperio. Hacerle daño a uno podría acarrear consecuencias terribles, y si algo me ocurre, entonces Livia y su hijo se quedarán desprotegidos.

Me maldigo a mí misma. Incluso ahora, aunque los deteste a más no poder, una parte de mí todavía se arraiga en mis enseñanzas y quiere respetarlos. El toma y daca entre una parte y la otra hace que se me revuelva el estómago. *Que Marcus suba y hable él. No te dirijas a ellos. No hagas preguntas. No permitas que te digan nada. Diles que no quieres oír lo que sea que te tengan que decir.*

La tormenta que se ha estado fraguando durante toda la mañana deja caer su agua sobre las montañas, empapándonos y convirtiendo el camino al hogar de los augures en una trampa mortal resbaladiza y traicionera. Para cuando conseguimos cruzar la cuenca adoquinada que lleva a la cueva, estamos cubiertos de barro y cortes, lo que hace que Marcus esté de todavía peor humor de lo habitual.

La cueva de los augures es lóbrega, sin ningún atisbo de vida, y por un instante albergo la esperanza de que los adivinos no nos permitan el paso dentro. Se sabe de sobras que si lo desean pueden mantener alejado a quien quieran.

Pero cuando nos aproximamos a la boca de la cueva, chisporrotea una luz azul y una sombra se separa de la roca con unos ojos rojos que son visibles incluso en la distancia. Cuando nos acercamos a ella, la sombra habla. Es el mismo augur que me garantizó la entrada la última vez.

—Emperador Marcus Farrar. Verdugo de Sangre —nos saluda—. Nos alegra vuestra presencia. Vuestros hombres, sin embargo, deben permanecer atrás.

Igual que la última vez que estuve aquí, el augur me guía por un largo túnel que brilla con un resplandor zafiro gracias a las lámparas de fuego azul. Agarro las cimitarras con fuerza cuando pienso en aquel día. *Primero tengo que deshacerte. Primero, te tengo que romper.*

Todavía era Helene Aquilla en aquel entonces. Ahora soy otra cosa. Aunque mi escudo mental no funcionó contra el Portador de la Noche, lo utilizo de todos modos. Si esos demonios de ojos rojos quieren rebuscar en mi cabeza, al menos que sepan que no son bienvenidos.

Cuando nos adentramos en el interior de la montaña, otra augur nos está esperando, una que no me resulta familiar. Pero por la inhalación repentina de Marcus, está claro que el Emperador sí la conoce.

—Artan. —Marcus dice el nombre del mismo modo que yo mascullo el de Cain.

—Por un largo tiempo los emperadores de los marciales han acudido a los augures en épocas de necesidad —dice Artan—. Buscas consejo, Emperador Marcus. El honor me obliga a concederlo. Siéntate, por favor. Hablaré contigo. —Hace un gesto hacia un banco bajo antes de aclararse la garganta y mirarme—. A solas.

La misma mujer que nos ha acompañado en la entrada me toma del brazo y me guía fuera. No habla mientras caminamos. En la distancia puedo oír un goteo de agua y luego lo que suena como el tintineo del metal. Se repite una y otra vez, como un tamborileo extraño e incongruente.

Entramos en una caverna circular en la que unas gemas negras brillan en las paredes y Cain sale de las sombras. Sin pensarlo, llevo la mano a la espada.

—No, Verdugo. —Cain levanta una mano atrofiada y la mía se queda paralizada—. No hay ninguna amenaza aquí.

Me obliga a apartar la mano de mi cimitarra e intento desviar la atención a cualquier cosa que me distraiga de la rabia.

—¿Qué es ese sonido? —pregunto sobre el extraño tintineo—. Es irritante.

—Solo son las cuevas cantando sus historias —responde Cain—. Algunas están llenas de cristales, otras de agua. Muchas son tan pequeñas como casas, otras lo suficientemente grandes como para alojar una ciudad entera. Pero siempre cantan. Algunos días podemos oír los cuernos de las barcazas que zarpan de Delphinium.

—Delphinium está a cientos de kilómetros —arguyo, escéptica.

Por los infiernos sangrantes, sabía que había cavernas y túneles debajo de la ciudad, pero desconocía que las cuevas de los augures fueran tan extensas. El terreno al oeste de aquí está formado por roca sólida y las únicas cuevas que hay las habitan osos y linces. Suponía que las montañas al este serían iguales.

Cain me observa con detenimiento.

—Has cambiado mucho, Verdugo de Sangre. Tus pensamientos están cerrados.

La satisfacción me corroe por las venas... se lo tendré que contar a Harper.

—¿Acaso el *Meherya* te enseñó, como hizo con los Farrar? —Al ver mi expresión perpleja, Cain especifica—. Te refieres a él como Portador de la Noche.

—No —le suelto airada, y entonces le pregunto—: ¿Por qué lo llamas *Meherya*? ¿Es ese su nombre?

—Su nombre, su historia, su derecho de nacimiento, su maldición. La verdad de todas las criaturas, sean humanos o genios, radica en su nombre. Él mismo ideó el apelativo de Portador de la Noche. Y él mismo será quien lo sepulte en el olvido. —Ladea la cabeza—. ¿Has venido para preguntar sobre el Portador de la Noche, Verdugo de Sangre?

—No tengo ningún tipo de interés en estar aquí —respondo—. Marcus ordenó que lo acompañara.

—Ah. Hablemos de temas más mundanos entonces. Tu hermana... ¿está bien? Pronto será madre, por supuesto.

—Si la comandante no la mata antes —replico—. Si sobrevive al parto. —Y aunque no deseo hacerlo, busco la respuesta a esas preguntas en sus ojos, aunque no encuentro nada.

Empieza a pasear por la cueva y, en contra de mi voluntad, acabo caminando a su lado.

—Según los tribales, los cielos viven bajo los pies de la madre. Así de grande es su sacrificio. Y está claro que nadie sufre más en una guerra que una madre, y esta no será ninguna excepción.

—¿Me estás diciendo que Livia va a sufrir? —Me dan ganas de zarandearlo hasta que suelte la respuesta—. Ahora está a salvo.

Cain me clava la mirada.

—Nadie está a salvo. ¿No has aprendido ya esa lección, Verdugo de Sangre? —Aunque su voz parece ser solo curiosa, percibo un insulto en sus palabras, y mis dedos se acercan a mi martillo de guerra. —Deseas lastimarme —constata Cain—. Pero cada respiración ya es una tortura para mí. Hace mucho tiempo me apropié de algo que no me pertenecía, y mis iguales y yo nos hemos pasado cada segundo desde entonces pagando por ello.

Ante mi completa falta de compasión, el augur suspira.

—Pronto, Verdugo de Sangre, verás a mis hermanos y a mí postrarnos. Y no necesitarás martillo ni espada, pues nos destruiremos a nosotros mismos. El momento de que expiemos nuestros pecados se acerca. —Desvía la atención hacia el pasillo detrás de mí—. Igual que para tu Emperador.

Un instante después aparece Marcus con un rictus en el rostro. Asiento brevemente a Cain a modo de despedida. Espero no volver a ver jamás su maldita cara.

Mientras avanzamos por el túnel de vuelta a nuestros hombres, que están apiñados entre las rocas para resguardarse de la lluvia que cae a mares, Marcus me mira de soslayo.

—Estarás al mando de la defensa de la ciudad —me informa—. Se lo diré a los generales.

—La mayoría de ellos están mucho más experimentados que yo en lidiar con ejércitos saqueadores, mi señor.

—La fuerza de la Verdugo es la fuerza del Imperio, pues ella es la antorcha en las tinieblas. Tu linaje ascenderá o caerá con su martillo; tu destino ascenderá o caerá con su voluntad.

Cuando Marcus me clava la vista, sé al instante cómo se ha debido de sentir Cain cuando lo he mirado. Los ojos del Emperador irradian un odio puro. Aun así parece haberse empequeñecido extrañamente. No me está contando todo lo que le ha dicho la augur.

—¿Ha dicho… la augur ha dicho algo más…?

—Todavía tiene que llegar el día que esa vieja arpía se equivoque —me corta Marcus—. Ni en cuanto a ti. Ni en cuanto a mí. Así que te guste o no, Verdugo, la defensa de Antium está en tus manos.

Es noche cerrada cuando nos acercamos a la puerta norte de la capital. Unos equipos de plebeyos fortifican las murallas mientras un legionario les grita que trabajen más rápido. El hedor acre de la brea impregna el aire mientras los soldados arrastran baldes llenos de esa sustancia por unas escaleras hasta la parte de arriba de nuestras defensas. Los arqueros transportan cargamentos de flechas divididas en diferentes cubos para que los soldados les puedan echar mano con más facilidad. Aunque la luna cuelga en lo alto, parece que no hubiera ni un alma durmiendo en toda la ciudad. Los vendedores anuncian comida y cerveza y los esclavos académicos transportan agua para los que trabajan.

Esta situación no durará. Cuando lleguen los karkauns, se obligará a los civiles a resguardarse en sus casas y esperar para ver si sus hermanos y padres, tíos y primos, hijos y nietos pueden proteger la ciudad. Pero en este momento, cuando todo el mundo aúna esfuerzos, sin miedo, el corazón no me cabe en el pecho. Pase lo que pase, estoy contenta de estar aquí y de poder pelear con mi gente. Estoy contenta de ser la Verdugo de Sangre a quien han asignado el liderazgo para conducir a los marciales hacia la victoria.

Y los guiaré hasta ella; aplastando a los karkauns y a la comandante.

Marcus parece no percatarse de nada de esto. Está perdido en sus pensamientos, avanzando a largos pasos sin dedicarles ni una mirada a todas esas personas que trabajan por su reino.

—Mi señor. Quizá sería un buen momento para reconocer el trabajo de la gente.

—Tenemos una maldita guerra que planear, estúpida.

—Las guerras se ganan o se pierden según los hombres que pelean en ellas —le recuerdo—. Deteneos un instante. Se acordarán.

Me dedica una mirada cargada de irritación antes de separarse de sus hombres y hablar con un pelotón de soldados auxiliares. Observo desde la distancia y por el rabillo del ojo veo a un grupito de niños. Uno de ellos, una niña, lleva puesta una máscara de madera pintada de color plata en la cara mientras batalla con otra un poco más pequeña, cuyo papel parece ser el de bárbaro. El repiqueteo de sus espadas de madera es solo un instrumento más en la sinfonía frenética de una ciudad que se prepara para la guerra.

La chica de la máscara gira por debajo de la cimitarra de la otra antes de arrearle una patada en el trasero y retenerla en el suelo con la bota.

Le sonrío y levanta la vista. Se quita la máscara apresuradamente y me ofrece un saludo de lo más torpe. La otra chica —que me doy cuenta de que debe ser su hermana pequeña— me mira boquiabierta.

—El hombro arriba. —Corrijo el brazo de la niña—. La mano completamente recta, y la punta de tu dedo medio debería estar en el centro de la frente. Mantén los ojos en el espacio que hay entre tú y yo. Intenta no pestañear demasiado. —Cuando consigue la postura correcta, asiento—. Muy bien —la felicito—. Ahora pareces una máscara.

—Chryssa dice que no soy lo bastante grande. —Mira a su hermana que sigue con la boca abierta—. Pero voy a pelear contra los karkauns cuando lleguen.

—Entonces seguro que los derrotamos. —Las miro a las dos—. Cuidaos la una a la otra —les digo—. Siempre. Prometédmelo.

Cuando me alejo, me pregunto si se acordarán de la promesa que me han hecho dentro de diez años, o veinte. Me pregunto si seguirán con vida. Pienso en Livvy, que espero que esté lejos de aquí. A salvo. Eso es lo único que me consuela. Derrotaremos al ejército de Grímarr. Somos una fuerza de combate superior, aunque el brujo es un adversario audaz y será una batalla ardua. Solo los cielos saben lo que ocurrirá en ese caos. Las palabras de Cain me atormentan: *Nadie está a salvo*. Maldita sea la comandante por traernos esta destrucción solo por avaricia. Maldita sea por importarle más convertirse en Emperatriz que el Imperio que pretende gobernar.

Marcus me grita para que prosigamos. Cuando volvemos al palacio, es un hervidero de actividad. Los caballos, los hombres, el armamento y los carros obstruyen las puertas mientras que los guardias colocan sacos de arena en los muros exteriores y refuerzan las puertas de entrada con planchas metálicas que instalan a martillazos. Con tanta gente entrando y saliendo, será complicado mantener el lugar despejado de los espías de la comandante... o de sus asesinos.

Ven a por Marcus, Keris, pienso. *Haz el trabajo por mí. Pero no volverás a poner las manos encima a hermana o a su hijo nunca más. No mientras yo siga con vida.*

Cuando nos acercamos a la sala del trono, hay una vibración en el aire. Creo que uno de los cortesanos susurra el nombre de Keris, pero Marcus camina demasiado rápido como para que me pueda rezagar y prestar atención. Un mar de nobles ilustres se congrega dentro, esperando para oír lo que el Emperador tiene que decir sobre el ejército que se avecina. No percibo miedo en el aire, solo una desalentadora sensación de determinación y una tensión extraña, como si todos los presentes guardaran un secreto que no están dispuestos a compartir.

El misterio se desvela unos segundos después, cuando la muchedumbre de ilustres se aparta para dejar paso a una mujer rubia, pequeña, con una armadura ensangrentada y acompañada de una mujer igual de rubia, alta y embarazada.

La comandante ha regresado a Antium.

Y ha traído a mi hermana con ella.

XLII: Laia

El día que mi madre me dio su brazalete, yo tenía cinco años. Las cortinas de la abuela estaban echadas y no podía ver la luna. El abuelo debía de estar allí. Darin, Lis y papá también. Pero lo que mejor recuerdo es la sonrisa torcida de mamá. Sus ojos azules y sus dedos largos. Estaba sentada en su regazo intentando remeter mis pies fríos en su camisa caliente. *Tú no eres Laia*, me dijo. *Eres un efrit del norte intentando convertirme en un témpano.*

Alguien la llamó. *Hora de irse.* Me susurró que protegiera el brazalete. Entonces me rodeó con sus brazos y aunque me estrujó con demasiada fuerza, no me importó. Quería tirar de ella hacia mí. Quería que se quedara conmigo.

Nos volveremos a ver. Me besó las manos, la frente. *Lo prometo.*

¿Cuándo?

Pronto.

La verja del patio chirrió cuando la abrió. Giró la cabeza y nos sonrió a Darin y a mí, que estábamos acurrucados contra nuestros abuelos. Entonces se fue hacia la noche y la oscuridad la engulló.

* * *

Me tambaleo, mareada todavía por lo que el Portador de la Noche me ha mostrado, por la sensación de tenerlo a él y a todos los suyos correteando y arrastrándose por mi mente. Me aferro al brazalete que me dio Elias y no lo suelto. Me he podido liberar de los genios por ahora.

Dejo el Bosque atrás trastabillando mientras las voces de los fantasmas se elevan e intento aumentar la velocidad. *La mano de los Muertos se alzará, y nadie sobrevivirá.* La profecía de Shaeva retumba en mi mente. Algo terriblemente malo le ha ocurrido a la Antesala, y necesito alejarme de ella tanto como pueda.

Echo a correr, intentando recordar de nuevo lo que debo hacer, intentando deshacerme de la voz del Portador de la Noche que atruena en mi cabeza.

Musa marcó una aldea en mi mapa. Debo dirigirme allí, encontrarme con su contacto y llegar a Antium. Pero antes de eso, tengo que recoger los añicos de mi mente del suelo y recomponerla. No puedo cambiar lo que está hecho. Solo puedo seguir adelante y rezarles a los cielos para que antes de que me vuelva a encontrar con la cocinera, haya hecho las paces con lo que les hizo a papá y a Lis. Con lo que tuvo que padecer. Con lo que sacrificó por la Resistencia.

Me encamino hacia el noroeste. Un par de montes se elevan unos kilómetros más adelante, con un valle en el medio que debería albergar la aldea de Myrtium. Se supone que el contacto de Musa me tiene que estar esperando allí. Puesto que estoy en territorio marcial, debería usar mi magia para hacerme invisible, pero me da pavor pensar que me pueden asaltar más visiones y presenciar más dolor y sufrimiento.

No puedo soportar pensar en verla a ella. Me viene Darin a la cabeza. ¿Sabe lo que hizo mamá? ¿Es ese el motivo por el que se pone tenso cada vez que hablo de ella? Por los cielos, qué no daría por que él estuviera aquí conmigo ahora.

Por más agitada que pueda estar, tengo la sensatez de esperar hasta que se haga de noche antes de acercarme a la aldea. La noche estival es cálida y el único ruido que hay proviene de un arroyo cercano, arrastrado por una suave brisa. Me parece que hago más ruido que un caballo ataviado con campanas mientras avanzo a hurtadillas pegada a las paredes.

La posada es el edificio central de la aldea, y la examino durante un buen rato antes de acercarme. Musa me dio pocos detalles de este contacto, por miedo a que pudieran extraerme esa información si me atrapaban nuestros enemigos, aunque sé que no es un marcial y que me estará esperando dentro de la posada, al lado del fuego. Las instrucciones son que me cubra con una capa, le susurre que he llegado, y luego seguir sus indicaciones. Me llevará a la embajada de Marinn en Antium, donde me proporcionarán mapas del palacio y de la ciudad, información sobre la Verdugo de Sangre y dónde estará: todo lo que necesitaré para entrar, conseguir el anillo y poner pies en polvorosa.

Una luz dorada se derrama hacia la calle desde las anchas ventanas redondeadas de la posada. El bar está lleno y se filtran algunos fragmentos de conversaciones agitadas.

—Si la Verdugo no consigue detenerlos...

—¿Cómo diablos se supone que los va a detener con solo...?

— ... la ciudad no puede caer, esos cerdos no saben pelear...

Me mantengo en las sombras, intentando ver el interior de la posada desde la otra punta de la calle. Es imposible. Voy a tener que acercarme.

La posada tiene una serie de ventanas más pequeñas en los laterales, y los callejones que la rodean están más tranquilos, así que me escabullo por la plaza con la esperanza de que nadie me vea y me encaramo a una caja para asomarme a una de las ventanas. Me ofrece una vista decente de la habitación, pero todos los que veo dentro son marciales.

Estudio al posadero, a las camareras que sirven bebidas y a los chicos que entregan platos de comida. La larga barra está llena de aldeanos que parecen estar hablando todos a la vez. ¿Cómo diantres se supone que tengo que encontrar a mi contacto en medio de todo ese jaleo? Voy a tener que ocultarme con mi invisibilidad. No me queda otra.

—Hola, chica.

Casi se me sale el corazón por la boca. Cuando la figura encapuchada aparece a mi lado, cuando su voz ronca me saluda, en lo único en lo que puedo pensar es en que el Portador de la Noche ha conseguido de alguna manera seguirme hasta aquí, hasta esta pequeña aldea. Que está jugando con mi mente otra vez.

Pero la figura da un paso adelante y se baja la capucha para revelar un cabello blanco níveo que no encaja con el resto, unos ojos azul oscuro demasiado ensombrecidos como para que me resulten familiares y una piel llena de cicatrices que nunca había advertido que no tenía arrugas hasta ahora. Sus dedos están teñidos de un extraño tono amarillo oscuro. Su baja estatura me desorienta. Todos estos años había creído que era más alta.

—¿Chica?

Alargo una mano para tocarla y se aparta. *¿Cómo puede ser esto real? ¿Cómo puedo estar mirando a mi madre a la cara, después de tanto tiempo?*

Pero por supuesto que es real. Y por algún motivo el Portador de la Noche sabía que ella me estaría esperando… ¿Por qué si no me iba a atormentar revelándome su verdadera identidad? Podría haberme mostrado quién era ella hace semanas, cualquiera de las veces que usé mi invisibilidad. Pero no lo hizo. Porque sabía que ahora es cuando me golpearía con más fuerza.

Una parte de mí quiere ir corriendo hacia ella, notar sus manos sobre mi piel, envolverlas con las mías. Ojalá Darin estuviera aquí. Ojalá Izzi estuviera aquí.

Pero la parte de mí que piensa *mamá* queda sofocada hasta silenciarla por la parte de mí más oscura que vocifera *¡mentirosa!* Quiero gritarle, maldecirla y hacerle todas las preguntas que me han estado asaltando desde que supe su identidad. Me mira y percibo el instante en el que lo comprende y le cambia el semblante.

—¿Quién te lo ha dicho? —Sus ojos fríos no me resultan familiares—. No puede haber sido Musa. No lo sabe. Nadie lo sabe… excepto Keris, por supuesto.

—El Portador de la Noche —susurro—. El Portador de la Noche me dijo quién eres.

—Quién era. —Se sube la capucha y se gira hacia la oscuridad—. Ven. Hablaremos de camino.

Un pánico que me cala hasta los huesos me envuelve cuando me da la espalda. *¡No te vayas!* Quiero seguirla y a la vez no quiero volver a verla nunca más.

—No voy a ir a ningún lado contigo —le digo— hasta que me digas qué diablos te ocurrió. ¿Por qué no me dijiste nada en Risco Negro? Fuiste esclava de Keris durante años. ¿Cómo pudiste…?

Aprieta y afloja los puños. Igual que Darin cuando está enfadado.

Bajo la vista pero se niega a mirarme a los ojos. Su rostro se retuerce y su boca se curva en una mueca.

—Escúchame, chica. Tenemos que irnos. Tienes una misión, ¿no es así? No lo olvides, maldita sea.

—La misión. La misión. ¿Cómo puedes…? —Lanzo las manos al aire y la dejo atrás—. Buscaré mi propio camino. No te necesito. No…

Pero tras dar unos pocos pasos, me doy la vuelta. No puedo irme sin ella. La he echado de menos durante muchos años. La he añorado desde que tenía cinco, cuando me la arrebataron.

—Tenemos un camino largo por delante.

Nada en la manera como habla suena como la madre que conocía. Esta no es la mujer que me llamaba «pulguita», o me hacía cosquillas hasta que no podía respirar, o la que me prometió que me enseñaría a disparar con el arco tan bien como ella. No sé quién es ahora, pero está claro que no se trata de Mirra de Serra.

—Habrá tiempo de sobras durante el viaje para que me puedas gritar. Lo aceptaré encantada. —Su boca desfigurada se curva en una sonrisa burlona—. Pero no nos podemos retrasar. La Verdugo de Sangre está en Antium, y a Antium es a donde debemos ir. Pero si no nos espabilamos, jamás conseguiremos entrar.

—No —le digo con un hilo de voz—. Primero solucionaremos esto. Esto es más importante. De todos modos, debes de saber una decena de métodos para infiltrarte...

—Ni lo dudes —afirma la cocinera—, pero hay decenas de miles de karkauns marchando hacia la capital, y por más maestra en colarme en los sitios que pueda ser, de poco nos servirá si rodean la ciudad antes de que lleguemos.

XLIII: La Verdugo de Sangre

F aris y Rallius tienen ambos el aspecto cadavérico de un
fantasma cuando me reúno con ellos en los aposentos de
Livia, trastornados por la situación a la que acaban de sobrevivir, y ambos sangran por decenas de heridas distintas. No tengo tiempo para mimarlos. Necesito saber qué demonios ha
ocurrido ahí fuera y cómo nos ha conseguido ganar Keris otra
vez.

—Fue un ataque karkaun. —Faris se pasea nervioso por la
habitación mientras las doncellas de mi hermana la acomodan
en la cama—. Doscientos de esos demonios cubiertos de añil.
Salieron de la nada.

—Nos estaban esperando. —Rallius suelta un gruñido cuando se ata una venda en la pierna—. Quizá no a la Emperatriz en
concreto, pero sin duda aguardaban una oportunidad. Si Keris
no hubiese aparecido con sus hombres, las habríamos pasado
canutas.

—Si Keris no hubiese aparecido —digo encolerizada—,
Grímarr y sus hordas tampoco lo habrían hecho. Está cooperando con ellos. Ha hecho esto para conseguir llegar a Livia.
Gracias a los cielos que estabais vosotros y los demás máscaras. Debe de haberse dado cuenta de que no os podía matar a
todos, así que en su lugar ha decidido jugar a ser la heroína.

Un plan retorcido, no cabe duda, pero así es la comandante. Siempre se adapta a las circunstancias. Y ahora los plebeyos de la ciudad la están vitoreando como a una campeona por haber salvado la vida del heredero medio plebeyo, como probablemente ya anticipaba ella.

—Id a asearos —les ordeno—. Triplicad la vigilancia alrededor de la Emperatriz. Quiero que se pruebe su comida con un día de antelación. Quiero que uno de vosotros dos esté presente cuando se la preparen. No sale del palacio. Si quiere tomar el aire, que dé un paseo por los jardines.

Los hombres se marchan y rumio una y otra vez lo que me han contado mientras espero la llegada de Dex, a quien he enviado en busca de la comadrona de Livia. Cuando por fin vuelve, transcurridas unas horas, viene acompañado de una mujer distinta a la que yo había elegido personalmente para que se encargara de ella.

—La primera ha desaparecido, Verdugo —me dice Dex en lo que la nueva comadrona se mueve afanosamente por la habitación de Livia—. Se ha marchado de la ciudad, por lo que se ve. Lo mismo con cualquier otra comadrona que he intentado localizar. Esta solo ha venido porque es marina. Quien sea que Keris Veturia haya enviado para asustar a todas esas mujeres probablemente no haya tenido la oportunidad de llegar hasta ella.

Mascullo una maldición en voz baja. Keris ha salvado a mi hermana de los karkauns porque iba acorde a sus planes; los plebeyos cantan su gesta. Ahora buscará matar a Livia sin armar escándalo. Muchas mujeres mueren durante el alumbramiento, sobre todo si dan a luz sin la presencia de una comadrona.

—¿Y qué hay de los médicos de los barracones? Alguno de ellos debe de poder ayudar en un parto.

—Saben tratar las heridas del campo de batalla, Verdugo, no un nacimiento. Según se ve, para eso están las comadronas. Son sus palabras —Dex se encoge bajo mi mirada furibunda—, no las mías.

La nueva comadrona, una marina escuálida de manos amables y una voz atronadora que dejaría a cualquier sargento instructor militar en mal lugar, le sonríe a Livia y le hace una serie de preguntas.

—Mantenla con vida, Dex —murmuro—. No me importa si tienes que desplegar una docena de guardias a su alrededor y vivir con ella en los barracones de la Guardia Negra. Mantenla con vida. Y busca una de reserva. Es imposible que sea la única comadrona que quede en toda la ciudad.

Asiente, y aunque le he dado permiso para salir, se muestra reacio a marcharse.

—Suéltalo ya, Atrius.

—Los plebeyos. Ya has oído que están mostrando su soporte a la comandante. Bueno, pues... ha empeorado.

—¿Y cómo demonios puede empeorar?

—Los rumores que la acusaban de asesinar a unos ilustres de alta cuna que le habían hecho algo están en boca de todos —dice Dex—. Los *paters* están furiosos, pero los plebeyos dicen que Keris se alzó en contra de aquellos que eran más poderosos que ella. Dicen que defendió a un hombre plebeyo al que amaba... que peleó por uno de los suyos y se cobró una venganza justificada. Dicen que los ilustres que murieron recibieron su merecido.

Mierda. Ahora la comandante tiene el apoyo de los plebeyos en vez del de los ilustres. No le he causado ningún daño, en absoluto. Solo he conseguido reorganizar su lista de aliados.

—Deja que los rumores se sigan extendiendo —le digo. Cuando Dex asiente, suspiro—. Tendremos que encontrar otra manera de socavarla.

En ese instante, la comadrona saca la cabeza por la puerta y me hace un gesto para que entre en la habitación de Livia.

—Es fuerte como un toro. —Me sonríe de oreja a oreja, tocando la barriga de Livia con afecto—. Dejará un moretón en una o dos costillas antes de estar con nosotros, me apuesto la vida. Y la Emperatriz está bien, igual que el niño. Unas cuantas semanas más, muchacha, y estarás sosteniendo a tu precioso bebé en brazos.

—¿Hay algo que podamos hacer por ella? Algún tipo de té o… —Me doy cuenta de que sueno como una idiota. *¿Tés, Verdugo? ¿En serio?*

—Infusión de pétalos de gualdarosa en leche de cabra cada mañana hasta que le suba su propia leche —contesta la comadrona—. Y té de cedro dos veces al día.

Cuando la mujer se ha ido, Livvy se incorpora y me sorprende ver que empuña un cuchillo.

—Haz que la maten —susurra.

Enarco una ceja.

—¿A la comadrona? ¿Qué…?

—Los pétalos de gualdarosa —dice Livvy— se usan cuando una mujer ha salido de cuentas. Su objetivo es hacer que el bebé salga antes. Todavía me quedan unas cuantas semanas. No sería seguro para él que saliera ahora.

Llamo a Dex de inmediato. Cuando se va, con las armas preparadas, Livia niega con la cabeza.

—Es obra de Keris, ¿verdad? Todo esto. El ataque karkaun. El éxodo de comadronas. Esta comadrona.

—La detendré —le prometo a mi hermana—. No espero que me creas, porque lo único que he logrado es fracasar, pero…

—No. —Livia me agarra la mano—. No nos vamos a dar la espalda, Hel… Verdugo. No importa lo que pase. Y sí, debemos detenerla. Pero también debemos mantener el apoyo de los plebeyos. Si ahora apoyan a Keris, no puedes hablar en su contra públicamente. Debes capear el temporal, hermana. No podemos colocar a este niño en el trono si los plebeyos no lo consideran uno de los suyos. Y no lo harán… no si contrarías a Keris.

* * *

El anochecer me llega en la sala de guerra de Marcus, enzarzada en una discusión con los *paters* y con ganas de apalearlos a todos hasta que se callen para hacer lo que me venga en gana.

El general Sissellius, que está resultando ser tan irritante como su retorcido tío, el alcaide, se pasea por delante del gran mapa extendido sobre la mesa y lo apuñala de vez en cuando.

—Si mandamos una fuerza reducida al encuentro de Grímarr —expone—, estaremos malgastando buenos hombres en una causa perdida. Es una misión suicida. ¿Qué opciones tienen quinientos, incluso mil hombres, de vencer a una fuerza que los supera en número cien veces?

Avitas, que se ha unido a mí en la sala de guerra, me dedica una mirada. *No pierdas los nervios,* dicen sus ojos.

—Si enviamos un contingente mayor —digo por milésima vez—, dejaremos a Antium vulnerable. Sin las legiones de Estium y Silas, solo disponemos de seis legiones para defender la ciudad. Los refuerzos procedentes de las tierras tribales, de Navium o de Tiborum tardarían más de un mes en llegar aquí. Debemos enviar una fuerza de ataque más pequeña para causar tanto daño como sea posible.

Es una táctica tan básica que al principio me quedo perpleja de que Sisselius y algunos de los demás *paters* se muestren tan reacios. Hasta que me doy cuenta, por supuesto, de que están tomando ventaja de esta oportunidad para minar mi reputación y, por extensión, la de Marcus. Puede que ya no confíen en la comandante, pero eso no significa que lo quieran a él en el trono.

En cuanto al Emperador, su atención está fija en Keris Veturia. Cuando al fin me mira, puedo leer su expresión con la misma claridad como si hubiese gritado las palabras.

¿Por qué está aquí, Verdugo? ¿Por qué sigue con vida? Esos ojos de hiena que tiene echan chispas, prometiéndome dolor para mi hermana, y desvío la mirada.

—¿Por qué está la Verdugo liderando la defensa? —exige saber el *pater* Rufius—. ¿No sería Keris Veturia más adecuada para el puesto? No sé si lo comprendéis, mi señor Emperador, pero es de suma importancia… —Su frase termina con un aulli-do cuando Marcus le arroja como si nada un cuchillo, fallando por un milímetro. El sonido del gritito de Rufius es profunda-mente satisfactorio.

—Dirígete a mí de nuevo con ese tono —le advierte Mar-cus— y te quedarás sin cabeza. Keris apenas fue capaz de de-fender el puerto de Navium contra la flota bárbara.

Avitas y yo intercambiamos una mirada. Esta es la primera vez que el Emperador se ha atrevido a decir una palabra en contra de la comandante.

—La Verdugo —continúa Marcus— recobró el control del puerto y salvó miles de vidas plebeyas. La decisión está toma-da. La Verdugo liderará la defensa contra los karkauns.

—Pero, mi señor…

La mano enorme de Marcus se cierra alrededor del cuello de Rufius tan rápido que por poco no lo veo ni moverse.

—Adelante —dice el Emperador en voz baja—. Te escucho.

Rufius jadea una disculpa y Marcus lo suelta. El *pater* se apresura a alejarse, como un gallo que se ha salvado de acabar en el guiso. El Emperador se gira hacia mí.

—Una pequeño destacamento, Verdugo. Atacar y retirar-nos. No hagas prisioneros. Y no malgastes nuestras fuerzas si no hay motivo. Vamos a necesitar hasta el último hombre dis-ponible para el asalto a la ciudad.

Por el rabillo del ojo veo que Keris me mira. Asiente a modo de saludo; es la primera vez que reconoce mi presencia desde que ha vuelto a Antium con mi hermana. Un escalofrío de ad-vertencia me recorre la espalda. Esa mirada en su cara: astuta, calculadora. La vi cuando era estudiante en Risco Negro. Y la volví a presenciar hace meses, aquí en Antium, antes de que Marcus matara a mi familia.

Conozco esa mirada. Es la que pone cuando está a punto de tender una trampa.

* * *

Avitas entra en mi despacho justo después de que se ponga el sol.

—Todo está preparado, Verdugo —me dice—. Los hombres estarán listos para partir al alba.

—Bien. —Me quedo callada y carraspeo—. Harper...

—Cabe la posibilidad, Verdugo de Sangre, de que estés barajando decirme que no debería ir. Que debería quedarme aquí para vigilar a nuestros enemigos y permanecer cerca del Emperador, por si precisara de mi ayuda.

Abro y cierro la boca, me ha tomado desprevenida. Eso es exactamente lo que le iba a proponer.

—Perdóname. —Advierto que Avitas parece cansado. He estado apoyándome en él demasiado—. Pero es exactamente lo que se esperaría la comandante. Quizás esté contando con ello. Sea lo que fuere que tiene planeado, que sobrevivas no forma parte de sus maquinaciones. Y hay muchas más opciones de conseguirlo si tienes a alguien que la conoce protegiéndote las espaldas.

—¿Qué diantres planea? —pregunto—. Más allá de hacerse con el trono, quiero decir. He recibido informes en los que se constata que vieron a un hombre de la Gens Veturia en el Templo de los Registros. Ha recibido la visita de los *paters* de las Gens ilustres más importantes en su villa en las últimas horas desde que ha vuelto. Incluso ha acogido al maestro de la tesorería. Mató al hijo de ese hombre y se tatuó el triunfo en su propio cuerpo, Harper. Fue hace diez años, pero aun así lo hizo. Esos hombres deberían odiarla, pero en vez de eso comparten el pan con ella.

—Los está atrayendo de nuevo a su equipo —dice Harper—. Está intentando sacudirte. La tomaste por sorpresa en Navium. No volverá a ocurrir, y ese es el motivo por el que debería ir contigo.

Al ver mi indecisión, la impaciencia estalla en su rostro.

—¡Utiliza la cabeza, Verdugo! Hizo que envenenaran al capitán Alistar. Hizo que envenenaran a Favrus. Consiguió llegar hasta la Emperatriz. No eres inmortal. Puede alcanzarte a ti también. Por el amor de los cielos, tienes que actuar de manera astuta. Te necesitamos. No puedes caer en su juego.

No medito mis siguientes palabras. Simplemente se escapan de mis labios.

—¿Por qué te preocupa tanto lo que me ocurra?

—¿Por qué crees? —Sus palabras son afiladas y carecen de su usual tono comedido. Y cuando sus ojos verdes se encuentran con los míos, están enfadados. Pero sigue con voz fría—. Eres la Verdugo de Sangre. Yo soy tu segundo. Tu seguridad es mi deber.

Suspiro.

—A veces, Avitas, me gustaría que dijeras lo que piensas de verdad. Ven al ataque, entonces —le digo, y al ver su cara de sorpresa, pongo los ojos en blanco—. No soy estúpida, Harper. Vamos a mantenerla sobre ascuas. Y hay algo más. —Una preocupación ha ido tomando forma en mi mente; algo de lo que ningún general hablaría en público antes de una batalla, pero es un asunto que debo tener en cuenta, sobre todo después de hablarle a Livia sobre los plebeyos—. ¿Tenemos rutas de escape planeadas para salir de la ciudad? ¿Caminos por los que podríamos desplazar grandes grupos de personas?

—Los localizaré.

—Hazlo antes de que salgamos —le pido—. Asegúrate, sin llamar la atención, de que esos caminos estén despejados y de que los protegemos a cualquier precio.

—¿Crees que no podremos repeler a los karkauns?

—Creo que si están compinchados con Keris, es una estupidez subestimarlos. Puede que no sepamos a qué está jugando, pero podemos prepararnos para lo peor.

Partimos a la mañana siguiente, y me obligo a no pensar en Keris y sus maquinaciones. Si puedo derrotar a las fuerzas de Grímarr, o al menos debilitarlas antes de que lleguen a Antium, perderá la oportunidad de derrocar a Marcus, y yo seré la heroína en vez de ella. Los karkauns se encuentran a doce días de viaje de la ciudad, pero mi milicia puede desplazarse más rápido que sus huestes. Mis hombres y yo tenemos cinco días para convertir las vidas de los bárbaros en un infierno lo más tormentoso posible.

Nuestras tropas más reducidas nos permiten cabalgar con rapidez, y en la tarde del tercer día, nuestros exploradores confirman que el ejército karkaun se ha establecido en el Collado Umbrío, como había dicho Dex. Los acompañan hombres salvajes tundaran; que es como probablemente Grímarr descubrió este pasaje. Esos misóginos tundaranes conocen estas montañas casi tan bien como los marciales.

—¿Por qué demonios están esperando allí? —le pregunto a Dex—. Ya deberían haber cruzado el desfiladero y haber salido a campo abierto.

—Quizás estén esperando la llegada de más hombres —responde Dex—. Aunque sus fuerzas no parecen mucho mayores que cuando las vi.

Mando a mi primo Baristus a que haga un reconocimiento del lado norte del desfiladero para ver si, como pensamos, hay más karkauns que se estén uniendo al cuerpo principal del ejército. Pero cuando regresa, solo nos trae más preguntas.

—Es muy raro, señora —dice Baristus. Dex, Avitas y yo estamos reunidos en mi tienda y mi primo se pasea agitado adelante y atrás—. No hay más hombres llegando por los pasos del norte. Es verdad que parece que estén esperando, pero desconozco qué. No transportan ningún arma para el asedio. ¿Cómo, por los infiernos sangrantes, planean derribar las murallas de Antium sin catapultas?

—Quizá Keris les prometiera dejarlos entrar y no se han dado cuenta todavía de lo retorcida que es. Sería algo muy típico de ella jugar a dos bandas.

—¿Y luego qué? —interviene Dex—. ¿Les permite que asedien la ciudad durante unas semanas?

—El tiempo suficiente para que halle la manera de que maten a Marcus mientras se libra la batalla —respondo—. El tiempo suficiente como para que pueda sabotear el nacimiento de mi sobrino. —A fin de cuentas, es el Imperio lo que Keris desea gobernar. No va a permitir que caiga la capital del Imperio. ¿Pero que se pierdan unos miles de vidas? Eso para ella no es nada. Ya he aprendido esa lección.

—Si mermamos a los karkauns aquí, entonces mataremos su plan antes de que pueda soltar su primera respiración.

Examino los dibujos de la disposición del campamento militar karkaun que me ha dado el auxiliar. En él constan sus despensas, sus armerías y la localización de varias provisiones. Han situado sus bienes más preciados en el corazón del ejército, donde serán prácticamente imposibles de alcanzar. Pero cuento con máscaras y la palabra *imposible* nos la quitaron del vocabulario a base de latigazos y palizas.

Mis fuerzas atacan cuando es noche cerrada y la mayoría del campamento karkaun está durmiendo. Los centinelas caen con rapidez, y Dex lidera una milicia que golpea y se retira antes de que las primeras llamas se eleven de las despensas de los karkauns. Destruimos aproximadamente una sexta parte de sus provisiones, pero para cuando nuestros enemigos dan la voz de alarma, ya nos hemos retirado de nuevo a las montañas.

—Iré contigo en el siguiente asalto, Verdugo —me dice Harper cuando nos estamos preparando para el nuevo embate—. Algo me parece fuera de lugar. Han encajado ese ataque demasiado relajados.

—Quizá sea porque los hemos tomado desprevenidos. —Harper camina con paso nervioso y le coloco una mano en el hombro para que se quede quieto. Una chispa salta entre nosotros, y levanta la vista sorprendido. Retiro la mano de inmediato.

—Necesito… necesito que te quedes en la retaguardia —le digo para disimular mi incomodidad—. Si algo sale mal, necesitaré que lleves a los hombres de vuelta a Antium.

El siguiente asalto llega justo antes del alba, cuando los bárbaros todavía se están replegando de nuestro ataque anterior.

Esta vez, lidero a un grupo de cien hombres armados con flechas y llamas.

Pero un instante antes de que surque el aire la primera descarga, me queda claro que los karkauns están preparados para nuestra llegada. Una horda de más de mil bárbaros se separa del cuerpo principal del ejército en el flanco oeste y se adelanta en líneas ordenadas y organizadas, algo que no he visto nunca en las filas karkauns.

Pero tenemos la ventaja del terreno elevado, así que nos encargamos de tantos como podemos. No tienen caballos y esta tierra montañosa no es su casa. No conocen la orografía del lugar como nosotros.

Cuando nos quedamos sin flechas, hago la señal de retirada, que es justo el momento en el que el inconfundible sonido de un tambor retumba desde la retaguardia. Las tropas de Avitas. Un golpe sordo, dos, tres.

Emboscada. Hemos preparado los avisos con antelación. Giro enarbolando mi martillo de guerra, esperando el ataque. Los hombres cierran las filas. Un caballo relincha; un sonido escalofriante e inconfundible. Las maldiciones se extienden cuando el tambor vuelve a sonar.

Pero esta vez, el redoble no cesa, es una llamada frenética de socorro.

—¡Están atacando la retaguardia! —grita Dex—. ¿Cómo demonios...?

Su frase acaba con un resoplido y bloquea un cuchillo que le han arrojado desde el bosque. Y entonces no podemos pensar en otra cosa que no sea sobrevivir, porque de repente estamos rodeados de karkauns. Emergen de escondrijos bien ocultos en el suelo, bajan de las copas de los árboles y nos arrojan una lluvia de flechas, espadas y fuego.

Desde la retaguardia, oímos el impío aullido de más karkauns mientras bajan la montaña en tropel desde el este. Miles de ellos. Y más que se acercan por el norte. Solo el sur está despejado, aunque no durante mucho tiempo si no salimos de esta emboscada.

Estamos muertos. Estamos jodidamente muertos.

—Ese desfiladero. —Señalo hacia el estrecho camino que se abre entre el movimiento de pinza que se acerca del ejército karkaun, y salimos escopeteados hacia allí, enviando flechas hacia atrás por encima de los hombros. El desfiladero sigue el río y conduce a una cascada. Hay botes amarrados; los suficientes como para que podamos transportar los hombres que quedan río abajo—. ¡Más rápido! ¡Se acercan!

Corremos con todas nuestras fuerzas, arrugando el rostro cuando oímos los gritos de los hombres de la retaguardia que mueren con rapidez a medida que el enemigo inunda sus posiciones. Cielos, tantos soldados. Tantos miembros de la Guardia Negra. Y Avitas está allí. *Algo me parece fuera de lugar.* Si hubiese estado con nosotros, tal vez habría visto la emboscada. Quizá nos habríamos retirado antes de que los karkauns atacaran la retaguardia.

Y ahora...

Levanto la vista hacia la montaña. No es posible que haya sobrevivido a esa masacre. Nadie podría. Son demasiados.

Nunca le dijo a Elias que eran hermanos. Nunca tuvo la oportunidad de hablarle a Elias como a un hermano. Y cielos, la de cosas que le he llegado a decir en momentos de ira, de rabia, cuando lo único que ha hecho siempre es intentar ayudarme a seguir con vida. Esa chispa entre nosotros, extinguida antes de que pudiera ponerle un nombre. Los ojos me arden.

—¡Verdugo! —Dex grita y me arroja al suelo. Una flecha corta el aire y no me ha empalado de milagro. Nos arrastramos hasta levantarnos y trastabillamos. Al fin aparece el desfiladero: un risco de tres metros que acaba en lo que queda de un riachuelo. Una lluvia de flechas se abalanza sobre nosotros mientras nos acercamos.

—¡Escudos! —grito. El acero golpea contra la madera, y entonces mis hombres y yo volvemos a correr. Los años de entrenamiento hacen que formemos líneas ordenadas automáticamente.

Cada vez que cae un soldado, otro se desplaza para ocupar su lugar, así que cuando echo la vista atrás, puedo contar casi con plena exactitud cuántos quedan con vida.

Solo setenta y cinco... de los quinientos que envió Marcus.

Bajamos como un rayo el camino que discurre por el lado del risco y el estruendo del agua aleja cualquier otro sonido. El sendero avanza sinuoso hasta que se ensancha en un altiplano arenoso donde están amarradas una decena de barcas largas.

No necesito dar ninguna orden a los hombres. Oímos los gritos animados de los karkauns tras nosotros. Una de las barcas zarpa, luego otra y otra.

—Verdugo. —Dex tira de mí hacia uno de los botes—. Tienes que irte.

—No hasta que no se hayan ido todo los botes —replico—. Cuatrocientos veinticinco hombres... aniquilados. Y Avitas... aniquilado. Cielos, ha sido todo tan rápido.

El chasquido de las espadas retumba por el desfiladero. Echo a correr hacia arriba con el martillo en mano. Si algunos de mis hombres siguen ahí arriba, por los cielos que no voy a permitir que luchen solos.

—¡Verdugo, no! —vocifera Dex, desenvaina su cimitarra y me sigue. Justo donde empieza el desfiladero encontramos un grupo de marciales, con tres máscaras entre ellos, que pelean contra los tundaranes pero que se ven obligados a retroceder por el abrumador número de bárbaros. Un grupo de auxiliares acarrea a un cuarto máscara a quien la sangre le sale a borbotones por el cuello, de una herida en el estómago y de otra en el muslo.

Harper.

Dex lo agarra y avanza con él trastabillando bajo su peso hacia la última barca. Los auxiliares cargan sus arcos y disparan una y otra vez hasta que el aire zumba con las flechas y es un milagro que no me alcance ninguna. Uno de los máscaras se gira; es Baristus, mi primo.

—Los retendremos —me dice—. Ve, Verdugo. Avisa a la ciudad. Avisa al Emperador. Diles que hay otro…

Y entonces Dex tira de mí hacia abajo por el camino hasta el bote. Se mete en el agua y empuja la barca para zarpar. *¿Que les diga qué?* Quiero gritar. Dex rema con todas sus fuerzas y la barca salta la cascada y se mueve rápidamente por las corrientes aceleradas del río. Me arrodillo al lado de Harper.

Su sangre lo encharca todo. Si no estuviera yo en este bote a su lado, estaría muerto en cuestión de minutos. Le agarro la mano. Si no fuera por el sacrificio de Baristus estaríamos todos muertos.

Anticipo que voy a tener que hurgar para encontrar la canción de Harper. Es un máscara consumado, así que sus pensamientos y emociones estarán enterrados a tanta profundidad que supongo que su canción será igual de opaca.

Pero la encuentro cerca de la superficie; fuerte, brillante y clara como un cielo nocturno plagado de estrellas. Escarbo en su esencia. Veo la sonrisa de una mujer de cabello oscuro con unos ojos verdes almendrados —su madre— y las manos fuertes de un hombre que me impresiona cómo se parece a Elias. Harper camina los pasillos oscuros de Risco Negro y soporta día tras día las dificultades y la soledad que conozco tan bien. Añora a su padre, una figura misteriosa que lo persigue como un vacío que no es capaz de rellenar.

Es un libro abierto, y descubro que fue él el que dejó ir a Laia hace unos meses, cuando le tendimos la emboscada. La liberó porque sabía que yo la mataría. Sabía que Elias nunca me lo perdonaría. Me veo a través de sus ojos: enfadada y fría y débil y fuerte y valiente y cálida. No como la Verdugo de Sangre. Como Helene. Y tendría que estar ciega como para no ver lo que siente por mí. Estoy hilada en su conciencia como Elias solía estar en la mía. Harper siempre sabe dónde estoy, o si estoy bien.

Cuando sus heridas se cierran y su corazón late con brío, dejo de cantar, debilitada. Dex me mira con los ojos desorbitados y llenos de preguntas, pero no dice nada.

Le recoloco la cabeza a Harper para que esté más cómodo y abre los ojos. Estoy a punto de reprenderlo, pero su susurro rasgado me silencia.

—Grímarr y los hombres que atacaron la retaguardia vinieron por el este, Verdugo —dice con voz áspera, decidido a comunicar su mensaje—. Me atacó... me habría matado...

Más razones para odiar a ese cerdo.

—Deben de habernos rodeado de algún modo —le digo—. O quizás estaban esperando...

—No. —Avitas se aferra a una tira de mi armadura—. Vinieron del este. Envié a un explorador porque tenía una corazonada. Hay otro ejército. Lo han dividido, Verdugo. No solo cuentan con cincuenta mil hombres marchando hacia Antium. Tienen una fuerza que es el doble que eso.

XLIV: Laia

Al principio no sé qué decirle a la cocinera. Mamá. Mirra. La miro con ojos suspicaces. Una parte de mí está desesperada por entender su historia y otra tiene ganas de sacar a gritos el inmenso dolor de todos los años que he tenido que pasar sin ella hasta que le reconcoma.

Quizá, pienso para mis adentros, *se querrá explicar.* Querrá contarme por qué sobrevivió. Cómo sobrevivió. No espero que justifique lo que hizo en la cárcel; ella no sabe que lo sé. Pero espero que me diga por qué ha mantenido su identidad oculta. Espero que al menos se disculpe por eso.

Sin embargo está callada y toda su atención está puesta en avanzar con rapidez por la campiña. Tengo su rostro y su perfil gravados en la memoria. La veo de mil maneras distintas, aunque ella no se vea a sí misma. Me siento atraída hacia ella. Estuvo desaparecida durante tantos años. Y no quiero aferrarme a mi ira. No quiero pelearme con ella como hice con Darin. La primera noche que viajamos juntas me siento a su lado delante del fuego.

¿Qué estaba esperando que ocurriera? Quizá que apareciera la mujer que me llamaba «pulguita» y colocaba la mano sobre mi cabeza, protectora y amable. La mujer cuya sonrisa era un destello en la oscuridad, la última cosa alegre que fui capaz de recordar durante años.

Pero justo cuando me acerco a ella, se aclara la garganta y se separa de mí. Solo unos centímetros, pero capto la indirecta.

Con su voz rasgada, me pregunta por Izzi y qué ha sido de mí desde que me fui de Risco Negro. Una parte de mí no quiere responder. *No mereces saberlo. No mereces que comparta contigo mi historia.* Pero otra parte —la que visualiza a una mujer rota donde mi madre había vivido una vez— no es tan cruel.

Así que le explico lo que hizo Izzi. Le cuento su sacrificio. Mi temeridad. Le hablo del Portador de la Noche. De Keenan y de cómo no solo me traicionó a mí sino a toda nuestra familia.

¿Qué debe de pensar de mí, por haberme enamorado de la criatura cuyo engaño le conllevó esos oscuros días en la prisión de Kauf? Espero su dictamen, pero no me ofrece ninguno. En vez de eso asiente, con las manos apretadas en puños, y desaparece en la oscuridad de la noche. Por la mañana, no hace ningún comentario al respecto.

Durante las siguientes noches, cada vez que me muevo aunque sea un poco, se encoge, como si le preocupara que me pudiera acercar a ella. Así que me mantengo alejada, siempre al otro lado del fuego, siempre a unos metros por detrás en el camino. Mi mente da vueltas, pero no hablo. Es como si su silencio me estuviera ahogando.

Pero al final, las palabras se me atoran en la garganta y veo que debo pronunciarlas, sean cuales fueren las consecuencias.

—¿Por qué no la mataste? —La noche es cálida, así que no encendemos la fogata y en su lugar extendemos los sacos de dormir y levantamos la vista a las estrellas—. ¿A la comandante? Podrías haberla envenenado. La podrías haber apuñalado. Por los cielos, eres Mirra de Serra...

—¡Ya no existe Mirra de Serra! —La cocinera chilla tan alto que una bandada de gorriones alza el vuelo desde un árbol cercano, tan asustados como yo—. ¡Está muerta! ¡Murió en la prisión de Kauf cuando su hija y su marido murieron! No soy Mirra. Soy la cocinera. Y no me vas a hablar de esa perra asesina y traidora o de qué haría o no. No sabes nada de ella.

Le cuesta respirar y sus ojos oscuros centellean cargados de furia.

—Lo intenté, chica —masculla entre dientes—. La primera vez que ataqué a Keris, me rompió el brazo y azotó a Izzi hasta dejarla al filo de la muerte. La niña tenía cinco años y a mí me obligó a presenciarlo. La siguiente vez que se me metió en la cabeza intentar algo, esa perra de Risco Negro le sacó un ojo a Izzi.

—¿Por qué no escapaste? Podrías haber huido de allí.

—Lo intenté. Pero había demasiadas probabilidades de que Keris nos atrapara. Habría torturado a Izzi. Y yo ya había llenado el cupo de personas que sufrían por mi culpa. Quizá Mirra de Serra habría estado dispuesta a sacrificar a una niña para salvar su propio pellejo, pero eso es porque Mirra de Serra no tenía alma. Mirra de Serra era tan malvada como la comandante. Y yo no soy ella. Ya no.

—No me has preguntado por la abuela ni el abuelo —susurro—. O por Darin. Tú…

—No merezco saber cómo está tu hermano —me corta—. Y en cuanto a tus abuelos… —Su boca se alarga en una pequeña sonrisa que no reconozco—. Me cobré mi venganza con su asesino.

—¿El máscara? ¿Cómo? —pregunto.

—Lo rastreé. Al final me suplicó que lo matara. Tuve compasión. —Sus ojos son tan negros como el carbón—. Me estás juzgando.

—Yo también quería matarlo. Pero…

—Pero lo disfruté. ¿Y eso me hace ser malvada? Venga ya, chica. No puedes pretender pasearte por las sombras tanto tiempo como yo y no convertirte en una.

Me remuevo incómoda, recordando lo que me dijo la jaduna. *Eres muy joven como para estar tan adentrada en las sombras.*

—Me alegro de que lo mataras. —Me quedo callada, meditando mis siguientes palabras. Pero al final, no hay una manera delicada de formular la pregunta—. ¿Por qué…? ¿Por qué no quieres tocarme? ¿Acaso no...? —*Lo echas de menos, es lo que quiero decir. ¿Como yo?*

—El contacto de un niño le da consuelo a su madre. —Apenas puedo oírla—. Pero yo no soy madre, chica. Soy un monstruo, y los monstruos no merecen consuelo alguno.

Desvía la mirada y se queda callada. La observo durante un buen rato. Está muy cerca. Lo suficiente como para que pueda tocarla. Lo suficiente como para que oiga palabras de perdón susurradas.

Pero dudo mucho que fuera a sentir el abrazo de una hija si la tocara. Igual que creo que no le quitaría ningún peso de encima si supiera que la perdono.

* * *

Cuanto más nos acercamos a Antium, más claro me queda que nos aproximamos a los problemas. Carretas repletas de alfombras y muebles avanzan con dificultad para alejarse de la ciudad y sus dueños van rodeados de decenas de guardias. Incluso vemos una caravana someramente protegida a lo lejos. No consigo ver qué transportan, pero cuento al menos doce máscaras custodiando lo que sea que hay dentro.

—Están huyendo —escupe la cocinera—. Demasiado asustados como para quedarse y pelear. Por lo que veo, la mayoría son ilustres. Aprisa, niña. Si los ricachones abandonan la ciudad significa que los karkauns andan cerca.

Ya no hacemos paradas en el camino y viajamos de día y de noche. Para cuando alcanzamos las afueras de Antium, nos queda claro que la calamidad ya se ha cernido sobre la legendaria capital de los marciales. Subimos a un montículo cerca de los Montes Argentes, y la ciudad se extiende por debajo.

Igual que se despliega el descomunal ejército que la rodea por tres lados. Solo la cara norte de Antium, que colinda con las montañas, está protegida.

—Dulces cielos sangrantes —murmura la cocinera—. Si esta no es una justicia celestial, no sé qué lo será.

—Hay muchos. —Apenas me sale la voz—. La gente de la ciudad... —Niego con la cabeza y mis pensamientos van de inmediato a los académicos que todavía están esclavizados allí. *Mi gente*—. Debe haber académicos ahí abajo. La comandante no mató a todos los esclavos. Los ilustres no se lo permitieron. ¿Qué pasará con ellos si invaden la ciudad?

—Morirán —responde la cocinera—. Igual que cualquier otro pobre cretino con la suficiente mala suerte como para quedarse atrapado allí. Déjaselo a los marciales. Es su capital; ellos la defenderán. Tienes algo distinto en lo que pensar. ¿Cómo diantres vamos a entrar ahí?

—Acaban de llegar. —Hay un reguero de hombres que se unen al ejército karkaun por el paso noreste—. Se están quedando fuera del alcance de las catapultas de la ciudad, lo que significa que no deben de estar planeando atacar ahora. Dijiste que podías infiltrarnos.

—Desde las montañas al norte de la ciudad —repone la cocinera—. Tendríamos que rodear los Montes Argentes. Nos llevaría días. Incluso más.

—Reinará el caos mientras instalan el campamento —observo—. Podríamos aprovecharnos de eso y colarnos durante la noche. Tendrán a algunas mujeres allí abajo...

—Putas —espeta la cocinera—. No creo que me pueda hacer pasar por una.

—Y cocineras también. Lavanderas. Los karkauns son horribles. No irían a ningún sitio sin sus mujeres para que frieguen y les sirvan. Me podría hacer invisible.

La cocinera hace un gesto negativo con la cabeza.

—Dijiste que la invisibilidad te alteraba la mente. Te provoca visiones que a veces duran horas. Tenemos que pensar en algo distinto. Esto es una mala idea.

—No hay otra.

—Es un suicidio.

—Es algo que tú podrías haber hecho —digo a media voz—. Antes.

—Eso hace que confíe en ello todavía menos —replica, pero puedo ver que vacila. Sabe tan bien como yo que nuestras opciones son limitadas.

Una hora más tarde, camino a su lado mientras se encorva por encima de un cesto lleno de ropa apestosa. Nos hemos encargado de dos centinelas que nos bloqueaban el camino de acceso al campamento. Pan comido. Pero ahora que andamos por entre los karkauns, resulta de todo menos fácil.

Son muchos. Igual que ocurre en el Imperio, el tono de su piel, sus rasgos y sus cabellos varían. Pero todos lucen una abundante cantidad de tatuajes y la mitad superior del rostro teñido de azul con añil para que el blanco de los ojos resalte de una manera escalofriante.

Hay cientos de fogatas encendidas y pocas tiendas detrás de las que podamos resguardarnos la cocinera y yo. La mayoría de los hombres van vestidos con calzas de cuero y chalecos de piel, y no tengo la menor idea de cómo distinguir los que son de mayor rango de los demás. Los únicos karkauns que destacan de entre sus semejantes son los que portan una extraña armadura formada con huesos y acero y que sostienen cayados coronados con calaveras humanas. Cuando caminan, la mayoría pone tierra de por medio, aunque casi todos están reunidos alrededor de unas enormes piras sin encender, en las que vierten lo que parece ser una arena de color rojo intenso formando un patrón intrincado a su alrededor.

—Brujos karkauns —musita la cocinera—. Se pasan todo el tiempo aterrorizando a las masas e intentando llamar a los espíritus. Nunca lo consiguen, pero aun así los tratan como si fueran dioses.

El campamento apesta a sudor y verduras pasadas. Las elevadas pilas de leña son una contradicción con el tiempo cálido, y los karkauns no se preocupan por limpiar los excrementos de los caballos. Las jarras llenas de algún tipo de alcohol claro abundan casi tanto como los hombres, y el aire está impregnado de un hedor a leche agria que lo envuelve todo.

—¡Agh! —Un karkaun de edad avanzada empuja a la cocinera cuando esta lo golpea sin querer con el cesto—. *Tek fidka-yad urqin!*

La cocinera mece la cabeza adelante y atrás interpretando a la perfección el papel de mujer confundida. El hombre le tira el cesto que sostiene de un manotazo y sus amigos estallan en carcajadas mientras las prendas caen sobre el suelo sucio. Le propina una patada en el estómago cuando la cocinera intenta recoger la ropa rápidamente, mientras le dedica gestos lujuriosos.

La ayudo a recoger las prendas, confiando en que los karkauns estén demasiado borrachos como para darse cuenta de que una mano invisible está ayudando a la mujer. Pero cuando me agacho, me sisea.

—¡Estás parpadeando, chica! ¡Muévete!

Tiene razón. Bajo la vista y veo que mi invisibilidad está fallando. *¡El Portador de la Noche!* Debe de estar en Antium y su presencia está extinguiendo mi magia.

La cocinera sale con paso decidido por entre la marabunta de hombres, dirigiéndose sin rodeos hacia el norte.

—¿Sigues aquí, chica? —Su semblante desprende tensión, pero no mira atrás.

—No están muy organizados —susurro como respuesta—. Pero por los cielos, son muchos.

—Los inviernos son largos en el sur —dice la cocinera—. No tienen nada mejor que hacer que procrear.

—¿Por qué atacan ahora? —pregunto—. ¿Por qué aquí?

—Hay una hambruna ensañándose con su gente y un brujo instigador se ha aprovechado de ello. Nada motiva tanto a un hombre como oír cómo les rugen las tripas a sus hijos. Los karkauns han mirado al norte y se han topado con un Imperio próspero y extenso. Año tras año, los marciales tenían de todo y los karkauns ni las migajas. El Imperio tampoco ha querido comerciar con ellos justamente. Grímarr, su sacerdote brujo, se lo ha recordado. Y en estas estamos.

Ya casi hemos llegado al extremo boreal del campamento. La cara llana de un acantilado se alza por encima de nuestras cabezas, pero la cocinera se dirige con aire seguro hacia él, deshaciéndose del cesto de la colada mientras cae la noche y nos alejamos del campamento.

—Dependen por completo del número de soldados para ganar esta contienda. Eso, o tienen algún truco nauseabundo guardado bajo la manga... algo contra lo que los marciales no podrán combatir.

Levanto la vista hacia la luna; casi llena, pero no todavía. Dentro de tres días, se henchirá hasta formar la Luna Gramínea. *Cuando la Luna Gramínea ilumine el cielo, los olvidados habrán hallado a su amo.*

La cocinera mira por encima del hombro dos veces para asegurarse de que no nos hayan seguido antes de hacerme un gesto para que me acerque más al acantilado. Señala hacia arriba.

—Hay una cueva a unos quince metros de altura —me dice—. Lleva hacia las profundidades de la montaña. Quédate aquí y activa la invisibilidad por si acaso.

—¿Cómo diablos vas a hacer para...?

Se cruje los dedos. Veo algo familiar en ese movimiento, y de repente la veo trepando por la pared de roca pura con la agilidad de una araña. Me quedo boquiabierta. Es antinatural... no, algo imposible. No está volando exactamente, pero avanza con una ligereza que claramente no es humana.

—¿Qué diantres...?

Cae una cuerda y me golpea la cabeza. La cara de la cocinera aparece sobre mi cabeza.

—Átatela alrededor del cuerpo —me indica—. Apoya los pies en la pared, en los salientes, en cualquier protuberancia que puedas encontrar y escala.

Cuando al fin la alcanzo, estoy sin aliento, y cuando le pregunto cómo lo ha hecho, se limita a sisearme y empieza a avanzar por la cueva sin mirar atrás.

Estamos en las entrañas de la montaña cuando la cocinera al fin me propone que desactive la invisibilidad.

—Puede que tarde unos minutos en despertarme —le digo—. Tengo visiones, y no tengo claro...

—Me aseguraré de que no mueras.

Asiento, pero de repente estoy paralizada. No tengo ningún deseo de enfrentarme a las visiones... no después de lo que me mostró el Portador de la Noche.

Aunque mi madre no puede verme, ladea la cabeza, como si percibiera mi incomodidad. Me ruborizo, y aunque busco una explicación, no soy capaz de dar con ninguna. *Soy una cobarde*, es lo que quiero decir. *Siempre lo he sido.* Cielos, esto es muy humillante. Si solo se tratara de la cocinera, no me habría importado. Pero es mi madre. *Mi madre.* Me he pasado años preguntándome qué pensaría de mí.

Mira alrededor del túnel y finalmente se sienta en el suelo de tierra.

—Estoy cansada. Malditos karkauns. Ven. Siéntate al lado de una anciana, chica.

Me acomodo a su lado, y por primera vez no se aparta de mí, porque no puede verme.

—Esas visiones —dice al cabo de un rato—. ¿Dan miedo?

Pienso en ella en la celda de la prisión. La canción. El crujido. Esos sonidos que no significaban nada hasta que pasaron a significarlo todo. Incluso ahora, incluso cuando no comprendo en lo que se ha convertido, contarle lo que vi me supera. No puedo decirlo, pues pronunciar las palabras en voz alta confirmará que ocurrió de verdad.

—Sí. —Hundo los pies en el suelo y los arrastro adelante y atrás—. Dan miedo. —¿Y qué veré ahora que sé que se trata de visiones del pasado? ¿Algo distinto? ¿Algún otro horror?

—Será mejor que lo hagas cuanto antes, entonces. —Su voz no es amable exactamente, pero tampoco severa. Vacila y extiende una mano con la palma hacia arriba. Aprieta los dientes y traga saliva.

Su piel está caliente. Callosa. Y aunque puede que no tenga el aspecto de mi madre, o suene como ella, o actúe como ella, todavía tiene sus manos. Se la aprieto… y ella se estremece.

Desactivo la invisibilidad dispuesta a darle la bienvenida a las visiones porque no pueden ser peor que sostener la mano de la mujer que me llevó en su vientre pero a la que le da repugnancia mi contacto.

Las visiones me sobrevienen, pero esta vez paseo por calles de fuego, flanqueada por paredes carbonizadas. Los gritos retumban por los edificios en llamas y el pavor me cala hasta los huesos. Grito.

Cuando abro los ojos, la cocinera está inclinada sobre mí con una mano en mi cara y la otra con los dedos entrelazados con los míos. Su rostro exuda dolor, como si tocarme fuera más de lo que pudiera soportar. No me pregunta sobre las visiones. Y yo no se lo cuento.

* * *

Cuando nos acercamos a la entrada de la embajada de Marinn, en la que hay unos escalones mojados y desmoronados que conducen a una puerta de madera, la cocinera frena el paso.

—Debería de haber dos guardias aquí —me dice—. Siempre está custodiada. Esa palanca de allí… les permite que todo el lugar colapse en caso de que haya un ataque.

Saco mi daga y la cocinera prepara su arco. Abre la puerta lentamente, y cuando entramos, todo está en silencio. En las calles que circundan el edificio retruenan los tambores y mi mente viaja a Risco Negro al instante. Los carruajes pasan a toda velocidad mientras sus pasajeros profieren gritos y los soldados vocean órdenes. Las botas resuenan, marchando al mismo tiempo, y una voz vigorosa dirige el pelotón hacia la muralla. Antium se prepara para la guerra.

—Algo no anda bien —digo—. Musa tenía a gente aquí. Se suponía que debían tener preparadas unas esposas de esclavo para nosotras, mapas, los movimientos de la Verdugo de Sangre...

—Deben de haberse ido antes del ataque de los karkauns —tercia la cocinera—. Pero es extraño que no hayan dejado a nadie...

Pero así es. Puedo sentirlo. Este sitio lleva días vacío.

Estamos solas.

XLV: Elias

Los fantasmas se lanzan hacia el Imperio como rocas ardientes arrojadas por una balista. De la barrera no quedan más que fragmentos.

Percibo a los espíritus del mismo modo que siento los límites de la Antesala. Son trocitos de invierno extendidos en una manta de calor y se mueven como un banco de peces, apiñados y dirigiéndose todos hacia una misma dirección: suroeste, camino a la villa marcial donde robo mis provisiones. La gente que vive allí es decente y trabajadora. Y no tienen la más mínima idea de lo que se les echa encima.

Quiero ayudarlos, pero eso también forma parte del plan de los genios, pues se trata de una distracción de mi deber. Una vez más están intentando usar mi humanidad en mi contra.

Esta vez no. Lo que importa ahora no son los humanos a los que poseerán y atormentarán los fantasmas. La prioridad es la barrera de la Antesala. Tengo que restaurarla. Llegarán más espíritus al Bosque. Esos al menos tienen que permanecer dentro de sus límites.

La resolución a duras penas se ha terminado de formar en mi mente cuando la magia surge de la tierra, envolviéndome el cuerpo. Esta vez es más fuerte, como si sintiera que por fin he comprendido cómo me han manipulado los genios. Sentir a Mauth y dejar que la magia me consuma es todo un alivio...

pero también una transgresión. Me estremezco al notar a Mauth tan cerca. No es la misma sensación que cuando uso mi magia física, que en el fondo es algo que ya forma parte de mí. No... esta magia es algo foráneo. Me penetra como si fuera una enfermedad y me nubla la vista de colores. La magia cambia algo fundamental en mi interior. No me siento como yo mismo.

Pero esta incomodidad puede esperar. Tengo asuntos más acuciantes.

La magia me permite ver cómo debería ser el mundo. Lo único que tengo que hacer es emplear mi fuerza de voluntad para reconstruirlo. Concentro mi poder.

A lo lejos, en el sur, los fantasmas se aproximan a la aldea. *No pienses en ello.*

La magia de Mauth resplandece en respuesta y su presencia se hace más fuerte. Reconstruyo la barrera sección a sección, imaginando grandes ladrillos de luz que se elevan a la vez, sólidos e irrompibles. Cuando abro los ojos, la protección está ahí, brillando como si nunca se hubiese desmoronado. La frontera no puede llamar de vuelta a los fantasmas, pero puede contener a los nuevos que lleguen a la Antesala.

Que serán muchos.

¿Y ahora qué? ¿Voy tras los fantasmas que se han escapado? Un empujón de Mauth hacia el suroeste es mi respuesta. Me deslizo por el aire con facilidad... con mucha más facilidad que antes. Y aunque espero que la magia se debilite a medida que me aleje del Bosque, permanece conmigo, ya que esta es la magia de Mauth, no la mía propia.

Los fantasmas se han desperdigado, separándose en decenas de pequeños grupos y repartiéndose por la campiña. Me dirijo a la aldea más cercana a la Antesala y cuando todavía me queda más de un kilómetro para llegar oigo gritos.

Freno en la plaza de la aldea. Que ninguno de los lugareños parezca percatarse de que he aparecido de la nada es un testimonio del caos que han desatado los fantasmas.

—¡Thaddius! ¡Hijo mío, no! —grita un anciano de pelo canoso. Un hombre más joven le retuerce los brazos a la espalda y tira de ellos con una inexorable fuerza inhumana—. Suéltame... no lo hagas... ¡Aaah!... —Suena un crujido y el padre cae lánguido, inconsciente por el dolor. El hombre joven lo levanta, como si no pesara más que una pluma, y lo lanza a la otra punta de la aldea, a cientos de metros.

Desenvaino mis cimitarras, preparado para atacar, cuando Mauth tira de mí.

Pues claro, Elias, idiota, me amonesto a mí mismo. No puedo aporrear sin ayuda de nadie a todos los que están poseídos por un fantasma. Shaeva me tocó en la sien y en el corazón. *El verdadero poder de Mauth está aquí y aquí.* La magia me atrae hacia el grupito más cercano de aldeanos poseídos. La garganta me arde y de alguna manera puedo sentir que Mauth quiere que hable.

—Deteneos —les ordeno, pero no como Elias. Hablo como *Banu al-Mauth*.

Inmovilizo a los poseídos con la mirada, uno a uno. Espero que me ataquen, pero lo único que hacen es mirarme amenazadoramente, recelosos de la magia que pueden sentir que hierve en mi interior.

—Venid —les indico. Mi voz retruena con un deje sobrenatural de superioridad. Deben escucharme—. Venid.

Rugen y gimotean, y proyecto la magia de Mauth como una línea fina, rodeándolos a todos y tirando de ellos hacia mí. Algunos vienen con los cuerpos que han robado. Otros siguen en forma de espíritu y se acercan a mí a paso lento con gemidos hostiles. Pronto, un pequeño grupo de media docena de fantasmas se disponen en un semicírculo a mi alrededor.

¿Debería atarlos juntos con magia? ¿Enviarlos volando a la Antesala, como hice con los que atormentaron a las tribus?

No. Puesto que cuando miro a sus caras torturadas, advierto que los espíritus no desean estar aquí. Quieren cruzar al otro lado, abandonar este mundo. Mandarlos de vuelta al Bosque solo prolongará su sufrimiento.

La magia me llena la visión y veo a los fantasmas por lo que son en realidad: seres que padecen, están solos, confundidos y pesarosos. Algunos están desesperados por un perdón. Otros buscan amabilidad. Otros comprensión. Otros una explicación.

Pero unos pocos requieren una sentencia, y con esos espíritus se tarda más en lidiar ya que deben sufrir todo el daño que infligieron a los demás antes de que puedan ser libres. Cada vez que reconozco lo que necesita un espíritu, se lo pido a la magia y se lo proporciono.

Lleva tiempo. Pasan unos minutos eternos, pero consigo encargarme de una decena de fantasmas, luego dos decenas. En poco rato, todos los fantasmas en las proximidades se arremolinan a mi alrededor, desesperados por hablar, desesperados por que los vea. Los aldeanos me piden ayuda, quizá con la esperanza de que mi magia les pueda ofrecer un respiro a su dolor. Los miro y no veo a humanos sino a criaturas inferiores que mueren lentamente. Los humanos son mortales, carecen de importancia. Los fantasmas son mi única preocupación.

Esa manera de pensar me parece ajena. Extraña. Como si no me perteneciera. Pero no tengo tiempo para obcecarme con ello, porque esperan más fantasmas. Fijo la vista en ellos y apenas me muevo hasta que el último ha conseguido cruzar, incluso los que habían ocupado un cuerpo sin permiso.

Cuando termino, observo la devastación que han dejado tras de sí. Hay una decena de cuerpos muertos que puedo ver, y probablemente decenas más fuera de la vista.

Siento algo vagamente. ¿Tristeza? La aparto a un lado de inmediato. Los aldeanos ahora me miran con terror; al fin y al cabo son unas criaturas muy simples. En cualquier caso, solo es cuestión de tiempo que el miedo se transforme en antorchas, cimitarras y horcas. Todavía sigo siendo mortal, y no tengo ningún deseo de combatirlos.

Un hombre joven da un paso al frente con mirada vacilante. Abre la boca y forma con los labios la palabra *gracias*.

Antes de que pueda acabar de pronunciarla, me doy la vuelta. Tengo mucho trabajo por delante. Y en todo caso, no merezco su agradecimiento.

* * *

Los días pasan en un borrón de aldeas y pueblos. Busco a los fantasmas, los llamo, los acerco y los envío. En algunos sitios, tardo solo una hora en hacerlo. En otros, me lleva prácticamente un día entero.

Mi conexión con Mauth se fortalece, pero no está completa. Lo sé en lo más hondo de mi ser. La magia se contiene, y no seré un auténtico Atrapaalmas hasta que encuentre la manera de fusionarme con ella del todo.

Al cabo de poco, la magia es lo bastante poderosa como para que pueda localizar rápidamente dónde están los fantasmas. Ayudo a cruzar a cientos. Quedan miles. Y se han creado cientos de espíritus más, pues los espíritus desatan la devastación allá donde van. Una tarde, llego a un pueblo donde casi todo el mundo está muerto y los fantasmas ya han cruzado por sí solos.

Casi tres semanas después de la huida de los espíritus, cuando ha caído la noche y una tormenta se ha derramado sobre la tierra, me resguardo en una loma cubierta de hierba libre de piedras y desierta, a tan solo unos kilómetros de distancia de una guarnición marcial. Los tambores de la guarnición redoblan, algo inusual a esta hora de la noche, pero no les presto atención, ni siquiera me molesto en traducir lo que dicen.

Tiritando con la armadura de cuero empapada, reúno un manojo de ramas. Pero la lluvia no da tregua, y después de media hora de intentar encender el condenado fuego, abandono mi empeño y me encorvo miserablemente con la capucha bajada.

—¿De qué sirve tener magia si no la puedo usar para encender un fuego? —mascullo para mí mismo.

No espero ninguna respuesta, así que cuando la magia se eleva, me quedo perplejo. Y todavía más cuando planea sobre mí, creando un refugio invisible, como si fuera un cascarón.

—Eh… ¿gracias? —Toco la magia con el dedo. No tiene sustancia, solo transmite una sensación de calidez. No sabía que podía hacer eso.

Hay tantas cosas que todavía no sabes. ¿Acaso Shaeva conocía bien a Mauth? Siempre se mostraba tan respetuosa con la magia… atemorizada, incluso. Y como un niño que mira a sus padres en busca de ejemplo, yo he heredado ese recelo.

Me pregunto si sintió algo la magia cuando murió Shaeva. Estuvo atada a ese lugar durante mil años. ¿Le importó a Mauth? ¿Se enfureció por el pérfido crimen perpetrado por el Portador de la Noche?

Me estremezco al pensar en el señor de los genios. Cuando recuerdo quién era —un Atrapaalmas que ayudaba a cruzar a los espíritus con tanto amor— en contraposición a aquello en lo que se ha convertido: un monstruo que lo único que desea es aniquilarnos. En las historias que contaba Mamie, solo se hacía referencia a él como el Rey Sin Nombre o el Portador de la Noche. Pero me pregunto si tuvo un nombre verdadero, uno que nosotros los humanos nunca merecimos conocer.

Aunque me incomoda, debo admitir que a los genios les hicieron daño. Los lastimaron profundamente. Aunque eso no implica que lo que ha hecho el Portador de la Noche esté bien. Pero sí que complica mi visión del mundo y la opinión que tengo de él. Ahora no puedo verlo como un ser que merezca únicamente recibir el odio más puro.

Cuando por fin me incorporo, caliente y seco gracias a la protección de Mauth, falta poco para que despunte el día. Soy consciente de inmediato de un cambio en la estructura del mundo. Los fantasmas que había percibido merodeando por la campiña que me rodea han desaparecido. Y hay algo más… una nueva oscuridad mística en el mundo. No puedo verla, pero aun así sé que está presente.

Me levanto y escaneo las tierras de cultivo ondeantes que me rodean. La guarnición queda al norte. Hay unos pocos miles de kilómetros salpicados de haciendas ilustres. Luego viene la capital, seguida de la cordillera de Nevennes, y después Delphinium.

La magia empuja hacia el norte, como si quisiera arrastrarme en esa dirección. Cuando extiendo la mente hacia allí, lo noto. Caos. Sangre. Una batalla. Y más fantasmas. Solo que esos no vienen de la Antesala. Son frescos, nuevos, y están cautivos por una extraña magia mística que no he visto nunca antes.

Por los diez infiernos, ¿qué es eso?

Sé que los fantasmas a veces se sienten atraídos por los conflictos. Por la sangre. ¿Puede que se esté librando una batalla en el norte? En esta época del año, a menudo los enemigos del Imperio hostigan Tiborum, pero la ciudad se encuentra en el oeste.

Mauth tira de mí y me pongo en pie. Me deslizo por el aire hacia el norte mientras con la mente escaneo a un radio de varios kilómetros. Al fin me cruzo con un grupito de fantasmas y justo delante con otro. Más espíritus se dirigen raudos hacia un lugar en concreto, hambrientos de ira y furibundos. Ansían acercarse a los cadáveres, al baño de sangre, a la guerra. Lo sé con la misma certeza que si me lo hubieran dicho ellos mismos. *¿Pero qué guerra es?*, pienso descolocado. ¿Puede que los karkauns estén asesinando a los hombres salvajes en Nevennes otra vez? De ser así, ese debe de ser el lugar al que se dirigen los fantasmas.

Los tambores de una guarnición cercana retumban, y esta vez presto atención. *Ataque karkaun inminente. Todos los soldados de la reserva presentaos en los barracones de Río Sur de inmediato.* El mensaje se repite, y al fin entiendo que los fantasmas no se están dirigiendo hacia Nevennes.

Su objetivo es Antium.

CUARTA PARTE

EL ASEDIO

XLVI: La Verdugo de Sangre

Los karkauns no tienen catapultas.
Ni torres de asedio.

Ni arietes.

Ni artillería.

—Por los infiernos sangrantes —le digo a Dex y a Avitas mientras inspecciono el vasto ejército—, ¿de qué sirve congregar a cien mil hombres para dejarlos sentados en las afueras de la ciudad, derrochando la comida y las provisiones durante tres días?

Quizás este sea el motivo por el que la comandante conspiró con los karkauns para que se acercaran a Antium. Sabía que serían lo bastante estúpidos como para que los pudiéramos destruir con rapidez... pero no lo suficientemente necios como para que no se pudiera aprovechar del caos que causarían.

—Son unos idiotas —dice Dex—. Están convencidos de que por disponer de un ejército tan numeroso podrán hacerse con la ciudad.

—O quizá los idiotas seamos nosotros. —Marcus habla detrás de mí y los hombres apostados en la muralla se postran al instante. El Emperador les hace un gesto para que se levanten y se adelanta, con su guardia de honor siguiéndolo al mismo paso—. Y tienen algo más planeado.

—¿Mi señor?

El Emperador se queda a mi lado con sus ojos de hiena entrecerrados mientras barre con la mirada al ejército karkaun. El sol se va apagando y la noche pronto caerá sobre nosotros.

—Mi hermano me habla desde el más allá, Verdugo. —Marcus parece calmado y no hay ni un ápice de inestabilidad en su comportamiento—. Dice que los karkauns vienen con sacerdotes brujos, y que uno de ellos es el más poderoso que ha conocido jamás su pueblo, y que estos hechiceros invocan a la oscuridad. No acarrean máquinas de asedio porque no las necesitan. —Se queda callado unos segundos—. ¿Está la ciudad preparada?

—Aguantaremos, mi señor. Durante meses, de ser necesario.

Marcus retuerce los labios. Me está ocultando algo. *¿Qué? ¿Qué es lo que no me estás contando?*

—Sabremos si aguantaremos cuando llegue la Luna Gramínea —dice con una seguridad escalofriante. Me tenso. La Luna Gramínea será dentro de tres días—. Los augures lo han visto.

—Su Majestad. —Keris Veturia aparece por las escaleras que conducen a la muralla. Le ordené que supervisara la preparación de las puertas del este, que son las más reforzadas, y así la mantengo lejos tanto de Marcus como de Livia. Según mis espías no se ha desviado de la tarea que le he asignado.

Al menos por ahora.

Me habría gustado alejarla de la ciudad, pero los plebeyos la apoyan con entusiasmo y deshacerme de ella solo minaría más la reputación de Marcus. Esta mujer tiene demasiados aliados, pero al menos ha perdido mucho apoyo de los ilustres. Por lo que se ve, los *paters* han permanecido en sus villas estos últimos días, sin duda preparándose para la batalla que está por llegar.

—Un mensajero de los karkauns ha llegado —anuncia Keris—. Viene a comunicarnos las condiciones de rendición.

Aunque Keris insiste en que Marcus se quede atrás —otra jugada más para hacerse con el poder—, él desestima la idea con un movimiento de la mano y los tres salimos de la ciudad al galope, acompañados por Avitas a mi lado y la guardia personal de Marcus, que forman una medialuna protectora a su alrededor.

El karkaun que se acerca cabalga solo, con el pecho al aire, y no porta ninguna bandera de paz. Lleva la mitad de su cuerpo blanco como la nieve cubierta de añil y la otra mitad sembrada de tatuajes primitivos. Su cabello es más claro que el mío y sus ojos parecen carecer de color por completo en comparación con el añil que ha usado para que resaltasen. El semental que monta es enorme, y es casi tan alto como Elias. Un collar hecho con huesos le da dos vueltas en el cuello.

Huesos de dedos, me doy cuenta cuando estamos más cerca.

Aunque solo lo vi en la distancia en Navium, lo reconozco de inmediato: Grímarr, el brujo sacerdote.

—¿Tan pocos hombres tienes, pagano —pasa la vista de Keris a mí— que debes pedirles a tus mujeres que peleen?

—Tenía planeado cortarte la cabeza —dice Marcus con una sonrisa— después de haberte llenado la boca con tu miembro viril. Pero creo que te voy a dejar vivir solo para poder presenciar cómo Keris te saca las entrañas lentamente.

La comandante no pronuncia palabra. Cruza la vista con la de Grímarr un breve instante, una mirada que delata, con la misma claridad como si lo hubiese dicho con palabras, que no es la primera vez que se encuentran.

Ella sabía que él iba a venir. Y sabía que lo haría con cien mil hombres. ¿Qué le ha podido prometer a este monstruo como para dejarse embaucar y traer la guerra a Antium, solo para que ella pueda hacerse con el mando del Imperio? Dejando de lado el hecho de que los karkauns parecen carecer de cualquier tipo de estrategia militar, Grímarr no es ningún necio. Casi nos derrota en Navium. Debe de obtener algo más provechoso de todo esto más allá de un asedio que se alargará durante semanas.

—Entrega tu mensaje rápido. —Marcus saca la espada y se pone a pulirla con indiferencia—. Ya me estoy preguntando si debería cambiar de opinión.

—Mis hermanos brujos y yo exigimos que nos cedáis la ciudad de Antium. Si accedéis de inmediato, vuestros ancianos serán exiliados en vez de ejecutados, vuestros soldados esclavizados en vez de torturados y quemados en la pira, y vuestras mujeres e hijas se casarán y se convertirán en vez de que las violen y las corrompan. Si no cedéis la ciudad, la tomaremos por la fuerza cuando se alce la Luna Gramínea. Te lo juro por la sangre de mi madre, y de mi padre, y de mis hijos nonatos.

Avitas y yo intercambiamos una mirada. La Luna Gramínea… otra vez.

—¿Cómo tenéis planeado invadir la ciudad? —pregunto—. No traéis máquinas de asalto.

—Silencio, pagana. Hablo con tu señor. —Grímarr mantiene la atención centrada en Marcus aunque tengo la mano a escasos centímetros de mi martillo de guerra—. ¿Tu respuesta, mi señor?

—Tú y tus brujos abusadores de cadáveres podéis llevaros vuestras condiciones a los infiernos… adonde en breve os enviaremos.

—Muy bien. —Grímarr se encoge de hombros, como si no se esperara menos, vuelve grupas y se aleja.

Cuando regresamos a la ciudad, Marcus se gira y nos mira a Keris y a mí.

—Atacarán en menos de una hora.

—Mi señor Emperador —dice Keris—, ¿cómo…?

—Atacarán, y debemos estar preparados, pues será un embate rápido y violento. —Marcus está distraído, con la cabeza ladeada, mientras escucha los secretos que su hermano fantasma le susurra—. Yo lideraré a los hombres en la puerta oeste. Keris, la Verdugo te informará de tus funciones.

Su capa ondea detrás de él mientras se aleja, y dirijo la atención hacia Keris.

—Encárgate de la puerta este —le ordeno—. La defensa está más desprotegida cerca de la puerta central. Que no caiga, o rebasarán el primer nivel.

La comandante saluda, y aunque fuerza una expresión neutral muy cuidada, puedo sentir que emana una satisfacción vanidosa. ¿Qué diantres está tramando?

—Keris. —Quizá sea una causa perdida, pero se lo digo igualmente—. Sé que esto es obra tuya. Todo. Supongo que crees que puedes frenar a los karkauns el tiempo suficiente como para deshacerte de Marcus y de Livia. El tiempo suficiente como para deshacerte de mí.

Se limita a mirarme.

—Sé lo que anhelas —continúo—. Y este asedio que le has traído a la ciudad me dice lo mucho que lo ansías. Pero hay cientos de miles de marciales…

—No sabes lo que quiero —me corta Keris en voz baja—. Pero lo sabrás. Pronto.

Se da la vuelta y se marcha a largos pasos. Los plebeyos vitorean su nombre cuando les pasa por el lado.

—¿Qué diablos se supone que significa eso? —Me giro hacia Avitas, que está detrás de mí. Tengo la mano empapada en sudor, aferrada alrededor de la empuñadura de mi daga. Todos mis instintos me están alarmando de que algo va mal. Que he subestimado irrevocablemente a Keris—. Quiere el Imperio —le digo a Avitas—. ¿Qué más podría desear?

No tiene tiempo de responder. Unos gritos de pánico se elevan de la muralla. Cuando Avitas y yo llegamos a la pasarela que recorre la masiva estructura, entiendo el motivo.

El cielo está iluminado por la luz de montones de piras. Solo los cielos saben cómo las ha conseguido ocultar Grímarr, porque habría jurado que esas piras no estaban allí hace unos instantes. Ahora dominan el campo y sus llamas se alzan altas hacia el cielo.

Grímarr da vueltas alrededor de la pira más grande, musitando conjuros. Desde esta distancia no debería ser capaz de oírlo. Aun así la malicia de su magia impregna todo el aire y sus palabras serpentean por debajo de mi piel.

—Prepara las catapultas. —Le ordeno a Dex—. Prepara a los arqueros. El Emperador tiene razón. Van a iniciar el ataque.

En el campamento karkaun, unas figuras atadas son arrastradas hasta las piras, retorciéndose sumidas en el pánico. Al principio creo que son animales, parte de algún tipo de ritual de sacrificio.

Unas alaridos llenan el aire. Y me doy cuenta de que es un sacrificio.

—Por los infiernos sangrantes —blasfema Dex—. ¿Eso son...?

—Mujeres. —Se me revuelve el estómago—. Y... niños.

Sus gritos retumban por todo el campamento karkaun, y cuando uno de mis hombres vomita por encima de la muralla, no puedo culparlo. Incluso hasta aquí llega el olor a carne quemada. Grímarr profiere un cántico y los demás karkauns lo corean, y pronto los acompaña el sonido grave y cadencioso de un tambor.

Los marciales apostados en la muralla están inquietos y agitados ahora, pero me paseo por entre ellos.

—¡Coraje frente a sus métodos bárbaros! —grito—. ¡Coraje para que no nos engullan sus sombras!

El cántico se ralentiza, cada palabra se alarga hasta que se convierte en un zumbido grave interminable que parece elevarse desde las entrañas de la tierra.

Un aullido distante rasga el aire, agudo, como los gritos de los que han arrojado a las piras pero con un deje sobrenatural que hace que se me erice el vello de los brazos. Las piras se apagan. La oscuridad repentina es cegadora. Mientras mis ojos se ajustan, me doy cuenta de que el cántico ha terminado. Unos fragmentos blancos se alzan de las piras y pondría la mano en el fuego que parecen...

—Fantasmas —dice Harper—. Están invocando a los fantasmas.

En el campamento karkaun los gritos se elevan por entre los hombres cuando los fantasmas se encaran a ellos y se sumergen en la multitud que forma el ejército y desaparecen. Algunos de los hombres parecen no presentar ningún cambio. Otros se sacuden como si batallaran contra algo que ninguno de nosotros puede ver, sus movimientos sobrenaturales son visibles incluso desde la distancia.

El silencio lo envuelve todo. Y transcurridos unos segundos retumba el estruendo de los pasos, miles y miles de hombres moviéndose a la vez.

—Se están precipitando hacia las murallas —digo, incrédula—. ¿Por qué iban a…?

—Míralos bien, Verdugo —susurra Harper—. Mira cómo se están moviendo.

Los karkauns están corriendo hacia las murallas, pero lo hacen a una velocidad inhumana. Cuando alcanzan el bosque de picas que sobresale del suelo a doscientos metros de Antium, en vez de quedar empalados en ellas las saltan con una fuerza sobrenatural.

Los gritos de alarma se elevan de entre los marciales a medida que los karkauns se acercan.

Aun estando lejos puedo ver cómo sus ojos brillan con un asombroso blanco puro. Están poseídos por los fantasmas que han invocado sus brujos.

—Avitas —digo en voz muy baja para que nadie más pueda oírlo—. El plan de evacuación, ¿está listo? ¿Todos en su sitio? ¿Has despejado el camino?

—Así es, Verdugo. —Harper le da la espalda a la horda que se avecina—. Está todo preparado.

—Entonces encárgate de ello.

Vacila, a punto de protestar. Pero yo ya me estoy alejando.

—¡Catapultas! —le indico al tamborilero, que transmite el mensaje—. ¡Fuego a discreción!

Al cabo de pocos segundos, las catapultas gruñen y los proyectiles incendiarios vuelan por encima de las murallas hacia los karkauns poseídos. Muchos caen, pero son más los que los esquivan, moviéndose con esa espeluznante velocidad.

—¡Arqueros! —grito—. ¡Disparad a discreción! —Con una velocidad asombrosa, los soldados poseídos de Grímarr han cruzado a toda velocidad las marcas que habíamos colocado en el campo.

Una lluvia de flechas encendidas cae sobre los karkauns. Apenas los ralentiza. Ordeno a los arqueros que disparen una y otra vez. Algunos de los karkauns se desploman, pero no los suficientes. Con razón no traían ninguna máquina de asedio.

Los hombres profieren un grito de alarma, y a menos de cien metros de distancia, un grupo de karkauns poseídos levantan los enormes proyectiles incendiarios, sin que les importunen las llamas, y los arrojan hacia Antium.

—No es... no es posible —susurro—. ¿Cómo pueden...?

Los proyectiles vuelan hacia la ciudad y aplastan edificios, soldados y torres de vigilancia. Los tamborileros transmiten de inmediato una orden para llamar a las brigadas de agua. Los arqueros disparan una descarga tras otra, y los legionarios recargan las catapultas lo más rápido que pueden.

A medida que los karkauns se acercan a las murallas, puedo oír sus gruñidos hambrientos, parecidos a los de una bestia.

Con demasiada rapidez rebasan las trincheras y superan el segundo bosque de picas, colocado en la base de las murallas para bloquear a un ejército humano.

No nos queda ninguna defensa. En cuestión de unos pocos minutos, la batalla pasará de estrategia y tácticas pensadas en una sala distante a los golpes cortos y desesperados de los hombres que pelean por su siguiente exhalación.

Que así sea. Los karkauns empiezan a escalar la muralla, blandiendo sus armas como si estuvieran poseídos por los demonios de los infiernos. Empuño mi martillo de guerra.

Y grito la orden de atacar.

XLVII: *Laia*

El uniforme de soldado me va demasiado grande y está húmedo por la parte baja de la espalda. El anterior dueño debió de recibir un golpe en los riñones y se ha debido de pasar mucho rato agonizando.

Afortunadamente el uniforme es negro, así que nadie se percata de la sangre mientras me muevo por entre las líneas de soldados a lo largo de la muralla sur de Antium, distribuyendo cucharones de agua. Llevo el pelo bien recogido bajo el casco y unos guantes para ocultar mis manos. Voy encorvada por el peso que tira hacia abajo en mi espalda y arrastro los pies. Pero con lo cansados que están los soldados apenas se percatan de mi presencia. Probablemente podría quedarme en paños menores y correr arriba y abajo de la muralla gritando «¡Yo hice arder Risco Negro!» que no les importaría.

Una luz se refleja en mi casco. La señal de la cocinera. Al fin.

Han pasado dos días desde que llegamos a Antium. Dos días desde que los karkauns desataron sus hordas de soldados poseídos de ojos blancos sobre la ciudad. Dos días de embates que hacen temblar hasta los huesos y calles reducidas a polvo. Dos días de hombres con una fuerza sobrenatural bombardeando la ciudad con proyectiles incendiarios mientras el aire se llena de gritos ahogados. Por encima de todo eso se eleva el zumbido de las miles de flechas que descargan los soldados sobre las fuerzas desplegadas fuera de las puertas de la ciudad.

Me he hecho pasar por barrendera, recogedora de inmundicias, escudero... todo con el propósito de acercarme a la Verdugo de Sangre. He intentado usar mi invisibilidad, pero por más fuerza de voluntad que le haya puesto, he sido incapaz de activarla.

Lo que significa que el Portador de la Noche debe de estar cerca. Es lo único que me ha impedido usar mi magia en el pasado.

Y de ahí los disfraces... aunque ninguno de ellos ha sido de ayuda. La Verdugo de Sangre dirige la defensa de la ciudad y está en todos los lugares a la vez. En los pocos momentos que he conseguido atisbarla, la mano en la que porta el anillo estaba bien aferrada alrededor de su martillo de guerra empapado de sangre.

La luz se refleja en mi casco de nuevo, esta vez con un aire de impaciencia. Me retiro de la hilera de hombres, apresurándome como si fuera a buscar más agua, aunque los cubos que llevo atados al palo cruzado en mi espalda no están ni medio vacíos todavía.

Un proyectil se estrella contra la pared que tengo justo detrás de mí, y la explosión me impulsa y caigo de rodillas, enviando los cubos por los aires. Me estremezco, me duelen todas las partes del cuerpo y oigo un pitido agudo tras el sonido del impacto.

¡Levántate, Laia! Gateo en busca de los cubos y huyo del lugar en el que los demás combatientes están cayendo. El proyectil ha dejado un cráter humeante en la tierra por detrás de la muralla, donde había un grupo de soldados y esclavos académicos hace apenas unos segundos. El hedor hace que me vengan arcadas.

Me abro paso por el nivel inferior de la muralla, subo unas escaleras y salgo a la pasarela de la cima. Mantengo la cabeza gacha. Esto es lo más cerca que he conseguido estar de la Verdugo. No puedo cometer ningún error ahora.

El espejo vuelve a destellar, esta vez a la izquierda. La cocinera me está diciendo en qué dirección tengo que ir, y sigo el resplandor ignorando las llamadas por agua y fingiendo que tengo un lugar más importante al que ir.

Localizo a la Verdugo delante de mí, cubierta de sangre y decaída por el cansancio. Tiene la armadura abollada por una decena de lugares y el pelo hecho una maraña. Su mano con el anillo descansa lánguida.

Cuando estoy a diez metros, freno el paso. Cuando estoy a tres metros de ella, me aferro al palo que llevo en la espalda y lo deslizo hacia el suelo, como si me estuviera preparando para darles agua a los soldados que tiene alrededor.

Cielos, está muy cerca y por una vez no blande ese maldito martillo. Lo único que tengo que hacer es echarle mano a ese anillo. Nada más lo consiga, la cocinera iniciará una distracción; de la que no ha querido contarme nada, por miedo a que el Portador de la Noche se enterara y nos saboteara.

Ahora la Verdugo está a un escaso metro de mí. De repente me noto la garganta seca y los pies pesados. *Simplemente hazte con el anillo. Quítaselo.*

Debería de haber practicado. La cocinera se pasó el poco tiempo del que disponíamos intentando enseñarme el arte de robar, pero a decir verdad no tengo ni idea de cómo birlar un anillo. ¿Y si lo lleva muy apretado en el dedo? ¿Y si le pego un tirón y no sale? ¿Y si aprieta la mano en un puño? ¿Y si…?

Un hormigueo en la nuca. Una premonición. Un aviso de que se aproxima algo. Me alejo apresuradamente unos metros de la Verdugo y sirvo cucharones de agua a hombres agradecidos.

La luz que tengo delante se estremece de un modo extraño, una contorsión en el aire de la que nace una porción de sombra nocturna.

La Verdugo de Sangre lo percibe igual que yo y se pone en pie con la mano apretada alrededor de su martillo de guerra otra vez. Entonces retrocede un paso mientras las sombras se unen.

Es él: el Portador de la Noche.

No soy la única que se aparta de él, y eso es lo que me salva de su mirada. Todos los soldados alrededor de la Verdugo tienen tanta prisa por escapar de la atención del genio como yo.

—Verdugo. —Su voz rechinante y chirriante hace que me estremezca—. Keris Veturia busca tu consejo, ella…

No oigo el resto. Ya he bajado la mitad de las escaleras, los cubos abandonados, la misión abortada.

—¿Qué diablos? —La cocinera se encuentra conmigo cuando he puesto una buena distancia entre la muralla y yo. Oigo el silbido inconfundible de otro proyectil que cae—. Teníamos un plan, chica.

—No ha funcionado. —Me quito el casco, sin importarme quién pueda llegar a verme, consciente de que en medio de este caos poco podría afectarnos—. Estaba allí. El Portador de la Noche. Justo a su lado. Me habría visto. —Niego con la cabeza—. Tenemos que encontrar otra manera. Tenemos que atraerla hacia nosotras. Pero como no sea que tomemos al Emperador como rehén, no sé qué otra cosa podría funcionar.

La cocinera me agarra de los hombros y me gira hacia la muralla.

—Vamos a volver allí ahora mismo —me dice—. Lo único que tenemos que hacer es esperar a que se vaya. Todas las piezas están en su lugar, y no podemos…

Una explosión corta el aire a unos metros de distancia, donde un grupo de niños académicos esclavos están cavando entre los cascotes bajo la mirada atenta de un legionario marcial.

De pronto estoy tumbada en el suelo y tosiendo restos de escombros de los pulmones, intentado apartar de mi boca el aire lleno de polvo.

—¡Najaam! —grita una niña—. ¡Najaaam! —Un lloriqueo por respuesta, y la niña solloza mientras saca a un niño de entre los cascotes. Con los ojos puestos en el legionario, que todavía se está intentando levantar del impacto, la niña agarra al chico y echan a correr, cojeando los dos.

La cocinera ve que los estoy mirando y me arrastra hasta ponerme en pie.

—Vamos, chica.

—Esos dos necesitan ayuda —le digo—. No podemos…

—Podemos y lo haremos —dice tajante la cocinera—. Muévete. La distracción que he preparado no durará demasiado, pero te dará el tiempo suficiente como para que consigas hacerte con el anillo.

Pero no puedo despegar los ojos de la niña, que da vueltas y examina la ciudad que la rodea, buscando una vía de escape. Su ceño fruncido le da un aspecto demasiado mayor para su edad, y su hermano pequeño —pues claramente son hermanos— levanta la vista hacia ella, esperando a que le diga qué deberían hacer. Nos ve a la cocinera y a mí, se da cuenta de que somos académicos y echa a correr hacia nosotros.

—Por favor —suplica—. ¿Nos podéis ayudar a salir? No nos podemos quedar aquí. Moriremos. Mamá, papá y Subhan ya están muertos. No puedo permitir que Najaam muera también. Les prometí a mis padres antes de que ellos… les prometí que lo mantendría a salvo.

Agarro en brazos al niño pequeño y la cocinera se planta a mi lado.

—¡Maldita sea, Laia!

—No podemos conseguir ese anillo hurtándoselo a la Verdugo en la muralla —le digo entre dientes—. Con distracción o sin ella. Pero podemos salvar estas dos vidas. Podemos hacer algo. Has visto los túneles. Conoces la salida. Llévalos hasta allí. Dales una oportunidad. Porque los cielos saben que si se quedan en este agujero infernal, morirán. Ambos morirán.

—Baja al niño, Laia. Tenemos una misión.

—¿Es eso lo que te dijiste a ti misma cuando nos abandonaste? —le pregunto—. ¿Que tenías una misión?

El semblante de la cocinera se endurece.

—No puedes ayudarlos.

—Podemos proporcionales una manera de huir.

—¡Para que mueran de hambre en el bosque!

—¡Para que tengan esperanza! —le grito, fruto de una frustración nacida de mi culpa por haberle dado mi brazalete al Portador de la Noche. Nacida por la rabia que siento hacia mí misma por no ser capaz de detenerlo y mi completa incompetencia para hacer algo por ayudar, proteger o salvar a mi gente.

—Os sacaré de aquí —les aseguro a los niños. Esta promesa la voy a mantener—. Vamos. Os llevaremos por los túneles. Cuando salgáis de ellos, habrá un bosque, y tendréis que cruzarlo y llegar hasta las montañas para estar a salvo. Tendréis que comer setas y bayas…

Se oye el sonido estridente de un proyectil que aumenta a cada segundo que pasa. Sus llamas arden mientras dibuja un arco hacia abajo, grácil como una estrella fugaz.

Y viene directo hacia nosotros.

—¡Sissy! —Najaam se agarra a su hermana, aterrorizado. Me lo arrebata de un tirón y echa a correr.

Me giro hacia mi madre, despavorida.

—¡Corre! —le digo—. ¡Co…!

Noto un brazo alrededor de la cintura, poderoso, familiar y abrasadoramente caliente. Lo último que oigo es una voz profunda y rasgada que gruñe como si hubiese nacido de las mismísimas entrañas de la tierra.

—Eres una estúpida, Laia de Serra.

Entonces algo me lanza mucho más lejos de lo que cualquier humano sería capaz y el mundo se torna blanco.

XLVIII: La Verdugo de Sangre

No sé cuánto hace desde que se echaron sobre nosotros los karkauns. No sé a cuántos he matado. Solo sé cuántos de nuestros hombres han muerto. Sé dónde nuestros enemigos empiezan a arremeter contra la muralla.

Mis hombres lanzan brea, rocas y llamas. Les arrojamos todo lo que tenemos a las hordas que trepan rápidamente por escaleras y que intentan sobrepasarnos. Con sangre, sudor y un esfuerzo interminable conseguimos retenerlos. Pero si mueren, lo hacen lentamente. Y no paran de venir.

Los hombres se desploman contra la muralla, ensangrentados y exhaustos. Necesitamos una victoria. Necesitamos algo que cambie las tornas.

Lo estoy rumiando cuando llega Dex, con un aspecto tan andrajoso como me siento yo por dentro. Su informe es justo lo que esperaba: demasiadas pérdidas, pocas ganancias. Hemos subestimado a los karkauns y sobreestimado nuestra fuerza de batalla.

—Harper comunica que los túneles están llenos —me informa Dex—. Ha conseguido evacuar a cinco mil plebeyos por el Sendero del Peregrino, pero quedan miles esperando para abandonar la ciudad. Están todos saliendo al norte del Desfiladero del Peregrino. Esa tierra es difícil de recorrer. Les va a llevar tiempo.

—¿Necesita más hombres?

—Cuenta con los efectivos necesarios.

Asiento. Al menos algo en esta ciudad abandonada por los cielos está yendo bien.

—¿Y los *paters*?

—Sus familias han huido. La mayoría se han atrincherado en sus casas.

Necesitamos a esos hombres aquí fuera, peleando, pero emplearía más hombres para traerlos a rastras y nos faltan manos para eso. Las legiones de Estium y Silas, que deberían de haber acometido la retaguardia del ejército karkaun, se han retrasado a causa de unas tormentas.

—¿Y la Emperatriz?

—A salvo, Verdugo, con Rallius y Faris. Sigue pensando que necesitamos más guardias…

—La comandante la encontrará si desplazamos a cualquiera de sus guardias del palacio —repongo—. Solo con la protección de Rallius y Faris puede mantenerse escondida. ¿Cómo le va a las fuerzas de Keris? ¿Y al Emperador?

—El Emperador resiste en la puerta oeste y se niega a que lo aparten de la batalla. Son los que han sufrido menos bajas. Está en su salsa. Keris resiste en la puerta este —informa Dex—. El *pater* Rallius y sus hombres se han pegado a ella como lapas, como solicitaste, pero han perdido a algunos soldados. Los karkauns están atacando incesantemente. Ha solicitado refuerzos.

Hago un mohín. Esa arpía traidora. *No sabes lo que quiero.* Todavía no he conseguido desentrañar el significado de esas palabras, pero sé que no sacrificará toda la capital. No tendrá a nadie a quien gobernar de lo contrario. Todo lo que hace que el Imperio sea el Imperio está aquí: la tesorería, el Templo de los Registros, el palacio del Emperador y, lo más importante, la gente. Si permite que la ciudad caiga, solo podrá gobernar sobre las cenizas.

Meneo la cabeza. Necesitamos a esas malditas legiones del sur. Necesitamos algo para detener a estos monstruos.

Trabaja con lo que tienes, no con lo que deseas. Las palabras de la comandante.

—¿Qué más, Dex?

—Vieron a los karkauns esparciendo una sustancia blanca alrededor de los límites de su ejército, Verdugo. Como si fuera algún tipo de barrera. No tenemos ni idea de qué es.

—Es sal. —La voz que me da repelús del Portador de la Noche suena detrás de mí y ni siquiera me sobresalto. Estoy demasiado cansada.

—¿Sal? —me sorprendo—. ¿Para qué diablos iban a esparcir sal alrededor de su campamento?

—A los fantasmas no les gusta la sal, Verdugo —contesta, como si fuera la cosa más obvia del mundo—. No contendrá a los karkauns que están poseídos, pues sus huéspedes humanos los hacen inmunes a esos trucos, pero sirve para evitar los ataques de los fantasmas salvajes que se acercan, fantasmas a los que los brujos no han esclavizado.

Me lo quedo mirando boquiabierta.

—¿Más fantasmas?

—Han huido de la Antesala y se ven atraídos por la sangre y la violencia de la batalla que tiene lugar aquí. Su llegada es inminente.

El Portador de la Noche me coloca una mano sobre el hombro y canta unas cuantas notas agudas. De inmediato, mi cuerpo, que ardía por una decena de heridas, se relaja y el dolor se atenúa. Acepto su ayuda con gratitud. Lo ha estado haciendo cada día desde que los karkauns iniciaron el asalto, a veces dos veces al día, para que pueda seguir luchando. No hace preguntas. Simplemente llega, me cura, y desaparece de nuevo.

Cuando se da la vuelta para marcharse, lo detengo.

—El día que curé a Livia, dijiste que un día mi... mi confianza en ti sería mi única arma.

Niego con la cabeza ante el desastre que se extiende delante de mí. Los hombres agotados, el ejército interminable de los karkauns. Antium, la capital, la Perla del Imperio, derrumbándose lentamente.

—Hoy no es ese día, Verdugo de Sangre. —Se me queda mirando a los ojos… no, me doy cuenta de que observa mi anillo, ya que tengo la mano levantada al lado de la cara. Entonces se esfuma.

—Dex, encuentra tanta sal como puedas. Sala la muralla, las enfermerías, donde sea que estén nuestros combatientes. Diles a los hombres que no la toquen.

¿Qué significa que los fantasmas se han escapado de la Antesala? ¿Han matado a Elias?

Cuando la luna se eleva, los karkauns llaman a la retirada. Nada ha cambiado. Nuestros hombres apenas consiguen mantenerlos a raya. Sus soldados de poder sobrenatural siguen desatando el caos. Están ganando, por los infiernos sangrantes, así que ¿por qué se repliegan?

Mis hombres situados a lo largo de la muralla profieren vítores cansados. No me uno a ellos. Sea lo que fuere que está obligando a los karkauns a retirarse no puede ser bueno para nosotros.

Unos segundos después, el viento arrastra un extraño sonido hasta mis oídos: unos lamentos. El vello de la nuca se me eriza cuando se van acercando. Los gritos son demasiado agudos como para ser de este mundo. *Los fantasmas salvajes.*

Los hombres asen sus armas en una muestra de fidelidad contra este nuevo terror. Los aullidos se intensifican.

—Verdugo. —Dex aparece a mi lado—. Por los diez infiernos, ¿qué es ese sonido?

—La sal, Dex —le digo—. ¿La has esparcido?

—Solo alrededor de la muralla —contesta—. Nos quedamos sin ella antes de que pudiéramos esparcirla por la ciudad.

—No será suficiente. —Una nube blanquecina pasa cerca de los karkauns pero vira de golpe para alejarse de la barrera de sal que han marcado alrededor de su ejército, como si fuera una hilera de hormigas que estuviera evitando un riachuelo.

Los chillidos procedentes de la nube bloquean cualquier otro sonido, incluyendo el de los tambores, los gritos de los hombres y el jadeo de mi respiración entrecortada. Veo caras en esa nube, miles.

Fantasmas.

Mis hombres gritan despavoridos y no sé qué hacer. No sé cómo matar a ese ejército. Cómo pelear contra él. No sé qué nos puede llegar a hacer. *Ayuda,* grito en mi mente. *Padre. Madre. Elias. Alguien. Ayudadnos.* Lo mismo me serviría pedirle auxilio a la luna.

La nube ha llegado hasta la muralla y se agolpa contra ella. Un escalofrío me recorre el cuerpo cuando los fantasmas pasan cerca de mí gritando y bufándole a la sal colocada alrededor de la muralla antes de abalanzarse contra los hombres desprotegidos que defienden las puertas y se adentran en las calles que hay detrás.

Los soldados no saben qué los ha golpeado. Un segundo miran a la nube con un miedo receloso. Al siguiente se retuercen y convulsionan, poseídos. Entonces, para mi desazón, empiezan a atacarse los unos a los otros como animales rabiosos.

Los karkauns rugen y la emprenden en masa contra las puertas de la ciudad. Descargamos lluvias de flechas, brea y piedras, pero no es suficiente.

Agarro a Dex por el cuello de la camisa.

—¡Necesitamos más sal!

—No hay más… hemos usado toda la que he hemos podido encontrar.

—Si nuestros hombres se están atacando los unos a los otros no podemos defender las puertas —le digo—. La ciudad caerá. Busca a Harper y dile que derrumbe las entradas a los túneles. No podemos arriesgarnos a que los karkauns consigan llegar a nuestra gente.

—¿Y qué pasa con los ciudadanos que todavía no han salido?

—¡Vete!

—¡Verdugo! —Otra voz me llama y Faris se abre paso por los soldados que pelean para frenar el avance de los karkauns. Abajo, los hombres se despedazan mutuamente, atacando con cualquier cosa que tienen a mano. Uno de los soldados sobre la muralla echa puñados de sal hacia abajo, quizá con la esperanza de asustar a los fantasmas y que salgan de los cuerpos que han poseído, pero no sirve de nada.

Cualquier otro ejército habría puesto pies en polvorosa ante esta visión: los karkauns trepando por encima de las murallas y nuestros propios hombres poseídos. Pero las legiones resisten.

—Verdugo. —A Faris le falta el aliento, pero aun así tiene la buena idea de hablar con rapidez—. La comadrona que encontramos para reemplazar a la última está muerta. La acabo de encontrar colgando de una viga en su propia casa.

—Bueno, pues encuentra otra, joder.

—No hay más.

—¡No tengo tiempo para esto!

—No lo entiendes. —Faris se dobla en dos y aspira aire por los dientes, y puedo ver cómo un pánico que él no sentiría jamás en una batalla se refleja en el temblor de sus manos—. He ido a buscar a la comadrona porque ha llegado la hora. Tu hermana está de parto, Verdugo. El bebé está en camino.

XLIX: *Laia*

La cocinera no me habla durante un buen rato después de despertarme. En su rostro está escrito lo que les ha ocurrido a los niños a los que estaba intentando ayudar. Aun así, se lo pregunto.

—La explosión los mató —contesta—. Fue rápido. —Tiene la piel dorada blanquecina, y sus hombros encorvados y las manos temblorosas me dicen que la rabia le hierve por dentro—. Casi te mata a ti también.

Me incorporo.

—¿Dónde estamos?

—En el antiguo Distrito Académico —responde—. En los aposentos de los esclavos. Está más alejado del caos que la embajada de Marinn, aunque no por demasiado tiempo. —Me toca suavemente una herida de la cara con una tela caliente, con cuidado de no dejar que su piel roce con la mía—. Los cielos deben de quererte, chica. Esa onda expansiva te arrojó a más de diez metros y caíste sobre un montón de pienso.

Me duele la cabeza y me cuesta recordar lo que ha ocurrido. *Los cielos deben de quererte.*

No. No los cielos. Reconocí esa voz. Conocía bien la sensación de ese brazo, extraño, deforme y demasiado caliente.

¿Por qué iba el Portador de la Noche a salvarme de la onda expansiva? ¿Por qué, cuando sabe lo que intento hacer? No tenía ningún plan en la cabeza en el momento de la explosión, nada aparte de conseguir salvar a los niños. ¿Estoy cayendo en su juego de algún modo?

¿O ha sido por algún otro motivo?

—Tu pequeña heroicidad nos ha salido cara. —La cocinera remueve un cazo con algún tipo de té agrio sobre una fogata—. ¿Sabes qué día es?

Abro la boca para responder pero la cocinera me corta.

—Es el día de la Luna Gramínea. Hemos perdido la oportunidad de acercarnos a la Verdugo de Sangre. Antes de que el alba despunte mañana, traspasarán las puertas de la ciudad. Los marciales tienen demasiados frentes abiertos, y no parece ser que nadie vaya a salvarlos.

Olisquea el té y le añade algo más.

—Chica, ¿aprendiste a sanar con tu… —respira hondo— abuelo?

—Durante un año y medio más o menos.

Asiente pensativa.

—Igual que yo. Antes de huir como una completa idiota. ¿Cuándo te llevó a conocer a Nelle, la boticaria?

—Mmm… —Me desconcierta que conozca a Nelle hasta que recuerdo, una vez más, que no debería sorprenderme. El abuelo entrenó a mi madre desde que cumplió los doce años hasta los dieciséis, cuando se fue de casa para unirse a la Resistencia.

—Fue al principio de mi aprendizaje. Unos tres meses después de empezar.

Nelle me enseñó a preparar decenas de cataplasmas y tés usando ingredientes básicos. La mayoría de los remedios eran solo para las mujeres; para los ciclos lunares y para prevenir quedarse encinta.

Asiente.

—Eso creía. —Vierte el té nauseabundo en una calabaza seca y la cierra con un tapón de corcho. Creo que me lo va a dar, pero en vez de eso se levanta—. Cámbiate las vendas de las heridas —me indica—. Encontrarás todo lo necesario aquí. No salgas. Volveré.

Mientras está fuera, me cambio los vendajes, pero no puedo dejar de pensar en la explosión, en que el Portador de la Noche me haya salvado y en los hermanos que murieron. Cielos, eran muy pequeños. Esa niña no podía tener más de diez años y su hermano pequeño —Najaam— no más de siete. *Les prometí a mis padres que lo mantendría a salvo.*

—Lo siento —susurro.

Podría haberlos salvado si me hubiese movido más rápido, si hubiese tomado otra ruta. ¿A cuántos niños académicos más les habrán ordenado que permanecieran en la ciudad? ¿Cuántos más no tienen escapatoria? ¿Cuántos se supone que deben morir junto con sus dueños marciales si los karkauns invaden Antium? La voz de Musa resuena en mi cabeza. *Te necesitamos para que les des voz a los académicos. Te necesitamos para que seas nuestra cimitarra y nuestro escudo.*

Aunque la cocinera me ha indicado lo contrario, salgo de la pequeña choza destartalada donde nos hemos refugiado y camino por el exterior. A cada paso hago una mueca por la manera como el movimiento tira del tajo que tengo en la cara.

La casa en la que estoy da a una plaza grande. Hay montones de escombros a ambos lados y más casitas derruidas alrededor. En la otra punta de la plaza, una decena de académicos quitan los ladrillos de una choza que todavía humea, intentando sacar a los que están atrapados dentro.

El sonido de unas botas retumba cerca de la plaza y su paso rítmico se oye cada vez más cerca. El aviso se extiende rápido como un rayo. Los académicos desaparecen dentro de sus casas cuando la patrulla marcha hacia la plaza. La casa en la que estoy escondida está un poco retirada, pero aun así voy al piso superior con la daga en la mano. Me agacho al lado de una ventana para observar lo que hace la patrulla y anticipando los gritos de los académicos.

Oigo solo unos pocos, de aquellos que los marciales han encontrado y sacado a rastras para atarlos en una fila con el objetivo claro de usarlos como cebo para salvar algunas vidas marciales de la destrucción de los karkauns.

Cuando los marciales se han ido, el resto de los académicos vuelve a salir y se dirige de nuevo hacia los escombros de la casa derruida. Me estoy preguntando cómo se han podido comunicar con tanta rapidez cuando las escaleras crujen.

—Chica —me llama la cocinera con su voz rasgada—, ¿estás ahí?

Cuando bajo las escaleras, hace un gesto con la cabeza hacia el norte.

—Ven conmigo. Y no hagas preguntas.

Ya no lleva la calabaza con el té, y quiero saber qué ha hecho con ella, pero me muerdo la lengua. Mientras cruzamos la plaza, la cocinera no les dedica ni una mirada a los académicos.

—Cocinera. —Corro para seguirle el paso. Es como si supiera lo que le estoy a punto de pedir—. Esta gente. Podríamos ayudarlos. Sacarlos de aquí.

—Podríamos. —No suena para nada sorprendida con mi propuesta—. Y luego podrías ver cómo el Portador de la Noche consigue el anillo de la Verdugo, libera a sus malditos súbditos y destruye nuestro mundo.

—Yo soy la que tiene que conseguir el anillo, no tú —le espeto—. Podrías reunir a los académicos y mostrarles el camino para salir de aquí. Tú misma dijiste que los karkauns invadirían la ciudad. ¿Qué crees que les pasará a estas personas cuando eso ocurra?

Mientras hablo, pasamos de hurtadillas por el lado de un grupo de académicos que está apagando un fuego supervisados por unos auxiliares marciales. Son niños; adolescentes que arrastran cubos de agua cuando lo que deberían de estar haciendo es salir de aquí cuanto antes.

—Ese no es nuestro problema —replica la cocinera y me agarra, tirando de mí antes de que los soldados auxiliares puedan vernos y obligarnos a ayudar—. Tengo otras cosas que hacer mientras robas el anillo.

—¿Qué otras cosas?

—¡Venganza! —dice la cocinera—. Esa perra de la comandante está aquí, y por los cielos te juro que...

—¿Priorizarías vengarte de Keris Veturia antes que salvar miles de vidas?

—Si el mundo se libra de ella salvaríamos miles más. Llevo esperando años este momento. Y ahora, por fin...

—Me trae al fresco —la corto—. Sea cual fuere tu venganza, funcione o no, no es más importante que los niños académicos que morirán si no hay nadie que los ayude. Por favor...

—No somos dioses, chica. No podemos salvar a todo el mundo. Los académicos han sobrevivido todo este tiempo. Sobrevivirán un poco más. La misión es lo único que importa. Vamos. No tenemos mucho tiempo. —Señala un edificio que tenemos delante—. Esos son los barracones de la Guardia Negra. La Verdugo llegará en cualquier momento. Cuando ocurra, ya sabes lo que tienes que hacer.

—Espera... ¿ya está? ¿Cómo se supone que tengo que colarme dentro? ¿Cómo voy a...?

—Necesitas un plan que el Portador de la Noche no pueda leer en tu cabeza —dice con voz ronca—. Te acabo de dar uno. Hay un montón de uniformes limpios en un cesto fuera de las puertas. Agárralo y llévalo al armario de la ropa en el segundo piso. Vigila el pasillo desde dentro del armario. Llegado el momento, sabrás qué hacer. Y si la Verdugo te amenaza, dile que te he mandado yo. Ahora vete.

—¿Tú... cómo le voy a decir... la conoces?

—¡Espabila, chica!

Doy dos pasos y me giro.

—Cocinera —miro en dirección al barrio académico—. Por favor, solo diles...

—Estaré esperando aquí a que regreses. —La cocinera me arrebata las dagas, incluyendo la que me regaló Elias e ignorando mis protestas mientras mira furtivamente a nuestro alrededor—. Afánate o conseguirás que nos maten a las dos.

Sintiéndome desprotegida sin mis armas, me dirijo a la entrada de los barracones. ¿Qué tiene la cocinera planeado para mí? ¿Cómo voy a saber qué tengo que hacer? Localizo la cesta con la ropa limpia y la llevo apoyada en la cintura. Respiro hondo, paso por las grandes puertas de entrada y cruzo un patio adoquinado.

El suelo tiembla y en la otra punta de la calle un proyectil impacta contra un edificio, derruyéndolo en cuestión de segundos. Los dos legionarios que custodian la entrada a los barracones se ponen a cubierto, igual que hago yo. Cuando está claro que no hay más proyectiles que se dirijan hacia aquí, me encamino hacia la puerta con la esperanza de que los legionarios estén demasiado distraídos como para darse cuenta de mi presencia. No tengo esa suerte.

—¡Eh, tú! —Uno de ellos levanta una mano—. Tenemos que revisar la cesta.

Ay, cielos.

—No sé para qué necesitamos uniformes —dice el otro legionario—. Estamos todos muertos ya.

—Cierra el pico, Eddius. —El legionario termina de revisar la cesta y me hace un gesto con la mano para que avance—. Prosigue, chica.

La habitación central de los barracones está atestada de catres, quizá para que los hombres puedan dormir en ellos mientras no les toca estar en las murallas. Pero están todos vacíos. Nadie en toda la maldita ciudad puede conciliar el sueño en esta situación.

Aunque está claro que los barracones están abandonados casi por completo, rodeo los catres con cuidado y subo las escaleras, inquieta por el silencio que envuelve el lugar. Cuando llego al final, un largo pasillo se alarga hacia la oscuridad. Las puertas están cerradas, pero de detrás de una se oye el roce de la ropa y alguien que gimotea de dolor. Sigo caminando y llego hasta un armario. Los gritos continúan. Alguien debe de estar herido.

Tras media hora, los gemidos se transforman en gritos. No hay duda de que se trata de una mujer, y durante un instante me pregunto si será la Verdugo. ¿La habrá herido la cocinera? ¿Se supone que tengo que entrar en la habitación y quitarle el anillo mientras se está muriendo? Salgo del armario de la ropa y avanzo por el pasillo a hurtadillas hacia los gritos. Un hombre habla, y parece que está intentando tranquilizar a la mujer.

Otro grito. Esta vez ladeo la cabeza. No suena como alguien que esté herido. De hecho, parece más bien…

—¿Dónde está? —dice la mujer con un alarido y una puerta del pasillo se abre de par en par. Vuelvo corriendo al armario justo después de atisbar a una mujer que se pasea por la habitación. A primera vista creo que es la Verdugo de Sangre, pero no lleva máscara y su embarazo está muy avanzado.

En ese instante, entiendo los sonidos que salían de la habitación. Entiendo por qué la cocinera me ha preguntado si había conocido a Nelle. Ella me enseñó remedios para los dolores del ciclo lunar y maneras para prevenir el embarazo, pero también me mostró trucos para aliviar los dolores durante y después de un parto. Tuve que aprenderlos, porque ayudar a alumbrar a los bebés fue una de las primeras cosas que el abuelo me enseñó, una de las tareas principales que llevaba a cabo como sanador.

Y entiendo, por fin, cómo voy a conseguir que la Verdugo de Sangre me dé su anillo.

L: Elias

Cuando cruzo la muralla, mientras me obligo a ignorar la destrucción que han causado los karkauns poseídos, oigo los rugidos lobunos procedentes de un grupo de soldados marciales que se despedazan los unos a los otros, completamente enajenados.

Siempre he detestado la ciudad de Antium. Todos los elementos que la componen gritan *Imperio*; desde las imponentes murallas altas hasta las calles dispuestas en niveles para repeler un ataque. Por primera vez, me alegro de que la ciudad sea el estandarte marcial por antonomasia. Porque el ejército que se abate contra ella —y dentro de ella— es descomunal y las defensas de la ciudad son aterradoramente endebles.

Me deslizo por el aire hacia la parte baja de la muralla, acelerando hacia las escaleras que me llevarán a las masas voraces de marciales poseídos que hay debajo. Hay cientos de fantasmas que debo encontrar, hechizar y liberar.

Los escalones desaparecen de dos en dos bajo mis pies, y casi he llegado al final de la escalera cuando reconozco una cabeza rubia delante de mí, batallando contra los soldados poseídos. Tiene el rostro ensombrecido por la ceniza y manchado de lágrimas mientras blande un enorme martillo de guerra, intentando dejar inconscientes a sus compatriotas. Desde el oeste, se oye un estruendoso crujido: la madera que cede y el metal que se deforma. Los karkauns están a punto de rebasar las puertas de la ciudad.

—¡Deteneos! —Mi voz, ampliada por la magia de Mauth, atruena por toda el área debajo de la muralla. Los poseídos se giran hacia mí al unísono, mi magia los atrae como la mirada de una cobra hipnotiza a un ratón.

—¿E...Elias? —susurra la Verdugo de Sangre, pero no la miro.

—Venid a mí —les ordeno a los espíritus para que se acerquen—. Liberad a los que habéis poseído.

Estos fantasmas son más salvajes y se resisten, retorciéndose para liberarse de mí. Me hierve la sangre, y descubro que tengo las manos en mis cimitarras. Pero la magia de Mauth se apodera de mí y una calma sobrenatural me apacigua. *No*, una parte de mí se revuelve contra la intrusión de la magia, que es más agresiva que antes. Mauth está controlando mi cuerpo. Mi mente. *Esto no está bien.*

¿Seguro que no? Debo unirme a la magia para convertirme en Atrapaalmas. Primero tuve que liberarme de mis vínculos con el mundo humano. Y ahora debo soltarme a mí mismo. A mi identidad. A mi cuerpo.

No, algo en lo profundo de mi ser grita. *No. No. No.*

Pero ¿de qué otro modo voy a poder hacer cruzar a tantos fantasmas? Que estén aquí es culpa mía. El sufrimiento que han traído con ellos es culpa mía. No puedo volver el tiempo atrás. Todas las muertes que han causado estarán en mi conciencia hasta el día que abandone este mundo. Pero puedo detenerlo. Y para conseguirlo, debo rendirme.

Toma el control, le digo a la magia. *Conviértete en mí.*

—Liberad a los humanos que habéis poseído. —Los fantasmas se sobresaltan con mi orden, tan desconcertados por sus propias muertes que solo buscan aferrarse al mundo, hacer daño, amar, sentir una vez más—. No hay nada para vosotros aquí. Solo dolor.

Los atraigo hacia mí con la magia. Mauth se va haciendo un hueco en mi alma a cada segundo que pasa, estableciendo un vínculo irrevocable conmigo. La Verdugo de Sangre y Faris me miran boquiabiertos, y no ven a su amigo Elias Veturius. No ven al hombre que escapó de Risco Negro, que quebrantó sus juramentos, que desafió a la comandante y al Emperador y que se infiltró en la prisión de Kauf. No ven al chico con quien sobrevivieron a Risco Negro.

Ven al Atrapaalmas.

Los fantasmas suspiran y liberan los cuerpos que han poseído para cruzar al otro lado y abandonar este mundo. Primero son decenas; luego, a medida que dejo que la magia se apodere de mí, pasan a ser cientos. El caos remite cuando al menos los soldados de este pequeño grupo vuelven a ser ellos mismos.

—Has venido. —La Verdugo de Sangre llora sin tapujos ahora—. Me oíste, y has venido. Elias, los karkauns que asaltan la muralla nos están matando. Están a punto de abrirse camino.

—No he venido por ti. —Es mi voz la que oye; el despiadado tono llano de un máscara. Y aun así no soy yo. Es Mauth. *¡Basta!* Le grito en mi mente. *Es mi amiga.*

Pero Mauth no me escucha.

—He venido —oigo que dice mi voz—, porque es mi deber jurado proteger el mundo de los vivos del reino de los fantasmas. Deja que me ocupe de mis asuntos, Verdugo de Sangre, y dejaré que tú te encargues de los tuyos.

Me alejo de ella deslizándome por el aire, moviéndome con rapidez hacia el siguiente grupo de soldados poseídos. ¿Por qué acabo de hacer eso? ¿Por qué he sido tan cruel?

Porque es necesario. Sé la respuesta casi antes de hacer la pregunta. *Porque debo encargarme de los fantasmas. Porque mi deber va primero.*

Porque el amor no puede vivir aquí.

Echo un vistazo a la muralla de la ciudad en busca del siguiente grupo de fantasmas descontrolados, que para el ojo humano no es más que un abismo de oscuridad. Justo fuera de la puerta este de Antium, los karkauns se congregan y marchan hacia delante portando un ariete del tamaño de un barco de comercio marino. Golpean las antiguas puertas de Antium como un puño a través de un biombo de papel. Nadie está de guarnición en la muralla. No cae aceite hirviendo sobre los asaltantes. Ningún arquero contraataca. Los marciales se han retirado. Una figura familiar de piel pálida se separa de la batalla con un grupo de hombres a sus espaldas. Keris Veturia. Parece estar muy calmada mientras permite que la puerta caiga.

Un gran rugido retumba por el aire, por encima de los gritos de los que mueren y los alaridos de aquellos que todavía pelean. La madera se astilla, el metal chirría y un aullido que pone los pelos de punta se eleva de las filas de los karkauns.

La puerta este se hunde y se abre y los karkauns entran en masa. La ciudad de Antium, fundada por Taius Primero, lugar del trono del Emperador Invicto y Perla del Imperio, se ha resquebrajado. Las vidas de su gente están sentenciadas.

Me doy la vuelta. No es de mi incumbencia.

LI: La Verdugo de Sangre

Puedo oír los gritos de Livvy desde la entrada de los barracones y subo las escaleras a toda prisa. *Se puede estar muriendo. El bebé se puede estar muriendo. Cielos, ¿qué hacemos...?*

Cuando empujo y abro la puerta, me encuentro a mi hermana doblada por la mitad con la enorme mano de Rallius agarrada a la suya. Cada músculo del gigantesco cuerpo de mi amigo se tensa y su oscuro rostro adquiere una expresión sombría.

—Emperatriz —digo—. Livia, estoy aquí.

—Ya viene, Helly. —Livia jadea—. Rallius probó mi té esta mañana, pero tenía un sabor raro. No sé qué hacer. No me encuentro... no me encuentro bien.

Por los infiernos, no sé absolutamente nada de cómo funciona un parto.

—Quizá deberías sentarte.

Alguien llama a la puerta.

Todos los presentes —Rallius, Faris, Livia y yo— nos quedamos callados. Nadie excepto Marcus se supone que sabe que la Emperatriz está aquí. Pero he venido con tanta prisa acompañada de Faris que aunque nos hemos esforzado por que no nos siguieran, alguien lo podría haber hecho con facilidad.

Mi hermana se lleva el puño a la boca y gime, agarrándose la barriga. Tiene el vestido mojado donde ha roto aguas, y su cara cubierta de sudor tiene un tono grisáceo enfermizo.

Empujo a Livvy detrás de mí mientras Faris agarra una ballesta de la pared y la apunta hacia la puerta.

—¿Quién va?

Una voz femenina responde.

—Tengo... tengo que hablar con la Verdugo de Sangre. Puedo... Puedo ayudar.

No reconozco la voz, aunque algo de ella me resulta extrañamente familiar. Le hago un gesto a Rallius para que abra la puerta. En menos de un segundo tiene sus cimitarras apuntando al cuello de la figura encapuchada que aparece en el umbral.

No hace falta que se baje la capucha para que la reconozca. Vislumbro sus ojos dorados escrutándome desde las sombras.

—¡Tú! —vocifero, pero ella levanta las manos y las vainas que lleva a la cintura están vacías.

—Puedo ayudar con el parto —dice de inmediato—. La cocinera me ha enviado.

—¿Por qué diablos te iba a enviar a ti esa vieja chiflada? —pregunto.

Livia vuelve a gritar, incapaz de reprimirse y Laia mira por encima de mi hombro.

—Falta poco —me informa—. Tendrá otra contracción en cuestión de segundos. El bebé está de camino.

No tengo ni idea de cómo diantres ha llegado hasta aquí. Quizá sea un intento de asesinato, pero ¿por qué iba Laia de Serra a ponerse en tanto riesgo cuando sabe que si le toca un pelo a mi hermana el único resultado previsible es una muerte inmediata?

—No tengo ninguna intención de hacerle daño —me asegura—. El destino me ha traído aquí, Verdugo de Sangre. Déjame ayudarte.

—Si mi hermana o el bebé mueren —le digo mientras me hago a un lado—, tú también.

Un breve asentimiento es la única respuesta. Lo sabe. Al instante se gira hacia Faris, que la mira con los ojos entornados.

—Espera un momento. ¿Tú no eres…?

—Sí —contesta—. Agua caliente, por favor, lugarteniente Faris… dos ollas llenas. Y sábanas limpias de la lavandería, una docena. También toallas.

Se acerca a mi hermana y la toma del brazo.

—Vamos a cambiarte esta ropa —le dice, y su voz desprende una amabilidad, una dulzura que hace que Livia se calme de inmediato. Mi hermana suspira, y unos segundos después Laia le desata el vestido y le ordena a Rallius que se dé la vuelta.

Cambio el peso de un pie al otro.

—No estoy segura de que esto sea apropiad…

—Está dando a luz, Verdugo de Sangre —me corta Laia—. Es un trabajo arduo y caluroso, y no debería estar vestida para llevarlo a cabo. Es malo para el bebé.

—Está bien —le reconozco, a sabiendas de que se ve a la legua que no tengo ni idea—. Bueno, si es malo para el bebé…

Laia me echa una mirada, y no sé decir si está irritada conmigo o simplemente riéndose de mí.

—Cuando el lugarteniente Faris vuelva con el agua caliente, viértela en una jofaina, por favor. Lávate las manos a conciencia, con jabón. Quítate los anillos. Puedes dejarlos allí. —Señala con la cabeza hacia la jofaina y ayuda a Livia, que se ha despojado de casi toda la ropa, a que se acomode en el filo de mi sencilla silla de escritorio de madera.

Faris entra, le echa un vistazo a Livia y se pone rojo como un tomate antes de que le quite el agua de las manos, y pregunta, con voz ahogada, dónde quiere Laia que ponga las sábanas.

—Será mejor que hagas guardia, lugarteniente Faris —dice Laia en lo que agarra las sábanas—. Solo había dos soldados fuera y apenas me cachearon. Si yo he podido entrar aquí con relativa facilidad, también pueden hacerlo vuestros enemigos.

Los tambores resuenan y oigo el pánico en la orden que transmiten. *Todas las unidades a la puerta del segundo nivel de inmediato.*

Brecha inminente. Por los infiernos sangrantes, ¿han penetrado en el primer nivel?

—Debería irme. La ciudad…

—No puedo hacer esto sola, Verdugo —dice Laia rápidamente—. Aunque estoy segura de que tu hombre aquí —hace un movimiento con la cabeza hacia el lugarteniente Rallius que tiene los ojos como platos— me ayudaría si se lo pidieras. La Emperatriz es tu hermana, y tu presencia le brindará consuelo.

—La ciudad… los karkauns… —Pero Livvy vuelve a gritar y Laia maldice.

—Verdugo, ¿te has lavado las manos ya?

Lo hago en un santiamén y Laia me agarra y tira de mí hacia Livia.

—Aprieta los puños contra las caderas de tu hermana, así. —Señala justo por debajo de las lumbares de Livia—. Cada vez que grite, quiero que empujes ahí. La aliviará. Y entre gritos masajéale los hombros, apártale el pelo y ayuda a que se mantenga fresca.

—Ay, cielos —se queja Livia—. Creo que voy a vomitar.

El estómago se me encoge.

—¿Qué pasa?

—Eso es bueno. —El tono de Laia es tranquilizador, pero me dedica una mirada que muy explícitamente me pide que mantenga la boca cerrada—. Limpia el cuerpo.

La chica académica le da a mi hermana un cubo y sigue hablándole en un tono bajo y calmado mientras se frota las manos y los brazos, una y otra vez, hasta que su bronceada piel morena enrojece. Entonces regresa y comprueba el espacio entre las piernas de mi hermana. Desvío la mirada, incómoda. Livia se vuelve a estremecer; solo han pasado unos pocos minutos desde la última vez que ha gritado. Hundo los puños en su cadera y se relaja de inmediato.

—¿Cuántas… cuántas veces has hecho esto? —le pregunta Livvy a Laia.

—Las suficientes como para saber que todo va a ir bien —responde—. Ahora respira conmigo.

Durante las siguientes dos horas, con la voz calmada de la chica académica guiándola, Livia va de parto. A ratos camina, a ratos está sentada. Cuando sugiero que Livvy se tumbe en la cama, las dos mujeres se giran hacia mí con un *¡No!* al unísono y desisto.

Fuera, el redoble de los tambores aumenta su frenesí. Tengo que estar ahí fuera… tengo que ayudar a defender esta ciudad. Y aun así no puedo abandonar a Livia. Debo ver nacer a este niño, pues él es nuestro futuro. Si la ciudad cae, debo llevarlo a un lugar seguro. Estoy sumida en un conflicto interno y me paseo arriba y abajo, sin saber qué diantres se supone que debo hacer. ¿Por qué es dar a luz tan complicado? ¿Y por qué no he intentado informarme sobre ello?

—Laia —le llamo la atención al final a la académica en un momento que Livia está descansando entre contracciones—. La ciudad… Están a punto de abrir una brecha en la ciudad. Puedo oírlo en los tambores. No puedo estar aquí. Rallius puede…

Laia tira de mí hacia un lado con los labios apretados.

—Está tardando demasiado —me confiesa.

—Has dicho que todo iba bien.

—No le voy a decir a una mujer embarazada lo contrario —sisea—. No es la primera vez que lo veo. Ambas veces el bebé murió y la madre también. Están en peligro. Puede que te necesite. —Me dedica una mirada cargada de significado. *Puede que necesite tu poder curativo.*

BRECHA EN LA PUERTA PRINCIPAL. TODAS LA UNIDADES A LA PUERTA DEL SEGUNDO NIVEL.

Los tambores retumban frenéticamente ahora y transmiten un mensaje tras otro para que las tropas sepan a dónde tienen que ir, dónde luchar.

Livia grita, y esta vez me parece un alarido distinto. Me giro hacia mi hermana, rezándoles a los cielos para que los tambores se equivoquen.

Laia extiende las sábanas sobre las sillas y el suelo. Me ordena que traiga más cubos de agua, y cuando me pide que estire una toalla sobre la cama, mi hermana niega con la cabeza.

—Hay una manta —dice—. Está… está en la cómoda. La traje… la traje conmigo.

La voy a buscar. Es un simple cuadrado azul cielo y blanco suave como las nubes. De pronto me doy cuenta de que este niño será parte de mi familia. Un nuevo Aquilla. Mi sobrino. Este momento merece más que el retrueno de los proyectiles de los karkauns y los gritos de mi hermana. Madre debería estar aquí. Y Hannah.

Pero solo estoy yo. ¿Cómo demonios han podido ir las cosas tan mal?

—Muy bien, Livia —dice Laia—. Llegó la hora. Has sido muy valiente, muy fuerte. Necesito que lo seas un poco más y tendrás a tu bebé en brazos, y te prometo que no te importará el dolor.

—¿Cómo… cómo lo sabes?

—Confía en mí. —La sonrisa de Laia es tan convincente que incluso yo me la creo—. Verdugo, sostenle las manos—. Baja la voz. —Y canta.

Mi hermana se aferra a mí con la fuerza de un máscara en una competición de pulsos. Con Rallius y Faris observando, busco la canción de Livia en mi mente y la canto, poniendo mi fuerza de voluntad en proporcionarle energía y mantenerla de una pieza. Cuando Laia se lo indica, mi hermana empuja con todo su ser.

Los alumbramientos no son algo en lo que haya meditado demasiado. No deseo tener hijos. Nunca seré comadrona. Tengo una hermana, pero ninguna amiga. Los bebés no me atraen para nada, aunque siempre me fascinó la manera como nuestra madre nos amaba: con una fiereza que casi daba miedo. Solía referirse a nosotras como *milagros*. Ahora, cuando mi hermana profiere un rugido, por fin lo entiendo.

Laia está sosteniendo una cosa sucia, mojada y resbaladiza... en las manos. Me quita las toallas y envuelve al niño en una mientras le desenrolla el cordón del cuello. Se mueve con rapidez, casi con frenesí, y un terror extraño y desconocido se apodera de mí.

—¿Por qué no hace ningún sonido? —exijo saber—. ¿Por qué está...?

Laia mete un dedo en la boca del bebé, la vacía, y un segundo después el recién nacido profiere un llanto que rompe los tímpanos.

—¡Ay! —chillo cuando Laia me pasa el bebé—. Yo no...

—Susúrrale lo que deseas para él al oído —me dice. Cuando me la quedo mirando, suspira con impaciencia—. Dicen que trae buena suerte.

Vuelve la atención a mi hermana para hacer vete a saber qué, y yo bajo la vista hacia el bebé. Sus llantos se han apagado y ahora me mira, en lo que parece una ligera expresión de desconcierto. No puedo culparlo.

Su piel es bronceada, unos cuantos tonos más oscura que la de Livia cuando se ha pasado todo el verano al sol. El cabello fino y moreno. Tiene los ojos amarillos de su padre, y aun así no son los de Marcus. Son preciosos. Inocentes.

Abre la boca y vocaliza, y me parece que dijera «Hah», como si estuviera intentando decir el inicio de mi nombre. Es un pensamiento ridículo, pero un estallido de orgullo me inunda. Me conoce.

—Saludos, sobrino. —Lo acerco a mí para que esté a unos meros centímetros de mi cara—. Deseo que tengas alegría y una familia que te quiera, que vivas aventuras que te formen y amigos verdaderos con quien compartirlas.

Sacude el puñito y me deja un reguero de sangre por la máscara. En este momento reconozco algo en él. Algo de mí, aunque no está en su cara. Está más profundo. Pienso en la canción que le canté y me pregunto cómo lo habré cambiado.

Unos gritos fuera desvían mi atención del niño. El tenor enfadado de una voz conocida se eleva en el piso de abajo. Unos pasos resuenan por las escaleras y la puerta se abre de par en par. Marcus, acompañado de media docena de hombres de la Gens Aquilla entra con la cimitarra desenvainada. El Emperador está cubierto de sangre; la suya propia o de los karkauns, no puedo saberlo. No nos mira ni a mí, ni a Livia ni a Laia. Se acerca a mí en dos pasos. Sin envainar su espada, alarga el brazo izquierdo hacia su hijo. Le paso el bebé, odiando lo que siento con todo el cuerpo tenso.

Marcus mira al niño a la cara. No puedo descifrar su expresión. Tanto el Emperador como su hijo están callados. Marcus tiene la cabeza ladeada, como si estuviera escuchando algo. Asiente una vez.

—Zacharias Marcus Livius Aquillus Farrar —dice—. Te deseo un largo reinado como Emperador, gloria en la batalla y un hermano a tus espaldas. —Me devuelve el bebé, con un inusitado cuidado—. Llévate a tu hermana y al niño, Verdugo, y abandona la ciudad. Es una orden. Viene a por él.

—¿La comandante?

—Sí, la maldita comandante —responde Marcus—. Han derrumbado las puertas. Los karkauns han arrasado el primer nivel. Ha dejado la batalla en manos de uno de sus lugartenientes y viene de camino.

—Verdugo. —Laia tiene la voz ahogada. Advierto que se ha puesto la capucha y recuerdo entonces que conoce a Marcus. Que él casi la mata en su día, después de haber intentado violarla. Me estremezco al pensarlo. Está encorvada y pone una voz rasposa para intentar pasar inadvertida—. Tu hermana.

Livia presenta una palidez mortecina.

—Estoy bien —murmura mientras intenta ponerse de pie—. Dame… Dámelo.

Me coloco a su lado en dos pasos, con su canción ya aflorando en mis labios. No pienso en los soldados de Marcus, que van a presenciar esto, o en Rallius o Faris. Canto hasta que noto que su cuerpo se cura. Nada más el color regresa a su cara, Marcus la arrastra hacia la puerta y por el pasillo hasta llegar a la lavandería y abre la puerta de golpe. Rallius pasa primero, luego Faris y por último mi hermana.

Marcus no le dedica al niño una segunda mirada. Me hace un gesto impaciente para que avance.

—Mi señor. No puedo abandonar la ciudad cuando…

—Protege a mi heredero —me ordena—. La ciudad está perdida.

—No… no puede ser…

Pero me empuja hacia el túnel y cierra la puerta detrás de mí. Y es en ese lugar, en la oscuridad, que me doy cuenta de que no tengo ni idea de dónde está Laia.

* * *

Corremos. Desde los túneles no podemos oír la locura que hay arriba, pero tengo la mente dividida; una parte de mí quiere regresar y pelear y la otra sabe que debo llevar a mi hermana y al bebé Zacharias fuera de Antium.

Cuando alcanzamos un puesto de paso en los túneles donde Harper ha posicionado a unos soldados para que custodien las rutas de evacuación, freno el ritmo.

—Tengo que volver —digo.

Livia niega con la cabeza frenéticamente. Zacharias estalla en llanto, como si notara la angustia de su madre.

—Te han dado una orden.

—No puedo abandonar la ciudad —replico—. Así no. No merodeando por las sombras. Hay hombres allí que contaban conmigo y yo los he dejado atrás.

—Helly, no.

—Faris, Rallius, llevadla con Harper. Ya sabéis cómo encontrarlo. Ayudadlo en todo lo que podáis. Todavía hay plebeyos en la ciudad, en estos túneles, y tenemos que sacarlos de aquí. —Me inclino hacia los dos y los inmovilizo con la mirada—. Si algo le ocurre a ella o al niño, juro por los cielos que os mataré a los dos yo misma.

Me saludan, me giro hacia mi hermana y le doy un último vistazo al bebé. Al ver mi cara, se queda callado.

—Te veré pronto, pequeñajo. —Le doy un beso a él y a Livia, giro sobre los talones ignorando primero las súplicas de mi hermana y luego las exigencias de que vuelva a su lado de inmediato.

Cuando regreso a los barracones de la Guardia Negra, me asfixia al instante el humo que llena el armario de la ropa. Las llamas rugen enfrente de los barracones. A unas calles de distancia, los aullidos de los karkauns desenfrenados resuenan por las calles. Todavía no han llegado hasta aquí, pero no tardarán.

Me tapo la cara con un pañuelo y me agacho para evitar el humo empuñando mi martillo de guerra. Cuando salgo de la habitación, por poco resbalo con los charcos de sangre que hay por doquier.

Los hombres de la Gens Aquilla, que juraron proteger a Marcus, yacen muertos, aunque está claro que se llevaron por delante a varios de los hombres de la comandante. El cuerpo de ella no se encuentra entre la carnicería. Aunque ya sabía que no iba a estar ahí. Keris Veturia no moriría nunca de una manera tan indigna.

Hay otros cuerpos entre los muertos; marinos. Antes de que pueda entender qué diantres hacen aquí, una voz me llama.

—Ver... Verdugo.

La voz es tan floja que al principio no sé de dónde proviene, pero rebusco por el humo hasta que encuentro a Marcus Farrar, Emperador Invicto y señor del reino, apuntalado contra una pared por su propia cimitarra, ahogándose en su propia sangre e incapaz de moverse. Tiene las manos lánguidas sobre una herida en el estómago. Pasarán horas antes de que muera. La comandante lo ha hecho a propósito.

Me acerco a él. Las llamas lamen la madera de las escaleras y un sonoro crujido suena en el piso de abajo, una viga que se cae. Debería escapar por una ventana. Debería dejar que este monstruo ardiera.

¿Cuánto tiempo llevo esperando esto? ¿Cuánto tiempo he deseado su muerte? Y, aun así, cuando lo veo empalado como una animal al que se mata por divertimiento, solo puedo sentir lástima.

Y algo más. Una compulsión. Una necesidad. Un deseo de curarlo. *No. Ay, no.*

—Keris cambió de sitio el Templo de los Registros, Verdugo. —Habla con calma, aunque con un hilo de voz, guardando el aliento para transmitir su última información importante—. Trasladó la tesorería.

Suspiro aliviada.

—Entonces el Imperio perdurará, aunque perdamos Antium.

—Lo hizo hace semanas. Quería que la ciudad cayera, Verdugo. Sabía que los karkauns iban a traer a los fantasmas. Sabía que iban a ganar.

Las piezas de una decena de rompecabezas se colocan en su lugar.

—Los *paters* ilustres…

—Se fueron hace días hacia Serra —dice Marcus—. Ella los evacuó.

Y el maestro de la tesorería se reunió con ella a pesar de que había matado a su hijo. Debió de contarle lo que se avecinaba. Debió de prometerle que sacaría a su familia de la ciudad a cambio de trasladar la riqueza del Imperio.

Y el Templo de los Registros. *Los archivistas de los registros estaban preparando un golpe.*

Me lo dijo Harper cuando estaba reuniendo información sobre la comandante. Solo que no supimos identificar lo que significaba.

Keris sabía que la ciudad caería. Lo estaba planeando delante de mis narices.

Cielos, debería de haberla matado. Me odiaran los plebeyos o no, derrocaran a Marcus o no, debería de haber matado a ese demonio.

—Las legiones de Silas y Estium…

—No van a venir. Saboteó las comunicaciones.

No tenía por qué ser así, Verdugo de Sangre. Las palabras de Keris me persiguen. *Recuérdalo, antes del final.*

El Emperador no dice que sea culpa mía; no hace falta.

—Antium caerá —sigue Marcus en voz baja—, pero el Imperio sobrevivirá. Keris se ha asegurado de ello, aunque su propósito es cerciorarse de que mi hijo no sobreviva. Detenla, Verdugo de Sangre. Asegúrate de que el niño llegue al trono. —Estira la mano en busca de la mía, con el suficiente vigor como para hincarme los dedos en la carne con fuerza y hacerme sangre—. Haz un juramento de sangre de que te asegurarás de que así sea.

—Lo juro, por mi sangre y mis huesos. —La compulsión de curarlo me embriaga otra vez. Intento repelerla, pero entonces habla él.

—Verdugo, tengo una última orden para ti.

Cúrame. Sé que me lo va a pedir. La magia surge en mi interior, preparada, aunque intente apartar el pensamiento, asqueada, repugnada. ¿Cómo lo puedo curar a él, el demonio que mató a mi padre, que ordenó que me torturaran, que abusó y maltrató a mi hermana?

El fuego se acerca. *¡Vete, Verdugo! ¡Corre!*

Marcus me suelta la mano y rebusca en su costado una daga, que me coloca en la mano.

—Clemencia, Verdugo de Sangre. Esa es mi orden. No la merezco. Ni siquiera la deseo. Pero tú me la darás de todas maneras, porque eres buena. —Escupe la última palabra como si fuera una maldición—. Por eso mi hermano estaba enamorado de ti.

El Emperador me mira a los ojos. Como siempre, los suyos están llenos de ira, de odio. Pero por debajo de eso haya algo que no había visto nunca en los quince años que hace que conozco a Marcus Farrar: resignación.

—Hazlo, Verdugo —susurra—. Me está esperando.

Pienso en el bebé Zacharias y en la inocencia de su mirada. Marcus también debió de tener una parecida en algún momento de su vida. Quizás eso era lo que su hermano gemelo, Zak, veía cuando lo miraba: no el monstruo en el que se había convertido, sino el hermano que había sido.

Recuerdo a mi padre mientras moría. A mi madre y a mi hermana. Tengo el rostro húmedo. Cuando Marcus habla, apenas puedo oír las palabras.

—Por favor, Verdugo.

—El Emperador ha muerto. —La voz me tiembla, pero encuentro la fuerza en la máscara que llevo puesta, y cuando hablo de nuevo, lo hago sin emoción alguna—. Larga vida al Emperador.

Entonces deslizo la daga por su cuello y no aparto la mirada hasta que se extingue la luz en sus ojos.

LII: Laia

El anillo no se desvanece.

No me permito mirarlo hasta que no estoy fuera de los barracones de la Guardia Negra, oculta en una alcoba cerca de los establos, a una distancia segura del Emperador Marcus. El bebé es fuerte, igual que la hermana de la Verdugo de Sangre. Le indiqué en bisbiseos que se mantuviera limpia, que se cuidara para prevenir una infección. Pero vio mi cara cuando entró Marcus. Lo sabía.

—Ve —susurró—. Toma las toallas, como si fueras a cambiarlas.

Hice como me dijo y birlé los anillos al mismo tiempo en un pispás. Nadie ni siquiera miró en mi dirección.

Me los llevé los dos, sin saber cuál era el anillo de Verdugo y cuál el de su familia. Ahora estoy con ellos en la locura de las calles de Antium. Con esperanza.

Únicamente la presencia del Fantasma podrá impedir la masacre. Si la heredera de la Leona reivindicara el orgullo de la Matarife, este se desvanecerá, y la sangre de siete generaciones pasará por la tierra antes de que el Rey se alce vengativo de nuevo.

El anillo debería de haber desaparecido. ¿Por qué no ha ocurrido? Me lo pongo en el dedo, me lo quito. Pero hay algo extraño en él. No lo siento de la misma manera que a mi brazalete. Me parece un pedazo corriente de metal.

Me devano los sesos intentando recordar si me he saltado algo de la profecía. Quizá tenga que hacer algo con él. Quemarlo, o partirlo con acero sérrico. Miro a mi alrededor en busca de un arma, algo que un soldado pueda haber dejado atrás.

En ese momento me hormiguea la nuca y sé al instante que alguien me está observando. Es una sensación que se ha convertido en algo inquietantemente familiar en los últimos meses.

Pero esta vez se muestra.

—Perdóname, Laia de Serra. —El Portador de la Noche habla en voz baja, pero la violencia latente en su voz se oye por encima de los aullidos de los proyectiles que vuelan y los hombres que mueren dolorosamente—. Deseaba ver tu expresión cuando te dieras cuenta de que todo tu esfuerzo, todas tus esperanzas, han sido en vano.

—No han sido en vano —replico. *No puede ser.*

—Te equivocas. —Pasea tranquilamente hacia mí—. Porque lo que tienes en la mano no es la Estrella.

—Mientes.

—¿De veras? —Acorta la distancia que nos separa y me arrebata los anillos de la palma de la mano. Grito, pero cierra su mano alrededor de ellos y, delante de mis ojos, los convierte en polvo. *No. Imposible.*

La curiosidad que emana de él es en cierto modo peor que si se estuviera regodeando.

—¿Cómo se siente al saber, Laia de Serra, que por más que lo intentes nada detendrá la guerra que se aproxima? La guerra que aniquilará a tu gente.

Está jugando conmigo.

—¿Por qué me salvaste cuando me alcanzó la explosión? —le grito.

Durante unos segundos se queda quieto. Y entonces estira los hombros, como un gato enorme desperezándose.

—Corre y ve con tu hermano, Laia de Serra. Buscaos un barco que os lleve lejos. No deseáis presenciar lo que está por venir.

—Tú sabes lo que significa destruir una raza entera. ¿Cómo podrías desear algo así cuando tú has sobrevivido a ello?

—Los académicos merecen la destrucción.

—Ya nos has destruido —repongo desgañitándome. Me fuerzo a no golpearlo; no porque tenga miedo, sino porque sé que no servirá de nada—. Mira lo que somos los académicos. Mira en qué nos hemos convertido. No somos nada. Somos polvo. Mira —mi voz se quiebra—, mira lo que me hiciste. Mira cómo me traicionaste. ¿No es suficiente?

—Nunca es suficiente. —Está enfadado ahora, mis palabras le han llegado a alguna fibra sensible que no desea que nadie le toque—. Haz como te digo, Laia de Serra. Huye. Ya oíste la profecía de Shaeva. La biblioteca ardió. Los muertos se escaparon y saquearon. *El Niño se bañará en sangre, y aun así subsistirá.* Creo que has tenido algo que ver en eso. *La Perla se agrietará, el frío entrará.* Extiende los brazos en un gesto que envuelve el caos que nos rodea.

Por supuesto. Antium es conocida como la Perla del Imperio.

—Las profecías de los genios siempre son verdaderas —dice—. Liberaré a mis congéneres. Y obtendremos nuestra venganza.

Doy un paso atrás para alejarme de él.

—Te detendré —le aseguro—. Encontraré la manera…

—Has fracasado. —Me acaricia la cara con una mano abrasadora surcada de venas llameantes, y aunque lo único que puedo ver de él son esos soles ardientes bajo su capucha, sé que está sonriendo—. Ahora ve, niña. —Me empuja la cara—. Corre.

LIII: *Elias*

Mauth y yo perseguimos a los fantasmas que van en grupos de diez, cincuenta y cien y los hacemos cruzar. Los gritos de los marciales que mueren se hacen más distantes, el rugido del fuego que devora la ciudad se oye más apagado, los gritos de los civiles y niños que sufren y mueren me parecen menos importantes con cada fantasma al que ayudo.

Una vez que he reunido a los fantasmas que habían escapado, dirijo la atención hacia los que han esclavizado los karkauns. La magia que han usado para invocarlos y controlarlos es ancestral, pero tiene un deje familiar —el Portador de la Noche o alguno de los suyos les enseñó a los karkauns esta magia—. Los espíritus están encadenados a una decena aproximadamente de brujos, secuaces del líder karkaun. Si asesino a esos brujos, los fantasmas serán libres.

No me lo pienso dos veces antes de matar. Ni siquiera uso mis armas, aunque las llevo atadas cruzadas a la espalda. La magia de Mauth me recubre, y la reclamo con tanta facilidad como lo haría con mis propias habilidades con una cimitarra. Rodeamos a los brujos y los ahogo hasta despojarlos de la vida uno a uno, hasta que al final, cuando el día está llegando a su fin y los tambores gritan qué partes de la ciudad han caído, me encuentro cerca de un enorme edificio que conozco bien: los barracones de la Guardia Negra.

Intento percibir a más fantasmas pero no encuentro nada. Pero cuando me preparo para irme, atisbo un destello de piel morena y cabello negro.

Laia.

Avanzo hacia ella de inmediato; la pequeña porción de mi mente que todavía se siente humana me atrae hacia ella, como siempre. Cuando me acerco, anticipo que Mauth tirará de mí o se apoderará de mi cuerpo, como ha hecho cuando me encontré con la Verdugo. Pero aunque lo noto en mi mente, presente dentro de mí, no hace nada.

Laia me ha visto.

—¡Elias! —Corre en mi dirección, se lanza a mis brazos, casi sollozando. Cuando lo hace, la envuelvo con un movimiento inconsciente, como si fuera algo que hubiera hecho muchas veces. Me siento extraño. No, no extraño.

No siento nada.

—No era el anillo —me está diciendo—. No sé cuál es el último fragmento de la Estrella, pero todavía puede que quede tiempo para descubrirlo. ¿Me ayudarás?

Sí, quiero responder.

—No. —Es lo que sale por mi boca.

La conmoción le llena la vista. Y entonces, igual que en la aldea marina hace unas semanas, se queda completamente quieta. Todo se queda paralizado.

Elias.

La voz que oigo en mi cabeza no es la mía, tampoco es la del genio.

¿Me conoces?

—N... No.

Mucho he esperado por este día, para que te liberes de los últimos lazos que te atan al mundo de los vivos.

—¿Mauth?

El mismo, Elias. Mira.

Mi cuerpo permanece en frente de Laia, congelado en el tiempo, pero mi mente viaja a un lugar familiar. Conozco este cielo amarillento. Este mar negro que ondea con criaturas in-hóspitas que acechan justo por debajo de la superficie. Vi este lugar una vez, cuando Shaeva me sacó del asalto.

Una figura borrosa se acerca, planeando por encima del agua, como yo. Sé quién es sin que me lo tenga que decir. Mauth.

Bienvenido a mi dimensión, Elias Veturius.

—Por los diez infiernos sangrantes —digo con voz temblorosa, señalando al mar—, ¿qué son esas cosas?

No te preocupes por ellas, dice Mauth. *Son para una conversación que entablaremos otro día. Mira.* Hace un gesto con la mano y un tapiz de imágenes se desenrolla delante de mí.

Las imágenes empiezan con la guerra entre los académicos y los genios y se desarrollan a partir de ahí: unos hilos de oscuridad se extienden como la tinta derramada, oscureciendo todo lo que tocan. Compruebo cómo los crímenes del rey académico fueron mucho más allá de lo que él jamás imaginó.

Veo la verdad: que sin los genios en este mundo, no hay equilibrio. Eran los encargados de custodiar el umbral entre los mundos de los vivos y de los muertos. Y nadie, por más habilidoso que sea, puede reemplazar a toda una civilización.

Deben volver, aunque signifique la guerra. Aunque signifique la destrucción. Pues sin ellos, los fantasmas seguirán acumulándose, y ya sea en cinco, cincuenta o quinientos años, volverán a escaparse. Y cuando eso ocurra, destruirán el mundo.

—¿Por qué no puedes liberar a los genios, simplemente? ¿Hacer que… olviden lo que ocurrió?

Me hace falta un receptáculo; un ser de tu mundo que acumule mi poder. La cantidad de poder que se necesita para restaurar a una civilización destruiría a cualquiera que eligiera, sea humano o espectro, genio o efrit.

Entiendo entonces que solo hay un camino por el que seguir: la libertad para los genios. Pero esa libertad costará un precio.

—Laia —susurro—. La Verdugo de Sangre. Ellas... sufrirán, pero...

¿Te atreves a anteponer a aquellos a los que amas por delante de toda la humanidad, niño? Me pregunta Mauth suavemente. *¿Te atreves a ser tan egoísta?*

—¿Por qué tendrían que pagar Laia y la Verdugo por algo que un monstruo académico hizo mil años atrás?

Hay un precio por la avaricia y la violencia. No siempre sabemos quién lo pagará. Pero, para bien o para mal, quedará saldado.

No puedo detener lo que está por venir. No puedo cambiarlo. Maldita sea.

Puedes proporcionarles a aquellos a los que quisiste en su día un mundo libre de fantasmas. Puedes llevar a cabo tu deber. Puedes darles la oportunidad de sobrevivir a la masacre que debe venir. Puedes darles la oportunidad de ganar, algún día.

—Pero no hoy.

No hoy. Has liberado tus ataduras con los desconocidos, con los amigos, con la familia, con tu amor verdadero. Ahora ríndete a mí, pues ese es tu destino. Es el significado de tu nombre, la razón de tu existencia. Ha llegado la hora.

Ha llegado la hora.

Reconozco el momento en el que todo cambia. El momento en el que Mauth se une a mí por completo y no sé distinguir dónde acabo yo y dónde empieza la magia. Estoy de vuelta en mi cuerpo, en Antium, delante de Laia. Es como si no hubiese pasado el tiempo desde que me ha pedido ayuda y yo se la he negado.

Cuando bajo la vista hacia ese rostro precioso, ya no veo a la chica a la que amaba. Veo a un ser inferior. Alguien que está envejeciendo, muriendo lentamente, como todos los humanos. Veo a una mortal.

—¿E... Elias?

La chica —Laia— habla, y me giro hacia ella.

—Los genios tienen que desempeñar un papel en este mundo, y por ello deben ser liberados. —Hablo con voz amable porque es una mortal, y le costará asimilar esta noticia—. El mundo debe ser destruido antes de que podamos reconstruirlo —le digo—, de otra manera el equilibrio jamás se podrá restablecer.

—No. Elias, no. Estamos hablando de los genios. Si los liberas…

—No puedo mantener el equilibrio yo solo. —Es injusto esperar que Laia lo entienda. A fin de cuentas, solo es una mortal—. El mundo arderá, pero renacerá de las cenizas.

—Elias —se sorprende—. ¿Cómo puedes decir eso?

—Deberías irte. No tengo ningún deseo de darte la bienvenida a la Antesala… todavía no. Que los cielos aligeren tus pasos.

—¿Qué diablos te ha hecho ese lugar? —se queja, lagrimosa—. Necesito tu ayuda, Elias. La gente te necesita. Hay miles de académicos aquí. Si no puedo hacerme con la Estrella, al menos puedo intentar sacarlos de la ciudad. Podrías…

—Debo volver a la Antesala —la corto, tajante—. Adiós, Laia de Serra.

Laia me coloca las palmas a ambos lados de la cara y escruta mis ojos. Hay una oscuridad que se revuelve en su interior, algo que no llega a ser místico del todo. Es algo que va más allá. Es algo atávico, la esencia de la magia misma. Y está encolerizada.

—¿Qué le has hecho? —le habla a Mauth, como si supiera que se ha unido a mí. Como si pudiera verlo—. ¡Devuélvemelo!

Mi voz, cuando surge, es un retumbo sobrenatural que no es mío. Siento que me apartan a un lado en mi propia mente y observo con la cabeza gacha.

—Perdóname, querida —dice Mauth a través de mí—. Es la única manera.

Le doy la espalda y me dirijo al este, hacia el Bosque del Ocaso. Unos instantes después, estoy cruzando las masas de karkauns que saquean la ciudad; los dejo atrás, acelerando por la campiña, por fin formando un único ser con Mauth.

Pero aunque sé que me estoy dirigiendo hacia mi deber, una antigua parte de mí se retuerce e intenta alcanzar lo que sea que he perdido. Es una sensación extraña.

Es el dolor por lo que has abandonado. Pero remitirá, Banu al-Mauth. *Has padecido mucho en poco tiempo, has aprendido mucho en poco tiempo. No puedes esperar estar preparado de la noche a la mañana.*

—Me… —Busco la palabra—. Me duele.

Rendirte a mí siempre lo hace. Pero no dolerá para siempre.

—¿Por qué yo? —pregunto—. ¿Por qué tenemos que cambiar nosotros y no tú? ¿Por qué tenemos que hacernos menos humanos en vez de que tú ganes humanidad?

Las olas del océano braman constantemente, y es el hombre el que debe cruzarlas a nado. El viento sopla, frío y tenaz, y es el hombre quien debe protegerse de él. La tierra se estremece y se agrieta, engulle y destruye, pero es el hombre el que debe caminar sobre ella. Lo mismo sucede con la muerte. No puedo entregarme a ti, Elias. Debes ser tú.

—Ya no me siento como yo mismo.

Porque no eres tú mismo. Tú eres yo. Yo soy tú. Y de este modo, haremos que los fantasmas crucen y evitaremos que tu mundo sea arrasado por sus depredaciones.

Se queda callado mientras Antium se aleja en el horizonte. Me olvido de la batalla al cabo de poco. Me olvido de la cara de la chica a la que amaba. Solo pienso en la tarea que me espera.

Todo está en su debido lugar.

LIV: Laia

La cocinera me encuentra al lado de los establos unos instantes después de que Elias desaparezca. Me quedo mirando el lugar donde lo he visto por última vez, incrédula. No es el mismo hombre con el que hablé hace apenas dos semanas, el que me trajo de vuelta del infierno del Portador de la Noche, el que me aseguró que hallaríamos la manera.

Pero entonces recuerdo lo que me dijo: *Si te parezco distinto, recuerda que te quiero. No importa lo que me ocurra.*

¿Qué diantres le ha pasado? ¿Qué era eso en mi interior que ha arremetido contra él? Pienso en lo que me dijo el Portador de la Noche en Adisa: *Desconoces la oscuridad que habita en tu propio corazón.*

Ya lidiarás con Elias después, Laia. Mi mente da vueltas. La ciudad ha caído. He fracasado. Y los esclavos académicos… están atrapados aquí. Antium está rodeado por tres flancos. Solo el lado norte, erigido contra el Monte Videnns, no está atestado de karkauns.

Esa es la vía que usamos la cocinera y yo para entrar en la ciudad, y por ahí es por donde escaparemos. Así es como ayudaremos a los académicos a huir.

Porque conozco este sentimiento que se expande por mi cuerpo demasiado bien, el sentimiento que pese a todos mis esfuerzos, pese a todo lo que he hecho, no ha servido de nada.

Que todo y todos son una mentira. Que el mundo es un lugar cruel e implacable y que no existe la justicia.

He sobrevivido a este sentimiento antes, y lo volveré a superar. En este mundo que no es más que una pesadilla infernal, en este amasijo de sangre y locura, la justicia solo existe para aquellos que se hacen con ella. Estaré condenada si no soy una de esas personas.

—Chica. —La cocinera aparece por una de las calles—. ¿Qué ha pasado?

—¿La embajada de Marinn todavía es segura? —le pregunto mientras nos alejamos del alboroto de la lucha—. ¿Se han apoderado los karkauns también de ese distrito o podemos escapar por ahí?

—Podemos escapar.

—Bien. Vamos a sacar a tantos académicos como podamos... ¿me has entendido? Te los voy a mandar a la embajada. Necesito que les digas a dónde tienen que ir.

—Los karkauns han abierto una brecha en el segundo nivel de la ciudad. Llegarán a la embajada en cuestión de horas, y entonces ¿qué harás? Huye conmigo ahora. Los académicos ya se las apañarán para encontrar una salida.

—No lo conseguirán —le digo—. Porque no hay una salida. Estamos rodeados por tres lados. Desconocen que haya rutas de escape.

—Deja que otra persona se encargue de esto.

—¡No hay nadie más! Solo estamos nosotras.

—Es una idea nefasta —protesta la cocinera—, que va a lograr que nos maten a las dos.

—Nunca te he pedido nada. —Le agarro las manos y se encoge, pero me mantengo firme—. Nunca tuve la oportunidad. Te estoy pidiendo que lo hagas por mí. Por favor. Los enviaré a la embajada. Tú guíalos a la salida.

No espero a que me responda. Me doy la vuelta y echo a correr, a sabiendas de que no me dirá que no... no después de lo que acabo de decirle.

El distrito académico está sumido en el pánico, con la gente preparando fardos y buscando a sus familiares e intentando desentrañar cómo van a escapar de la ciudad. Detengo a una de las chicas que veo corriendo por la plaza principal. Parece tener unos pocos años menos que yo.

—¿A dónde va todo el mundo? —le pregunto.

—¡Nadie sabe a dónde ir! —se queja con un llanto—. No consigo encontrar a mi madre, y los marciales se han ido... deben de haber empezado a evacuar la ciudad, pero nadie nos ha dicho nada.

—Me llamo Laia de Serra. Los karkauns han conseguido superar las murallas. Pronto llegarán aquí, pero os voy a ayudar a huir. ¿Sabes dónde está la embajada de Marinn?

Asiente, y exhalo un suspiro de alivio.

—Dile a todo el mundo, a todos los académicos que veas, que vayan a la embajada marina. Una mujer con la cara desfigurada os llevará fuera de la ciudad. Diles que se marchen ya, que dejen todas sus cosas y corran.

La chica asiente varias veces y se va a toda velocidad. Me cruzo con otro académico, un hombre de la edad de Darin, y le comunico el mismo mensaje. A aquellos que se detienen, a aquellos que se dignan a escucharme, les digo que vayan a la embajada. Que busquen a la mujer de la cara defigurada. Veo que algunos me reconocen cuando les digo mi nombre, pero los sonidos de la guerra se acercan, y ninguno es tan estúpido como para empezar a hacer preguntas. El mensaje se extiende y pronto los académicos huyen de la plaza en masa.

Les rezo a los cielos para que todas las personas del distrito oigan el mensaje y entonces me adentro en la ciudad. La chica tenía razón, los únicos marciales que veo son soldados que corren hacia la batalla. Pienso en las hileras de carros que vimos saliendo de la ciudad cuando la cocinera y yo nos acercábamos a Antium. Los más pudientes de los marciales se marcharon de aquí hace semanas. Dejaron atrás su capital y abandonaron a los soldados, a los plebeyos y a los académicos a su muerte.

Localizo a un grupo de académicos que están limpiando los escombros bajo la dirección de dos marciales que no están prestando atención porque están escuchando los mensajes de los tambores. Hablan sobre los mensajes en frases cortas y urgentes, tan conscientes de los sonidos de la batalla que se acercan como yo. Uso la distracción de los marciales para escabullirme hasta los académicos.

—No podemos salir corriendo sin más. —Una mujer mira de soslayo a los marciales con temor—. Nos perseguirán.

—Debéis hacerlo —le insisto—. Si no huis de ellos ahora, lo haréis de los karkauns, pero para entonces no tendréis ningún lugar al que ir.

Otra mujer del grupo aguza la oreja, suelta su pico y se separa del grupo. Eso es todo lo que necesitan los demás académicos. Una gran cantidad de esclavos se dispersa. Los adultos agarran a los pocos niños que hay y todos desaparecen en varias direcciones distintas antes de que los marciales puedan llegar a hacerse una idea de lo que está pasando.

Animo a los académicos a que sigan adelante y aviso a todos los que me encuentro por el camino, solicitándoles que pasen el mensaje. Para cuando llego al Distrito Extranjero, veo a cientos de académicos avanzando hacia la embajada.

Una batalla tiene lugar en las calles que tengo delante. Un grupo de auxiliares marciales pelea contra una fuerza mucho mayor de karkauns. Aunque el acero bárbaro se quiebra bajo las cimitarras de los auxiliares, los marciales están en apuros, sobrepasados en número. Si esto es lo que está ocurriendo por toda la ciudad, entonces los bárbaros tendrán el control de Antium antes de que caiga la noche.

Doy un rodeo para esquivar la batalla, y cuando llego a la embajada, los académicos se desparraman por las puertas. Reconozco al instante la voz gruñona y rasposa de la cocinera mientras le ordena a todo el mundo que baje los escalones y entre en los túneles.

—¡Ya era hora, joder! —dice la cocinera al verme—. Métete ahí abajo. Unos cuantos esclavos saben el camino de salida. Sigue… —La cocinera ve mi expresión y gruñe cuando se da cuenta de que no tengo ninguna intención de irme, al menos no hasta que todo el mundo haya salido.

Incluso mientras habla, van llegando más académicos. Ahora también atisbo marciales, la mayoría plebeyos, a juzgar por su vestimenta. Se han visto atraídos por la multitud, asumiendo, con razón, que hay un motivo para que tantos académicos acudan a este lugar.

—Joder, chica —refunfuña la cocinera—. ¿Has visto lo que has hecho?

Hago un gesto a los marciales para que pasen.

—No le voy a decir a una madre con un niño que llora que no pueden escapar por aquí —le suelto—. Me trae al fresco que sea marcial o no. ¿A ti sí?

—Maldita sea, chica —gruñe la cocinera—. Eres igual que tu pa-pa-pa-padre… —Aprieta los labios y desvía la mirada frustrada—. ¡Moveos, malditos perezosos! —Desata su ira sobre los académicos que tiene más cerca—. ¡Tenéis cientos detrás que quieren vivir tanto como vosotros!

Espoleados por las amenazas de la cocinera, los académicos van bajando lentamente hacia los túneles y la embajada empieza a vaciarse… pero no con la suficiente rapidez. Los karkauns estrechan el cerco y atestan las calles. Están superando a los marciales.

Mientras observo la escena, veo cómo masacran a un pelotón de auxiliares, con las vísceras y la sangre salpicando el aire de rojo. Y a pesar de que conozco la vileza del Imperio de primera mano, me arden los ojos. Nunca entenderé el salvajismo de la guerra, aunque sean mis enemigos los que están siendo destruidos.

—Hora de irse, chica. —La cocinera aparece detrás de mí y me empuja para que baje los escalones hacia el sótano. No protesto. Está claro que todavía quedan académicos en la ciudad, pero he hecho todo lo que he podido.

—Ayúdame con esto. —Atranca la puerta de la bodega con manos firmes. Arriba, se oye cómo un cristal se rompe, seguido por los bastos gruñidos de los karkauns.

La cocinera trastea con algo en la puerta y muestra algo parecido a la mecha de una vela que unos segundos después chisporrotea.

—¡A cubierto! —Corremos hacia la puerta que conduce al túnel, cerrándola justo cuando el suelo empieza a temblar. Los túneles se estremecen, y durante un momento que se me hace eterno creo que las piedras sobre nuestras cabezas colapsarán. Pero cuando el polvo se disipa, el pasaje ha aguantado y me giro hacia la cocinera.

—¿Explosivos? ¿Cómo?

—Los marinos guardaban reservas —explica la cocinera—. Los amiguitos de Musa me lo mostraron. Bueno, chica, se acabó. El túnel está sellado. ¿Ahora qué?

—Ahora salimos de esta ciudad lo antes posible.

LV: La Verdugo de Sangre

Las karkauns inundan Antium, derrumbando puerta tras puerta, y los gritos de sus guerreros me hielan hasta los huesos. Sus combatientes poseídos por fantasmas se han ido, gracias quizás a Elias.

Pero el daño ya está hecho. Han diezmado nuestras fuerzas. Marcus tenía razón, la capital del Imperio está perdida.

Siento una rabia pura, una llama deslumbrante que me impele a despedazar a todos los karkauns a los que veo. Y cuando en la distancia atisbo una figura rubia familiar que se abre camino por la ciudad con un puñado de soldados escoltándola, me hierve la sangre.

—¡Tú! ¡Perra traidora!

Se queda parada cuando me oye pero se toma todo el tiempo del mundo en darse la vuelta.

—¿Cómo has podido? —La voz se me rompe—. ¿A tu propia gente? ¿Solo por el trono? ¿De qué te va a servir ser Emperatriz si no sientes ningún tipo de aprecio por aquellos sobre los que gobiernas? ¿Si no tienes a nadie a quien gobernar?

—¿Emperatriz? —Ladea la cabeza—. Ser Emperatriz es lo último que deseo, chica. ¿Por qué conformarme con Emperatriz? ¿Por qué, cuando el Portador de la Noche me ofrece el dominio sobre las tribus, los académicos, los marinos, los karkauns... sobre todas las civilizaciones de la humanidad?

No… infiernos sangrantes, no.

Me abalanzo sobre ella entonces, porque no tengo nada que perder, ningún *pater* al que aplacar, ninguna orden que seguir, solo una ira desenfrenada que me posee como un espíritu demoníaco.

Se hace a un lado con calma, y en un instante sus hombres, todos máscaras, me tienen sujeta. Un cuchillo brilla en su mano, y resigue con él suavemente mi cara, mi frente, mis mejillas.

—Me pregunto si dolerá —musita.

Entonces se da la vuelta, se sube a su montura y se aleja al galope. Sus hombres me retienen hasta que ha desaparecido en la distancia, para arrojarme al lateral de la calle como si fuera un deshecho.

No los persigo. Ni siquiera los miro. La comandante podría haberme matado, pero me ha dejado con vida. Solo los cielos saben el motivo, pero no voy a desaprovechar esta oportunidad. Escucho los tambores, y de corrido me dirijo hacia los hombres de la Guardia Negra que siguen con vida, junto con algunos pocos cientos de soldados, que están intentando repeler una oleada de atacantes en una plaza del Distrito Mercante. Busco entre los rostros a Dex, rezándoles a los cielos para que siga vivo, y por poco le rompo las costillas cuando me encuentra.

—¿Dónde diablos están nuestros hombres, Dex? —grito por encima de la cacofonía—. ¡No pueden quedar solo estos!

Dex hace un gesto negativo con la cabeza mientras sangra por una decena de heridas.

—Están todos aquí.

—¿Y la evacuación?

—Miles están avanzando por las cuevas de los augures. Miles más siguen en los túneles. Las entradas se han derrumbado. Los que han podido entrar…

Sostengo una mano en alto. La torre de tambores más cercana emite un mensaje. Prácticamente se pierde en medio de todo el ruido, pero consigo comprender el final: *fuerzas karkauns acercándose al Desfiladero del Peregrino.*

—Harper está dirigiendo a nuestra gente justo hacia el Desfiladero —le digo. *Livia, me recuerda mi mente. ¡El bebé!*—. Los karkauns deben de tener exploradores allí arriba. Si esos cretinos cruzan el Desfiladero, masacrarán a todos aquellos que Harper ha conseguido evacuar.

—¿Por qué nos siguen? —se extraña Dex—. ¿Por qué, si saben que ya han conquistado la ciudad?

—Porque Grímarr sabe que no le vamos a permitir que se quede con Antium —contesto—. Y quiere asegurarse de todas maneras de que mientras sus hombres tengan la ventaja, maten a tantos de nosotros como sea posible para que no podamos presentar batalla otro día.

Sé lo que tengo que decir, y me obligo a hacerlo.

—La ciudad está perdida. Ahora le pertenece a Grímarr. —Que los cielos protejan a las pobres almas que permanezcan aquí bajo el yugo de ese demonio. No las olvidaré. Pero ahora mismo, no puedo salvarlas; no si quiero salvar a las que sí tienen una oportunidad de escapar—. Comunica esta orden. Cada soldado que tenemos disponible debe presentarse en el Desfiladero de inmediato. Es nuestra última batalla. Si tenemos que detenerlos, será allí donde lo lograremos.

* * *

Para cuando Dex, mis hombres y yo llegamos al Desfiladero, justo al lado de la linde norte de la ciudad, el ejército karkaun marcha tras nosotros, decidido a aplastarnos.

Cuando los veo salir en tropel por la puerta norte de Antium y subir el Sendero del Peregrino, sé que no vamos a ganar esta batalla. Tengo conmigo a no más de mil hombres. El enemigo cuenta con más de diez mil; y miles más a los que pueden llamar de la ciudad, si fuera necesario. Aunque dispongamos de unas espadas superiores, no podemos derrotarlos.

El Desfiladero del Peregrino es una apertura de tres metros entre dos acantilados escarpados que se elevan por encima de un ancho valle. El Sendero del Peregrino serpentea por el valle, cruza el Desfiladero y se adentra en las cuevas de los augures.

Miro por encima del hombro, lejos de los karkauns. Tenía la esperanza cuando he llegado de que el Sendero del Peregrino estuviera vacío, de que los evacuados hubieran cruzado ya. Pero hay cientos de marciales —y advierto que también académicos— en el camino y cientos más que salen de las entradas de los túneles para dirigirse hacia las cuevas de los augures.

—Mándale un mensaje a Harper —le digo a Dex—. Comunícaselo tú en persona. Humo blanco cuando haya cruzado la última persona. Luego debe bloquear la entrada a las cuevas. No debe esperar, y tú tampoco.

—Verdugo...

—Es una orden, lugarteniente Atrius. Mantenla a salvo. Mantén a mi sobrino a salvo. Asegúrate de que llegue al trono.

Mi amigo se me queda mirando. Sabe lo que estoy diciendo: que no quiero que regrese aquí. Que moriré hoy, con mi gente, a diferencia de él.

—El deber primero, hasta la muerte. —Me saluda.

Me dirijo a mis hombres: máscaras, auxiliares y legionarios. Todos han sobrevivido a una carnicería tras otra. Están exhaustos. Están rotos.

He oído varios discursos alentadores como soldado. No recuerdo ninguno de ellos. Así que rebusco en mi fuero interno unas palabras que Keris me dijo hace mucho tiempo, y espero por los cielos que regresen a ella para atormentarla.

—Está el éxito, y está el fracaso. La tierra entre uno y el otro es para aquellos demasiado débiles como para vivir. El deber primero, hasta la muerte.

Repiten la consigna a voz en cuello y formamos una hilera tras otra de escudos, lanzas y cimitarras. A nuestros arqueros les quedan pocas flechas, pero cargan lo que tienen. El estruendo en el valle aumenta cuando los karkauns inician el ascenso de la colina hacia nosotros. La sangre me hierve, enarbolo mi martillo de guerra y grito.

—¡Venga, putos cretinos! ¡Venid a por mí!

Y de repente los karkauns son un retumbo en la distancia, nada más que una horda estrepitosa y frenética formada por miles de guerreros cuyo objetivo es únicamente aniquilar lo que queda de nosotros. En el paso detrás de mí, mi gente grita.

Bien, pienso, *veamos de qué pasta están hechos los marciales.*

* * *

Pasada una hora, los karkauns han devastado la mitad delantera de nuestras fuerzas. Todo es sangre, dolor y brutalidad. Con todo, peleo, igual que los hombres a mi lado, y detrás de mí los que están huyendo de la ciudad continúan subiendo por el camino.

Más rápido, los espoleo mentalmente. *Por el amor de los cielos, id más rápido.* Esperamos al humo blanco mientras los karkauns siguen viniendo, una oleada tras otra. Nuestro número mengua de quinientos hombres a cuatrocientos. Doscientos. Cincuenta. Ni rastro de humo.

El desfiladero es demasiado ancho como para que lo podamos proteger mucho tiempo más. Los cuerpos se acumulan, pero los karkauns suben por el montón y bajan, como si se tratara de un cerro hecho de roca y no de sus paisanos muertos.

Desde la ciudad se eleva un sonido infernal. Es peor que el silencio de Risco Negro después de la tercera prueba, peor que los lamentos de los prisioneros de Kauf torturados. Son los chillidos de aquellos que he dejado atrás para que se enfrentasen a la violencia de los karkauns. Los lobos acechan entre mi gente ahora.

No podemos desfallecer. Todavía quedan cientos de personas en el Desfiladero del Peregrino y decenas que salen de los túneles. *Un poco más de tiempo. Solo un poco más.*

Pero no tenemos más tiempo. A mi izquierda caen dos más de mis hombres, atravesados por flechas karkauns. El martillo me resbala por la palma, pringosa de toda la sangre que empapa cada centímetro de mi piel. Pero vienen más; demasiados. No puedo pelear contra todos. Grito para pedir ayuda. La única respuesta que obtengo son los alaridos de guerra de los bárbaros.

Y comprendo al fin que estoy sola. No queda nadie más que pueda luchar a mi lado. Todos mis hombres están muertos.

Y aun así más karkauns emergen por encima del muro de cadáveres. Cielos, ¿tienen un ejército infinito? ¿Desistirán en algún punto?

Me doy cuenta de que no lo harán, y eso hace que me entren ganas de gritar, llorar y matar.

Van a despedazar a todo aquel con el que se crucen en el paso. Se arrojarán sobre los evacuados como hacen los chacales con los conejos heridos.

Busco en el cielo el humo blanco. *Por favor, por favor.* Y entonces noto un dolor agudo en el hombro. Perpleja, bajo la vista para ver una flecha que sobresale de él. Desvío la siguiente que viene a por mí, pero hay más arqueros llegando. Demasiados.

Esto no está ocurriendo. No puede ser. Mi hermana está allí arriba en algún lugar con la esperanza del Imperio en sus brazos. Puede que todavía no haya llegado a las cuevas.

Al pensar en ella, en el pequeño Zacharias, en las dos niñas que dijeron que combatirían contra los karkauns, hago acopio de todas las fuerzas que me quedan. Formo parte de las pesadillas de los bárbaros, un demonio de rostro plateado bañado en sangre salido de los infiernos, y no los voy a dejar pasar.

Mato, mato y mato. Pero no soy una criatura sobrenatural. Estoy hecha de carne y sangre, y estoy flaqueando.

Por favor. Por favor. Más tiempo. Solo necesito más tiempo.

Pero no me queda nada. Se acabó.

Pronto tendrás que enfrentarte a una prueba, niña. Todo lo que aprecias arderá. No tendrás ningún amigo ese día. Ningún aliado. Ningún compañero de armas. Ese día, tu confianza en mí será tu única arma.

Caigo de rodillas.

—Ayúdame —sollozo—. Por favor… por favor, ayúdame. Por favor…

Pero ¿cómo me va a ayudar si no puede oírme? ¿Cómo me puede proporcionar ayuda si no está aquí?

—Verdugo de Sangre.

Me giro y encuentro al Portador de la Sangre detrás de mí. Levanta la mano y chasquea los dedos. Los karkauns se detienen, retenidos por el inmenso poder del genio.

Observa la carnicería con ecuanimidad. Entonces se gira hacia mí, pero se queda callado.

—Lo que sea que quieras de mí, llévatelo —le digo—. Sálvalos, por favor…

—Quiero una parte de tu alma, Verdugo.

—Tú… —Meneo la cabeza. No lo entiendo—. Toma mi vida —le pido—. Si ese es el precio…

—Quiero una parte de tu alma.

Me devano los sesos desesperadamente.

—No tengo… yo no tengo…

Un recuerdo me asalta la mente, un fantasma surgido de la oscuridad: la voz de Quin, hace semanas, cuando le di la máscara de Elias.

Acaban formando parte de nosotros, como sabes. No es hasta que se unen a nosotros que nos convertimos en nuestra versión más verdadera. Mi padre solía decir que después de la unión, la máscara te identificaba como soldado y que, sin ella, te arrancaban una parte del alma que no se podría recuperar jamás.

Una parte del alma…

—No es más que una máscara —le digo—. No es…

—Los augures colocaron el último fragmento de un arma perdida hace mucho en tu máscara —revela el Portador de la Noche—. Lo he sabido desde el día en que te la dieron. Todo lo que eres, todo en lo que te han moldeado, todo en lo que te has convertido… todo ha sido para este día, Verdugo de Sangre.

—No lo entiendo.

—Llevas el amor por tu gente en el interior de tu ser. Fue alimentado durante todos los años que pasaste en Risco Negro. Se hizo más profundo cuando fuiste testimonio del sufrimiento en Navium y curaste a los niños en la enfermería. Creció aún más cuando curaste a tu hermana e infundiste el amor que sientes por tu país a tu sobrino. Y alcanzó el apogeo cuando viste la fuerza de tus compatriotas mientras se preparaban para el asedio. Se fusionó con tu alma cuando peleaste por ellos en las murallas de Antium. Y ahora culmina con tu sacrificio a su favor.

—Arráncame la cabeza entonces, porque no me la puedo quitar —le suplico, sollozando—. Forma parte de mí, es una parte viva de mi cuerpo. ¡Se ha adherido a mi piel!

—Ese es mi precio —dice el Portador de la Noche—. No te la quitaré. No te amenazaré ni te forzaré. Debes ofrecerme la máscara con amor en el corazón.

Echo la vista atrás por encima del hombro hacia el Sendero del Peregrino. Cientos están subiendo, y sé que miles más están en las cuevas. Ya hemos perdido a demasiados. No podemos perder a nadie más.

Eres la única que retiene las tinieblas.

Por el Imperio. Por las madres y los padres. Por las hermanas y los hermanos. Por los enamorados.

Por el Imperio, Helene Aquilla. Por tu gente.

Me agarro la cara y tiro. Hinco las uñas en mi piel, gritando, aullando, suplicándole a la máscara que se desprenda de mí.

Ya no te quiero unida a mí, solo quiero que mi gente esté a salvo. Suéltame por favor, suéltame. Por el Imperio, suéltame. Por mi gente, suéltame. Por favor... Por favor...

La cara me arde. La sangre corre en los lugares donde he conseguido arrancar la máscara. Dentro de mí, una parte esencial llora por la manera despiadada con la que la extirpo.

La máscara te identifica como soldado...

Pero no me importa mi identidad. Ni siquiera me importa si ya no soy una soldado. Solo quiero que mi gente viva, que sobrevivan para pelear otro día.

La máscara se libera. La sangre cae en regueros por mi cuello, mis mejillas, me entra en los ojos. No puedo ver. Apenas me puedo mover. La agonía abrasadora que me provoca hace que me vengan arcadas.

—Tómala. —Mi voz es tan ronca como la de la cocinera—. Tómala y sálvalos.

—¿Por qué me la ofreces a mí, Verdugo? Dilo.

—¡Porque son mi gente! —La sostengo en alto hacia él, y cuando no hace ningún movimiento, se la coloco en las manos—. Porque los quiero. ¡Porque no merecen morir debido a mi fracaso!

El genio inclina la cabeza en un gesto de profundo respeto y yo me hundo en el suelo. Espero que haga un movimiento de la mano y desate el caos. En vez de eso, se da la vuelta y se aleja, elevándose hacia el aire como una hoja.

—¡No! —¿Por qué no está peleando contra los karkauns?—. ¡Espera, he confiado en ti! Por favor... dijiste... ¡Tienes que ayudarme!

Mira por encima del hombro hacia algo detrás de mí... lejos de mí.

—Y así lo he hecho, Verdugo de Sangre.

Dicho eso, desaparece; una nube oscura arrastrada por el viento. El poder que retenía a los karkauns remite, y se tambalean hacia mí más de los que puedo contar. Más de los que puedo confrontar.

—Vuelve. —No tengo voz. Tampoco importaría si la tuviera. El Portador de la Noche se ha ido. Cielos, ¿dónde está mi martillo, mi cimitarra, lo que sea…?

Pero no tengo armas. No tengo fuerzas en el cuerpo.

No tengo nada.

LVI: Laia

Cuando salgo de los túneles hacia la brillante luz del sol arrugo la nariz por el hedor a sangre. Un descomunal montón de cadáveres se alza a unos cien metros, en la base de un estrecho desfiladero. A través de él puedo ver la ciudad de Antium.

Y al lado de los cuerpos, de rodillas con el Portador de la Noche vestido de negro delante de ella, está la Verdugo de Sangre.

No sé lo que el Portador de la Noche le dice a la Verdugo de Sangre. Solo sé que cuando grita, suena igual que el día en que mi abuela se enteró de la muerte de mi madre. Como yo cuando entendí que esa bestia me había traicionado.

Es un grito de soledad. De traición. De desesperación.

El genio se da la vuelta y mira en mi dirección. Entonces desaparece en el viento.

—Chica. —La cocinera avanza a trompicones detrás de mí, después de haber barrido los túneles a mi lado para asegurarse de que nadie se haya quedado atrás. Los últimos académicos hace mucho que han pasado. Solo quedamos nosotras—. ¡Vamos! ¡Se acercan!

Mientras más karkauns se dirigen hacia el Desfiladero, la Verdugo repta para alcanzar su martillo de guerra e intenta ponerse en pie. Se tambalea y dirige la vista hacia atrás, hacia arriba…

Donde unas volutas de humo blanco se elevan hacia los cielos.

Solloza y cae de rodillas, suelta el martillo y agacha la cabeza. Sé que está preparada para morir.

También sé que no se lo puedo permitir.

Me pongo en movimiento al instante, dejando a la cocinera atrás, alejándome del camino de la seguridad y en dirección a la Verdugo de Sangre. Me abalanzo sobre el karkaun que pretende atacarla, y cuando se aferra a mi cuello con los dientes, le hundo mi daga en las entrañas y lo empujo. Tengo el tiempo justo de sacar el cuchillo antes de clavarlo en el gaznate de otro karkaun. Un tercero me ataca por detrás, trastabillo y ruedo sobre mi cuerpo justo cuando una flecha le explota en la cabeza.

Me quedo boquiabierta mientras la cocinera se dedica a lanzar por los aires una flecha tras otra, ejecutando a los karkauns con la precisión de un máscara. Se detiene para recoger un carcaj lleno de flechas de la espalda de un bárbaro muerto.

—¡Agarra a la Verdugo! —La cocinera pasa el brazo por debajo del hombro izquierdo de la Verdugo de Sangre y yo hago lo propio con el derecho. Marchamos por el Sendero del Peregrino tan rápido como podemos, pero la Verdugo apenas puede andar, y avanzamos lentamente.

—Allí. —La cocinera señala con la cabeza un conjunto de rocas. Trepamos hasta colocarnos detrás de ellas y dejamos a la Verdugo en el suelo. Decenas de karkauns escalan por el Desfiladero. Pronto serán cientos. Disponemos de unos pocos minutos como mucho.

—¿Cómo demonios vamos a salir de esta? —le susurro a la cocinera—. No podemos dejarla aquí.

—¿Sabes por qué la comandante nunca falla, chica? —No parece esperar respuesta a una pregunta hecha en el más raro de los momentos, porque sigue hablando—. Porque nadie conoce su historia. Aprende su historia, y descubrirás sus debilidades. Analiza sus debilidades, y podrás destruirla. Háblalo con Musa. Él te ayudará.

—¿Por qué me dices esto ahora?

—Porque te vas a vengar de esa salvaje reina demonio en mi lugar —me dice—. Y debes saberlo. Levántate. Ayuda a la Verdugo a subir por esa montaña. Los marciales van a sellar esas cuevas dentro de nada, si es que no lo han hecho ya. Tienes que moverte con rapidez.

Un grupo de karkauns sube a toda velocidad por el Sendero del Peregrino y la cocinera levanta el arco y dispara una andanada de flechas. Los bárbaros caen, pero llegan más a través del Desfiladero.

—Me quedan cincuenta flechas, chica —me informa la cocinera—. Cuando se me acaben, estamos listas. Como máximo podríamos pelear contra tres o cuatro de esos cretinos… pero no contra cientos. Mucho menos contra miles. Una de nosotras tiene que frenarlos.

Ay. *Ay, no.* Ahora entiendo sus palabras. Al fin comprendo lo que implican.

—Ni hablar. No te voy a abandonar aquí para que mueras…

—¡Vete! —Mi madre me empuja hacia la Verdugo, y aunque muestra los dientes, tiene los ojos anegados de lágrimas—. ¡No quieras salvarme! No vale la pena. ¡Vete!

—No te voy a…

—¿Sabes lo que hice en la prisión de Kauf, chica? —Sus ojos desprenden odio cuando pronuncia las palabras. Antes de saber quién era en realidad, habría pensado que ese odio estaba dirigido a mí. Ahora entiendo que yo nunca fui la causante. El odio era para sí misma—. Si lo supieras, huirías…

—Sé lo que hiciste. —Ahora no es el momento de ponernos nobles. La agarro del brazo e intento tirar de ella hacia la Verdugo. No cede—. Lo hiciste para salvarnos a Darin y a mí. Porque papá y Lis no eran tan fuertes como tú, y sabías que al final se rendirían y entonces moriríamos todos. Lo supe nada más verlo, mamá. Te perdoné en ese mismo instante, pero tienes que venir conmigo. Podemos huir…

—Maldita chica. —La cocinera me agarra por el hombro—. Escúchame. Llegará el día que tengas hijos. Y aprenderás que preferirías sufrir mil tormentos que permitir que les tocaran ni un solo pelo. Concédeme este regalo. Déjame protegerte como debería de haber protegido a L-L-L-Lis. —El nombre estalla de sus labios—. Como debería de haber protegido a tu p-pa-pa…

Gruñe por su inhabilidad de hablar y se gira, carga el arco, y dispara una flecha tras otra.

La Fantasma caerá, su carne se marchitará.

La Fantasma nunca fui yo. Era ella. Mirra de Serra, regresada de entre los muertos.

Pero si ese es el caso, voy a batallar contra ese verso de la profecía.

Mamá se gira, agarra a la Verdugo y la levanta. La marcial parpadea varias veces, y apoya todo su peso sobre mi madre, que la empuja hacia mí.

No me queda otra opción que sostenerla, mis rodillas casi ceden por la repentina carga. Pero la Verdugo se yergue, intentando mantener el equilibrio por su propio pie, usándome como soporte.

—Te quiero, L-L-Laia. —El sonido de mi nombre en los labios de mi madre es más de lo que puedo soportar, y niego con la cabeza una y otra vez, intentando decirle que no entre sollozos. *Otra vez no. Otra vez no.*

—Cuéntaselo todo a tu hermano —me pide—, si es que no lo sabe ya. Dile que estoy orgullosa de él. Dile que lo siento.

Se levanta de detrás de las rocas y sale disparada, atrayendo la atención de los karkauns mientras los ensarta con más flechas.

—¡No! —grito, pero ya se ha alejado y si no me muevo será para nada. La miro una vez más, y sé que nunca olvidaré cómo su pelo banco ondea como una bandera de victoria, y cómo sus ojos azules brillan con furia y determinación. Al fin es la

Leona, la mujer a la conocía cuando era niña, y a la que tal vez ahora conozca incluso mejor.

—¡Verdugo de Sangre! —la llamo mientras dirijo la atención hacia el Sendero del Peregrino—. Despierta, por favor…

—¿Quién…? —Intenta verme, pero su cara devastada está cubierta de sangre.

—Soy Laia. Debes andar, ¿me entiendes? Debes hacerlo.

—Vi el humo blanco.

—Camina, Verdugo… ¡Camina!

Paso a paso, avanzamos por el Sendero del Peregrino hasta que hemos ascendido lo suficiente como para ver por encima de los cuerpos y comprobar la inmensidad del ejército karkaun, que aunque disminuido sigue siendo enorme. Lo suficientemente alto como para ver cómo mi madre acaba con ellos uno a uno, haciendo uso de las flechas que los karkauns le disparan y proporcionándonos todo el tiempo que le es posible.

Y entonces no echo más la vista atrás. Solo me muevo, medio arrastrando medio alentando a la Verdugo de Sangre para que siga adelante. Pero está demasiado lejos y la Verdugo está muy malherida. Su ropa está empapada en sangre y el cuerpo le pesa por el dolor.

—Lo si-siento —tartamudea—. Sigue… sigue sin…

—¡Verdugo de Sangre! —Una voz viene de arriba y veo un destello plateado. Reconozco esa cara. Es el máscara que me ayudó en Kauf. El que me liberó hace meses. Avitas Harper.

—Gracias a los cielos…

—Yo me encargo de este lado, Laia. —Harper se pasa el otro brazo de la Verdugo por encima de los hombros y juntos tiramos de ella por el camino y luego cruzamos una cuenca adoquinada hasta una cueva donde un máscara atractivo de piel morena nos aguarda. Dex Atrius.

—Harp-Harper —susurra la Verdugo arrastrando las palabras—. Te dije… que sellaras los túneles. Has desobedecido mis órdenes.

—Con el debido respeto, Verdugo, eran unas órdenes de lo más estúpidas —replica Harper—. No hables.

Giro la cabeza hacia atrás mientras entramos en la cueva. Desde esta altura, puedo ver toda la bajada del cerro hasta el Desfiladero.

Hasta los karkauns que ahora suben por el camino sin nadie que les bloquee el paso.

—No —susurro—. No... No... No...

Pero ya estamos en la cueva y Dex nos urge.

—Destrúyelo —ordena Avitas—. Laia, apresúrate. No andan lejos.

No quiero abandonarla, me dan ganas de gritar. *No quiero que muera sola. No quiero volverla a perder.*

Cuando llegamos al final de un pasillo flanqueado por antorchas de fuego azul, un estruendo que sacude el suelo nos alcanza, seguido por el inconfundible sonido de miles de piedras cayendo.

Y luego silencio.

Me agacho al lado de la Verdugo. No puede verme, pero alarga la mano y agarra la mía.

—¿Tú... la conocías? —me susurra—. ¿A la cocinera?

Tardo un buen rato en responder. Para cuando lo hago, la Verdugo está inconsciente.

—Su nombre era Mirra de Serra —hablo aunque nadie pueda oírme—. Y sí, la conocía.

QUINTA PARTE

BIENAMADO

LVII: La Verdugo de Sangre

L aia de Serra es incapaz de afinar aunque le fuera la vida en ello. Pero su canturreo es dulce y liviano y extrañamente reconfortante. Mientras se mueve por los alrededores de la habitación, intento comprender dónde estoy. La luz de una lámpara se filtra por una enorme ventana y noto el aire fresco; una señal de que el verano llega a su fin en el norte. Reconozco los edificios bajos y arqueados que se erigen tras la ventana y la gran plaza a la que se asoma. Estamos en Delphinium. El aire me parece pesado. En la distancia, un relámpago centellea por encima de la cordillera de Nevennes. Puedo oler la tormenta.

Me noto la cara rara y me la palpo. *La máscara. Los genios. Creía que había sido una pesadilla.* Pero cuando rozo mi propia piel por primera vez en siete años, me doy cuenta de que no se trataba de un sueño. Mi máscara se ha ido.

Y una parte de mi alma con ella.

Laia oye que me muevo y se gira. Veo la espada que lleva colgada al cinto y por instinto voy en busca de la mía.

—No hay ninguna necesidad de hacer eso, Verdugo de Sangre. —Ladea la cabeza y pone una expresión que aunque no es exactamente amable tampoco es antipática—. No te hemos arrastrado durante kilómetros por las cuevas para que tu primer acto al despertarte sea apuñalarme.

Un llanto suena cerca y me obligo a incorporarme con los ojos desorbitados. Laia pone los suyos en blanco.

—El Emperador siempre tiene hambre. Y cuando no se le da comida... que los cielos se apiaden de todos nosotros.

—Livvy... están...

—A salvo. —Una sombra surca el rostro de la chica académica, pero la sofoca rápidamente—. Sí. Tu familia está a salvo.

Se oye un movimiento sutil en la puerta y Avitas aparece. Al instante Laia se excusa. Entiendo la media sonrisa que aflora en sus labios y me sonrojo.

Durante un segundo, veo una muestra de expresión en el rostro de Harper; no el semblante impertérrito que usan todos los máscaras, sino el alivio genuino de un amigo.

Aunque, si soy sincera, no es el aspecto de alguien que piensa en mí solo como amiga. Lo sé.

Quiero decirle algo. *Regresaste a por mí. Laia y tú me habéis arrastrado lejos de las garras de la misma Muerte. Tienes más de la bondad de tu padre en el interior de lo que jamás reconocerás.*

En vez de eso, me aclaro la garganta y volteo las piernas para sentarme en el lateral de la cama, temblando con debilidad.

—Informa, capitán Harper.

Sus cejas plateadas se enarcan durante un ínfimo instante, y creo entrever frustración en sus ojos. La aplasta, igual que haría yo. A estas alturas ya me conoce. Sabe lo que necesito.

—Tenemos a siete mil quinientos veinte marciales que huyeron de Antium —dice—. Otros mil seiscientos treinta y cuatro académicos. Creemos que al menos diez mil más, ilustres y mercantes, se marcharon antes de la invasión o la comandante les procuró una vía de escape.

—¿Y el resto?

—La mitad murieron durante el asedio. La otra mitad ha sido aprisionada por los karkauns. Los bárbaros los han esclavizado.

Como sabíamos que harían.

—Entonces debemos liberarlos —afirmo, tajante—. ¿Qué sabemos de Keris?

—Se retiró a Serra y ha establecido la capital allí. —Avitas se queda callado un momento, intentando contener su rabia—. Los *paters* ilustres la han nombrado Emperatriz… y el Imperio la ha recibido con los brazos abiertos. Culpan a Marcus de la caída de Antium, y…

—Y a mí. —Al fin y al cabo yo lideré la defensa de la ciudad. He fracasado.

—Quin Veturius ha jurado lealtad al Emperador Zacharius y a la Gens Aquilla —continúa Harper—, igual que han hecho las Gens ilustres de Delphinium. La comandante ha declarado a tu sobrino enemigo del Imperio. Todos aquellos que lo apoyen a él o a su derecho deben ser aplastados de inmediato.

Nada de lo que me dice me sorprende… ya no. Todas mis maquinaciones y argucias no han servido de nada. Si hubiese sabido que la guerra civil era inevitable, habría matado a Keris sin pensarlo, sin tener en cuenta las consecuencias. Al menos Antium no estaría en las manos de Grímarr.

La tormenta se aproxima y una llovizna empieza a caer sobre los adoquines de fuera. Harper se me queda mirando descaradamente y giro la cabeza, preguntándome qué aspecto debe de tener mi cara. Llevo ropa negra, pero sin mi máscara me noto extraña. Desnuda.

Recuerdo lo que la comandante dijo antes de huir de Antium. *Me pregunto si dolerá.* Ella lo sabía. Por eso me dejó con vida. Se lo debió ordenar el Portador de la Noche.

Harper me acaricia una mejilla y luego la otra.

—No te has visto.

—No he querido hacerlo.

—Tienes cicatrices. Dos, como unas cimitarras gemelas.

—¿Me ves…? —Las palabras me salen en un susurro, y carraspeo bruscamente—. ¿Está muy mal?

—Son preciosas. —Sus ojos verdes se muestran pensativos—. Tu cara no podría ser otra cosa que no fuera preciosa, Verdugo de Sangre. Con o sin máscara.

Me suben los colores y esta vez no hay ninguna máscara que lo oculte. No sé qué hacer con las manos. Mi pelo debe de estar hecho un desastre. Toda yo debo de estar hecha un desastre. *No importa. Solo es Harper.*

Pero ya no es solo Harper, ¿verdad?

Era leal a la comandante. Te torturó siguiendo las órdenes de Marcus.

Pero nunca fue verdaderamente leal a Keris. Y en cuanto al interrogatorio, ¿cómo diablos puedo juzgarlo por ello después de lo que le ordené a Dex que le hiciera a Mamie? ¿A la tribu Saif?

Es el hermano de Elias.

Mis pensamientos son un revoltijo de confusión. No puedo hallarles el sentido. Avitas me toma las manos, envolviéndolas en las suyas y examinándolas con sumo cuidado.

Dibuja una línea por mi brazo con la punta de su dedo, de una peca a la siguiente. Respiro entrecortadamente, atormentada por su aroma, por el triángulo de piel de su cuello. Se inclina hacia mí. La curva de su labio inferior es el único punto suave en una cara que parece tallada en roca. Me pregunto si sus labios tendrán el sabor que creo, a té de miel y canela en una noche fría.

Cuando levanto la vista hacia la suya, no oculta nada. Por fin, por fin desenmascara su deseo. El poder que irradia me marea y no protesto cuando me atrae hacia sí. Avitas se detiene cuando está a punto de tocar mis labios. Cuidadoso, siempre tan cuidadoso. En ese instante de espera, se expone. *Solo si quieres.* Acorto la distancia, mi propia necesidad me desgarra con una fuerza que me deja perturbada.

Anticipaba mi impaciencia, pero no la suya. Para alguien que está siempre tan enervantemente calmado, me besa como un hombre que nunca se va a sentir saciado.

Más. Anhelo el contacto de sus manos en mi pelo, sus labios en mi cuerpo. Debería levantarme, cerrar la puerta con llave...

Es la fuerza embriagadora de ese impulso lo que me detiene en seco, que comprime mis pensamientos en dos sentimientos igual de claros.

Lo deseo.

Pero no puedo permitirlo.

Con la misma premura con la que mis labios se han encontrado con los de Harper, me aparto de él. Sus ojos verdes son dos pozos oscuros de deseo, pero cuando ve mi expresión, respira fuerte por la nariz.

—Mírame.

Está a punto de decir mi nombre. El nombre de mi corazón, como hizo en su mente cuando canté para él. Y si se lo permito, no podré echarme atrás.

—Mírame, Hel…

—Verdugo de Sangre, capitán Harper. —Hago acopio de todo mi entrenamiento y le dedico una mirada gélida. *Es una distracción. Solo importa el Imperio. Solo importa tu gente.* Los marciales se encuentran en un peligro demasiado importante como para que nos podamos permitir distracciones ninguno de los dos. Retiro mis manos de las suyas abruptamente—. Soy la Verdugo de Sangre. Te irá bien recordarlo.

Durante unos segundos, se queda paralizado y el dolor le surca abiertamente el rostro. Entonces se yergue y saluda, volviendo a ser un máscara consumado.

—Por supuesto, Verdugo de Sangre, señora. Permiso para regresar al deber.

—Concedido.

Cuando Harper se ha ido me siento vacía. Sola. Oigo unas voces cerca y me obligo a ponerme en pie y a avanzar por el pasillo. Los truenos resuenan, lo suficientemente cerca como para enmascarar mis pasos mientras me acerco a la puerta abierta que debe ser la habitación de Livia.

— … mi gente la salvó de los karkauns, aunque hacerlo significara exponerse a un gran riesgo. Se lo ruego, Emperatriz, empiece el reinado de su hijo con un acto digno de un verdadero emperador. Libere a los esclavos académicos.

—No es tan sencillo. —Reconozco la voz grave de Faris.

—¿No? —La claridad y la fuerza de la voz de mi hermana hacen que enderece la espalda. Siempre odió la esclavitud, como nuestra madre. Pero a diferencia de ella, está claro que planea ponerle solución—. Laia de Serra no miente. Un grupo de académicos nos salvó de los karkauns que se infiltraron en los túneles. Me llevaron en volandas cuando estaba demasiado débil como para caminar y fue una académica la que cuidó del Emperador Zacharius cuando perdí el conocimiento.

—Fuimos nosotros los que encontramos el musgo que alimentó a los vuestros en los túneles. —La voz de Laia tiene un deje pícaro y frunzo el ceño—. Si no fuera por los académicos, os habríais muerto todos de hambre.

—Has presentado tu súplica para tu pueblo con sagacidad. —La voz de Livia es tan calmada que la tensión se disipa al instante—. Como Emperatriz regente, decreto que todos los académicos que escaparon por los túneles ahora son personas libres. Lugarteniente Faris, comunica la noticia a los *paters* de Delphinium. Capitán Dex, asegúrate de que la respuesta marcial no sea abiertamente... emocional.

Entro en la habitación en ese momento y Livia da un paso en mi dirección, aunque se detiene al ver mi mirada de advertencia. Dirijo mi atención hacia el bulto de cabello negro en la cama, que acaba de comer y está dormido profundamente.

—Ha crecido —digo, sorprendida.

—Es algo que suelen hacer. —Laia sonríe—. No deberías estar levantada y correteando por ahí, Verdugo de Sangre.

Desestimo su preocupación con un gesto de la mano pero me siento cuando mi hermana insiste.

—¿Viste a Elias, Laia? ¿Pudiste hablar con él?

Algo en su expresión cambia, un dolor pasajero que conozco demasiado bien. Entonces ha hablado con él. Ha visto en lo que se ha convertido.

—Ha vuelto al Bosque. No he intentado encontrarlo. Primero quería asegurarme de que estuvieras bien. Y…

—Y has estado ocupada —termino por ella—. Ahora que tu gente te ha escogido como su líder.

Su reticencia está escrita en su rostro. Pero se limita a encogerse de hombros.

—Por ahora, tal vez.

—¿Y el Portador de la Noche?

—Nadie lo ha visto desde el asedio —responde—. Ha pasado más de una semana. Creía que a estas alturas ya habría liberado a sus congéneres, pero… —Comprende mi expresión. La lluvia cae a cántaros ahora, un latigazo constante contra las ventanas—. Pero tú también lo sientes, ¿verdad? Algo se acerca.

—Algo se acerca —convengo—. Quiere destruir a los académicos… y planea usar a los marciales para lograrlo.

La expresión de Laia es inescrutable.

—¿Y vas a permitir que utilicen a tu gente?

No esperaba esa pregunta. Livia, sin embargo, parece no estar sorprendida, y tengo la sensación de que ella y Laia ya han mantenido esta conversación.

—Si planeas recuperar el trono para tu sobrino —prosigue Laia—, necesitarás aliados para combatir contra la comandante… Aliados poderosos. No tienes suficientes hombres como para hacerlo tú sola.

—Y si tú no quieres que los genios y el ejército marcial destruyan por completo a tu gente —contraargumento—, también necesitarás aliados. Concretamente aquellos que conozcan bien a los marciales.

Nos quedamos mirándonos la una a la otra como dos perros recelosos.

—El augur me mencionó algo sobre el Portador de la Noche hace unas semanas —digo al final—. Antes del asedio de Antium. *La verdad de todas las criaturas, sean humanos o genios, radica en su nombre.*

Una chispa de interés ilumina el rostro de Laia.

—La cocinera me dijo algo parecido. Dijo que conocer la historia de la comandante me ayudaría a destruirla. Y sé de alguien con habilidades únicas que puede ayudarnos.

—¿Ayudarnos?

—Ayuda a mi gente, Verdugo de Sangre. —Puedo ver lo mucho que le está costando a Laia pedirme esto—. Y mis aliados... y yo... te ayudaremos a recuperar la corona de tu sobrino. Pero...

Ladea la cabeza, y cuando estoy intentando descifrar su expresión, se saca una daga de la cintura y me la lanza.

—¿Qué demonios...? —Agarro el cuchillo en el aire por puro instinto y se lo devuelvo en lo que tardo en pestañear dos veces—. ¿Cómo te atreves...?

—Si voy a usar acero sérrico —dice Laia bastante calmada—, entonces me gustaría aprender a blandirlo. Y si voy a ser la aliada de una marcial, me gustaría pelear como una.

Me la quedo mirando boquiabierta, advirtiendo por el rabillo del ojo la sonrisa silenciosa de Livia. Laia baja la vista hacia Zacharias y luego la desvía hacia la ventana, y la misma sombra le surca el rostro otra vez.

—Aunque me pregunto si me enseñarías a usar el arco, Verdugo de Sangre.

Un recuerdo de la neblina que la semana pasada es en mi mente se proyecta ante mis ojos: las manos fuertes de la cocinera mientras disparaba una flecha tras otra a los karkauns. *Te quiero, Laia,* había dicho. La cara de Laia cuando la cocinera le vociferaba que me llevara a la cueva de los augures. Y recuerdos más lejanos: la ferocidad de la cocinera cuando me dijo que me mataría si le hacía daño a Laia. La manera como una música distante dentro de ella me recordaba a la chica académica cuando curé a la anciana.

Y de repente lo comprendo. *Mamá.*

Recuerdo la cara de mi propia madre cuando se enfrentó a su muerte. *Fuerza, mi niña,* me dijo.

Maldito este mundo por lo que les hace a las madres, por lo que les hace a las hijas. Maldito por hacernos fuertes mediante la pérdida y el dolor, arrancándonos el corazón del pecho una y otra vez. Maldito por obligarnos a padecer.

Cuando miro a los ojos a la chica académica, me doy cuenta de que me ha estado observando. No hablamos. Pero desde este momento, conoce mi corazón. Y yo conozco el suyo.

—¿Y bien? —Laia de Serra extiende la mano.

Se la encajo.

LVIII: El Atrapaalmas

El fantasma tarda varios días en hablarme de su dolor. Escucharlo me hiela la sangre. Sufre con cada recuerdo: una estampida de violencia, egoísmo y brutalidad que, por primera vez, debe sentir con todo su horror.

La mayoría de los espíritus cruzan con rapidez, pero a veces sus pecados son tan grandes que Mauth no les permite hacerlo. No hasta que hayan sufrido todo lo que infligieron.

Ese es el caso del fantasma de Marcus Farrar.

Durante todo el proceso, su hermano permanece a su lado, silencioso, paciente. Habiendo pasado los últimos nueve meses atado al cuerpo material de su gemelo, Zak ha tenido tiempo de sobras de sufrir por lo que fue. Ahora espera a su hermano.

Al fin llega el día en el que Mauth está satisfecho con el sufrimiento de Marcus. Los gemelos caminan conmigo en silencio, uno a cada lado. Se han despojado de la ira, del dolor, de la soledad. Están preparados para cruzar.

Nos acercamos al río, y me giro hacia los hermanos. Escaneo sus mentes desapasionadamente y encuentro un recuerdo feliz: en este caso, un día que pasaron juntos sobre los tejados de Silas antes de que los llevaran a Risco Negro. Su padre les había comprado una cometa. El viento arreciaba y la hicieron volar alto.

Les doy a los gemelos este recuerdo para que puedan cruzar el río sin darme más problemas y este captura su oscuridad

—la que Risco Negro encontró en su interior y alimentó— y Mauth la consume. A dónde va, lo desconozco. Sin embargo, sospecho que tiene algo que ver con ese mar turbulento que vi cuando hablé con Mauth y con las criaturas que acechan dentro de él.

Cuando dirijo la mirada otra vez a los gemelos, vuelven a ser dos chicos, incontaminados por el mundo. Y cuando entran en el agua, lo hacen juntos, agarrados de la mano.

Los días pasan rápido, y tras haberme fusionado por completo con Mauth, transito por entre los fantasmas, dividiendo mi atención hacia varios a la vez con la misma facilidad que si estuviera hecho de agua en vez de carne. Los genios se muestran irritados por el poder de Mauth, pero aunque siguen siseándome y susurrándome, normalmente puedo silenciarlos con un solo pensamiento y no me causan mayores problemas.

Al menos por ahora.

Cuando hace más de una semana que he vuelto a la Antesala, de repente percibo la presencia de un forastero en el norte, cerca de Delphinium. Solo tardo un instante en darme cuenta de quién es.

Olvídala, dice Mauth en mi cabeza. *Sabes que solo te traerá penurias.*

—Me gustaría decirle por qué me fui. —Tengo que dejarla ir, pero a veces unas imágenes del pasado llegan a las orillas de mi mente y me dejan inquieto—. Quizá si lo hago dejará de atormentarme.

Siento el suspiro de Mauth, pero no media palabra, y en media hora la entreveo a través de los árboles, caminando arriba y abajo. Está sola.

—Laia.

Se gira, y al verla algo se retuerce en mi interior. Un antiguo recuerdo. Un beso. Un sueño. Su pelo como seda entre mis dedos, su cuerpo levantándose bajo mis manos.

Detrás de mí, los fantasmas bisbisean, y con la marea de su canción, el recuerdo de Laia se desvanece. Rescato otro recuerdo:

el de un hombre que un día portaba una máscara plateada y que no tenía sentimientos cuando la llevaba puesta. En mi mente, me la pongo de nuevo.

—Todavía no es tu momento, Laia de Serra —le digo—. No eres bienvenida aquí.

—Creía… —Se estremece—. ¿Estás bien? Te fuiste sin dar ninguna explicación.

—Debes irte.

—¿Qué te ha pasado? —pregunta Laia con un hilo de voz—. Dijiste que estaríamos juntos. Dijiste que encontraríamos la manera. Pero luego… —Menea la cabeza—. ¿Por qué?

—Miles a lo largo del Imperio murieron no solo por los karkauns sino también por los fantasmas. Porque los fantasmas poseyeron a cualquiera que se les puso delante y los obligaron a hacer cosas terribles. ¿Sabes cómo escaparon?

—¿Fue… fue Mauth…?

—Fui incapaz de mantener la barrera. Fracasé en mi cometido en la Antesala. Antepuse todo lo demás: desconocidos, amigos, familia, tú. Debido a eso, el muro cedió.

—No lo sabías. No había nadie que pudiera enseñarte. —Respira hondo y aprieta las manos una contra la otra—. No lo hagas, Elias. No me abandones. Sé que estás ahí. Por favor… regresa a mi lado. Te necesito. La Verdugo de Sangre te necesita. Las tribus te necesitan.

Me acerco a ella, le tomo las manos y bajo la vista hacia su cara. Lo que fuera que sintiera por ella ahora está amortiguado por la constante presencia tranquilizadora de Mauth y el murmullo de los fantasmas de la Antesala.

—Tus ojos. —Resigue mis cejas con el dedo—. Son como los de ella.

—Como los de Shaeva —digo. Como debería ser.

—No. Como los de la comandante.

Sus palabras me atribulan, pero eso también se desvanecerá. Al tiempo.

—Elias es quien era —le digo—. El Atrapaalmas, *Banu al-Mauth*, el Elegido de la Muerte, es quien soy ahora. Pero no desesperes. Somos, todos nosotros, visitantes en las vidas de los demás. Olvidarás mi visita pronto. —Agacho la cabeza y la beso en la frente—. Cuídate, Laia de Serra.

Cuando me doy la vuelta, solloza. Es un llanto que le sale del alma fruto de una traición que la hiere.

—Quédate esto. —Su voz está rota, su cara surcada de lágrimas. Se arranca un brazalete de madera del brazo y me lo arroja a las manos—. No lo quiero. —Se da la vuelta y se dirige hacia el caballo que espera cerca. Unos segundos después, estoy solo.

La madera todavía está caliente de su cuerpo. Cuando la toco, una parte de mí grita irada desde detrás de una puerta cerrada, exigiendo que la liberen. Pero un segundo después, niego con la cabeza, frunciendo el ceño. El sentimiento se desvanece. Pienso en tirar el brazalete sobre la hierba. No lo necesito, ni tampoco a la chica.

Algo hace que me lo meta en el bolsillo en su lugar. Intento volver la atención hacia los fantasmas, hacia mi trabajo. Pero estoy perturbado, y al final acabo en la base de un árbol cerca del manantial no muy lejos de las ruinas de la cabaña de Shaeva, reflejándome en el agua. Un recuerdo me asalta la mente.

Pronto te darás cuenta del precio de tu juramento, hermano. Espero que no me lo tengas demasiado en cuenta.

¿Es ese el sentimiento que guardo dentro? ¿Ira hacia Shaeva?

No es ira, niño, dice Mauth con voz suave. *Solo es que notas tu mortalidad. Pero ya no eres mortal. Vivirás todo el tiempo que puedas desempeñar tu labor.*

—No es mortalidad lo que siento, aunque es algo inequívocamente mortal.

¿Tristeza?

—Un tipo de tristeza —digo—, llamada «soledad».

El silencio se extiende durante tanto rato que creo que Mauth me ha dejado solo. Entonces noto que el suelo se mueve a mi alrededor. Las raíces de los árboles traquetean, se curvan, se ablandan, hasta que se acomodan en torno a mí y forman una especie de asiento. Las enredaderas crecen y las flores brotan de ellas.

No estás solo, Banu al-Mauth. *Yo estoy aquí contigo.*

Un fantasma se acerca a mí, planeando sin agitación. Buscando, siempre buscando. La conozco. Voluta.

—Hola, pequeñín. —Su mano me acaricia la cara—. ¿Has visto a mi amorcito?

—No —respondo, pero esta vez le presto toda mi atención—. ¿Puedes decirme su nombre?

—Amorcito.

Asiento, sin sentir ni un ápice de la impaciencia que me invadía antes.

—Amorcito —repito—. ¿Y tú? ¿Cuál es tu nombre?

—Mi nombre —musita—. ¿Mi nombre? Me llamaba Ama. Pero tenía otro nombre. —Percibo su agitación y procuro tranquilizarla. Intento encontrar una vía hacia sus recuerdos, pero no localizo nada. Ha erigido un muro a su alrededor. Cuando ladea la cabeza, su perfil se hace visible un instante. Las curvas de su cara me remueven algo en lo más profundo de mi ser. Siento como si estuviera entreviendo a alguien que conozco de toda la vida.

—Karinna. —Se sienta a mi lado—. Ese era mi nombre. Antes de ser Ama, era Karina.

Karinna. Reconozco el nombre, aunque tardo unos segundos en saber de qué. Era el nombre de mi abuela. La esposa de Quin.

Pero no puede ser…

Abro la boca para hacerle más preguntas, pero gira la cabeza de golpe, como si hubiese oído algo. Al instante vuelve a estar en el aire y se funde con los árboles. Algo la ha asustado.

Analizo con la mente las fronteras del Bosque. La barrera está fuerte. Ningún fantasma merodea cerca de ella.

Entonces lo noto. Por segunda vez en el día de hoy, alguien del mundo exterior entra en la Antesala. Pero esta vez no es un intruso.

Esta vez, es alguien que vuelve a casa.

LIX: El Portador de la Noche

En la profunda oscuridad de la Antesala, los fantasmas suspiran su canción de remordimiento en vez de gritarla. Los espíritus se mecen apacibles; *Banu al-Mauth* al fin ha aprendido lo que significa ser el Elegido de la Muerte.

Unas sombras emergen detrás de mí, catorce en total. Los conozco y los odio, pues son la fuente inagotable de mis penas.

Los augures.

¿Oyen todavía los gritos de los niños genio a los que masacraron con acero frío y lluvia de verano? ¿Se acuerdan de cómo mi gente suplicó clemencia cuando los encerraron en la arboleda de los genios?

—No podéis detenerme —les digo a los augures—. Mi venganza está escrita.

—Estamos aquí como testigos. —Es Cain el que habla. No tiene nada que ver con el rey académico obsesionado con el poder de hace un milenio. Resulta extraño pensar que esta criatura demacrada es el mismo hombre que traicionó a los genios, que les prometió la paz mientras planeaba la destrucción—. Aquellos que prendieron la chispa de las llamas deben sufrir su ira —sentencia.

—¿Qué crees que os ocurrirá cuando toda la magia que le robasteis a mi gente les sea restaurada? —pregunto—. La magia que ha sustentado vuestras lamentables formas durante todos estos años?

—Moriremos.

—Deseáis morir. La inmortalidad era una carga más dolorosa de lo que habías anticipado, ¿no es así, serpiente? —conjuro mi magia, formo una cadena gruesa iridiscente y ato los augures a mi cuerpo. No ofrecen resistencia. No pueden, pues estoy en casa, y aquí, rodeado de los árboles que me vieron nacer, mi magia está en su punto álgido—. No temáis más, Su Majestad. Moriréis. Vuestro dolor llegará a su fin. Pero antes, observad cómo destruyo todo lo que teníais la esperanza de salvar, para que podáis saber lo que vuestra codicia y violencia os ha conllevado.

Cain se limita a sonreír, un vestigio de su antiguo engreimiento.

—Los genios serán liberados —dice—. El equilibrio entre los mundos se restaurará. Pero los humanos están preparados para tu llegada, Portador de la Noche. Prevalecerán.

—Pobre iluso.

Lo ataco con mi magia, y cuando despliega su poder para defenderse, el aire titila un instante antes de que desvíe el ataque como lo haría un humano con un mosquito.

—Mírame a los ojos, despojo humano —susurro—. Contempla los momentos más oscuros de tu futuro. Sé testigo de la devastación que voy a desatar.

Cain se tensa mientras observa, mientras ve en mi mirada campos y campos repletos de muertos. Aldeas, pueblos y ciudades arden. Su gente, sus preciados académicos arrasados a manos de mis congéneres, pulverizados hasta que no se recuerde ni su nombre siquiera. Los marinos, las tribus y los marciales, todos bajo el sangriento mandato tiránico de Keris Veturia.

Y sus campeones, esas tres llamas en las que ha depositado todas sus esperanzas: Laia de Serra, Helene Aquilla y Elias Veturius… Extingo esas llamas. Pues me he hecho con el alma de la Verdugo de Sangre, la Antesala le ha arrebatado al Atrapaalmas su humanidad y aplastaré el corazón de Laia de Serra.

El augur intenta desviar la mirada de las imágenes de pesadilla. No se lo permito.

—Sigues siendo un arrogante —le digo—. Tan seguro de que sabías lo que era mejor. Tus presagios te mostraron una manera de liberaros y soltar a los genios mientras protegíais a la humanidad. Pero nunca entendisteis la magia. Por encima de todo, es maleable. Vuestros sueños para el futuro solo florecen si tienen una mano firme que los alimente y les dé vida. De otro modo, se marchitan antes de que tengan siquiera la oportunidad de echar raíces.

Me giro hacia la arboleda de los genios, arrastrando conmigo los augures que forcejean. Me empujan con su magia robada, desesperados por escapar ahora que saben lo que está por venir. Los constriño un poco más. Pronto serán libres.

Cuando estoy entre los árboles encantados, el sufrimiento de mis hermanos me sobreviene. Quiero gritar.

Coloco la Estrella en el suelo. Ahora completa, en ella no hay ningún vestigio de haberse partido y es tan alta como yo. El diamante de cuatro puntas recuerda al símbolo de Risco Negro. Los augures adoptaron esa forma para recordarse sus pecados. Una noción humana patética; que regodeándose en la culpa y el remordimiento, uno puede expiar cualquier crimen, por más deleznable que sea.

Cuando coloco las manos sobre la Estrella, la tierra se detiene. Cierro los ojos. Mil años de soledad. Mil años de engaño. Mil años de maquinaciones y planes y resarcimiento. Todo para este instante.

Decenas de caras me inundan la mente, todos los que poseyeron un fragmento de la Estrella. Todos a los que amé. *Padremadre-hermano-hermana-amigo-amante.*

Libera a los genios. La Estrella emite un zumbido en respuesta a mi orden, la magia que contiene su metal se retuerce, se dobla, se echa sobre mí y se retira, todo a la vez. Está viva, su conciencia es simple pero emana poder. Agarro esa energía y me apodero de ella.

Los augures se estremecen, y los ato más juntos... a todos menos a Cain. Fabrico un escudo con mi magia para protegerlo de lo que vendrá a continuación.

Aunque no me va a estar agradecido por ello.

Libera a los genios. Los árboles se despiertan con un quejido y la Estrella forcejea conmigo, su embrujo ancestral es indolente y reticente a doblegarse. *Los has mantenido cautivos suficiente tiempo. Libéralos.*

Un crujido retumba dentro de la arboleda, sonoro como un relámpago de verano. En las profundidades de la Antesala, los susurros de los fantasmas se transforman en gritos cuando uno de los árboles se abre en dos, luego otro. Las llamas se alzan de dentro de esas ranuras, avanzando implacables como si se hubiesen abierto las puertas de todos los infiernos. Mis llamas. Mi familia. Mis genios.

Los árboles explotan en cenizas y su brillo pinta el firmamento de un rojo infernal. El musgo y los setos se reducen a hollín, dejando un círculo de acres de diámetro, de color negro. La tierra se sacude, es un temblor que hará añicos los cristales desde Marinn hasta Navium.

Puedo saborear el miedo en el aire: desde los augures y los fantasmas hasta los humanos que infestan este mundo. Unas visiones destellan en mi mente: una soldado con el rostro con cicatrices grita, alargando la mano hacia unas dagas que no le servirán de nada. Un recién nacido se despierta, aullando. Una chica a la que quise en el pasado se queda sin aliento, dándole la vuelta a su caballo para observar con sus ojos dorados el cielo escarlata que se extiende por encima del Bosque del Ocaso.

Durante un instante, todos los humanos que se encuentran en un radio de mil leguas se unen en un momento compartido de inefable pavor. Lo saben. Sus esperanzas, su amor, su alegría... pronto no serán más que cenizas.

Mi gente trastabilla hacia mí, sus llamas se condensan en brazos, piernas, caras. Primero una decena, luego cincuenta, luego cientos. Uno a uno, salen de sus prisiones y se reúnen a mi alrededor.

En el borde del claro, trece de los catorce augures colapsan en silencio en montones de ceniza. El poder que habían succionado de los genios regresa a sus legítimos dueños. La Estrella se agrieta; sus restos polvorientos se arremolinan antes de desaparecer con una ráfaga de viento.

Me giro hacia mi familia.

—*Bisham* —los saludo—. Mis hijos.

Hago un gesto para que las llamas se acerquen, cientos y cientos de ellas. Su calor es un bálsamo para el alma que creía haber perdido hace mucho tiempo.

—Perdonadme —les suplico—. Perdonadme por haberos fallado.

Me rodean, me tocan la cara, tiran de mi capa y liberan mi forma verdadera, la forma de llamas que he reprimido durante diez siglos.

—Nos has liberado —musitan—. Nuestro rey. Nuestro padre. Nuestro *Meherya*. No nos olvidaste.

Los humanos se equivocaban. Tuve un nombre, una vez. Un nombre precioso. Un nombre pronunciado antes de la gran oscuridad que precedió a todo lo demás. Un nombre cuyo significado justificaba mi existencia y definía todo lo que llegaría a ser.

Mi reina pronunció mi nombre hace mucho tiempo. Ahora mi gente lo susurra.

—*Meherya*.

Las altas llamas que los cubren destellan con más fuerza. Desde el rojo hasta el blanco incandescente, demasiado brillantes para el ojo humano, pero gloriosas para mí. Veo su poder y su magia, su dolor y su rabia.

Veo la necesidad de venganza que les nace de la misma alma. Veo la cosecha sangrienta que está por venir.

—*Meherya*. —Mis hijos repiten mi nombre, y su sonido hace que caiga de rodillas—. *Meherya*.

Bienamado.

AGRADECIMIENTOS

A mis increíbles lectores alrededor del mundo: gracias por reíros de mis verduras parlanchinas, los búhos que ululan y por todo el amor. Soy muy afortunada de teneros.

Ben Schrank y Marissa Grossman: me ayudasteis a transformar este extraño sueño febril en un libro de verdad. Me he quedado sin palabras de agradecimiento, así que seguiré enviándoos armamento y calcetines, con la esperanza de que con eso baste.

Kashi, gracias por enseñarme cómo desvanecerme ante un ataque y por animarme en esos momentos. Tienes más paciencia que un santo cuando te dedico mis miradas fulminantes de pistolero. Solo Dios sabe lo que haría sin ti.

Gracias a mis chicos, mi halcón y mi espada, por saber que necesito café por la mañana. Espero que leáis este libro algún día, y espero que estéis orgullosos.

Mi familia es mi cimitarra y mi escudo, mi propia pequeña legión. Mamá, gracias por tu amor y bendición. Papá, bendito seas por asumir que soy más fantástica de lo que soy en realidad. Boon, eres un hermano fuerte y estoy orgullosa de ti. Además, me debes una cena. Mer, la próxima vez no te llamaré tantas veces, ja ja, es mentira, lo más probable es que te llame incluso más. Heelah, Tía Mahboob, Maani y Armo... gracias por los abrazos. Aftab y Sahib Tahir, es una bendición teneros.

A Alexandra Machinist, por avasallar a los periódicos, filosofar al teléfono y por darles vueltas a las cosas que no podemos controlar. Te adoro y te estaré agradecida toda la vida.

Cathy Yardley, no habría sobrevivido a la escritura de este libro sin tu calmada sabiduría. Eres una genia.

Renée Ahdieh, tu amistad significa más para mí que todos los cruasanes de la galaxia. Nicola Yoon, bendita seas por ser la que tiene juicio. Nuestras llamadas son el momento álgido de la semana. Abigail Wen, los jueves a las 10 son mi momento feliz, tengo mucha suerte de conocerte. Adam Silvera, estoy muy orgullosa de ser una de las frases de tus tatuajes. Marie Lu, montones de abrazos por tu amistad, y por la pedicura más diabólica que se ha visto nunca. Leigh Bardugo, adorable búho sabio y gótico, que comamos s'mores por mucho tiempo mientras nos reímos maléficamente. Victoria Aveyard, nadie mejor con quien estar en las trincheras de la escritura. ¡Sobrevivimos! Lauren DeStefano, DRIC para siempre.

Un enorme y ferviente agradecimiento a: Jen Loja por tu liderazgo y apoyo; a Felicia Frazier y al equipo de ventas; a Emily Romero, a Erin Berger, a Felicity Vallence y al equipo de marketing; a Shanta Newlin y a Lindsay Boggs, que merecen todo el chocolate; a Kim Wiley por aguantar los retrasos; a Shane Rebenschied, a Kristin Boyle, a Theresa Evangelista y a Maggie Edkins por su trabajo con las cubiertas; a Krista Ahlberg y a Shari Beck por salvarme de errores aterradores; a Carmela Iaria, a Venessa Carson, y al equipo de la escuela y la biblioteca; a Casey McIntyre, a Alex Sanchez, y a todos los compañeros de Razorbill. Mi más sincero agradecimiento al cartógrafo Jonathan Roberts, cuyo talento me deja patidifusa.

Mis agentes de derechos subsidiarios, Roxane Edouard y Stephanie Koven, han logrado que mis mundos recorran el mundo, gracias. A todos los editores internacionales, artistas de las cubiertas y traductores, vuestra dedicación a esta saga es un regalo.

Abrazos y mi agradecimiento más sincero para Lilly Tahir, Christine Oakes, Tala Abbasi, Kelly Loy Gilbert, Stephanie Garber, Stacey Lee, Kathleen Miller, Dhonielle Clayton y Liz Ward. Un agradecimiento muy sentido para Farrah Khan por todo tu apoyo y por dejarme usar tu frase sobre ser una visitante.

Mi hogar está en la música, y este libro no existiría sin ella. Gracias a: Austra por *Beat and the Pulse*, Matt Maeson por *Cringe*, Missio por *Bottom of the Deep Blue Sea*, Nas por *War*, Daughter por *Numbers*, Kings of Leon por *Waste a Moment*, Anthony Green por *You'll Be Fine*, y Linkin Park por *Krwlng*. Chester Bennington, gracias por cantarnos tu dolor, para que así no tuviera que estar a solas con el mío.

Como siempre, mi agradecimiento final para Él que es testimonio de lo visible y lo invisible y que camina conmigo incluso en los caminos más lúgubres. *La verdad de todas las criaturas, sean humanos o genios, radica en su nombre.*

¿Te ha gustado esta historia?

■ ● ● **Escríbenos a...**

umbriel@uranoworld.com

Y cuéntanos tu opinión.

Conoce más
sobre nuestros libros en...

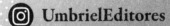 UmbrielEditores

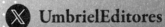 UmbrielEditores